Apresentação

Isso! Escrevi este livro para você ler.

Melhor do que escrever é ser lido, como você está fazendo agora. Agradeço pela atitude e espero satisfazer as suas expectativas. Esforcei-me.

Durante os últimos três anos convivi com os personagens. Traduzir simbolicamente a casa dos desejos de cada um demandou muita transpiração.

Eles vivem fantasias que coincidem com as da maioria das pessoas. Não quero provocá-lo a pensar se já teve tais fantasias. Será que não?

Todas as pessoas com quem convivo acabaram participando de alguma forma desta aventura literária – a elas devo mais do que agradecimentos. Para algumas devo desculpas por não participar de outros tantos e bons momentos. Isso vale para minha mulher, Lídia, e para meus filhos Ana Carolina, Alexandre e Fernando.

Agradeço também à maravilhosa equipe da Editora Ser Mais, especialmente as minhas queridas amigas e parceiras Alessandra, Claudia, Gleide e Julyana, e ao James McSill, pela orientação literária.

Um

Eu disse a Manu que a esperaria na praia a partir das dez e meia. Naquele primeiro sábado de março, na praia do Curral, em Ilhabela, o sol só não fervia a água do mar; até a sombra era de fritar os miolos. Já meus pensamentos... Ah, esses nunca dependeram do clima para borbulhar: Manu era presença constante em meus devaneios.

Na noite anterior, enquanto o sono não vinha, os sonhos não me abandonavam. Pensava não apenas em encontrá-la, mas em como faria para beijá-la em plena praia. Era nosso primeiro encontro depois de ela ter contado aos pais que estávamos namorando. Será que eles obrigariam que a bendita irmã mais nova – ou maldita, dependendo do ponto de vista – viria junto para restringir nossa privacidade? Esse pensamento me desanimou um pouco, mas pulei para outro muito melhor: Por quanto tempo Manu ficaria comigo? Com que roupa ela apareceria? Uma saída de praia? Por baixo, um maiô inteiro? Um biquíni? Nada?

Minha mente especulava sem freio algum.

Maldito defeito esse meu. As perguntas não param de pipocar quando estou tenso. Aquelas, pelo menos, eram gostosas, pois criavam o cenário para nosso encontro. Mas numa boa? Afinal, que homem consegue dormir com perguntas que insistem em ocupar a mente, especialmente quando envolvem uma mulher bonita e amada?

Foi aí que meu raciocínio escapou para um tema nada a ver com Manu: Será que a barriga vazia não me deixava pregar os olhos?

Mais uma pergunta sem resposta. Só me restava experimentar algo que, até então, não havia me ocorrido: comer.

No meio da noite fui à cozinha para assaltar a geladeira. Um fracasso. Nem a água desceu redonda.

Teste realizado, assumi que estava errado. Voltei para o quarto, abri a janela, deixei a brisa entrar e refrescar um pouco a realidade. Não foi suficiente. Eu fervia de tesão por Manu.

Larguei-me na cama e nem sei como, apaguei.

Eram nove e quinze quando o sol inundou meu quarto. Parte da cama estava encharcada de suor. Corri para o banho e mais uma vez o corpo daquela mulher, figura de meu sonho, parecia estar ali comigo. Meu tesão era tamanho que eu era capaz de sentir sua presença em minhas mãos: o corpo compacto, as curvas suaves, os seios em tamanho e forma perfeitos e firmes. A água fria não deu conta de controlar a habitual ereção matinal acentuada pelo desejo de ter Manu em carne e osso ali, quente e molhada, sob o chuveiro.

Ah, Manu! Aquelas curvas e a água a tocar sua pele suave.

Ah, Manu! Como eu queria tocá-la também. Como eu queria sentir o seu corpo. Como eu queria ser essa água a escorrer cada centímetro seu e fazê-la arrepiar, não de frio, claro que não, mas de tesão.

Deus do céu! Eu não poderia sair daquele jeito. Precisava me satisfazer. Ensaboei a mão.

Manu me segurava com a delicadeza selvagem de fêmea num vai e vem ritmado que, aos poucos, acelerou. A água massageava meus ombros...

Tudo em mim acelerava.

Meus olhos abriam e fechavam. Um gemido gutural surgiu. Eu estava arrepiado de cima a baixo.

Eu sentia minha pulsação, o coração às marteladas.

Satisfiz o meu tesão.

Terminei o banho e saí. Uma deliciosa sensação de alívio tomou conta de mim. Vesti-me com calma e desci para a cozinha.

Minha mãe me esperava para o café da manhã. Com a expectativa do encontro com Manu me corroendo por dentro, fui logo dizendo:

— Estou atrasado, mãe. Acordei de madrugada com fome. Já comi. Acho que vou tomar só um copo de suco de laranja.

— Comeu o quê, Martin? – retrucou enquanto passava uma espessa lasca de manteiga na torrada. — A geladeira me pareceu intocada.

— Nem lembro. Mas tudo bem, vou acompanhar você.

Era melhor desviar o assunto do que levar a mentira adiante. Esforcei-me para conciliar a euforia, meu relativo atraso e a necessidade de comer.

Ajeitei-me na cadeira e passei a tamborilar os dedos na mesa enquanto meus olhos varriam as opções de comida diante de mim. Nada me agradava.

— Vou para a praia do Curral e não sei a que horas vou voltar.

— Vai com quem?

— De ônibus.

— Perguntei com quem! Não como – ela riu de um jeito maroto. Devolvi o sorriso, meio sem graça.

— Sozinho, mas vou encontrar a Manu. A família dela já sabe que estamos namorando.

Ela largou a torrada no prato e me encarou, surpresa.

— Você mesmo contou para os pais dela?

Sabendo que ela estava com os olhos cravados em mim à espera de uma resposta, enchi meu copo com suco de laranja e com o garfo peguei uma fatia de melão do prato de frutas antes de responder.

— Manu preferiu contar antes que descobrissem por outra pessoa e brigassem com ela – arrumei a comida à minha frente e olhei para ela. — Eu é que ainda não encarei o sogro. Sei lá como ele vai reagir.

Ela balançou a cabeça, com caras e bocas e, provavelmente, pensou em algo como: "sei, já entendi tudo" mas não foi o que disse.

— Seja um cara legal, meu filho. Seja respeitador, responsável... entre de peito erguido. Faça isso e os pais dela não vão fazer restrições. Agora, se você entrar na vida deles com o rabo entre as pernas...

— Deixe comigo, mãe! – sorri para ela, que devolveu um olhar desconfiado. — Além do mais, Manu e eu somos almas gêmeas. Tenho certeza, vamos nos casar.

— Calma, filho. Amor de adolescente é sempre assim. Arrebatador, indiscutível, insubstituível, até que acaba. Não demora e outra paixão se instala com a mesma força.

— Nada disso. Não com a gente. Só eu e Manu sabemos como nosso amor é forte, indestrutível. Quer apostar que vou me casar com ela?

— Tá bom, filho – ela parecia não querer insistir em sua teoria –, agora vá para a sua praia que você já está atrasado. Pena que tenho hora marcada no cabeleireiro, senão o levaria. Ou até iria com vocês – ela riu.

— Pena nada. Salve, salve cabeleireiro! – gargalhamos juntos.

— Precisa de dinheiro?

— Não. Ganhei umas boas gorjetas na marina e ontem o pai pagou a mesada. Por quê? Tá precisando de algum emprestado?

— Não. Só para saber. Não quero você fazendo feio logo no começo do namoro.

Agradeci, levantei e lhe lasquei um beijo estalado na bochecha. Peguei minhas coisas e saí para a rua.

Caminhei até o ponto de ônibus contendo o riso. Pensava em minha mãe na praia com a gente. Cara, ela sem dúvida era a mulher que eu mais admirava e mais amava no mundo, mas fala sério! Naquele dia não, né? Manu e mamãe?

O ônibus não chegava. Os ponteiros do relógio insistiam em andar. Comecei a roer as unhas em desespero por Manu poder associar o atraso a desinteresse. Não consegui ficar parado no lugar, zanzei de um lado o outro, a olhar para a direção de onde o ônibus deveria aparecer. Ao chegar aos últimos pedaços de unha, ouvi uma voz familiar:

— Fala, cara! Tá indo pra onde? – perguntou Arnold, um dos meus melhores amigos, com o braço todo para fora da janela do carro do pai, que dirigia e que estacou o veículo bem a minha frente.

Estudamos na mesma escola e classe desde bem cedo. Eu estava tão acostumado a chamar seus pais de tios que um dia perguntei à minha mãe por que Arnold não era meu primo, uma vez que os pais dele eram meus tios.

Contive a vontade de dizer que iria me encontrar com Manu, e que tentaria dar o maior malho possível nas próximas horas.

— Vou à praia do Curral. E vocês? – eu disse, sem tirar os olhos de onde deveria vir o ônibus.

— Maresias. Vou encomendar uma prancha nova – Arnold virou-se para o pai, falou algo que não consegui entender e depois se voltou para mim e perguntou: –, quer carona até Barra Velha?

O convite caiu do céu.

— Valeu! Vai ajudar muito, estou meio atrasado.

A porta de trás se abriu como que por passe de mágica. Não pensei e entrei.

Bati a porta e o pai dele acelerou com tudo. Arnold contorceu-se no banco e disse:

— A gente deixa você em Barra Velha. Se encontrarmos um ônibus no caminho, sorte sua. – ele virou para a frente e voltou para mim de imediato. — Você esqueceu de que marcamos de ir à praia amanhã? Por que tá indo hoje, sozinho?

Respondi sem titubear, com certo orgulho até:

— Sozinho não. Vou encontrar a Manu. Os pais dela já sabem que estamos namorando. Vamos ficar na praia, dar um rolê, sem hora pra acabar.

— Você vai ficar amarrado! A mina vai começar a mandar em você, e nossas praias vão melar.

— Desencana. Você vai ver, ela vai fazer o que eu mandar. Vou convidar meio que intimando, sabe como é?

O pai do Arnold, calado, olhou bem para mim, pelo retrovisor.

— Vamos ver quem vai mandar em quem. – disse Arnold, ainda torcido no banco. — A Manu é cabeça. Vai fazer você sambar direitinho.

— Ela tá ligadona em mim, Arnold. Me ama a ponto de fazer o que eu mandar.

— Ama você do mesmo jeito que amou o Jorge, lembra?

— Não sacaneia, cara! Você tá é com dor de cotovelo.

— Não quero namorar ninguém. Eu adoraria é comer a Manu, cara.

O pai intercedeu:

— Olha o respeito, molecada. Isso não é jeito de tratar mulher. – Ele então ajeitou o retrovisor e me encarou. — A Manu é uma menina muito legal. Não merece entrar nessa conversa como se fosse uma qualquer.

Arnold se ajeitou no banco, lançou um olhar enviesado ao pai e soltou um riso de hiena num misto de transgressão e gozação.

— Perdeu, cara! Entre Manu e eu é só amor!

— Amor, falta de amor... Pouco importa! O que interessa mesmo é se a gata é boa de cama.

— Vamos parar com esse papo? – disse o pai, mais alto e assertivo.

— Cara, desencana – eu disse, pois achei que o pai de Arnold tinha razão. Além do mais eu não queria entrar em detalhes. — Vamos mudar de assunto...

— Numa boa? Deixa essa praia pra lá, Martin. A Manu sabe curtir a praia e não vai faltar gavião na área dela – ele subiu então os vidros do carro e prosseguiu: — Você só desce do carro em Maresias. Vai conhecer o cara que faz as melhores pranchas do Brasil.

— Tá enganado, meu irmão! – ri de volta de um jeito nervoso. — Hoje vou à praia com a Manu, nem que precise saltar do carro em movimento – falei alto e olhei para o pai de Arnold no retrovisor que não emitiu opinião e seguiu olhando para frente.

— Porra, cara, olha aí! Tá com azar hoje, Martin. É o ônibus para o Curral. Pena que não vai dar tempo de pegar.

Sem considerar a brincadeira, o pai de Arnold ultrapassou o ônibus e me deixou no ponto seguinte. Ainda bem. Aquele papo pressão estava desagradável.

Tocamos nossas mãos, agradeci ao velho pela carona e desci.

— Ei! Chega aí – Arnold baixou o vidro e me chamou na janela. — Manu tá grávida? Por isso contou para os pais que estão namorando?

O pai dele disse qualquer coisa e saiu em disparada. Arnold ainda ria enquanto o carro se afastava. Deu para ouvir a gargalhada de longe, até o carro sumir na próxima curva.

Dois

Pelo pouco que eu sabia sobre o assunto, beijo não engravidava ninguém. Por que Arnold disse aquilo? Para me provocar? Inveja? Será que ele sabia de alguma coisa importante que eu desconhecia? Resolvi não cair na provocação. Não valia a apena. Enquanto o ônibus sacolejava a caminho da praia, de Manu, concluí que varei a noite acordado por causa de uma avalanche de perguntas, e decidi que eu nada ganharia com outro autointerrogatório inútil, sobretudo, com a falta de novas respostas.

Na certa ele só quis me sacanear. Dei um chega-pra-lá nos pensamentos e passei a olhar pela janela.

Mal acomodado no banco duro do ônibus barulhento, admirei à minha direita a entrada de um navio pelo canal que dá acesso ao píer. Deu para ver muitos passageiros amontoados nas áreas externas. Em poucas horas eles invadiriam Ilhabela, as praias, as lojas.

Comecei a ficar inquieto quando me dei conta de que justo naquela manhã o bendito ônibus parava em todos os pontos do trajeto. Só então percebi como as pessoas são lerdas para subir e descer. Quase todas tagarelavam entre si ou com o motorista, o que esticava ainda mais o tempo de cada parada.

Num dos pontos em que parou, uma mulher subiu pela porta da frente, entregou-lhe um pacote, e depois de papearem pelo que me pareceu uma eternidade, ela deu um beijo no rosto dele e desceu. Fala sério! Eu tinha acabado de sair da mesa do café, queria curtir uma manhã de praia e o cara já ia almoçar? Pior que isso: a mulher parecia estar num complô contra mim, pois no ultimo degrau ainda se virou e deu um "bom almoço, querido!"

Tive vontade de gritar, mas consegui me conter.

Depois de mais algumas paradas, o ônibus deu uma freada mais brusca e estacou de vez. Era só o que faltava. De tanta impaciência, levantei e fui abordar o motorista.

— Por que esse congestionamento?

— Sei tanto quanto você, garoto. Também acabei de chegar – ele riu da própria piada. — Só pode ser acidente.

Estiquei o pescoço e pelo para-brisa tentei analisar a situação. Um mar de carros, bem diferente daquele que eu estava desejando curtir com Manu. Um ciclista que, com esforço vencia a subida à nossa frente, atendeu ao sinal do motorista e parou junto à janela para nos informar que um caminhão de coco havia derrubado parte da carga sobre a pista.

— Vocês estão com sorte; não vai demorar para andar. Em troca de alguns cocos há um monte de gente ajudando – ele pedalou forte, provavelmente para garantir alguns.

Sorte? O conceito dele de sorte era muito diferente do meu. Até onde eu podia entender, era muito azar fazer aquele mulherão me esperar sem saber por que eu estava atrasado.

Parado sob o sol e sem vento algum, o ônibus tornou-se uma sauna ambulante. Todos suavam. Uma das passageiras pediu para descer e esperar debaixo de uma árvore mirrada sobre a calçada. Sombra para um.

O ciclista estava certo. Não deu quinze minutos para os carros começarem a se movimentar e eu seguir para o meu destino: Manu, porém com escalas em todos os pontos do caminho.

Segundo um ditado que não lembro o autor, aquele que tem paciência tem o que deseja. Meu desejo estava prestes a ser realizado.

Pulei do ônibus, atormentado. Varri a praia com os olhos e não a vi em lugar algum. Talvez Manu ainda não tivesse chegado... Fiquei feliz com a ausência dela naquele momento e me senti estranho. A conclusão veio no segundo seguinte, o que me deixou aliviado: eu não queria que ela ficasse sozinha à minha espera.

A praia estava quase deserta. Os poucos bares na orla espalharam algumas mesas na areia. Não esperavam muitos clientes. Para mim, quanto menos gente, melhor. Quanto menos plateia, mais à vontade ficaríamos. Eu, pelo menos. O sol escandaloso e convidativo animava os raros banhistas. Era mesmo um dia para se ficar feliz na praia.

Fui ao bar Papagaio. Ao me ver chegando, Luciano, o dono, que era meu amigo abriu um sorriso.

— Nada de caipirinha a esta hora para menor de idade – ele disse enquanto andava em minha direção com o braço esticado e a voz de barítono de sempre.

— Bom dia pra você também, Luciano – respondi com uma gargalhada. — Cara, tenho quase dezoito anos, mas se me julga tão novo, vou te chamar de tio Luciano?

Trocamos um aperto firme de mãos e nos abraçamos.

— Você dormiu na praia ou está chegando agora? – perguntou Luciano.

— Nada disso, tio. Cheguei mais tarde do que queria. Vim passar o sábado com a namorada.

— Se ela também é menor, nada de caipirinha no meu bar.

— Não esquenta. A gente só toma refri. Não vou pedir pra violar a lei só porque é meu amigo. Vim cumprimentá-lo enquanto espero e saber se você a viu circulando por aí.

— Conheço a gata?

— Acho que não. Ela vem pouco a esta praia e não é de bares. – Dei uma risada e completei a informação: — Ela é filha do Irineu, um figurão que trabalha no porto de São Sebastião.

Eu falava e mantinha os olhos no corredor de entrada. Luciano captou minha aflição e disse:

— Relaxe, Martin. Não esquente tanto. Já pensou que ela pode ter dado um cano em você?

Fiquei espantando com a lógica e disparei:

— Vire essa boca pra lá – dei uma risadinha forçada e alfinetei –, tio.

Gente entrava e saía. Só Manu não chegava. Quem entrava seguia direto para o bar e pedia caipirinha. Uma lancha grande sacudiu além da arrebentação e jogou a âncora. O serviço de transporte de bar, um barquinho inflável com motor de popa, precisou fazer três viagens para trazer todos os alegres passageiros para terra firme. Luciano ficou agitado com o movimento; saiu para verificar o atendimento de alguns clientes e disparou ordens para sua equipe colocar mais mesas na areia.

— A praia não vai lotar – Luciano disse ao passar por mim —, mas garanto que vai ter muita gata. Sozinho você não fica. Não fique triste pelo cano que levou.

— Ela vai chegar – eu disse, com fé. — Quer apostar, tio?

— Pode me provocar o quanto quiser. Não vou apostar. Não quero que você perca – Luciano parou e disse com gravidade. — Prometo um coquetel de frutas para os dois se ela aparecer.

A turma da lancha desembarcou. Parecia uma família. Ao acomodá-los, Luciano virou para mim e cochichou:

— É uma família de clientes antigos. Vão passar o dia todo aqui. Você viu as três gatas que vieram por último? – ele riu e me lançou um olhar desafiador. —Conquiste uma delas e lucre um passeio de lancha no final do dia. – Fez então um gesto malicioso com as mãos no ar e arrematou: — E esqueça o ônibus de volta para casa.

Luciano saiu para cumprimentar os tais clientes e me chamou para ser apresentado às garotas. Dei uma piscada e respondi que confiava no meu taco. Eu não precisava conhecer aquelas três gatas meninas lindas, apenas uma me interessava: Manu.

O tempo foi passando. Mais gente foi chegando. Quando o sol ficou a pino no céu, em mente comecei a aceitar que Luciano poderia estar certo. Foi quando percebi um vulto surgir e vir em minha direção. Era ela. Senti como que transpassando por um raio. Minha voz alterou, ficou trêmula e o raciocínio se esvaiu.

— O que foi, rapaz? Parece que viu um fantasma – disse Luciano ao passar por mim a caminho da cozinha.

- Um anjo, Luciano. Vi um anjo.

Meu coração disparou e as mãos gelaram. Fiz um esforço sobre-humano para não ir correndo ao seu encontro, mas não consegui disfarçar o sorriso de satisfação e alívio.

Três

Mais fulgurante que o sol que banhava o mar, que dava cores vibrantes para as ondas e para o verde das montanhas. Assim era ela, mais luminosa que o lindo dia.

Manu deslizou em minha direção. Ela irradiava um brilho que preencheu o ambiente. Sua presença coloriu um cenário que até poucos minutos atrás era cinza para mim. Seus cabelos dançavam ao vento, acompanhados do esvoaçar do tecido que cobria seu corpo sem esconder um centímetro sequer de beleza, suavidade e graça. Pura poesia em movimento.

Um sorriso surgiu. Encantador e para mim. Pescoços viraram de todas as direções para acompanhar aquela deusa de corpo escultural deslizar por entre as mesas. Tão nova e já uma mulher de perfeita beleza. Linda, eu bem sabia, mas nunca a percebi tão esplendorosa. Meu coração seguia às batucadas. Pensei que fosse cuspi-lo a qualquer momento.

— Oi, Martin!

Sua voz era tão suave que ela parecia cantarolar. Deu-me um beijo molhado na bochecha e disse:

— Mil desculpas. Eu queria muito ter vindo antes das onze, mas não consegui. Você chegou há quanto tempo?

— Não muito. Atrasei um pouco. Mas tudo bem, fiquei batendo papo com Luciano, o dono daqui. Nem vi o tempo passar. Você o conhece?

— Só de vista e de nome. Sei que é casado com Adriana, que por acaso é cliente da minha mãe. Kiko, o pai dela, é amigo de meu pai.

De tão nervoso, eu gesticulava e falava sem parar. Sequer consegui convidá-la para sentar onde quer que fosse: cadeira, areia, balcão. Nem mesmo um convite para caminhar na praia passou pela minha cabeça. Ainda bem que Luciano veio cumprimentá-la e me tirou do estado de choque.

— Estou devendo um coquetel de frutas para o nosso Martin aqui. Quero que seja de minhas boas-vindas ao Papagaio. Vamos chegar ali no balcão? Será um prazer prepará-lo. Martin tem bom gosto! Como é mesmo seu nome?

— Emanuella, mas todos me chamam de Manu – ela respondeu, meio sem jeito. Parecia agradecida pelo elogio disfarçado.

— O nome combina com você, é lindo e pouco comum – Luciano continuou com os elogios, o que não me intimidou. Eu bem sabia que aquele tipo de atitude fazia parte do seu trabalho. — Gosto muito desse garoto e sou amigo do pai dele.

— Aceito o coquetel com muito prazer Sr. Luciano. Tenho muito a comemorar com Martin. Só de pensar numa bebida gelada nesse calor, já me deu água na boca.

Luciano nos serviu o coquetel em um copo alto de plástico cristal, encheu de gelo e disse que poderíamos tomar andando pela praia, se preferíssemos. Aceitei, agradeci com um aceno e saímos com os drinques em mãos.

Ficar sozinho com Manu era tudo o que queria.

∫

Saí do bar com o coquetel numa mão e Manu na outra. As pessoas olhavam fixamente para ela com o maior descaramento. Quando chegamos à beira da água, ela pediu para eu segurar o copo e tirou a canga. Fiquei tão abobalhado com o visual que torci o tornozelo em um buraco que algum invejoso devia ter acabado de colocar na minha frente. Manu agarrou meu braço e me recompus, sem deixar cair uma gota das bebidas.

Foi a deixa para eu não mais querer largar a mão dela.

— Martin, vamos andar na água? A areia é mais firme e quero molhar meus pés. Pode ser, meu amor?

Confiante, e sem dizer uma palavra, a conduzi para o mar.

— Aqui está bom – ela disse assim que a água chegou às canelas.
— Quero só sentir a temperatura. Ainda estou sem coragem de entrar.

Caminhamos de mãos dadas pela água enquanto aquele "meu amor" fazia um tremendo estrago dentro de mim.

— Essa foi a primeira vez que você me chamou de meu amor – eu disse.

— Você gostou?

— Amei – respondi com sinceridade.

— Também amei falar assim de você, com você. Daqui pra frente só vou chamá-lo assim. Sabe por quê?

Paramos de andar. Segurei-a firme pela mão, me virei para ela e aguardei a resposta, olhos nos olhos.

O cinza-azulado daquele olhar, talvez pelo reflexo do mar ou do céu, revelaram o que ela sentia. Para mim não era preciso palavra alguma. As pálpebras então fecharam um pouco, ela firmou o foco e de forma meiga e insinuante sussurrou:

— Por que você é o meu amor. Te amo, Martin.

Senti como se o céu se abrisse sobre mim. A intensidade foi tamanha que não eu quis abraçá-la ali, debaixo de toda a amplitude da praia quase vazia, do Atlântico que se esparramava, do sol. Puxei para debaixo da árvore próxima e a envolvi em meus braços. O primeiro abraço do dia.

Nervoso com eventuais olhares invasivos ao redor, com a situação, e com o volume que começava a aumentar em minha sunga, ela me puxou e deu o beijo com que sonhei a noite toda. Quente, longo e molhado. Segurei-a pela nuca com as duas mãos e tomei coragem de puxá-la para junto de mim.

Manu não resistiu. Pelo contrário, deixou-se levar e se encaixou no meu corpo. Percebi quando ela sentiu o volume sob minha sunga, pois emitiu um suspiro parecido com gemido. Colamos as bocas. Espremida em meu peito, fui capaz de sentir os bicos eriçados de seus seios e as marteladas de seu coração.

Tomamos um fôlego, porém continuamos grudados. Tentei disfarçar, ainda meio encabulado, o quanto eu estava ofegante de tanto tesão.

— Que delícia, Manu. Você não imagina o quanto sonhei com tudo isso. Eu não estava aguentando mais. Quero ficar sempre assim com você. Te abraçar, te beijar, te amar sem a preocupação de que contem para seus pais. Eu te quero, Manu. Te amo. Quero te curtir muito e te curtir sempre. Por mim eu passaria a vida aqui, grudado em você, te beijando e te acariciando todinha.

— Martin, meus pais sabem que estamos namorando, mas não quero que saibam que nos esfregamos desse jeito, especialmente na praia. Essa é minha primeira vez, sabia?

— Primeira vez do quê?

— Disso, desse sentimento, desse amor todo. Pai nenhum aceita fácil uma filha fazer o que estamos fazendo.

— Mas a gente se ama, Manu. Quem se ama se abraça e se beija, além de muitas coisas mais.

— Eu sei, meu amor. Eu também quero tudo isso. Mas ainda tenho um pouco de vergonha de expor o meu desejo por você assim, publicamente.

Entendi o conflito. E por essa razão passei a respeitar ainda mais o que sentíamos um pelo outro. Em paralelo, um farol se acendeu em minha mente assim que notei que ela estava dando sinal verde para tudo, desde que fosse reservadamente. Arrisquei-me a propor uma caminhada até as pedras.

Indiquei o caminho até o final da praia e dali uma trilha de acesso a um pequeno morro.

— Nunca subi ali. Sempre tive medo de cair.

Firmei a mão em volta da dela e disse de modo a dar segurança a ela:

— Vamos nessa. Num dia calmo como o de hoje acho que não vai ter ninguém por lá.

Manu lançou um olhar maroto para mim, deu uma piscada e disse:

— Acho que sei o que você quer, meu amor.

A hesitação fez meu sangue gelar. Eu estava louco de vontade que ela aceitasse, pois a privacidade seria total. Por outro lado, procurei encarar com naturalidade o fato de ela querer resguardar-se um pouco. A coisa virou um jogo divertido. Um movimento em falso, um avanço além do sinal, e ela recuaria de vez. Resolvi respeitar o ritmo dela. Assumi que isso revelaria segurança no meu taco.

Ela então deu o primeiro passo na direção do final da praia, parou, olhou para mim, beijou-me de leve nos lábios e deu mais um passo me puxando pela mão. Seguimos andando mais depressa enquanto tentávamos esconder nossas intenções. Qualquer um que nos estudasse com um pouco mais de atenção saberia num piscar de olhos o que tínhamos em mente.

Encaramos com determinação as dificuldades da subida, ela ainda mais do que eu, o que me deixou muito animado. Ajudá-la a subir, a superar cada obstáculo do caminho aumentava ainda mais meu prazer. O volume da minha sunga passou a ficar evidente. Vez por outra, entre pulos e solavancos, pesquei olhares gulosos de Manu para lá.

A praia do Curral esparramava-se linda e preguiçosa do alto do platô. Ficamos abraçados por um instante em pura comemoração. À esquerda o mar estendia-se no horizonte infinito. À frente, o canal que nos separava do continente, este um espinhel de serras que se erguiam contra o céu límpido e azul. Um navio ancorado à espera de vaga no porto de São Sebastião completava o cenário. Permanecemos assim por um momento, lado a lado, admirando a paisagem, o vento ocasional no rosto, o sol incansável na pele.

— Só você traz beleza para tudo isso, Manu.

Em silêncio, e num movimento agradável e insinuante, ela se virou para mim e ofereceu a boca. Nos envolvemos num beijo sem censura. Estar sozinho com ela ali era o combustível para peles roçando, beijos molhados e línguas espertas. Enquanto beijava meu pescoço, encostei a boca em seu ouvido e sussurrei:

— Eu te amo e quero te sentir minha.

Manu então projetou seu corpo ainda mais forte contra o meu. Passei a mordiscar sua orelha e descer a língua pelo pescoço. Na ponta dos pés, gemeu:

— Tenho medo de perder o controle, e a vergonha, Martin.

Permaneci acariciando seu corpo sem restrições. Dizer o que numa hora dessas? O biquíni, aqueles fiapos de tecido, ainda separavam a terra do paraíso

Vez por outra uma brisa salgada e fresca soprava do mar. Minhas mãos a envolviam como os tentáculos de um polvo e sequer notavam o contraste entre o vento e o corpo em brasa de Manu. A pele aveludada me deixava maluco. Minha ereção era tão intensa que cheguei a pensar que rasgaria o tecido.

Beijei-a na boca de forma a mantê-la de olhos fechados; e num movimento ousado dos dedos levantei o top do seu biquíni para um par de seios lindos e livres serem inteiramente meus. Afastei-me um pouco e passei a acariciá-los e massageá-los com a língua. Ela gemia, se contorcia e não parava de falar que estava uma delícia e que me amava demais.

Mas faltava avançar sobre o que eu mais queria. Virei-a então de costas para mim e abracei-a por trás. Encostei minha face na dela, passei a chupar seu pescoço enquanto, com uma das mãos, acariciava seus seios e com a outra roçava a parte de baixo do biquíni.

Manu rebolava e fazia pressão contra o volume dentro da minha sunga tão rente à sua pele. Nem vento passava entre nossos corpos suados.

Sem esforço, nem pensar, enfiei os dedos de vez no biquíni e a toquei, lá. Manu gemeu intensamente, se contorceu e manteve a pressão das nádegas. Fiquei alucinado de tesão ao sentir os dedos quentes e molhados. Ainda de costas para mim, enquanto ela aumentava o ritmo e a pressão sobre meu membro, meu dedo proporcionou-lhe o primeiro orgasmo. Por medo de ter seu prazer revelado, Manu levou rapidamente a mão à boca e abafou o grito.

Puxei a mão, girei-a em meus braços e beijei com carinho. Ela estava ofegante.

— Foi uma delícia sentir você gozando, Manu.

— Estou mole demais, meu amor. Parece que meu corpo não me pertence. Tive o melhor orgasmo da minha vida.

Seus olhos giravam soltos nas órbitas.

— Aqui você poderia ter se soltado. Ninguém escutaria seus gemidos.

— Estou me acostumando a controlar meus impulsos, amor. Não posso gritar nem mesmo gemer mais alto do que o barulho do chuveiro da minha casa.

Ela me deu um selinho, arrumou a parte de cima do biquíni, escorregou pelos meus braços e se sentou nas pedras, as mesmas que testemunharam nosso delicioso descontrole. Parecia zonza, tanto que se agarrou às minhas pernas para manter a estabilidade.

— Prometo muitos outros, iguais ou mais fortes que esse.

Ela levantou a cabeça e me encarando com suavidade disse:

— Gosto da sacanagem dessa sua promessa tão séria.

Segurei sua cabeça com as duas mãos, me abaixei e a beijei na boca. Ao levantar, ajeitei o corpo de forma que sua cabeça ficasse encostada em minha virilha. Ela voltou a olhar para mim e, com a voz afetada e um olhar faiscante, sussurrou:

— Dá para sentir seu pau latejando nas têmporas. A sunga está molhada ou é impressão minha?

O tesão foi grande demais. Ejaculei enquanto ela roçava seu traseiro.

— Não sou de ferro, Manu. Sou capaz de gozar só de pensar ou em sonhar com você.

Não sei como tive coragem de revelar aquilo a ela.

Manu manteve a cabeça erguida, como que olhando para mim, fechou levemente os olhos, mordeu o lábio inferior e pressionou docemente a testa contra meu membro. Sem demonstrar surpresa com minha confissão, deu um leve sorriso e fez outra:

— Também já gozei muito pensando em você, meu amor. Mas gozar aqui, hoje, com você tocando o meu grelinho, foi muito mais rápido e maravilhoso.

Associei o que ela falou com meu tesão e a imaginei querendo me fazer gozar com as próprias mãos, mas tudo o que ela fez foi desmoronar meu castelo de cartas.

— Meu amor, temos de tomar muito cuidado. Você sabia que se eu tocá-lo e sem querer passar a mesma mão em mim, posso engravidar? – E com um bom humor sutil elaborou uma questão que me deixou perplexo: — Já pensou? Virgem e grávida?

Percebi um ar de inquietação e incerteza em seu sorriso. Havia malícia dissimulada ali. Tive a impressão de que enquanto ela falava pensava nas possibilidades do que poderia fazer com meu membro, tão perto, acessível, e tão perigoso. Ao chegar a essa conclusão, minha ereção voltou a toda.

Eu tinha dúvidas em com agir. Por outro lado, a sunga fazia sua parte no mistério, pois escondia o principal ao mesmo tempo em que revelava o formato e tamanho. Era isso que a mantinha tão em dúvida. Se eu cedesse para o pingo de vergonha que ainda me restava em expô-lo, como esperar uma atitude mais incisiva dela? Resolvi afastar apenas um pequeno pedaço da sunga. Pelo olhar guloso, notei que ela gostou do que viu, pois disparou:

— Nossa! Assisti a um filme pornô na casa da Anabella... Seu pau parece que é do mesmo tamanho que o do cara. Achei que por você ter apenas 17 anos ele também seria menor.

E sorriu de um jeito divertido. Não entendi se aquilo era um elogio pela metade, ou se ela queria ser apresentada a "ele" por inteiro.

— Pode comparar, se quiser. Pegue nele todo, compare cada centímetro.

Ainda sentada no chão, ela cerrou os olhos por causa do sol forte e mordiscou os lábios, talvez por antecipação do que poderia acontecer.

Sem hesitar, agarrou-o firme com uma das mãos. Puxou-o todo para fora da sunga, estudou-o de cima a baixo, e alegando que tínhamos de voltar, pois alguns dos nossos amigos já deveriam ter chegado à praia e estranhariam nossa demora, largou-o. Quem seria? Eu não combinei com mais ninguém de ir para lá.

— Te desejo demais, Manu. O meu amor por você é muito grande e parece que isso faz explodir ainda mais meu tesão. Estou vivendo uma total confusão. Amor e tesão. Tesão e amor. Os dois são muito fortes. Os dois são explosivos. São incontroláveis. Não faço outra coisa na vida senão pensar em você e desejá-la. Respiro Manu dia e noite. Bato diversas punhetas por dia, por você, pra você, e não consigo acalmar o tesão.

— Então vou confessar outra coisa, meu amor. Minha vida está idêntica à sua. Você está presente em todos os meus momentos. Os banhos se prolongam porque sinto suas mãos me acariciando todinha. Minha xoxota, meus peitos, querem suas mãos. Eu também te desejo demais. Diversas vezes ao dia percebo que estou molhadinha. Minha imaginação me trai e descontrola minhas vontades.

Não entendi a razão do meneio que Manu fez com a cabeça, talvez por dúvida, porque em seguida segurou meu pau carinhosamente, e declarou seus sonhos, para mim e para ele.

— Quero conhecê-lo melhor. Tenho todos os medos e todas as vontades.

Enlacei meus dedos entre seus cabelos, acariciei sua cabeça em sinal de que a compreendia e que sua reação não me perturbava, mas ela prosseguiu mesmo assim:

— Como você sabe, meu amor, nunca tive longos namoros. Não sei se está na hora de perder a virgindade... mas ao mesmo tempo desejo você como nunca desejei alguém. Você me entende? Vivo o conflito entre as regras sociais e o que os outros irão pensar, entre o caos interno provocado pelos meus hormônios e pelo meu amor por você. Não sei por quanto tempo terei forças para manter essa luta. Preciso muito sentir a intensidade do seu amor, Martin. Não quero mais passar de mão em mão. Não quero ser objeto de homem nenhum. Nossa cidade é muito pequena, e não quero levar o carimbo de mulher fácil, que transa com qualquer um. Sei que sou mulher de um homem só. Te amo desde antes de te conhecer. O namorado ideal para mim é você, em tudo.

Ela deu um leve beijo "nele" e o recolocou dentro da sunga. Suspirou olhando para mim, deu um novo beijo sobre a sunga, e refez a observação de que deveríamos voltar para a praia.

Não deu para esconder meu desânimo. Por outro lado, eu tinha gozado também. não do jeito que imaginava, mas foi bem perto disso. Um lado meu estava triste, frustrado, mas outro estava em plena euforia, talvez por ter realizado um sonho, mesmo que pela metade. Foi esse lado que emitiu as seguintes palavras:

— Amo você, Manu. Nunca me senti tão feliz em minha vida. Se você descobrir alguma coisa no mundo que seja melhor que amar e ser amado, me diga, por favor.

Quatro

Naquela manhã, próximo ao horário do almoço, quando o sinal tocou anunciando o final das aulas do dia, fui correndo para o portão de saída esperar por ela. A sombra do chapéu de sol mascarava o calor. Não havia uma nuvem sequer no céu, e o sol fazia questão de mostrar seu vigor. Esgueirando-se pelas sombras eventuais, como se seguisse uma risca escura no chão, Manu veio ligeira ao meu encontro. Andava mais rapidamente que de costume e com um sorriso ávido para falar comigo. O uniforme escolar ganhava uma graça especial em seu corpo de menina mulher. Engoli seco de tanto amor e excitação.

— Tenho uma ótima notícia, Martin – disse, e diferentemente dos outros dias ao me encontrar, me envolveu num abraço gostoso, me deu um beijo no rosto e completou: — A partir de hoje minha mãe não virá mais me buscar. Liberou geral. Eu e você podemos voltar juntos.

Manu bateu palmas com um sorriso aberto e se colocou na ponta dos pés à espera de minha reação.

— Uauuu, vamos ter mais tempo livre para nós.

Em mente fui às alturas. Manu puxou-me de volta para a dura e fria realidade.

— Não é bem assim, meu amor. Pode ter certeza de que ela vai cronometrar o quanto vamos demorar até eu chegar em casa. Temos de voltar dentro de um tempo razoável. Ela já avisou que colocará o almoço na mesa na hora de costume, e que não quer comer comida fria.

Fiz algumas contas por alto e argumentei:

— Mas ela te buscava de carro. Ela não sabe quanto tempo leva para ir a pé. Dá tempo para namorarmos por pelo menos uns quinze minutos.

— Quinze minutos? – Manu retrucou em visível desânimo. – Não é muito? Não quero correr riscos, meu amor.

— Não é, mas podemos ver se ela consegue estimar o tempo de volta. – Peguei-a pela mão e olhei bem fundo em seus olhos azuis: — Lembra que quanto mais arriscado, melhor?

Ela me olhou de soslaio. Prossegui, com empolgação:

— Tive uma ideia, meu amor!

Ela olhou para mim com real interesse no que eu pensava.

— Até agora – disse ela com os olhos no relógio e me puxou pela mão para começarmos a caminhar rumo à sua casa – gostei de quase todas as suas ideias.

Mantendo os olhos no piso irregular, tomei coragem e falei:

— A cada dia podemos explorar cada uma daquelas ruazinhas quase desertas que saem da avenida. Que tal? – Ela mordiscou o lábio mais uma vez. Aprendi com o tempo que aquele era um sinal de que ela gostava muito de alguma coisa. Prossegui. — Vamos analisar quais casas são de veranistas e que não têm movimento de caseiros ou de faxineiros. Com certeza vamos encontrar alguma que possamos usar a parte dos fundos.

Olhei para ela.

— Você é um maluquinho.

— Malucão. Por você. Riscos fazem parte da vida, meu amor.

Sem disfarçar o contentamento, sugeri que saíssemos todos os dias da escola de mãos dadas. Manu parou, virou-se para mim, agarrou minha outra mão também e disse que eu era um abusado. Mandou um beijo de língua e disse que adorava tudo aquilo.

∫

Por vezes abraçados, e por outras de mãos dadas, analisávamos cada uma das casas com interesse incomum. Qualquer vigia atento ficaria em alerta. Algumas pareciam abandonadas. Manu ouvia e ocasionalmente palpitava sobre as minhas observações.

Lugares eventualmente mais protegidos testemunharam nossos beijos molhados e abraços apertados. A preocupação com horários ficava em segundo plano. Embora soubéssemos que o almoço a esperava, a nossa fome era outra.

Ao passarmos então por uma viela, Manu parou, deu um tranco em meu braço e apontou para uma esquina onde havia, a uns 20 metros, uma árvore baixa de tronco espesso e cuja folhagem escondia um muro. Ela me puxou para lá e disse:

— Naquela acho que não dá para ver a gente de quem passa na avenida. Esta é nossa última parada antes de chegarmos à minha casa, dá...

Eu a interrompi com um beijo.

— Martin...

— Adoro este lugar – sussurrei no ouvido dela. — Parece ideal. Esta viela só dá acesso para a casa do fundo. Pelo que sei, está abandonada.

Manu colou o corpo no meu.

— Não quero só ficar junto com você, meu amor. Quero ficar grudada.

Demos mais um abraço, desta vez com direito a ereção e tudo. Ela se encaixou no meu corpo e roçou no meu volume. Desabotoei parte de sua blusa, toquei e acariciei seus seios. Ela sussurrou no meu ouvido:

— Pode apertar... seu louco... tá gostoso... mas não temos tempo para mais nada. Beijou-me com a sede de um primeiro e último beijo, afastou-se e ajeitou a blusa. — Só isso?

Mas o tempo corria e o prazer virou preocupação, talvez tenhamos demorado bem mais que os planejados quinze minutos.

Saímos ligeiro dali e caminhamos em disparada para a casa dela.

Pouco depois, antes que entrasse na sua casa, prometi que iria pegar a bike à tarde e não descansaria até encontrar o recanto dos nossos sonhos. Manu, com um lindo e malicioso sorriso, segurou meu rosto entre as mãos e disse, olhos nos olhos:

— Martin, você precisa encontrar o nosso recanto.

Deu-me então um beijo de despedida, as costas e sumiu para dentro da casa.

$$\int$$

Telefonei para a casa dela no finalzinho da tarde. Decidi testar até onde ia a liberdade que a mãe dela estava disposta a nos dar.

— Boa tarde, tia. Posso falar com a Manu?

— Boa tarde, Martin. Como você está? Ainda está trabalhando na marina do seu pai?

— Hoje é meu dia de folga. Estou estudando para a prova de amanhã.

— Cuidado, Martin. Não falte demais ou o patrão pode te mandar embora – Ela deu uma risada gostosa e completou — espere um pouco que vou chamar a Manu.

Assim que a mãe dela disse que ia chamá-la, me dei conta de que deveria ter puxado um pouco mais de papo, ter sido mais simpático com a sogra. Por outro lado, fiquei contente por ela ter feito a parte que lhe cabia sem resistência.

Segundos depois, fiquei excitado só de ouvir a respiração de Manu ao telefone.

— Adorei que ligou, Martin.

— Vai adorar mais ainda pelas duas coisas que vou dizer.

— Duas boas notícias?

— Uma agora e outra depois.

— Depois do quê?

— Surpresa!

— Ah, conta, vai!

— Bom, a primeira é que achei a nossa casa, nosso refúgio. É perfeita, mas para te contar tudo, você vai precisar tomar um sorvete comigo na Rua do Meio, esta noite.

— Preciso pedir com jeitinho para a minha mãe. Te telefono daqui a pouco. Estou curiosa para saber de tudo.

∫

Permaneci um bom tempo sentado ao lado do telefone esperando-o tocar. Ao me dar conta de que estava olhando fixamente para o aparelho, ri comigo mesmo. Coisa engraçada o amor, pensei. Olha o que a gente faz quando está amando. O pensamento foi interrompido com um toque estridente.

— Yessss. A que horas vamos tomar sorvete, meu amor? – disparou Manu. Pelo tom de voz, estava animada.

— Ela liberou geral?

— Conto mais tarde. Tenho de estar de volta no máximo às dez da noite. Sem mancada. A que horas você vem me buscar?

— Por mim, agora. Que tal depois do jantar, tipo oito?

— Pode ser uns quinze minutos antes? – perguntou Manu e depois sussurrou —Estou curiosa para conhecer nossa casa. Pode ser hoje?

— Adoro esse seu jeito louquinha de ser. Que tal vinte para às oito?

— Te espero, louca de amor. O pior que pode acontecer é você ter de esperar um pouco na companhia dos sogros.

Ela deu uma gargalhada maldosa, trocamos beijos eternos e desligamos.

∫

Engoli qualquer coisa de jantar, tomei banho às pressas, vesti minha melhor bermuda e corri porta afora.

Apontei em frente à casa dela às vinte e cinco para as oito. Fiquei na dúvida entre tocar a campainha um pouco antes e ter de esperar mais tempo com os sogros ou acreditar na sorte de que ela estaria pronta para sairmos imediatamente. Independentemente de qual fosse o caso, outras questões pipocaram em minha mente: será que daria tempo de levá-la para conhecer e curtir o máximo possível do refúgio? Ou seria melhor esquecer essa possibilidade e irmos apenas à sorveteria? Infelizmente, pelo pouco tempo que teríamos disponível, não daria para fazermos bem feito as duas coisas. Isso era certo. E se ela preferisse conhecer Xangrilá e só? – foi esse o nome que dei ao nosso paraíso. Assumi que se esse fosse o caso, a coisa tinha grande chance de rolar ainda naquela noite. A ideia era muito louca e excitante ao mesmo tempo. Por outro lado, ponderei, que a essa hora o fundo da casa com certeza estaria muito escuro e Manu poderia ter medo.

Muitas possibilidades e ainda nenhuma definição. Tudo dependia da disposição de Manu. Ao chegar a essa conclusão, meti o dedo na campainha. O portão se abriu num estalo e Ursulla, a irmã mais nova, apareceu e me cumprimentou.

— Oi cunhadinho. Você vai me levar para tomar sorvete também?

Apenas 15 anos e já tão malandrinha. Com certeza pensava nos amassos que eu ia dar em Manu e quis se colocar no caminho. Por pura diversão, decidi entrar na brincadeira:

— Fechado. Troque de roupa e venha conosco.

— Como assim "troque de roupa"? Não estou bem vestida para acompanhar vocês? – Ela agarrou as barras do vestido curto com as pontas dos dedos e deu um giro sensual na ponta dos pés, como uma bailarina. — Você alguma vez olhou direito para mim?

Interessante, pensei. Mas me contive e achei por bem não emitir comentário algum. Qualquer coisa que eu dissesse, para o bem ou para o mal, poderia ganhar a conotação de uma cantada ou provocação. Manu surgiu bem a tempo de me salvar da saia justa. Ela ultrapassou a irmã e me deu um beijo no rosto.

— Faz tempo que você chegou? – Ela lançou a pergunta e se virou para Ursulla com certa irritação. — Por que você não me avisou que ele já estava aqui? Você não deveria estar estudando para a prova de amanhã?

Danada essa irmã, pensei, não podia sair de casa e mesmo assim tirou sarro da minha cara. E eu, bobão, caí direitinho.

Em um entra e sai, a mãe de Manu apareceu e repreendeu Ursulla, que entrou contrariada, porém agarrada à barra do vestido e com um sorriso maroto no rosto. A mãe virou-se então para mim e disse:

— Boa noite, Martin. – Fiquei atento. Ela prosseguiu. — O sorvete de vocês me deu água na boca. Posso ir junto?

Deus do céu! Primeiro a irmã e agora a mãe!?

— Brincadeira. Fica para a próxima – disse a sogra, que sorriu com a minha reação e me escaneou com os olhos, de cima a baixo. Ficou claro que ela queria mostrar que tinha controle da situação ou que, se não tinha completamente, sabia por experiência própria o que um casal como eu e a filha tínhamos em mente de verdade. Ela então se virou para Manu, passou a ajeitar a gola da blusa que ela vestia, encarou-a e disse: — Dez em ponto aqui no portão. E nem um minuto a mais.

Manu preparou o olhar mais frágil que podia e fez que sim com a cabeça. Nos despedimos e saímos, sob o olhar astuto da sogra. Ao virar a esquina, ousei perguntar:

— Você acha que deveríamos ter insistido em convidar sua mãe e Ursulla?

— Tá gozando da minha cara, Martin?

— Não. Estou perguntando por educação.

— Não é hora de ser tão educado assim. – Ela segurou minha mão e perguntou: — Vamos à sorveteria ou você vai me levar para conhecer o refúgio?

— Vamos rapidinho tomar o sorvete. Conto sobre a casa no meio tempo.

Chegamos à sorveteria aos trancos, pois cada lugar mais deserto e escuro no caminho era motivo para pararmos e trocarmos uns amassos.

A sorveteria estava lotada. A ideia de se refrescar com um sorvete não foi só nossa. Arrumamos uma mesa espremida num canto. Fiz o pedido, paguei com a mesada que meu pai havia dado e contei para a Manu, entre uma lambida e outra, dos detalhes da rua e da casa.

— Um paraíso, meu amor. Dei o nome de Xangrilá.

— O que significa? E passou a língua de modo sensual na bola de sorvete.

Observei, atônito. O tesão continuou a aumentar.

— Li numa revista que existe um lugar paradisíaco com esse nome no meio do Himalaia. As pessoas de lá vivem sempre felizes.

— Adorei – exclamou ela.

— Então, como disse por telefone, a casa fica numa rua quase deserta, tranquila e sem saída. A única com movimento é a da esquina. Todas as outras são de veranistas e não têm caseiros fixos. Um cara que estava consertando a cerca da última casa disse que o proprietário da nossa aparece apenas em alguns finais de semana durante o mês. Vamos poder curtir e nos divertir muito nela durante a semana.

— Você perguntou isso ao cara? Ele vai achar que você é um ladrãozinho pescando informações para um assalto.

— Sai fora. Sugeri de ele consultar o dono da casa para me contratar para cortar a grama do jardim. Sacou?

Ela deu mais uma lambida no sorvete e disse:

— Legal. Agora conte mais sobre a casa, meu amor. Estou curiosa.

À medida que ia dando mais detalhes, Manu passou a roçar minha perna por debaixo da mesa com cada vez mais vontade. Segui com a descrição do nosso refúgio enquanto a imaginação, turbinada pela sensação da pele dela encostando na minha, rolava solta noutra parte da mente.

— A lateral dá acesso à garagem. A área de serviços fica ao lado, totalmente escondida de quem passa na rua. Esse é o lugar. Para termos tempo, temos de sair correndo da escola. Xangrilá é o canto do nosso amor.

Manu girou o cone do sorvete na mão e manteve a língua na bola numa volta completa. Nenhuma gota do sorvete escorreu pelas beiradas. Quase fui ao céu de tanto tesão.

— Adoro quando você é romântico, Martin. Quero conhecer nosso refúgio. Vamos agora? Dá tempo de ficarmos um pouco juntos?

Ouvi então uma tosse seca e intencional. Fiquei alerta. Na mesa ao lado estava sentada Juliana, colega de classe de Manu e a mãe. Ambas moravam na casa ao lado da de minha namorada. Assumi que pela curta distância e a tossida, estavam de mutuca na nossa conversa.

Chutei a perna da Manu por baixo da mesa e lancei um sinal de alerta com os olhos pedindo para que ela parasse de falar. Sem ter visto a vizinha, retrucou:

— Por que você está me chutando?

Como a vizinha não tirava os olhos de mim, resolvi cumprimentá-la em vez de responder à Manu.

— Olá, dona Alessandra. Noite quente, né!?

Manu finalmente atinou para o que estava acontecendo, se aprumou na cadeira e, sem levantar, deu um alô para Juliana e a mãe, um sorriso amarelo impresso no rosto, e olhou para mim sem saber o que fazer. Dona Alessandra respondeu:

— Tão quente que nem sorvete ajuda, meu filho. Convidei Juliana para um banho de mar, mas ela preferiu vir pra cá.

Não entrei na conversa. Manu menos ainda. Dona Alessandra, vendo que o assunto estava em vias de morrer, disse com malícia e sem sequer olhar para a gente:

— Vocês é que estão certos: tomar o sorvete e dar um passeio antes de voltar para casa.

Manu adiantou-se em responder:

— A gente pensou em passear tia Ale, mas acho que não vai dar tempo. Minha mãe pediu para eu não demorar.

Dona Alessandra bufou e sussurrou algo para a filha, baixo o suficiente para que não pudéssemos ouvir. Manu, irritada, terminou logo o sorvete e me lançou um olhar para que fôssemos embora. Despedimo-nos das abelhudas e saímos.

Nem dez passos e Manu falou:

— Melou tudo, agora elas sabem que todos os dias, após as aulas, vamos sozinhos para uma casa vazia. Ela vai nos seguir e, com certeza, vai contar para minha mãe. Só de maldade. – Fez uma breve pausa e completou: — Juliana é uma recalcada. Nunca namorou e vai espalhar na escola que sou uma galinha. Tudo acabou antes de começar, Martin.

— Muita calma nessa hora, meu amor. A gente não sabe o quanto ela ouviu, o quanto ela sabe e o quanto está apenas especulando.

— Ela foi dissimulada, Martin. Tenho certeza de que ouviu e entendeu tudo que planejávamos fazer após as aulas.

Procurei refletir com calma. A irritação da Manu me atingia e dificultava o raciocínio.

— Não fale no que iríamos fazer. Nosso amor é muito maior que a fofoca dessa megera. Se ela contar para a sua mãe, logo vamos saber.

Manu parou e olhou contrariada para mim.

— Mas isso vai acabar com o nosso namoro, Martin.

Peguei-a pela mão e a puxei para que voltássemos a andar.

— Aposto que em uma semana ela vai até esquecer que nos encontramos na sorveteria.

— Você acha?

— Tenho certeza.

— Tomara.

— Quer ir conhecer o refúgio agora?

Manu estancou de novo.

— Você está louco, Martin? Já pensou se elas encontram minha mãe e ficam sabendo que ainda não voltei?

Olhei o relógio e disse calmamente.

— Estamos longe das 10 horas.

Ela pegou minha mão novamente e mudou o rumo da caminhada.

$$\int$$

— Que cara de enterro é essa? Chegaram mais de meia hora mais cedo. Vocês brigaram?

— Quantas perguntas, mãe – bufou Manu. — Estou só um pouco cansada e indisposta.

Manu virou-se para mim, encostou o lábio seco de um jeito burocrático no meu rosto – não considerei como um beijo – deu-me as costas e entrou. Fiquei sem saber o que fazer a não ser ir embora, cabisbaixo.

Saí com a convicção de que a vizinha tinha melado tanto aquela noite como todos os encontros dos próximos dias. O jeito era mesmo esperar para ver.

∫

No dia seguinte, na escola, encontrei Manu no intervalo das aulas, como sempre. Trocamos beijos fraternais. Ela parecia triste. Fiquei encucado. Para ganhar tempo e encontrar o que dizer, respirei fundo, segurei-a pelo rosto e trouxe o ouvido dela ao encontro dos meus lábios:

— Apenas duas horas nos separam do paraíso, meu amor. Quase não dormi pensando em Xangrilá como o lugar mais seguro do mundo para cultivarmos nosso amor. Quando bater o sinal, saia correndo porque tô com muita vontade, meu amor.

Manu afastou-se um pouco, enrolou os dedos nos cabelos revoltos, sinal de que estava pensando, deu uma piscadinha para mim e disse:

— Também estou, meu amor.

Abri um sorriso que trouxe alguma luz aos olhos dela. Voltei devagar para a sala. Parecia que eu estava em outro mundo, nem sentia o chão onde pisava. Fiquei com receio de que meus amigos lessem o que se passava em meus pensamentos.

∫

Fui o primeiro a sair da sala assim que o sinal anunciou o fim das aulas. Esperei Manu no lugar que combinamos. Ela surgiu apressada, olhou em volta e, não vendo ninguém, me deu um selinho e perguntou:

— Somos os primeiros a sair da escola, meu amor?

— Quase isso. Uns moleques saíram na frente. Foram jogar bola na praia.

Sem dizer palavra, ela me pegou pela mão e me puxou portão afora.

— Vamos, Martin. Não temos tempo a perder.

— Adoro esse seu jeito safadinho de ser.

Chegamos à rua certa minutos depois. Paramos na esquina. Estudei o entorno na expectativa de encontrar alguém. Ninguém.

— Vamos – eu disse para Manu, afoito.

Ela apertou minha mão e a puxei para dentro da viela. Não havia vivalma ali. Parei diante de duas casas, uma em frente à outra. Olhei para Manu, os olhos arregalados numa mistura de espanto e ansiedade, e pedi que ela apontasse para a casa que eu tinha escolhido. Ela girou sobre os calcanhares, levantou um dos braços e disse:

— Tem que ser essa, meu amor. Esse portão baixinho deixa tudo mais fácil. Acertei?

Estiquei um sorriso e fiz que sim com a cabeça.

— A área de serviços que te falei fica nos fundos.

— Não dá para ver nada daqui, Martin.

Ela deu dois passos na direção da casa e voltou-se para mim; e com um olhar safado, transbordando em expectativa, disse:

— Quer dizer que ninguém pode ver o que vamos fazer lá no fundo?

Balancei a cabeça de um lado a outro. Manu adiantou-se até o portão e tentou abri-lo. Parecia emperrado. Agarrou a saia, levantou-a até a cintura e com isso me presenteou com segundos de puro encantamento.

— O que você está fazendo, Manu?

— Vou pular o portão, ora!

Essa é minha namorada, eu disse para mim mesmo.

Fui até ela e tentei abrir o portão. Emperrado mesmo, forcei um pouco. E apesar do rangido que poderia ter sido ouvido a muitos metros dali, cedeu um pouco.

Manu espantou-se com o barulho.

— Vamos sair daqui, meu amor. Esse barulho deve ter chamado a atenção de muita gente, vamos nessa – ela exclamou já se movimentando para sair correndo.

— Calma! Eu disse que não mora ninguém por aqui. Vamos entrar. Você vai gostar de conhecer a lavanderia que faz parte da área de serviços.

— Acho muita loucura tudo isso. Prefiro ir embora.

— Relaxa, meu amor. Você vai adorar nosso Xangrilá.

— Será que as pessoas em Xangrilá levam sustos como esse para serem felizes?

Manu pulou. Peguei-a pela mão e caminhamos pela lateral da casa. Um galo cacarejou de um jeito esganiçado perto dali. Manu apertou minha mão. Entre um beijo e outro ela me perguntava se eu tinha certeza de que não iria se atrasar para o almoço. Antes de ouvir a resposta deu-me mais um beijo no rosto, mordeu minha orelha e sussurrou:

— Vamos precisar de tempo para retomar de onde paramos na praia, Martin.

Desde então, a imagem do corpo dela junto ao meu tem estado presente em minha mente 24 horas por dia. E ali, protegidos pela privacidade que havíamos conquistado – as quatro paredes de uma lavanderia –, apesar de saber que Manu queria o mesmo que eu, resolvi avançar com calma, pois uma linha tênue separa a expectativa do medo absoluto. E a expectativa, quando persuadida pelos ingredientes certos, ajuda a criar um clima que, nesse caso, nos levaria a consumar nosso amor em paz.

Em termos práticos, eu não sabia bem até onde poderíamos chegar, mas tirar uma parte da roupa dela era indispensável. Minha estratégia então foi de ir conquistando seu corpo aos poucos.

— Sua blusa vai ficar toda amassada se você continuar com ela.

— Safado. Sou capaz de ler a sua mente e dizer que você não está preocupado com a minha blusa.

Segurei o primeiro botão com os dedos e o tirei da casa. Manu não ofereceu qualquer resistência, mas lançou um olhar guloso para mim. Fui para o próximo, depois o outro, o outro...

— Quero te ver igualzinha te vi na praia.

O último libertou o que parecia um santuário sagrado de paixão e prazer. Desembrulhei-a da blusa, baixei o short e pendurei as peças num prego torto enfiado na parede. Comecei a desabotoar minha camisa. Manu me interrompeu e passou a fazer por mim o que fiz por ela. Ao terminar, soltei-me da camisa e da calça do uniforme, que ela ajudou a baixar. Penduramos tudo no mesmo prego e ela grudou seu corpo quente ao meu. Eu a envolvi nos braços e desprendi o fecho do sutiã, que foi para o chão.

— Martin. Martin... Beije-me. Beije-me muito...

Um beijo molhado começou na boca, desceu pelo pescoço e foi parar naqueles seios lindos e duros. Para facilitar, puxei um caixote de frutas encostado ao lado da máquina de lavar roupas e ali sentei.

Perfeito. Minha cabeça estava na altura exata dos seios. Eu estava explodindo de tesão. E ela também, tanto que agarrou meus cabelos com as mãos e passou a acompanhar os movimentos ritmados da minha língua em torno dos bicos. Em pouco tempo começou a gemer:

— Não para! Não para... Martin! Martin...

Manu se contorcia. Sua pele ficou arrepiada num instante. Ela gemia alto e balbuciava seguidamente — "não para, Martin, não para" – Agarrou com mais força meus cabelos e de forma meio descontrolada gritou:

— Vou gozar assim, meu amorrrrrrrrrrrrr...

— O orgasmo veio sem que ela pudesse terminar a frase.

Levantei do caixote e a envolvi em meus braços. O orgasmo nos seios foi uma surpresa para nós. Ela estava ofegante e agradecida.

— Seu corpo ainda vai nos surpreender muito, Manu.

Enquanto retomava o fôlego, sussurrava meu nome.

Com seus seios ainda roçando meu peito, fui descendo a mão e cheguei à calcinha. Sem pedir permissão, abaixei-a até os joelhos. Ela levantou uma das pernas, depois a outra, e livramo-nos da peça.

Deslizei a mão pelo ventre quente e desci mais e mais. Ela deu um intenso gemido quando cheguei ao clitóris e sussurrou:

— Te amo, Martin.

Sentado no caixote, passei a beijar seu ventre e a descer cada vez mais.

— Martin!!!

Fiquei de pé, forrei a lateral do tanque com minha camisa, agarrei-a pelas nádegas e a coloquei ali com as pernas abertas para mim, os pés apoiados em meus joelhos, os braços apoiados nas beiradas do tanque, os seios balançando de um lado a outro enquanto se ajeitava.

— Martin! Martin... ela está sentindo a força da sua respiração... sua língua está deliciosa. Como você aprendeu a fazer isso? É gostoso demais!

Vez ou outra eu olhava para ela na tentativa de mostrar todo o prazer que eu também estava sentindo.

— Essa é minha primeira vez, meu amor – confessei, sem medo.

Mesmo sem experiência, procurei seguir meus instintos. Uma lambida aqui, outra acolá e ela urrou de prazer. Seu corpo tremeu como que por um impulso elétrico e ela fechou as pernas num tranco. O orgasmo havia sido intenso demais. Aos poucos, mas ainda ofegante, ela abriu novamente as pernas e olhou para mim, um olhar inerte e esgotado de prazer. Pousei a cabeça sobre sua virilha e procurei compartilhar com ela o prazer que eu lhe havia proporcionado.

Manu agarrou novamente meus cabelos, afastou minha cabeça e disse, ternamente:

— Você vai me deixar mal acostumada, meu amor.

Ficamos em pé. Ela abriu um sorriso. Trouxe a boca para junto da minha e me deu um beijo lambido.

— Quero um pouco do meu sabor...

— O sabor do nosso amor.

— Metade dele apenas.

Sem aviso, sentou no caixote de madeira e baixou minha cueca. Quase enlouqueci ao imaginar o que ela iria fazer.

— Vi num filme pornô que a garota curtia o cara gozando na sua boca.

Com vontade e carinho, ela chupou meu pau em movimentos regulares e ritmados. Foi uma das experiências mais inesquecíveis de minha vida. A explosão foi quase imediata.

Acariciei seus cabelos e curti um pouco o prazer quase delirante que ela havia me presentado. Ao abrir os olhos, saciado, deparei-me com ela sorrindo para mim.

— Se você gostou, pode gozar sempre na minha boca. Sou sua. Eu te amo e vou te amar para sempre, Martin. Outro dia, em outro lugar, mais especial que este, quero entregar minha virgindade a você, meu amor. Estou com muita vontade de sentir você todo dentro de mim.

Saí de lá agradecido por tudo. Por quase um mês, Xangrilá alimentou nossos planos para o grande dia.

Cinco

Fala Dalton. Tudo bem? Está tudo certo cara, a barra tá limpa? — O pai dele havia viajado para São Paulo para fazer compras e o gerente do hotel também ficaria fora durante o período da manhã. O meu grande amigo estava me ajudando na realização do sonho. Meu grande dia com Manu merecia cama, chuveiro e toda a privacidade que poderíamos ter. Dar-me sua virgindade era a maior declaração de amor que ela poderia fazer.

— Pode vir, Martin. Fale na recepção que vocês vieram falar comigo. Eu mesmo levarei vocês até o apartamento. Manu merece o melhor.

Ponderei o arranjo e resolvi dizer, mesmo correndo o risco de perder a oferta:

— Assim não rola, cara. A Manu não vai querer te encarar. Eu disse que você havia emprestado o apê e que ninguém a veria chegar e sair. Ela tem muito medo de que isso chegue ao ouvido dos pais.

— Desencana, Martin. Você não é o primeiro, muito menos o último casal de pombinhos que se hospeda aqui e quer discrição.

Fiquei mudo. Pelo telefone, Dalton percebeu minha aflição e frisou:

— Seu segredo morre comigo, cara. Assim como o segredo de muita gente que usou este hotel para uma noite apaixonada ou mesmo para dar uma pulada de cerca.

Refleti brevemente sobre as possibilidades do que ele havia dito e fiquei mais tranquilo. Manu comentou que ficara apavorada com a simples ideia de imaginar o Dalton espalhando para nossos amigos da escola que eu e ela tínhamos transado no hotel do pai dele. Eu também não confiava muito no Dalton, mas àquela altura dos acontecimentos não tínhamos alternativa. Mesmo assim, achei por bem dizer:

— Um dia vou me casar com ela, cara. Manu é a mulher da minha vida.

Dalton deixou escapar uma espécie de ruído. Eu não soube definir se de alegria ou gozação. Ele já deve ter ouvido tanto isso, pensei...

— Me ligue daqui a pouco – Ele disse. — Vou ver o melhor apê que vocês vão poder usar.

O suspense me deixou desconfiado de que o apê poderia não rolar. Por outro lado, era preciso dar um voto de confiança pelo esforço que ele ficou de fazer. Xangrilá estava fora de questão, eu e a Manu éramos menores de idade e eu não tinha grana para pagar nem meia hospedagem de qualquer outro lugar. O hotel do pai dele era nossa única opção. Se desse mancada, eu nunca mais olharia na cara dele. Por outro lado, eu estava tão tenso para descobrir como seria tirar a virgindade da minha namorada que não consegui raciocinar direito.

— Conseguiu, Dalton? – perguntei pelo telefone, meia hora mais tarde, sem sequer dizer alô.

— Tá nervoso? – ele rebateu, às gargalhadas.

Nervoso, perguntei-me. Eu estava com a mão gelada, a testa suada, e ainda recebo uma pergunta dessa? Quem esse cara pensa que é?

— Nem um pouco – respondi procurando controlar a respiração ofegante. — A que horas vamos poder chegar ao hotel?

— Como assim? Quem disse que consegui?

Fiquei sem saber se era verdade ou se ele estava zoando comigo.

— Você é ponta firme, Dalton. Além do mais, é meu chapa.

— Você venceu. A partir das dez tá limpo, cara. Pode trazer seu pitéuzinho.

— Caraca, ouvir a confirmação me deu um puta alívio. O céu como que se abriu sobre mim e o coração veio quase a parar na boca. Tive vontade de levantar e gritar, mas apenas declarei:

— Eu sabia que podia contar com você, cara.

— Você tem uma puta sorte – e, sussurrando, completou: — Você vai comer a melhor mina da ilha e no melhor hotel da cidade.

— Segura a língua, cara, por favor. Eu já disse que vou casar com ela.

— Pode casar com quem quiser, mas que tem uma puta sorte, isso tem.

— Valeu – decidi ceder. — Mas qual o número do apê?

— Entre pela lateral do hotel, sem passar pela recepção. Pegue o primeiro corredor à direita. A porta do quarto um estará destrancada. Vou deixar a chave na fechadura, do lado de dentro e uma toalha sobre a cama. Se ela for virgem mesmo, evitem sujar a cama com sangue. Não quero ter de me explicar para o meu pai. Use-a, leve com você e jogue fora. Arrumei uma sem o logo do hotel para meu pai não sentir falta.

Agradeci de coração. Dalton arrematou:

— Cuidado com o estardalhaço. O hotel tá tranquilo, mas paredes têm ouvidos, você sabe disso.

$$\int$$

Ligar para a casa de Manu e desligar no primeiro toque era o sinal para ela vir ao meu encontro. Enquanto a esperava, as perguntas me perseguiam. E se ela não viesse? E se ela não tivesse ouvido o telefone tocar? E se a mãe dela não a deixasse sair? Quaisquer minutos de espera pareceriam horas.

Fiquei zanzando feito barata tonta no nosso ponto de encontro. Eu ia e voltava até a esquina de onde conseguia enxergar duzentos metros à frente, e nem sinal dela. De repente, recebi um abraço perfumado por trás.

— Procurando alguém?

Virei-me. Nosso beijo comportado foi quase uma carícia para os lábios.

— Você está um gato – ela disse. — Tem surpresas para mim?

— Arrã – foi tudo o que respondi.

Manu vestia um short branco com um tipo de saia na frente que dava a impressão de uma mini saia super mini. A roupa valorizava suas coxas grossas e destacavam o dourado da pele. A blusa de malha vermelha era propositalmente larga, o que não apenas revelava um dos ombros de cada vez, como enaltecia as curvas sobre os seios generosos. Pelo relevo dos bicos sob o tecido, pude perceber que ela estava sem sutiã. Não ousei perguntar como a mãe a deixou sair daquele jeito, apenas agradeci por ela ter vindo sem aquilo.

— Vamos andar, meu amor, ou você vai ficar apenas me olhando?

— Minha vontade é correr, Manu.

— Como assim? Fugir de mim?

— Não sua boba! Quero correr com você para o hotel e não perder nem um minuto sequer.

Eu estava hipnotizado pela beleza de minha namorada. Seguimos de mãos dadas pelo caminho que sugeri. Contei sobre os acertos com o Dalton. Tentei tranquilizá-la várias vezes sobre as juras de discrição e de segredo absoluto que ele se prontificou em fazer.

No final das contas, não sei quem a convenceu: eu ou sua ânsia de me entregar a virgindade.

∫

Um mês depois dos primeiros amassos em Xangrilá, o grande momento havia chegado. Manu e eu estávamos sentados no sofá do quarto nº 1 do Grande Hotel Caminho do Mar. O hotel era grande só no nome. O quarto, menos ainda. Mas perto da lavanderia de Xangrilá, uma imensidão. O perigo de chegar alguém era zero ou algo próximo disso. Abri a cortina de voal da porta balcão. Os flamboyants floridos do jardim contrastavam com o azul do mar, e nos davam uma visão de cartão postal. Embalado pelo cenário externo e interno, que estavam perfeitos e se casavam em forma e conteúdo deixando tudo mais bonito, desatei a falar:

— O apartamento é lindo né, Manu? Quer uma água? Será que a cama está limpinha? Quer que eu ligue o ar condicionado?

Ela calmamente levantou-se, sentou na beirada da cama, cruzou aquele maravilhoso par de pernas e, com os cotovelos fincados no colchão macio, disse me zoando:

— Mais alguma coisa, Martin?

— É que não paro de falar quando fico tenso.

Manu alfinetou:

— Nem percebi...

Fechei a matraca. Manu parecia se divertir com esse meu jeito de ser. Respirei fundo, levantei e fui ligar o ar condicionado. Sintonizei uma música suave no rádio. Peguei uma água no frigobar. Sentei ao seu lado e levantei como que acionado por uma mola. Era preciso estender a toalha que o Dalton pediu. De modo grosseiro e apressado, estirei o tecido sobre a cama e sentei ao lado de Manu mais uma vez, que me observava com um sorriso terno no rosto. Ela então me envolveu num abraço carinhoso e sussurrou em meu ouvido:

— Falta mais uma coisa. – Manu desvencilhou-se de mim e levantou os braços no ar. Foi a deixa para que eu puxasse a blusa vermelha para o alto e liberasse de vez o par de seios que balançaram lindos e soltos.

Enquanto me engalfinhava neles com beijos, chupões e apalpadas, Manu desceu uma das mãos e passou a acariciar meu membro.

Dividindo meus esforços, mantive a boca sobre os mamilos arrepiados e busquei, com uma das mãos, o botão do short dela, que abriu num breve estalo. Trêmulo de tesão e vontade, arranquei-o brutalmente junto com a calcinha.

Meus dedos ansiosos deslizaram por seu ventre, que se animava a cada toque, até conquistarem seu clitóris em alerta total. Ela suspirou de prazer e abriu a boca para um beijo.

— Te amo, Manu.

Ficamos por longos minutos entre beijos, abraços, carícias e descontrolados amassos, até que busquei o preservativo no bolso da bermuda.

— Desejamos demais este momento, meu amor! Quero que seja maravilhoso para nós dois – ela sussurrou em meio a gemidos. – É com você que sonho, até mesmo acordada.

Aquele era o momento de mais extremo amor e tesão que eu já havia vivido.

No quarto, nossa respiração ofegante compunha a trilha sonora em parceria com a rádio.

Sem Fantasia, de Chico Buarque, ecoava das caixas de som. Manu disse numa voz rouca e trêmula:

— Adoro a parte quando a mulher canta *"vem, meu menino vadio"*.

E abriu as pernas para me receber.

Olhei fundo nos olhos dela. Toda pronta para mim, só para mim.

Toquei-a com o meu pau. Ela sorriu com um suspiro. Os olhos entreabertos ainda miravam os meus e pediam mais. Procurei invadi-la devagar, com todo o carinho e cuidado. Manu percebeu que a resistência à penetração havia aumentado. A expressão do seu rosto mudou, ficou mais tensa. Mas isso não a impediu de facilitar meu acesso. Entrei um pouco e parei por um instante. Ela começou a rebolar na pontinha do meu pau. Subia até o ponto que seu hímen impedia uma penetração mais profunda e então descia.

— Sou capaz de gozar assim, meu amor.

— Eu também, Manu. Podemos ficar por aqui hoje, se você preferir. — Ao ver minha hesitação, olhou para mim com intensidade e aumentou o ritmo do rebolado. Pensei que ela fosse gozar. Mas sem dizer palavra, num movimento coordenado e determinado puxou-me para ela e levantou a pélvis. Ela gemeu, não sei se de dor ou prazer, pela penetração profunda. Éramos dois em um só corpo. Entrei até o fundo e parei. Seu corpo todo tremeu...

Toda arrepiada e quente, disse aos soluços de prazer e entre os trancos que recebia:

— Sonhamos muito por esse momento, não é, meu amor? Eu te quero, Martin. Vem meu amor.

Seu olhar sensual, seu corpo quente e delicioso, suas mãos acariciando minhas costas e me puxando cada vez mais para dentro dela, para inundá-la com meu amor e minha paixão, me fizeram perceber que ela curtia e se entregava sem freios para mim.

Seus olhos denunciavam prazer sem apreensões. Seu corpo tremia mais e mais. Sua respiração era irregular.

— Adoro você louca assim.

Ela manteve os olhos fixos em mim, um olhar de calma de quem me recebia a cada movimento de amor e paixão. Abriu então um sorriso terno e disse:

— Te amo mais ainda, Martin. Sou tua, meu amor. Largue o peso do seu corpo sobre mim, quero te sentir todo meu, por dentro e por fora.

Apoiei então os cotovelos na cama e larguei ainda mais o peso do corpo sobre ela. Insatisfeita ela exigiu:

— Largue o peso todo sobre mim. Quero me sentir sua. Largue!

Fiz o que ela mandou e mordi um chumaço dos seus cabelos. Ela me abraçou com fúria e começou a mexer os quadris, exclamando:

— É maravilhoso ter você dentro de mim, meu amor. Maravilhoso, maravilhoso...

E continuou se contorcendo mesmo com meu corpo sobre o seu. Entendi o recado e reagi sincronizando os movimentos aos dela.

— Mexe, Manu. Mexe. Amo te sentir quente. Curta meu pau todo dentro de você. Ele é seu.

Uma manhã especial em todos os sentidos. Eu era capaz de perceber o tempo, a natureza. Se pedissem muito, eu seria capaz até de ouvir a grama crescer. As ondas do mar, mesmo brandas na praia ali em frente, pareciam quebrar raivosas contra rochedos íngremes. Os cantos dos pássaros completavam o que para mim era uma sinfonia de amor.

Manu brilhava de um jeito diferente. Seus olhos irradiavam uma luz própria e preenchiam a penumbra do quarto. Eu a amava demais, de um jeito transbordante. Meu amor por ela era maior que eu. Sussurrei em seu ouvido:

— Sinta todo o meu amor por você, Manu.

Ela apenas sorriu e demonstrou gratidão pelas minhas doces palavras.

Ela mexia com total liberdade, parecia dominada pelo prazer. O ritmo dos seus movimentos foi aumentado. Os gemidos ficaram mais altos e vinham entremeados com algumas palavras que eu decifrava. Tive a percepção de que ela estava se aproximando do primeiro orgasmo vaginal da sua vida.

— Curta meu pau dentro de você, Manu. Sinta eu te tocando lá no fundo.

Ela perguntou, aos solavancos:

— Você colocou tudo, meu amor?

— Quer mais?

— Falando assim no meu ouvido você me deixa louca de tesão. Quero te engolir todo.

Fui fundo. Ela gemeu.

— Tudo, Martin. Tudo. Lá no fundo. Se fosse maior e mais grosso eu não aguentaria. Agora você é o meu homem. — Ela soltou um gemido forte e disse: — Sou tua, meu amor. Mexe meu amor. Não para. Não paaraaa.

O prazer dela me contagiava e me fazia ir mais e mais fundo. Estava cada vez mais difícil de eu controlar meu orgasmo. Minha ansiedade chegou ao fim quando ela levantou o púbis e numa sequência desordenada gritou:

— Não paaaaraaaaaaa. Vem, meu amor, não paaraaaa, goza comigo, meu amor. – A felicidade a inundou, a silenciou e de tanto amor ela largou o corpo de vez sobre a cama e eu sobre o dela.

Ficamos uns bons minutos ali largados, inertes, ofegantes, suados, atônitos, nos beijando e rindo, felizes. Em dado momento, vi uma lágrima escorrer do canto de seu olho.

— Foi tudo incrível, Martin. Nunca imaginei que um orgasmo pudesse me fazer chorar de felicidade. Agora sei que sou tua para sempre.

Palavras segredadas em meu ouvido que tatuaram a frase em meu coração.

Não sei dizer quanto tempo ficamos ali ou quanto tempo durou tudo aquilo. Sei apenas que foi uma janela fantástica no tempo e no espaço. Uma janela que certamente marcaria para sempre minha existência.

Era incrível ver como nosso sonho continuava sendo sonhado, sobretudo acordados. Nunca imaginei existir tanta felicidade em minha vida.

∫

Ela tinha um orgasmo atrás do outro. Nada parecia saciá-la. Entre idas e vindas, continuamos transando sem parar por mais de uma hora.

Depois de um tempo, eu precisava de fôlego. Sugeri tomarmos um banho. Ela me olhou com um ar de interrogação. Eu gostava de todas as suas expressões, do jeito que ela me olhava. Muitas vezes ela nem precisava falar o que queria. Mas, por mais que minha proposta a tenha surpreendido, eu precisava mesmo de um *break*. Quando prometi que o banho seria rápido e que voltaríamos logo para a cama ela enrolou os cabelos, fez um coque e se mostrou pronta.

Com muito tato e carinho, afastei-me dela e levei os olhos à toalha que forrava a cama.

Apontei-a com o dedo. Ela se sentou na cama, levantou a toalha, passou a mão como se estivesse a acariciando e sorriu.

— Não se preocupe – eu disse. — O Dalton disse que podemos jogar essa fora.

Manu lançou mais uma das suas expressões surpreendentes e disse:

— Esta não é uma mancha de sangue qualquer, Martin. É o registro do momento mais lindo da minha vida. Posso guardá-la?

Ela que fizesse o que tivesse vontade com a toalha, pensei, mas resolvi perguntar:

— Onde? E seus pais?

— Vou dar um jeito em tudo.

Balancei então a cabeça na direção do banheiro, segurei sua mão e a puxei com jeito para fora da cama. Enquanto íamos de mãos dadas até o chuveiro, ela olhou para mim, e com a voz embargada disse:

— Te amo. Minha vida ficou muito mais feliz com você.

Ela manteve os olhos fixos nos meus à espera de uma reação. Quase chorei. Ela deu um suspiro profundo e me puxou pela mão para o chuveiro.

Abri a torneira e enquanto esperava a água esquentar, fiquei admirado pela beleza de Manu ali, ao meu lado. Ajustei a temperatura e ela entrou embaixo da água. Tirou a cabeça do jorro abundante, olhou para o meu pênis e comentou:

— Esse banho juntos é mais um sonho realizado, Martin. Eu sentia suas mãos em mim todas as vezes que gozei no banho. Engraçado, eu sonhava com suas mãos me tocando e me possuindo, e não com "ele". E nas últimas semanas, depois de nos curtirmos no Xangrilá, só me via gozando na sua boca. Você não imagina a delícia que é gozar na sua boca, Martin.

Ela afastou alguns fios de cabelo que cobriam seus olhos e deu uma piscada chamando-me para debaixo da ducha. Seu corpo molhado brilhava e as marcas do biquíni ficavam mais acentuadas. Os bicos durinhos dos seios, empinados para cima, pareciam olhar para mim.

— Adorei te dar prazer com minhas mãos e com a boca, mas hoje "ele" é que agradece muito.

Manu olhou novamente para o meu pênis, segurou-o com firmeza e disse:

— Nem precisa.

Ajoelhou-se, olhou para ele, e começou um monólogo animado:

— Eu é que agradeço, estarei sempre à sua disposição, moço. Você é uma ótima companhia, sabia? Quero tê-lo sempre por perto, ou melhor, dentro de mim.

Após uma risada meio sacana, ela levantou, me abraçou e deu um beijo tentador, sem tirá-lo da mão. Nossos corpos se entrelaçaram, e ela, pouco a pouco, passou a roçar seu corpo no meu. Seus suspiros viraram uma respiração forte e alterada. Surpreso, me perguntei: ela quer mais? De novo? Já?

Senti minha testa franzir de espanto e tesão. Agarrei-me a seu corpo e desci até sentar no chão do box.

— É muito gostoso receber a água que passou pelo seu corpo, Manu.

Levantei a cabeça e tive a certeza de que ela lia em meus olhos a intenção que cruzara meu cérebro. Segurei em suas pernas e encostei minha cabeça "nela". Acariciei seu corpo com minhas mãos e momentos depois olhei para tudo aquilo que estava na minha frente. Ela se contorcia a cada lambida. O barulho da água dificultava minha audição, mas não encobria por completo os gemidos que ela soltava. O banheiro tinha uma janela de acesso para a área externa do hotel. Em alguns momentos cheguei a pensar que o malandro do Dalton poderia estar ali para ouvir o que rolava entre eu e a Manu.

A ideia foi pelo ralo quando conseguimos estabelecer uma sincronia perfeita entre os movimentos do seu corpo e os da minha cabeça e língua. Por vezes ela afastava minha cabeça com as mãos, e por outras empurrava seu sexo na direção da minha boca. Eu havia esquecido de que estava sentado no chão frio e duro. De repente, Manu segurou com mais força meus cabelos, afastou o corpo até encostar na parede, puxou minha cabeça e falou bem alto "eu te amo, Martiiiiinnnn".

Seus dedos foram afrouxando lentamente e soltaram os chumaços aos poucos. Manu largou os braços ao lado do corpo e o deslizou pela parede até sentar no chão ao meu lado. Pousou a cabeça em meu ombro e chorou de tanto prazer.

Seis

Eu e Manu estávamos nos descobrindo no amor e no sexo. Até então nossa sintonia era plena, e tudo ia acontecendo naturalmente. Manu se revelava uma mulher completa e eu sabia que nossa vida sexual estava apenas começando. Aquele momento de deslumbramento foi interrompido de uma forma surpreendente.

— A cama nos espera, mas tenho dúvidas se quero ir para lá ou continuar te curtindo aqui no banho.

A danadinha tinha acabado de gozar, e seu primeiro pensamento era sobre onde continuaria transando. Refleti calado por um instante sobre a aquela deliciosa sede sexual de Manu. Meus pensamentos foram interrompidos pela pergunta.

— Você prefere transar aqui ou ir para a cama?

Não acreditei no que estava ouvindo... Aliás, nem sabia que mulher gostava tanto de sexo quanto homem.

∫

Percebi um barulho vindo da janela do banheiro. Virei rapidamente a cabeça e tive a impressão de ter visto um vulto. O sacana do Dalton com certeza estava por ali tentando ouvir alguma coisa. Dias depois, numa roda com vários amigos, em que o assunto como sempre era mulher e sexo, ele chegou a comentar que nunca tinha chupado uma boceta. Todos demos risada. Fiquei cabreiro. E quando ele disse que se fosse embaixo de um chuveiro, tendo a certeza de que estava bem limpinha ele teria coragem de dar alguns beijos, tive a certeza de que ele esteve lá, ouvindo pela janela do banheiro...

Bom, se o Dalton ouviu alguma coisa, ele deve ter passado a noite se masturbando. Azar o dele e de todos os meus amigos, que tinham que fazer justiça com as próprias mãos porque, naquele momento no chuveiro, eu tinha Manu inteira para mim, e mais, cheia de vontade de dar para mim. Sem responder se preferiria dar continuidade na cama ou ali, peguei a toalha e comecei a enxugar o corpo dela.

— Você está me enxugando ou faz parte da sacanagem? – Manu perguntou. — Você é um safado, e isso me excita. É essa a sua intenção?

— Quero te levar para a cama sequinha, pelo menos por fora.

— Me seque assim que vou ficar mais e mais molhadinha, Martin – ela disse isso e completou: — Quer abusar de mim de novo, meu delicioso amante?

Agarrado a uma ponta da toalha, ela agarrou a outra, fez uma expressão indecifrável e me puxou para o quarto. Entendê-la, para quê? Meu objetivo era levá-la para a cama e deixá-la feliz e satisfeita.

O resto era o resto...

∫

A toalha branca realçava ainda mais o dourado da sua pele. Envolvi seu corpo com ela e disse:

— Embrulhada para presente.

— Faça isso, Martin. Quero que me sinta sempre como um presente para você. E estar sempre presente na sua vida e na sua cama.

— Com poesia fica ainda mais gostoso, meu amor.

Peguei-a no colo, carreguei-a até a cama e pousei-a lá, delicadamente, como se põe uma peça de cristal sobre uma mesa frágil. Lamentei que o percurso fosse tão curto. Eu estava tão encantado por ela, que seria capaz de carregá-la nos braços até os confins da Terra, se pudesse.

Foi delicioso agarrar aquele corpo firme e compacto em meus braços e colocá-lo na cama. Os raios de sol que entravam pela janela do quarto iluminaram ainda mais sua pele e suas curvas assim que ela se ajeitou sobre o colchão.

Eu tinha certeza de que Manu era a mulher da minha vida. Ao vê-la ali, linda e sorridente de tanto amor, fui tomado por uma vontade de escancarar a janela e gritar para o mundo todo ouvir: EU TE AMO, MANU!!!!

Contive o impulso e deitei ao seu lado na cama.

— Você é forte, meu príncipe. Mais forte do que eu pensava. De onde vem tudo isso?

Desembrulhei-a da toalha e a beijei:

— Do meu amor por você – respondi.

Afastei uma mecha de cabelo que lhe caía sobre os olhos no que ela disse:

— Adorei como você foi carinhoso comigo na nossa primeira vez.

Seus olhos transbordavam em desejo. Ajeitei a cabeça no travesseiro, ela aconchegou seu corpo no meu, um corpo quente de amor, e me agarrou com força. Sem aviso, girou a cabeça e encaixou a boca em meu pescoço e passou a lamber e beijar ali com força e pressa. Dava para sentir a força de sua paixão.

— Martin! – ela gritou como se eu a estivesse machucando.

Afastei-a e perguntei, espantado:

— O que foi, meu amor?

— Acho que eu queria te engolir a partir do pescoço, para ter você para sempre dentro de mim. Não senti que estava te chupando e te sugando com tanta força.

Fiquei sem saber o que dizer diante de tanta voracidade. Ela passou a mão no lugar onde há pouco chupava e disse:

— Perdão, mas está registrado em seu pescoço o meu amor por você.

Desvencilhei-me dela e corri para o espelho do banheiro.

— Adorei esta marca Manu. – E completei: — Pena que não é uma tatuagem. Esta vai apagar com o tempo. Mas sempre que eu tomar banho, fizer a barba, ou arrumar a gola da camisa, vou me lembrar desse beijo.

Passei o dedo no pescoço e senti a área levemente inchada e até um pouco dolorida.

— Desculpe de verdade – disse Manu, do quarto.

— Não esquente, meu amor – eu disse em alto e depois sussurrei para apenas eu ouvir: — Quero que ela fique tatuada para sempre na minha memória.

Daquele momento em diante jurei que meu pescoço nunca mais seria beijado por outra mulher.

Voltei para o quarto, beijei-a e ela sussurrou no meu ouvido:

— Hoje não é dia para forçar muito. Mas fique sabendo que no futuro quero te sentir em todas as posições.

— Delícia Manu. Acho que vou ter que te apresentar o Kama Sutra.

— Eu prefiro ter só você e não um Kama Sutra.

— "O" Kama Sutra e não "um" Kama Sutra.

— Ué? Não é um vib... ? O que é um Kama Sutra?

Expliquei o que os garotos comentavam, e ela se entusiasmou ao saber que se tratava de um livro recheado de posições sexuais que os hindus usavam há milênios.

— Ai, que vergonha! Desculpa, Martin. Eu crente que era um vibrador ou coisa parecida – ela gargalhou.

— E precisa pedir desculpas?

Nós dois rimos e eu cutuquei.

— Mandamos bem hoje, meu amor. Chega de estripulias. Quantos dias você acha que vai demorar para cicatrizar lá dentro, Manu?

— Como assim quantos dias, Martin? Estou pensando que em poucas horas poderemos voltar à pista de testes.

— Você é muito mais do que eu sonhei, Manu...

— Quer dizer que sou boa só na cama e que você só gosta de mim por isso? É só sexo que te interessa?

— E você só gosta de mim sexualmente?

— Perguntei primeiro.

— Não. Te amo demais. Nossa sintonia sexual apenas robustece o nosso amor.

— Quer dizer que se não transássemos ou se eu fosse frígida nosso namoro acabaria?

— Cama é lugar para mais ação e menos papo, Manu.

Aquela conversa estava tomando um rumo estranho. De uma hora para outra ela começou a questionar o inquestionável. Percebi que o melhor a fazer era voltar a estimular seu corpo, que sempre reagia rapidamente.

Deitei-me entre as pernas dela. Acariciei e beijei seus pés e fui subindo devagar.

Ao roçar meu rosto no interior de suas coxas ela gemeu de prazer e disse que me desejava. Eu estava determinado a deixá-la muito excitada de maneira a fazê-la esquecer aquele papo de uma vez. Além do mais, eu também precisava de um tempo para me recompor. Com a voz meio rouca e cheia de tesão eu disse:

— Não vou te comer ainda, meu amor. Quero te curtir todinha primeiro.

— Vai judiar de mim, safadinho?

Para mim mesmo, jurei que sim. Eu estava com muita vontade de penetrá-la, mas queria excitá-la até que ela perdesse o controle e implorasse pelo meu pau. Eu sabia que o excesso de tesão a descontrolaria em algum momento. Seu corpo respondia aos meus beijos e amassos com arrepios e contrações.

Depois de beijar e lamber quase todo o corpo cheguei ao seu sexo. Ela tremeu e começou a rebolar para encontrar minha boca. Bastaram poucos movimentos com a língua para ela soltar um forte gemido de prazer e relaxar por completo.

Repousei a cabeça sobre sua virilha enquanto ela curtia o orgasmo. Poucos minutos depois, Manu começou a se mexer e se contrair, e sussurrou em súplica:

— Vem meu amor. Foi muito gostoso gozar na sua boca. – Ela abriu as pernas e completou: — Vem, Martin, sou sua para sempre e te quero todo dentro de mim.

Fiquei observando por alguns instantes aquele corpo dourado que fazia pequenos movimentos de sobe e desce com a virilha. Os bicos dos seios estavam grandes e duros de novo. Ela não desviava seu olhar do meu pau e mordia levemente os lábios. Não eram necessárias palavras para dizer o que ela estava pensando e desejando. Avancei para cima dela, que tremeu ao sentir o toque do meu pau.

"Ele" sentiu tudo molhadinho, mas ficou ali, explorando a entrada. Manu rebolava e, gemendo, disse:

— Chega de judiação. Quero você todo, Martin.

— Te amo. – Entrei suave e bem devagarzinho, com medo de causar dor no local da virgindade rompida. Ela, ao contrário, e ainda muito gulosa, agarrou com as duas mãos a minha bunda e me puxou para junto de si. Rebolou sem medo, demonstrando sede e prazer. Eu não conseguia desviar os olhos daquele rosto lindo, daquele olhar sensual de fêmea saciada e que queria mais. Eu estava curtindo muito suas expressões de prazer. E queria vê-la atingindo o orgasmo, sentir seu corpo vibrar de prazer.

Ela apertou as mãos na minha cintura e com um gemido forte disse:

— Martin... vemmmmmmmm, meu amorrrr. Vem comigo. – Gemeu muito forte e completou: — Te amooooo, Martin.

- Não aguentei e gozei.

— Solte todo o seu peso em cima de mim - ela pediu.

Desfaleci.

$$\int$$

A luz do sol era tão intensa que mesmo com a janela fechada o quarto ficava iluminado. Os passarinhos cantavam do lado de fora. As maritacas, na sua algazarra costumeira, cruzavam o céu como dobradiças enferrujadas. O mundo parecia feliz. Eu estava feliz.

Tive vontade de pedir para Manu me beliscar. Aquilo tudo era muito bom para ser real. Eu parecia estar sonhando acordado, um sonho que não queria que terminasse.

$$\int$$

Permaneci dentro dela por um bom tempo. Só interrompi o "transe" para fazer algumas confissões.

— Somos um só, Manu. Nos pertencemos para sempre. Eu te amo demais e sei que é para toda a vida.

Mal terminei as jurar de amor e o telefone do quarto tocou. Só podia ser engano, pois ninguém sabia que eu estava lá. Retirei o aparelho do gancho com cuidado. Dalton, o único que sabia, surgiu do outro lado da linha, curioso, perguntando como estavam as coisas. O cara sabia que eu namorava a Manu e que iria me casar com ela, e mesmo assim teve a coragem de me perguntar se ela era boa de cama.

Fiquei surpreso quando, de supetão, ele disse que ficou cheio de tesão ao ouvir nossos gemidos e que se masturbou várias vezes pensando na Manu. Com certeza o sacana tinha ficado atrás da porta para ouvir o quanto conseguisse. Era ele mesmo que andou espiando pela janela do banheiro. Nem naquele momento, e nem depois, eu responderia as perguntas maliciosas que me fazia. Ele queria esticar a conversa para tirar mais informações. A Manu estava branca, gesticulava, olhava apreensiva para mim e começou a recolher as roupas. Desliguei na cara do Dalton e fui tentar acalmá-la.

— Não gostei nem um pouco do Dalton ter ligado pra cá. O que ele queria, Martin?

— Nada de importante.

— Sobre o que então vocês conversaram por todo esse tempo?

Eu não podia dizer que o safado ouviu nossos gemidos e que se masturbou enquanto estávamos transando. Como minha capacidade de continuar fazendo sexo estava se esgotando, contei que o Dalton alertou que não poderíamos demorar muito mais, pois o gerente do hotel poderia chegar a qualquer momento.

— Melou tudo, Martin – e exclamou em voz alta: – odeio o Dalton.

Intimamente eu queria que o filho da puta estivesse atrás da porta para escutar aquilo.

— Sabe o que vai acontecer, Martin? Ele vai contar para todo mundo que você me comeu. É capaz até de inventar coisas. Vai falar dos gritos e dos gemidos que não aconteceram.

— Calma, meu amor. Vou falar com ele e exigir que cumpra a promessa de não contar nada pra ninguém?

— Calma o caralho, Martin. Estou desesperada. Meu pai vai ficar sabendo e vai acabar comigo. E pode acabar com você também. Esse filho da puta do Dalton já emprestou o quarto do hotel só para poder contar para os outros que perdi a virgindade aqui. Amanhã todo mundo de Ilhabela vai ficar sabendo disso, até nossos professores. Como é que vou entrar na escola e encarar nossos amigos?

— Não é bem assim, meu amor. Ele pode...

Muito nervosa, Manu me interrompeu sem deixar que eu terminasse minha argumentação. Eu queria apenas que ela se acalmasse, mas o azar é que ela tinha razão em tudo o que estava pensando. O Dalton tinha uma história bombástica para contar. Iria se vangloriar das punhetas que bateu ouvindo os gemidos da Manu. Poderia contar que me viu chupando a xoxota dela pela janela do banheiro, só para botar lenha na fogueira sobre o que todos os garotos falavam que tinham nojo. Eles não sabiam o tesão que dá chupar a mulher que se ama, e senti-la gozando na sua boca. E, se duvidar, ele inventaria o que jamais tinha ouvido.

— É assim sim, Martin. Ele vai contar com detalhes, dia, hora e local, e ainda tem essa maldita marca de chupada no seu pescoço. Ela vai continuar aí por vários dias e isso é mais que uma prova. Se você me namora, quem mais teria chupado o seu pescoço?

— Não fale mal desta marca, Manu. Estou muito feliz com ela. Ela vai diminuir na relação inversa do meu amor por você – falei sorrindo e com dois dedos no local.

Manu fez cara de dúvida e comentou que eu estava usando o que tinha aprendido em sala de aula para explicar as coisas do nosso amor. Tudo o que eu queria era aliviar a tensão. Filho da puta do Dalton, pensei meio puto. O sacana telefonou bem na hora em que estávamos em estado de graça.

— Que explicação você vai dar sobre essa marca? Ela se encaixa no que o Dalton vai contar.

— Eureca!! Hoje mesmo, assim que sairmos daqui, vou dar um cala boca nele.

— Nada vai calar a boca dele. Vocês homens adoram falar sobre suas conquistas e sacanagens.

— Vou perguntar se o pai dele pode saber que usamos este quarto. O que você acha que ele vai responder? – Manu não deu muita trela para minha estratégia, mas continuei argumentando: — Vou perguntar se o pai pode saber que ele nos deu uma toalha do hotel.

Vou perguntar se o pai pode saber que é crime dar hospedagem para menores de idade desacompanhados.

— Quer dizer, você vai chantagear o Dalton?

— Claro. Tem ideia melhor?

— Não. Essa é forte, meu amor. Vamos falar que se ele contar alguma coisa do que aconteceu aqui, o pai dele pode ir para a cadeia, e ele também pode ser preso e encaminhado para a FEBEM, por ser menor de idade e ter permitido tudo isso de acontecer. Você é um gênio, meu amor! Agora fico mais tranquila.

Manu finalmente abriu um sorriso e me deu um beijo estalado no rosto.

— Essa sua ideia merece uma nova festa, Martin. Agora podemos ficar aqui o tempo que quisermos. O Dalton está em nossas mãos. Por outro lado, eu não queria que a nossa primeira vez fosse uma rapidinha.

Caraca! Pensei. Estávamos ali havia mais de duas horas e ela estava chamando aquilo de uma rapidinha? O Dalton tinha proporcionado a realização do nosso sonho que, com apenas um telefonema, quase o transformou em pesadelo. Tudo tinha sido tão maravilhoso que não poderia ser estragado daquela forma. Resolvi abraçá-la e dizer que não tínhamos de nos preocupar demais, pois o Dalton só voltaria a nos ligar caso o gerente chegasse.

Os beijos ficaram quentes como antes. Afastei as roupas da poltrona e a coloquei sentada no meu colo para conversarmos e eliminar toda a tensão de uma só vez.

$$\int$$

Algum tempo depois, Manu convidou-me para outro banho.

— Topas um banho festivo antes de irmos embora, Martin?

— Brincou, né?

— Ué. O Dalton não mandou desocuparmos a área? – Ao dizer isso, Manu levantou-se, girou sobre os calcanhares e caminhou lentamente em direção do banheiro.

— Saquei. Você deve estar com o brinquedinho dolorido e prefere ir embora, né?

Ela surgiu na porta do banheiro e disse:

— Dores, Martin? No máximo uma queimação. E com você me penetrando, quanto mais queimava, mais vontade eu tinha de você. Deu então alguns passos para dentro do quarto, abriu as pernas e sentou em meu colo. – Mudei de ideia com relação ao banho. Nem quero pensar em ir embora. Será que sou normal, Martin?

Beijei-a de novo antes que um pensamento nocivo quebrasse mais uma vez o encanto do momento.

— Você é deliciosa e perfeita. É mais que normal – eu disse rindo e arrematei: — Fiquei muito mais feliz por não ter te causado dor.

— Falei sério, Martin. Não senti dor alguma. Na verdade, tive um prazer tão forte que fiquei alucinada. É muito mais gostoso do que a masturbação.

Permanecemos no rala e rola na poltrona por mais um tempo e ela concordou em ir para o banho. Acertei a temperatura da água do chuveiro e entramos. O sabonete deixava uma espuma branca e sensual naquele corpo dourado e salientava as curvas percorridas pela água.

De repente, ela se virou e me abraçou por trás. Senti a pressão dos seios nas minhas costas. Esticou os braços e ensaboou meu peito. Sua mão direita foi descendo maliciosamente até chegar "nele". Lavou-o com um jeito tão especial que a reação foi imediata.

— Martin! Eu pensei que ele dormia o sono dos justos pelo grande trabalho realizado. Como pode já estar assanhado assim? Que bom que ainda está animado!

Eu estava satisfeitíssimo, mas o tesão por ela era inesgotável. Pensei que ela queria tomar banho para irmos embora, mas pelas suas palavras sobrava-lhe entusiasmo. Aquela era a mulher com quem eu tinha de me casar. Nunca imaginei que alguém gostasse mais de sexo do que eu. Tomar banho e ir embora?

Foi a vez de ela sentar no chão. Agarrada ao meu pau, Manu ficou contemplando meu corpo por algum tempo. O danado, que já estava a postos, ficou na altura de sua boca. Ela retomou a operação banho.

— Ele vai ficar mal acostumado com uma lavada dessas, Manu. Vai exigir esses carinhos em todos os banhos.

Manu fazia carícias nas minhas coxas, subia uma das mãos até o tanquinho da minha barriga e descia arranhando-me de leve com as unhas, até que disse:

— Não aguento ele todo exibido assim, duro e grosso olhando para mim.

Com apenas um olhar manifestei os desejos que cruzavam minha mente. Avancei meu pau em direção à sua boca como sinal de aprovação ao que ela estava insinuando fazer. Enquanto ajeitava meu corpo embaixo do chuveiro para evitar que a água respingasse no rosto dela, Manu o enfiou na boca e o engoliu quase de uma só vez e passou a fazer movimentos descoordenados com a boca e com as mãos. Levantava a cabeça para me encarar e chupava com mais força, os olhos focados nos meus. Segurei sua cabeça com as duas mãos, e sem esconder o prazer que estava sentindo alertei:

— Você precisa fazer com mais cuidado, Manu.

Ela o tirou da boca, olhou para mim com cara de interrogação e perguntou:

— Por quê?

— Está gostoso demais. Se não parar, vou gozar na sua boca.

Parece que falei alguma coisa mágica, pois ela acelerou os movimentos, se dedicou ainda mais no que já fazia tão bem, e só parou quando explodi de prazer. Minhas pernas tremeram. Tive de me apoiar na parede.

— Você é maravilhosa, Manu. Adoro tudo que você faz comigo.

— Eu é que adoro te dar muito prazer, meu macho. Quero ser uma fêmea perfeita para você. Lembra que disse que quero tudo com você, e em todas as posições?

— Kama Sutra é a palavra mágica, Manu. Aprenderemos juntos a realizar tudo que nos der prazer.

— Será que o tal Kama Sutra diz que não posso desperdiçar estas últimas gotinhas?

Ainda sentada no chão ela abraçou minhas pernas. Ficamos um bom tempo curtindo a água acariciando nossos corpos.

O número um, estampado na porta daquele quarto, pisca na minha mente até hoje, como um luminoso de neon.

Sete

Será que o amor resiste a um ano de separação? Como seria a sobrevivência durante um ano longe de Manu? Será que ela ficaria numa boa um ano longe de mim?

No meio da manhã eu havia recebido um telefonema de São Paulo informando que tinha sido admitido no programa de intercâmbio de jovens. Dentre as minhas opções estavam os Estados Unidos, Austrália ou Canadá, ou seja, três países de língua inglesa. O Canadá tinha me acolhido. De imediato passei a viver o conflito entre a alegria pela aprovação e a ruptura com o meu presente e futuro em Ilhabela. Eu gostava de correr riscos e aquela viagem seria um grande desafio. O drama era como contar para Manu e explicar que nada mudaria entre nós.

ƒ

Final de tarde na praia. Sem Manu. Ela viajou com os pais e só voltaria à noite. Aproveitei para contar aos outros dois mosqueteiros, meus amigos de infância, que em dois meses eu iria para o Canadá e cursaria lá o último ano do ensino médio.

— Porra, Martin. Fico feliz de um lado, mas não tínhamos feito um pacto de que estudaríamos sempre juntos? Você se inscreveu para esse intercâmbio e nem falou com a gente? Porra cara! – Dalton se exaltou.

— Eu me inscrevi há mais de seis meses. Não contei para ninguém porque nunca achei que seria aceito. E eu não queria que vocês rissem da minha cara. Quando eu iria imaginar que fossem aceitar um estudante da Ilhabela? Disse e repito: vou voltar do Canadá e fazer faculdade junto com vocês. Nada mudou, a não ser que no próximo ano estarei estudando em outra escola. Volto para prestar o vestibular do Mackenzie sem fazer cursinho. E vou ser aprovado. Vocês é que não podem falhar.

Lancei o desafio. Arnold demonstrou outra preocupação

— A Manu já sabe?

— Ainda não. Eu soube apenas hoje de manhã. Como ela viajou com os pais, só vou poder contar amanhã cedo, quando nos encontrarmos na escola.

— Porra, Martin, ela vai ficar muito puta – disse Arnold. — Um ano morando no hemisfério norte é muito tempo. Será que ela vai te esperar? E se você arrumar uma namorada e decidir ficar por lá?

A risada chocha foi geral. Estavam todos meio atônitos com a notícia.

— Eu sei que ela vai espernear. Mas se realmente me amar, vai esperar. Um ano é muito tempo, ou não é nada. Para o universo que tem bilhões de anos, um ano não é nada. Como eu pretendo casar com ela, teremos muitos anos pela frente. Se ela entender a importância da experiência e da vivência que essa viagem vai me proporcionar, acho até que vai me apoiar. Não pensem que vai ser fácil ficar longe dela.

— O caralho! – disparou Dalton. — Você vai esquecer de nós. Se arrumar uma mina então, não vai nem lembrar quem foi Manu.

— Engano seu, Dalton. Eu já me informei sobre formas de comunicação com o Brasil. Existe um cartão telefônico que permite ligar para cá por um custo muito baixo. Vou ligar sempre para a Manu, para a minha família e para vocês também. Em pouco tempo vamos nos ajustar ao fuso horário. Só não pode falhar muito esta merda de sistema telefônico do Brasil e principalmente da ilha. O Canadá é primeiro mundo e lá tudo funciona.

O sol estava a pino. Era uma tarde muito quente em Ilhabela. De vez em quando vinha um ventinho do mar e balançava os coqueiros à nossa volta. O papo ia e voltava e parava sempre no mesmo assunto. A notícia da minha viagem não deixou ninguém feliz. Será que meus amigos estavam com inveja?

— Caras, não somos mais moleques. Estou falando para vocês que da minha parte nada vai mudar. Vamos encerrar este assunto e dar um mergulho? Tô fritando aqui.

— O último é a mulher do padre. – Dalton gritou e saiu em disparada na direção da água.

$$\int$$

Fritei por horas na cama durante a noite, desejando dormir. Se com meus amigos, com os quais não havia a relação de amor e sexo, a informação da minha viagem caiu como uma bomba, como seria com Manu?

Acordei decidido em contar para ela durante o intervalo das aulas. Queria que ela recebesse como uma boa notícia e que não atrapalhasse nosso namoro, na volta para casa.

O professor pediu por três vezes para que eu prestasse atenção à aula. Eu continuava distraído até que, de repente ouvi um estrondo na porta da sala e Manu entrou.

— Desculpe por interromper sua aula professor – disse Manu com voz firme e decidida —, mas o Martin pode sair um pouco para eu dar um recado importante?

Antes mesmo do também assustado professor autorizar, eu já estava saindo da sala com ela e fechando a porta atrás de mim.

— O que está acontecendo? – perguntei.

Minhas palavras ressoaram pelo corredor vazio. Manu não falou nada e caiu em um choro compulsivo. Fomos andando na direção da área de recreio com a certeza de que os alunos ainda em aula tenham ouvido os soluços vindos do corredor. Ainda bem que a área externa estava deserta, não fosse a presença meio distante de uma faxineira que varria o chão, e da mulher da cantina que estava entretida colocando doces e balas numa pequena vitrine. Paramos num canto do pátio onde achei que ninguém poderia ouvir o choro dela. Tentei abraçá-la, mas Manu se afastou. Consegui apenas segurar sua mão.

— Fale agora, meu amor, o que foi que aconteceu?

— Você é muito cara de pau, Martin. Ainda me pergunta o que aconteceu? – Ela caiu no choro de novo e não conseguiu falar.

— Desculpe, mas não sei o que pode ter acontecido para fazer você chorar assim.

Ela largou minha mão e falou em voz mais alta:

— Não me chame de "meu amor". Você me traiu. – O choro compulsivo não permitia que ela completasse os pensamentos.

— Como assim? Juro que não te traí com ninguém.

Até aquele momento eu não tinha ideia da razão de tanto choro.

— Chega, Martin. Arnold me contou que você vai mudar para o Canadá. Qual é a tua que nunca me disse nada a respeito. Como é que eu fui saber disso pela boca de outro?

— Que susto você me deu. Achei que alguém das nossas famílias tinha morrido.

— Morreu mesmo, Martin. Nosso amor. Você não vê que com essa viagem tudo vai acabar entre nós.

— Não é bem assim, meu amor.

— Meu amor o caralho. Não me chame mais assim.

Manu estava fora de controle. Fiquei meio sem saber como lidar com aquilo. Foi a primeira vez que a vi alterada daquele jeito. Fiquei puto com o Arnold por ter contado para ela antes de mim. Belo amigo ele. Achei melhor deixar para resolver com ele depois... Manu precisava de toda a minha atenção naquele momento.

— Podemos conversar com calma no intervalo. Temos de voltar para a aula.

— Foda-se a aula, Martin.

— Quando o Arnold te contou?

Fiquei ainda mais puto pelo fato do Arnold ser quase meu irmão. Ele não poderia ter falado sobre aquilo com ela. Traidor filho da puta. Enquanto eu matutava sobre a canalhice do Arnold, Manu começou a controlar o choro.

— Ontem à noite – respondeu.

— Ontem à noite? Onde vocês se encontraram, Manu?

— No supermercado do pai dele quando chegamos de viagem, por puro acaso.

— E como foi?

Ela passou a secar as lágrimas que escorriam pelo rosto.

— Ah, o Arnold começou a puxar conversa meio do nada, perguntando como a gente estava, se eu estava triste por alguma razão. Achei aquilo um pouco estranho. Quando eu disse que não tinha motivo para tristeza ele me puxou para longe dos meus pais, e perguntou se ficar longe do meu namoradinho por um ano não me deixaria triste. Ele percebeu que eu não sabia do que estava falando, e perguntou se você não tinha me contado que iria morar um ano no Canadá. Disse que ele estava viajando, Martin, até contou que ontem à tarde você deu a notícia para todos os amigos. – Ela olhou firme nos meus olhos e continuou falando com força e indignação. — E eu, Martin? E eu ? O que eu poderia comentar com o Arnold se na verdade não sabia de nada? Quando você pensou em me contar?

— Eu queria te contar assim que recebi a ligação do pessoal de São Paulo.

— E quando foi isso?

— Ontem de manhã.

— E por que não contou?

— Por que você viajou. E depois fiquei tentando encontrar uma forma de te contar sem que isso machucasse você.

— Bela espera. Me sinto muito mais machucada agora por ter sabido da verdade por outra pessoa.

— Sinto muito.

Ela seguiu adiante.

— Mas o que me machuca mais mesmo é o fato de você ter contado para sua turminha de merda e me deixado para depois. Achei que tínhamos uma coisa legal aqui, que você me amava de verdade.

— E amo, Manu. Amo demais. Você sabe disso!

— Não sei mais de nada.

— Não diga isso.

Tentei pegar a mão dela, mas Manu a recolheu. Ela se fechou como uma concha, estava ofendida e ferida. Que merda eu fui fazer. Tentei mudar o rumo do papo:

— E vocês ficaram conversando só no supermercado?

— Meus pais terminaram as compras e saímos. Nem sei com que cara eu estava por que minha mãe perguntou o que o Arnold havia me falado para me deixar tão transtornada e muda. Como não sou de mentir, contei a ela. Fiquei tão chocada que não sabia o que pensar. Nem chorar eu conseguia.

— E por que não ligou para mim?

— De que ia adiantar, Martin? A merda já estava feita. Além do mais, fiquei tão brava e triste que passei a noite acordada e chorando.

Meu coração afundou. Eu queria explicar tudo para ela, mas ela não parava de falar e retomou o choro de modo compulsivo.

— Nunca pensei que você fosse capaz de fazer isso comigo, Martin. O que mais você esconde de mim?

— Pare, meu amor. Não fique tão brava por causa de uma fofoca.

— Fofoca uma merda. É a mais pura verdade, confirmada agora por você.

— Você me dá uma chance para contar tudo, Manu? Tenho certeza de que vai entender e vai me apoiar. Quer apostar?

Mas ela não escutava. Sua mente e suas emoções estavam presas numa espiral autodestrutiva.

— Quando você fez a inscrição para esse intercâmbio?

Fui forçado a confessar, cabisbaixo:

— No semestre passado.

— Vê. Você teve tempo todo o tempo do mundo para me contar. Podia ter me contado lá atrás e teríamos tempo de planejar tudo isso. Você podia ter me contado antes de eu lhe dar minha virgindade. Podia ter me contado ontem à noite, Martin. Mas não, contou para aqueles merdas dos seus amigos. Por que não me telefonou ou não passou na minha casa?

Uma brecha que não hesitei em aproveitar:

— Liguei para sua casa às quinze para as nove e ninguém atendeu.

— Chegamos meia hora depois. Você poderia ter insistido em falar comigo.

— Planejei te contar tudo hoje cedo, Manu. E por que você não me telefonou ontem à noite quando chegou? Eu teria ido até sua casa.

Ela levantou os olhos do chão e me encarou com firmeza.

— Não senhor. Não vá botar a culpa em mim por causa de uma falha sua.

— Não é botar culpa, é que...

Mas ele me interrompeu:

— Não liguei por que estava em choque e não saberia por onde começar o assunto. Cheguei na ilha com uma puta fome, mas depois da grande notícia praticamente não consegui comer.

Fiz uma oferta idiota:

— Quer comer alguma coisa agora?

— Vai pro inferno, Martin.

— Calma, Manu. Ele fez fofoca mesmo. Eu queria contar e ia fazer isso imediatamente ao te encontrar hoje no horário do recreio. Esperei por você na entrada da escola.

Ela baixou o rosto mais uma vez. Soluçava ao falar:

— Cheguei atrasada. Quase desisti de vir. Chorei a noite toda. Não sei quantas horas dormi. Quando minha mãe me acordou, as lágrimas caíam sem controle. Demorei um pouco mais no banho e também para me arrumar. Minha mãe correu com o carro, mas não deu para chegar na hora.

Passei a mão nos cabelos dela, afaguei-a com um carinho espontâneo.

— Manu, nunca imaginei que fossem me aceitar. Fiz a inscrição com tanto descaso que nunca, nem em meu sonho mais louco, poderia ter imaginado que isso fosse acontecer. Foi por isso que não contei naquela época.

Ela afastou minha mão com a dela e disse, brava:

— Você só pensava em me comer, não é?

— Eu e você. Não ponha nas minhas costas uma culpa que você divide comigo. Além do mais, você acha que fizemos errado?

— Não — ela respondeu num murmúrio.

— Pois então... uma vez que eu não acreditava, e não acreditava mesmo, que fossem me aceitar, resolvi não contar para não estragar o que estávamos vivendo naquele momento. – Levei minha mão ao queixo dela e levantei sua cabeça para que ela olhasse direto nos meus olhos. — Responda uma coisa com muita, mas muito sinceridade: se eu tivesse te contado naquela época você teria negado sua virgindade para mim?

Manu balançou a cabeça de um lado a outro.

— Viu só. – Aproximei-me dela e dei um beijo em seu rosto, limpei-o das lágrimas que escorriam e prossegui: — Não vou viajar nesta semana, nem neste mês. Fique calma.

O tiro saiu pela culatra:

— Não me faça de boba, Martin. O que importa é que você vai viajar e que desejava esse tempo todo morar fora e nunca me contou nada a respeito.

— Meu pai é que me falou que as inscrições estavam abertas. Ele conseguiu toda a papelada. Demorei três dias preenchendo tudo e escrevendo coisas a meu respeito, sobre a cidade onde moro, e sobre o Brasil. Falei até que tenho uma namorada que eu amo, e com quem vou casar – Manu permaneceu séria. — Não contei para mais ninguém. Só meus pais sabiam. Como nosso namoro foi se fortalecendo, fiquei muitas vezes em dúvida se queria mesmo aquilo. Não consigo me imaginar longe de você, meu amor.

— Se você não consegue viver sem mim, não deveria teria feito a maldita inscrição, Martin.

— Não é bem assim, meu amor.

— Já disse para você parar de me chamar desse jeito.

Recuei.

— Deixe eu explicar tudinho então. Quando meu pai veio com a ideia, eu imaginei a chance de aprender um inglês perfeito, e de conhecer a cultura de um dos países que tem os melhores índices de qualidade de vida. Fiquei muito dividido. Eu queria ir ao mesmo tempo em que torcia para não ser aceito.

— Conte isso pra outra, Martin. Não sou trouxa.

— Pouca coisa vai mudar, Manu. Vamos combinar uma forma de nos falarmos com frequência. Não seria um ano de distância física entre nós que mataria o nosso amor.

— Não me conformo que você nunca tenha falado nada sobre isso comigo. Você me traiu, Martin. Nunca mencionou a palavra Canadá.

A coisa não estava fácil. Não apenas ela resistia em me escutar como eu tinha a impressão de que nada do que eu dissesse serviria para muita coisa. Mesmo assim, segui adiante:

— A chance de ser aceito nesse programa era a mesma de ganhar na loteria. Não traí você, apenas não falei sobre algo que era muito improvável e distante.

Ela fez então um gesto com as mãos no ar e disparou:

— Pra você é tudo muito simples e fácil, Martin, mas não concordo e continuo vendo como uma traição. E a escola, você vai perder o seu último ano? Será que eles vão te aceitar aqui quando voltar?

— Vou cursar a escola lá, Manu. Voltarei depois de um ano com o diploma emitido pela escola do Canadá. Chic, né? – Dei uma risada para tentar aliviar a tensão. Eu não sabia mais o que falar para contornar a situação. Ela estava inconformada. Só o tempo, e muito diálogo, poderia fazer com que ela me apoiasse. Resolvi dar uma última cartada:

— Você quer passar o resto da vida aqui, em Ilhabela? – Manu levantou o rosto e me olhou de um jeito novo, confuso. Aproveitei a deixa e segui em frente: — Foi o que pensei. Eu também não. E para sair daqui, para fazer alguma diferença no mundo que existe no continente, do outro lado do canal, é preciso estar preparado. O mundo lá fora não é tão legal quanto esse em que vivemos aqui. Por isso pensei nesse intercâmbio.

Eu queria mesmo que ela entendesse que nosso futuro poderia ser muito melhor após eu completar minha formação no Canadá. Convidei-a para voltarmos para a aula e para falarmos mais tarde sobre tudo que ela quisesse.

— Não vamos falar nunca mais sobre isto, Martin.

Assunto encerrado, Manu fechou a cara, virou-se e saiu sozinha em direção à sua aula.

Eu estava com tanta raiva do Arnold que minha vontade era entrar na classe e cobri-lo de porrada. Decidi ficar por algum tempo no banheiro, mas não consegui me esconder dos meus pensamentos. Montei mentalmente a cena do Arnold dando uma de amiguinho da Manu, antecipando para ela uma grande notícia. Filho da puta que o pariu. Safado. Traidor. Era um amigo de merda. Depois de algum tempo, voltei para a aula. O professor fez a pergunta que a classe inteira faria.

— Tudo bem com você, Martin?

Meus amigos olhavam para mim com curiosidade e apreensão.

— Tudo ótimo, professor. Só tive de esclarecer uma informação indevida que deram para a minha namorada. Desculpe o atraso.

Arnold, sentado na carteira à minha frente, esperou eu sentar para perguntar:

— O que aconteceu?

Respondi com um puta chute na perna dele. Alguns amigos viram, mas ele foi o único que entendeu com perfeição a resposta.

Ele ameaçou virar na carteira e lhe dei outro chute. Junto com o toque do sinal do intervalo veio a justificativa:

— Porra, Martin, eu também fiquei puto com sua traição.

— Vá tomar no cu. – Levantei e saí caminhando na direção da porta quando resolvi parar e encará-lo. — Que merda, a palavra da moda é traição? Eu não traio os amigos. Você me traiu contando para a Manu, sei lá de que forma, aquilo que ela só não sabia por que estava ausente da ilha. Quis dar uma de bonzinho? Tá pensando em consolá-la durante a minha ausência? Você é um merda, Arnold. E um merda de um fofoqueiro.

Ele, que estava arrumando material escolar em cima da mesa, levantou e veio para cima de mim:

— Fofoqueiro o caralho. Ela foi me cumprimentar quando chegou da viagem e puxou papo. Perguntou se tínhamos ido à praia e se eu tinha alguma novidade. Fiquei com dó. Estava sendo enganada e não sabia.

— Enganada porra nenhuma. Vou ter de repetir que se ela estivesse aqui eu teria contado?

Dalton, vendo a coisa esquentar, aproximou-se de nós. A turba de curiosos começou a aumentar – até gente que passava no corredor resolveu entrar na sala. Enfim, todos à espera de uma boa briga começar.

— Você quis dar uma de amiguinho legal. Só que foi amigo dela e me fodeu. Não pensou na merda que estava fazendo. É melhor você não falar mais nada, não tente se explicar, pois eu posso perder o controle e meter a mão na sua cara.

Para desânimo geral, dei-lhe as costas e fui embora.

Oito

Duas semanas depois...
Os dias lindos de verão iam se sucedendo. Com a proximidade da minha viagem, eu curtia calado a experiência que iria viver. Percebi que quando falava sobre a viagem, as pessoas pareciam ficar meio para baixo. Pressentiam a inverdade de que eu não estava louco para mudar de ares e de amigos. Até meus pais demonstravam insegurança a respeito dos meus sentimentos.

Naquela manhã, voltei da escola e encontrei minha mãe na cozinha de casa preparando o almoço. Enquanto ela fritava os bifes, iniciamos um papo:

— E se você se encantar com o Canadá ou com alguma moça e decidir ficar por lá?

— Não se preocupe, mãe. Uma das regras do intercâmbio é que a permanência nos países é proibida depois de terminado o curso. Além disso, sei que meu futuro feliz será no Brasil. Eu nunca viveria longe de você mãe.

— Nem da Manu, né?

— É diferente. Vou me casar com a Manu, mas ela nunca vai te substituir.

Nosso papo seguiu durante o almoço. De tempos em tempos batia uma angústia ao pensar na falta que eu sentiria dela.

Passei pela casa da Manu no final da tarde. Eu queria convidá-la para ver o pôr do sol na praia, ou quem sabe dar uma passadinha rápida pelo Xangrilá. Ela me recebeu em pé no portão, muito formal. Começamos a conversar, sem que me respondesse o que gostaria de fazer.

Nosso namoro resistia aos altos e baixos. Momentos maravilhosos em que o amor falava mais alto alternados por uma profunda depressão, em parte considerável pela contagem regressiva da minha partida. Eu queria viver profundamente todos os minutos que ainda teria com ela, mas Manu piorava a cada dia. Algumas vezes chorava, outras ficava amuada. Bastava lembrar da viagem que ela mudava de humor. Naquela tarde, o que mais mudou foi o sarcasmo, que ficou muito mais ácido.

— Vai dizer que você vai passar um ano no Canadá sem transar?

Manu cruzou os braços e olhou de modo firme e inquisitivo para mim.

— É o que tenho em mente. Espero o mesmo de você, Manu. — respondi com a maior sinceridade.

Ela desfez a pose e esticou um dedo no meu nariz e disse:

— Ai de você, Martin. Se eu souber que transou com outra, juro que vou fazer a mesma coisa. A fila anda. Basta eu querer que começo a namorar no minuto seguinte. Tá cheio de gatinhos querendo sua gata, sabia?

Manu lançou um olhar de donzela arrependida para mim. Percebi que ela queria um afago. Puxei-a para perto de mim e a abracei.

— Eles só querem é te comer, meu amor. Ninguém te ama como eu. Se você transar com alguém, quero que lembre de mim o tempo todo, que chame o cara pelo meu nome, que na hora de gozar diga como sempre: quero gozar juntinho com você, Martin. O cara vai broxar e nunca mais vai querer sair com você. Quero que...

Manu me interrompeu com um tapinha em meu peito e lançou o olhar maroto que conheço tão bem.

— Vire essa boca pra lá, Martin. Nada disso vai acontecer se você jurar que vai voltar para mim limpo como está indo. Você jura que vai me amar para sempre? Jura que vai me escrever todos os dias? Vai me contar como é sua vida lá, e vai dizer que está morrendo de saudades de mim?

Dei um selinho nela e respondi tudo de uma vez:

— Juro como jurei por tudo isso mais de uma vez. Se for preciso, posso repetir esse juramento milhares de vezes. Eu te amo, Manu. Você é a mulher da minha vida. Sei que vamos nos casar e viver o romance que todo mundo sonha e poucos conseguem.

Ela se desvencilhou do abraço e lançou mais uma vez o olhar inquisitivo.

— Falei com o Arnold ontem. Ele disse que é impossível para um homem como você ficar um ano sem transar. Disse que homem não aguenta ficar só na punheta.

— Porra, Manu! – A putice com o Arnold voltou de uma vez. — Que liberdade é essa com o Arnold para ficarem conversando sobre isso? Vocês andam se encontrando?

— Desencana, Martin. O Arnold é apenas um bom amigo com quem gosto de conversar. Ele passou aqui em frente de casa e nos encontramos por acaso. É lógico que o assunto do momento é a sua viagem. Eu disse que vou te esperar e que acredito no seu amor por mim.

— Não estou gostando nadinha desse excesso de liberdade com o Arnold. Ele só está te sondando, sentindo até que ponto você vai ser fiel a mim. E você entrou na dele bonitinho.

— Não foi nada disso.

— Foi e você sabe que é verdade. Falar sobre transa e masturbação é uma forma de cantar a mulher. Ele te cantou e ponto final. Aposto que isso vai acontecer no minuto seguinte que eu sair daqui. Ele vai partir pra cima na primeira aliviada que você der.

Pelo olhar dela, pude notar que ficou encabulada e lisonjeada ao mesmo tempo. Tive a certeza de que Arnold tinha falado mais sobre sexo do que ela estava me contando. Lembrei das coisas que falou no dia que eu ia encontrar com ela na praia do Curral. Na frente do pai, teve a coragem de perguntar se Manu era gostosa e se estava grávida. Disse que não queria namorar ninguém, que só queria transar. O filho da puta disse que passou por acaso na frente da casa dela. É capaz de tentar comê-la mesmo antes de eu viajar. Grande sacana.

Afastei-me dela e encostei as costas no muro.

— Sabe o que me deixa mais puto nessa situação toda, Manu?

— Não é pra você ficar assim.

— Deixa eu terminar – espalmei a mão no ar e prossegui: — Falei com o safado do Arnold duas vezes hoje. Por que ele não me contou do encontro de vocês?

— Não houve encontro, que merda! Eu disse que ele parou por pouco tempo aqui em frente à minha casa. Cansei deste assunto, Martin.

Manu fechou a cara, deu-me as costas e disse que precisava entrar. Pediu para eu telefonar mais tarde para talvez combinarmos um encontro noturno.

Saí puto de lá, com ela e com o Arnold. Aquele definitivamente não era o fim de tarde que eu sonhara. O sacana estava cantando minha namorada nas minhas costas antes mesmo de eu viajar. Que tipo de amigo é esse? Eu sabia que ele se considerava virgem, pois só tinha transado duas vezes com putas de São Sebastião. O safado estava sevando a minha namorada para que nenhum outro gavião da ilha caísse em cima dela assim que eu virasse as costas, o que certamente iria acontecer. O Arnold não tinha capacidade de namorar ninguém e xavecava justo a Manu. Se alguma coisa rolar entre os dois, durante a minha ausência, ele vai ter o troco. Ah, se vai.

∫

O ano letivo terminara. Faltava uma semana para o meu embarque. Eu queria passar o máximo de tempo possível com a Manu, mas não estava rolando. Ela deu uma pirada legal. Até no sexo a coisa chegou. Ela passou a não gozar com a intensidade de antes. Os vários orgasmos ficaram na lembrança, viraram história. Agora era um só por vez, e olhe lá. Manu andava fria, distante e desinteressada.

Combinamos de nos encontrar na Praia do Curral. Seria nosso último sábado juntos na praia. Ela chegou com quase uma hora de atraso. Não me chateei. A espera contribuiu para aumentar minha expectativa em relação ao final de semana que estava apenas começando. Vê-la era um evento para mim, uma coisa que sempre mexeu muito comigo. Naquela fase de contagem regressiva eu já não sabia se curtia mais um encontro, ou se sofria por ter um dia a menos ao lado dela.

Cruzamos duas vezes a praia a passos desorientados e de mãos dadas. Mesmo sob o sol do meio dia, tudo parecia cinza para mim.

Passamos diante de alguns dos bares da orla e vi bebuns prematuramente alegres olhando acintosamente para o corpo escultural de Manu.

Não satisfeitos, fizeram comentários maldosos e chamaram a atenção dos amigos. Manu passou a ser um evento imperdível para todo mundo.

Talvez para me provocar, ou como um impulso de liberdade com a minha partida, ela seguia com o desfile de forma despudorada. Não estava nem aí para o alvoroço que causava. A minha revolta interior se acalmou quando procurei ponderar a questão: olhar não tira pedaço e não tenho como impedir que olhem, podem admirar, mas quem come sou eu.

Sem saber ao certo quanto mais eu teria de aguentar daquilo, tentei dar uma de durão comigo mesmo e acreditar piamente nesse raciocínio.

Pela terceira vez chegamos até o fim da praia. Sem combinarmos, nem sequer falarmos a respeito, começamos a escalar as pedras, como fizemos há alguns meses. Estávamos caminhando pela trilha e na direção à história do nosso amor. A pedra que testemunhou nosso primeiro beijo com liberdade total nos acolheu mais uma vez. Sentamos, e de mãos dadas, apreciamos o cenário.

— Na cidade que vai você morar não tem mar, né? Você vai sentir saudades?

— O mar faz parte de mim, da minha vida, Manu. Nunca me imaginei morando longe dele. Com certeza vou sentir muita saudade de tudo. Vou pegar um frio danado no Canadá. – Refleti por um instante e abri os braços como que para abraçar tudo diante de mim. — Momentos como este estão fotografados na minha mente. Vai ser um sufoco ficar longe de tudo isto, de você, do mar, do calor.

Ela enroscou os braços em volta do meu e pousou a cabeça no meu ombro.

— Martin. Este é nosso último sábado juntos. – Manu começou a chorar.

Passei meu braço sobre ela e a trouxe para junto de mim. As lágrimas pingavam em suas coxas douradas. Juntamos nossas cabeças. Chorei com ela. O que outrora foi imensidão, agora não passava de um doloroso vazio. O horizonte que outrora seguia firme na paisagem, agora estava ofuscado por olhos lacrimejantes.

— Vou ver tudo isso com o coração, Manu. O cenário vai mudar, mas o meu coração não. Vou passar esse filme na mente de novo e de novo. Nos momentos mais frios e solitários, quando sua falta bater fundo no peito, a lembrança do seu calor vai me esquentar.

Enfim um beijo. A espiral sinistra estava em vias de ser quebrada. Emaranhei meus dedos em seus cabelos e arranhei de leve sua nuca, um afago simples que normalmente a deixava arrepiada e excitada. Nada. Manu também não reagiu aos beijos no rosto e pescoço, e nem às carícias nos seios. A confissão inesperada frustrou meus desejos.

Manu saiu do abraço e se aprumou no lugar. Envolveu os joelhos dobrados com os braços e disse:

— Não aguento fazer amor hoje, Martin. Estou destruída por dentro. Não consigo relaxar e te curtir.

Virei para ela, que mantinha o olhar no chão.

— Não quero te deixar mais uma semana sem amor. Já chega o ano que vamos passar em plena seca.

Eu estava louco de tesão. Nos meus sonhos, eu queria uma última semana com muito sexo. Ela então levantou a cabeça e um olhar inerte surgiu.

— Eu também não quero deixar você sair do Brasil com todo esse tesão represado. Só que minha cabeça não está se comunicando com o meu corpo. Eles não se entendem.

— Acho que sei como você se sente.

Admirei mais uma vez aquele rosto lindo e sorri de leve para, em seguida, ser premiado com uma deliciosa e inesperada pergunta:

— Será que você consegue que o Dalton nos ceda de novo um quarto no hotel, para ficarmos juntos na quarta ou na quinta-feira de manhã? Quero transar com você como se fosse a última transa das nossas vidas. Quero fazer todas as posições que conhecemos e que você invente outras. Quero tudo. Você me entende?

Nossa. Tomei fôlego. Além de ficar com ainda mais tesão, fiquei imaginando a extensão do desejo que ela tinha em mente. Será que tudo era tudo mesmo? Achei que incluiria até sexo anal, mas não tive coragem de perguntar.

— Tenho de conseguir. Nós merecemos. Você me deixa muito feliz pintando esse lindo quadro de amor.

— Você escolheu as palavras certas, Martin. – Ela deu uma risadinha maliciosa e completou: — Eu entro com a tela e você com o pinto, ops, errei – disse ela rindo, com uma carinha sacana, e refez o discurso: Eu entro com a tela e você pinta, mas não vai ser um quadro de amor. Quero que sejam reproduzidas as pinturas do Kama Sutra. Pintaremos quadros de sexo. Muito sexo.

— É uma delícia ouvir você falando assim de novo. – Envolvi-a nos braços mais uma vez e disse: — Desse jeito cancelo minha viagem.

Ela bufou, talvez pelo absurdo do que eu tinha acabado de dizer. Achei por bem não seguir em frente com o assunto. Ela também, tanto que seguiu por outra rota:

— Só em pensar em tudo que vai acontecer naquele quarto, e de revelar meus desejos mais profundos e ocultos, já fiquei com vontade de fazer o que não tive coragem na primeira vez que estivemos aqui.

Sem que eu tivesse tempo de raciocinar ela abriu o zíper da minha bermuda e tirou meu pau para fora. Gozei com poucas e deliciosas chupadas.

— Vai passar o sábado mais relaxado agora?

— Te amo, Manu. Não sei se vou ficar mais relaxado ou mais excitado. Quero que a nossa manhã de sexo chegue logo. Essa chupada me deu um gostinho de quero mais.

— Por hoje chega, mister Martin. (*That's enough. Let's wait for other opportunity.*)

— Nossa, Manu. Seu inglês está melhor que o meu.

Manu deu um basta na brincadeira ao levantar e me puxar para fazermos o caminho de volta à praia.

∫

Os pais dela me ofereceram um jantar de despedida naquela mesma noite. Eles eram os únicos da casa que pareciam realmente felizes com a minha viagem.

Demorei para me vestir. Algumas das minhas cuecas e bermudas facilitavam o acesso de Manu às oportunidades que criávamos. Vesti uma bermuda jeans larga e de tecido grosso que ajudava a disfarçar o estado das coisas quando meu tesão atingia as nuvens. A camisa polo vermelha era uma das preferidas da Manu.

Ursulla me recebeu no portão. Tinha sempre um sorriso insinuante e me cumprimentou com um beijo demorado no rosto, e mais próximo da boca do que o habitual.

— Boa noite, cunhado. Manu está terminando de se arrumar. Por isso vim te esperar. Quer ficar comigo aqui no portão ou prefere a companhia do sogrão?

Malandrinha, pensei. Dei um sorriso, passei por ela e entrei na sala. Ela me acompanhou sem dizer palavra. O sogro estava no sofá, assistindo o Jornal Nacional na TV. Cumprimentou-me sem desviar os olhos da televisão. Ursulla sentou de forma meio desajeitada no colo dele e ficou papeando comigo com voz meio baixa.

— Aposto que você não volta, Martin. As pessoas correm todos os riscos para imigrar para os Estados Unidos.

— Vai ser apenas um ano, Ursulla. Além do mais, a regra do intercâmbio exige a volta. E, vou para o Canadá, não para os Estados Unidos.

— Vou sentir a sua falta cunhadinho.

O pai, até então inerte e desinteressado pelo papo, levantou as sobrancelhas e olhou firme para ela. Não sei se foi por causa do "cunhadinho" ou por que ela disse que iria sentir a minha falta. Da cozinha veio um grito da sogra:

— Não vou te matar de fome, Martin. O jantar já está pronto.

Para não gritar no ouvido do sogrão, levantei e fui até a porta da cozinha. Cumprimentei-a, disse que não estava com fome e que ela não precisava se preocupar pois a Manu ainda nem tinha acabado de se arrumar.

— O assunto sou eu, Martin? Estou aqui, pronta para o jantar.

Manu apareceu calmamente pelo corredor. Ela vestia um minúsculo short jeans, desfiado na barra, e com o botão grande perto do umbigo aberto, permitindo uma dobra do tecido. A blusa branca era toda aberta e amarrada na cintura. Por dentro usava um top, parecido com um biquíni, que delineava os seios lindos deixando-os transbordar um pouco pela parte de cima. Os cabelos levemente molhados a deixavam com um ar ainda mais sensual. Até seu pai ficou admirado com o festival de beleza e ousadia.

— Tá com calor minha filha? – foi tudo o que o sogrão foi capaz de dizer.

Manu não respondeu. Veio em minha direção e deu um beijo no meu rosto.

— Boa noite, Martin. E você, está com calor com esse bermudão?

Ela me usou para dar uma cutucada no pai, que, no fundo, estava certo. A roupa da Manu era ousada demais, mas eu estava adorando.

— Boa noite, Manu. Parece que combinamos de usar bermudas jeans.

A mãe passou por nós com uma linda travessa de salada nas mãos e nos convidou para sentarmos à mesa.

Enquanto jantávamos, o Sr. Irineu deu voz a tudo que eu queria que a Manu ouvisse e acreditasse.

— Se eu tivesse um filho homem, faria de tudo para que ele morasse um ano fora do Brasil. Essa experiência vai mudar a sua vida e abrirá muito a sua mente, Martin.

Fiquei contente pelo apoio. E desconfiado ao mesmo tempo. Intimamente eu não sabia se ele pensava aquilo mesmo ou se dizia apenas para se ver livre de mim.

— Eu gostaria que sua filha também pensasse assim – comentei olhando para Manu.

— Por que só se tivesse um filho homem, pai? Mulher não faz intercâmbio, Martin? – Ela lançou a pergunta de forma provocativa.

— Na reunião que participei em São Paulo havia muitas meninas sim — respondi.

— Eu é que não seria louco de deixar uma filha minha passar um ano longe de casa.

Ficou clara a regra da casa: filho pode tudo, filha tem de ficar sob os olhos dos pais. E o coitado era pai de duas lindas mulheres.

Repeti a salada e tentei aliviar a barra e apoiar um pouco a lógica da Manu.

— Os canadenses cuidam muito bem dos filhos estrangeiros, mas é lógico que tudo depende da cabeça de cada um.

Foi uma forma sutil de dizer que o sogrão tinha uma mente retrógrada. Pela expressão vazia, acho que ele não entendeu o recado. Que bom. Meu comentário deixou a Manu ainda mais revoltada com a opinião do pai. Resolvi mudar de assunto assim que dona Lidia apareceu com um peixe assado numa travessa.

— Que peixe lindo, dona Lidia. Agora fiquei com fome.

Lisonjeada pelo elogio, ela pousou a travessa no centro da mesa, ao lado da travessa de arroz. Era um badejo inteiro, com lascas largas de coco e molho de maracujá.

— É uma criação minha – disse dona Lidia, cheia de orgulho. — Todos que comeram elogiaram muito. Espero que você também goste e lembre deste jantar de despedida quando estiver no Canadá.

Fiquei intrigado pelo comentário. Afinal, aquele na verdade era o primeiro jantar que eles me ofereciam, e por coincidência, o último.

Elogiar era o mínimo que eu poderia fazer. Não era preciso forçar a barra. O prato estava belíssimo de verdade. Jantar perfeito e muito gostoso. Cheguei até a me sentir importante, já que era o convidado especial.

Mesmo presente na mesa, em mente fiquei meio ausente. Meus pensamentos vagavam e quando me dava conta, lá estava eu sonhando com os planos e os desejos da Manu. Desde a saída da praia, uma espécie de filme passou a girar repetidamente na cabeça. Eu via Manu falando, palavra por palavra "Quero transar com você como se fosse a última transa das nossas vidas. Quero fazer todas as posições que conhecemos e que você invente outras. Quero tudo. Você me entende?".

Como entrar na conversa do jantar e criar assuntos interessantes com aquilo martelando na minha cabeça? E mais, eu não cansava de me perguntar se havia entendido direito.

Devorei a sobremesa sem perceber, um delicioso mousse de maracujá. O jantar terminou e em mente eu estava longe, incapaz de fixar qualquer pensamento nas companhias da mesa.

— Você toma café Martin? – perguntou a sogra.

Agradeci dizendo que estava com problemas para dormir. Dona Lidia propôs deixar a mesa como estava, pois queria assistir a novela. Olhei para Manu e disse:

— Se a Manu topar nós tiramos a mesa.

A sogra aceitou. Arrumamos tudo num instante. Manu então me convidou para sentarmos na varanda. A família, entretida com a novela, nem percebeu quando terminamos, passamos por trás do sofá e fomos para o sossego da varanda. A noite estava linda. Nem o sopro da brisa que vinha do mar refrescava meus pensamentos.

Manu ajeitou-se no degrau da escada. Ajeitei-me ao lado dela. Não resisti e dei vazão ao que vinha atormentando minha mente:

— Desde que saímos da praia estou alucinado pensando no que você me falou, Manu.

Ela constatou que a família estava como que lobotomizada diante da TV, mordeu o lábio de leve e lançou um olhar malicioso mim. Girou o corpo na minha direção, descolou a blusa da pele expondo os bicos duros dos seios e disse:

— Quero isso faz algumas semanas. Você é um felizardo por estar sofrendo só por meio dia.

Meu pau ficou duro na hora. Olhei também para os pais de Ursulla na sala e ousei esticar a mão para acariciar aqueles peitos incríveis.

— Delícia, Manu. Você está com vontade de tudo mesmo?

— Tudo, Martin. Vou ficar um ano sem você e não quero deixar nenhuma curiosidade para depois.

Ela lançou uma olhada gulosa na minha ereção. Deu um beijo rápido na minha boca e disse.

— Vou até a cozinha pegar um copo de água.

Tive a certeza de que o copo de água era apenas um pretexto para ela analisar o ambiente. Voltou segundos depois sem nada na mão, sentou-se e cochichou:

— Meu pai apagou no sofá – Manu disse com os olhos na sala. Enquanto isso, como uma das mãos começou a acariciar minha ereção por cima da bermuda. – A Ursulla e sua sogra estavam atentas na novela.

— Abra o zíper – com a respiração ofegante e o coração aos trancos ordenei para que ela fizesse aquilo. Eu estava quase alucinado pelo perigo e pelo tesão.

Manu passou a mão no tecido, agarrou o fecho com os dedos e o desceu devagar.

A família da Manu sabia que estávamos curtindo nossa última semana juntos e com certeza não viria nos atrapalhar. Dei uma última olhada em volta e abri o que restava do zíper. Eu não estava aguentando.

— Hummm – disse Manu. — Pena que não vou poder fazer muita coisa aqui.

Mas ela fez o que podia. Enfiou a mão por entre o zíper e passou a me acariciar sobre a cueca. Segurou firme algumas vezes, deslizou a mão até a beirada da cueca, passou o dedo de leve pelo elástico e depois forçou a entrada de uma vez.

— Gosto de senti-lo quente na minha mão. Parece que está mais duro do que nunca. - Ela apalpou um pouco mais: — Ué, a pontinha já está molhada, Martin?

— Igual a você, Manu.

Ela deu uma risada e não disse mais nada, apenas continuou com as carícias. Tive vontade de massageá-la também, mas com aquele short apertado era impossível enfiar um dedo sequer. Consegui então desabotoar dois botões da blusa, abaixei um dos lados do top e o bico durinho do seio liberto denunciou o grau de excitação que ela estava. Mesmo gemendo com as lambidas que eu dava, ela deu uma mordida nos meus cabelos, afastou minha mão do meu rosto e sussurrou:

— Pensa que só você é louco? – ela perguntou com os olhos fixos nos meus enquanto abaixava a cabeça em direção ao meu prazer.

— Estou preocupado, Manu.

— Aproveite e goze de novo na minha boca. Você não disse na praia que tinha ficado com gostinho de quero mais?

Turbinado pelo perigo, gozei de um jeito espetacular e me contorci no degrau daquela escada..

— Eu te amoooooooooo – sussurrei.

Ela continuou a me chupar. Não entendi se o danado não queria amolecer, ou era ela que não deixava.

— Quero fazer você gozar também, Manu. Me ajuda?

A pergunta a fez aprumar-se.

— Não vai dar, Martin. Não esquenta. Antes de dormir vou gozar muito gostoso pensando em você.

Refeitos, resolvi retomar a conversa sobre as curiosidades que ela mencionou. Falei pausadamente e acentuei bem a primeira sílaba. Queria saber o que ela entendia por querer fazer TUDO comigo?

— Você está CUriosa em relação a tudo mesmo?

— Sim Martin. Tudo é TUDO! Quero que faça o que tiver vontade. Sei que vou gostar de tudo com você.

Quase fui à Lua de tanto tesão. Minha ereção voltou com tudo.

— Vamos fazer tudo então, meu amor. Quero que você CUrta com muito prazer! – Uma risadinha maliciosa e um beijo selaram nosso pacto.

Fiquei de pé e subi o zíper da bermuda. Enquanto fazia isso, um pensamento cruzou minha mente.

— Reparei, Manu, que nas últimas horas você tem me chamado pelo nome e não por meu amor. Você percebeu isso?

— É de propósito, Martin. É que tendo você como meu namorado. Como meu amor, eu estava sofrendo muito. Decidi te assumir como o meu homem, o meu macho. Assim continuo te desejando, sem sofrer. Sei que vou ter minhas recaídas, e que vou chorar muito quando você partir.

Mas enquanto estiver com você, será o meu Martin, gostoso, tesudo e safado. Tão safado que gozou na minha boca, na varanda da minha casa.

— Para mim você continua o meu amor, minha paixão e minha amada amante, como canta Roberto Carlos. Tivemos um sábado muito gostoso. Curti muito a praia, o jantar na sua casa. E você deu um fechamento delicioso à nossa noite.

Manu abotoou a blusa, olhou para mim e alfinetou:

— Você é um safado mesmo. Achou tudo maravilhoso só porque gozou duas vezes na minha boca. Mas saiba que fiquei feliz pelo prazer que te dei. Quero que não se esqueça de mim no Canadá. Lembre-se que sou sua amada amante, e que te faço um macho completo, feliz e saciado. E, como acho que você já está satisfeito, é bom saber que está chegando a hora de ir embora.

Olhei o relógio. Passava das 22h.

— Em que praia você quer ir amanhã, meu amor? – perguntei.

— Depende mais de você do que de mim, Martin. Se você quer praia com sacanagem, tem de ser nas pedras da praia do Curral. Se for sem sacanagem, podemos ir à Feiticeira ou Julião. Posso adivinhar qual delas você vai escolher, mas quero ouvir de você.

Pensei por um instante só para fazer um suspense. Ela manteve os olhos colados em mim, aguardando com ansiedade a resposta.

— Bem, acho que podemos ir até o Curral. Mas tenho uma exigência.

— Qual é, Martin? – ela perguntou, curiosa.

— Quero que você vá com a saída de praia que usou na nossa primeira visita às pedras. Assim vou poder te chupar. Você fica em pé e me esconde com a saída de praia. Lembra como foi gostoso quando eu te chupei, sentado no chão do banheiro do hotel?

Manu se contorceu no lugar e mostrou o braço todo arrepiado.

— Eu querooooo, Martin. Vou para a cama agora lembrando que adorei puxar sua cabeça para dentro de mim. Já me deu vontade de me esfregar toda em você.

— Ah, meu amor...!

— Vá dormir. Já é hora de ir embora, não é meu amor... Quer dizer, meu homem?

— Sim, meu amor! – ri satisfeito com aquele escorregão dela.

Dei um beijinho, e fui embora só imaginando o que ela faria assim que entrasse debaixo das cobertas.

Nove

Depois do último domingo juntos – que foi maravilhoso do começo ao fim – nos encontramos em todos os horários possíveis na segunda e na terça-feira. As horas voavam, e muito mais rápido do que eu e ela desejávamos.

Eu dividia minha atenção entre minha mãe, uma pequena ajuda ao meu pai na marina, as providências para a viagem. Todo o tempo que sobrava eu ficava com a Manu. Havia no ar um misto de amor, saudades antecipadas, tristeza pelas poucas horas que teríamos juntos, e expectativa pela nossa manhã de amor e de muito sexo.

Tudo que eu fazia entrava numa espécie de máquina do tempo em contagem regressiva. Fui ficando angustiado pela antecipação de tudo.

Na terça à tarde passei no hotel e procurei o Dalton para implorar pelo empréstimo do quarto do hotel.

— Não sei se vai dar, Martin. – foi o que ele disse, meio sem jeito. — Meu pai não tem motivo para sair a semana toda, e com ele aqui não tem jeito.

A resposta veio como um soco no estômago.

— Caralho, Dalton! Essa é a coisa mais importante que tenho para fazer nesta semana. Tem a ver com a minha felicidade, meu futuro com a Manu.

Ele baixou os olhos. Não tinha mais o que fazer, estava nas cordas.

— Você tem alguma ideia de onde eu possa levar a Manu? – Perguntei, em tom de súplica.

— Sei lá, cara. Se pintar alguma alternativa, te ligo.

Saí com a certeza de que ele não me ligaria. Na certa fez corpo mole porque quis dar o troco para a chantagem que fiz com ele da primeira vez.

Senti a cabeça pesada e o rosto vermelho. Saí do paraíso, onde sonhava dia e noite com Manu e caí no inferno sem a menor chance de ser feliz.

Ao descer a escada e ganhar a rua, um estalo. Porra!!! Por que não pensei nisso antes? Fui até a marina para usar o telefone. Disquei um número conhecido.

— Posso falar com o Márcio, por favor?

Alguns segundos e meu grande amigo surgiu na linha.

— Fala Márcio, tudo bem?

— Se melhorar estraga, Martin.

— Tô precisando de um favorzão seu.

— Você sabe que pode contar comigo.

— É caso de vida ou morte, meu amigo.

— Eita... não dramatiza assim.

— Tô falando sério, Márcio. Mas calma amigo, não é nada de ruim... por enquanto.

Sem medir palavras, contei toda a história com o objetivo de ver se ele poderia emprestar um dos imóveis vazios que a imobiliária dele administrava.

— Porra, Martin. Para amanhã, quinta ou sexta fica difícil. Pensando bem, no momento não estou administrando nenhuma casa que eu possa te emprestar.

— Caralho, Márcio. Dependo de você. Não tenho mais para quem pedir.

— Tive uma ideia, Martin.

Fiquei cheio de esperança.

— Fale com o pessoal da marina do seu pai para você colocar meu barco na água. Se me telefonarem eu confirmarei. Pode usar o meu barco o dia todo. Você o conhece e sabe que tem lugar de sobra. Só vai ter de encontrar a forma de embarcar com sua namoradinha.

— Ideia genial essa sua, Márcio. Agradeço pacas. Garanto que vou deixar tudo limpo.

Ele deu uma risada e arrematou:

— Vá em frente e seja feliz. Se sobrar alguma sujeira, avise o pessoal da marina para limpar. Só vou usar o barco no domingo. A essa altura você vai estar no Canadá, *right*?

Voltei ao paraíso. Na verdade, o barco do Márcio dava de dez no quarto. A privacidade era maior. Perto dele o hotel do pai do Dalton vira uma espelunca. Poderíamos falar a vontade e até gritar de tanto prazer. Liguei de imediato para a Manu:

— Oi, Manu. Pode me ouvir? – Sem esperar que ela respondesse completei de tão ansioso que eu estava: — Consegui o nosso ninho de amor.

— Nossa, Martin, como você está romântico. "Ninho de amor" é poético. O Dalton reservou alguma suíte especial?

— Que nada, meu amor. Consegui um barco só para nós. Estaremos livres de preocupações com barulho, gente tentando olhar pelas janelas ou batendo na porta etc.

— Um barco? Puxa, nós nunca transamos num barco. Vai ser maravilhoso, Martin.

Fiquei aliviado por ela ter aprovado a ideia.

— Onde você acha que é melhor para nos encontrarmos, meu amor?

— Sei lá – ela respondeu casualmente. — Se você preferir posso ir até a marina.

A ideia era boa, pois me permitiria adiantar algumas providências antes de colocar o barco na água.

— Acho ótimo, meu amor. Que horas você pode chegar lá?

Fiz a pergunta com o objetivo de avaliar o nível da vontade dela. Eu gostava desse jogo que tinha com ela: primeiro lançava uma isca para depois ver com que vontade ela a agarrava. E isso só aumentava minha expectativa.

— Tem de ser o mais cedo possível, Martin, pois na hora do almoço tenho de estar em casa. Não quero meu pai fazendo perguntas sobre o meu paradeiro.

Era tudo que eu queria ouvir. Ela demonstrava querer tudo, na mesma medida que eu.

— A marina abre às 7h, Manu. Antes das oito, o barco já vai estar na água. Podemos deixar marcado para eu te buscar com aquele barquinho auxiliar às 8h.

— Quero embarcar com você, Martin. Assim não precisa vir me buscar com o barquinho. Quero ficar o máximo de tempo junto com você, meu amor.

Gostei da última frase. Ela chamou-me de "meu amor". Nem sei se isso é bom ou ruim, porque amanhã eu gostaria que ela me quisesse como o seu macho, como disse há poucos dias. Se ela teve alguma recaída e amanhã quiser aproveitar o tempo apenas para namorar, todos os meus sonhos, e parte dos nossos desejos, irão literalmente por água abaixo. Eu bem que preferiria deixar nossas despedidas de namorados para o sábado de manhã, meu penúltimo dia na ilha.

Pensando aqui, acho que a separação entre amor e sexo é coisa de mulher. Nós homens não paramos para pensar onde acaba o amor e começa o sexo. Ou vice versa. No meu caso eu vivia uma relação de amor, embora, com quase dezoito anos, sexo permeasse todos os meus pensamentos. E pensar naquele corpo delicioso, naquele rosto lindo, transando comigo, amor e sexo fica uma coisa meio difusa, mesmo na minha cabeça.

— Vamos fazer diferente. Embarcaremos juntos. Você entra comigo na marina e não damos satisfação para absolutamente ninguém. Meu pai não vai estar lá e não preciso dar nenhuma explicação.

— Esse é o meu machão. Adorei esse seu lado autoritário – e soltou uma risada que achei no mínimo insinuante. Tive a certeza de que ela gostou mesmo de eu mostrar domínio da situação.

Junto com a frase, senti que ela deu o recado de que queria que eu fosse mais agressivo sexualmente, e não mais o sujeito bonzinho e carinhoso que tenho sido. Li muito sobre sexo e descobri que muitas mulheres preferem homens com "boa pegada", um sexo mais selvagem mesmo. E eu vinha tratando a Manu como um cristal fino demais, com a impressão de que se eu pegasse com um pouco mais de força ela poderia quebrar. Assimilei a dica e dei trela:

— O pessoal lá me respeita não porque sou o filho do dono, mas porque ninguém me supera na manobra dos barcos.

— Fico feliz em saber, meu amor. Te encontro às sete na marina então?

— Calma, Manu. Às sete chega o pessoal. Eles precisam ligar tudo para só depois posicionar o guincho que vai colocar o barco na água. Melhor você chegar às sete e meia, assim embarca de uma vez.

— Confirmadíssimo.

Ela parecia estar mais ansiosa do que eu e pronta para desligar. Intercedi, uma vez que eu queria que ela preenchesse ao vivo a maior parte das 24 horas represadas em meus pensamentos.

— Mas quero te ver nesta noite ainda, Manu!

— Não sei de vai dar. Não tenho muitas desculpas para sair de casa hoje. Além do mais, Meu pai anda meio encucado com o nosso namoro. Deve estar preocupado que eu perca a virgindade com você nestes últimos dias. – Ela deu uma risada que ecoou pelo telefone e chegou até mim. — Mas podemos ficar sentados na varanda!

Melhor que nada, pensei. Gostei por vê-la se esforçando para me ver. Isso indicava que a vontade dela era tão grande quanto a minha.

— Acho uma ótima ideia.

— Que bom, porque em casa meu pai não tem com o que se preocupar. - Manu então sussurrou: — Se ele soubesse o que rola na varanda...!?

Abri um sorriso não apenas pelo que poderia acontecer, mas também pela cumplicidade entre nós, uma característica que passei a curtir mais e mais no namoro com ela.

— Delícia, Manu. Chego depois do jantar.

— Posso te pedir uma coisa?

— Claro.

— Pense bem na cueca e na bermuda que vai vestir, Martin – disse num sussurro.

Essa era a segunda vez durante o telefonema em que ela me chamou pelo nome. Essa era a minha Manu sexy falando.

— E você na saia ou short, sei lá. Lembra como foi difícil chegar em você?

Ela deu uma risadinha marota e disse:

— Pensei em te fazer uma surpresa, mas já que você tocou nesse assunto, posso até contar agora. Quer saber?

— Já estou com tesão só de pensar.

— Pensei em só usar o short – ela disse novamente num sussurro.

— Vai ser uma loucura saber que você estará o tempo todo comigo sem calcinha.

— Essa é a ideia, meu amor, deixar você com muito tesão. Adoro deixar você assim.

A ereção foi tão forte que o volume naquela região da bermuda ficou obsceno. Se a polícia aparecesse, poderia me prender por atentado ao pudor.

— Se essa era a ideia, conseguiu, porque já estou de pau duro.

— Ai, que delícia!

— Posso chegar antes das nove horas? – rebati.

— Deve. Hoje vai ter um amistoso da seleção brasileira, e com certeza meus pais, que adoram futebol, vão ficar na TV. Torça para que a pentelha da Ursulla invente alguma coisa pra fazer ou vá dormir mais cedo, por que ela odeia futebol.

— Vou acender uma vela.

Desligamos.

Como fazer para a cabeça funcionar com a expectativa de encontrá-la sem calcinha nesta noite, e com a promessa de uma sessão inesquecível de sexo amanhã cedinho? Os hormônios contaminaram meu corpo e minha alma. Nem a mente eu conseguia usar. Passei o resto do dia olhando o relógio a cada cinco minutos. As horas passavam a passos de tartaruga.

Às dez para as nove apertei a campainha. Ursulla, como sempre, veio atender o portão. Lá vem a vela, pensei com desdém.

— Que surpresa gostosa, cunhadinho. Eu não sabia que você viria. Agora entendi porque sua namoradinha ainda está no banho. Ela está se embonecando só pra você. - Ursulla disse num misto de malícia e maldade.

Resolvi não entrar no jogo. O melhor era ser claro e direto.

— Você pode avisar que cheguei, por favor. Vou esperar aqui no portão.

Ursulla abriu a folha do portão num rebolado insinuante e disse:

— Você está pirando, cara. Vai ter de entrar e bater papo com o velho. Tem de pagar pedágio sabia?

— Você está sabendo de coisas demais para uma menina da sua idade.

Ela passou o portão, jogou os braços para trás e deu uma balançada no corpo, o que agitou os seios, na minha direção.

— Não sou tão novinha assim, Martin. E não sou boba, tá?

Perigo, pensei. Decidi entrar e enfrentar um papo com o sogrão. Quanto mais eu permanecesse ali, mais enrolado naquele emaranhado de sedução eu ia ficar. Dei um beijo descompromissado no rosto dela, subi as escadas e entrei na sala. Ursulla veio atrás, sorridente por ter conseguido me provocar.

— Oi, Martin. Veio assistir ao jogo da seleção? Quer um copo de cerveja? Sente-se.

Recusei a cerveja oferecida pelo sogro enquanto pensava que o que eu mais desejava era que ele tomasse todas, por mim e por ele, e apagasse de novo no sofá.

Ursulla me deu as costas e entrou no corredor dos quartos. Da sala, ouvi o grito estridente:

— Manuuu. Seu namoradinho chegou. Sai logo do banho.

Ouvi a voz abafada de Manu, mas não entendi o que ela disse. Imaginei-a lá dentro, nuazinha, vestindo apenas o short. Ursulla apareceu de volta na sala.

— Sua Manuzinha já vem, Martinzinho.

Não aceitei a cerveja, mas aceitei sentar ao lado do sogrão. Àquela altura valia tudo para não cair na teia que a cunhada estava preparando para mim. Entrei no papo do Sr. Irineu e acabei convencendo-o das minhas razões para não ser aficionado em futebol. Ele reconheceu que não dava para ser apaixonado por muitos esportes ao mesmo tempo.

Manu apareceu na sala. O pai a analisou de cima a baixo e comentou:

— Minha filha. Que roupa mais comum para receber seu namorado: isso não é o uniforme da escola!?

Discordei na hora, mas não emiti opinião. Eu sabia muito bem porque ela tinha escolhido aquele traje: a blusa da escola tem botões na frente.

— E por quê não? – rebateu ela, assertiva. — Vai ver que quero matar saudades da escola.

Manu caminhou na minha direção. Pude perceber, pelos passos duros, nervosismo no seu jeito de andar. Ela certamente estava tensa por me encontrar na sua própria casa, diante da família, vestida para matar.

Levantei do sofá e dei um beijo no rosto dela. Manu me pegou pela mão e perguntou meio sem jeito:

— Você quer ficar aqui assistindo TV ou quer conversar lá fora, Martin?

Pergunta óbvia que exigia uma resposta convincente:

— Já atrapalhei demais o seu pai.

O velho fez uma cara de prazeroso desentendido e apenas comentou:

— O jogo começa daqui cinco minutos. Convidei o Martin para assistir, mas ele não é chegado em futebol.

Agradeci mais uma vez o convite e saí para a varanda no encalço de Manu e sob o olhar matreiro de Ursulla, que permaneceu na sala mordendo os lábios e se contorcendo de inveja.

Era noite de primavera, porém com calor de verão. Por falta do que dizer, para deixar a Manu relaxar e fazer o tempo correr, sentamos na escada da varanda e passamos a observar a lua cheia. Estava linda, embora clara demais. Lembrei de uma frase que li numa revista alguns anos atrás, de que mulher é como fotografia, que só se revela no escuro. Ri comigo mesmo porque a intensidade da luz não fez a menor diferença para a Manu. Ela sempre se revelava por completo comigo, onde quer que estivesse.

Permanecemos um tempo ali, jogando papo fora. Comentamos sobre a hera crescendo no muro da frente, as atividades durante as férias, amigos em comum, coisas da vida de modo geral.

Ao ouvirmos o hino nacional da TV da sala, Manu virou a cabeça e me deu o beijo que eu esperava. Era a deixa para dizer que daquele momento em diante pai e mãe estariam hipnotizados pelo jogo. Mas e Ursulla, me perguntei? Que se dane, intimamente disse para mim mesmo.

Cortamos o papo mole e ocupamos nossas bocas com muitos beijos.

Eu estava tão confiante no poder de encantamento da TV, não apenas na casa, mas em toda Ilhabela, que resolvi descer dois degraus. Entrei no meio das coxas dela e recebi seus carinhos na cabeça.

Mesmo assim, resolvi ficar de antena ligada na TV e na cunhada.

O short da Manu era largo nas pernas, o que dava amplo e irrestrito acesso aos meus dedos e minha língua. Eu virava a cabeça repetidas vezes, afastava a barra e a cada lambida Manu não conseguia conter os gemidos, muito menos o rebolado. Poucos minutos depois ela me agarrou pelos cabelos, afastou minha cabeça e disse baixinho:

— Não estou aguentando de tanta vontade, Martin. Acho melhor eu fazer com a mão, assim gozo logo e não corremos riscos.

Nada disso. Eu queria que ela gozasse na minha boca. Lembrei do recado subliminar que ela tinha me dado ao telefone naquela tarde e, de um jeito ousado, e até certo ponto irresponsável, encaixei novamente a boca ali e com mais algumas lambidas ela levantou a virilha, puxou com força minha cabeça para si e sufocou um gemido com a mão. Manu respirava descontroladamente enquanto manteve-se agarrada aos meus cabelos por um bom tempo.

Sem egoísmo, nem preocupação, nos alternamos em dar prazer um ao outro.

Foi o tempo exato de nos recompormos para o intervalo do jogo chegar. Manu ajeitou a roupa e entrou para inspecionar o ambiente. O pai dormia no sofá, ao lado de um copo de cerveja pela metade.

A mãe que acabava de sair do banho abordou-a na sala:

— Ursulla foi dormir. Estou a caminho. Se você lembrar, acorde seu pai daqui a pouco para que ele veja o jogo ou vá dormir na cama. Diga ao Martin de mandei um beijo para ele.

Quase caí de joelhos de tão agradecido. Liberdade total. Mas como estávamos saciados e teríamos que acordar cedo, decidimos ir dormir também. Afinal de contas, a manhã seguinte traria o desejado encontro pleno: de amor e de sexo, ou de sexo e amor. Eu nem sabia mais.

— Boa noite, meu amor. Que você lembre de nós sempre que subir ou descer esta escada. E se um dia fizer com mais alguém o que fizemos aqui hoje, que vocês broxem bonito.

Arrependi-me das palavras assim que saíram da boca. Manu não deixou passar e rebateu:

— É melhor você dormir depois dessa besteira que disse. Vou fazer de conta que não ouvi.

Ela desceu os degraus, me beijou de leve nos lábios e deu-me as costas.

Fui para casa dividido. Por um lado, estava chateado pela bobagem que disse à Manu.

Segui então para casa como que caminhando nas nuvens, feliz com a noite deliciosa e ainda mais pela perspectiva do dia seguinte.

Ainda bem que os orgasmos me acalmaram porque deitei na cama e chapei.

Dez

O despertador tocou às seis. Minha expectativa era tamanha que abri os olhos sem saber se tinha dormido de verdade. Levantei meio zonzo e fui ao banheiro. Desde que a Manu disse que queria um lugar tranquilo, com cama, onde pudesse satisfazer todas as suas curiosidades, fiquei tão excitado com a ideia que encontrei dificuldades para identificar se os meus sonhos surgiram enquanto eu estava dormindo ou acordado.

Eu era capaz de fechar os olhos e ver seu corpo dourado, perfeito, delicioso, deitado e se contorcendo, à minha espera. Outras vezes a via desfilando nua, bem diante de meus olhos. Um espetáculo real ou onírico?

Confesso que fiquei um pouco mordido quando ela disse que queria realizar todos os seus desejos. Num primeiro momento, achei o pedido de um tremendo egoísmo. Depois que pensei mais no assunto, quando finalmente notei a extensão do desejo, é que me dei conta do presente que ela estava dando para mim. Que homem não gosta de uma mulher curiosa e que se coloca à disposição para explorar novas possibilidades no sexo?

Passei a entender a curiosidade dela como um tremendo voto de confiança e amor. Adorei.

Não foi preciso revelar que minhas vontades possivelmente eram ainda maiores que as dela. Satisfazê-la todinha, de cabo a rabo, parecia para mim, em alguns momentos, ser um sonho que eu nunca imaginaria realizar.

A expectativa do encontro com ela me deixou ligadão.

— Saindo do banho a esta hora, filho? Está chegando ou saindo? – perguntou minha mãe assim que me viu enrolado na toalha, do lado de fora do banheiro.

— Saindo, mãe. O Márcio ligou ontem e pediu para eu colocar o barco dele na água antes das 8h. Esqueci de contar ao pai. Vou para marina cuidar disso pessoalmente.

— Não conte para o seu pai que você esqueceu. Você sabe como ele é preocupado com o atendimento aos clientes.

— Deixa comigo. Vou resolver sem o papai saber. – Entrei no quarto e disse pela fresta antes de fechar a porta. — A não ser que você conte.

Bati a porta. Minha mãe aumentou o tom de voz no corredor:

— Fique tranquilo, meu filho. Seu pai foi bem cedo para Angra dos Reis buscar um barco que está com um dos motores pifados. Na melhor das hipóteses, ele deve chegar próximo do anoitecer.

Agradeci a ela e a Deus, pois para mim e para a Manu o melhor era que meu pai não chegasse antes do meio dia.

Engoli o café da manhã e fui para o quarto vestir a bermuda jeans, sem cueca. Eu tinha certeza de que Manu aprovaria a surpresa. Sentei na cama, olhei para a mochila cheia e fiquei pensando em como passar com ela na frente da minha mãe sem ser questionado no caminho até a porta.

Eu estava levando a mochila porque não queria usar nada do barco. Nela eu carregava uma toalha de banho e lençóis limpos. E como a Manu estava cheia de vontades, ali tinha também a sacola da farmácia com as camisinhas, gel e uma cueca limpa.

Nossa casa tinha apenas um banheiro com chuveiro. Nós três nos revezávamos na hora do banho. O outro era apenas um lavabo. Eu dependia que minha mãe entrasse no banheiro para eu poder sair de casa numa boa.

∫

Aguardei um pouco. Depois de alguns minutos fui disfarçadamente tomar um copo de água para ver se minha mãe tinha entrado no banho.

Pela quantidade de legumes espalhados sobre a pia, achei que ela ia demorar um bocado. Certamente estava se organizando para o almoço.

— Não é muito cedo para preparar o almoço, mãe?

— Só estou dando uma adiantada e separando o que vou cozinhar. É rápido. Não quero passar a manhã toda na cozinha.

A informação não foi precisa o suficiente para mim. Resolvi insistir:

— Por que você não toma um banho e deixa isso pra depois?

— Por que a pressa, meu filho?

— Nada não.

Ela não tinha pressa, mas eu tinha. A Manu ficaria muito nervosa se eu a deixasse esperando. Era hora de pensar numa alternativa.

Voltei para o quarto e sentei na cama, nervoso. Uma ideia surgiu. Abri a janela e joguei a mochila atrás do canteiro. Metade do problema resolvido porque eu ainda precisava passar pela minha mãe, mesmo que de mãos vazias.

Além de passar por ela, eu precisava circundar a casa para pegar a mochila no canteiro sem que me visse. Abri a porta do quarto e tudo se resolveu como que por passe de mágica, uma vez que ela entrou no banheiro e trancou a fechadura.

Parei diante da porta e fiquei aliviado ao ouvir o barulho do chuveiro. Foi a deixa. Gritei do corredor de que estava de saída e corri porta afora, peguei a mochila e saí em disparada para diminuir o atraso.

Em alguns trechos das calçadas, onde os chapéus-de-sol crescem vigorosos, entrei mais de uma vez no frescor das sobras para sair no calor confortável do sol. Estabeleci um paralelo com meu futuro e concluí que minha vida seria assim em pouco tempo: frio na sombra pela ausência da Manu, calor e sol pelo brilho que a presença dela trazia para mim. Ofegante, passei a caminhar a passos largos.

Cheguei à marina pensando que faltavam menos de sessenta horas para o meu embarque. Dúvidas martelavam minha mente.

Será que vale mesmo a pena ficar um ano longe dela? Será que vai ser boa essa oportunidade de conhecer a cultura de um país de primeiro mundo? E quanto a aprender a falar inglês? Para essa eu não tinha dúvida alguma.

Cruzei o portão e notei que Manu ainda não havia chegado. Continuei andando até a área de estacionamento dos barcos.

— Bom dia, Denis. Você me ajuda a colocar o barco do Márcio na água?

Denis me olhou de um jeito estranho, uma vez que meu amigo Márcio sempre foi muito cioso com o próprio barco. Mas uma vez que eu era o filho do dono da marina, ele acatou a ordem sem questionar.

$$\int$$

Enquanto o Denis tomava as providências com o guincho, fui ao portão esperar pela Manu.

Eu a vi surgir sorridente pouco depois das sete e meia. À mão trazia uma cesta de vime com um pequeno buquê de flores de Flamboyant. Os raios de sol banhavam todo seu corpo. Ela estava linda com a mesma roupa do dia em que prometeu a transa dos nossos sonhos.

Embora não revelasse muito, o traje teve, para mim, o mesmo efeito se ela estivesse caminhando nua na minha direção, tamanha a confusão que causou na minha mente e libido. Senti-me ofegante e ansioso como quando nos encontramos para a nossa primeira transa no hotel do pai do Dalton.

Ela deve ter pensado que eu havia ficado doido, uma vez que meu olhar patético se alternava entre o rosto lindo e o corpo escultural. O decote, apesar de discreto, deu-me a impressão de que ela usava um top ou sutiã vermelho, a cor do pecado. Visivelmente alterado, com a boca seca e corpo ligeiramente curvado para esconder o volume sob a bermuda, fui ao seu encontro.

— Você está linda, meu amor.

— Você está um gato. E pelo que posso perceber, pronto. Trouxe algumas coisas para comermos.

Colei minha boca em seu ouvido e sussurrei:

— Minha fome é outra.

Ela afastou o rosto do meu, me encarou e disse com um sorriso que transbordava sensualidade:

— Você vai poder comer o que quiser, até se saciar, e na sequência que preferir, meu amor.

Ela se afastou um pouco mais, agarrou a barra da blusa e deu um giro completo no lugar, os cabelos ao vento:

— Vesti para você, Martin. Lembra quando foi a última vez que usei esta roupa?

— E como eu poderia esquecer!?

— Homem não é de lembrar desse tipo de coisa.

— Sou diferente. Não esqueço do que você veste, muito menos das suas promessas.

— Que promessa? Não prometi nada, Martin. Apenas disse que queria tudo. Existe uma diferença muito grande entre uma coisa e outra.

Pelo sorriso que ela deu, percebi que em mente ela estava ainda mais adiante do que havia dito.

O papo foi interrompido pelo Denis que vinha na nossa direção. Ele se aproximou e disse que por ser responsável por aquele tipo de operação na marina, não colocaria o barco na água sem a autorização do meu pai. Aliás, não deixaria nem que eu manobrasse o barco. Gelei. Meu pau murchou no mesmo instante.

Coloquei a mochila no chão, envolvi o ombro do Denis com um braço e o puxei para o lado para um papo:

— Olhe aqui, Denis. O Márcio me autorizou a colocar o barco na água, e eu vou fazer isso agora. Você pode reclamar com o meu pai, se quiser. Mas vai fazer isso depois, porque o velho foi para Angra dos Reis e volta só à noite.

— Posso passar um rádio para ele.

— Pode, mas depois, porque agora você vai me ajudar a colocar o barco na água.

Denis fechou a cara, olhou para o chão e depois me encarou:

— Tudo bem. Mas se der merda, o responsável é você. Não tenho nada a ver com isso.

Denis saiu a passos firmes na direção do guincho.

Assim que ele ganhou uma distância de nós, Manu virou para mim e disse que ficou feliz e com a calcinha molhada pela dura que dei no Denis.

$$\int$$

Chamei-a para bordo sem mencionar seu nome. Denis não a conhecia, e eu não queria fofoca.

Manu acomodou-se no primeiro banco que encontrou enquanto o barco deslizava pelo guincho na direção do mar. Assumi o comando assim que ele bateu com o casco na água, acionei o motor e nos afastamos uns quinhentos metros da marina.

Manu parecia a dona barco, tamanha sua pose e descontração. Ela confessou que teve um tesão especial ao me ver pilotando o barco. Disse que eu era o macho poderoso com quem ela sempre sonhou.

A visão da ilha que se tem de dentro de um barco é muito diferente da que se tem em terra firme. Naquele dia ensolarado, o mar cumpria com a ilha o mesmo papel de uma moldura para um quadro primoroso. Eu não sabia se tudo parecia mais bonito por causa do amor, ou se o amor havia acentuado a sensibilidade para apreciar o belo.

Naveguei mais um pouco e desliguei os motores. Ancorei o barco ali mesmo, não muito longe da marina, por uma questão de segurança, e nem muito perto, por outra questão de privacidade. Não vi Manu por ali. Entrei e a peguei inspecionando a decoração.

— Este barco deve valer alguns milhões, Martin! A nossa suíte é linda. A cama é maior que a dos meus pais. O lençol que você trouxe ficou pequeno nela. Enfeitei a suíte com flores. Está tudo muito lindo, e pronto para o nosso amor.

Os olhos dela brilhavam.

— Vou sentir falta dessa visão maravilhosa de você caminhando lentamente na minha direção. Você é um sonho tornado realidade.

— Que romântico, meu amor! Adoro isso!

— Você é um eterno presente para mim, Manu. A única forma de eu conseguir viver longe de você vai ser manter viva na memória a intensidade do nosso amor.

Manu fechou a cara.

— Para com isso, Martin. Ninguém está mandando você embora, muito menos obrigando você a viajar. Você tomou essa decisão sozinho. E quer saber de mais uma coisa?

Assim que a pergunta surgiu, me dei conta do erro que cometi ao dizer o que tinha acabado de dizer. Ela prosseguiu:

— Vim para cá com sede de você. Vim pensando em TUDO que vamos fazer. Te quero como meu homem e meu macho. Palavras como viagem e Canadá não estão no meu *script*.

Que mulher incrível, pensei. Mesmo depois da bofetada que acabei de dar, ela ainda assim me queria como seu macho e estava disposta a ser a minha fêmea, desejosa de tudo. Cheguei perto dela e a abracei com imenso carinho. Afastei-me um pouco, segurei firme sua nuca e trouxe sua boca em direção à minha. Eu estava no comando. Coloquei toda minha paixão naquele beijo.

Eu estava a ponto de tirar a blusa da Manu quando o rádio do barco emitiu um estalido seguido de um forte chiado. Levei um susto. Demorei para perceber que era o Denis me chamando. Manu se assustou e insistiu para que fôssemos embora imediatamente.

Com muito custo e algum carinho consegui convencê-la a ficar na cabine e fui responder ao chamado. Denis disse que o Márcio tinha telefonado e pedido para deixar o barco disponível antes das 11h.

— Não me sacaneia, Denis. O Márcio não vai sair com o barco. Fale logo porque você me chamou.

Denis começou a gaguejar. Logo percebi que o telefonema não passava da mais descarada mentira. Ele então se justificou dizendo que meu pai poderia chegar a qualquer momento e que comeria o rabo dele por me deixar sair com o barco.

— Você não deixou nada, Denis. Peguei o barco com a autorização do Márcio. Pode dizer isso ao meu pai se ele chegar. E se der galho, assumo a bucha. E, só mais uma coisa Denis, não me interrompa mais, por favor.

— Não interromper o quê, Martin?

Desliguei sem dar explicações. Ao voltar, me deparei com Manu em pé, vestida, com a cesta que havia trazido nas mãos e fazendo menção de ir embora. Com muito papo, beijinhos e os infalíveis carinhos na nuca, consegui mais uma vez convencê-la a ficar.

— Ele sabe muito bem o que viemos fazer aqui, Martin. Não vou ter coragem de encará-lo ao retornarmos à marina! Estou morrendo de vergonha.

— Tarde para isso, meu amor. Voltar agora ou depois de realizar o nosso sonho vai dar na mesma. Da minha parte, nada no mundo pode impedir nossa plena felicidade.

— Você diz isso porque é homem. Não é você que vai ficar falado. Amanhã você viaja e eu fico como a menina que você comeu no barco.

Aquela transa estava se mostrando como um verdadeiro trabalho de Hércules. Foi preciso mais um longo papo e novos carinhos para que ela finalmente se acalmasse. Percebi isso quando ela passou a mão no meu pau ainda preso na bermuda e disse:

— Safadinho. Veio sem cueca e todo pronto para mim. Você foi muito louco de andar na rua assim. Adoro isso.

— Esse é apenas o começo das loucuras, Manu.

Peguei-a no colo e caminhei com ela em direção à cama. Ela beijava meu pescoço com voracidade. Em dado momento, descolou a boca dali e disse com voz rouca:

— Se não tivéssemos coisa melhor para fazer, eu deixaria uma chupada ainda mais forte que aquela, lembra?

— E como vou esquecer? Ela sumiu da pele, mas ficou tatuada em minha mente como a marca do nosso amor.

Lembrei também ter jurado que nenhuma outra mulher jamais beijaria meu pescoço. Ao fazer a barba, e mesmo durante os banhos, eu ainda me pegava apalpando um círculo imaginário naquela região. Aquilo me emocionava e me excitava ao mesmo tempo.

Apertei-a mais uma vez no colo, demos um beijo eivado de tesão, larguei-a na cama de uma altura de uns quinze centímetros e me joguei sobre ela. Mordi seus cabelos úmidos e adocicados pelo shampoo. Durante a sequência de beijos e lambidas, entre a boca e o pescoço, ela se contorcia embaixo de mim.

— Gostoso! — ela disse no meu ouvido. — Adoro essa sua versão de machão agressivo. Sonhei em experimentar você com todo esse fogo.

Com delicadeza, e determinação, tirei sua roupa. Aquele corpo nu, todo dourado, contrastava com o lençol branco. Uma pintura esplendorosa numa tela crua. Veio à mente a imagem dela deitada, nua, na cama do hotel. Desde aquela nossa primeira transa, nunca mais tivemos outra cama para fazer amor. Nosso sexo acontecia furtivamente, em locais tão surpreendentes quanto desconfortáveis. Mas o tesão e o nosso amor superavam tudo.

Agora, depois de toda a experiência acumulada sobre como transar nos lugares mais malucos possíveis, tínhamos um iate de 62 pés à nossa inteira disposição. E isso apenas sessenta horas antes do meu embarque. A confluência entre a expectativa do que estava por vir e minha partida me deixaram completamente maluco por ela, ainda mais do que eu costumava estar. Resolvi contar isso tudo para ela. Pensando bem, parte disso. Descolei meu corpo do dela e olhei fundo em seus olhos:

— Manu, aqui no barco nossa liberdade é ainda maior que no hotel. Podemos gemer à vontade, e mais que isso, aqui você pode gritar quando gozar que ninguém vai escutar. — Ela me lançou um olhar cheio de expectativa e curiosidade. Prossegui: — Não precisa tampar a boca com a mão.

Ela gostou do que ouviu, porque disse:

— Quando você me deixa muito excitada eu perco o controle, meu amor.

Beijei-a de leve na boca.

— Estou dizendo isso porque você me deixa louco de tesão quando grita a cada orgasmo.

Manu olhou fixamente para mim, abriu um sorriso safado, mordiscou o lábio inferior e lentamente afastou uma das pernas.

O tesão tinha tomado conta de nós. A energia dos nossos beijos nos fez rolar na cama. Dois corpos se tornaram um.

O barco balançava ao sabor do mar. Ou éramos nós? Gostei de pensar que fôssemos nós agarrados e aos beijos quentes sobre a cama de casal.

Passei a curtir com a boca e com as mãos cada parte e textura daquele corpo encantador. Manu se contorcia de prazer e tinha orgasmos sucessivos. Eu me deliciava no meio de tudo aquilo, sobretudo por estar proporcionando um prazer supremo à mulher que eu amava. Como que por encanto, Manu foi capaz de emitir um sussurro:

— Você não esqueceu de que quero TUDO, né, Martin?

Não era uma lembrança. Manu sabia o que queria e estava me cobrando.

— Estou só nas preliminares, Manu. Quero você em brasa para fazer sexo anal.

Manu largou os braços para trás na cama e olhou para o teto.

— Estou em brasa há vários dias, meu amor. Fiquei pronta para isso muito antes de ter coragem de te falar.

Ela não só não havia esquecido da "proposta" como queria começar fazendo sexo anal.

— Lembre-se do Kama Sutra, Martin. Eu quero tudo, em todas as posições.

Inacreditável! Cheguei a me perguntar se algum outro cara de 17 anos já teve a felicidade de poder desfrutar de uma mulher linda, gostosa e tesuda assim na sua vida como eu estava tendo naquele momento.

Virei-a de bruços na cama. Pus meu corpo sobre o dela e passei a beijá-la e a mordiscá-la na nuca. Desci com meus beijos por sua coluna enquanto arranhava de leve suas costas. Ela se arrepiava, gemia e se contorcia.

Continuei com carícias e beijos; não aguentando mais de tanto tesão, tirei o que precisava da sacola da farmácia. Ela parou num instante e passou a acompanhar com muita atenção cada movimento meu.

Antevendo o desfecho, Manu afastou então ainda mais as pernas para os lados e empinou a bunda para o alto. Encostei a pontinha do meu pau e ela exclamou:

— Que delícia, meu amor.

Penetrei um pouco mais e com muito cuidado. Ela gemeu e me chamou de meu amor, meu macho. Prossegui a penetração mexendo bem devagarzinho. Ela virou a cabeça em minha direção e perguntou se deveria levantar um pouco mais a bunda ou se naquela posição dava para eu colocar tudo. Fiquei pasmo e com ainda mais tesão pela vontade dela.

Como eu sabia que ela se excitava ao sentir o peso do meu corpo, larguei o peso sobre o dela e sussurrei alguns palavrões misturados com elogios em seu ouvido enquanto ia mexendo e a penetrando lentamente. Qual não foi minha surpresa ao sentir que ela empinou a bunda e perguntou:

— Já colocou tudo Martin?

— Quase, meu amor. Quero que tenha agora o prazer que tanto desejou.

Manu estava ofegante e sorridente, sinal de que estava satisfeita e queria mais.

— Preferiria que seu pau não fosse tão grande, mas estou curtindo muito. Agora você pode mexer à vontade. — Levantou mais a bunda e disse com uma voz mais forte e rouca: —Soque, Martin, soque com força, quero dar bem gostoso para você. Quero você inteiro dentro de mim.

A partir dali, não medi esforços em ser o macho que ela queria que eu fosse.

Amassada pelo peso do meu corpo, Manu se esforçava para manter as pernas abertas. Com as mãos, agarrava as próprias nádegas e as abria mais e mais de forma a facilitar o meu acesso.

É impossível esquecer a sede com que fizemos sexo anal e a intensidade dos orgasmos que ela teve.

Ela se soltou mais no barco. Gemeu à vontade e gritou muito o meu nome. Foram quase três horas de muito amor, tesão e prazer. Nossas curiosidades foram todas satisfeitas.

Fomos juntos ao céu e voltamos várias vezes...

Satisfeitos e cansados, larguei o corpo ao lado do dela e a recebi em meus braços.

— Adorei, Manu.

Ela apoiou a cabeça em meu peito e disse:

— Eu também, tanto que queria morar num barco com você, e viver esta fantasia para sempre.

Nós dois sabíamos que aquele sonho, e talvez alguns outros, seriam impossíveis de ser realizados, mas a viagem onírica valia a pena.

Meu corpo saciado estava inerte quando Manu deixou-me sozinho na cama por um instante. Após alguns minutos ela voltou, deu um beijo no meu rosto e me puxou para fora da cama.

— Venha ver o piquenique que preparei para nós.

Mesmo com vontade de ficar deitado por mais um tempo, fui aos trambolhões atrás dela.

A mesa do convés estava decorada com flores. Manu caprichou na distribuição das maçãs, das bolachas, do suco, do queijo. Ela preparou uma mesa linda para nosso encontro, e isso me marcou profundamente. Abracei-a com imenso carinho e a beijei no rosto.

— A mesa está linda, Manu.

— Minha intenção foi te encantar, Martin. Nossos encontros merecem o melhor e você também.

— Você me surpreende e me encanta cada vez mais, meu amor.

Manu olhou-me com carinho e disse:

— Calma, Martin.

Pelo visto, as surpresas não tinham terminado, pois ela ainda tirou da cesta uma caixa plástica com mini-sanduíches e me entregou uma caixa de suco de morango. Sugeri que brindássemos usando os copos disponíveis no barco. Com um olhar displicente, ela falou:

— Brindar com copo de plástico, Martin?

Deu um sorriso e tirou da cesta duas taças protegidas por guardanapos de pano.

— Trouxe taças de champagne para brindarmos. Afinal, o morango é a fruta da paixão, não é?

— As surpresas não param, Manu?

— A próxima vai depender mais de você, Martin. Gosta de brigadeiro?

Tirei a tampa de outra embalagem que ela me entregou. Continha dez deles.

— Que delícia, Manu. E sem o chocolate granulado por fora, do jeito que gosto.

Com um brilho especial nos olhos e uma carinha de sapeca, Manu disse uma coisa que me fez ver que ela tinha segundas intenções com aquilo tudo:

— Achei que sem granulado poderíamos comê-los de outra forma, em algumas partes do nosso corpo.

Gostei de como a mente dela funcionava e se retroalimentava com os hormônios que o corpo produzia.

Mal havíamos terminado de brindar e de tomar alguns goles do suco de morango, ela se ajoelhou na minha frente e tomou posse do meu pau... Lambuzou-o com brigadeiro e, olhando para mim, pôs-se a lambê-lo, gulosamente. O doce grudava tanto que ela tinha de se esforçar com a língua para tirá-lo. E quando conseguia, passava mais e recomeçava.

— Assim eu não vou aguentar por muito mais tempo, meu amor.

— Demorou, Martin. Quero curtir seu gozo misturado com brigadeiro.

Bastaram mais algumas lambuzadas. O gozo foi maravilhoso... Ela olhou para mim e sorriu. Continuou me lambendo e me chupando enquanto tirava os últimos vestígios do doce. Teve o capricho de colocar mais um pouco de brigadeiro no orifício da cabeça e esperou que as últimas gotas o empurrassem para fora.

Eu nunca havia pensado em fazer aquilo, mas ficava alucinado a cada desejo que ela realizava, meu e dela. Servi mais uma taça de suco de morango.

— Agora eu vou provar o brigadeiro, Manu.

Percebi que ela foi arrebatada por uma onda de tesão. Segurei seu seio com vigor, e cobri com chocolate as pequenas partes brancas que o biquíni tinha deixado. Espalhei o doce lentamente. Seus gemidos acompanhavam as voltas do meu dedo naqueles bicos duros.

Ela se contorceu e gemeu muito quando iniciei a "limpeza" dos seios com a língua. Passou a segurá-los com as mãos de forma a ajeitá-los na minha boca.

— Eles foram feitos para você, pra sua boca. Admiro como você sabe me dar prazer.

Acariciei-a mais ainda, mas desta vez, não com intenção de fazê-la gozar. Sem que ela tivesse tempo de se frustrar com a interrupção, ajoelhei-me no chão e apoiei suas pernas sobre os meus ombros.

— Adoro você toda aberta para mim.

Lambuzei quase tudo e caprichei na cobertura do grelinho. Enquanto espalhava, ouvi-a gemendo de um jeito descontrolado. Comecei o banquete com movimentos lentos, longas lambidas, de baixo para cima. Ela assistia tudo e se contorcia com mais intensidade. Deixei que rebolasse na minha língua e fiquei olhando nos seus olhos, e ajudando com as mãos os movimentos do seu quadril. Nossos movimentos se alternavam e se confundiam. Por vezes, ela rebolava na minha língua e em outras eu dava lambidas mais fortes até que ela projetou mais seu sexo em direção à minha boca e gritou o meu nome. Não deixou dúvidas da intensidade do orgasmo.

Onze

Você se superou meu amor. Adorei tudo o que preparou. Sua atenção e carinho tornou nosso encontro mais especial ainda. Inesquecível – eu disse e acariciei-a no rosto.

Ela ajeitou a cabeça na minha mão como uma gatinha curtindo um carinho.

— Fiz o que achava que o nosso amor merecia. Mas foi só isso que te surpreendeu, Martin?

— Nem nos meus sonhos mais loucos eu seria capaz de imaginar que nosso amor seria tão perfeito e gostoso, Manu.

— Acho que você não acreditava quando eu disse que queria te curtir muito e de todas as formas.

— Eu até acreditava, Manu, mas tinha medo de que na hora H, você "fugisse do pau".

Ela percebeu o duplo sentido das minhas palavras e sorriu:

— Fugir, Martin? Eu quero é mais... muito mais.

Inacreditável o desejo dessa mulher, pensei. Após quase três horas de muito sexo ela ainda queria mais. Quanto mais ela falava e mostrava seus desejos, com mais tesão eu ficava. Eu também queria mais, embora precisasse descansar um pouco para acertar a sintonia entre a cabeça de cima e a de baixo.

Resolvi dar uma olhada no relógio: 11h15min. Nosso tempo estava se acabando. Ela precisava estar em casa antes do pai chegar para o almoço. Ao ver o desapontamento estampado em meu rosto, Manu colocou a mão no meu peito e fez uma cara de apoio à minha contrariedade.

— Chegou a hora de cair na real, meu amor. Preciso ir embora.

— Eu te amo, Manu.

— Também te amo, Martin – ela baixou os olhos com tristeza, esfregou uma mão na outra e arrematou: — Você viaja no domingo. Não dá para prevermos o que vai acontecer. Preciso considerar que você pode não voltar do Canadá.

Compartilhei da tristeza porque, no fundo, e por mais que não tivéssemos coragem de admitir, nós dois sabíamos que ela tinha razão no que dizia.

Algumas lágrimas desceram pelo seu rosto. Entendi o que representavam. Ela tinha acabado de me chamar de "meu amor". Caiu a ficha de que restavam poucas horas para a minha viagem. O tempo estava se esgotando. A vez do macho Martin estava acabando.

Desde que soube que eu viajaria, de alguma forma ela lidou com o conflito entre o amor por mim e a perda dele para chegar até aquele momento, vivendo quase uma dupla personalidade. Havia a Manu, minha namorada apaixonadíssima, que não queria que me ver partir e que queria casar comigo, e a amante, que separou minha identidade e me elegeu como seu macho, desejosa de conhecer tudo sobre o sexo, querendo vivenciar todos os prazeres, independentemente de quanto tempo iria durar o relacionamento.

Ela tinha razão em quase tudo, e nós sabíamos disso. A tristeza passou a imperar e ocupou o lugar da felicidade plena que vivemos nas últimas horas.

Levantei o rosto dela e limpei algumas lágrimas que escorriam com um guardanapo de papel.

— Ainda temos hoje, amanhã e depois, Manu. Vamos sair do barco, mas continuaremos juntos.

Minhas palavras não foram suficientes para aplacar a tristeza que ela sentia. Num gesto rápido, desvencilhou-se de mim, levantou-se e disse, os olhos fixos na mesa:

— Melhor arrumarmos essa bagunça, Martin. Guarde o lençol e a toalha enquanto desmonto a mesa do piquenique. A família do Márcio jamais vai imaginar tudo o que aconteceu aqui.

Atônito, observei-a começar a arrumação. Quando ela pegou a embalagem com os brigadeiros que sobraram, olhou para mim e deu um sorriso forçado.

Levantei, fui ao rádio do barco e chamei o Denis. Avisei que ia atracar dali no máximo meia hora e pedi para ele tirar o barco da água.

Eu e Manu mal falamos durante a saída da marina e no caminho para a casa dela. Ao chegarmos à esquina, ela olhou para mim, com os olhos marejados, e disse:

— É melhor nos despedirmos aqui, Martin. Não quero que saibam que passei a manhã com você. Obrigada pelos momentos deliciosos. Te ligo mais tarde.

Depois de um beijo seco no rosto, voltei para a casa em completo conflito. Eu ainda estava sob efeito das horas maravilhosas de muito amor e prazer que acabara de viver e, ao mesmo tempo, triste pela reação da Manu. Da minha parte, eu não conseguia ver outra maneira de ser mais feliz.

Eu estava absolutamente satisfeito com a minha vida. A felicidade explodia dentro de mim, muito mais forte que em qualquer história de amor que eu já tinha lido. Mais do que nas novelas e nos filmes. Eu achava que tanto amor não passava de ficção, mas naquele momento eu tinha comprovado que existia. Jurei para mim mesmo que queria a Manu para sempre na minha vida. Tinha vontade de gritar para o mar e para as montanhas EU TE AMOOOOO, MANUUUU!!!

Contudo, minha preocupação era de que em nenhum momento ela disse que não resistiria a minha ausência. Nunca jurou por tudo quanto é sagrado que iria me esperar. Não fazia planos de como iríamos nos comunicar, em quais dias e horários eu poderia telefonar. Não disse que iria me escrever todos os dias e que mesmo distante continuaríamos com o nosso namoro. Não cobrou juras de amor puro e fiel. Nada disso. Manu fechou-se como uma concha e isso me deixou triste, por maior que fosse o meu amor por ela.

Ela deu várias demonstrações de muito amor. Entregou-se toda para mim. Realizou-me como homem, namorado e amante. Mas desde que comuniquei a minha viagem, as palavras "eu te amo" escassearam, para não dizer que sumiram do dicionário dela.

Fiquei encucado e passei a questionar um monte de coisas: será que o Martin para ela se resumia a apenas sexo? Será que ela foi capaz de separar o amor do sexo de forma a poder curtir o tempo que faltava comigo e realizar todas suas fantasias sexuais? Será que não passei de um objeto sexual a ser descartado assim que entrasse naquele avião? Será que todos os jovens tinham aquela profusão de reflexões e de questionamentos?

Meus pensamentos estavam em ebulição.

Minha felicidade era plena, principalmente por estar vivendo uma relação de amor e sexo com a mulher com quem tinha eleito para me casar. Tinha certeza de que teríamos um casamento perfeito, em todos os sentidos, principalmente no sexual.

As temperaturas externa e interna, associadas com a caminhada, fizeram com que eu chegasse em casa molhado de suor.

Minha mãe insistiu para que eu tomasse um banho. Relutei. Afinal, eu não queria tirar o cheiro da Manu da minha pele, lavar a sensação deliciosa da pele dela colada à minha. No fundo eu tinha receio de que todo o amor que eu nutria por ela fosse para o ralo junto com a água.

Debaixo do chuveiro, com a água fria, eu só pensava nela. Terminei o banho, vesti apenas uma sunga e fui para a cozinha. Minha mãe estava lá, mexendo em alguma coisa deliciosa numa travessa com uma colher de pau, pois o odor perfumado de especiarias invadia a casa toda. Cheguei por trás e a abracei apertado.

— Caprichou no almoço, mãe. Assim vai me fazer sentir mais saudades de você e da sua comida.

Ela deu um pulo no lugar. Pela reação, tomou um susto. Sorriu e disse:

— Pensei num cardápio especial para as suas últimas refeições antes de ir embora. Fiz a salada que você mais gosta de fundos de alcachofras, azeite e ervas.

— Que delícia, mãe.

— É tudo pra você, meu filho. Coma, mas deixe um espaço para a sobremesa. Fiz doce de leite condensado com abacaxi e coco.

Era o meu doce preferido. Por ele, recebi o apelido de formigão. Abri a geladeira e ele estava lá, brilhando, numa travessa enorme. Alguns pedaços maiores de coco se destacavam da superfície lisa. Fui capaz de imaginar o sabor do abacaxi sobressaindo sobre a mistura e logo a água brotou em minha boca. Minha mãe serviu a mesa. Éramos apenas eu e ela, mãe e filho. Ataquei a salada e logo avancei no doce.

— Fiz para você, Martin. Será que você não vai enjoar com tudo isso?

— Como enjoar, mãe? Quero matar minha vontade por antecipação. Se tivesse leite condensado no Canadá eu faria este doce para eles conhecerem.

— Você vai ter dificuldade de encontrar abacaxi e coco natural no Canadá, filho.

Nosso papo fluía enquanto eu me refestelava a cada colherada. Repeti uma, duas, três vezes de porções generosas. Pela primeira vez minha mãe deixou que eu comesse o quanto quisesse. Minha ausência tinha amolecido seu coração, e derrubado alguns dos limites que sempre estabeleceu, para minha educação.

Raspei o fundo da travessa com a colher. Minha mãe acompanhava tudo visivelmente satisfeita e, sou capaz de dizer, emocionada.

Terminei de almoçar, levantei e dei um abraço forte nela. Minha mãe deixou escorrer uma lágrima do canto do olho.

— Que foi, mãe?

Ela procurou disfarçar a emoção e retrucou:

— Nada não, meu filho.

— Como assim? Nada não faz você chorar.

Ela se desvencilhou do meu abraço, esfregou a lágrima e disse:

— É que vou sentir muito sua falta, meu filho. A partir do momento que você for embora, essa casa vai ficar grande para mim e seu pai sozinhos.

Aproximei-me dela e dei um beijo em seu rosto.

— É por apenas um ano, mãe. Passa rápido. Assim que eu sair você vai piscar os olhos e ver que já voltei. — Estaleis os dedos e completei: — Assim.

Ela ficou contente com o que ouviu.

— Vá cuidar da vida, meu filho, que eu vou cuidar da louça. Daqui a pouco seu pai chega e não quero a casa nessa bagunça.

Dei um beijo nela e fui para a sala de estar. A saudade e a ansiedade não me deixaram esperar a Manu me telefonar. Liguei para ela. Ursulla atendeu no primeiro toque:

— Oi Ursulla, a Manu tá aí?

— Ligue um dia para falar apenas comigo. Agora ela está por aqui, cunhadinho.

— Legal. Posso falar com ela então, por favor?

Ursulla então baixou o tom de voz e disse, para minha surpresa:

— Vou sempre fazer tudo o que você quiser, cunhadinho. Gosto de você.

Cunhada safada, pensei. Apenas quinze anos e já se insinuando para mim, passando descaradamente a perna na irmã. Dei uma de desentendido e falei:

—Você é legal, Ursulla.

Ouvi ao fundo a Manu pedir rispidamente para a irmã entregar-lhe o telefone.

— Oi, meu amor. A Ursulla ficou te enchendo?

— Nada sério.

— Sei bem da irmã que tenho.

Eu também sabia, mas não queria falar sobre a irmã, muito menos contar a cantada que tinha acabado de me passar pelo telefone.

— Não consegui esperar que você me ligasse, Manu. Eu precisava dizer que você me surpreendeu em tudo, na cama e no piquenique.

— Quer dizer que você gostou de tudo que comeu, Martin?

Muito safada essa minha namorada, pensei.

— Tudo. Tudinho. Foi maravilhoso. Já estou com saudades de você. A que horas posso ir à sua casa?

— Pode vir logo após o jantar, Martin.

Fiquei incomodado com o tom de voz casual e desinteressado dela. Resolvi perguntar:

— Tá tudo bem, meu amor? Aconteceu alguma coisa?

— Tem gente aqui – ela respondeu num sussurro.

— Entendi. Então escute com atenção. – Segui em frente: — Ainda estou curtindo cada segundo das delícias que fizemos hoje de manhã. Foi tudo muito gostoso, e....posso falar uma coisa mais forte?

— Pode — ela respondeu com uma ponta de curiosidade.

— Você estava muito linda e muito gostosa, nunca esteve tão gostosa.

Ouvi o primeiro sorriso.

— Que bom, Martin. Então você vem depois do jantar?

Passei a curtir a situação embaraçosa em que ela estava: eu falar de sexo e ela ser obrigada a ouvir e se conter sem poder responder ou comentar. Aproveitei para judiar um pouco mais dela.

— Vou jantar e vou ao teu encontro. Quero você de sobremesa, minha amante tesuda e gostosa. Eu te querooooo. Pena que na sua casa não vou poder comer a sobremesa sobre a mesa.

A última frase mexeu com a Manu, porque ela limpou a garganta antes de dizer:

— Venha, Martin. Vamos nos encontrar na sua penúltima noite na ilha, ou melhor, no Brasil.

Com certeza havia alguém por perto. Ela estava séria e falava de um jeito diferente comigo, mais formal e contida. Será que eu tinha feito ou falado alguma coisa desagradável? Minha cabeça queria ficar perturbada, mas eu tentava me convencer de que ela não podia mesmo agir como a minha Manu. Vai ver que a pentelha da Ursulla estava grudada nela. Continuei indeciso após desligar o telefone.

∫

Meus dias pré-viagem foram tomados de expectativas, preocupações e tensões. O tempo voava. Tive a nítida impressão de que eu dormira no domingo e acordara já na terça-feira. Eu vivia em constante perturbação. Queria me atirar no futuro, no Canadá, sem interromper aquela que julguei ser a fase mais feliz da minha vida na Ilhabela.

Por um lado, eu desejava viver todos os sonhos de vida sem abandonar a Manu, com que eu estava descobrindo o amor e os grandes prazeres da vida a dois.

Era difícil para mim equilibrar a felicidade com a necessidade de me afastar das pessoas que eram a razão da minha vida.

O amor pela minha mãe era diferente, insuperável, insubstituível, inquestionável. Eu pressentia que ele só aumentaria com a distância. Eu estava sofrendo por abandoná-la, mas tinha a certeza de que nada abalaria meu amor por ela e o dela por mim.

Naqueles dias antes da viagem, peguei-a triste mais de uma vez, contemplativa e chorosa... Eram evidências de amor pela minha partida misturadas com amargura pelo mesmo motivo. Vi que minha mãe estava sofrendo por antecipação a Síndrome do Ninho Vazio.

    Manu, por sua vez, passou a me chamar de meu amor cada vez menos. Eu não conseguia separar a fêmea e amante da mulher que amava profundamente. Minha mente fervilhava. Não sei se foi fazer vista grossa, mas a questão é que eu tentava não me preocupar demais com alguns "sinais" que ela emitia, sendo, o mais nítido, a alternância de tratamento. Isso era o que mais me perturbava. Eu sabia que tinha que deixar tudo acontecer da forma que tivesse de ser. Fantasmas eram apenas fantasmas. Eles me assombravam, mas eu sabia que não existiam. Será que não?

    Não aguentei ficar até a noite sem falar com Manu. Um pouco depois das quatro e meia telefonei para a casa dela. Assim que ela disse alô, disparei:

— Oi, meu delicioso amor. Liguei para te convidar para ir à praia ver o pôr do sol.

    Ela desatou num choro compulsivo. Perguntei várias vezes por que estava daquele jeito. O choro a impedia de responder. Manu soluçava e balbuciava palavras que tive dificuldade em entender.

— Você é o meu sol, Martin. Um sol que está se pondo. Não aguento ficar ao seu lado agora. Meus dias serão de sombra sem você aqui. Nada mais vai ter graça e beleza. Desculpe se prometi que não falaria bobagens para não te deixar triste.

    Entrei na onda.

— Prefiro que você fale tudo o que está sentindo, meu amor. Só assim podemos ter algo verdadeiro rolando entre nós.

— Eu não queria que você fosse embora com a imagem da Manu que se revelou fraca e dependente. Você é a luz da minha vida, Martin.

    Fiquei quase feliz em ouvir uma declaração de amor tão sincera e espontânea. Ainda sentindo o mesmo por ela, não tive, àquela altura, coragem de dizer as mesmas palavras.

— Sei como você se sente, meu amor. Eu também fiquei perdido várias vezes. Tive dúvidas se estava fazendo a coisa certa.

— Deixe de bobagem, Martin. Você vai curtir a viagem. Eu é que vou ficar sofrendo aqui.

— Tenho pensando muito no nosso futuro, Manu.

— Que futuro? Essa viagem está estragando nosso futuro.

— De jeito nenhum, meu amor. Falar inglês e a vivência internacional vão me ajudar a vencer na vida, meu amor. E minha vida é você.

— E?

— E nós dois vamos nos beneficiar do sucesso que vou conquistar.

— Só se você continuar me amando, Martin. Um ano é muito tempo. Com certeza você vai conhecer outras mulheres.

— E você outros homens – resolvi dizer. As chances de ela se enroscar com outro cara eram as mesmas que as minhas de conhecer outra mulher. — Mas não é isso que importa. O que importa é que vai passar rápido, meu amor e, quando eu voltar, nossa vida vai tomar um rumo muito diferente. Estaremos mais unidos. Seremos "nós" e não duas pessoas independentes.

— Não sei – ela disse.

Prossegui:

— Pare de ver as coisas apenas pelo lado ruim. Veja pelo lado bom também, do que vamos poder aprender separados.

Pelo som que emitiu, notei que ela não se convenceu. Pelo contrário, manteve-se apegada ao lado negativo da situação, porque disse:

— Preciso desligar, Martin. Minha mãe quer usar o telefone. Te espero depois do jantar. Falou?

— Falou, meu amor. Até daqui a pouco. Eu te amo, Manu.

Ela sussurrou:

— Também te amo. Beijos.

Desligou.

Passei o restinho da tarde na praia, sozinho. O sol, embora lindo, vermelho e intenso, estava triste para mim.

Pela primeira vez chorei ao ver o sol se pôr. As palavras da Manu e o seu choro continuavam ecoando fundo na minha mente. Se sou o sol dela, o que representaria a minha ausência? Sombra? Ausência de luz? Tristeza? Será que ela me esperaria? Com o fogo que demonstrou ter, será que aguentaria ficar sem um pau por um ano inteiro? Gozar com a mão seria suficiente, depois que adorou ser possuída por um macho? Minha esperança é que o nosso amor fosse forte o suficiente para superar todos os obstáculos e a mantivesse longe da tentação. Mas mesmo um sujeito como eu é capaz de entender que uma mulher com o corpo dela e o gosto que tinha por sexo poderia não conseguir o que considerava uma proeza. E eu, será que também não me deixaria ser levado por alguma mulher gostosa que eventualmente viesse a conhecer no Canadá?

Perguntas difíceis de responder, porém verdadeiras, e que me incomodaram bastante.

Voltei para casa desnorteado. Meu dia desabou do paraíso matutino para as profundezas do caos. Eu estava triste e afundado em dúvidas.

∫

O choro da Manu continuava martelando em meus ouvidos e pensamentos. O pior é que as dúvidas dela eram semelhantes às minhas. Será que a viagem teria mesmo a importância que eu havia atribuído? Seria uma decisão inteligente trocar um amor certo por um futuro duvidoso? E a tristeza da minha mãe? Eu iria trair o amor da pessoa que eu mais adorava no mundo? Ela nunca me trairia ou me abandonaria. Mas eu...

Minhas análises e reflexões foram interrompidas com o chamado para jantar. Meu pai havia ligado há pouco e avisado que chegaria mais tarde. O barco em Angra dos Reis demorou mais do que o previsto. Ele pediu para que não o esperasse.

Minha mãe adorada continuou servindo o cardápio de despedida. Sem fome e quase sem vontade de viver, sentei-me à mesa para jantar. Para não desagradá-la comi alguns pedaços do frango grelhado com molho de milho. O arroz com passas e nozes estava delicioso, mas tudo passava sem sabor e com dificuldade pela minha garganta.

— A comida não está boa, Martin?

— Está deliciosa como sempre, mãe. Eu é que estou sem fome. Tomei um lanche no final da tarde. Não deveria ter comido.

— Fiz merengue de sobremesa. Você não vai comer?

Apesar de ser uma das minhas sobremesas favoritas e estar sem fome, não quis desagradar minha mãe.

— Que delícia, mãe. Vou comer um pouco agora, e quando voltar da casa da Manu vou comer mais.

Jantamos com poucas palavras. Terminamos em silêncio.

Entrei no banho. Preparei-me para a penúltima noite de namoro. Vesti a bermuda que Manu havia curtido naquela manhã, a camisa branca justa, que destacava meu bronzeado e minha musculatura e saí.

Se ela me quer como seu macho, vai se excitar, pensei.

∫

Não conseguia alinhar os pensamentos no percurso até a casa de Manu. As dúvidas eram as mesmas. A tendência era que aumentassem. Ao entrar na rua da casa dela percebi que o portão estava aberto. Ela estaria me esperando?

Ursulla me recebeu.

— Oi, meu cunhadinho. Sua amada está no banho ainda. Quer entrar para falar com o sogro ou prefere curtir a minha companhia aqui no portão?

Preferi não responder a nenhuma das perguntas. Rebati com outra:

— A noite está gostosa, né Ursulla?

A danadinha sorriu e comentou:

— Ótima para ficarmos papeando aqui no portão.

— Você pode avisar a Manu que eu cheguei?

— Posso. Mas como ela estava chorando demais, acho que não vai querer aparecer toda jururu para você. É melhor esperar um pouco. Vocês brigaram?

— Que louco seria capaz de brigar com sua irmã. Eu a amo demais para isso.

— Porra, desse jeito nunca vou conseguir pegar nenhuma rebarba sua.

— Você é muito novinha para entender o que existe entre eu e a Manu.

Ursulla desceu o último degrau, aproximou-se de mim, olhou fundo nos meus olhos, esticou a mão, tocou meu queixo com um dedo e desceu até a parte do meu peito exposta pela camisa. Desabotoou um botão, deu um sorriso toda maliciosa, afastou a mão e disse, no mesmo tom rouco de voz que Manu costuma usar quando estava fervendo de tesão:

— Não estou falando de amor, apesar de eu gostar muito de você. Sou novinha, mas já sou mulher. Só você não vê. Todos os seus amigos da escola dão em cima de mim. Rola por aí que dou o melhor beijo da ilha todinha.

Perigo! Hora de recuar. Ouvi um barulho na sala e dei um passo para trás. Manu colocou o rosto na porta da sala e me chamou. Será que o papo indiscreto da cunhada safada acabou? Num toque de ousadia, Ursulla retomou o passo que ganhei dela e tascou um beijo molhado no meu rosto. Virou-se e foi andando, rebolando, para dentro da casa. Manu vistoriava tudo da porta da sala. Por alguns segundos apenas pude notar que Ursulla tinha mesmo um corpo esplendoroso de mulher. E que mulher!

Subi as escadas e fui ter com Manu.

— Oi, meu amor.

Ela estava com o rosto pálido e os olhos vermelhos de quem gastou horas entre lágrimas a fio. Sorriu, deu-me um beijinho no rosto e se manteve ali, na soleira com a porta aberta. Fiquei sem saber se deveríamos entrar ou não. Perguntei:

— Devo entrar para cumprimentar seus pais?

— Não precisa, Martin. É provável que eles venham te ver.

Era tudo que eu não queria. Eu preferiria entrar, cumprimentar e decidir a hora de encerrar o papo.

— Então vamos falar com eles. Isso evita que eles venham interromper nosso namoro.

Manu parecia alheia a tudo e a todos. Por pura educação, lancei um boa noite da porta. Parecia que eles queriam continuar assistindo TV sem serem atrapalhados.

Sentamos na escada. Segurei e apertei a mão da Manu. Não fui correspondido. Olhei em volta, a rua, não havia ninguém de mutuca em nós.

— Estamos sozinhos, Manu. Pode me dar agora um beijo decente ou indecente, meu amor?

Ela me encarou, olhos tristes e fundos, ensaiou um sorriso e desatou a chorar. Encostou a cabeça no meu ombro e depois me envolveu num abraçou apertado. Passou a chorar baixinho, porém sem conseguir controlar os soluços. Acariciei seus cabelos molhados. Era uma vez minha vontade de uma noite de sexo. A noite exigia que eu fosse compreensivo e carinhoso com ela.

— O que foi, meu amor?

— Estou triste. Só isso.

— Eu também estou triste, mas temos que aproveitar o tempo que temos para namorar e nos curtirmos. De que adianta ficar chorando por antecipação?

Ela não reagiu. Procurei abordar a questão sob outro prisma.

— Manu, vou passar apenas um ano fora. Não vou para uma guerra, e portanto não corro o risco de ser morto – falei olhando para ela e sorrindo. — Em breve estaremos juntos novamente. Você vai estar sempre comigo, nas minhas lembranças pelo menos.

Minhas palavras tiveram o efeito reverso ao desejado. Ela voltou a chorar copiosamente. Resolvi aumentar a carga de argumentos.

— Vou te escrever muito e nos falaremos por telefone todas as semanas. Minhas cartas serão um diário das minhas atividades.

Ela descolou a cabeça do meu ombro e me encarou com olhar colérico, e disse:

— Duvido que você vai me contar tudo, Martin.

Rebati com uma pergunta:

— Posso pedir uma coisa, Manu?

Pela expressão tonta, creio que pensou que eu fosse fazer um pedido absurdo.

— O quê?

— Por que você não viaja comigo?

— Mas não dá tempo!?

— Não ir junto no avião, mas viajar comigo em mente, em espírito, em amor. Tente entender o que estou indo fazer e faça o possível para ficar feliz com isso. Eu vou te mandar cartas, contar tudo, e você pode ir acompanhando o meu dia a dia. Isso é viajar comigo.

Manu adotou um ar reflexivo e comentou:

— Para você que vai viajar de verdade fica tudo mais fácil. A felicidade será só sua, Martin. – Ela não só não entendeu minha sugestão como deu trela ao raciocínio: — Eu sei que com o passar do tempo vou ficar menos infeliz, mas vai existir uma distância física entre nós. Ficar feliz aqui, com você lá, não será fácil.

Aquela conversa arrastada estava tomando a nossa noite. Um tempo precioso que tínhamos para nos curtir estava sendo consumido com bobagens. Percebi que não chegaríamos a um acordo sobre nossos pontos de vista.

— Mas você não está nem dando uma chance de tentar, Manu! Tudo o que temos feito nessas últimas semanas é falar e falar. Se não entrarmos em um consenso quanto à forma de encararmos o problema, jamais sairemos dele.

— A culpa é sua, Martin. Você criou esse monstro entre nós.

— Não criei não senhora. Estou apenas saindo para uma viagem de um ano. Você está transformando a viagem num mar de lamúrias e tristeza. Eu não quero passar os próximos dois dias ao seu lado nisso. Meu projeto é ir para o Canadá e voltar para você. Quero continuar vivendo o nosso grande amor. Só isso.

Ela levantou um pouco a voz e reclamou.

— Mas eu estou triste, Martin, e você não pode tirar esse meu direito.

Fiquei em pé. Estava incomodado com a nossa capacidade de entrar em um acordo.

— Não, não posso. Como você não pode me tirar o direito de querer construir uma vida boa para mim e para você. É isso que estou propondo e que você está resistindo o quanto pode.

Manu nada disse. Ficamos na mesmice. Não sou o dono da verdade, mas eu sabia que havia lógica nas minhas palavras. Concluí que o assunto era recorrente e sem perspectiva de uma solução. Ficamos papeando por temas mais amenos, menos importantes e superficiais, e passamos a admirar o céu coalhado de estrelas. A lua, de tão cheia e clara, iluminava tudo, quase tirando a nossa privacidade. Passado algum tempo o pai dela apareceu na varanda.

— Só para avisar que já passa das dez e meia. Vou dormir e acho que a Manu também deve entrar.

Com voz de choro, mas sem olhar para o pai, ela respondeu:

— Vou entrar em no máximo quinze minutos, pai.

O pai abriu um sorriso leve para mim e perguntou:

— Você ainda vai estar por aqui amanhã?

Girei o corpo e respondi sem dar tempo que Manu retomasse o choro:

— Sim, Sr. Irineu. Amanhã e depois. Só viajo no domingo ao meio dia.

— Então ainda temos muito tempo pela frente. Boa noite. — O sogro deu uma risadinha chocha e entrou.

Virei para Manu. Minha vontade era perguntar se ela queria que eu pedisse de novo que o Márcio nos emprestasse o barco. Pelo visto, não era hora para aquilo. Perguntei apenas:

— Quer ir para a praia amanhã?

Manu levantou-se. Assumi que o papo e a noite haviam chegado ao fim.

— Vou entrar, Martin. Ainda não sei se quero ir à praia. — Ao se aproximar para me dar um beijo no rosto, cochichou no meu ouvido: — Está doendo um pouco lá atrás. Tenho medo de que na água salgada possa arder mais ainda.

Manu girou sobre os calcanhares, subiu as escadas e disse, lá de cima:

— Me ligue depois das dez. Quem sabe eu quero ir à praia.

O desfecho me atingiu como um tabefe bem dado na cara.

— Nossa, meu amor. Nem um beijo de verdade?

Como um olhar inquisitivo, Manu desceu alguns degraus, apenas encostou seus lábios gelados nos meus, deu meia volta e entrou na casa.

Afastei-me da casa e das fantasias que nutri para aquela noite. Saí frustrado com tudo e com o mundo.

Doze

Como não era tão tarde e eu ainda estava aceso, fui à vila encontrar meus amigos. A noite estava quente, e apesar de ser meio da semana, a cidade ainda contava com um bom movimento. Na rua do Meio, juntei-me aos outros dois mosqueteiros, Dalton e Arnold, que jogavam suas cantadas baratas para cima das turistas eventuais ou tentavam desencavar alguma minhoca – assim chamávamos as garotas locais.

— Chegou cedo, Martin – disse Arnold, assim que me viu. — Cansou da Manu e veio dar uma variada?

Dalton caiu na gargalhada. Arnold o acompanhou.

— Que nada! Vim esfriar um pouco a cabeça. É a minha penúltima noite na ilha.

Dalton deu uma cotovelada no Arnold e disse:

— Se apareceu por aqui é porque o caldo engrossou com a Manu.

— Deixa disso – desdenhei a opinião do Dalton, embora ele estivesse coberto de razão. — O que tem de errado em encontrar os amigos de vez em quando?

Meio cabisbaixo, apertei as mãos dos dois e seguimos caminhando pela rua. Dalton adiantou-se em dizer:

— Porra, cara. Aparecer assim, todo jururu, do nada? Você devia ter deixado a tristeza na casa da Manu. Veio fazer a gente chorar?

— Porra, Dalton. Vim aqui ver vocês. Quero curtir um pouco mais a ilha antes de ir embora.

Dalton e Arnold trocaram olhares desconfiados. Um breve silêncio. Arnold resolveu quebrá-lo:

— Vai rolar praia amanhã, Martin. Você vai com a gente?

A pergunta do Arnold serviu para mudar o assunto. Respondi que falaria a respeito com a Manu e que, se ela concordasse, nós os encontraríamos por lá.

— Xiiii – disse o Dalton —, se o cara tem que pedir permissão para a namorada até para ir à praia é porque está comendo na mão dela bonitinho.

Arnold entrou na onda.

— Tá comendo na mão dela ou ela na sua, mano?

Nos últimos tempos meu namoro acabou me afastando dos amigos. Mesmo assim, sempre que nos encontrávamos, éramos os mesmos três mosqueteiros de sempre, unidos, inseparáveis. Mas fui forçado a admitir que o tempo passou e as prioridades mudaram, pois desde que comecei a namorar a Manu, a companhia dela passou a me dar muito mais prazer que a deles. — Ela é que come na minha, bonitinho.

— É assim que se fala – disse Dalton.

— É isso aí – disse Arnold. — Melhor uma gostosa do que um bando de barbados.

— Vê como fala, Arnold, ela é minha namorada, e não uma gostosa qualquer. Você ainda está meio sujo comigo, desde aquela aprontada.

Arnold sabia do que eu estava falando, sobre ele ter contado para a Manu de que eu iria fazer o intercâmbio no Canadá antes de mim. Quase mandei a amizade com ele para o espaço. Até hoje tenho dúvidas se não deveria ter feito isso.

Dalton sentiu uma estressada no clima e logo procurou mudar o rumo da conversa:

— Já está de malas prontas? A que horas você vai sair da ilha?

— Meu voo parte as onze da noite, mas meu pai quer sair da ilha ao meio dia. O domingão está morto para mim. Mas dá para rolar uma praia até umas dez. Tá tudo meio pronto... Não vou ficar em casa morgando.

O Arnold, que não queria largar do meu pé, comentou:

— Vai depender da dona Manu, né? Se ela estalar o dedo, você vai correndo para o lado dela.

Deixei o sarcasmo de lado. Eu não queria perder meu tempo, muito menos energia com aquilo. Hora de voltar ao começo da conversa:

— A que horas vocês vão chegar à praia amanhã?

— Lá pelas dez – respondeu Dalton. — Vou fechar o movimento e o caixa do hotel e me mando.

Combinamos de nos encontrar às dez horas e nos despedimos.

Rumei para casa, porém quis mudar o caminho. Escolhi a calçada à beira-mar. A noite quente pedia uma caminhada mais longa. O mar parecia uma piscina, tão escasso era o vento àquela hora. As luzes de São Sebastião, do lado oposto do canal, davam um colorido agradável ao cenário. Eu adorava o fenômeno das luzes atravessando vários quilômetros e chegando com intensidade à nossa praia. Será que a vista do lado de lá era tão agradável quanto a deste lado? A pergunta me fez relaxar.

Em minhas andanças, abri a alma e me entreguei a observar tudo, ativar meus sentidos e curtir as sensações que o mundo me trazia. Eu sabia que era uma fuga, pois meus pensamentos estavam na Manu. Por outro lado, decidi ali que esse era o espírito que eu levaria comigo para o Canadá.

Mas eu estava confuso. Era complicado pensar no que a viagem me traria ao mesmo tempo em que ela me obrigava a deixar para trás a manhã maravilhosa de amor e sexo que eu e a Manu tivemos.

A liberdade é uma coisa complicada, pensei.

Tirei o chinelo e desci para a praia. Eu queria sentir a areia entre os dedos, a água do mar de Ilhabela tocando minha pele. Pisar na água sempre me deu um prazer muito especial. A luz refletida na água jorrava sobre mim, acompanhava meus passos. Dei alguns chutes na água, levantei algumas marolas, que logo se dissolveram, e tudo voltou ao normal.

A Manu bem que poderia entender que minha viagem seria apenas uma marola no mar calmo da nossa vida. No meu retorno, tudo voltaria ao normal.

Em meio aos pensamentos, cheguei a uma conclusão para a qual eu ainda não tinha atinado: a de que eu havia agitado a mente e a vida da Manu de um jeito que a incomodava. Se eu estivesse no lugar dela, provavelmente agiria da mesma forma, com o mesmo espanto e indignação ao saber que a pessoa que mais amo e com quem estou descobrindo a vida, o amor e o sexo, vai partir do dia para a noite numa viagem de um ano.

Pensando assim, eu acharia muito estranho se ela tivesse feito uma festa ao saber da minha viagem. De certa forma, a Manu estava certa ao agir como agiu. Entender o lado dela me ajudou muito a atingir a paz que há muitos dias eu vinha procurando e não encontrava.

A caminhada, a reflexão e a água batendo nas canelas me levaram rumo à minha casa, e sem perceber eu estava lá. Meus pais dormiam. Entrei sem fazer barulho e fui direto para o banho sem vontade de me masturbar. De lá, direto para a cama.

Deitei a cabeça no travesseiro e nada de fechar os olhos. Como dormir pensando que ela também deveria estar sofrendo como eu?

Se fosse hoje, eu enviaria um SMS para ela. Creio que namoraríamos virtualmente e nos acalmaríamos. Talvez.

Mas naquela época não havia SMS. A telefonia celular estava engatinhando lentamente no Brasil. Só poucos e bons exibiam seus tijolos falantes, demonstrando seu alto status financeiro.

O cansaço do dia agitado, que começou às seis da matina, me derrotou. Não sei a que horas consegui pregar os olhos. Acho que tarde porque acordei às oito, e com sono. Saí da cama com vontade de ligar para a Manu. Será que ela estava acordada? Se sim, antes ou depois do café da manhã? Minha mente foi mais uma vez envolta num turbilhão de pensamentos. Decidi levantar e buscar carinho e compreensão nos braços da outra mulher que eu amava.

— Bom dia, meu filho – disse minha mãe, assim que me viu surgir como um zumbi na sala. — Quase fui te acordar. Você foi dormir tarde?

Dei um beijo no rosto dela e larguei o corpo em volta da mesa. Cocei os olhos e disse:

— Bom dia, mãe. Fiquei até tarde com a turma na rua do Meio.

Ela se adiantou em colocar o pote de suco, a granola e o iogurte na minha frente, como sempre fazia. Essa era uma forma carinhosa de ela me dizer que o café da manhã é a refeição mais importante do dia.

— Você levantou tão cedo ontem que achei que não queria perder tempo dormindo.

— Dormi muito mal. – Dei um longo bocejo. — Nem parece que dormi.

Como um bicho preguiça, estiquei devagar um braço e agarrei a jarra de suco.

— Pensei que você tinha ido para a casa da Manu.

— E fui – Enchi o copo com suco — Mas a Manu está tão triste que nossa noite gorou. Em vez de rolar um namoro gostoso, só rolaram lágrimas.

Ela olhou bem para mim e me acariciou no rosto, como uma mãe compreensiva e mulher experiente faz com o filho querido.

— Faz parte da vida, meu filho. – Ela então tirou a mão e voltou ao aspecto prático do começo do dia. — Comprei pão fresco. Estava quente até agorinha. Coma bem, Martin. Esse vai ser seu penúltimo café da manhã no Brasil. Já pensou nisso?

Tomei um susto.

— Deu um frio na barriga agora, mãe. Até perdi a fome. Essa contagem regressiva pra tudo está me judiando. Até ontem, a contagem era em dias. Agora já está em horas.

Minha mãe pegou um pãozinho da cesta e o colocou no meu prato.

— Que preocupação é essa, meu filho? Você come até chumbo derretido e elogia.

Fiz um meneio com a cabeça e sorri, ela sabia que meu apetite era sempre grande. Não quis decepcioná-la. Peguei o pão, rasguei-o na metade e lambuzei as duas partes com requeijão cremoso. Tomei um copo de suco e outro de iogurte com granola. Minha mãe, que havia acabado de comer fazia um tempo, esperou eu terminar para sair da mesa. Não sei se ela ficou para matar saudades por antecipação ou se queria se certificar de que eu comeria tudo e bem antes de sair correndo atrás da Manu.

Levantei assim que terminei. Ela me deu um beijo de satisfação no rosto e começou a retirar a louça para lavar. Meu pai ainda dormia. Ele teve um dia duro ontem e chegou tarde. Não quis acordá-lo, mesmo sabendo que dentro de um dia eu ficaria um ano sem vê-lo.

Eu estava angustiado e receoso de ligar para Manu. O sol estava forte, o dia lindo, quente e convidativo para uma praia. Será que a minha amada estava de bom humor? Será que toparia ir à praia com os meus amigos? Adoraria que o sonho dela fosse ficar a sós comigo, em uma praia deserta. Aproximei-me do telefone. São nove horas. Ela já acordou, lógico, pensei. Deve estar esperando eu ligar. Eu estava todo indeciso e angustiado porque o nosso tempo antes da viagem estava se esgotando.

— Bom dia, meu amor.

— Oi, Martin. Como você está?

Pelo papo protocolar não consegui identificar se ela tinha melhorado ou não de humores. O momento exigia uma dose extra de simpatia.

— Adorei que você atendeu o telefone.

— Dormiu bem?

— Não. Dei uma passada rápida na rua do Meio para encontrar a turma e logo fui para casa dormir.

— Não perguntei o que você fez depois de sair daqui. Quero saber se dormiu bem, porque eu não consegui dormir nada.

— Esse lado seu eu não conhecia Manu.

— Qual?

— De ser grossa no trato com as pessoas.

— Não fui grossa, Martin. Fui objetiva. Só isso.

— Pronto. Foi grossa de novo.

— Você vai me responder se dormiu bem ou não, Martin?

Se eu não a amasse, se eu não fosse viajar por um ano, se não tivesse uma bigorna na consciência por ter de deixá-la no melhor momento do nosso namoro, eu a teria mandado à merda ali mesmo e batido o telefone. Resolvi tomar um fôlego e retomar o papo.

— Demorei para dormir, mas como o dia foi longo, acabei dormindo por puro cansaço. Acabei de tomar café e liguei para saber se você quer ir à praia.

— Eu estava combinando isso com a Ursulla. Nós vamos à praia do Engenho D'água. Quer ir conosco?

Quase disse que não. Contive a frase já na garganta. Fiquei puto por ela ter tomado a decisão sem me consultar e, ainda por cima, escalado a irmã para ir de vela. Por outro lado, em razão da viagem iminente, eu estava disposto a aceitar a insatisfação dela por ter sido capaz de entender que o mais lógico é que ela estivesse triste e não feliz com a minha viagem. Respirei fundo e me enchi de paciência antes de responder:

— O Dalton e o Arnold vão nessa praia também. Se você não se incomodar podemos ficar todos juntos.

— Tudo bem por mim. Quanto mais gente melhor, assim podemos ter bastante assunto para conversar, por que entre nós dois está difícil um entendimento.

A coisa estava ficando difícil. Talvez o melhor fosse uma nova abordagem.

— Sei que você não está feliz, meu amor, eu também não estou. Mas isso não vai mudar em nada a programação da viagem. Por isso, o mais razoável e inteligente é vivermos da melhor maneira possível o tempo que temos pela frente.

— Está me chamando de burra, Martin?

A grosseria estava começando a me incomodar.

— Porra, Manu. Tá difícil conversar com você. O que acha de sairmos desse assunto? Ficamos atolados três horas nele ontem à noite e não evoluímos em nada.

— Vamos fazer o seguinte, Martin. Vou para a praia daqui a pouco. Nos encontramos lá. Beijos.

E bateu o telefone na minha cara. Não ouviu o que tinha a dizer, muito menos que eu queria buscá-la em casa.

Peguei o ônibus, caminhei um pouco e pus o pé na areia.

— Fala, Gianluca.

— Beleza, Martin.

— Onde estão os caras?

— O Dalton vai demorar um pouco, mas o Arnold deve estar pintando no pedaço. – Gianluca soltou uma risada e perguntou: — E como você está, ilustre viajante?

— Estou bem. Acho que a viagem vai ser muito legal. Mas a Manu tá me dando um pouco de trabalho. Ela não digeriu até agora. Acabou o assunto. É só conversa áspera sobre a viagem.

— Relaxa, cara. Vai dar tudo certo.

— É, acho que sim. – eu falava e varria a praia com os olhos para ver onde as meninas estariam. A uns duzentos metros dali, vi a Manu e a Ursulla caminhando de forma displicente na praia. Para minha surpresa o Arnold estava com elas.

Por mais que ela estivesse de birra comigo, tive a nítida impressão de que o sol dirigia um foco exclusivo sobre o corpo dela, fazendo realçar e valorizar suas curvas. Ursulla, por sua vez, desfilava seu corpo de menina mulher como se caminhasse a passos de gazela numa passarela de moda. Ela mantinha o corpo ereto, os ombros para trás, de modo a projetar e exibir os seios em formação. Foi naquele momento que passei a notar que ela era mais mulher do que menina. A insistência com que ela vinha tentando me convencer disso deu certo.

Abanei os braços no ar e aguardei. Manu fixou os olhos em mim assim que me viu e deu um leve sorriso ao chegar perto. Meus hormônios se manifestaram na hora. Será que ela relaxou e veio com mais vontade de ficar comigo? Arnold não parava de falar com a cabeça virada para ela. Grande filho da puta, esse meu amigo. Para minha felicidade ela não respondia e nem dava muita bola para ele. Seus olhos estavam fixos em mim.

— Fala Martin. Tudo bem? – disse Arnold com um sorriso amarelo. — Por coincidência encontrei estas duas flores a caminho da praia.

A preocupação em se justificar deixou claro para mim que o encontro ocasional com elas não passou de um embuste. Resolvi não responder. Eu não queria perder meu tempo com aquele tipo de picuinha agora. Eu queira mesmo era curtir a Manu o máximo possível.

Cheguei junto das duas e dei um beijo estalado no rosto da Manu.

— Bom dia de novo, meu amor.

— Como assim bom dia de novo? — retrucou Ursulla. — Vocês já tinham se encontrado hoje?

— Não, cunhadinha — respondi com jeito, embora, intimamente eu quisesse que ela evaporasse dali. — Falei com a Manu por telefone, logo cedo.

— Entendi, meu cunhadinho querido. *But*, como eu e você não nos falamos, posso só dar bom dia e um beijinho?

Sem esperar a resposta ela se adiantou e me deu um beijo melado no rosto. Se fosse na boca, seria de língua. Sorri e disse:

— Você é a minha cunhadinha preferida.

Ambos rimos e logo nos inquietamos com o olhar de reprovação de Manu:

— Como assim? Se eu só tenho uma irmã, qual é a outra cunhada que está em segundo lugar na sua escala de preferência?

— Deixe de bobagem, meu amor. Foi só uma brincadeira.

Manu fechou a cara. Peguei-a pela mão. Ela quase a recolheu. Eu disse antes de deixar o clima turvar:

— Vamos sentar e esperar o Dalton?

O sol, mesmo quente, ainda não havia esquentado a areia. Com grande sensualidade, Ursulla tirou a canga e exibiu um corpo realmente bonito. Por alguns segundos apenas fui capaz de ver que ela ainda não era a mulher gostosa que imaginava, mas estava bem perto disso. Ursulla virou a bunda para o meu lado e estendeu a canga na areia. Com os olhos fixos na minha sunga ela fez alguns movimentos com os braços para facilitar a exposição dos seios e se levantou. Ainda não eram grandes como os da irmã, nem minúsculos.

Eu já tinha visto mulheres adultas com seios menores que os dela. Mas com aquele corpo e aquele par de seios, Ursulla teria condições de fazer um grande estrago na ilha. Ainda bem que eu ia embarcar no dia seguinte. Se não, ela acabaria me atacando.

Preferi esquecer o assunto e falar com Manu, para medir melhor seu humor.

— Você também prefere sentar na areia ou vamos andar um pouco?

— Vamos dar uma volta.

— Ei, vocês vão me deixar aqui sozinha? – perguntou Ursulla, indignada.

— Não, cunhadinha. O Arnold é uma ótima companhia.

Puxei Manu pela mão e saímos em direção à praia ao lado, chamada de Campo da Aviação. Alguns poucos aviões de pequeno porte costumavam pousar naquele campo.

Ganhamos alguma distância e achei que já estávamos longe o suficiente para conversarmos intimamente:

— Você percebeu que em menos de vinte e quatro horas nosso relacionamento virou de pernas para o ar, sem que nada de novo tivesse acontecido? – perguntei. — Ou melhor. Algo de muito marcante até que aconteceu.

— A que você está se referindo?

— A manhã maravilhosa que tivemos ontem. Você concorda que foi muito marcante?

Manu virou o rosto para mim e me lançou um olhar apaixonado.

— Foi maravilhosa, meu macho. Saciei todas as minhas curiosidades. A marca dela nunca será apagada. Você me fez uma fêmea completa. Adorei tudo.

— Eu estava CUrioso para saber o que você tinha achado. – Resolvi dar ênfase na sílaba para ver o efeito na Manu. Cruzamos nossos olhares e conclui: — Como ficou lá atrás?

Manu respondeu sem titubear:

— Ficou ótimo. Quando você enfiou, não doeu. Senti no máximo um incômodo, mas prazerosamente suportável. Acho que o medo que doesse me deixou tensa. Mas logo depois o tesão explodiu e eu queria mais e mais e mais. Foi muito louco, uma delícia. Passei o resto do dia lembrando e curtindo, até quando sentava.

Ela olhou para mim e sorriu. Não consegui avaliar quanto havia de paixão e de tesão naquele olhar. Adoraria que tivesse muito mais tesão, porque o papo me deixou louco de vontade de comer a Manu ali mesmo. Acho que ela captou a minha vontade, porque sem razão aparente baixou os olhos para o volume que se formou dentro da minha sunga.

— É uma delícia ouvir isso, saber que tivemos todo aquele prazer e que você não sofreu. Era tudo que eu sonhava.

Ela estacou e olhou firme nos meus olhos.

— Sofrer, Martin? Eu adorei!

— Maravilhoso isso, Manu, porque dizem que têm mulheres que chegam a preferir o sexo anal ao normal, sabia?

— Ué. Sexo anal não é normal?

— Desculpe, meu amor. Você me entendeu errado. Tudo em sexo, quando os dois gostam, é normal.

— Entendi.

Retomamos a caminhada.

— Depois daquela nossa manhã alucinante de amor, tesão e sexo, esperei que pudéssemos aproveitar melhor o pouco tempo que temos juntos.

— É complicado, Martin. Eu expliquei o que aconteceu comigo. Só consegui ser totalmente sua, me entregar totalmente para você porque me desliguei do amor que sinto por você. Eu me entreguei para o macho, por acaso representado por você.

— Por acaso? – retruquei. — Eu pensava que éramos mais do que um fruto do acaso.

Ela agarrou meu braço e me deu um beijo no rosto.

— Foi modo de dizer, Martin. Não encane, por favor.

— Arrã.

— Então, como eu estava dizendo, me entreguei para você porque você é meu macho.

Decidi aproveitar o ensejo. Afinal de contas, eu estava com muito tesão e torcendo muito para que ela também estivesse.

— E hoje e amanhã? Você consegue me desejar de novo como o seu macho?

— Acho que não, meu amor. Não quero que você viaje e deixe o nosso relacionamento estremecido.

— Mas já estamos estremecidos. Você não acha que nosso amor, sexo e paixão podem nos fazer voltar ao que era antes?

Manu manteve os passos firmes, olhou para mim e disse:

— Quando me dei conta de que poucas horas nos separam da sua viagem, eu gelei. Confesso que nos últimos meses, eu desejei sexo tanto quanto dizem que os homens desejam, ou até mais. Cheguei até a me questionar se tanta excitação era normal ou não para uma mulher. Agora, andando aqui de mãos dadas com você, falando sobre o sexo maravilhoso que fizemos ontem, o tesão vem e vai. É a contradição do corpo que deseja, e da alma que sofre.

— Onde você quer chegar com isso, Manu?

Ela parou de caminhar e me puxou pelo braço. Colei o corpo no dela. Manu disse:

— Quero dizer que a vontade de sexo não é maior do que a tristeza.

Estávamos sozinhos ali. E eu fui tomado por imensa tristeza. Não sei como, mas Manu conseguiu que eu olhasse para as horas que me faltavam com ela com apatia e comiseração. Nunca imaginei que depois de tudo que tivemos juntos, as coisas pudessem chegar a esse ponto, um ponto onde não existe volta, muito menos reparação.

Manu me puxou pelo braço para junto da água. Imerso em pensamentos, acompanhei-a sem oferecer resistência.

— Minha excitação acompanha o movimento do mar, Martin.

— Como assim?

— Vou explicar. A vontade vem como onda não muito forte. Ela então se espalha na areia. Parte dela é absorvida e outra volta para o mar. Consegue entender essa associação?

— Mais ou menos. Só não entendo se a parte maior volta para o mar ou é absorvida por você.

— Agora, nesse exato momento, volta quase tudo para o mar. Fico quase sem nada. Sinto minha alma lavada e limpa. Não sobra nada para mim. Você entende agora?

Olhei bem para ela e me senti impotente por não saber como lidar com aquilo. Pensei comigo mesmo sobre como é complexa a alma de uma mulher, e como elas absorvem o mundo e as experiências de uma maneira completamente diferente de nós homens. Mesmo nesse estado de catatonia emocional, eu disse:

— Lógico que entendo, meu amor. O que eu mais quero é viajar sabendo que está tudo tranquilo com nosso namoro. Está?

Manu apertou minha mão, mas desviou o assunto. Insisti:

— Preciso saber que mesmo tristes, nós nos amamos como antes. Mais que isso, preciso saber que você me ama, e que vai me esperar.

Manu olhou para mim, ficou calada por um instante, deu meia volta e disse:

— Ursulla ficou sozinha com seus amigos. É melhor voltarmos. Nos distanciamos demais da turma.

Ao completar a volta, colei o corpo no dela e segurei seu rosto entre as mãos.

— Eu te amo, Manu.

— Eu também te amo, Martin – ela disse de modo automático, sem pensar. Foi o que senti. E para corroborar o que para mim não passava de uma fachada, arrematou: — Quero que você viaje desencanado. Vá tranquilo. Só assim você consegue viver bem num país estranho e aprender uma língua diferente.

Ela tirou o rosto das minhas mãos e retomou a caminhada. Nunca me senti tão distante dela. Acho que nem no Canadá eu me sentiria tão longe dela como me senti naquele momento.

Treze

Chegamos e encontramos o Dalton deitado e conversando com a cunhadinha.

— Fala, Dalton – eu disse assim que nos aproximamos. — Demorou para chegar, cara?

Manu abaixou-se para trocar com ele os beijos habituais e Dalton respondeu:

— Não muito, mas me arrependi. Queria ter chegado mais cedo para poder curtir um pouco mais o papo com a Ursulla. Sua irmã é muito legal, Manu.

A informação passou batida por mim. Em profundo torpor emocional, fui capaz apenas de ver Gianluca e Arnold curtindo o mar calmo e quente.

— Que bom que vocês se conheceram melhor – disse Manu. — Eu estava preocupada que a Ursulla pudesse ficar desenturmada aqui.

Ursulla acompanhava a conversa calada e deitada de bruços. Seu corpo de mulher falava por ela. O minúsculo biquíni não escondia praticamente nada, apenas servia para emoldurar e embelezar ainda mais, a bunda toda exposta e atiçar a imaginação. A safadinha, tão novinha, sabia como ser sensual.

Deitei ao lado dela e sobre a canga da Manu... Eu jamais cantaria Ursulla, mas que o desejo dela por mim fazia um bem enorme para o meu ego naquele momento, isso não tive como negar.

Passava das onze horas, e o sol vinha como um presente no meu último dia de praia.

Gianluca e Arnold ficaram um pouco conosco e voltaram para o mar, dizendo que a água estava muito gostosa.

O papo morreu. Convidei Manu para entrarmos no mar. Ela aceitou. Ficamos com os corpos mergulhados na água onde dava pé. A onda ia e voltava. Manu parecia se descontrair com esse movimento. Chegou até a sorrir num momento em que tropeçou e eu a agarrei. O movimento solto e a descontração nos envolveu numa aura de sensualidade. Vez por outra ela se encostava em mim, me agarrava. Nossos corpos se tocavam. Numa dessas idas e vindas, acho que sem querer, ou talvez querendo, ela encostou a mão no meu pau duro. E o apalpou com vontade.

— Uauuuu. Está grande assim?

— Está desde que te encontrei.

A água escura deu a ela segurança para que o tirasse da sunga e segurasse com carinho e firmeza. Manu passou a fazer movimentos ritmados com as mãos que me enlouqueciam. Cerrei os olhos. Pela expressão em meu rosto ela percebeu que não demoraria para gozar, e caprichou ainda mais nos movimentos.

— Delícia sentir o seu jorro quente e a água do mar ao mesmo tempo. Quem sabe você se acalma um pouco agora, né?

Retomei o fôlego e disse:

— Adoro esse seu jeito meu amor, mas eu queria que você gozasse também.

— Aqui não, Martin. Melhor sairmos da água para que eles não desconfiem da nossa demora.

Ao pisarmos em terra firme, o safado do Arnold não perdeu a chance e disparou:

— Estão nos últimos amassos, né? Daqui a vinte e quatro horas teremos um a menos na ilha.

— Porra, Arnold. Você está lamentando ou festejando a minha partida?

— Haha! Lá vem você com essa de novo. Você é que precisa explicar melhor por que traiu todos nós fazendo tudo na surdina. Só soubemos da viagem há menos de dois meses. Foi uma puta sacanagem sua.

— *That's over my friend* – eu disse. — Esse assunto já era. Não é mais hora de voltar a falar nisso.

Manu, vendo a conversa pegar fogo, interveio:

— Vamos embora, Ursulla. Lembra que logo após o almoço iremos para São Sebastião com a mamãe?

Ursulla demorou para captar a mensagem. Ficou claro para mim que não havia nada a ser feito com a mãe depois do almoço e que Manu estava apenas cortando a conversa inconveniente do Arnold. Apoiei a iniciativa dela e saímos os três. Ursulla entendeu bem a situação e não criou empecilhos. Já um pouco longe dos meus três amigos ela comentou:

— Foi muito bom conhecer melhor o Dalton. Ele não beija bem, mas com o tempo posso ensinar como se faz.

Ursulla olhou para mim e deu um leve sorriso. Entendi a deixa e fiquei quieto. Manu não demonstrou surpresa, e nem emitiu comentários. Para desviar o assunto, resolvi dizer:

— Vá com calma, cunhadinha. O Dalton é um cara legal, mas se vocês forem com muita sede ao pote espero que saibam tudo o que pode acontecer.

— Eu te disse há alguns dias que sou mais mulher do que você imagina. Lembra disso?

Ursulla estava me colocando numa situação complicada diante da irmã. Manu acompanhava a conversa calada.

— Não sou seu pai para dar conselhos. Se você se acha mulher, vá em frente.

Chegamos à casa delas. Ursulla entrou e me deixou com a Manu.

— Preciso entrar Martin. Você pode voltar às nove?

— Posso – respondi sem muito ânimo. — Pena que você vai para São Sebastião com sua mãe. Eu queria ficar mais tempo com você. Bem que você poderia ter arranjado da Ursulla ir sozinha com sua mãe. Já pensou nós dois sozinhos na sua casa?

Ela deu um sorriso acompanhado de um leve beijinho na boca e falou no meu ouvido:

— Às nove a escada nos espera.

Deu um sorriso malicioso e entrou. Quase não acreditei no que ouvi. Uma escada era sempre melhor do que nada.

∫

Voltei à praia. Mesmo com a dispensa da Manu, e a expectativa da escadaria à noite, eu queria ficar mais um pouco com meus amigos. O sorriso não cabia no meu rosto. Eu estava feliz de novo. Quando estou bem com minha namorada, tudo fica mais bonito, e eu fico de bem com a vida. O dia de ontem foi incrível. Vivi intensamente cada segundo. Tive a melhor manhã da minha vida e, paradoxalmente, a pior noite. Pelo jeito tudo voltou praticamente ao normal. Foi uma delícia gozar no mar hoje. Poxa, poderíamos ter feito tantas vezes, pensei. Minha cabeça não parava. Se eu estivesse com alguém com quem pudesse falar sobre aquelas "coisas", com certeza estaria falando como uma matraca, sem parar.

— Ela deixou você voltar, ou te tocou de casa? – gritou Arnold, ao me ver chegando.

— Porra Arnold, você perde um monte de chances de fechar o bico.

Tive vontade de mandá-lo para aquele lugar, mas eu estava tão feliz que relevei o entrevero mais uma vez.

— Deixei-a na casa dela e vim passar meu último dia de praia com vocês – eu disse com os olhos no Gianluca e no Dalton. Com o Arnold a situação continuava bem estressada. E quando a Manu estava perto, ele ficava mais inconveniente ainda. Ele adorava se pavonear para ela, mas não compreendia que na maioria das vezes fazia um papel ridículo, quase infantil. Acho que ela percebia. Ou não. Sei lá.

— Cara, sua cunhadinha é uma delícia – disse Dalton. — Ela sempre foi transparente para mim. Eu nunca prestei atenção nela, e por isso não tinha notado como é linda e gostosa. Ela beija com tesão. Se o ambiente permitisse eu teria dado uns amassos mais pesados nela. Você sabe se ela é virgem, Martin?

— Porra, Dalton. Como posso saber disso se eu nunca comi! – Caímos os quatro na gargalhada. Gianluca e Arnold estavam acesos e querendo saber mais sobre o que o Dalton tinha conseguido com Ursulla. Ele, por sua vez, só contava vantagem.

— Ficamos deitados na areia, conversando. Virei de lado para poder olhar melhor aquele corpitcho delicioso. Demos alguns beijinhos. Quantos anos ela tem, Martin?

— Quinze. Pelo corpo parece mais, não parece? Ela já é quase uma mulher.

Ofegante, dominado pelo tesão, Dalton detalhou:

— Ela é uma deusa, cara. Enquanto eu falava, ela olhava para a minha boca. Não demorou muito para elogiar minha boca e o meu modo de falar. Cara, vocês não vão acreditar, ela é muito sacana. No meio do papo ela pergunta "essa boca é linda falando, como é ela beijando?". Enquanto dei uma engolida seca, surpreso com a agressividade, ela ajeitou o corpo para cima de mim e me beijou.

Pelo que Ursulla contou, essa parte era verdadeira. Melhor ficar quieto, pensei.

— Você é um frouxo mesmo – desdenhou Arnold, como sempre. — Em vez de dar logo o que ela queria, esperou que ela tomasse a iniciativa!

— Cala boca, Arnold. Você tá é com dor de cotovelo. Prefiro achar isso do que te chamar de burro, por não estar querendo entender a história. Vai dizer que você já ficou com alguma mina que encontrou na praia pela primeira vez, e em menos de quinze minutos estava aos beijos com ela? Já?

— Voltando ao que interessa, conta mais – Gianluca entrou no papo para dar um refresco. A conversa poderia facilmente se transformar numa discussão das brabas.

— Demos um beijo gostoso – disse Dalton, divertindo-se com a memória. — Cheguei a avançar mais o meu corpo a ponto de encostar o meu pau nela. A danada deu uma tremida, suspirou e ficou como estava. Aceitou fácil a minha encostada.

Acho que nesse ponto Dalton já estava viajando. Mas como o Gianluca e o Arnold estavam quase babando por detalhes, decidi que não seria eu que estragaria o clima. Imaginei como eles ficariam se soubessem que a Manu me fez gozar na mão dela dentro da água.

O papo típico de adolescentes continuou rolando até que o Dalton falou que precisava ir embora. Ia ajudar o pai no hotel. Antes de sair, disse com os olhos marejados:

— Foi legal você ter voltado. Será que não vamos nos encontrar mais?

— Porra cara, acho que não. À noite vou dar mais uma namoradinha. Só se vocês forem para a rua do Meio. Passo por lá depois das onze.

— Legal. Fechado para mim. A última reunião dos três mosqueteiros na Ilhabela.

Dalton resolveu por todos. Nos cumprimentamos e ele saiu na direção do hotel. Eu, o Gianluca e o Arnold saímos na direção oposta. A ideia da reunião noturna tinha adiado a tristeza da despedida.

O Arnold ficou no caminho, no supermercado do pai. A mãe do Gianluca estava no portão e me convidou para almoçar.

— Deixe eu ver com a minha mãe, tia. Ela pode ficar preocupada se eu demorar demais. E como hoje seria meu último almoço com ela...

— Que bom que você é assim, Martin. Aqui na minha casa eu tenho de implorar para ter esse tipo de informação.

Gianluca olhou para mim como quem diz "porra, você queimou o meu filme". Mas preferiu dizer:

— Para, mãe. Estou sempre avisando para onde vou e a que horas vou voltar. Não é fácil arrumar um telefone para ligar. Às vezes estou sem moeda e não posso nem usar orelhão. Mesmo assim, já liguei a cobrar de orelhão.

A mãe do Gianluca apertou a boca em sinal de reprovação, deu um tapinha carinhoso nas minhas costas e disse:

— Liga lá para a sua mãe. – Saí na direção do telefone. Ela ficou lá e gritou para nós: — E lavem as mãos enquanto esquento a comida.

Quando peguei o sabonete da pia do lavabo e abri a torneira, comentei bem baixinho com Gianluca:

— Sua mãe é gente fina, mas um pouco autoritária, né?

— Um pouco? Ela é mandona pra caralho – Gianluca levantou a cabeça e gritou para a mãe, na cozinha: — Hoje é o último dia do Martin no Brasil, mãe.

— Uauu... me sinto mais importante oferecendo o almoço de despedida para o amigo mais internacional que vou ter.

—Legal, tia – gritei de volta e sequei as mãos.— Nunca vou esquecer este almoço.

Chegamos à sala no mesmo instante em que a mãe do Gianluca colocava uma travessa grande com feijão no descanso de pratos. Os grãos eram enormes. Elogiei o caldo grosso.

— Esse é o mesmo feijão que sua mãe compra. O meu pode ficar diferente por que deixo de molho de um dia para o outro. Cozinho com paio, bacon e muita água. Depois bato no liquidificador duas conchas de feijão, e misturo no caldo.

— Nossa tia. O arroz também está tão soltinho e bem temperado que dá vontade de comer puro.

— Pare de elogiar e coma de uma vez, Martin – interveio meu amigo. — Se você continuar com isso, minha mãe vai ficar cobrando elogios para o resto da vida.

— Eu, cobrar elogios de você? — retrucou a mãe enquanto limpava as mãos no avental. — Nem vou perder o meu tempo.

Deu as costas para nós e voltou para a cozinha.

— Tá vendo, Martin. Você deu um puta de um mau exemplo.

Caí na gargalhada. As risadas eram naturais, o ambiente estava alegre. A mãe dele voltou com uma travessa cheia de filés de peixe à milanesa. Nunca antes eu havia comido filés de peixe com a crosta tão crocante como aqueles. Além do mais, por dentro o peixe estava molhadinho. Uma delícia. Não me arrisquei a comentar.

De sobremesa, a mãe do Gianluca serviu um pudim de leite condensado de cair o queixo. Derretia na boca de tão cremoso. Contei durante todo o almoço sobre as expectativas que eu tinha com relação ao período que moraria no Canadá e a contribuição que a experiência poderia dar ao meu futuro. Tomei o cuidado de não falar com entusiasmo demais, uma vez que meu amigo não tinha a chance de fazer o mesmo.

Enquanto conversávamos, ecoava no meu ouvido a última frase da Manu "às nove horas a escada nos espera". Distrair-me na casa do Gianluca estava sendo ótimo porque o tempo precisava passar depressa. Eu queria que a hora da escada com a Manu chegasse o quanto antes.

— Adorei o almoço e o bate-papo, tia. Obrigado por tudo. Vou lembrar muito da senhora. — Despedi-me da mãe dele e disse para o Gianluca, já na porta: — Te vejo à noite, na rua do Meio.

Usei o resto da tarde para verificar as formas de comunicação com o Brasil. Liguei pela centésima vez para a Embratel para certificar-me de que poderia comprar os cartões para fazer ligações telefônicas do Canadá no aeroporto de Cumbica. Uma vez que minha verba não era grande, tive que estudar as tarifas mais baratas.

Às sete e meia eu já havia jantado. Decidi tomar banho na sequência. Uma hora e meia me separava do último encontro noturno com a Manu. Depois da manhã maravilhosa que curtimos ontem no barco, eu pensei em sexo durante todos os segundos seguintes. Nem posso me queixar de hoje. Lógico que eu queria mais e que ela literalmente ficou "na mão", pois só eu gozei.

Caprichei na roupa e no perfume.

A noite estava gostosa. O vento sul trazia uma brisa fresca, amena. Saí pouco depois das oito e meia e fui caminhando lentamente ao encontro do meu amor. Mesmo assim, cheguei dez minutos antes da hora marcada. Ursulla, que sabia que eu chegaria, aguardava excitadíssima para falar comigo no portão:

— Oi, cunhadinho. Sua amada continua no banho. Está atrasada.

Ursulla parecia se aproveitar dos atrasos da irmã. Na verdade, aquele encontro passou a ser quase um ritual para ela. Entrei no papo. Eu tinha sido tão duro e seco com ela ultimamente que achei que era chegada a hora de ser legal.

— Meu amigo disse que adorou seus beijos. – Ursulla agarrou o portão com ambas as mãos e ficou na ponta dos pés, a bunda arrebitada. Arrisquei um comentário mais ousado — Achou que você já é quase uma mulher.

Ursulla sorriu, pois viu no comentário um desafio a ser superado.

— Ele ainda não viu nada. Eu é que vou fazer o Dalton se transformar num homem.

A afirmação, mesmo vinda de uma adolescente, veio carregada de convicção. Ela era jovem, e nem sei dizer se experiente ou não, mas pelo tom de voz, sabia do que estava falando.

— Você é uma caixinha de surpresas, minha cunhadinha. Pode avisar a Manu que estou aqui?

Ainda agarrada ao portão, ela torceu a cintura num rebolado charmoso, e disse:

— Não está gostando da minha companhia? É uma pena que esta seja sua última noite no Brasil.

— Se estou entendendo bem o que você está insinuando, acho que é sorte.

Ela deu um sorriso condescendente e disse bem baixinho, quase um sussurro:

— Acho que você é mais homem que o Dalton, e que sabe agir como macho. Ele está meio cru ainda.

A danada falava aquilo olhando meu corpo de cima abaixo e parando os olhos nos lugares mais estratégicos, a começar pela boca. Fiquei até um pouco sem jeito com a inspeção rigorosa que ela fez.

— A Manu não sabe que cheguei. Dá um aviso para ela, por favor. Seu papo é ótimo, mas muito perigoso.

Nos encaramos e sorrimos em profundo entendimento. E como sempre nessas horas, Manu apareceu na porta da casa.

— Boa noite, Martin. Chegou cedo ou me atrasei?

— Cheguei um pouco mais cedo. Ursulla me fez companhia.

Manu fez bico e disse, a contragosto:

— Você podia ter entrado e cumprimentado meus pais. Afinal é a sua última noite aqui e não vai viajar sem se despedir deles, vai?

Entendi a intimação, e subi as escadas.

Fui salvo pela novela depois de 15 minutos de papo. Viva! Como eles queriam assistir, nos liberaram assim que o tema musical começou a ser tocado.

Saímos da casa e nos ajeitamos nas escadas. Manu sentou ao meu lado e disse:

— Você está lindo como sempre.

Agradeci enquanto estudava os botões da blusa que ela vestia. Nós já havíamos curtido blusas com botões em outras ocasiões. Assim que meus olhos chegaram ao short justo, pressenti as dificuldades de acesso e consequentemente a disposição da Manu de fazer alguma coisa mais ousada.

Manu pousou a mão na minha coxa nua e disse:

— Martin é nome de gato? – ela perguntou com seriedade.

— Sei lá, Manu. Cada um dá o nome que quiser aos seus animais.

— O meu gato se chama Martin.

Manu terminou a frase, me empurrou contra a coluna e me beijou com furor. Sua respiração era tão forte que não identifiquei se era de angústia ou de tesão.

— Você é o meu gato, e eu te amo, Martin.

— Eu também te amo muito. Você é muito importante...

Fui interrompido por mais um beijo delicioso. Invertemos a posição e desta vez eu a pressionei contra a coluna. Do beijo na boca segui pelo ouvido e depois o pescoço. Ela perdeu um pouco o controle e soltou um gemido de prazer. Olhei preocupado para a porta, mas o barulho da televisão era muito mais alto que o nosso.

— Eu te quero, Manu – falei isso e pressionei meu corpo contra o dela. Ela sentiu o volume na minha bermuda encaixado no meio das suas pernas.

— Para, seu louco. Meus pais podem vir aqui a qualquer momento.

— Como parar, Manu? Nós nem começamos...

Eu sabia que ela aprovaria essa estratégia. O perigo, nessas horas, é nitroglicerina pura para o sexo.

— É melhor sentarmos na escada, Martin. – Manu sussurrou no meu ouvido. — Chama menos atenção do que ficarmos nos agarrando em pé. Deixe que eu deito no seu colo.

Concordei sem questionar. Aquela escada era o palco para o nosso espetáculo. O último de uma série bem-sucedida. Ela deitou e passou a olhar as estrelas. Enquanto fazia observações superficiais num tom de voz pouco mais alto que o normal, para mostrar aos pais que estávamos apenas conversando, Manu movimentava a cabeça sobre o meu colo massageando meu pau.

— Me dá um beijo. – Ela ofereceu a boca aberta e cheia de desejos. Ao abaixar para beijá-la, sua cabeça ficou envolvida pelo meu colo e pelo meu peito. Minha mão atrevida avançou por dentro da blusa. Seus seios estavam duros e os bicos animados. Manu passou a contorcer o corpo todo com as minhas carícias. Eu já tinha feito com que ela gozasse nos seios muitas vezes. Acomodei melhor minha mão num deles. Eu sabia os movimentos que ela mais gostava, as carícias e a pressão nos lugares mais sensíveis de modo a proporcionar muito mais prazer para ela. Seus olhos fechados demonstravam que as estrelas no céu não mais faziam parte do ato, mas sim a explosão de estrelas que emergiam sem controle do seu corpo e mente.

O brilho próprio do seu rosto ficou ainda mais iluminado pelos raios cor de prata da lua cheia. A respiração foi se acalmando, e seu semblante exprimiu o prazer que havia sentido.

— Eu te amo, Martin – murmurou.

Fiquei contente porque, mesmo depois de todos os dias de conflitos e indecisão, Manu foi capaz de demonstrar o sentimento que eu compartilhava com ela, e que sempre me deixou seguro quanto ao nosso relacionamento.

Manu abandonou a passividade e entrou em ação. Sua mão passou a viajar em meu corpo.

— Você tem um corpo muito gostoso, e essa barriga de tanquinho que é linda para ser vista, é deliciosa para ser sentida, lambida, chupada. Você sabia que minhas amigas falam que seu corpo é o mais bonito da praia?

Fiquei surpreso, não por me achar feio, mas pelo nível da fofoca entre as mulheres.

— Isso é novidade para mim. Por que nunca me disse isso antes?

— Para quê falar dessas coisas? Quero você longe delas. Algumas são muito safadinhas.

— Quais?

Manu levantou a cabeça e me deu um tapinha carinhoso na barriga.

— Para, Martin. Não vou entregar mulher de bandeja para você. Sorriu expressando desaprovação pela minha curiosidade.

— Que diferença vai fazer a essa altura?

— Nenhuma, mas vou mostrar pra você porque sou a melhor de todas. — Manu retomou os movimentos da cabeça no meu colo, passou a morder de leve o tecido da bermuda da roupa, olhou para mim e como se estivesse implorando sussurrou. — Ponha ele inteiro para fora.

Abri o zíper. Manu afastou a cueca com certa pressa, agarrou meu pau e engoliu quase todo; e com a língua passou a roçá-lo de um lado a outro. Suas bochechas se expandiam com o volume que preenchia sua boca.

— Você fica mais linda ainda com meu pau todo na boca, Manu – sussurrei.

Enquanto chupava, Manu mantinha os olhos fixos nos meus e observava as mudanças nas minhas expressões. Não demorou para ela perceber que estava chegando o meu momento. Ela então acelerou os movimentos com a cabeça e aumentou de forma mágica a pressão da língua.

— Gosto do seu néctar. Cada vez que faço isso é como se estivesse guardando um pouco de você dentro de mim.

Retomei o fôlego e recolocamos o danado para dentro da cueca. Manu manteve a cabeça no meu colo, e voltou a fazer comentários sobre as estrelas.

— No hemisfério norte o céu é muito diferente do nosso? Você jura que quando olhar para as estrelas vai pensar sempre em mim?

Nem tive tempo de jurar e seus olhos se encheram de lágrimas.

— Esta é a última noite que vejo estrelas com você. Amanhã à noite não vou olhar para o céu.

Manu desatou num choro incontrolável. Ajeitei o corpo sobre o dela, dei um abraço apertado e um beijo no rosto e disse:

— Calma, meu amor. Vamos ver muitas estrelas juntos quando eu voltar.

O choro aumentou. Ela tentava controlar os soluços e abafar o som com as mãos sobre a boca. Em vão. Ouvi a porta da entrada se abrir e a sogra surgir no umbral. Ela veio tentar entender o que estava acontecendo.

— Nada não, mãe. Nada mudou – disse Manu, entre os soluços.

A mãe se aproximou dela e acariciou seus cabelos.

— Se nada mudou, minha filha, por que você está chorando desse jeito?

— Estou triste mãe. Só isso.

A sogra lançou um olhar terno para mim e disse:

— Boa noite, Martin. Desejo que todos os seus sonhos se realizem. Não se esqueça de nós. O Irineu e a Ursulla já foram dormir, mas tenho certeza de que também desejam o melhor para você. Tenha calma com a Manu. Amor de juventude é assim mesmo.

Levantei-me para receber seu abraço.

— Agradeço pelas palavras, tia. Não está sendo fácil para nós. O que mais quero é que esse ano passe rápido. Amo sua filha. Vou voltar para ela.

A sogra deu-nos as costas e rumou para a porta.

— Espera, mãe. Vou entrar com você.

A sogra olhou a cena com apreensão. Ao ver Manu se afastar de mim, eu supliquei:

— Fique só mais um pouco, Manu. Quero falar com você sobre nossos contatos por telefone.

A mãe demonstrando entender que eu e a Manu ainda tínhamos questões a ajustar, despediu-se de novo e entrou rapidamente. Ao ver a porta bater à sua frente, Manu virou para mim, pôs as mãos na cintura e disse em tom de desafio:

— Não temos mais nada para conversar, Martin. Você sabe em que horários estou em casa e pode me telefonar quando quiser. Fique tranquilo que vou responder as cartas que me enviar.

Fiquei sem ação, mas não queria que nossa despedida fosse daquele jeito, fria e triste.

— Quero te ver amanhã cedo, Manu, antes de partir. Tenho tempo para ir à praia com você.

Manu mal esperou eu concluir meus pensamentos e explodiu:

— Eu não quero uma nova despedida. Não quero ficar mais algumas poucas horas com você. Já que você decidiu viajar, eu decido que a nossa despedida vai ser agora.

Fim da linha, concluí com profundo desânimo. Minha alma afundou. A situação exigiu uma conclusão definitiva:

— Tudo bem, Manu. Meu amor exige a sua presença. O seu não exige a minha. Eu adoraria te curtir até os últimos minutos. Somos diferentes nesse aspecto. Tivemos altos e baixos nos últimos dias, mas em nenhum momento deixei de amar você. Procurei compreender sua dor, lidar com isso. E o que você fez? Se fechou e me afastou de você. Sinto muito por isso e por eu ter que partir desse jeito. Tudo poderia ter sido diferente. Bastava você tentar se esforçar e entender a situação, a minha situação, o nosso futuro. Mas o que você fez? Resistiu o quanto pôde à realidade e deixou tudo mais difícil e dolorido.

Enfiei as mãos nos bolsos e fiquei ali, olhando firme para ela. Manu cruzou os braços diante do peito e fechou a cara. Vendo que ela não dava sinais de que diria alguma coisa, sugeri:

— Vamos ter um beijo de despedida pelo menos?

Manu levantou os olhos, aproximou-se, me deu um beijo no rosto e como uma grande concessão deu outro de leve na boca e despediu-se:

— Boa noite Martin. Faça uma boa viagem e curta muito sua estada no Canadá.

Catorze

Acordei com a sensação de não ter pregado os olhos durante toda a noite. Minha mente parecia estar girando num liquidificador. No rodamoinho de pensamentos estavam todas as minhas apreensões, medos, repentes de desistir de tudo, Manu, meu futuro, a viagem, a chegada ao Canadá...

Saltei da cama e corri para o banheiro com a esperança de que uma chuveirada me reanimasse e ajudasse a organizar as ideias.

Os barulhos costumeiros da minha mãe ao preparar o café da manhã me levaram à cozinha.

— O sol mal nasceu e você já de pé? – perguntei assim que entrei.

— Quero aproveitar todos os minutos do seu último dia conosco, filho.

Ela sorriu de um jeito diferente, tenso, melancólico. Mais do que nunca tive dúvidas se eu tinha mesmo tomado a decisão certa quanto à viagem. Naquele momento me arrependi de ter feito a inscrição meio que por brincadeira, sem pensar muito a respeito. Agora, depois de tudo que aconteceu em razão de eu ter sido aceito, notei que a viagem trouxe mais tristeza do que alegria para as pessoas à minha volta, principalmente para as que mais gosto.

Pensei várias vezes em desistir. Não tive coragem. Segui em frente com meus planos, nem tanto por convicção por achar que era a coisa certa a fazer, mas por pura obstinação pela viagem. A amargura da minha mãe naquele momento me motivou a tomar essa decisão e, com isso, acabar de vez com a maré de sofrimento que causei nas vidas de tanta gente. Afinal, enquanto eu não embarcasse ainda dava tempo de dar um basta naquela ideia besta e fazer tudo voltar a ser como era antes.

Minha mãe, vendo que eu refletia com os olhos fixos no chão, disse:

— Sente-se, Martin. Preparei um café inesquecível para você. Tudo que você gosta está na mesa. Só está faltando seu sorriso.

— Estou tenso e vendo que você está muito triste, mãe.

Minha mãe veio, me deu um abraço e disse:

— Nada disso, Martin.

Dei um passo para trás.

— Não adianta mentir, mãe. Conheço você. Olhos vermelhos e boca caída são sinais de que você andou chorando.

— Não, meu filho. É impressão sua... Eu ainda não me maquiei agora pela manhã.

Ela não me convenceu.

— Confesse que está triste mãe. Não vou sair daqui antes que você confesse.

Ela então desamarrou o avental da cintura e o colocou ao lado do fogão.

— Tudo bem. Estou apreensiva, Martin. Você é nosso único filho. Nunca nos separamos de você.

As palavras reforçaram minha vontade de desistir da viagem. Mais perguntas se acumularam no emaranhado de dúvidas que circundava minha mente: será que vai valer a pena me separar da Manu e deixar minha mãe sofrer por um ano? O que pode acontecer de tão extraordinário na minha vida durante esse ano fora que está me fazendo jogar tudo que tenho pelos ares? Como minha mãe se sentiria ao entrar no meu quarto vazio nos dias seguintes à minha partida? E quando fosse guardar as minhas roupas que estavam sendo lavadas? Ela vai sofrer ao almoçar sozinha, ou meu pai vai parar de comer na marina? Que droga é a indecisão, quando a gente não sabe se vai ou se fica. De qualquer forma, as palavras para comunicar a minha decisão estavam prontas e na ponta da língua.

— Mãe – eu disse devagar —, acho que essa sua apreensão ou tristeza vai passar.

— Já te disse que não tenho motivos para estar triste, Martin.

Era melhor eu soltar logo a bomba do que deixar a conversa rolar sabe-se lá para onde. Cheguei mais perto dela, pus as mãos em seus ombros, encarei-a e disse de modo firme:

— Como diz o ditado, antes tarde do que mais tarde.

— O que você quer dizer com isso, meu filho?

— Quero dizer que considerando que ainda nem saímos de casa, este é o momento para parar com tudo. Acho melhor desistir de tudo agora do que no aeroporto, não é mãe?

Ela levantou os braços no ar e arregalou os olhos.

— Xiiiii, Martin. Desde quando você está pensando nisso?

— Pensando no que, mãe? Na sua tristeza?

— Não, meu filho! Na sua derrota.

— Derrota como, mãe? O que desistir tem a ver com derrota?

Ela chegou perto de mim e me olhou com afinco.

— Essa decisão tem alguma coisa a ver com seu namoro? A Manu não prometeu te esperar?

Mãe, como todas, não pensa com a cabeça, mas com o coração. E por essa razão tem uma sensibilidade sem igual para revelar feridas invisíveis. Eu nem tinha tocado no nome da Manu e ela já levantou a hipótese mais provável para minha atitude. Percebi que eu teria um árduo trabalho pela frente para apresentar meus argumentos.

— Nada a ver com a Manu. Bom, pelo menos não só com ela.

— Acertei na mosca, meu filho.

— Mais ou menos – retruquei na esperança de poder convencê-la da minha posição. — Senti que à medida que o dia da viagem foi chegando, você foi murchando. Por isso eu prefiro não viajar mais. Você vai ter de continuar me aguentando. — Falei aquilo com uma risada para que ela se animasse e mudasse de humor.

— Do que você está falando, meu filho?

— De que não vou mais para o Canadá. Vou ficar por aqui. A viagem acabou antes mesmo de começar. Vou telefonar para a Manu e para o papai e avisar que desisti de tudo. Eles vão ficar aliviados, você não acha?

Minha mãe olhou fundo nos meus olhos e disse, de modo firme e assertivo:

— Não acho, meu filho. Acho que eles vão ficar é muito desapontados com você, assim como eu estou agora. Para que fazer isso, meu filho? Por que ter enfrentado tudo e todos para nada? E seu futuro? Não existe futuro para você aqui na ilha! O que você vai fazer? Ter uma pousada, um restaurante? Levar turistas para passear de barco? A ilha é pequena, meu filho. Sua vida não, é grande e repleta de possibilidades.

— Mas mãe...!

— Fique quieto, Martin.

Fiquei quieto e pasmo. Minha mãe nunca falou assim comigo antes. Puxei a cadeira, sentei à mesa, apoiei meu queixo na mão. Minha mãe prosseguiu com os argumentos:

— Martin, você está analisando apenas o que está perdendo ao fazer essa viagem.

— Não, mãe.

Ela levantou a mão no ar e me interrompeu:

— Agora você vai saber tudo o que estou pensando, Martin. Não tivemos essa conversa até agora e acho que o momento é perfeito para eu deixar claro para você a minha posição nisso tudo. Você está inseguro por ter nascido e crescido em Ilhabela e, por essa razão, acha que o Canadá é muita areia para o seu caminhãozinho. Além do mais você está antecipando o sofrimento de saudades que vai ter da Manu. Esses são os motivos do seu pavor. Você não valorizou os prós da sua viagem, e está amarelando com os contras. Lembra que sempre ouviu que só as dificuldades nos fazem crescer? Tá difícil sair da zona de conforto, Martin? Aprenda que desistir é sempre mais fácil do que lutar para vencer. O sucesso é reservado aos que têm garra, coragem e obstinação. Tem muito mais fracos do que fortes no mundo. Por isso, poucos são os líderes que controlam as multidões. Uma empresa tem apenas um presidente e muitos peões. Seu pai é dono da marina e tem trinta e cinco empregados. Quantos deles teriam condições de gerenciar a marina melhor que seu pai? Quantos têm condições de liderar todos os empregados?

— Como assim?

— Você não está ouvindo o que estou dizendo?

— Lógico que estou ouvindo. Apenas não acho que seja bem assim, mãe.

— O que eu te disse é assim, Martin.

— Você sabe que tenho garra e fibra de vencedor. Só não tenho a certeza de que o Canadá me preparará para o futuro ou se interromperá o caminho que estou trilhando no Brasil.

— Não invente desculpas, Martin.

— Mas é assim que eu penso, mãe.

— Você já fez pipoca, Martin?

Achei a pergunta bem estranha.

— Como assim?

— Pipoca, daquelas que explodem na panela.

— Já.

— Pois bem. Todos os milhos são aparentemente iguais, não são?

— Arrã.

— A gordura quente aquece muito os grãos e transforma a maioria em lindas pipocas. Não é?

— Acho que sim.

— Os grãos queimados que sobram, os chamados piruás, são jogados fora, pois não prestam para nada. Correto?

— Correto.

— Pois então, Martin. O que você quer ser na vida, pipoca ou piruá?

Disparei sem pensar.

— Pipoca.

— Ótimo. Porque o que está acontecendo agora é que você está com medo das dificuldades que vão surgir no caminho. Você está com medo de virar pipoca. Simples assim. É normal, meu filho. Mas lembre-se: é o fogo que transforma areia em vidro. Você quer ser um eterno grão de areia, que o vento leva para onde quer, ou vidro?

— Vidro, é claro.

Comecei a me sentir mais confiante com a injeção de ânimo que as palavras da minha mãe me deram.

Eu nunca tinha tido uma conversa como aquela com ninguém. Minha mãe era uma sábia e eu nunca tinha me dado conta disso. Ela tinha conceitos interessantíssimos e mexeu comigo de uma forma que eu jamais poderia ter imaginado. Eu não poderia decepcioná-la. Como pôde um papo tão curto como aquele mexer tanto comigo?

Sem desistir, ela seguiu em frente:

— Martin, você sempre gostou de correr riscos. Vai afrouxar agora? Lembra quando tinha oito anos e começou a andar de bicicleta? Lembra que no segundo dia se livrou das rodinhas?

Sorri, pois o primeiro do dia passou como um filme na minha mente.

— Lembro de ter chegado em casa todo ralado.

Minha mãe sorriu junto.

— Mas eu lembro quando você veio me contar todo orgulhoso que tinha tirado as rodinhas e que já sabia andar de bicicleta sem ajuda.

— Você acha que isso demonstra que gosto de correr riscos?

Ela abriu os braços no ar e descortinou um sorriso fulgurante.

— E como não!? Na primeira vez que você subiu numa prancha de *windsurf* você se equilibrou e conseguiu ficar em pé. Lembra o que mais aconteceu naquele dia, Martin?

Cocei a cabeça e vasculhei a memória.

— Aquela prancha tinha defeito. Ela só navegava para frente. Não voltava de jeito nenhum. Dei uma risada demonstrando que nunca reconheceria que eu não sabia manusear a vela do *windsurf* para voltar para a praia.

— Não, meu filho. Você correu o risco de navegar, de seguir em frente, sem se preocupar em como voltar.

— Voltei nadando e empurrando a prancha, mas voltei.

Rimos juntos. Eu ainda mais, pois minha mãe não fazia ideia dos riscos que corri usando casas vazias, becos escuros e ruas desertas para ficar sozinho com a Manu. Muito menos dos malabarismos que fiz com a Manu.

É incrível como um pensamento positivo leva a outro porque só agora a ficha caiu: fiz a inscrição no intercâmbio consciente do risco de ser selecionado.

Minha mãe voltou à carga:

— Além de gostar de correr riscos, meu filho, você também tem força de vontade a ponto de ser um obstinado. Provou isso quando comprou sua gaita e aprendeu a tocar sozinho. Por falar nisso, não se esqueça de colocá-la na mala. Os canadenses nunca vão imaginar que um garoto brasileiro possa tocar tão bem esse instrumento.

Minhas emoções estavam transbordando por tantos elogios.

— Bem mãe. Tenho duas coisas para falar, vamos esquentar esse leite pois já esfriou.

Ela riu, pegou a vasilha e levou em direção ao fogão.

— A outra coisa, mãe, prometo que vou ser a pipoca mais bonita da panela. Seu único filho não nasceu para ser piruá.

Mal terminei a frase e meu pai abriu a porta da frente, entrou, beijou minha mãe no rosto, passou a mão nos meus cabelos e se ajeitou em volta da mesa.

— Voltei para tomar o café com você, filho.

Gostei da surpresa.

— Chegou na hora, pai. Aproveite. Mamãe disse que o café de hoje vai ser especial.

— Você merece, filhão. — Ele então pegou a jarra de leite, serviu-se, espalmou as mãos na mesa e completou: — E sabe de uma coisa?

Minha mãe e eu nos viramos para ele.

— Só hoje me dei conta de que este é o primeiro dia deste ano que tomo café da manhã com vocês. E por essa razão, peço desculpas a vocês dois.

Minha mãe foi até ele e o beijou na testa. Com o espírito leve e animado pelas palavras da minha mãe, achei que era hora de pegar leve com ele.

— Este não é o primeiro dia do ano que tomamos café da manhã juntos, pai. — Ele me olhou confuso. Abri um sorriso e disse: — É o último.

Ele sentiu o baque, mas não se deixou abater por isso. Eu, minha mãe e ele sabíamos muito bem das obrigações que o trabalho na marina impunham, em especial cedo pela manhã e todos os sábados domingos e feriados. Dias preferidos pelos proprietários dos barcos. Os sacrifícios que ele fazia por nós eram enormes. Afinal de contas, foi o suor que ele dedicou à marina que pagou, e vai pagar ainda, as despesas da minha viagem. Sou muito grato a ele por isso. Mais uma razão para eu não desistir de tudo. Eu não poderia decepcioná-lo.

— É verdade, Martin. Digamos que esse é o primeiro, último e único dia que encontramos para esta refeição matinal.

Comemos em silêncio. Curti muito a comunhão de nós três juntos, mesmo que pela primeira e última vez até eu voltar. Meu pai falou também que curtiu e disse ao se despedir:

— Deixei o carro no posto para lavar, trocar o óleo e abastecer. Volto ao meio dia para te buscar, filhão. A balsa está reservada. Vamos chegar com folga ao aeroporto.

Estiquei um braço e agarrei a mão da minha mãe.

— Não se preocupe em fazer almoço. Que tal pararmos no Fazendão para comer um churrasco com queijo?

Meu pai sorriu e se voltou para a mulher:

— Eu tinha certeza de que ele pediria isso.

Minha mãe retrucou, em divertida reprovação:

— Ele troca a minha comida por qualquer sanduíche.

Rimos os três juntos, pois minha mãe também gostava do sanduíche do Fazendão. A receita era simples e infalível: o pão era aquecido numa chapa ao mesmo tempo em que a carne fritava no fogão a lenha e o queijo derretia sobre ela, deixando as bordas que escorriam levemente queimadas e crocantes.

— O que você vai fazer agora, filho? - meu pai perguntou.

— Como estou com as malas prontas, penso em dar uma passada na praia.

— Estou de saída. Se quiser, posso te deixar no caminho.

Agradeci e recusei. Minhas inquietações com relação à Manu voltaram. Ela havia deixado claro na noite passada que não aguentaria uma nova despedida. Por outro lado, eu não queria partir sem vê-la ou, pelo menos, falar com ela, uma última vez.

Meu pai foi para a marina. Minha mãe cuidou de arrumar a mesa. Eu telefonei para a casa da Manu. Dona Lidia atendeu:

— Ela ainda está dormindo, Martin. Quer que eu a chame?

— Não precisa, tia. Apenas diga que liguei, que estou indo à praia e que gostaria que ela fosse junto comigo.

— Pode deixar que vou dar o recado, Martin. Achei que você partiria nesta manhã!

— Vou sair ao meio dia. Ainda dá tempo para um último banho de mar.

A mãe da Manu desejou que eu aproveitasse a praia. Desligamos.

Resolvi esperar um pouco.

Os ponteiros do relógio giravam freneticamente. Nada de Manu ligar. Telefonei novamente para a casa dela.

— Desculpe ligar de novo, tia. É que já passa das nove horas e daqui a pouco não vou mais ter tempo de ir à praia.

Dona Lidia disse com voz enfastiada:

— Manu levantou e foi direto para o banho, Martin. Assim que ela sair, aviso que você quer muito falar com ela.

Agradeci mais uma vez e lembrei que num dia normal da Manu, ela costumava demorar mais no banho porque gostava de se masturbar debaixo do chuveiro. Ela me contou que o jato da duchinha a deixava louca de excitação e dava um prazer especial. Por outro lado, se ela acordasse com tesão eu logo ficaria sabendo e nós encontraríamos uma forma de nos satisfazermos. Entretanto, eu não achava que a libido dela estaria aflorada no dia em que eu fosse partir.

Fiquei confuso com tudo isso. Eu sabia que a Manu estava triste. Da minha parte, eu queria encontrá-la, beijá-la, amá-la, falar um pouco mais com ela, ficar todo o tempo que fosse possível ao lado dela. Resolvi ligar uma terceira vez.

— A Manu pode falar comigo agora, tia?

— Ela tomou café da manhã rapidinho e saiu de casa sem dizer para onde ia. Insisti para ela te ligar, mas não adiantou.

Meu desespero começou a aumentar.

— Vou sair ao meio dia para o aeroporto. Se ela voltar antes disso, diga, por favor, que preciso muito falar com ela.

— Pode deixar, Martin. Desejo mais uma vez que você aproveite muito sua estada no Canadá. Estou torcendo por você e por sua felicidade.

Minha razão dizia que era hora de parar de ligar. Minha emoção exigia que eu saísse pelas ruas à procura da Manu.

Será que ela queria que eu pensasse que teria ido à nossa praia, ou teria ido a alguma outra apenas para não me ver? Será que ela estaria me esperando à sombra das nossas árvores? Havia um recado no sumiço dela, uma mensagem que eu não estava conseguindo decifrar? Olhei o relógio e vi que me sobrava apenas uma hora disponível. Implorei para que minha mãe me levasse de carro aos lugares onde eu achava que a Manu poderia estar.

— Temos pouco tempo, Martin.

Saímos sem a certeza de para onde a Manu poderia ter ido. Passamos pelos lugares que costumávamos ficar. Rodamos por quase meia hora pela avenida da praia, ida e volta, várias vezes. Percebendo minha aflição, minha mãe passou bem devagar em frente à casa da Manu.

Olhei o relógio mais uma vez.

— Vamos embora, mãe. Se ela ligar para casa não vai ter ninguém para atender.

Meu pai estava lá. As malas já estavam no porta-malas do carro. Assim que descemos do carro ele disse que poderíamos sair na hora que eu quisesse. Perguntei se alguém havia telefonado.

— Nada – ele respondeu.

Meu coração afundou. Hora de partir. Fiz os últimos preparativos, olhei bem para o meu quarto, a casa, a porta, a rua. Saímos ao meio dia em ponto em direção à balsa que liga Ilhabela ao continente. Embarcamos. A balsa cortou o último fio de esperança que me ligava à Manu assim que descolou o tombadilho do porto. Meu pai quebrou o silêncio.

— Por que está tão quieto, filhão?

— Não consegui me despedir da Manu.

— Quando peguei o carro, ela estava entrando na praia com o Arnold. Se você tivesse me falado antes eu teria te levado até eles.

— Tem certeza, pai, com o Arnold?

— Certeza absoluta. Conheço os dois muito bem.

Fiquei sem entender a atitude dela. Manu foi informada dos meus telefonemas e deliberadamente decidiu não retornar. As dúvidas se acumularam na mente. Eu me forçava a acreditar que eles tivessem se encontrado por coincidência. Eu sabia que o Arnold tinha fixação por ela, que seu maior sonho era transar com ela. Ele não precisava me confessar nada disso. Rememorando os fatos, concluí que sua atitude para com ela denunciava isso com muita clareza. Fiquei ainda mais triste pela canalhice que um sujeito que eu considerava meu amigo foi capaz de fazer bem debaixo do meu nariz, e com a minha namorada.

— Sei que não temos como voltar, pai. Melhor me conformar e viajar ciente que sou um corno.

Nunca dei um sorriso tão forçado como aquele.

A balsa tocou o porto de São Sebastião. Engoli em seco. Descemos em terra firme e seguimos rumo a São Paulo. Não tive estômago para olhar para trás.

Quinze

Como planejado, paramos no Fazendão para comer o bendito churrasco com queijo. Minha mãe deve ter conseguido captar, como de costume, o que afligia minha alma e tentou tranquilizar-me.

— Vou conversar com a Manu quando voltar para casa. Escrevo uma carta para você contando tudo que aconteceu e como ela está. Aliás, é capaz que ela explique isso na primeira carta que te escrever, se é que vocês não se falarão por telefone ainda nesta semana.

Minha mãe queria ajudar. Entendi isso, mas existe um limite até onde ela podia ir. Agradeci e disse, curto e grosso:

— Não vou fazer qualquer contato antes de receber uma carta dela.

Terminamos o almoço e seguimos viagem em direção ao aeroporto de Guarulhos. Escolhi algumas músicas para ouvir durante a viagem. Quando meus pais se cansavam de ouvir, eu usava meu *walkman*.

— Quatro horas em ponto – disse meu pai assim que achou uma vaga no estacionamento do aeroporto. — Chegamos exatamente no horário previsto.

Ele estacionou, tiramos minha mala e seguimos para o saguão.

— Balcão da VARIG — ele disse. — Você vai ser um dos primeiros a fazer o *check-in*.

De fato, a fila no balcão da companhia aérea era pequena. De repente, as pessoas à minha frente, assim como os atendentes da companhia aérea, viraram as cabeças para o mesmo lado, e passaram a acompanhar os passos de uma loira linda e deslumbrante, que entrou na fila e parou justo atrás de mim. Pelo documento que ela segurava nas mãos, li que seu nome era Gisele. E o mais espantoso, que ela era minha colega de intercâmbio.

Vestia calça jeans muito justa, o que evidenciava suas lindas pernas. A blusa vermelha combinava com seus cabelos e tom de pele. Botões livres e abertos valorizavam o decote audacioso. Elegantes sapatos vermelhos de saltos altos arrebatavam a bunda que pareceu ter sido entalhada por um artista que entende muito de mulher. Os brincos e as pulseiras um pouco exagerados a faziam ser ainda mais vistosa. A bolsa, em tons de bege, completava um conjunto ousado e elegante.

Quem teve o privilégio de admirar o desfile daquela deusa com certeza ficou com inveja ao ver o abraço e os beijos, ainda que ingênuos, que ela me deu ao lembrar que havíamos nos encontrado, mesmo que brevemente, na empresa responsável pelo intercâmbio, meses atrás, em São Paulo.

— Que gostoso que vamos viajar juntos – ela disse num sorriso efusivo. — Eu estava chateada imaginando passar horas ao lado de gente desconhecida no avião.

— Legal mesmo, né? – rebati enquanto procurava esconder meu entusiasmo.

— Seu nome é Martin, não é?

Caramba, eu não sabia o nome dela até poucos segundos atrás, mas ela lembrava do meu. Gisele prosseguiu:

— Gravei seu nome por que tenho um gato com esse nome.

Adorei o sorriso lindo, iluminado, com que ela disse a frase, e não parou por aí:

— Ele é minha paixão. Dorme na minha cama todas as noites. Sei que é a "pessoa" que sentirei mais falta. — Ela olhou para seus pais, que estavam a menos de um metro, deu uma risada e os confortou: — Brincadeirinha. Vocês sabem que meu amor por vocês é diferente e muito maior.

Os pais dela sorriram, sem demonstrar nenhum aborrecimento. Provavelmente já tinham ouvido aquilo mais de uma vez.

— Você tem alguma gata? – ela perguntou ao virar de novo para mim.

A pergunta tinha uma conotação dúbia. Respondi que não, o óbvio. Ela foi em frente, ainda mais provocante:

— Será que se tivesse ela se chamaria Gisele, como eu?

Seus olhos tinham um poder incrível, magnético até. Impossível não se deleitar ao fixar-se neles.

Gisele estava agitada, ansiosa. Para eu não ficar por baixo, era preciso demonstrar segurança, firmeza, por mais que também compartilhasse da agitação dela, pela viagem e pela Manu.

Acho que meus pais ficaram um pouco surpresos com a desenvoltura dela. Pensei em como as mulheres realmente amadurecem mais rápido que os homens. Perto dela, as moças de Ilhabela eram verdadeiras crianças, em presença e desenvoltura, especialmente junto a pessoas com as quais não tinham familiaridade.

Virei para minha mãe e disse:

— Mãe, se enquanto eu estiver longe de Ilhabela você adotar alguma gata, não esqueça de batizá-la de Gisele, tá?

Gisele gostou do elogio, tanto que apresentou seus pais aos meus. Nossos velhos passaram a trocar informações sobre a viagem, e o que eles achavam que nos esperava no Canadá. O clima amistoso e familiar me deixou mais à vontade.

— Legal que você mora em Ilhabela, Martin – exclamou Gisele. — Sempre quis conhecer. Se eu morasse no mar, seria morena como você. Adoro sua morenice.

O entusiasmo dela começou a mexer comigo, tanto que a tristeza pela situação com a Manu foi ficando cada vez mais no passado. E rápido.

— Você tem o corpo de quem pratica esportes e não sai da praia — Ela foi em frente. — Vai fazer muito sucesso com as canadenses.

Mesmo medindo-me da cabeça aos pés, e com um olhar intrigante, concluí que minha mente não estava nem aí para as canadenses.

— Você é que vai fazer sucesso, Gisele.

— Que nada, loira aguada é o que mais tem lá. Se eu ainda tivesse pele morena, seria diferente. Bem que eu poderia ter passado os últimos dias de Brasil na sua casa.

Os pais, alheios à conversa que passamos a desenvolver, permaneceram papeando entre si.

— Você não precisa de pele morena ou coisa parecida – eu disse num sussurro. — Você é um espetáculo do jeito que é. E dá de 10 a 0 em qualquer canadense que encontrarmos pelo caminho.

Pelo sorriso que ela me deu, intrigado, e como olhou para mim, notei que peguei a questão no nervo e cheguei até ela de verdade. Eu não era nenhum Don Juan, mas tinha conhecimento suficiente sobre mulheres bonitas para saber que muitas não sabem lidar com o impacto que causam nas pessoas à sua volta, e procuram esconder sua ansiedade atrás de uma fachada de extrema simpatia. Mas quando você consegue furar essa blindagem e chegar até elas com respeito ou uma boa dose de cara de pau, elas são suas.

Encostamos juntos no balcão da VARIG e solicitamos poltronas conjugadas. A atendente disse:

— O voo está lotado. Posso acomodá-los na mesma fileira, mas ficará uma pessoa entre vocês. O *layout* é de três poltronas.

Concordamos com essa possibilidade, imaginando que poderíamos negociar uma troca de lugar com o passageiro que se sentaria entre nós. Com o *check-in* realizado, e livres das bagagens, sugeri a todos darmos uma volta pelo aeroporto.

— Martin, quero levar uma lembrança do Brasil para meus pais canadenses. Há souvenires que estão à venda apenas aqui.

Achei boa a ideia, independentemente de eu não desejar comprar mais nada para meus pais canadenses. Lançamos a ideia para nossos pais brasileiros, que decidiram nos deixar a sós e ficaram de papo num dos cafés.

Gisele entrou numa loja. Fui atrás e cochichei no ouvido dela:

— Só tô vendo coisa cafona aqui.

Ela se contorceu no lugar e disse em voz insinuante:

— Ui, Martin... meu ouvido é muito sensível. Você me arrepiou toda, sabia?

Para escapar da revelação, Gisele elevou o tom de voz argumentando que os gringos gostavam de artigos exóticos. Ela então escolheu uma imagem do Pão de Açúcar e outra do Cristo Redentor, ambas coloridas ao extremo e ornadas com asas de borboletas.

— Tomara que você acerte no gosto dos canadenses, pois eu acho tudo isso aqui de muito mau gosto, Gisele.

Ela deu de ombros e rebateu:

— Se eles não gostarem dos presentes, espero que gostem de mim e que eu goste deles.

Acompanhei-a ao caixa. Ela pagou e disse:

— Estou morta de fome. E você?

— Nem tanto, mas faço companhia para você. O que você quer comer?

— Com a fome que estou, um homem.

Arregalei os olhos.

— Vivo? – retruquei.

Gisele caiu na gargalhada, olhou em volta, grudou os olhos nos meus e disse em voz baixa, apenas para eu ouvir:

— De sobremesa, paixão. Sou gulosa.

— E qual vai ser o prato principal, então?

Ela deu um meneio com a cabeça e respondeu:

— Por agora, um sandubinha resolve.

Resolvi entrar na onda:

— Melhor comer pouco agora. Desejo muito as comidas do avião.

— Soube que comida no avião é uma delícia.

Comecei a curtir mais e mais aquele jogo.

— Também soube, mas nunca experimentei.

— Nem eu – ela me olhou lambendo os lábios.

Com o sangue quase borbulhando, fomos ao MacDonald's.

— A partir de amanhã, Gisele, vamos nos entupir deste tipo de comida. Quando voltarmos, vamos querer passar longe daqui.

— *Let's see*, Martin – ela me pegou pela mão e me puxou para dentro da loja. — Como no Mac desde que me conheço por gente e nunca enjoei.

— Em Ilhabela não tem MacDonald's. Para mim é novidade, mas sei que no Canadá tem um em cada esquina.

Faltando mais de uma hora para o embarque, convencemos nossos pais que não fazia sentido eles ficarem ali esperando até o último minuto. Além do mais, passaríamos pela inspeção da Polícia Federal, e depois pelas lojas na Dutty Free. Meu pai gostou da ideia. Ele não gostava de dirigir à noite e estava preocupado com o tráfego na balsa.

Nossos pais compartilharam da alegria de eu e a Gisele termos nos tornado amigos tão cedo e estarmos viajando juntos. Eu também curti, mas por outra razão. Tivemos uma despedida sem choros e nem grandes conselhos de última hora.

A loja Duty Free parecia um parque de diversões e atiçava nosso consumismo. A vontade era de comprar quase tudo. Cada vez que Gisele via um produto interessante, ela me puxava pelas mãos e se agarrava ao meu pescoço. Eu estava gostando do jeito descontraído dela. Por ela, nos tornamos melhores amigos de infância ali mesmo. Pedi a ela que me ajudasse a escolher um par de tênis tamanho 44. Não encontrei. Ao ouvir o tamanho, ela arregalou os olhos e não perdeu a chance de sussurrar em meu ouvido:

— Nossa, Martin. Que pé grande! Você é grande em tudo?

— Sou proporcional em tudo, Gi.

— Uauuu. — Ela deu uma piscada e perguntou: — Já te disse que sou gulosa?

— Pena que estamos indo para lugares diferentes no Canadá. Eu adoraria ficar perto de você.

— Perto, Martin? Eu adoraria ter você junto a mim, ou melhor, dentro.

Uma das balconistas chegou até nós e perguntou se desejávamos alguma coisa. Rimos. Ela não entendeu a razão. Respondi que a loja não dispunha do que desejávamos. Eu não queria comprar nada, especialmente no começo da viagem. Melhor até: eu não precisava de nada. Mesmo assim, acabei comprando uma lata linda com chocolates suíços Lindt.

— Estes são deliciosos, Gi.

— Adoro chocolate. Para mim são um doce pecado ou um pecado doce. Sou conquistada facilmente com uma caixa de bombons.

Não me contive. Paguei a caixa, mandei embrulhar para presente e entreguei-a ela com a pergunta:

— Devo comprar mais uma?

Mesmo com toda a desenvoltura, Gisele foi pêga de surpresa. Abriu bem os olhos, talvez para mostrar-se mais frágil do que realmente era e disse:

— Para com isso, Martin. Meus hormônios estão aflorados e judiando de mim. Fiquei menstruada até ontem, e nem pude me despedir do meu namorado como planejamos. Essa lata já faz rodar a minha cabeça. Se comprar mais de uma terei de realizar a fantasia do avião.

Fiquei surpreso com a confissão.

— Você tem alguma fantasia, Gi?

— Ah se tenho, Martin. Como muitas mulheres, pelo que já li, tenho a fantasia de transar num avião. Na poltrona, enquanto todos dormem, e também no banheiro.

Gisele era uma mulher avançada e livre. Aquilo mexeu profundamente com meus instintos de macho. Meu conflito estava entre respeitar o relacionamento com Manu ou aceitar as provocações da Gisele, e quem sabe ajudá-la a realizar suas fantasias. Entrei na brincadeira e perguntei que efeito três latas de chocolate teriam?

— Cuidado, Martin. Eu uso os homens na medida da minha necessidade e do meu tesão. No último dia da menstruação e em alguns dias seguintes, fico subindo pelas paredes de tanto tesão. Não me provoque. Não vou me responsabilizar pelo que pode acontecer.

— Você usa os homens?

— Uso e abuso. Faço sexo por que gosto muito. Quando não estou namorando satisfaço-me do jeito que quero e gosto. Uso o cara que estiver mais acessível, e que venha me dar menos trabalho. Não gosto de homem que pegue no meu pé. Tem cara que só porque transa comigo uma vez acha que tem direito de me controlar e de fazer cobranças. Por isso sempre deixo claro que, se o cara quiser uma transa, possivelmente será apenas aquela.

— Entendi, você gosta mesmo da coisa.

Ela riu e completou:

— Adoro sexo. Até hoje não achei um homem que me satisfizesse plenamente, e que apagasse o meu fogo. O fôlego dos homens acaba cedo e antes de eu ter atingido a metade dos meus desejos.

— Você ainda é muito nova, Gi.

Ela estava tão ligada no papo, e em manifestar sua insatisfação com relação a performance dos homens, que nem me deu a oportunidade de dizer que eu poderia fazer com que mudasse de opinião. Ela movimentou as mãos, fez uma cara de resignação e expôs seu desejo:

— Sei que tenho apenas dezessete anos, e terei muito tempo para experimentar muitos homens, mas espero encontrar um realmente bom de cama. Não quero morrer com essa frustração sexual.

Fiquei atônito com a revelação. Nunca imaginei ouvir de uma mulher um discurso como o que ela fez, principalmente pelo fato de termos nos conhecido não fazia nem uma hora.

Gisele tinha um corpo perfeito no melhor padrão brasileiro: uma bundinha linda e arrebitada, pernas longas e bem torneadas e seios grandes e quase maduros, o suficiente para endoidarem qualquer homem; tudo distribuído com perfeição em 1,70m de pura beleza.

Pensei em Ursulla e em como ela estava no mesmo caminho de Gisele. Pelo que me disse semanas antes da viagem, ela já sabia bem o que queria de um homem. Será que Manu também pensava assim? Será que ela me usou sem que eu soubesse?

Acho que não. Com Manu rolou muito amor e paixão, além do tesão, que era uma consequência. Pena que ela tenha ido à praia com o Arnold, justo naquela manhã e justo com ele. E eu que pensava que aquele filho da puta era meu amigo. Uma coisa é ele dizer que tinha tesão por ela. Outra, bem diferente, é o cara roubar minha namorada antes mesmo de eu sair da ilha. Os pensamentos na Manu, nos papos que ela teve com o Arnold, a Ursulla, minha partida, invadiram meu cérebro por alguns minutos.

Decidi abandoná-los antes de deixar que me derrubassem.

Afinal de contas, eu estava para entrar no avião em outra, com outra.

De cara pensei que seria bom viajar com Gisele, mas esse papo de usar homem... não sei.

Mas não era hora de ficar cheio de dedos com a situação. Se ela quisesse curtir uma bela transa a 33.000 pés de altitude não era eu que ia me negar a ajudá-la a realizar esse sonho.

Embarcamos na hora marcada. Sentamos juntos e aguardamos a chegada da pessoa que ficaria entre nós.

O avião já estava quase cheio e nada.

Cheguei a pensar que ninguém atrapalharia nosso plano de uso mútuo.

Mas eis que, no final do embarque, apareceu um senhor. Ele parecia ser mais velho que meu pai e chegou com jeitão apressado de quem havia corrido para não perder o voo. O sujeito rapidamente enfiou a mala de mão no compartimento de bagagem acima dos assentos, largou-se na poltrona e bufou de alívio.

Gisele, cheia de charme, virou-se para ele e disse apontando para mim:

— Boa noite. Somos dois amigos e gostaríamos de viajar um ao lado do outro. O senhor se incomodaria em trocar de assento com um de nós? Pode escolher a janela ou o corredor.

Feito. Ele escolheu onde já estava, o corredor. Alegou que seria mais fácil caso quisesse ir ao toalete.

Gisele ajeitou o corpaço junto da janela e antes mesmo de fecharem as portas do avião, ela enganchou a perna na minha. Olhei para ela em sinal de aprovação.

— Adoro agressividade, iniciativa... – sussurrei em seu ouvido.

— Você não viu nada. Vai gostar de muito mais – ela sussurrou de volta.

Nosso vizinho pediu um copo de água, travesseiro, cobertor e engoliu um comprimido, disse que era para dormir, e que se necessitássemos ir ao banheiro poderíamos passar por cima dele. Pegamos carona no pedido dele e recebemos dois cobertores. Ele já roncava quando o avião decolou.

Eu estava no maior tesão por Gisele. Afinal de contas, eu havia sido o escolhido para realizar a grande fantasia sexual dela, em pleno ar.

Dezesseis

Passava da meia noite. As comissárias encerraram o serviço de bordo e as luzes se apagaram. Dava para ver algumas poucas luzes de leitura individuais em um ponto ou outro do avião.

Gisele olhou bem nos meus olhos e me beijou, para o sabor adocicado do chocolate e o frescor da menta que envolvia sua língua exploradora se espalharem em minha boca. Ela descolou os lábios inchados dos meus e disse:

— *Show time*, paixão.

Abaixamos os encostos das poltronas. Gisele cobriu o que era indispensável dos nossos corpos com as mantas. Por causa do frio, muitos passageiros fizeram o mesmo. Nossas necessidades eram outras. Passei a mão pela nuca dela, virei seu rosto para mim e trouxe sua boca na direção da minha.

— Nossa... – ela sussurrou no meu ouvido. — Com essa agressividade, vou me apaixonar.

Eu não tinha razões para esconder meu tesão. Fiz carícias no rosto dela e circundei com o dedo, como um hábil pintor, as sobrancelhas e o nariz. Fechei seus olhos e beijei os dois. Acariciei seu rosto com o meu e pressionei seus lábios contra os meus. Ela gostou de ser explorada, descoberta, revelada, nos mínimos detalhes.

Buscou minha boca com voracidade. O estalo do beijo ecoou no silêncio do avião. Levantei os olhos sobre o topo do assento e examinei se o barulho havia acordado algum passageiro de sono leve. Nada. O beijos deliciosos foram incontáveis.

Enquanto minha mente fervilhava com as possibilidades do que poderia acontecer, Gisele esticou o braço por debaixo da manta e com a mão firme agarrou o meu pau ainda sob o tecido da calça. Ela interrompeu o beijo e disse:

— Maravilhoso. Proporcional ao tamanho do pé. Fique feliz, gato. Maior que o seu, só conheci em filme pornô. E já está duro assim?

— Faz tempo. — Por baixo da manta, fiz a minha parte e esfreguei as mãos nos seios de Gisele, os bicos durinhos. — Pelo visto, não é só ele que está excitado.

— Puro tesão.

— Você se excita muito nos seios? – perguntei me lembrando dos orgasmos que Manu tinha nos seios. Pensar nela em nada atrapalhou o que eu fazia. Pelo contrário, turbinou meus sentidos.

— Quando a pegada é firme, eles me esquentam muito. Meu corpo todo é uma máquina de dar e sentir prazer.

— Quero ligar essa máquina todinha.

Pouco preocupada com preliminares, ela me apressou.

— Martin, você topa fazer mais e falar menos? Não quero chamar a atenção dos outros passageiros. Já chega o barulho que vamos fazer e as gemidas que não sei se vou conseguir evitar. Ajude-me a tirar essa maravilha pra fora da calça.

Com carinho e vontade, Gisele baixou o zíper enquanto soltei a fivela do cinto. Apesar da relativa escuridão, eu via que os olhos dela brilhavam de expectativa e desejo. Completamente alheia ao ambiente à nossa volta, ela enfiou a cabeça debaixo da manta...

Gisele sugou e chupou e lambeu com uma vontade que nunca vi igual. Sua cabeça subia e descia como um vulto fantasmagórico debaixo da manta. Manu não fazia tão gostoso como ela. Sorri ao pensar que não podia dizer que chegaria aos céus porque já estava lá, a 33.000 pés de altitude.

Vez por outra eu estudava à minha volta para ver se encontrava olhares inquisitivos sobre nós. Nada. Em dado momento, ela interrompeu o que estava me deixando maluco, descobriu a cabeça e perguntou:

— Tem camisinha aqui com você?

— Não, por quê?

— Você sabe, gato. Transar sem camisinha é muito arriscado. Tenho algumas na minha bolsa. Dê um jeito de pegar.

Guardei tudo de forma improvisada na calça e fechei apenas o botão de cima, passei por cima do dorminhoco e peguei a bolsa salvadora da Gisele no compartimento acima das poltronas. Aproveitei a oportunidade para observar os passageiros que dormiam, de um lado e de outro. Tudo quieto. Àquela altura, até mesmo as comissárias de voo estavam na terra dos sonhos.

Voltei para minha poltrona, abri o botão e o zíper da calça dela, que me ajudou a baixá-la junto com a calcinha. Sua pele estava quente e lisa. Gisele tremeu e se arrepiou. Notei que ela havia se depilado antes de viajar. Estava pronta para mim. O tesão era tamanho que ela segurou minha mão e a deslizou sobre seu grelinho.

— Seu toque é delicioso – ela cochichou no meu ouvido. — Pensei nisso quando demos o primeiro abraço na fila do *check-in*.

— Confesso que naquela fila eu ainda não tinha pensado nas delícias que esta viagem nos reservava.

— Tolinho. Naquele momento eu já desejei te usar.

— Use e abuse, Gi. Estou à sua disposição. Pode judiar de mim – eu disse sem poder ver direito a reação da resposta no rosto dela.

— Estou com medo, Martin.

— Fique tranquila, Gi. Vamos com calma.

— Calma!? Meu medo é não conseguir gozar sem gemer.

— Beije minha boca quando for gozar. Vou engolir seu gemido.

Entre o desejo irrefreável, o perigo e o calor daquele corpo sedento, ela sorriu de um jeito nervoso, largou o corpo sobre o meu enquanto me beijava e emitiu um gemido abafado de prazer.

Engoli aquele e muitos outros.

Perdi a conta de quantas vezes ela gozou.

Em dado momento, Gisele, ofegante, porém contida, largou-se de volta em sua poltrona.

— Esse foi o melhor toque que já recebi na minha vida. Ainda vou te surpreender muito, sabia?

Eu tinha certeza daquilo e fiquei quieto.

Na cabine, o único som que se ouvia era o das turbinas do avião.

Levantei a cabeça e olhei ao redor. Até onde minha vista alcançava e eu não via ninguém acordado. O avião era nosso.

Olhei para ela e vi uma sede de sexo... muito sexo.

— Você é muito linda, Gi.

Eu estava com dificuldade de encontrar o elogio certo para ela. A verdade é que ela merecia todos.

— E você é um gato delicioso. Sei que é capaz de realizar todas as minhas fantasias e vontades aqui, agora!

Como que por passe de mágica, a frase fez meu pau se estimular. Vendo o movimento nítido da manta se elevando, Gisele abriu a boca de espanto e me olhou fundo nos olhos. Entendi o que ela desejava sem que precisasse pronunciar uma única palavra.

A safadinha se esgueirou para debaixo da manta mais uma vez e foi terminar o que havia começado e que o próprio tesão contido a havia impedido de fazer.

Para que ela pudesse respirar, segurei as pontas da manta no ar como uma pequena e privada cabana.

Terminada a tarefa, ela saiu da cabana, deitou a cabeça no meu peito e, minutos depois, cochichou em meu ouvido:

— Ele voltou a ficar duro! Gozou na minha boca e já está com vontades? Que delícia! Acho que ele sabe que ela o deseja. Você põe a camisinha ou quer que eu a coloque?

Pensei comigo mesmo que o que mais desejava na vida era "ser usado" por mulheres gostosas e insaciáveis como ela. Meus amigos não acreditariam quando eu contasse tudo o que aconteceu, e como aconteceu. Na certa achariam que era excesso de imaginação de um escritor de ficção.

Abri o envelope evitando barulho. Ela se livrou de uma vez da calça jeans e argumentou:

— Sem tirar tudo não dá para curtir como eu quero. Me come de ladinho? É a posição que mais gosto.

Que bom que ela gostava, pois ali, naquele lugar espremido, eu não conseguia imaginar outra possibilidade.

A penetração foi deliciosa. Nem o rangido da poltrona, muito menos a preocupação com o passageiro da poltrona ao lado atrapalharam nosso tesão.

A certa altura, vendo-me limitado pela posição apertada, Gisele passou a controlar a velocidade dos movimentos e a penetração, até que me puxou com a mão e forçou a entrada de tudo, bem fundo. Apesar de tampar rapidamente a boca com a mão, Gisele gemeu como temia. Olhei por cima das poltronas e a tranquilizei... Ninguém ouviu. Ela se mexeu mais um pouco e relaxou. Eu a abracei e continuei duro e firme dentro dela.

— Delícia, Martin. Sei que gozei rápido demais, mas foi muito gostoso. Prometa que vou ter muito mais dessas nesta noite.

E gozamos mesmo. Muito mais.

Desmaiamos por pouco mais de uma hora. Acordei com ela acariciando meu rosto com a calcinha.

— Você vai ganhar um presente, Martin – ela disse sorrindo.

— Qual?

— Esta calcinha, pra você guardar de recordação da viagem.

Ela parou de acariciar meu rosto e manteve a calcinha pendente bem diante dos meus olhos. Num bote a mordi e a arranquei com a boca de sua mão.

— Nunca mais vou esquecer essa viagem e muito menos de você.

Ela pousou a cabeça no meu ombro e avançou a boca no pescoço. De imediato veio a imagem do chupão que Manu tinha dado naquele ponto. Lembrei o juramento que havia feito e a afastei de mim.

— Por que não posso tocar em seu pescoço, Martin? – ela perguntou, surpresa.

— Não gosto de ser tocado nesse lugar. O resto do corpo é todo seu.

Gisele não se intimidou. Suas mãos não paravam. Os carinhos se intensificavam.

— Hum... seu pau é delicioso e você sabe usá-lo muito bem. A maioria dos garotos na sua idade goza só ao encostar em uma mulher. Não se preocupa ou não sabe dar prazer. Comecei a achar uma pena ficarmos em cidades tão distantes no Canadá.

Por cima da calça ela brincava com meu pau.

— Lembra que eu disse que queria transar no banheiro do avião?

Naquele momento todas as luzes da cabine começaram a se acender e rapidamente uma pequena aglomeração se formou nas portas dos banheiros. Vesti a calça num instante. Gisele também. Ela fez gestos de resignação e disse:

— Se você acreditou que estava te dando a calcinha de presente, saiba que não tenho nenhuma de reserva por aqui.

— Azar o seu. Vai fazer o resto da viagem sem ela.

Gisele riu. Nos beijamos. A comissária logo nos interrompeu com o café da manhã.

Após nove horas de voo, chegamos ao aeroporto de Toronto. Eram cinco e meia da manhã, hora local. Pelas minhas contas, dormimos menos de duas horas.

O avião estava em terra firme. Minha cabeça ainda no ar.

Amanhecia em Toronto.

Meu primeiro voo internacional terminava com muito sexo e poucas horas de sono. Uma sensação estranha tomou conta de mim. Era o futuro começando.

Durante o tempo em que ficamos em pé no corredor do avião esperando a abertura das portas, Gisele ficou se roçando em mim. Os passageiros que conseguiram sair de suas poltronas, se acotovelavam em uma fila de impacientes. A diminuição do espaço entre os apressados fazia a fila andar apenas alguns centímetros. Ninguém iria a lugar algum. A porta da aeronave ainda estava fechada. Mesmo com todo o aperto, e simulando que alguma coisa havia caído no chão, Gisele se abaixou e encostou a bunda em mim com mais força, na altura certa. Quando levantou, virou-se para mim e sussurrou em meu ouvido:

— Abra o zíper da calça. Já estou com saudade dele.

— Não me desafie. Você já percebeu que gosto de correr riscos, né? Vem!

Ela enfiou a mão e fez o que o espaço e o ambiente permitiram. Virou-se novamente.

— Vou abaixar e te chupar. Coloque seu casaco sobre a minha cabeça e ninguém vai ver nada.

— Gi, não faça propostas que eu não possa recusar.

Naquele momento a porta do avião se abriu e as pessoas começaram a sair.

Gisele tirou a mão e fechou o zíper da minha calça.

Demorou até chegarmos à área de controle de entrada de estrangeiros. Gisele, com seu inglês pior que o meu, colou em mim no guichê da imigração tanto que, quando entreguei o passaporte para o oficial, ela fez o mesmo. Se eu sorria, ela sorria. A verdade era que eu estava com dificuldade de entender o que o agente dizia, mas tentei seguir a lógica e ler a expressão facial do sujeito.

Ele então passou a folhear os passaportes de trás pra frente, de frente pra trás. Fiquei perdido nas caras e bocas, sem falar no monte de coisas indecifráveis que ele dizia. Ao ver que eu não o estava entendo, o sujeito foi ficando mais e mais impaciente. Gi, por sua vez, virou-se para mim e perguntou, espantada:

— Ele falou que estou com cara de copo, Martin?

— Espere que vou resolver, Gi.

— Não, não. Viajamos quase dez horas, porra. Tá certo que não me maquiei, e que você me amassou toda, devo estar diferente da foto do passaporte, mas que direito ele tem de dizer isso?

— O cara parece que tem um ovo quente na boca, não entendo o que ele fala.

— Porra, Martin. Entendi bem que ele apontou para mim e disse *you look like* a copo.

— Calma, Gi — eu disse contendo o riso. — Ele deve ter dito *couple*, ou seja, casal. Está perguntado se somos um casal!

O oficial demonstrava pouca paciência com a nossa falta de compreensão com o que ele dizia. Eu não entendia as perguntas dele, e pelas caras que fazia com certeza ele também não entendia minhas respostas. Depois daquele breve entrevero, ele passou a não se dirigir mais a Gisele, apenas a mim, pois tinha percebido que a comunicação com ela era impossível. Não sei bem como fui capaz de dizer que ela era apenas minha amiga de intercâmbio, mas ele entendeu e nos liberou, mesmo sob um olhar desconfiado. Avançamos no corredor e seguimos até as esteiras de bagagens.

— Martin, se parte do pessoal está passando pela imigração, e o restante está aqui esperando as malas, por que você não vai ver se o banheiro dos homens está vazio?

Sorri e virei para ela.

— Isso está na sua lista de fantasias?

— Já transei em banheiro público. E você?

— Ainda não...

— Quer entrar na minha? — Ela me lançou uma piscada e sorriu.

— Quero sempre, aqui e em qualquer lugar. Espere aí, vou dar uma olhada no banheiro e já volto.

Gisele pegou um carrinho e foi para a esteira. Fui ao banheiro e, de imediato, espantei-me com o fato de ser limpíssimo e perfumado. Um odor quase afrodisíaco pairava no ar, mas notei que os vãos entre as divisórias e o chão eram muito grandes. Ninguém conseguiria passar despercebido ali.

Voltei para o saguão e expliquei o que tinha visto. Ela disse ansiosa, com as ideias rodopiando na mente:

— Acho que o negócio é eu subir na bacia e você me chupar. Depois é sua vez. Quem olhar de fora verá apenas duas pernas no chão

Comecei a imaginar a cena e a ficar bastante excitado.

Incrível! Aquela mulher tinha solução para tudo! Estudamos bem o entorno para ver se não havia policiais no local ou mesmo passageiros a caminho do banheiro. Nada.

— Vá na frente e entre na última baia, a que fica encostada à parede do fundo – eu disse.

Gisele sorrateiramente caminhou na direção dos banheiros. Uma vez que as portas do masculino e do feminino eram contíguas, ela foi até a do feminino e numa rápida virada entrou no masculino. Esperei alguns segundos e fui atrás.

Encontrei-a na baia que combinamos. Gisele já estava pronta, sem calça e sapatos, que foram apoiados sobre a bacia do vaso sanitário. Não foi preciso muito para levá-la às nuvens novamente. Refeita, ela se vestiu e calçou os meus sapatos de forma a confundir um passageiro mais astuto e eu subi no vaso. Com mais espaço disponível do que no banco do avião, ela me deu um prazer indescritível.

Vesti a calça e trocamos os sapatos. Saí na frente e analisei o território. Fui até a porta e olhei por tudo. O saguão estava praticamente vazio.

Após aquela louca e perigosa transa, ela se virou novamente para mim e falou:

— Lembra que te disse ainda no Brasil que eu usava os homens do jeito que eu queria?

— Como esquecer isso?
— Pois saiba que eu não descartaria você.
— Passei no teste?
— E com nota dez. Foi o melhor amante que tive até hoje.
— Você é maravilhosa, Gi.
— Quero muitas noites com você, paixão. Sem dormir. Estou adorando exercitar minha criatividade com você.
— Se não nos encontramos mais aqui no Canadá, trocaremos cartas no Brasil.
— Cartas, Martin? Você não vai me dar seu endereço de e-mail?
— Moro numa ilha, esqueceu? A internet ainda não chegou lá.
— Se vire, paixão. Se quiser me comer, dê um jeito de me achar.

O sorriso sacana que ela deu foi inesquecível. Eu queria mais dela, com ela, num lugar privado, só nosso.

As nossas eram as últimas malas a girarem solitárias na esteira. Pegamos a bagagem e caminhamos em direção ao desconhecido.

Uma pequena multidão se aglomerava na saída. Uma placa com o nome dela, outra com o meu. Fomos cada um para um lado. Mas não sem antes nos beijarmos.

— Adorei ter sido usado por você – confessei no seu ouvido. — Nunca esquecerei essa viagem.
— Só a viagem, Martin?

Partimos.

Dezessete

Minha família canadense me recebeu com carinho e um abraço aconchegante entre pai, mãe e irmão. Jamais imaginei isso vindo deles, pois sempre ouvi falar que os anglo-saxões eram frios e distantes.

Cada um carregava um sobretudo que, a caminho da saída do aeroporto, vestiram. Entendi pelos movimentos que sugeriam que eu vestisse o meu, que estava na mala. Apontei na tentativa de comunicar isso. Sorrimos. Ninguém entendia nada. E eles pareciam estar acostumados com aquele tipo de situação. Porém abri a mala, peguei o casaco e o vesti.

∫

Entrar no Canadá foi um momento único em minha vida.

O cheiro, a temperatura, a amplitude dos lugares, a organização, tudo fazia contraste com a vidinha que eu levava em Ilhabela. Senti como se houvesse pousado em outro planeta. Em menos de 24 horas deixei uma ilha ensolarada e preguiçosa, com aromas de árvores misturados ao ar salitrado, tranquila até demais para os jovens, e entrei num lugar moderno e pujante de vida e sofisticação. Meu coração acompanhou aquela velocidade sem hesitação. Percebi ali, ao sair do aeroporto, que nasci para uma vida acelerada e que o compasso morno e sossegado da Ilhabela não era para mim.

Fiquei contente por ter feito a inscrição no intercâmbio e ter enfrentado Deus e todo mundo para vir para cá.

Momentos depois, entramos na área coberta do estacionamento. Meu pai canadense nos aguardava no carro com o motor ligado. Reconheci o Lincoln Continental de cor ouro velho, pelas fotos que meu irmão havia enviado. Tinha quase o dobro do tamanho do WV Gol do meu pai brasileiro. Fizeram-me sentar no banco da frente enquanto Trevor e Karen, minha mãe canadense, sentaram-se no banco de trás. Ao abrir a porta, fui envolvido por uma lufada de ar quente. Bill, o pai, ao volante, vestia apenas uma camisa social. Tiramos os casacos. Consegui falar que no Brasil a temperatura do dia anterior tinha sido de 34 graus. Eles riram.

Em poucos minutos estávamos numa estrada que mais parecia um lindo jardim. Apesar do frio, a maior parte do verde ainda resistia, contrastando com a neve que se espalhava como creme de leite.

Apanhei muito na viagem. O inglês que eles falavam era incompreensível para mim. Todos queriam informações sobre Brasil e Ilhabela. Tive uma enorme dificuldade para me expressar, mas não me intimidei. Entendi que meu irmão Trevor assumiu o compromisso de me ajudar no aprendizado do idioma.

Durante a viagem, fui me deliciando com as paisagens nevadas. O dia estava amanhecendo e o trânsito de automóveis e caminhões era intenso. O sol, mesmo fraco, ajudava a derreter os parcos flocos de neve que caíam como plumas no chão. Após quase uma hora de viagem, paramos num posto de serviços à beira da estrada. Minha família tinha acordado muito cedo para me buscar em Toronto e não haviam tomado café da manhã. Vestimos os casacos dentro do carro e fizemos correndo o caminho até a lanchonete.

Depois de uma passada providencial pelo banheiro, cada um começou a fazer o pedido do que queria à garçonete. Lembrei do que comi no avião com Gisele, talvez mais de Gisele do que da comida em si. Imaginei como seria divertido se ela estivesse ali comigo escolhendo ao meu lado a comida no cardápio. Com certeza comeríamos algo bem diferente do que pensávamos ter pedido pelo cardápio. Eu só consegui identificar as palavras *coffee, orange juice, hamburguer* e *coke*. Nada mais fazia sentido para mim.

Trevor falou muito comigo, e depois de algum tempo sem resposta, colocou na minha mão um copo de isopor com leite quente e chocolate e um hambúrguer com bacon. Uma delícia.

De volta ao carro, apontei contente para a placa da estrada onde estava escrito o nome da cidade onde eu ia morar, Waterloo. Eles riram da minha pronúncia, mas elogiaram minha evolução. Semanas depois entendi a explicação de que Waterloo era uma cidade de tamanho médio, que se tornava grande por ser gêmea de Kitchener, a cidade vizinha.

De novo, e desta vez já na entrada da cidade, vi uma grande placa de boas-vindas. Passamos por ruas largas, arborizadas, muito limpas e decoradas por casas grandes, bonitas e muito bem conservadas. Fiquei atônito por não ver muros para separá-las. Os jardins dos moradores se uniam para o verde pálido respingado de flocos de neve.

Meu pai parou o carro numa esquina e chamou minha atenção para a placa com o nome da rua: Oliver Road. Aquele seria meu endereço por quase um ano. Duas quadras depois, estávamos em frente à casa que me parecia a maior e mais bonita da rua. Era um sobrado circundado por um imenso terreno. Meu pai subiu a rampa e desligou o carro diante da porta da garagem. Tirei minha bagagem do porta-malas e segui às pressas minha família até a porta. O negócio era fugir do frio.

Ao entrar na casa, todos tiraram os sapatos. Fiz o mesmo. Aprendi que era o costume daquela casa, e talvez em todo o Canadá, as pessoas nunca entravam em casa com o sapato usado na rua. Um termômetro na parede registrava 22 graus. Era temperatura de inverno em Ilhabela mas, comparado ao frio do lado de fora, parecia que havíamos entrado em uma sauna.

Trevor e Bill carregaram minhas malas até meu quarto e me mostraram as instalações. Havia uma escrivaninha, computador e uma TV, só pra mim. E no banheiro enorme, disfarçado por uma porta que mais parecia uma continuidade da parede, uma banheira! Grande e minha.

Larguei a mala no quarto e desci para cozinha. Bill olhou para mim, gesticulou para o equipamento ao redor, apontou para a geladeira e para o fogão, falou por alguns minutos e riu. Não entendi bulhufas. Todos se despediram ao mesmo tempo e me deixaram sozinho na casa.

Olhei o relógio. Passava das nove horas.

Subi para o quarto e sonhei com um banho quente e delicioso. Desejei que Gisele estivesse ali comigo. Adoraria ver seu corpo lindo, inteiro nu, e com espaço para se movimentar como quisesse. Fui forçado a largar meus devaneios, pois tive que me concentrar em como operar o misturador de água do chuveiro. Tentei todas as posições e nada de água quente. Incapaz de lidar com a geringonça, tomei banho de gato, com água quase gelada.

Voltei trêmulo de frio para o quarto e tirei da mala apenas um conjunto de calça e blusa de moletom. Vesti e deitei na cama.

Apaguei.

Acordei com a sensação de não saber onde estava. Estudei o ambiente à minha volta. Tudo começou a voltar para mim: avião, Gisele, Toronto, Oliver Road. Olhei o relógio. Era meio da tarde. Eu estava com fome, uma fome de leão. Desci. Não havia ninguém na casa. Fiquei com vergonha de abrir a geladeira. Resolvi esperar. O estômago às pontadas.

Cerca de duas horas depois chegou minha mãe canadense.

— *Hello my dear, Martin. How was your day?*

Entendi a pergunta e respondi que foi *good*. Boiei completamente nos demais minutos do papo. Creio que rapidamente ela percebeu que eu não tinha comido nada e me ofereceu um sanduíche de *peanut butter* com geleia de morango e um suco de laranja. O sabor do sanduíche era estranho para mim. Tentei comê-lo com classe. Eu não queria desapontar minha nova mãe e muito menos demonstrar que o que ela tinha servido não era suficiente para matar minha fome.

Todos estavam na casa antes das seis da tarde. Já era noite do lado de fora.

Ao saberem que fiquei sem comer o dia todo, riram comigo. Bill se esforçou para explicar que nunca almoçavam em casa, e que eu tinha liberdade total para pegar o que quisesse, na geladeira ou no freezer, e esquentar no micro-ondas. Concordei com tudo, mesmo sem saber o que escolher no freezer e muito menos em como ligar o micro-ondas.

Trevor me deu um telefone celular de presente. Era um Motorola, pequeno e lindo. Entendi que poderíamos nos comunicar sem custo no Canadá. Já para o Brasil, cada ligação custaria uma fortuna. Ele demonstrou o funcionamento do aparelho fazendo uma ligação para seu próprio telefone. Ficou fácil mas, se eu não conseguia compreender o que eles diziam mesmo quando falavam devagar, olhando para mim e gesticulando, imaginei que no celular eu entenderia menos ainda, talvez nada além do *hello*.

Após o jantar, com muito esforço, Trevor e eu ficamos conversando por horas no meu quarto enquanto ele me ensinava a ligar o computador e acessar a internet. Meus amigos da Ilhabela ficariam orgulhosos de mim, ou morreriam de inveja se soubessem o banho de tecnologia que eu estava tomando.

Nos despedimos, no que Trevor lembrou que no dia seguinte eu começaria meu curso de aperfeiçoamento de inglês. Achei estranho, pois na certa haviam me matriculado no curso errado. Como eu não sabia praticamente nada de inglês, não havia o que ser aperfeiçoado. Eu tinha é de começar do zero. Mas era hora de dormir, e o curso um problema para resolver na escola, pela manhã.

Antes de Trevor ir para seu quarto, pedi que ele me ensinasse a lidar com o chuveiro. Ele riu e me explicou, com muita atenção e sem zombaria, em como usar os misturadores da pia e do chuveiro.

Meu primeiro banho quente foi muito gostoso.

Escrevi minha primeira carta para a Manu antes de cair no sono. Contei sobre os micos, vexames e sobre tudo que me impressionou ao pisar no Canadá. Contei até que passei fome por não ter entendido as recomendações dos meus novos pais.

Sobre a viagem, limitei-me a dizer que foi muito boa. Sem mais detalhes. Confirmei o meu endereço e pedi que me escrevesse.

Curti muito a Gisele, mas eu estava mesmo era com saudades da Manu.

$$\int$$

Passava das sete horas quando acordei sendo chacoalhado por Trevor. Ele gesticulou com a mão fechada no ar de que havia batido muito na porta. Depois tocou os dedos no relógio, uma linguagem universal de que eu precisava me apressar.

Revirei as roupas na mala à procura das roupas de frio. Vesti-me num instante e desci.

Enquanto tomávamos café da manhã, Trevor saiu da mesa e voltou com um casaco grande e pesado e uma bota com forro por dentro. Ele sabia que minha roupa não era suficiente para temperaturas tão baixas como as daquela manhã. Provei a bota e meu calcanhar ficou de fora. Ficamos decepcionados e acho que Trevor quis dizer, "problema seu, quem mandou ter pés grandes".

Saímos todos juntos de casa. Meu irmão deu a entender que me levaria para a escola de inglês no carro dele.

Em menos de quinze minutos estávamos conversando com a professora que avaliaria meus conhecimentos da língua. Ela nos informou que eu deveria começar como principiante. Trevor argumentou com a professora que em trinta dias eu seria submetido ao exame no *College* e que, se não passasse, a escola canadense não aceitaria minha matrícula. Disse a ela que eu tinha ido para o Canadá apenas para fazer o último ano do ensino médio. Enfim, era tudo ou nada. Completei, como pude, que esse era meu maior objetivo. Por vários minutos, fiquei sem entender o que ela falava. Pela expressão tensa de ambos, percebi que a coisa não estava fácil. Depois de muita conversa veio a conclusão de que eu teria de frequentar o curso regular pela manhã e ter aula particular à tarde, pelo menos durante o primeiro mês. Encarei o desafio de frente.

Trevor foi embora. Fiquei para minha primeira aula.

Em noites alternadas, eu escrevia para Manu e para os amigos sobre a vida e os desafios no Canadá.

Cartas do Brasil não chegavam.

Os dias foram se sucedendo numa rotina pesada de estudos e mais estudos. Nos poucos horários de folga, eu frequentava um curso de informática que Trevor recomendou que eu me inscrevesse. Ele me orientava sobre programação de internet. Era um gênio nessa área. Àquela altura, ele já havia criado e colocado no ar um site de busca. Eu nem sabia o que significava aquele tipo de site, mas ele estava ganhando um bom dinheiro com aquilo.

O estudo e o envolvimento vinte e quatro horas por dia com a língua me deram mais confiança para o exame. Ainda assim, foi muito mais difícil do que eu imaginava. Capricharam nas questões sobre tópicos que eu não havia estudado e nada do que eu sabia foi perguntado. Três dias depois, Trevor me acompanhou até a escola para sabermos o resultado.

Reprovado. Matrícula negada.

A escola informaria o resultado às autoridades de ensino. Eu não poderia frequentar as aulas e sem isso não poderia permanecer no Canadá.

Minha mãe chorou ao receber a notícia. Trevor, que era filho único como eu, disse que pela primeira vez estava curtindo a vida com um irmão, e que sentiria muito minha falta.

Quando meu pai, Bill, chegou à casa, a primeira coisa que quis saber foi quem era o defunto.

O intercâmbio.

Trevor explicou a *causa mortis*.

Depois de ouvir com atenção e de pensar por alguns instantes, Bill reagiu. Levantou-se e foi para o escritório. Trevor e eu fomos atrás.

Ele falou ao telefone, gesticulou, sorriu e fechou a cara numa carranca. Eu, para variar, entendia bulhufas.

Desligou o telefone e voltou para a cozinha. O sorriso já me tranquilizou. E então vieram algumas perguntas que decifrei e respondi com acenos afirmativos e sorrisos animados.

Comemoramos com champagne a produtiva conversa telefônica.

Eu teria uma nova chance.

Por fazer parte do conselho diretor da escola, Bill pediu que o exame fosse repetido um dia antes do encerramento da matrícula. Fazia sentido. Dependeria somente de mim não decepcionar a família novamente. Eu precisava passar. Precisava ficar no Canadá.

Tirando as noites dos dois sábados, em que fui para as baladas com o Trevor, passei as duas semanas mergulhado nos estudos. A família toda me ajudou, cada um na sua hora de folga.

No dia do exame, Bill e Trevor me acompanharam até a escola e esperaram por mim. Poucos minutos depois de eu terminar a prova, a professora a corrigiu e foi falar com Bill. Ele apertou a mão dela, sorriu e me chamou para irmos embora.

Caminhamos pelo corredor, calados.

Do lado de fora ele me parou, olhou-me nos olhos e estendeu a mão, dizendo:

— *Congratulations! That's my son* — Ele riu e me abraçou.

Trevor deu um salto e soltou um *yes* que atraiu a atenção de algumas pessoas que passavam.

Fiquei muito aliviado.

Bill sacou o telefone celular do bolso, ligou para Karen e a colocou no viva-voz. Todos ouvimos os gritinhos dela e o *That's my son*! Ela então prometeu colocar outra garrafa de *champagne* na geladeira para brindarmos a vitória e desligou.

Eu estava muito feliz com a conquista e com o incentivo da família. Não ter decepcionado os três foi um alívio enorme para mim, ao mesmo tempo uma grande responsabilidade. A família e os professores ficariam na minha cola.

Eu precisava manter a postura de um vencedor.

Por algumas semanas, meu tempo ficou divido entre a escola, o curso de inglês e o curso de programação de internet. Eu já fazia pequenos programas, orientado por Trevor ou por Robert, seu melhor programador, que foi escalado como meu tutor. Trevor passou a usar meus programas e a elogiar minhas sugestões. Convidou-me então, formalmente, para trabalhar com ele. Disse que não me pagaria salário, mas que iria pensar em uma forma de me premiar. Argumentei que eu é que deveria pagar pelo que estava aprendendo, e que não queria que falasse em salário comigo.

A partir daquele dia, assumi o compromisso de dedicar à empresa o máximo de horas disponíveis que eu pudesse.

Naquela quarta-feira, justo quando eu precisava começar a construção de um software que Trevor solicitou com urgência, a última aula demorou mais que de costume. O que o diretor disse que seria uma mini-palestra sobre os problemas do uso do álcool pelos jovens, transformou-se numa explanação sem fim. Eu, que não tinha o vício de roer unhas, estava acabando com elas. O relógio avançava rápido e o homem não parava de falar.

Quando ele saiu da sala, acompanhado pelo professor, uma das minhas amigas fechou a porta, pediu silêncio, e seriamente solicitou a todos um juramento:

— Vamos jurar que nunca beberemos álcool. — Após todos olharem com cara de espanto ela completou: — No máximo beberemos cerveja, vinho, *vodka*... — A bagunça foi tão grande que ela não chegou a terminar de falar sobre as bebidas "permitidas". A piada era conhecida, mas foi oportuna. Saí correndo, sem curtir as demais interpretações da palestra.

∫

Passei rapidamente pela lanchonete Burger King, que ainda não existia no Brasil. Engoli um sanduíche e corri para a empresa do Trevor. Cheguei esbaforido e cumprimentei de longe as pessoas por quem passei até chegar à mesa do meu tutor.

— Olá Robert, desculpe-me por chegar meio atrasado. O diretor da escola segurou a nossa turma para passar um sermão sobre o uso do álcool.

Nem bem eu havia terminado de dar a justificativa ele me cortou:

— Isso é problema seu. Estou terminando a sequência de um programa e não posso ser interrompido agora.

A reação de Robert não me surpreendeu, mas perdi o rumo. Quando ele estava de bom humor, a coisa fluía bem e eu aprendia muito. Na maioria das vezes não era isso que acontecia. Aquele parecia ser um de seus piores dias.

Eu queria saber o que fazer enquanto ele lidava com aquela sequência, mas percebi que ele não tinha o menor interesse em me ensinar. A coisa ficou clara quando ele me mandou passear na quadra e encontrar uma garota para foder a tarde inteira. Fiquei até com receio de insistir para ele me orientar na conclusão do trabalho que eu precisava entregar para Trevor.

O pouco domínio da língua inglesa me impediu de dialogar fluentemente com ele. Os argumentos giravam em português na minha mente, mas não encontravam eco no inglês. Tive vontade de dizer que eu não estava ali para brincar e que exigia respeito. Decidi ficar calado. Saí sem olhar para ele e fui direto para a mesa de Lisa, uma das programadoras da empresa. Perguntei se ela tinha tempo de ser minha tutora e de me ensinar o que achasse importante. Supliquei por ajuda imediata para terminar um programa. Ela olhou para mim, deu um sorriso, tirou a bolsa da cadeira a seu lado e, com um movimento de olhos, me convidou para sentar.

— Com muito prazer — ela respondeu num inglês perfeito. Baixou o tom de voz e perguntou, na cara dura: — Quer tutoria só em informática ou podemos incluir sexo também?

Fiquei desnorteado com a pergunta, tão direta e objetiva. Na hora me lembrei das fantasias de Gisele, que queria fazer de tudo no avião, e da Manu pronta para experimentar todas as posições do Kama Sutra. Descobri que eu estava diante de mais uma mulher bonita e ligadona em sexo. Nada mais me surpreende nesse mundo, pensei, e perguntei num inglês razoável:

— Isso é uma proposta?

— Uma piada – ela respondeu. — Sem dúvida, eu bem gostaria de te dar lições de sexo. Quantos anos você tem, garoto?

O garoto soou como um desafio que decidi encarar.

— Sou novo. Ainda tenho muito o que aprender sobre informática e sexo, mas tenho idade suficiente para satisfazer uma mulher como você.

Lisa levantou as sobrancelhas e tirou os óculos de aro de tartaruga do rosto. Algumas poucas rugas em torno dos olhos ficaram mais evidentes, o que não diminuiu em nada a atração que passei a sentir por ela. Lisa olhou em volta, avançou na minha direção e disse de modo conspiratório:

— Não sou fácil, garoto. Preciso mais do que um pau duro. Mas se você me garantir que o seu é grande e duro, já é meio caminho andado.

Larguei o corpo na cadeira. Ainda não havia me acostumado a tanta naturalidade e objetividade. O tema me interessava demais. Num segundo, fiz as contas de quando foi a última vez que transei. Quase três meses, concluí. E com Gisele, no avião. Ponderei a alternativa e fiquei um pouco nervoso porque eu não podia relegar o assunto profissional para segundo plano.

— Posso pedir ao Trevor para você ser minha tutora em vez do Robert?

Lisa olhou sorrindo para mim e afastou os cabelos que estavam cobrindo quase metade do rosto.

— Pode, garoto. Tenho certeza que ele vai entender sua intenção — Ela riu meio de lado. — Trevor sabe que sou devoradora de homens.

— Mas você está noiva! – rebati.

Ela abriu um sorriso e disse:

— Você andou fazendo pesquisa a meu respeito? Legal! — Lisa ajeitou-se na cadeira e a girou sobre as rodinhas para perto de mim. — Sou noiva, e daí? Meu noivo viaja pelo mundo e passa menos de uma semana por mês em Waterloo. Você acha que isso é suficiente para me satisfazer? — Ela apontou para seu próprio corpo e arrematou: — Uma semana a cada três?

Sem me esquivar das provocações, comentei sorrindo:

— Ouvi falar em casamento aberto, mas noivado...!

— Garoto, tenho a mente focada no meu noivo e as pernas abertas para os outros.

Precisei me controlar e fingir que achava aquilo normal. Aprendi sozinho a ouvir sacanagem da boca de mulheres bonitas sem demonstrar espanto, mas a alternativa que Lisa apresentava era nova para mim, para não dizer revolucionária. Eu precisava de tempo para digerir as informações que recebia. Acho que mesmo Freud teria dificuldades em explicar o comportamento das mulheres que começaram a fazer parte daquela fase da minha vida.

Pensamentos passaram a ser disparados de um lado a outro da mente numa fração de segundos. E se Manu fosse como Lisa? E se ela começou a namorar o Arnold por que não aguentou ficar sem pau? Eu seria para o noivo da Lisa o que o Arnold foi para mim? Será que Manu continuava com a mente focada em mim e agora abria as pernas para o Arnold? Eu queria comer Lisa, mas não com Manu em mente. Ou pior, ter a Manu em mente para me vingar de Arnold. Eu não queria aquela situação me assombrando para o resto da vida. Resolvi deixar aquela doideira de lado e me concentrar na mulher desejosa à minha frente.

— Daqui pra frente nosso relacionamento será três versus uma? – ponderei.

Lisa cruzou os braços diante do peito e rebateu:

— Você quer me monopolizar por três semanas? Tem certeza de que daria conta do recado?

Demorei um tempo para processar em português o que ela perguntou em inglês e respondi:

— Não sei se entendi bem o que você perguntou, mas sei que descobri a tutora ideal.

— Por que acha isso, garoto?

— Porque com você vou aprender informática, inglês e as boas coisas do sexo.

— Você gosta das coisas nessa ordem, garoto? Acho que não vai rolar.

— Por quê?

— Porque pra você sexo ficou em último lugar. Isso é o inverso das minhas prioridades.

A sacana abriu uma risada, descruzou os braços e me acariciou no rosto, como que para experimentar o efeito da pele dela com a minha. Não resisti. Deixei-a analisar o material, confiante de que ela gostaria do breve *test-drive*. Seus olhos reviraram assim que ela recolheu a mão e ronronou:

— Hummm!

Ao terminar a inspeção, aprumei o corpo na cadeira e disse:

— Vou pedir ao Trevor para que você seja minha tutora. Se rolar alguma coisa mais além da informática... melhor ainda.

— Está se fazendo de difícil, garoto?

— Nada disso. Apenas me certificando de que vou ter a tutoria que mereço.

Lisa se sentiu desafiada. Era isso que eu queria. Ela grudou os olhos nos meus, e alheia ao ambiente à nossa volta, passou as costas da mão no meu pau.

Não é que a safada estava falando sério!

Antes de deixar que uma ereção surgisse, o que me obrigaria a permanecer ali até que recuasse, resolvi pensar em qualquer outra coisa e me levantei com a desculpa de que iria pegar um café.

Passei na copa, bebi um copo de água e fui para a sala do Trevor.

Com um sorriso estampado no rosto, como se tivesse previsto minha intenção, ele aprovou a mudança, mas recomendou cuidado porque, segundo boatos, Lisa, além de ser uma excelente profissional, era um furacão na cama.

Gostei do que ele disse, pois na frase havia um alerta para que eu não misturasse sexo com trabalho. Na verdade, sem que ele soubesse, criei mentalmente o meu banco de horas. Ainda que o desejo sexual estivesse explodindo na minha mente e no meu corpo, decidi que eu não tiraria o foco das atribuições que me foram confiadas na empresa. Eu estava plenamente consciente do esforço que o pai dele empreendeu para me manter no Canadá e não queria, de maneira alguma, jogar isso para o alto por causa de uma noiva carente. Resolvi ali mesmo que todas as interrupções no expediente, em nome do prazer sexual, seriam compensadas em horas ou com a realização plena dos objetivos e prazos previamente definidos.

Nos minutos que se seguiram, algumas hipóteses me intrigaram. Será que Trevor ficaria puto com aquilo? Será que ele estaria se sentindo traído por mim?

Uma vez que havíamos nos tornado bons amigos, para não dizer irmãos de verdade, achei que o melhor a fazer era perguntar.

— Do que você sabe a respeito da Lisa que não comentou comigo?

Ele levantou da cadeira e deu a volta na mesa. Pôs a mão no meu ombro e sentou na cadeira de visitas, ao lado da que eu estava.

— Martin, Lisa não aguenta passar sem sexo. Tenho certeza de que ela vai querer te usar como pau amigo. Tem vezes que ela transa com outros mesmo com o noivo em Waterloo.

Aproximei-me do ouvido de Trevor e fiz a pergunta que não queria calar:

— Você também come ela, Trevor?

Ele fez que não com a cabeça embora tenha demonstrado, pela expressão nos olhos, uma curiosidade reprimida.

— O noivo é meu primo, um cara bem manso, aliás. Não quero encrenca na família. — Ele apoiou o cotovelo na mesa e sussurrou: — Todo mundo acha que ele sabe que ela não é um banquete para um homem só.

Trevor sorriu.

— E o cara aceita isso numa boa?

— Ele tem uma cabeça boa, é apaixonado por ela, e tem certeza de que Lisa também é apaixonada por ele. Eles têm um relacionamento aberto. A coisa funciona bem desse jeito. As variações de parceiros sexuais dela não pesam muito na conta dos dois. Tem gente que acredita que isso até dá uma apimentada no relacionamento.

— Você acredita?

— De jeito nenhum! Mas quem sou eu para julgar com quem a noiva do cara vai para cama?

— Porra, Trevor. No Brasil, um cara como ele seria chamado de corno. Se descobrisse que a noiva dava pra outros caras, não só daria um pé na bunda dela como poderia até matá-la.

— Eu sei que esse tipo de selvageria acontece em muitos países. Para vocês ainda, que têm sangue latino, quente, a coisa vai demorar mais para evoluir. O comportamento sexual de uma pessoa é do livre arbítrio dela, desde que não prejudique os outros. Para nós, traição é quando o cara vive uma vida totalmente paralela a ponto de chegar a constituir outra família. Se as pessoas variam de parceiros sexuais, em situações oportunas, ou tem casinhos, não entendemos isso como traição. Para mim é apenas uma relação extraconjugal. E no caso dela ainda, que conta com o consentimento do noivo, sei lá, nem sei se vale essa explicação.

Eu estava gostando daquele papo com meu *brother*.

— É engraçado como cada cultura enxerga o assunto de maneira diferente. Vocês anglo-saxões devem se arrepiar ao saber que há países na América Latina que se a mulher não for virgem, e não manchar de sangue o lençol na noite de núpcias, o casamento está desfeito.

— Jura!? — Ele ergueu a sobrancelhas.

— No duro.

— Incrível, porque aqui no mundo anglo-saxão e nos países nórdicos, a mulher dificilmente chega virgem no casamento. Só se for uma problemática, daquelas que ninguém quer.

Trevor gargalhou.

Era muito difícil conversar sobre as diferenças culturais e por um lado muito interessante, porque era uma conversa sem conclusão. Cada um conta como a coisa acontece na sua cultura e fica tudo por isso mesmo. Se fôssemos defender demais nosso modo de agir, nunca nos entenderíamos. Ao final do papo, entendi porque fui procurá-lo para conversar: eu ainda não tinha nada com Lisa, mas não queria que um eventual relacionamento com ela pudesse perturbar a amizade e os negócios que eu mantinha com o Trevor.

— Trevor, você ficaria incomodado se eu transasse com Lisa? – perguntei com cautela.

— Porra, Martin. Você é meu irmão. Ela é apenas uma colega de trabalho e, por acaso, noiva de meu primo. — Ele levantou, puxou-me pelo braço e me conduziu para o jardim de inverno. — Quero te fazer uma proposta.

— Manda. Topo antes mesmo de ouvir qual é.

— Lisa é a responsável por aperfeiçoar a navegabilidade dos nossos sites. Vou orientá-la para criar um clone do site de busca e do shopping. Você vai trabalhar com ela e quando os clones estiverem prontos, serão seus. Você ficará livre para implantá-los no Brasil. — Ele então deu um tapinha nas minhas costas e arrematou: — Gostou da ideia?

— Porra, Trevor. Isso é tão novo para mim que nem sei o que responder.

— Responda apenas se quer ser um empresário da internet no Brasil. E quem sabe no mundo.

Ponderei a oferta e respondi:

— Nunca fui empresário e ainda entendo pouco de internet, mas acho que quero.

Paramos de andar e ele tocou em meu braço, o que me obrigou a encará-lo.

— Achar não é suficiente para ser empresário – ele disse, de modo firme. — Você precisa desejar, querer muito, e não ter medo de riscos.

Respirei fundo e procurei passar uma confiança em mim que lá no fundo ainda duvidava que tinha.

— O fantasma dos riscos está me acompanhando há muito tempo. Não gosto de correr o risco de perder alguma coisa, mas me atrai muito a ideia de aproveitar oportunidades. Sendo assim, só posso dizer que estou dentro! Se você me ensinar tudo, prometo que me esforçarei para ser um grande empresário de internet no Brasil.

Ele abriu um sorriso de satisfação.

— Desde que você prometeu ao nosso pai que não o decepcionaria, e que seria aprovado no exame de inglês, aprimorei o meu conceito de obstinação, meu irmão. Eu também estou aprendendo com você, um cara proativo e que tem determinação. E essas são características que gosto e respeito.

Naquele momento eu ainda não fazia ideia da extensão que a oferta do Trevor significaria para minha vida. Ele, meu irmão por acaso, estava me dado um futuro que eu nunca havia pensado. Fiquei tão sem rumo que, analisando com a cabeça de hoje, acho que não reagi com a felicidade que seria natural, e muito menos agradeci o suficiente. Demorei muito tempo para perceber o significado de tudo. Muitos anos, eu diria.

Dezoito

Passava um pouco das três horas da madrugada quando Trevor entrou no meu quarto.

— Acordei pra mijar e vi sua luz acesa. Chega de trabalhar, Martin. Você precisa respeitar os seus limites. Não se esqueça de que amanhã teremos uma balada. Você aguenta?

Girei a cadeira sobre as rodinhas e me afastei da escrivaninha.

— Amanhã é hoje, Trevor! Tô muito aceso para conseguir dormir. Preciso só concluir alguns gráficos do planejamento que quero te mostrar logo após o almoço. Daqui a pouco vou tomar banho. Acho que depois de uma punhetinha em homenagem à Lisa vou conseguir relaxar e dormir.

— Não deixe a Lisa saber que você anda desperdiçando porra. Ela é gulosa.

— Você é que diz, meu irmão. Ainda não conheço a fera!

Trevor deu um tapinha nas minhas costas, desejou-me boa noite e saiu do meu quarto.

Terminei o que estava fazendo aos trancos. O cansaço veio de uma vez. O que Trevor disse em relação à Lisa ficou martelando meus pensamentos. Depois de alguns meses no Canadá, a seco, eu estava precisado muito de uma mulher gulosa.

Tive dificuldade para me concentrar nas aulas da manhã seguinte. Minha mente saltava entre a noite mal dormida, o que os professores tentavam enfiar na minha cabeça, o planejamento que eu queria apresentar para o Trevor e como e quando seria o primeiro lance com a "gulosa". Esse último talvez ocupasse a maior parte da minha atenção.

Pensando comigo, eu tinha gostado do conjunto dela, dos seios e da forma do corpo como um todo. Os olhos grandes esverdeados combinavam com a pele clara e os longos cabelos loiros. Lisa tinha quase a minha altura e ombros largos, o porte típico de quem praticou algum esporte aquático. Todo o corpo era atlético, valorizado por seios volumosos, mas não exagerados. O sorriso era quase constante no rosto e isso lhe dava um brilho especial e a deixava ainda mais bonita. Eu gostava e me surpreendia com seu jeito simples, descontraído e direto de encarar o sexo. Entreguei-me aos devaneios de como seria delicioso se ela abusasse de mim com muito furor uterino, durante pelo menos três semanas de cada mês.

Ao chegar ao escritório, vi Trevor matutando no que parecia algo importante. Mesmo assim, ele me cumprimentou ao me ver e disse que depois das quatro horas poderia conversar sobre meu planejamento.

Fui até minha mesa, e ainda em pé, liguei o computador. Lisa nem olhou para mim. Eu queria ir à mesa dela para dar pelo menos um olá. Com certeza ela tinha me visto chegar, mas não demonstrou.

Éramos oito pessoas ocupando uma sala de mais ou menos 150 metros quadrados. As mesas ficavam espaçadas e alinhadas. Todos dávamos as costas para as paredes. Eu ocupava uma das mesas de um dos cantos, no fundo da sala, com a lateral da mesa quase encostada à parede. Havia também uma sala de estar, tipo de um jardim de inverno, com poltronas que ficavam de frente para plantas especiais que sobreviviam com pouca luz natural. Elas permaneciam verdes o ano todo, uma vez que não sofriam com as variações externas da temperatura, e eram muito bem cuidadas.

Com frequência a sala de estar era utilizada para papos sobre os negócios ou sobre assuntos que não deviam ser discutidos no salão aberto.

Do outro lado do corredor, passando pelos elevadores, havia mais uma sala, com cerca de 40 metros quadrados, que era usada como copa e para a montagem e manutenção dos computadores, e para guardar todo o material de escritório. Num dos cantos, havia uma máquina de café. Atrás havia um banheiro que era pouco utilizado.

Lisa e John, os únicos fumantes da empresa eram os que mais frequentavam o espaço. Costumeiramente passavam para tomar café antes de descer para fumar fora do prédio. Eles nunca iam ao mesmo tempo, pois a regra era de que dois fumantes não podiam sair juntos. Nossos computadores funcionavam em rede. Havia também um sistema de comunicação interno em que cada um podia passar uma mensagem confidencial para outro colega ou fazer uma comunicação coletiva.

Eu tinha acabado de ligar o computador e de repente, no canto esquerdo do monitor, apareceu o quadradinho do *messenger*.

Mensagem de Lisa para Martin: *Chegou e nem veio me beijar? Seu feio.*

Abri a janela e respondi: *Cumprimentei várias pessoas e você nem olhou para mim.*

Mensagem de Lisa para Martin: *Own. Tá carente? Deveria ter vindo, garoto. Eu pegaria no seu pau sem ninguém perceber.*

Resposta: *Duvido! Mas adoraria.*

Mensagem de Lisa para Martin: *Duvida? Vamos até a sala do café que você vai saber o que estou querendo fazer com você.*

Resposta: *Agora? Quer mesmo?*

Mensagem de Lisa para Martin: *Quero. E você?*

Resposta: *Vim louco de tesão por você. Como vai ser?*

Mensagem de Lisa para Martin: *Vá e me espere lá que te mostro.*

Resposta: *Trevor vai desconfiar.*

Mensagem de Lisa para Martin: *Que nada! Ele está resolvendo um problemão. A casa pode cair e ele não vai nem perceber.*

Lisa passou uma mensagem coletiva.

Mensagem de Lisa para todos: *Vou descer para fumar. Estou com o celular.*

Ao ler a mensagem, meu coração, que já estava acelerado, disparou. Saí da minha mesa, atravessei o escritório e aparentemente ninguém sequer desviou o olhar da tela do computador.

Andei quase que de costas pelo corredor. Queria ter certeza de que ninguém estava me seguindo. Entrei na tal sala. Inspecionei tudo, inclusive o banheiro. Esperei por Lisa. Os segundos demoravam para passar.

Um barulho de sapatos femininos ressoava no corredor. Minha libido estava a mil, e minha ereção quase explodia nas calças. De repente, o barulho cessou e a porta não abriu. Minha expectativa aumentou ainda mais.

Após demorados segundos, a maçaneta abaixou e com a porta ainda entreaberta, o sorriso dela surgiu. Pude ver que Lisa estava mordendo o lábio inferior.

Ela entrou rapidamente, fechou a porta atrás de si e se encostou nela, barrando a passagem de quem quisesse entrar, porque eu é que não queria sair. Seu rosto tinha um brilho especial. Lisa abriu os braços e me chamou com os olhos. Durante algum tempo ficamos abraçados e ondas elétricas passaram a circular freneticamente pelos nossos corpos. Eu duvidava que estava vivendo aquilo, porque aquela era a primeira vez que abraçava uma mulher com mais de dezoito anos com sexo em mente. E o melhor de tudo, ela estava ofegante de tanto tesão.

Com Manu foi diferente, havia muito amor envolvido. Gisele apenas me usou deliciosamente, e tudo aconteceu à jato e nas alturas. Lisa me desejava como macho. Meu rol de conquistas aumentava ao mesmo tempo em que o acúmulo de experiências lustrava meu ego.

Minha boca secou.

Puxei-a para um abraço de corpo inteiro e para que ela sentisse no ventre a firmeza do meu pau duro. Apertei-a ainda mais em meus braços, beijei e mordisquei seu ouvido e pescoço. Eu queria ser o dono da situação e queria que ela sentisse em mim o homem que iria satisfazê-la completamente. Deu certo, porque a certa altura ela virou a cabeça na minha direção e me beijou descontroladamente.

Lisa gemia. Alto. E se contorcia no lugar. Gemeu mais forte ainda quando agarrou meu pau, mesmo por cima da calça.

Tudo acontecia por puro instinto frenético, descontrolado, intenso e, ao mesmo tempo, maravilhoso. Sem se conter, Lisa abriu o zíper da minha calça, e tirou pra fora o que desejava.

— Estou bem servida. É bem melhor do que eu imaginava. Vamos nos dar muito bem, garoto.

Sem pensar no perigo de alguém entrar, ela me puxou para mais perto da porta, se ajoelhou e calçou a porta com os pés; segurou meu pau com as duas mãos em estado de total devoção, levantou a cabeça e olhou para mim, com certeza notou que eu estava alucinado de tanto tesão. Lisa o apertou com força, como que para não deixá-lo escapar, beijou-o vorazmente aqui e ali, e rapidamente alojou-o inteiro na boca.

De imediato ela demonstrou uma sede insaciável de sexo.

Lisa olhou novamente para mim, e apesar da boca cheia ordenou:

— Fode minha boca, fode. Mas fode com cuidado, seu pau é delicioso, mas é grande.

Foi o começo da primeira aula de inglês do sexo. Em português, pensei que se ela achou o meu grande, é porque o pau do noivo deveria ser menor. Fiquei contente com o elogio e com a cena.

Passei a acariciá-la nos cabelos. Ela entendeu como um sinal de aprovação para o que estava fazendo e passou então a acelerar os movimentos. Apertei de leve sua cabeça como que para dizer que eu não estava mais aguentando de tanto prazer. Seus olhos leram a mensagem dos meus. Ofegante de tanto tesão ela disse:

— Quero você dentro de mim. Vamos para o banheiro.

Lisa se levantou e, sem largar uma das mãos do meu pau, me puxou para o banheiro, fechou e trancou a porta atrás de nós. Ela me fez sentar na tampa do vaso, tirou a calça e calcinha, abriu as pernas e se ajeitou sobre mim.

Seu corpo tremeu ao sentir-se completamente preenchida por mim. Segurou os seios firmes e com as mãos os ofereceu para mim.

Não foi preciso uma cavalgada muito longa para que ela gozasse pela primeira vez. Ela abaixou então a cabeça e me encarou com os olhos cerrados e meio inertes e disse:

— Você me tocou lá no fundo, e eu adoro isso, garoto. Quero ficar o resto do dia com ele aqui dentro.

Tive a sensação de que a cada movimento o tesão dela crescia mais e mais, tanto que passou e começou a cavalgar com mais velocidade e a falar de modo impronunciável sobre o prazer que eu estava dando a ela. Entendi coisas como: adoro te foder; adorei o seu pau; quero que me foda muito; detesto trabalhar, só quero foder.

Lisa estava na terra do puro prazer, mas em um momento de breve lucidez disse:

— Não podemos demorar demais. Topa terminar em dois tempos?

Não entendi bem o que significava a expressão.

— Como?

— Você está sem camisinha, nem deveríamos estar transando. Me faça gozar mais uma vez que eu deixo que você encha minha boca de porra depois. Que tal?

Esforcei-me ao máximo para não gozar após aquela proposta. Ela passou a sincronizar o rebolado com os movimentos que eu fazia. Nossos corpos se comunicavam sem que nenhuma palavra precisasse ser emitida. Não demorou para que um orgasmo, acompanhado de um grito abafado pela mão na boca, ecoasse pelas paredes do banheiro. Lisa se contorceu, retomou o fôlego, deu-se um tempo, levantou e se ajoelhou diante do vaso.

— Sua vez, garoto. Quero sentir seu prazer.

Enquanto me chupava, com a mão ela passou a se masturbar. Explodi de tesão e em poucos segundos ela gozou comigo.

Encostei as costas na caixa do vaso e larguei os braços como um fantoche sem os fios.

— Você tinha um belo estoque, garoto. Isso tem um sabor único. Você já sentiu?

— Eu apenas beijo as bocas que me dão esse prazer.

Ela olhou para mim, sorriu, ficou de pé e buscou a roupa jogada no chão. Vestiu-se em poucos segundos e disse:

— Deu tempo de eu fumar uns dez cigarros. Melhor voltarmos.

Permaneci sentado sobre a tampa do vaso para recuperar o fôlego. Eu não queria voltar ao escritório com cara de acabado. Ela abriu a torneira e lavou o rosto. Secou-o com duas folhas de papel e quando se virou para sair, envolvi sua cintura com meus braços e a apertei. Ela riu, voltou-se para mim e disse:

— Eu também não quero ir, garoto. Mas acho que fiz uma boa troca: um cigarro por um belo charuto.

— Largue os cigarros, Lisa – eu disse ao levantar a cueca e as calças. — Serei o seu fornecedor de charutos com muito prazer.

Ela esticou um dedo no alto e o deslizou pelo meu rosto, da testa ao queixo.

— Você é muito esperto, garoto. Vou pensar com carinho na sua proposta, ou como você disse, vou pensar com muito prazer.

— Um último beijo antes de voltarmos?

— Lembre-se, garoto – ela disse séria –, só sexo entre nós. Nada de amor ou paixão. Se você não concordar com essa regra, terminamos aqui. Mas imploro que aceite senão vou sentir muita falta do seu pau gostoso.

Apesar do alerta, demos um abraço fraternal e o beijo de despedida.

— Não quer um café para completar o sabor do meu leite?

— Este sabor – ela apontou para os lábios –, não troco por nada. E ainda vou ficar molhadinha para o resto do dia só de pensar no que fizemos agora.

Ela destrancou a porta, abriu-a, olhou pelo vão e saiu. Arrumei a roupa, lavei o rosto e fui atrás.

$\int$

O tempo estava passando e nada de notícias dos meus amigos brasileiros. Nem respostas recebi das cartas que enviei logo após minhas primeiras semanas. Entendendo a desconfiança de que não houvessem recebido as cartas, minha mãe falou com vários deles e repassou meu endereço.

Até então, por telefone, eu falava apenas com ela. As saudades por ela era o que mais judiava de mim. Minha vontade era de ouvir sua voz várias vezes ao dia e contar todas as coisas que iam acontecendo na minha vida. Quase todas.

Nossos contatos eram semanais. Conversávamos até acabar o crédito do cartão de dez dólares canadenses que eu comprava a cada ligação. Nem sempre meu pai estava em casa. Quando estava, eu falava rapidamente com ele e também não contava nada sobre as mulheres que eu tinha conhecido. Mesmo gostando muito dele, eu não tinha coragem de falar sobre isso, muito menos de entrar em detalhes. E se ele contasse para minha mãe? Ela não aguentaria saber, e com certeza ficaria enciumada e preocupada.

Embora soubesse que o grupo dos três mosqueteiros estava praticamente desfeito, eu sentia falta de alguns amigos.

De Arnold, o traidor, eu não queria receber nenhuma notícia, muito menos carta. Enviei três cartas para o Dalton. A última na semana passada. Não recebi resposta das duas primeiras. Se ele não respondesse essa terceira, eu desistiria.

∫

A sexta-feira amanheceu fria. Durante o café da manhã o papo com meu irmão foi sobre a festa que teríamos à noite. Falamos sobre roupa, jantar e bebidas.

A balada foi o assunto predominante na escola. Nossos amigos estavam ouriçados e faziam planos envolvendo as garotas convidadas. Todos falavam em dar amassos em todas.

Com isso em mente, o turno da tarde passou rápido, um pouco pelo excesso de trabalho, e também pela expectativa da primeira festa que eu participaria no Canadá.

Mensagem de Trevor para Martin: *Você consegue notar que o relacionamento com a Lisa está prejudicando a cabeça de cima?*

Resposta: *Tá louco? Por que diz isso?*

Mensagem de Trevor para Martin: *Porque aquele programa que você entregou há alguns dias está errado, e deu pau no sistema todo.*

Resposta: *Robert fez a estrutura. Eu apenas inseri a linguagem de internet e ele aprovou.*

Mensagem de Trevor para Martin: *O problema é sério. Saber quem causou não vai solucionar. Revise. Se tiver dificuldades vamos dançar aqui nesta noite toda e não na balada.*

Resposta: *Você ficou de comprar quase toda cerveja da festa, lembra?*

Mensagem de Trevor para Martin: *Que se fodam. Temos de consertar isso. Se um cliente acessar a nova ferramenta e não funcionar, podemos ser processados.*

Resposta: *Se alguém reclamar, quebramos o galho.*

Mensagem de Trevor para Martin: *Não sei o que é quebrar o galho, Martin, mas sei que lançamos o novo serviço que você mesmo sugeriu. Se alguém se sentir prejudicado por não estar funcionando, aqui no Canadá isso dá processo sério.*

Resposta: *Menos papo e mais ação. Vou revisar com a Lisa.*

Mensagem de Trevor para Martin: *Só revise o programa, tá?*

Resposta: *Deixa comigo. Se demorar, você vai pra balada que eu fico aqui, com ou sem ela. Tenha certeza de que vou resolver.*

Em menos de quinze minutos de análise, Lisa identificou um erro grosseiro, deu um murro na mesa e falou alto:

— Sabotagem não, aqui não!

Ela levantou da cadeira e a jogou para trás. Os *nerds* se assustaram com o barulho e acompanharam os passos firmes e os punhos cerrados dela a caminho da mesa de Robert. Fui atrás. Eu estava assustado com a reação dela, embora não soubesse o que havia causado tamanha revolta. Ela parou ao lado de Robert, o fez interromper o que estava fazendo e o mandou entrar no sistema. Ele ficou pálido e fez o que ela mandou sem titubear.

— O que é isto? — Ela bateu o dedo no monitor, aos gritos. — Como você criou isto? Como você criou isto?

Robert, visivelmente assustado, olhou para ela, disse um monte de coisas que não entendi e apontou para mim. Ficou claro que a discussão entre eles me envolvia, mas, em razão da velocidade com que falavam e da linguagem técnica misturada com gírias, fui capaz de entender apenas a palavra sabotagem e a pergunta que ela fazia.

— Você é louco ou idiota, Robert?

Por sua vez Trevor, que acompanhava tudo a distância, aproximou-se dos dois e perguntou o que estava acontecendo. Lisa ordenou que Robert se levantasse e se sentou na cadeira dele. Passou a dedilhar o teclado, mudou algumas telas e mostrou a Trevor que na finalização do programa Robert tinha inserido a palavra *brazilian*, em vez de *basic*. Segundo Robert, era minha obrigação descobrir o erro. Foi a vez de Trevor subir o tom de voz com Robert, mas de novo, entendi pouca coisa. Lisa levantou e Robert voltou a sentar-se. Em poucos minutos fez as devidas correções, testou o programa final e demonstrou a Trevor que o problema estava resolvido.

A tensão permaneceu no ar.

Lisa e eu fomos até minha mesa. Refiz com ela o passo a passo de toda a escrita do programa. Ela estava tão brava que não fez nenhuma brincadeira, sobretudo relacionada a sexo. De repente olhou para mim, deu um beijinho no meu rosto e disse que ia reportar ao Trevor que estava tudo resolvido, checado e rechecado. Passou pela mesa de Robert sem olhar para ele e ficou por vários minutos conversando com Trevor.

Acompanhei de longe os dois conversando.

Terminado o papo, Lisa voltou para sua mesa. Trevor olhou de longe para mim e fez o sinal de OK.

Aquele entrevero me fez aprender uma grande lição que serviu para toda a vida: tudo que ficasse sob minha responsabilidade eu tinha de fazer com perfeição, pois de nada adiantava sair procurando culpados depois que a merda começou a feder.

Minutos depois apareceu na tela do meu monitor:

Mensagem de Trevor para Martin: *Eu teria passado a noite com você e com Lisa até encontrarmos o erro. Saiba que eu nunca iria para a balada e deixaria o problema só com você. Ainda não sei o que farei com Robert. Preciso primeiro entender porque ele fez a sabotagem.*

Resposta: *O Robert sabotou, mas a culpa foi minha de não ter checado tudo. Isso não se repetirá, meu irmão.*

Mensagem de Trevor para Martin: *Melhor finalizar o que está fazendo porque... TGIF★ !*

A sensação era aquela mesma. Graças a Deus era sexta-feira porque aquela mais do que mereceu os agradecimentos.

★ TGIF: *Thanks God it's Friday.*

Dezenove

Finalmente em casa, pepinos solucionados, sentamos para uma bela refeição em família. Durante o jantar, Trevor e minha mãe sugeriram que eu levasse minha gaita para a festa. Seria a primeira vez que eu tocaria para uma galera.

A caminho da balada, paramos na *liquor store* para Trevor comprar cerveja. Alguns amigos que ainda não tinham 19 anos, e por isso não podiam comprar bebida, encomendaram uma grande quantidade. Assim, saímos da loja com um carregamento considerável de biritas.

Passava das oito horas, mas a noite ainda estava clara. Quando chegamos, a frente da casa do Andrew já estava cheia de carros. Da rua, dava para ouvir *Nothing Compares 2 U*, um grande sucesso à época da cantora irlandesa Sinead O'Connor. Eu nunca tinha sequer escutado falar dela no Brasil. Curti muito a música.

Entrei na festa e no ritmo com um improviso de gaita. A música era fácil de acompanhar e combinava bem com o meu som. Todos cantavam e dançavam em compassos ensaiados. Vendo a pista cheia, resolveram repetir a música. Muita gente se aproximou de mim para ouvir o som da gaita.

Na segunda fila, atrás de outras meninas, estava Glenda. Não foi difícil identificá-la na multidão. Ela era tão alta que sua cabeça despontava um palmo acima das outras. Ela estudava na minha classe. Todos os garotos a assediavam e não cansavam de elogiar sua beleza. Seus cabelos eram loiros muito claros, quase prateados, e refletiam as luzes estroboscópicas coloridas que emanavam das luminárias mal amarradas na haste do lustre principal da sala.

Não foi apenas a diferença de estatura que chamou minha atenção. Glenda mantinha os olhos azuis arregalados e fixos em mim.

Nossos olhares se cruzaram mais de uma vez. Percebi, pelos movimentos da boca, que ela não estava cantando, mas enviando beijos e sorrisos matreiros para mim. Permaneci na gaita até a música terminar, embora, intimamente, eu quisesse ter largado tudo e ido falar com ela. Foi o que fiz assim que os últimos acordes ecoaram nas caixas de som.

— Gosta do som da gaita, Glenda?

— Eu não sabia que você tocava.

— Gostou? – Insisti na pergunta.

— Gostei, mas gostaria mais ainda se algum dia você tocasse só para mim, Martin.

Glenda era rápida no gatilho.

— Isso é uma promessa.

Ela sorriu e disse:

— Pena que nunca nos falamos na escola. Sei que você é brasileiro. Só isso. Não sei mais nada sobre você.

Era um bom começo, cheguei a pensar. Naquela época, o Brasil era um país distante e exótico. E por isso mesmo, curioso, desconhecido, virgem para a grande maioria dos canadenses. Não era preciso criar nenhuma fábula a respeito do que acontecia por aqui. Bastava falar a verdade que o interesse era imediato.

Olhei bem para ela e achei que tínhamos perdido um tempo precioso por não termos estreitado nossa relação. Eu adoraria tê-la conhecido desde o primeiro dia de aula. Fiquei surpreso quando pediu que eu tocasse gaita com exclusividade para ela.

A música lenta que tocou na sequência foi um convite para dançarmos. Acertamos rapidamente os passos. Éramos um corpo só. A sintonia era perfeita. Dançamos com nossos corpos grudados.

— É difícil dar certo já na primeira música – eu disse assim que descolei o rosto do dela. — Você dança muito bem, Glenda.

— Estou flutuando com você, Martin – ela sussurrou no meu ouvido. — Os caras daqui dançam todas as músicas do mesmo jeito. Parecem um pêndulo de relógio. Dão um passo pra lá e outro pra cá. Sabe o que eu adoraria fazer? Dançar salsa, rumba e *rock'n'roll* com você.

Salsa e rumba? Esses ritmos nem fazem parte da cultura brasileira. Decidi não dizer isso para ela de imediato. Não era hora de quebrar o encanto do momento com uma bobagem dessas. Assumi que com o tempo ela descobriria isso por conta própria. E quem sabe eu levasse alguma vantagem com ela pelo fora que tinha dado.

Permanecemos na pista ao som de *Yesterday*, de John Lennon. Enquanto dançamos, e ela repetia baixinho a letra no meu ouvido, fiquei pensando que Glenda era mais uma analfabeta em termos de Brasil. Isso me deixou muito animado, pois eu teria muita coisa para contar para ela e talvez conquistá-la apenas sendo o que sou: um brasileiro boa pinta no Canadá.

Nossos corpos se moviam em plena harmonia. Percebendo a sintonia, Glenda passou a me abraçar cada vez com mais força até o ponto de entremear o canto com beijinhos no meu ouvido. Me fiz de difícil, afinal de contas, eu era um artigo de luxo ali. Eu sabia dançar, tocava gaita e vinha de um país exótico. Aprendi com a vida que para deixar uma mulher maluca, a melhor forma é mostrar, na medida certa, que você não está ligadão demais nela.

Depois de um tempo passei a apertá-la contra meu corpo para mostrar que eu estava começando a ficar interessado nela, embora, intimamente, eu fosse capaz de transar com ela ali mesmo, com a pista cheia. Glenda se contorcia em meus braços e começou a trocar a palavra *yesterday* por *today* da letra, e sussurrar a música toda no tempo presente:

Today
Love is such an easy game to play
Now I need a place to hide away
Oh, I believe in today.

Nossos rostos colados deslizaram até o encontro das bocas. O primeiro beijo, mesmo em público, e no meio de outros casais que dançavam no mesmo ritmo, foi maravilhoso. Ela associou a última parte da letra com um aperto especial na minha nuca e disse ao pé do ouvido:

— *Now I need a place to hide away,* Martin.

— Também quero me esconder com você, Glenda.

Saímos da pista de mãos dadas, peguei duas latas de cerveja e fomos ao jardim da casa.

Soube depois que alguns dos meus amigos ficaram indignados por eu ter tirado de circulação a menina mais bonita da festa. Menina? Ela devia ter minha idade e já era um mulherão. Problema deles. Quem manda não ser brasileiro e não levar a pecha de ser um *latin lover*?

Mas nada daquilo me importava. Naquele momento eu só pensava em encontrar um lugar para me esconder com ela. Demos mais alguns beijos num canto, embora eu ainda não soubesse até onde poderia avançar. Afinal de contas, ela era muito jovem, talvez um pouco recatada, e não parecia ter o desprendimento de Lisa. Já o fogo...

O quintal só não estava totalmente escuro porque recebia a luz que emanava das janelas da casa. De mãos dadas, procuramos um refúgio. Encostada a um arbusto ela parou, segurou minha mão com mais força e me prensou contra a parede. Aqueles beijos, sem expectadores, já estavam dominados pelo tesão. Enquanto seus seios me espremiam deliciosamente contra a parede, um dos joelhos se dobrou em direção ao meu pau que estava vivo dentro das calças. Não consegui evitar um gemido de prazer que dei em seu ouvido.

— Esse seu gemido foi delicioso – ela sussurrou. — Minha xota reagiu mais rápido que meu ouvido. Fiquei molhadinha.

Cacete. E agora? Ela me deu a dica de um jeito muito descontraído. Mais que uma resposta, eu tinha de agir.

— Já sentiu como estou? — Foi a primeira pergunta que me ocorreu para provocá-la ainda mais.

Glenda puxou uma das mãos que agarrava minha bunda e a roçou no meu pau.

— Enorme. Que delícia. Quero sentir tudo na minha mão.

Glenda baixou o zíper e enfiou a mão na abertura da calça. Apalpou aqui e ali para afastar a cueca, tremeu e se arrepiou toda quando segurou meu pau com força e começou a brincar com ele.

— Que delícia!

— É todo seu.

— Meu Deus... – ela murmurou, deu-me um beijo molhado e disse: — Tenho várias fantasias com ele.

Fiquei pasmo. Mal nos conhecemos, nos beijamos e ela disse que já tinha fantasias com meu pau. Incrível!

— Quais?

— Uma delas é transar em locais públicos com você. Fico excitada só de pensar em transar na rua ou num ginásio de esportes. Por enquanto vou abusar de você aqui mesmo. Você deixa?

Não tive tempo de dizer sim. Sem a menor preocupação, ela se agachou e me deu um delicioso presente. Depois de alguns minutos tive de demonstrar que estava difícil me controlar.

Dei minha mão e a ajudei a se levantar. Nosso fogo não permitia perceber o quanto a noite estava esfriando. Por baixo da jaqueta vermelha havia apenas uma blusa leve. Senti os seios duros em minhas mãos. As carícias com minha boca quase a descontrolaram. Ela gemia alto sem preocupação e apertava minha cabeça contra os seios.

Estou adorando você quente e gostosa assim. Mas quero retribuir o prazer que você me deu.

Suas mãos, agarradas aos meus cabelos, acompanharam a descida da minha cabeça. Sua xota era quase perfumada. Minha língua a fez tremer de novo.

—Quero transar com você – ela disse depois de gozar na minha boca.

Falou isso e de um bolso interno da jaqueta tirou um envelope, abriu rapidamente com os dentes e me entregou a camisinha.

Peguei-a pela mão e disse:

— Vamos para a parte de trás da casa, Glenda. Parece mais protegido.

— Não, Martin – ela disse me puxando pelo braço. — Eu disse que transar em público é uma das minhas fantasias. Estou excitada só em pensar que a qualquer momento pode aparecer alguém por aqui.

O meu tesão era incontrolável e eu não tinha nada a perder. Em poucos meses voltaria ao Brasil e não tinha imagem a zelar como ela.

Glenda sabia bem o que queria, pois dobrou as costas, agarrou as mãos nas canelas. Ficou praticamente de quatro, porém de pé. Afastei sua saia curta. Alguns raios de luz me permitiram admirar a forma arredondada da sua bunda.

Ela se arrepiou com o toque do meu pau. Segurei-a com força e penetrei lentamente poucos centímetros.

Ah, Glenda. Quero te abrir aos poucos. Curta a minha penetração.

Ela soltou então uma das mãos da canela e a apoiou na parede à sua frente. Com a outra mão segurou minha coxa e me puxou para si. Foi o sinal de que ela não queria nada devagar. Balbuciou algumas palavras que não entendi, e que não fizeram diferença alguma pois, com poucos movimentos, engoliu-me todo e com força.

— Estou com desejo de tudo, Martin. Tenho fome!

A forma como ela rebolava e contribuía para a sincronia dos movimentos foi um sonho para mim. A curtição só foi interrompida quando ela gemeu forte e logo parou de se mexer. As pernas tremeram. Cheguei a pensar que ela desabaria no chão. Glenda endireitou-se, virou-se para mim, deu-me um beijo e falou no meu ouvido:

— Foi uma das melhores trepadas que já dei. Eu ia te avisar que estava para gozar, para você vir juntinho, mas o prazer estava tão grande que não aguentei. *Sorry.*

Apertei-a em meus braços e ouvi seu respirar se acalmar. Momentos depois veio mais um beijo e uma deliciosa ordem:

— Deite-se. Vou cavalgar em você.

A música continuava alta na casa. De quando em quando pessoas sozinhas ou casais circulavam pelo jardim, se escondiam, se beijavam, faziam o que queriam. A escuridão da noite e os arbustos esparsos não nos deixavam expostos para ninguém. Intimamente eu sabia que se alguém prestasse realmente atenção conseguiria nos ver, e quem sabe nos identificar.

Alguns que passavam se beijavam, se agarravam com mais furor, mas nenhum ousou fazer nada mais explícito como nós, até que duas garotas que eu não conhecia vieram em nossa direção. Ao vê-las se aproximando, Glenda grudou no meu corpo demonstrando um misto de tensão e preocupação com a aproximação. Elas pararam a poucos metros de nós e se atracaram aos beijos, gemidos e carícias com movimentos descoordenados. Nossos olhos, já acostumados à escuridão, nos permitiam ver tudo. Elas levantaram a blusa e roçaram os seios enquanto se beijavam.

— Vamos sair daqui – Glenda sussurrou. — Conheço aquelas duas e já sei o final do filme.

Ela me pegou pela mão e me puxou para trás da casa.

— Eu estava começando a ficar com tesão. E você?

— A mais alta já me chupou algumas vezes, mas nunca igual a você. Se você ficou com tesão, vou aproveitar e cavalgar mais gostoso ainda. Deite-se – ela determinou assim que nos escondemos na sombra da edícula.

Eu estava com tesão demais. Eu nunca tinha visto duas mulheres se comendo daquele jeito. Fiquei em dúvida entre ver o fim do filme que Glenda já vira ou retomar nossa transa.

Demonstrei encarar a situação com naturalidade e me deitei como Glenda mandou. O chão era mais liso que o anterior, o mais confortável que um piso duro pode ser.

Eu já havia experimentado tipos de pisos diferentes com Manu. Foi difícil não me lembrar de como ela me cavalgava. Mas Glenda cortou o *flashback* quando agarrou minha camisa com uma das mãos e com a outra orientou a penetração.

— Seu pau é uma delícia, mas agora chegou a hora de curtir só a pontinha, bem devagar.

Ela estava no controle da situação. O chão duro dificultava meus movimentos. Glenda compensava aquela limitação com maestria. O frio não incomodava, embora a temperatura estivesse em queda livre. Beatles tocavam alto e os amigos, como em um coral bem ensaiado, cantavam *Yellow Submarine*.

Glenda rebolava e se contorcia no ritmo da música. Calma ou agitada. Eu percebia no seu olhar que ela estava curtindo muito controlar a penetração no ritmo e na velocidade que desejava.

— Delícia! – ela disse entre gemidos. — Mas isso é só o começo, em todos os sentidos. Sabe o que vou fazer com você?

Não respondi. De que adiantava. Eu era o instrumento de prazer dela e estava ali para isso.

— Vou te foder.

Glenda largou o corpo, sentou em cima de tudo e pressionou a mão abaixo do umbigo.

— Quer agarrar meu pau, Glenda?

— Adoraria, mas não consigo. Quero sentir até onde entrou.

— Eu sinto tocar no fundo.

Glenda me lançou um olhar desafiante, levantou um pouco o corpo e sentou com tudo mais uma vez. Ela queria ter certeza de que estava engolindo tudo.

— Como eu disse, vou te foder bem gostoso!

Mais uma vez ela começou a subir e a descer no ritmo da música.

— Transando assim, você acaba de inventar um novo tipo de dança. Vem, Glenda. Fode gostoso. Vem bem louca. Dance do jeito que você quiser.

— Você me deixa louca de tesão falando essas coisas. Fale mais.

— Gostosa. Deliciosa. Estou adorando ter você toda tesuda e rebolando e curtindo o meu pau. É uma delícia sentir as mordidas que você dá com sua xota.

— Estou curtindo muito, Martin. Adoro ficar no comando. Faço na velocidade que gosto e rebolo do jeito que me dá mais prazer. Que bom que sentiu as mordidas. Prometo que você vai sentir ainda mais. E cada vez melhores!

— Vou terminar o curso de pompoarismo. Antes de você voltar para o Brasil aperfeiçoarei a técnica com você. Vai lembrar de mim para o resto da sua vida.

Era uma delícia ver aquela coisa linda sentada sobre mim. Segurei sua bunda e ajudei a ritmar os movimentos.

— Vai gozar comigo agora, Martin?

Tenho certeza de que ela leu no meu rosto que eu estava a ponto de explodir porque aumentou a velocidade, jogou a cabeça para trás, olhou para o céu e gemeu despreocupadamente.

Acomodou-se e relaxou o corpo sobre o meu. Envolvi meus braços sobre ela e disse:

— Fique o quanto quiser sobre mim. Curta seu prazer, por completo.

Ela deu um sorriso, esticou as pernas, em direção à minha cabeça, e acariciou meus cabelos com os pés.

— É uma delícia sentir seu corpo sobre o meu, Glenda.

Ela apenas sorriu e ficou ali, olhando para mim, com devoção. Algum tempo depois ela se movimentou, mas teve dificuldade para sair de cima de mim.

— Ajude-me a levantar. Estou derrotada.

Colocamos as roupas para nos protegermos do frio e ficamos abraçados por algum tempo ainda. Eu não apenas queria aquecê-la com meu corpo como estava curtindo a forma como Glenda entrou na minha vida. Estávamos tão relaxados que não havia clima para voltarmos para a festa.

— Espere na varanda. Vou pegar uma cerveja pra nós – sugeri.

— Acho que vou precisar de mais do que uma cerveja para descansar. Minhas pernas estão deliciosamente bambas e meu corpo todo mole.

— Quero curtir essa onda ao seu lado. Será que em uma hora já estará pronta pra mais?

— Nossa! "Caliente" esse meu namorado! — Ela me olhou com desejo e malícia. — Traga as cervejas, por favor, Martin.

Dei-lhe as costas e entrei na casa com a palavra "namorado" ecoando em minha mente. Adorei a transa, mas não queria me prender a uma namorada. Por outro lado, não era hora de qualquer definição. Se ela também continuasse "caliente", meu pau e ela ainda teriam muita diversão pela frente.

Encontrei Trevor perto do balde de cerveja.

— Por onde andou, Martin? Te procurei por todos os quartos e cantos da casa.

— Procurou mal, Trevor. Estive por perto. Vou até a varanda beber uma cerveja com a Glenda. Depois te contarei coisas que vão arrepiar seus cabelos. Conto tudo.

— É isso aí, irmão! Dê cerveja pra ela que ela dá tudo pra você.

— Mais?

— Como assim, Martin?

— O que você acha que fiz desde que saí da sala?

— Já transou com ela? A festa ainda está começando!

— Ela transou comigo, Trevor. Ela me puxou pra fora da casa e mandou ver.

Trevor abriu um sorriso de satisfação.

— Você é um cara de sorte, Martin. Glenda é assim mesmo, uma caçadora. Ela é que escolhe os parceiros. Linda como é, ninguém rejeita.

— Linda e gostosa, Trevor. Muito gostosa.

Achei que meu irmão estava com uma ponta de inveja. Afinal, a gata das gatas tinha me escolhido. E eu só conseguia pensar no que ela ainda ia fazer depois de algumas cervejas. Eu e Trevor nos despedimos, ele me desejou ainda mais sorte e fui para a varanda.

— Desculpe a demora, Glenda.

Ela estava sentada num banco e abraçada aos próprios ombros. Parecia ter frio. Sentei-me ao lado dela, beijei-a na testa e a envolvi em meus braços. Ela se aninhou em meu peito e disse:

— Fiquei aqui curtindo a sensação gostosa de ter você. Estou com sede, não sei se é de cerveja ou de você.

— A noite é nossa, Glenda.

— Ainda vou precisar de várias noites. Vamos fazer de tudo!

— Tudo que você quiser.

Ela me encarou e disse:

— Você é incrível, sabia?

— Por quê?

— Porque com certeza tem o pau mais gostoso que já me comeu.

— Só isso? – perguntei por pura provocação.

Glenda sorriu.

— Você vai ficar convencido se eu contar tudo.

— Que nada!

— Bom, seu autocontrole é sensacional. Normalmente os garotos mal encostam em mim e já gozam.

Lembrei que Gisele reclamou da mesma coisa, de como os caras são afoitos ao comerem uma mulher linda.

Ela mordeu o lábio, olhou para mim e sussurrou:

— Ainda não dá pra dizer, mas acho que você é o melhor amante que já tive, a respeito do pau já dei minha opinião.

Gostei da palavra "amante" mais do que "namorado". Resolvi não entrar naquele assunto, mas na questão do autocontrole.

— A culpa não é deles. É difícil resistir à sua beleza e ao seu corpo. É bem capaz que eu goze sozinho, enquanto dormir, só de sonhar com você.

Glenda sorriu, passou a mão no meu rosto e me deu um beijo na boca, sinal de que o elogio foi bem-vindo. Brindamos pelo momento delicioso e por tudo que ainda poderia acontecer entre nós.

— Adorei o som que você fez na gaita. Você toca agora alguma música só pra mim?

Eu adorava tocar gaita e a companhia dela era muito inspiradora. Comecei a tocar o tema de Marlboro. Não demorou para algumas pessoas se juntarem à nossa volta. O desejo de tocar só para ela já era. Até Trevor disse que tinha sido atraído pela música. Aproximou-se, apontou para mim e disse, transbordando em orgulho:

— Com vocês, diretamente do Brasil, meu irmão Martin, tocando *The Magnificent Seven*.

Depois dos aplausos, os amigos começaram a pedir e a sugerir outras músicas, até que o dono da casa, quase em tom de reclamação, apareceu e disse que a sala estava vazia. Por educação, e para não estragar a festa do cara, parei de tocar. A música alta fez com que Glenda me convidasse para dançar.

— Quero exibir para minhas amigas como o meu namorado dança bem. E quero que todas saibam que você é meu e que só dançará comigo.

Engoli em seco aquela história de namoro e deixei passar. Dançamos muito, embora minha cabeça não parasse de pensar em "outras danças e novos rebolados".

Mas o frio que fazia lá fora adiou tudo para outras oportunidades. Que não foram poucas.

Vinte

Eu estava com foco total no trabalho quando senti um toque no ombro. Não me surpreendeu ser Trevor, mas me decepcionou, pois eu desejava que fosse Lisa.

— Algum problema? – perguntei.

— Estou bem ocupado esta tarde, mas no final do dia vou ter tempo para analisar o que você queria me apresentar.

— A hora que quiser. Está tudo pronto. Estou até trabalhando numa outra ideia que espero que você aprove também.

Ele desmanchou um pouco meu cabelo, deu um tapinha na minha cabeça e foi embora sem dizer mais nada.

O trabalho do desenvolvimento dos sites fluía muito bem com Lisa. Trevor não nos poupava elogios. Na empresa, ele não se cansava de se referir a mim como *my genius brother*.

Poucos minutos depois, ouvi passos familiares vindos na minha direção. Quando Lisa precisava de alguma informação, ou de algum trabalho, ela costumava dar passos largos, firmes e fortes. Falava o que precisava e saía a passos lentos, aos rebolados, toda provocativa. Assumi que os daquele dia me avisariam que adoráveis propostas indecentes estavam por chegar.

Lisa se sentou ao meu lado e disse que queria marcar uma reunião com Trevor para apresentar a parte final do que desenvolvemos. Concordei. Os trinta minutos seguintes foram inteiramente dedicados ao trabalho. Até que ela se levantou e disse baixinho, para ninguém mais ouvir:

— Quero te fazer uma surpresa após o expediente. – Olhei para ela e aguardei ansioso. Ela se curvou e sussurrou em meu ouvido: — Tenho certeza de que você vai adorar.

Deu um sorriso sacana e voltou para sua mesa.

Momentos depois, apareceu no meu monitor a caixa do Messenger:

Mensagem de Lisa para Martin: *Trevor e os outros dois vão demorar na reunião que estão fazendo no jardim de inverno. Se você duvidar, volto até sua mesa e dou um beijo no seu pau.*

Resposta: *Duvido.*

Nenhuma outra mensagem surgiu. Ouvi novamente os passos firmes na minha direção. Ela trazia uma expressão séria no rosto. Apenas eu sabia o motivo.

Lisa se ajeitou na cadeira ao meu lado, a aproximou de forma a fazer com que seu corpo encobrisse o braço, abriu um botão da blusa, de modo a revelar mais do decote e pegou no meu pau.

Fiquei plantado no assento, ofegante e com as mãos suadas e frias. Meu coração disparou. Olhei fixamente para ela enquanto sentia os movimentos da mão roçando meu pau por baixo da mesa e ainda dentro das calças. Lisa abriu a boca e empurrou a língua contra a bochecha direita, de modo a simular uma chupada. Pelo decote para lá de generoso, vi que o seio daquele lado, pressionado contra meu braço, quase saltava do sutiã.

— Não olhe para mim, garoto. Olhe para a tela e preste atenção nos outros. Veja se há alguém nos observando.

Ainda estático, estudei o ambiente apenas com os olhos, para lá e para cá.

— Parece que estamos sozinhos na sala, Lisa. Esses caras têm olhos apenas para as telas dos computadores. Você tem coragem?

— Nunca duvide de mim, Martin.

Como se nada estivesse acontecendo, eu a ajudei a abrir o zíper da calça.

— Só duvidei para te provocar. Ele é todo seu. E não se preocupe, os *nerds* continuam vidrados nos computadores.

Ela dobrou o corpo, abaixou a cabeça e engoliu tudo de uma só vez; deu algumas chupadas profundas, levantou-se após alguns segundos e disse:

— Sonho com isso faz alguns dias – confessou, estudou o ambiente, sentou novamente e engoliu tudo de novo. Ela demonstrava estar tão excitada quanto eu.

O meu desejo naquele momento era que ela...

— Guarde-o agora. No final da tarde, vamos saciar nossos desejos quando sairmos daqui.

Fiz que sim com a cabeça como se tivesse aprovado uma nova linha de programa e ela voltou para sua mesa com a mesma desenvoltura com que veio. Não consegui desviar o olhar daquele delicioso corpo se afastando de mim.

Mal ela saiu a ficha caiu. O que será que ela queria fazer no final da tarde? Eu não tinha certeza de que aguentaria a espera.

Mensagem para Lisa: *Qual a surpresa no final da tarde?*

Mensagem de Lisa para Martin: *Se eu te contar vai deixar de ser surpresa, kkkkkk.*

Resposta: *Você acha que vou conseguir trabalhar com essa expectativa?*

Mensagem de Lisa para Martin: *Vire-se. Eu já não estou conseguindo.*

Resposta: *Por quê?*

Mensagem de Lisa para Martin: *Ficou um vazio na boca ao sair daí.*

Resposta: *Tenho aqui uma coisa para preencher esse espaço. Quer?*

Mensagem de Lisa para Martin: *Quem é o mais louco entre nós?*

Resposta: *Quanto mais cedo matarmos a vontade, mais cedo voltaremos ao trabalho. Não vou conseguir produzir nada antes que...*

Mensagem de Lisa para Martin: *Nem antes de... e nem depois...Sei que vai ficar pensando alucinadamente na surpresa. Kkkkk.*

Resposta: *Vamos resolver uma coisa de cada vez?*

Mensagem de Lisa para Martin: *Tá. Primeiro as mais urgentes, depois as mais importantes.*

Resposta: *Aprendi mais uma regra de vida.*

Aguardei alguns segundos e nada. Minha expectativa aumentava a cada segundo. De repente, uma nova mensagem pipocou no monitor.

Mensagem de Lisa para Martin: *Observe o ambiente e vá. Vou atrás.*

Resposta: *Não quero que me siga. Quero que me dê. Que me dê muito.*

Mensagem de Lisa para Martin: *Pare de escrever e vá. Agora!*

Era tudo o que eu queria. Ela tinha me deixado fora de controle. Aquele corredor nunca foi tão longo. Entrei na sala e fui direto para o banheiro. Tirei toda a roupa e fiquei em pé sobre a tábua do vaso sanitário.

A espera estava quase insuportável quando ouvi a porta da sala se abrir.

Mas o barulho dos passos era diferente. Gelei.

Saltei de cima do vaso ao som das batidas na porta. Era um dos colegas perguntando se eu estava ali. Após a minha confirmação, assustado, ele disse que Trevor havia chamado a mim e a Lisa para uma reunião.

— Já estou indo. Obrigado por me chamar.

Comecei a me vestir às pressas. E saí do banheiro com o aspecto de quem acabara de fugir do hospital.

— Procurei você por todos os cantos, Martin – disse o colega. — Desde quando usa esse banheiro? Aliás, só você usa.

Corri para minha mesa e peguei a caneta e o bloco de notas. Foi então que vi a mensagem de Trevor para mim e para Lisa. Ele queria uma reunião imediata conosco para discutir o que estávamos fazendo na página de compras.

A mensagem chegou logo depois que terminei meu papo com Lisa e fui ao banheiro. Trevor, sem resposta, mandou que fossem me procurar.

Lisa já estava sentada na cadeira de Trevor, fazendo as demonstrações do que eu havia programado. Olhou com cara de decepção.

— Desculpe atrapalhar sua intimidade no banheiro, garoto. Sente aqui. Você escreveu as mudanças. Mostre tudo ao Trevor.

Foi sorte Lisa ter tido tempo de ler a convocação. Não fosse isso, seríamos pegos no banheiro.

Apresentei a nova sequência de compras no site. Trevor acompanhou tudo, questionou algumas coisas e ao final deu um tapinha nas minhas costas.

— Parabéns, meu irmão. Você já está criando e programando melhor que eu – disse com um sorriso. — Você até inseriu ferramentas que eu nem cheguei a pensar. Gênio esse meu irmão!

Deixei escapar um riso nervoso e pensei que aquela foi por pouco. Lisa fez questão em destacar:

— Ele fez tudo sozinho. Nosso site terá implementações que nossos concorrentes nunca imaginaram. E nem nós.

A breve reunião terminou. Voltei para minha mesa ainda ajeitando a roupa.

Mensagem de Lisa para Martin: *Que susto, heim!*

Resposta: *Nem me diga. Imagina se nos pegassem juntos.*

Mensagem de Lisa para Martin: *Todo mundo já sabe. Só iriam comprovar.*

Resposta: Louca. *Sabem a nosso respeito, mas não das rapidinhas que damos no banheiro.*

Mensagem de Lisa para Martin: *Não seja inocente, garoto.*

Resposta: *Depois daquele susto quero que me fale da surpresa.*

Mensagem de Lisa para Martin: *Calma, garoto. Não seja afoito. O final da tarde ainda não chegou.*

Resposta: *Safada. Você vai pagar caro por isso.*

Mensagem de Lisa para Martin: *Oba! Assim você me excita, garoto. Como pensou em me penalizar?*

Resposta: *Quanto mais você demorar para dizer, maior será o castigo.*

Mensagem de Lisa para Martin: *Então a surpresa fica para amanhã. Quero sofrer muito na sua mão, e no seu pau... kkkkkkkk.*

Resposta: *Não vou aguentar até amanhã, e você sabe disso. Portanto prepare-se. Você vai ter um castigo surpresa.*

Mensagem de Lisa para Martin: *Você me convenceu. Não vou deixar para amanhã. Espere ao lado do meu carro no final da tarde. Mas quero o castigo hoje.*

Resposta: *Safada, vadia.*

Mensagem de Lisa para Martin: *Uiiii. Não precisa elogiar. Aguente firme e ficará feliz.*

Resposta: *Então vou enfiar a cara no trabalho para não ter tempo de ficar imaginando o que me espera?*

Mensagem de Lisa para Martin: *Se é isso que você gosta de fazer... Eu bem que preferiria que você enfiasse a cara no meio das minhas pernas.*

Resposta: *Para com isso, sua tarada. Vamos trabalhar. Bye.*

Mensagem de Lisa para Martin: *Uiii. Adoro quando você fica machão assim. Bye.*

O tempo se arrastou naquela tarde. Mesmo preocupado com o trabalho, não consegui tirar os olhos do relógio da tela do meu computador.

Às 17h21 a primeira mensagem chegou. Abri o Messenger.

Mensagem de Lisa para Martin: *Hora da festa. Vamos?*

Resposta: *Vai me contar agora?*

Mensagem de Lisa para Martin: *Curiosidade é coisa de mulher. Saia na frente e me espere no carro.*

Resposta: *Vou avisar o Trevor que não vou para casa com ele. Pode olhar pela janela e verá que já estou ao lado do seu carro.*

Mensagem de Lisa para Martin: *Seja rápido se quiser me curtir de forma diferente.*

Essa última frase disparou um gatilho na minha mente. Meu coração, como sempre, reagiu no ato. Dei uma desculpa esfarrapada para o Trevor, que se mostrou desconfiado, mas engoliu o que falei sem questionar.

Não foi preciso esperar muito ao lado do carro. Lisa apareceu apressada, segundos depois. Ainda bem, porque o vento estava frio e cortante. Entramos no carro e saímos do estacionamento. Lisa finalmente revelou o segredo:

— Meus pais vão voltar para casa depois das oito e meia. Quero aproveitar a casa vazia para transar com você em todos os lugares e posições possíveis.

— Você é uma louquinha muito gostosa. Depois das loucuras que já fizemos na empresa bem que merecemos uma cama e a tranquilidade de não sermos surpreendidos. Quero escolher alguns lugares.

— Me fale de um deles.

— Na mesa de jantar. Quero que todas as vezes que estiver comendo com seus pais ou com seu noivo, lembre-se de que foi comida por mim ali.

— Que delícia! Lá eu não tinha pensado. Você é um tarado. Adoro isso.

Em quase duas horas de muito sexo, começamos pela mesa da cozinha, passamos pelas poltronas em frente à TV e depois pela cama e pelo banheiro dela. Fomos à garagem.

— Todas as vezes que eu entrar nessa garagem vou ver nossa imagem estampada na parede. Quero dar bem gostoso aqui.

Foi maravilhoso. Eu já estava quase pedindo água quando ela me surpreendeu:

— Agora, o *gran finale*. Quero transar na cama dos meus pais. Tem coragem?

— Tenho. E você, tem certeza disso?

— Tenho. Quero faz muitos anos. Vamos.

Pensei com meus botões: será que Freud explicaria isso?

Lisa entrou na casa nua. Fui atrás. Tomamos um banho rápido e quente e caímos na cama dos pais. Foi o lugar em que ela mais se mexeu e gemeu. Fiquei preocupado que algum vizinho ouvisse os gritos e chamasse a polícia. Nada aconteceu. Terminamos a farra e tomamos o cuidado de deixar o quarto exatamente como o encontramos. Passava das oito quando encerramos a festa particular.

— Está nos vendo na parede da garagem? – Ela perguntou ao acender o farol do carro, abrir a porta basculante e dar marcha à ré.

Enquanto o veículo recuava devagar na descida da garagem até a rua, estudei bem a imagem, na verdade um borrão impresso no pó sobre a pintura da parede do fundo, e concluí que parecia a de alguém deitado na cama, só que na vertical. Com um pouco de imaginação, era possível enxergar o tronco, os seios nus, os braços sobre a cabeça e parte do rosto. Diante da boca, uma mancha brilhante, talvez da umidade da respiração ofegante que ela emitiu.

— Só tem você ali – eu disse.

Lisa enfiou o pé no freio, engatou a primeira e voltou para dentro da garagem. Avançou sobre o volante e fincou os olhos na imagem.

— É verdade – ela disse. — Parece a cena de um crime ou de um filme de terror.

— Ninguém vai entender nada como ela apareceu ali.

— Mas eu vou. Toda vez que eu abrir a porta da garagem vou me lembrar de tudo que fizemos na casa e como você me comeu naquela posição.

— E seus pais, o que vão achar?

— Duvido que vejam alguma coisa. Minha mãe mal enxerga e meu pai é para lá de distraído.

— Mas e seu noivo?

Lisa olhou para mim e refletiu por alguns segundos antes de responder:

— Ele raramente entra aqui. Mas se quiser, posso repetir com ele o que eu e você fizemos. Mas vou pensar em você. – Lisa me deu um beijo e completou: — Tenho que te agradecer por ter realizado minha fantasia.

Fiquei contente por ela ter escolhido a mim e não ao noivo para realizar a fantasia que nutria há anos. Depois daquilo, passei a não ter mais dúvida alguma sobre a pergunta de Freud: afinal o que querem as mulheres?

Uma pergunta de difícil resposta. Mas será que precisa ter?

∫

Acordei no domingo pensando nos meus amigos brasileiros. Escrevi mais uma carta para o Dalton.

Oi Dalton,

Espero que tudo esteja bem com você e com todos da sua família.

Na última carta que escrevi eu disse que se você não respondesse, eu não escreveria novamente. Ocorre que tô com saudade e vim te dar mais uma chance... Kkkkkk.

Quero falar mais é da mulherada. Sei que você vai ficar puto por estar tão longe do Canadá!

A vida aqui está uma loucura. Meu dia precisava ser mais longo, ter mais horas, para eu poder foder mais. As mulheres daqui são muito liberadas. Estou curtindo algumas que são alucinadas por sexo.

Uma das vizinhas da minha casa é médica e o marido dela também. Os dois têm mais ou menos trinta anos. Conversei pela primeira vez com ela faz mais de um mês. Foi num dia que eu estava cortando a grama do jardim da minha casa.

Ela demonstrou muita curiosidade por eu ser brasileiro. Não conhecia nada sobre o Brasil. O papo foi interessante, mas meu inglês não dava para eu esticar os assuntos.

Na semana seguinte, deu um pau no computador dela e ela veio pedir ajuda para o meu irmão, que realmente é fera nisso. Como ele não estava, fui até a casa dela para ver se conseguia resolver. O bicho nem abria. Usei o DOS e entrei pelo modo de segurança. Não vou encher o teu saco contando os detalhes. Depois que resolvi o problema, ao acessar a internet para testar, entrou de imediato num site pornô. Era o último que ela tinha entrado. Estava rolando o maior sexo anal. Devo ter ficado com o rosto vermelho, mas ela, cara, não demonstrou nenhum constrangimento.

Vendo que eu estava encabulado, ela perguntou: Deve ser muito gostoso isso, eu nunca fiz. E você? Porra, Dalton, fiquei mudo. Minha garganta secou. Eu estava sentado olhando mais para a tela do que para ela. Em pé ao meu lado, ela apoiou a mão na minha nuca e refez a pergunta. Respondi a verdade, que eu já fiz várias vezes e aí complementei que é muito bom quando os dois estão excitados.

Cara, a mulher abaixou, deu um beijo na minha boca e disse no meu ouvido que naquele dia não dava, mas que numa noite que seu marido estivesse de plantão no hospital, ela me chamaria. Disse que, se curtisse da primeira vez, ia querer transar comigo só fazendo anal. Perguntou se eu topava? O que você acha que respondi? Ou melhor, o que você teria respondido se estivesse no meu lugar?

Cara, bati algumas punhetas naquela noite pensando em comer o cuzinho dela. Dali em diante, e durante duas semanas, eu voltava rápido para casa e esperava que ela fosse me chamar. Nada. Cheguei a pensar que ela tivesse se arrependido da proposta. Mas aí um dia ela deixou um recado com minha mãe. O computador estava dando o mesmo problema e ela precisava de uma solução com urgência. Nem acreditei, mas entendi o recado. Fui rapidinho ajudar a coitadinha da médica, quase analfabeta em informática.

Ela tinha tanta certeza de que eu iria que me recebeu com uma roupa bastante apropriada. Era tão curta que mal cobria a calcinha e expunha as pernas brancas, grossas e lindas. Ela estava sem sutiã, cara! O farol estava acesso e metade dos seios pra fora. Quando começou a me beijar, ainda na sala, percebi que estava ofegante e descontrolada.

A certa altura, e sem saber a minha idade, agarrou meu pau e disse: Achei que você ainda era adolescente. Seu pau é maior que o do meu marido. Será que vou aguentar?

Porra Dalton, eu não sabia que se era lorota dela ou se ela estava falando aquilo para me agradar.

Empurrei-a para o sofá mais próximo. Chupei seus peitos enquanto passava a mão naquela bocetinha toda molhada. A mulher tremia de tanto tesão. Agarrou o meu pau e deu uma chupada que você não vai acreditar. Senti que ela queria que eu gozasse. Imagine você. Eu já estava a perigo antes de ir para lá. Na verdade, eu estava a perigo desde o dia que ela disse o que queria fazer comigo. Avisei que se continuasse a me chupar daquele jeito eu não aguentaria. Ela tirou o pau da boca e disse que ia me deixar gozar na boca com a condição de que eu conseguisse repetir a dose no cuzinho. Cara, ela não esperou minha resposta. Chupou com tanta vontade, com tanta sede, que mesmo depois de eu gozar continuava com a função.

Para eu ter um refresco, empurrei-a para a cama e chupei seu grelinho até que ela gozasse. A mulher gemia e se contorcia na cama. Uma delícia!

Acho que você nunca chupou uma boceta, né? Lembro que a gente falava nisso com nojo. As coisas mudam, meu amigo. Adoro chupar uma boceta. O prazer que a mulher tem ao ser chupada me deixa com o pau duro só de pensar. É uma delícia sentir a mulher gozando na minha boca. Adoro isso, cara.

Ela curtiu por poucos segundos o orgasmo e veio me chupar de novo. Era a hora do cuzinho. Fiquei em pé do lado de fora da cama e ela deitou no canto, de frente para mim. Apoiou as pernas nos meus ombros. Que visão maravilhosa. Os seios durinhos apontavam para mim. A bocetinha, que ela disse que não me daria, estava fácil, toda aberta para mim. Mas eu não podia reclamar de nada. Um cuzinho virgem me esperava. Encostei a cabeça na portinha e fui enfiando devagarzinho. Ela rebolou, agarrou os seios e deu alguns gemidos, que eu não sabia se eram de dor ou de prazer. Na dúvida eu parava, massageava o grelinho dela para que se excitasse mais ainda e depois retomava a enfiada, e a mexer de leve, para frente e para trás.

Assim que eu enfiei tudo, ela perguntou se ainda faltava muito. Não respondi, apenas agarrei as coxas dela, puxei-as para mim e dei uma enterrada. A gulosa gemeu um "que delícia!". A sacana começou a rebolar e a mexer de baixo para cima. Ela queria mais e me dizia: coloca tudo, Martin. Me fode com força. Era tudo o que eu queria ouvir e fazer. E enquanto eu enterrava meu pau, ela passou a massagear o grelinho até gozar. Disse que foi uma das melhores trepadas que já deu, e que aquele foi o orgasmo mais forte que sentiu.

Meu pau ainda estava muito duro dentro dela quando ela perguntou se eu queria gozar. Acho que ela se excitou com a pergunta e começou a rebolar para mim. Minha resposta foi com movimentos. Ela dizia: fode com força, quero gozar de novo. E perguntou: Vamos tentar gozar juntos? Cara, foi só eu dizer *vamos, que não aguentei e comecei a gozar. Mas o pau não me decepcionou. Continuou duro até que ela gozou no grelinho de novo.*

Fomos para o chuveiro. Enquanto ela me dava banho, passei a mão no grelinho e tentei levantar a perna dela para comer a bocetinha. Ela recusou. Disse que o cuzinho era só meu e a boceta só do marido. E ela aí completou com a notícia de que a boca também era só minha, uma vez que ninguém havia gozado nela.

Dalton, a parte mais gostosa dessa loucura toda é que as mulheres acham que estão me usando. Elas gostam mais do meu pau do que de mim. Mal sabem que mesmo depois de me "usarem", ainda bato algumas punhetas pensando nelas.

Cara, tem prazer melhor do que ter a mulherada querendo dar pra mim? Se a Lisa não trabalhasse, tenho certeza que passaria o dia todo trepando. Duvido que o noivo vá dar conta do recado quando casar com ela. Em pouco tempo, ela vai acabar com ele ou vai começar a dar para outros. Vai ver que a Manu é assim também.

Não dá pra um cara só apagar aquele fogo.

Falei da Lisa na carta anterior. Se você não leu, não sabe quem ela é, se fodeu... Kkkkkkk

Resumindo, Dalton, isso aqui só não tá um paraíso total porque como eu disse no começo, tá faltando horas no meu dia... Kkkkkkkk

Vou te contando mais nas próximas cartas. Você já pensou em comprar um computador? Quando comprar, vamos substituir as cartas pelos e-mails, ou por alguns sistemas de bate-papo que já existem na internet. Vai ser muito legal.

Fala pra todos que tô com saudades. Menos para o safado do Arnold. Tô comendo tanta mulher boa por aqui que já esqueci a Manu. Sei lá se um dia vou ser capaz de perdoar o Arnold e a Manu.

Mande notícias, cara. Quero saber como estão as coisas por aí.

Abração de mosqueteiro.

Martin

Vinte e um

As coisas aconteciam tão rápido na minha vida que eu tinha muita dificuldade para administrar a ansiedade. Eu já tinha acumulado, em poucos meses, tanta história para contar que meu futuro já parecia traçado. Meus dias eram intensos como se eu tivesse que seguir o mote: faça tudo agora, com toda garra. Não troque as oportunidades por nenhuma farra.

Já era agosto. E naquela primeira semana do mês, entraria no ar, no Brasil, meu site Aquinet. Era um dos primeiros sites de busca, que não apenas começava com todo o acervo do site do Trevor, como a nossa tecnologia era muito mais avançada que a dos sites que tinham surgido primeiro.

Em pouco tempo, o Aquinet virou uma febre nacional. Tínhamos mais visitas do que a soma de todos os demais sites juntos, incluindo os estrangeiros. Eu não contava com ninguém na área comercial. Os anúncios eram enviados para minha própria análise. Os que eu aprovava entravam no ar após o pagamento integral do primeiro mês. Essa foi uma ideia do Trevor para não termos de criar um setor de crédito e cobranças e nem nos desgastarmos para tirar do ar anúncios de clientes inadimplentes.

A coisa estava esquentando rápido e eu não estava dando conta de atender todos os pedidos de veiculação de publicidade que chegavam com a velocidade necessária. Para facilitar o acesso dos clientes, abri uma linha de atendimento através do 0800, direto no Canadá. Com isso, inaugurei um canal chamado "Fale com o Presidente".

O mais impressionante é que ninguém sabia que eu tinha apenas dezoito anos, muito menos que todo o atendimento era feito do Canadá. Todos os dias eu recebia dezenas de e-mails de empresas brasileiras interessadas em parcerias.

Tanto a grande imprensa, como as revistas especializadas, não se cansavam de enviar e-mails querendo informações e entrevistas. Trevor dizia que nenhuma matéria ou reportagem iria me ajudar. Possivelmente até poderia me prejudicar. *Low profile, low profile*, recomendava ele. Meu pai canadense aprovava plenamente essa abordagem.

O trabalho do escritório não esmorecia. Para dar conta de tudo, passei a reservar duas horas do meu dia para as rotinas do Aquinet, que logo ganhou o título de portal. Todo o tempo restante era dedicado para finalizar o clone do shopping virtual, que batizei de Pontos Certos. Era o primeiro site do Brasil em que os compradores ganhavam pontos por compras realizadas em quaisquer das lojas do portal. O sistema era tão inovador que eu tinha de explicar para os meus amigos e pais brasileiros que ele funcionava como o sistema de milhagem das companhias aéreas.

— Martin, sua ajuda nesses seis meses antecipou o lançamento do nosso site – disse Trevor, numa das muitas tardes em que eu estava atulhado no trabalho.

— É o Brasil ajudando o Canadá.

Rimos juntos.

— Você já está mais rápido que eu na programação. Suas ideias melhoraram nossos projetos. *You are truly a genius, my brother* – ele riu. — Conforme nossa programação, vamos lançar o site na semana que vem. O que você acha de colocar o brasileiro no ar um mês depois?

— Preciso que meu pai no Brasil entre com uma grana para que eu possa comprar os servidores. Computador de grande porte é muito caro no Brasil. O dinheiro que o Aquinet está gerando não permite que eu compre tudo de uma vez.

— Emburreceu, Martin? Você vai usar nossos servidores para a fase de lançamento. Clone é clone, meu chapa. Daqui a alguns meses, com o lucro do negócio, você vai poder investir nos servidores mais modernos do mundo, se é que não continuará usando os nossos.

— Ok, meu irmão, clone é clone. — Fui forçado a concordar. Afinal de contas, a proposta dele era tentadora, não apenas por eu ter o espaço de servidores de que precisava como aquilo evitaria de eu ter que espremer meu pai no Brasil por mais dinheiro. A grana que ele gastava para me manter no Canadá já era grande o suficiente para fazê-lo aumentar as horas dedicadas à marina. Coitada da minha mãe, que nem devia mais ver o marido. — Vamos concluir tudo aqui e depois você me ajuda na migração dos programas e dos dados.

— Fechado – disse Trevor. — Mas depois que você comprar os computadores adequados, você vai voltar pra cá para fazermos juntos a migração e os ajustes na programação. Você leva os *hard discs* na mala para o Brasil. Sugiro que no futuro compre de nós todas as atualizações. Será muito mais barato do que ter uma estrutura de programação no Brasil.

Com muito suor, na base de dez por cento de inspiração e noventa por cento de transpiração, colocamos no ar o site no Canadá, conforme combinamos. A coisa rodou suave e exigiu apenas alguns pequenos ajustes.

∫

Eu e as tradutoras contratadas finalizamos a nossa parte. O site Pontos Certos ficou pronto nos trinta dias previstos.

— Vamos marcar uma data para inauguração? – indagou Trevor.

Ele aparentava estar tão ansioso quanto eu. A linha 0800 que divulguei no Brasil não parava de tocar em Waterloo. Como eu atendia em português, as pessoas tinham certeza de que eu estava em São Paulo. Eu me deliciava com os avanços das comunicações e com tudo que a tecnologia permitia criar. Diariamente chegavam, via e-mail, dezenas de cadastros de empresas buscando informação. Algumas eram até mais incisivas ao demonstrar interesse em participar do projeto. Defini com Trevor a melhor forma de selecionar com quem iria negociar. Fiz a seleção dos cadastros, eliminei as empresas que tinham capital social muito baixo e as com menos de cinco anos de vida. Mesmo assim, havia mais de trezentos lojistas candidatos a integrarem de imediato o site Pontos Certos.

— *Fuck*! Isso é o triplo do que conseguimos até agora, Martin – disse Trevor, pasmo e preocupado.

Eu, de tão envolvido com meu trabalho, deixei de acompanhar os resultados no Canadá, mas como via todos muito felizes, achei que as vendas estavam satisfatórias.

— Meu trabalho está apenas começando, Trevor. Todas as grandes redes de varejo brasileiras se cadastraram. Quando eu divulgar a lista dos selecionados, elas atrairão as outras empresas que preciso para completar os diversos segmentos. – Trevor gostou do que ouviu, mas não estava preparado para o que eu estava prestes a dizer: — Estipulei a meta de quinhentas lojas, as melhores do Brasil. O que nos interessa é o volume de vendas de cada uma. Não vou viver da taxa de vinculação e de manutenção, não é, meu irmão?

Trevor pareceu surpreso, o que me agradou, e disse:

— Você não discutiu comigo a taxa de associação, Martin. Quer analisar a política de preços?

Trevor agia como se sentisse diretamente responsável pelo sucesso do negócio e sempre me dava o maior apoio. Uma vez que ele tinha muito mais experiência que eu, sua orientação era muito bem-vinda. Os assuntos eram diversos e complexos. Resolvemos começar um *brainstorming*. Afinal de contas, duas cabeças pensam melhor do que uma.

— Muitos comerciantes decidiram entrar sem nem saber qual vai ser a taxa de associação. Pensei em cobrar o equivalente aos mil dólares que vocês cobram aqui no Canadá. O dinheiro em caixa vai ser uma boa ajuda no começo. O que acha?

Trevor olhou para o teto. Deu para ver que fazia algumas contas. Ao terminar, baixou os olhos para mim, abriu um sorriso e disse:

— *Fuck*! Boa ajuda? Você vai começar com meio milhão de dólares em caixa. E você fala desse jeito? Esse dinheiro não é só uma "boa ajuda".

Concordamos que era realmente um resultado "do grande caralho", para começar um negócio.

Trevor calou-se, cruzou as mãos atrás da cabeça e largou o corpo no encosto da cadeira, que reclinou até onde pôde. Ele levantou os olhos para o nada por vários segundos e respirou profundamente várias vezes. Aguardei calado.

— Martin. – Trevor desfez a pose e ponderou. — Estou preocupado, no bom sentido, com o Pontos Certos. Se a demanda está alta assim, eleve o valor da taxa inicial. Dessa forma você faz uma seleção natural. Quem não tiver agressividade para tomar a decisão de participar, que se foda. Com esse dinheiro você investe uma parte em publicidade e outra nos equipamentos que vai precisar. Uau! Meu irmão, você já é um cara rico – ele esticou a mão em minha direção.
— *Give me five*!

Levantamos e nos abraçamos efusivamente.

Vibramos muito com o que estava acontecendo. Nem confessei que, por vezes, meu coração ficava maior que meu peito a ponto de chegar a senti-lo querendo sair pela boca. Eu me esforçava para conter o entusiasmo, mas não era fácil. Peguei-me mais de uma vez na escola completamente aéreo e alheio ao que o professor tentava ensinar. O sono virou um artigo de luxo com o qual passei a ter uma relação de amor e ódio.

Aprofundei com Trevor a análise de qual seria o valor ideal para a taxa de vinculação.

— Ela é muito importante, Trevor, mas o que interessa mesmo é a venda mensal do site. Essa é que vai ser minha vaca leiteira.

— Se você cobrar uma boa taxa inicial a empresa vai ficar com um caixa espetacular. – Ele olhou para mim, e segundos depois gritou, como alguém que grita Eureca: — Cobre dez mil dólares.

— Você pirou, Trevor!? Você mora num país de primeiro mundo e cobra mil e mesmo assim não conseguiu ainda a quantidade de lojistas planejada. Como cobrar dez mil dólares no Brasil? Tá louco?

— O valor certo é aquele que o cliente está disposto a pagar. Pelo interesse despertado até agora, Martin, o comerciante brasileiro está mais receptivo ao negócio que os canadenses. Cobre dez mil.

— É muito caro, Trevor. Vou começar com três mil dólares.

— *Yessss*! Em poucos meses terá faturado um milhão e meio de dólares. Mas tem mais. Deve cobrar dos parceiros pelo menos três meses de mensalidades antecipadas. Estabeleça um valor mínimo de quinhentos dólares por mês. Esse valor variará de acordo com o faturamento das empresas. As muito grandes deverão pagar até dez mil dólares por mês. Essa cobrança também gerará de imediato mais dois milhões e meio de dólares. Comece a pensar agora o que fazer com esses quatro milhões de dólares no seu bolso.

Trevor riu. Eu também, mas de nervoso.

A alegria era geral. Meus parceiros canadenses estavam vibrando com o sucesso em potencial do shopping virtual Pontos Certos. Eu, como sempre, tomava todo o cuidado para não deixar extravasar minha ansiedade e alegria. A vontade era de gritar. A emoção não cabia dentro de mim. Ao me inscrever no intercâmbio, nunca imaginei o que poderia acontecer, muito menos que minha vida fosse dar aquela virada.

Cheguei a ter vontade de voltar para o Brasil para estruturar o negócio mais rapidamente. Mas eu tinha um obstáculo a superar: eu precisava levar o diploma do ensino médio para poder entrar na faculdade.

∫

— Hoje chegou uma carta do Brasil, Martin. – disse minha mãe que, logo após o jantar, entregou-me o envelope com um sorriso nos lábios. — Não é da sua mãe, nem de outra mulher.

Peguei a carta da mão dela e li o nome do remetente.

— É de um amigo, mãe.

Tirei meu prato e ajudei a colocar o resto da louça e dos talheres na máquina de lavar louças. Minha mãe agradeceu pela ajuda, mas disse que, naquela noite, eu estava liberado para ler a carta.

Fala Martin!

Num sou de escrever cartas. Desculpe os erros de português e a falta de jeito. Vou estudar engenharia, porque gosto de matemática e não de português. E nunca tive ninguém pra quem mandar uma carta...ahahahahahahah!

Você foi muito sacana em contar para o Dalton tudo o que anda fazendo com a mulherada. Fiquei com muita vontade de te visitar. Se não fosse tão caro, eu até te ajudaria a dar conta de todas essas bucetudas.

Bati umas belas punhetas pensando no cuzinho da médica. Você é um cara de muita sorte. E do jeito que você fala, elas é que estão te atacando. Isso é bom demais, cara.

Por aqui tá foda, a maré continua fraca. Ou melhor, por aqui tá faltando foda... ahahahahah. As meninas que já estão trepando querem caras mais velhos e que tenham carro. As mais novas são muito fraquinhas. Andei dando uns catas na Ursulla. Ela ainda é virgem. Mas a safadinha gosta de chupar um pau. Não deixa gozar na boca e nem gosta de lambuzar a mão, mas sabe bater uma punheta direitinho. Sei que o Dalton já pôs o pau nas coxinhas dela, mas não avançou mais do que isso. Por falar nisso, ele não sabe dos catas que dei nela. Num fala nada, tá? Mas cada vez que ela me chupa, gozo a semana inteira pensando naquela cara safada com meu pau na boca.

Num tô entendendo a cobrança que sua mãe fez sobre a inscrição no vestibular do Mackenzie. O Arnold foi para Sampa e só fez a nossa. Ele disse que você só iria tentar a Fuvest. Quem disse isso pra ele?

Outra coisa, eu também ainda não consegui convencer meu pai a comprar um computador, mas já tem uma escola de informática em São Sebastião e vou fazer o curso. Se a escola autorizar te envio e-mails de lá depois que eu aprender a usar...ahahahahah.

Fico por aqui cara.

Gian

Dobrei a carta de qualquer jeito e a enfiei no bolso. Trevor deve ter visto minha cara de bravo e comentou, talvez para amainar o clima:

— Legal. Carta do Brasil, Martin. Boas notícias?

Joguei a carta na mesa de centro, diante do sofá, e atirei-me entre as almofadas. Minha mãe, na cozinha, agitou-se de susto pelo barulho.

— Tá difícil receber carta, ainda mais com boas notícias, Trevor. Você acredita que deixaram de fazer minha inscrição para o vestibular?

Trevor juntou-se a mim na sala e sentou na poltrona ao lado.

— Mas você disse que seu pai fez!

— Meu pai não falhou e fez o que combinou que faria, em uma universidade. Um amigo, na verdade meu concorrente, deveria ter feito em outra e não fez. Eu queria participar de dois vestibulares para aumentar minhas chances de entrar.

Meu irmão apoiou a cabeça no encosto da poltrona e olhou com ironia para mim.

— Dizemos no Canadá que quem tem amigo assim não precisa de inimigo.

Dei um tabefe numa das almofadas. Minha mãe se agitou de novo na cozinha e disse qualquer coisa que ignorei.

— Falamos a mesma coisa no Brasil. Esse cara e eu somos amigos de infância, mas ele sempre competiu comigo. Ao não fazer minha inscrição no vestibular ele está evitando que eu continue estudando com meus outros amigos.

— Amigos continuarão amigos, Martin.

— Não vale a pena esquentar a cabeça com isso agora, Trevor. Vou estudar para passar no outro vestibular. É o mais difícil do Brasil. E quer saber de uma coisa? Vou passar. Você vai ser o primeiro a receber a notícia.

— Esse é o meu irmão! Aposto todas as fichas em você.

Eu tinha bons desafios pela frente e não queria perder tempo nem energia com mais aquela traição do Arnold. Eu tinha uma empresa para estruturar e dois sites para cuidar. Decidi que ia cursar engenharia, mesmo tendo que me dedicar muito aos negócios. Diante de tudo o que estava acontecendo na minha vida, constatei que gostava mesmo é de correr riscos. Intimamente agradeci minha mãe no Brasil por ter feito com que eu enxergasse isso pela primeira vez. Se não fosse aquele empurrão, eu não estaria aqui, e muito menos fazendo tudo isso que estou fazendo. Dei boa noite para todos e fui para o meu quarto responder vários *e-mails* do Brasil.

Vinte e dois

Durante o café da manhã, bati papo com a família sobre as coisas do dia a dia, notícias dos jornais, a vida em geral. Com a mente fervilhando, era difícil evitar que os assuntos das empresas fizessem parte da conversa.

Uma vez que o negócio exigia uma pessoa que cuidasse do *startup* da empresa no Brasil, analisei alguns currículos encaminhados pelo *headhunter* que contratei para me ajudar na formação da equipe da empresa. Trevor e eu escolhemos um candidato: Alex. Um papo e a recomendação do *headhunter* foram suficientes para contratá-lo como o gerente geral, responsável pelas operações.

Marcamos um encontro de trabalho no Canadá para afinar as ações estratégicas, fazer uma revisão geral dos sites e um teste de navegabilidade.

Encontrá-lo na sala de reuniões do hotel foi animador. Alex chegou com muita energia e disposição para encarar os trabalhos. Falamos da essência dos sites e das estratégias que, como eu previa, nos posicionaram na liderança no Brasil.

Alex era ligeiro. Sempre gostei de quem fala rápido. Para mim, isso significa que pensa rápido. Sua formação em Ciência da Computação, e experiência na área comercial da internet, me deu a segurança de que o *headhunter* indicou o profissional certo. Ele tinha ambição e disse que queria tornar-se o maior salário da internet brasileira, o que para nós significava que iria fazer de tudo para superar as metas.

O telefone tocou. Lisa interrompeu a conversa sobre internet, salários e sucesso, atendeu a ligação e informou:

— O *delivery* do Tim Horton chegou. Autorizei-o a subir.

— Obrigado, Lisa – eu disse. — Se quiser receber o *motoboy* e pagar pela comida, depois te damos meio sanduíche.

Todos rimos. Lisa e eu nos levantamos para receber o entregador da comida.

— Você bem sabe que não quero comer só sanduíche, né? – ela sussurrou enquanto cruzávamos a sala em direção à porta. — Minha fome é outra, Martin! E metades não me satisfazem.

Inclinei a cabeça e sussurrei em seu ouvido:

— Eu bem que quis matar a nossa fome várias vezes nesta tarde. Só não consegui pensar numa desculpa para escaparmos e deixar os dois trabalhando.

Chegamos à porta. Ela agarrou a maçaneta e, antes de abri-la, disse para mim, olhos nos olhos:

— Quem quer consegue, Martin.

Senti uma ponta de sarcasmo na frase. Espalmei a mão na porta e a impedi de abrir.

— Eu sempre quero Lisa. Só que hoje ainda não deu.

Ela gostou do gesto agressivo.

— Hum... Se ainda não deu é porque vai dar, certo?

— Está a fim de me ajudar a arrumar uma desculpa para sair?

— *Easy*, Martin! Depois do sanduíche, vamos fazer café para todos. Trevor me conhece bem e sabe que quando desejo alguma coisa, nada me detém. Ele não vai incomodar.

Tirei a mão. Lisa abriu a porta. Paguei pela comida. Lisa levou as sacolas para o centro da mesa.

∫

Talvez porque Trevor já conhecesse Lisa muito bem, ele mesmo sugeriu que eu a ajudasse a preparar o café. Fomos para a copa anexa à sala de reunião.

Aquela safadinha sabia como me deixar louco de tesão.

— O café está pronto, eu já tinha feito – ela falou no meu ouvido assim que fechou e trancou a porta atrás de si. — Não vamos perder tempo com bobagem.

Ela abriu o fecho da saia, que despencou no chão.

Estava sem calcinha.

Tirei as calças num instante e ela me empurrou para uma cadeira. Caí sentado e ela, de uma vez, soltou seu corpo sobre mim, rebolou umas poucas vezes, gemeu e sussurrou no meu ouvido:

— Eu precisava tanto disso...- ela disse em meio a um suspiro.

— Gozei só com a penetração. Ah, Martin! Passei o dia todo te desejando e esperando por este momento. Eu já não aguentava mais de tesão.

— Esperou demais. Você podia ter me chamado antes.

— Não deu. Eu também estava atulhada de trabalho, mas, no final das contas, acho que valeu a pena. O tesão aumentou até explodir.

— Seu tesão me deixa doido. Adoro te foder, sua gostosa.

— E quando você fala assim, eu fico doida. Gosto dessa agressividade. Meu noivo não sabe falar assim, nunca me chamou de gostosa. Você me excita demais falando essas coisas. Quero ser sua puta, Martin.

— Você é minha puta. Quero você toda puta, dando gostoso pra mim.

Ela respondeu do jeito que eu queria, depois, com mais uma breve cavalgada, gozou de novo.

A olhada que dei no relógio foi a deixa para Lisa levantar e trocarmos de posição.

— Goze na minha boca. Sei que é a forma mais rápida de te dar prazer.

Saciados, nos vestimos. Voltei à reunião com a garrafa térmica na mão. Lisa foi logo atrás, com as canecas nas mãos e a cara fechada e comentou:

— Odeio tomar café em copos de plástico. Alguns porcos também não devem gostar, pois tive de lavar as canecas.

— Você é sempre perfeita – disse Trevor. — Perfeita e rápida. Vocês nem demoraram para fazer o café.

— Fazer café bem feito e rápido é uma arte dominada por poucas, Trevor. – Ela olhou para mim com a certeza de que Trevor sabia de quase tudo o que tinha acontecido. Sem dar bola para a torcida comentou: — Agora que vocês já comeram e têm café para passar a noite, vou embora. O dia foi pleno e preciso descansar.

∫

Aproveitamos o dia seguinte inteiro para completar o treinamento do Alex antes de deixá-lo na rodoviária, onde pegaria o ônibus direto para o aeroporto de Toronto. Trevor fez questão de fazer meu filme para o cara. Eu era pelo menos uns dez anos mais novo do que Alex. A gente não podia correr o risco de ele não me respeitar como chefe.

De volta ao escritório, cumprimentei os *nerds* que desviaram os olhos dos monitores e acenei para Lisa. Ela respondeu com um sorriso insinuante. No meu computador, descobri o motivo.

Mensagem de Lisa para Martin: *Tem uma putinha louca de vontade de dar pra você. Ela me disse que pode ser agora no café ou depois do expediente. Nesse caso, ela vai acabar com você. E aí? Qual vai ser, ou vai querer as duas opções?*

Tirei os olhos do monitor e olhei para ela. Lisa estava com o olhar fixo em mim. Voltei-me para o computador e comecei a digitar.

Resposta: *Pelo fogo nos olhos dessa putinha, e sabe-se lá onde mais, acho que ela não vai aguentar esperar o fim do expediente.*

Mensagem de Lisa para Martin: *Não mesmo. O fogo aumentou quando você chegou. Quero seu pau agora e depois. Vou ficar sozinha em casa até às dez. Podemos transar de novo na cama dos meus pais.*

Resposta: *Nada disso. Essa fantasia já realizamos. Invente outra.*

Mensagem de Lisa para Martin: *Minha cabeça não para de criar fantasias para realizar com você. Prometo que hoje vai ser diferente.*

Resposta: *Meu pau já está muito duro.*

Mensagem de Lisa para Martin: *Adoro quando seu pau responde tão rápido aos meus desejos. Então vai ser agora e depois?*

Resposta: *Espere um pouco. Preciso ler alguns e-mails e ver o que estava previsto de trabalho para o final de expediente.*

Mensagem de Lisa para Martin: *Se você demorar muito, vou até aí e chupo seu pau. Estou louca de tesão. Preciso de um pau para me acalmar.*

Resposta: *Já vou abrir o zíper, se quiser.*

Mensagem de Lisa para Martin: *Às vezes você é mais louco que eu. Adoro isso.*

Resposta: *Sou louco é de tesão por você!*

Mensagem de Lisa para Martin: *Vamos logo tomar café. Não dá pra trabalhar assim. Vamos aproveitar que Trevor está verificando as pendências dele.*

Resposta: *Preciso de apenas cinco minutos.*

A mensagem de Lisa pipocou na tela quase que de imediato.

Mensagem de Lisa para Martin: *Não sei se vou aguentar. Estou molhadinha para você.*

Resposta: *Ótimo. Quero você encharcada. Cinco minutos e vou para lá.*

Marquei o tempo no relógio. Lisa passou por mim nem um minuto depois, a passos firmes.

Terminei de ler os e-mails e estudar o que tinha planejado para o fim do dia antes dos cinco minutos terminarem.

Lisa não estava na sala do café. Fui direto ao banheiro. Lisa gritou de dentro que abriria o trinco, mas que era para eu esperar dez segundos antes de entrar. Ouvi o clique, mentalmente contei até dez e abri a porta. Como eu havia imaginado, ela estava nua e sentada sobre o vaso, com as pernas abertas para o alto, os pés ainda calçados com tênis e apoiados na parede. Uma visão e tanto.

∫

A rapidinha foi deliciosa.

Ao passar pela mesa do Trevor, avisei-o de que não voltaria para casa e nem jantaria com eles. Ele disse, sem sequer tirar os olhos do monitor:

— Vai para o segundo tempo, Martin? A Lisa te leva para casa depois da diversão?

Fui pego de surpresa.

— Caraca, Trevor, achei que você não tinha percebido.

Trevor voltou-se para mim:

— Aproveite bem suas últimas semanas em Waterloo.

— Não fale assim, meu irmão. Já estou com saudades antecipadas daqui.

— Você deve estar é ansioso por tudo que vai viver no Brasil. Possivelmente será reconhecido como o mais novo, mais inovador, mais bem-sucedido e mais rico empresário do mundo digital brasileiro.

Vi que a conversa ia se alongar. Decidi sentar numa das cadeiras para visitas.

— Agradeço pelo otimismo Trevor, mas há muitos empresários jovens e ricos no Brasil.

— Na certa, herança. Você não, pois está construindo tudo a partir de seu talento e esforço.

— Quatro milhões de dólares na conta me transformarão num milionário sem nenhuma expressão, Trevor. Isso é muito pouco.

— Concordo. Mas com os sites consolidados, você vai lucrar mais de um milhão de dólares por mês. Isso não é pouco. Considerando os conceitos de "geração de caixa" e de *goodwill*, você sabe quanto pode valer sua empresa?

— Vou crescer com elas e consolidá-las. Daqui a alguns anos pensarei no quanto valem, meu irmão.

Vinte e três

Na manhã seguinte, eu parecia um zumbi na sala de aula. Nada retinha minha atenção. Eu só conseguia pensar em chegar ao escritório para receber as notícias do Brasil. Fui engolindo um sanduíche a caminho da minha mesa de trabalho. Terminei de comê-lo enquanto ligava o computador.

Quando li o e-mail com as informações sobre as inscrições dos interessados em entrar no site, e pelo valor definido, não consegui conter o grito de alegria e, obviamente, atraí a atenções de Trevor e de Lisa.

Mais de trinta e nove empresas aderiram ao portal Pontos Certos em apenas um dia. Àquela altura, tínhamos trezentos e nove inscritos e a perspectiva de bater a meta de quinhentos parceiros em dez dias, uma vez que mais duzentas empresas já haviam preenchido o cadastro à espera de mais informações.

— Todos estão prontos para pagar? – perguntou Trevor, debruçado sobre o espaldar da minha cadeira e com os olhos grudados no monitor. — Só se deve considerar meta batida quando os caras pagam. Antes do pagamento a venda não aconteceu.

Gostei do conselho e da cautela. Trevor me obrigava a colocar os pés no chão.

Ele tinha posições rígidas e muito claras sobre o que eram prospecções e o que eram vendas realizadas. Deu um tapinha nas minhas costas, cumprimentou-me pelo resultado e retornou para sua mesa. Lisa permaneceu ao meu lado, acompanhando minha empolgação.

— Vou me dedicar à análise dos cadastros – eu disse enquanto dedilhava no teclado. — Até agora aprovei menos de cento e cinquenta e já os liberei para iniciar o processo de cobrança. Estou confiante de que não vai ser difícil atingir a meta de quinhentas lojas.

— Então aumente a meta para seiscentas empresas. Quem sabe mil? — Lisa disse em tom de desafio.

Virei o rosto para ela e a encarei, com expressão séria.

— Sua sugestão é tentadora.

— Sou tentadora em tudo, né, Martin? E como você já me definiu: muito gulosa.

Entendi o jogo dela, mas divaguei.

— Estou pensando que com os negócios no Brasil indo tão bem, se não estou perdendo tempo aqui.

Lisa fez um afago na minha cabeça e disse:

— Os negócios lá ainda dependem de você aqui, Martin. Pense bem! Não há muita diferença de onde sua mesa está, pois as decisões são imediatas. Habitue-se a ser globalizado e leia mais sobre trabalho a distância – Lisa passou a mão nos meus cabelos e deu uma risadinha.

Ela tinha razão, mas eu estava angustiado por não estar perto de onde as coisas aconteciam. Lisa fez sugestões estratégicas e por fim sugeriu uma reunião com Trevor. Resolvi mudar de assunto e perguntei se ela havia acordado bem naquela manhã. Lisa não tinha jeito, porque nem me respondeu e ainda sussurrou no meu ouvido antes de levantar e voltar para sua mesa:

— Além do mais, preciso de você aqui. Quem vai me comer se você for embora?

Não caí na provocação e mantive o foco no trabalho. Tudo porque Trevor havia sugerido uma reunião conosco em meia hora.

Mergulhei no trabalho mesmo sabendo que num canto da mente eu mantinha acesa a esperança de a qualquer momento aparecer uma mensagem no meu computador.

Veio mais rápido do que eu imaginava.

Mensagem de Lisa para Martin: *Posso te revelar mais uma fantasia que só você pode realizar?*

Resposta: Pode. *Qual é minha gostosa, meu tesão?*

Mensagem de Lisa para Martin: *Eu te excito muito?*

Resposta: *Muito mais que muito, Lisa...*

Mensagem de Lisa para Martin: *Inclusive aqui no trabalho?*

Resposta: *Mais ainda no trabalho! O papo de hoje me deixou cheio de vontades.*

Mensagem de Lisa para Martin: *Ainda quero te excitar muito, Martin. Quero te fazer perder o controle. E quando não aguentar mais de tesão, você me avisa por aqui, ou com um olhar.*

Resposta: *Você sabe que isso quase sempre acontece.*

Mensagem de Lisa para Martin: *Você não entendeu. Quando não aguentar mesmo, quando estiver no ponto de gozar nas calças, vou até sua mesa. Quero que goze na minha boca.*

Resposta: *Aqui no salão? Essa seria uma das melhores loucuras. Nunca pensei nisso.*

Mensagem de Lisa para Martin: *Vai rolar, Martin! Vai rolar! Você me deixa ainda mais excitada quando topa tudo.*

Resposta: *Vou responder a alguns e-mails do Brasil. A nossa hora chegará, tarada. Muitos beijos gostosos e safados...em você todinha.*

Mensagem de Lisa para Martin: *Ok! Outros beijos... Bem safados, inclusive nele!*

Não respondi de imediato. Outro e-mail entrou na caixa de entrada. Li o conteúdo, sorri e mandei uma mensagem para Lisa.

Resposta: *Nem acredito! Você vai ser a primeira a saber. Acabei de receber a informação de que atingimos a meta de quinhentas empresas e já temos mais de cem cadastros em análise. Vou estudar com o Trevor o que fazer.*

Mensagem de Lisa para Martin: *Já sugeri. Aumenta a meta para mil lojas.*

Resposta: *Estou ansioso para ouvir a opinião do Trevor e a sua também sobre o sucesso do site no Brasil. Tenho de tomar algumas decisões e ainda não me sinto seguro. É muito bom ter interlocutores inteligentes como vocês para trocar ideias. Além de outras coisas mais.*

Mensagem de Lisa para Martin: *Safado.*

∫

    A ficha caiu. A temporada no Canadá estava chegando ao fim e seria coroada com uma festa de formatura que, para mim, era mais que o fim ou início de uma jornada, mas um ponto de fusão. No meu caso, o passado e as expectativas futuras se encontravam naquele momento. Eu tinha grandes desafios a enfrentar e isso me dava ainda mais vontade de viver. A vida girava em uma velocidade magnífica. Era tão rápida que o futuro já se tornava o presente e o passado estava cada vez mais distante.

    O crescimento pessoal era meu foco e por isso eu fazia questão de entender porque certas coisas aconteciam, como a deslealdade, ou melhor, a sabotagem de Arnold. Ainda não havia engolido o que ele me aprontou com relação ao vestibular e à Manu. Próximo à minha volta ao Brasil, esse era um assunto dominante nas minhas conversas com amigos. Como não conseguia falar por telefone, a troca de cartas era nosso canal de comunicação.

∫

Olá Gian,
Desculpe pela demora em responder.
Fiquei tão puto com a sacanagem do Arnold que não tive vontade de tocar nesse assunto.
Ele foi mais do que um merda de um traidor, foi um filho da puta. Não me ajudou com a inscrição no Mackenzie porque assim me afastaria dos amigos, e me traiu dando em cima da Manu. Tenho certeza de que você nunca faria aquilo.
Não sei o quanto ele sabe sobre a minha empresa e os meus sites, mas quando souber de TUDO, vai ficar ainda mais enciumado. Se ele comprar computador, e enviar e-mail para mim, não vou responder. Quero ser corno se responder. Eita... Se bem que em corno ele já me transformou, mas passou. Tô comendo tantas minas por aqui que nem lembro mais da Manu. Será que ela tá dando só pra ele?

Porra, Gian, ele não me quer por perto, de medo de virar corno... Deve achar que eu tentaria reconquistar a Manu. Deve ter medo que ela queira dar pra mim de novo. Eu não quero a Manu nem pintada de ouro. O Arnold nunca vai saber disso. Pelo menos não por mim, e a não ser que você conte. Olha lá, heim!

No fundo ele me fez um puta favor. Se ela tivesse me esperado, se continuássemos o namoro, mesmo a distância, eu não teria trabalhado tranquilo, não teria comido as gostosas que comi, e ao voltar para o Brasil teria de me dividir entre Sampa, facu, o meu trabalho, e as idas para a Ilhabela para dar atenção pra Manu. Desde que vim pra cá, minha vida mudou completamente, e você sabe do que tô falando. Cara, eu não teria tempo para escrever cartas todos os dias, como tinha prometido para ela. Fora que, no dia em que eu transasse com outra, teria dificuldade em declarar o meu amor por ela. Se estivesse namorando a Manu, e comesse outra por aqui, eu me sentiria um traidor.

Aqueles dois me ajudaram muito. Por causa do que aconteceu, decidi que não vou me casar. Pelo menos não antes dos quarenta anos.

Não sei se você sabe, mas as mulheres estão divididas em dois grupos: 98% delas têm fantasias sexuais e 2% são mentirosas... Eu sou e serei o realizador das fantasias delas. De mulher que fala que não tem fantasia (a que está no grupo das mentirosas), e que eu percebo que só quer sexo normalzão, tipo papai e mamãe, tô fora, cara. Tô numa que já vou perguntando quais fantasias elas têm, e prometo realizar todas. Só não vou entrar em suruba para ser enrabado... tirante isso, tô na área. Algumas das minas já chegam falando das fantasias. Há alguns dias peguei a melhor mina da festa. Meus amigos daqui com certeza me odiaram. A fantasia dela era meter em lugar público, correndo riscos. Transei com ela enquanto a festa bombava dentro da casa. Foi uma loucura, cara. Eu queria procurar um lugar mais escondido, nos fundos da casa, por exemplo, mas ela não aceitou. Transamos por quase uma hora. Como a noite estava escura, algumas pessoas que passaram por perto não nos viram. A mina era deliciosa e muito louca.

Sei que a mulherada no Brasil não é liberada como a daqui, mas pode ter certeza de que todas têm as mesmas fantasias.

Quando você catar uma mina aí pode falar sobre fantasias sexuais. Além de gostar, ela vai se abrir com você. Com um pouco de sorte você passará de comedor a "realizador de fantasias".

Caralho, comecei esta carta puto da vida e agora estou relaxado, mas melhor que falar de mulher é comer, né Gian? Tenho uma pra daqui a pouco... hehehehe.

Voltando àquele assunto de merda, pode falar para o Arnold e para o Dalton que fiquei muito puto. Estou estudando tanto para passar na Poli, que passaria no Mackenzie com um pé nas costas. Agora tenho de passar, ou passar, na Poli. Não me conformo com mais essa traição do Arnold.

Meu humor mudou de novo...é melhor parar por aqui.

Abração amigo.

Martin

∫

Em menos de duas semanas chegou a resposta do Gian.

Fala aê, Martin!

O Arnold falou que esqueceu de pedir para seus pais os documentos para te inscrever no vestibular do Mackenzie. Disse que no dia que foi para Sampa fazer nossas inscrições, não dava mais tempo de pedir os documentos para seus pais. Ele disse que vai te explicar melhor essa história e pedir desculpas.

Tua carta anterior foi a melhor. Você descreveu o que as mulheres faziam e como mais gostavam de trepar. Tua carta parecia aquelas publicadas nas revistas de sacanagem. Eu ia lendo e batendo punheta, pensando na gata linda que você comeu na festa. Me fala o nome dela, assim eu vou dar umas esporradas em homenagem a ela.

Conheço pouco das teorias do Freud, mesmo assim vou comentar o que você escreveu sobre não casar antes dos 40 anos. Não acho que vai se casar após os 40 porque quer viver intensamente, e ser um grande comedor e realizador de fantasias das mulheres. Confesse que você ficou frustrado com o que a Manu te fez, e quer descontar em todas as mulheres. Você acha que se gostar de alguma poderá ser traído de novo.

Não quero palpitar na sua vida, mas deixe isso pra lá, cara. Às vezes planejamos um tipo de vida e tudo acaba acontecendo de maneira totalmente diferente. Sua ida para o Canadá, por exemplo. Alguma vez pensou que daria essa guinada? Nem computador você tinha em Ilhabela. Nunca pensou em ser programador de internet por uma razão simples: nem sabia direito o que era a internet... hehehehehe. Sem conhecer nada disso, é lógico que nunca pensaria em trabalhar no ramo. Quando descobrisse a internet, aqui no Brasil, no máximo você criaria um site de mulher pelada. Tô errado?

Voltando a falar de Freud, se você fosse paciente dele saberia que namorar e casar vai depender mais de encontrar a mulher certa, aquela que abra seu coração. Ele te diria para ter cuidado em não associar o prazer de comer uma mulher com a vingança pelo que o Arnold fez com você, usando a Manu.

Manda mais cartas e conte tudo. Sua vida aí é muito intensa. Aqui na ilha, nada acontece de diferente. Você sempre tem novidades, eu não. Suas histórias com a mulherada são as minhas preferidas.

Abração cara,

Gian

$$\int$$

Respondi no ato.

Olá Gian,

Bom demais receber carta sua assim tão rápido! Adoro saber como estão as coisas por aí.

Porra, cara! Compra logo um computador. Tô desacostumando de escrever cartas. Uso e-mail o dia todo, tanto com a minha empresa em Sampa, quanto com meus pais. Tomara que você não seja dos últimos a comprar um PC.

Espero demorar muito para encontrar o Arnold. Por agora eu mandaria ele enfiar o pedido de desculpas no cu... Depois que eu entrar na Poli, onde sei que ele não tem competência para entrar, e *depois que eu deixar de dar importância para o que ele aprontou, é provável que eu volte a falar com ele. Por enquanto, ele corre o risco de me pedir desculpas e levar como resposta uma porrada na boca.*

Você não falou bobagem quando deu uma de Freud. Mas acho que tô bem resolvido. Não quero só mulheres que tenham fantasias, quero muito mais que isso. Não te contei a minha longa lista de exigências, kkkkkkk. Não queria mais falar da Manu, mas a safada acabou estabelecendo um padrão de referência para mim, e com você eu posso comentar. Ela preparou um café da manhã quando ficamos no barco do Márcio. Levou flores e decorou o ambiente. Várias vezes ela me fez gozar, mesmo em lugares que ela não poderia gozar. Ela se preocupava com o meu prazer, sem egoísmo. Ela acariciava o meu corpo todo para descobrir onde eu tinha mais prazer. Me beijava muito. Algumas vezes, quando estava menstruada, ela me fazia gozar, e como se excitava com isso, depois se masturbava no banho e gozava de novo comigo... Se é que você me entende...

A Manu me elogiava demais. Ela cozinhava algumas coisas só pra nós, ou só pra mim. Ela tinha pouco dinheiro mesmo assim comprava os drops, chocolates e chicletes que eu gostava. Percebeu como destaquei coisas simples, Gian? Coisas que qualquer mulher pode fazer, seja rica ou pobre?

Não vou ficar comparando todas com a Manu, principalmente por causa dos chifres que ela me colocou, mas as mulheres com quem tenho transado só querem sexo. Elas, mesmo que no subconsciente, para usar uma expressão de Freud, pensam que estão me usando como objeto de desejo e de realização dos seus prazeres. Fui profundo agora, né? kkkkkk. O que elas não percebem é que eu entendo a forma como estão agindo comigo. E como eu adoro meter, vou passando todas no pau.

Pra eu namorar uma mulher, ela precisa ser muito feminina, delicada e amorosa. Tesuda. Tem de gostar da coisa... kkkkkk. Deve gostar de novidades, tanto na cama como fora dela. Tem de dar reciprocidade. Eu sei que me dedico a elas. Quero que elas se dediquem a mim. Quero uma mulher que se preocupe em me agradar, e em saber que está me agradando.

Não sou machista. Me dedico muito a elas quando me dão oportunidade, ou seja, quando não querem só o meu pau...kkkkkkkk.

Relação entre homem e mulher tem de ser uma via de mão dupla. Vai e vem. Dá e recebe. Por isso que a mulher tem a racha e nós temos o pau. Ela dá a racha e recebe o pau...kkkkkk. Nós damos o pau e ganhamos um prazer quente, molhado e delicioso. Quando apenas um quer receber, a coisa não funciona. Quando a mulher quer um pau para gozar e não se preocupa com a intensidade do prazer do homem, não rola por muito tempo.

Penso assim hoje. Mas acho que com o passar dos anos mudarei em algumas coisas, mas vai ser difícil mudar a essência.

Daqui a duas semanas será minha formatura. Nosso grupo alugou uma limousine com teto solar. Somos três homens. As minas que dançarão a valsa conosco estarão na limousine. Vamos circular olhando tudo de cima. Curtindo muito a última noite juntos. Fico pensando nos riscos que a Glenda vai querer correr durante a festa ou fora dela. Ela tá sempre cheia de fantasias e de vontades.

Depois te conto o que rolou.

Abração,

Martin

∫

Mesmo sem resposta da carta anterior eu estava com pressa para contar como tinha sido minha formatura. Escrevi no computador, salvei o texto e imprimi. Eu queria guardar a história que estava contando.

Gian,

É provável que eu chegue no Brasil antes desta carta. Mas como vou direto para Sampa, vim te contar algumas particularidades sobre a formatura, conforme prometido. No primeiro fim de semana que eu for para a Ilhabela contarei com mais detalhes.

Alugamos a limousine. Lembra que falei que íamos alugar? Cara, você não imagina como é comprida. Ela não caberia em algumas ruas da Ilhabela. O motorista circulou pela cidade, de casa em casa, pegando os formandos.

A entrega dos diplomas foi no salão nobre da escola. Eu nunca tinha entrado nele. As poltronas são em veludo bordô, da mesma cor das cortinas. Ficamos sentados no palco enquanto os convidados iam chegando e se acomodando. Não fiquei totalmente infeliz por não ter meus familiares e amigos do Brasil na plateia. Mas confesso que preferiria estar me formando e comemorando com vocês. Havia um misto de alegria e tristeza no meu coração. Eu queria pelo menos a minha mãe naquele momento.

Quando as cortinas se abriram, todos os convidados ficaram em silêncio. As homenagens começaram antes da entrega dos diplomas. Fiquei surpreso quando o diretor me chamou. Pediu que ficasse ao lado dele e me apresentou a todos. Brincou um pouco com o fato da escola ter me reprovado no início porque meu inglês não dava para sequer pedir syrup para colocar num hotcake. Syrup é um tipo de melado que eles usam aqui para colocar em cima das panquecas. Eu adoro. O povo todo riu muito quando ele contou mais alguns foras que eu dava, e que eu falava yes para tudo. Eu sabia falar mais que yes, mas o povo não acreditou em mim.

Aí, cara, ele se superou. Disse que todos os professores elogiavam minha performance e minha inteligência. E, no final, a escola me deu um diploma e um troféu de menção honrosa. Mesmo sendo estrangeiro e apanhando no início com o inglês, me formei com a terceira melhor nota da turma. Você não vai acreditar, cara. Todos se levantaram e começaram a me aplaudir. Para terminar, o diretor me elogiou e previu que eu não seria um anônimo. Disse que mesmo eu voltando para o Brasil, ele tinha certeza de que o povo do Canadá ouviria falar muito de mim no futuro. Alguns professores também pegaram o microfone e me elogiaram, mas não vou ficar repetindo tudo aqui para você. Eu fiquei tão emocionado, chorava tanto, que nem consegui agradecer direito. Comecei dizendo yes, e todos riram muito. Eu repeti "yes, vocês me conquistaram". Esta escola, os professores e meus amigos são inesquecíveis. E quero fazer um agradecimento especial para a minha família canadense. Cara, naquele momento, minha família levantou e começou a ser aplaudida. Depois eu disse que era filho único no Brasil, mas que encontrei no Canadá mais que um amigo. Falei o nome do Trevor e todos começaram a aplaudir de novo. No final eu disse que voltava para o Brasil deixando um irmão aqui. O Trevor gritou "eu te amo, meu irmão". Cara, o pessoal começou a bater palmas e a gritar "nós te amamos, Martin". Eu não conseguia parar de chorar. Depois o orador da minha turma também falou de mim. Sei que meus pais e meus melhores amigos do Brasil ficariam orgulhosos se tivessem participando da solenidade.

Outros detalhes eu conto pessoalmente. Vou falar agora sobre o assunto que você mais gosta. Sobre a Glenda... A danada fez uma coisa inacreditável. Quando estávamos na limousine, indo para a festa, todos nos espremamos para ficar no buraco do teto solar. Alegando que estava muito apertado, frio e desconfortável a Glenda desceu. Eu continuei lá em cima, com a cintura para dentro do carro, assim como todos os demais.

Glenda então abraçou minhas pernas e começou a acariciar o meu pau por cima da calça. Como o safado não falha, ela percebeu sua prontidão e acariciou mais ainda. Uma arranhada com as unhas por cima da calça é muito gostosa, cara. Ela arranhava e apertava de tal forma que eu já estava ficando louco de tesão. Quando parou por alguns segundos, achei que tinha acabado com a judiação. Que nada. Ela abriu o zíper da calça e em pouco tempo estava engolindo o meu pau. Dá um prazer diferente quando não se vê a mulher chupando. Eu descobri que prefiro ver. Todas as mulheres que me chuparam ficaram mais lindas com meu pau todo na boca...

Estávamos tão apertados no buraco do teto solar que eu nem precisava me segurar. Desci a mão e fiquei acariciando o rosto dela. Lembrei que tinha de tomar cuidado para não tocar seu cabelo e estragar o penteado. Ela puxou minha mão para sua boca para que eu percebesse que estava engolindo tudo. A cena que eu "vi" com minha mão foi deliciosa.

Ficamos os cinco brincando com as pessoas que estavam nos carros, nas calçadas e janelas. Pelo traje a rigor, todos sabiam que era o dia da nossa formatura. Ninguém desconfiava o que estava acontecendo comigo da cintura para baixo. Cara, a posição ficou incrível. Quando toquei o seio com meu joelho, ela agarrou-se na minha perna e aumentou a pressão sobre o seio.

Às vezes, em curvas ou freadas, para não cair, ela se agarrava com mais força nas minhas pernas e apertava mais o meu pau dentro da boca. A louca deu um tapa na minha bunda e logo depois começou a me masturbar. Ela queria que eu gozasse. Eu não acreditava no que estava acontecendo. E aconteceu. Sem pressa ela o acomodou com carinho dentro da cueca e fechou o zíper. Decidi descer. Aproveitei que seu batom estava todo espalhado e abusei dos beijos. Beijei a danada com um entusiasmo diferente. Não sabia se era em agradecimento ao prazer que ela havia me dado, ou se era porque eu já estava com saudade dela. Eu sabia que a volta para o Brasil interromperia uma fase que dificilmente se repetiria na minha vida. Após um dos longos beijos ela falou no meu ouvido: "Nunca um homem beijou a minha boca depois que engoli sua porra. Você foi o primeiro que não teve nojo. Assim, fico apaixonada."

Cara, sei que ela falou uma verdade. Homem é realmente um bicho estranho. Sonha em gozar na boca da mulher e fica alucinado se ela engolir a porra toda. Só que ele tem nojo da própria porra. Já ouvi a mesma coisa de outras mulheres. A coitada da mulher dá esse presente para o parceiro sem nojo nenhum, o cara fica agradecido e maravilhado. Só que enquanto ela não lava a boca, ele se esquiva dos beijos. Você também não acha esse comportamento muito estranho e injusto?

Continuando... Depois da diplomação fomos para o jantar que antecedia o baile. Sentamos em uma mesa redonda para seis pessoas. De início não entendi porque a Glenda não sentou ao meu lado, mas na minha frente. Mas não demorou muito para sacar suas razões. Antes mesmo de todos se sentarem, ela tirou o sapato e seu pé achou meu colo. Ela sabia como movimentá-lo, e com a maior frieza ficou fazendo isso enquanto os amigos foram completando a mesa. Essas cenas são inesquecíveis. Quando eu estiver velhinho, pode ser que não me lembre de ninguém que dividiu a mesa conosco, mas da expressão do rosto dela e do que aconteceu debaixo da mesa nunca vou esquecer.

Interrompemos para acompanhar os amigos até o buffet. Na fila dos que iam se servir, ela cochichou no meu ouvido de que estava sem calcinha e que era pra eu dar jeito de tirar a meia porque ela queria sentir meu dedão e gozar olhando para o rosto de todos. Foi difícil ficar "normal" na fila. Ela falou de um jeito tão provocante que não pude evitar: falei pra ela esfregar a bunda em mim, no meu pau, claro, pra sentir o estrago que fazia. Ela fez isso, cara! E fez ainda mais. Deixou o garfo cair no chão e quando abaixou pra pegar esfregou ainda mais em mim e depois levantou devagar fazendo pressão no danado.

Eu estava em dívida com a gata, né? Afinal, ela me fez gozar na sua boca! Nos servimos e voltamos para a mesa. Não tive nenhuma dificuldade, no meio daquelas pernas bem abertas, de achar o que eu queria. Cara, até pelo dedão do pé dá para sentir quando a mulher está molhadinha. Fui tentando encontrar os movimentos que ela mais gostava. Quando fiz com o dedão o movimento lateral meio desengonçado, mas parecido com o de um limpador de para-brisas, a safadinha olhou para mim, deu um sorriso e perguntou: "Você é daqueles que tem muito prazer quando come?". As suas amigas que estavam na mesa riram. Pela cara que fizeram tive impressão de que ela contou o que tinha feito na limousine, e que possivelmente sabiam do que eu estava fazendo. Pra não deixar a peteca cair, respondi que adoro comer e que como de tudo, sem cerimônias.

Falei que se perdesse os braços numa guerra, comeria com os pés e nada me faria perder o prazer de comer. Cara! Ela era muito safadinha mesmo! Ainda falou que deve ser difícil comer com os pés! Entrei na brincadeira, claro, e falei que era mesmo, mas que se fosse o único jeito de aproveitar uma boa comida, eu certamente faria isso. Daí aquela coisa linda e molhada fechou as pernas. Deu uma chave de perna no meu pé, que ficou preso ali por alguns minutos. Prossegui com os movimentos do dedão até que ela apertou mais ainda as pernas e teve um leve tremor. Ela gozou no meu dedão, cara! E como não conseguiu conter um gritinho, emendou imediatamente a frase: "Uiii... quero que o baile comece logo. Estou com muita vontade de dançar." Eu queria manter o dedão no grelinho até sentir que ela tinha curtido a loucura toda, mas isso acabou acontecendo não por opção minha. Ela só soltou meu pé a hora que quis...

A noite estava apenas começando Gian, mas não vou contar tudo numa carta. Dá a impressão de que estou escrevendo um conto erótico e detalhando as transas. Mas tivemos um rala e rola dançando também, e alguns amassos explícitos atrás da cortina de um salão anexo. Naquela noite ainda entrei no banheiro das mulheres e transamos. Foi uma transa completa. Sabe o que é isso Gian? Uma transa completa no banheiro feminino? Foi demais e muito louco. Imagina a gente transando enquanto a mulherada lotava o banheiro e fazia comentários sobre a festa e sobre os caras com quem estavam. A Glenda só pensava em sexo naquela noite. Dava impressão de que ela tinha sido avisada que o sexo estava para ser extinto da face da terra, e por isso queria aproveitar o máximo possível...

Caraca! Escrevi pacas. Semana que vem chego no Brasil. Ligo pra você na primeira oportunidade. Se precisar ir para Sampa, pode ficar no meu apê. Tem um quarto para os amigos, excluindo o Arnold, pelo menos por enquanto.

Abração,
Martin

Vinte e quatro

Último sábado em Waterloo. Eu estava com medo de levantar da cama, de encarar o frio e o dia.

Ao sair do conforto das cobertas que me aqueciam, pensei que em breve eu deixaria o Canadá, sairia da vida para a qual cheguei a amarelar em Ilhabela antes de vir. Incrível como cheguei a pensar que não viria. Eu estava convicto disso.

Pus os pés descalços no chão frio e perguntei a mim mesmo o que teria sido da minha vida se eu não tivesse viajado para cá? O que eu estaria fazendo agora em Ilhabela? Qual seria meu futuro como engenheiro de produção se eu tivesse ficado? Decidi não pensar muito. O "se", na maioria das vezes, tem o poder de atrapalhar tudo.

Lembrei quando meu pai fez os 13 pontos na loteria esportiva. Ele teria ficado milionário se outros vinte e oito mil ganhadores não tivessem acertado os mesmos resultados. O prêmio que ele ganhou deu para comprar quatro pneus novos para o carro. Após um ano de lamentações usando o "se", ele disse que ia abolir essa pequena, mas perigosa palavra do vocabulário.

E era aquele "se" que tumultuava minha mente, enquanto eu ainda relutava em me levantar... E se Manu não tivesse me traído? E se Arnold tivesse feito minha inscrição no vestibular do Mackenzie? E se eu não entrasse na única universidade para a qual concorreria? E se eu tivesse escolhido outra casa para fazer intercâmbio no Canadá? E se Trevor não tivesse me iniciado e me desenvolvido no mundo da informática e da internet? E se ele não tivesse a ideia, e não me desse a oportunidade, de criar dois sites no Brasil?

Cacete, eu nunca conseguiria justificar os insucessos usando o "se".

Eu queria ser feliz, e nunca deixar que o "se" atrapalhasse meus planos. Algumas dúvidas, entretanto, não abandonavam minha mente.

Será que eu viveria no Brasil sem pensar se a Manu ia querer voltar comigo? Será que algum dia eu perdoaria o Arnold pelas sacanagens que ele aprontou? Será que os mosqueteiros se separariam se estudassem em universidades diferentes? Será que meus amigos me invejariam por ser rico, vibrariam com o meu sucesso, ou passariam a querer a amizade apenas pela grana?

Eu precisava parar de pensar naquelas coisas ou ficaria louco.

Tive uma ideia. Nada como um banho para quebrar um estado de perturbação.

Entrei no chuveiro e me esfreguei com vontade, como que querendo tirar da pele todas as perguntas que atazanavam minha mente. Saí e voltei para o quarto para vestir uma roupa quente. O cheiro de café invadiu o ambiente. A maravilhosa família Perry me esperava para o último café da manhã canadense.

— Pode pedir o que quiser para o café da manhã, Martin.

— Não diga isso, mãe. Se eu pensar que é a última manhã com vocês, posso perder a fome.

— Como assim, última manhã? – Trevor interrompeu o preparo dos *waffles*, virou-se e disse rindo: — Só porque já é um homem rico você pensa em nos abandonar?

— Rico, eu? Estou apenas começando a vida, Trevor – respondi assim que sentei na cadeira que eu já havia assumido como meu lugar na mesa. — Temos muito ainda a realizar e a conquistar.

— A manutenção e a atualização dos seus sites estão contratadas conosco, lembra? Em poucas semanas você volta para cá.

— Bem que você poderia ter lembrado disso ontem, Trevor. Eu teria dormido melhor.

Bill disse que a família inteira iria me levar ao aeroporto de Toronto. Droga, que merda, pensei, eu nem tinha partido ainda e já estava chamando o Bill de Bill, depois de ter passado quase um ano chamando-o de pai. Espantei-me com a constatação do meu pai ter virado Bill de uma hora para outra. Naquele instante, me senti separado de tudo e de todos, desconectado tanto do Brasil como do Canadá meio que uma espécie de cidadão do mundo, sem pátria e sem lar.

Resolvi me servir de café e comer panquecas com *syrup*. De alguma forma, essas coisas práticas do dia a dia me ajudaram a firmar os pés no chão e interromperam os devaneios.

Mesmo assim, a demonstração de amizade e de amor da minha família canadense melhoraram meu humor. Tive uma vontade louca de comer tudo o que não existia no Brasil como forma de antecipar e saciar a saudade. Minha mãe acenou com a possibilidade de uma parada no caminho de Toronto para comermos no Tim Hortons, que era a minha lanchonete favorita.

— Quero que curta muito este seu último dia no Canadá, Martin. Assim, logo você fica com vontade de voltar.

— Se não estivesse tão frio, mãe, eu adoraria parar lá para tomar mais uma vez aquela deliciosa *frozen lemonade*.

— É, hoje é um dia ideal para um *hot chocolate*, Martin!

— Tem razão, mãe. Eu queria ter as receitas das duas bebidas para prepará-las no Brasil.

Terminei de arrumar as malas depois do animado café da manhã. Meu pai queria sair mais cedo para viajarmos com calma.

Assim que pus a mala no carro e meu pai bateu a porta da casa, fui tomado por sentimentos conflitantes. Apesar de estar alegre para ver minha família no Brasil, pairava no ar um sentimento de perda. Um vazio se instalou em minha alma.

Entrei no carro em silêncio e passei a refletir assim que meu pai deu a partida e tirou o veículo da garagem. Fiquei olhando para a casa. Ela foi ficando menor e menor até sumir de vista. Em contrapartida explodiu a vontade de agradecer àquela família. Por tudo.

Eu não podia esperar nada melhor. Para um filho único, adorei a experiência de ter um irmão. Meu relacionamento com Trevor era tão bom que nem parecia que ele era cinco anos mais velho. E existia um fato que fortalecia ainda mais o nosso vínculo: Trevor foi o responsável pela mudança radical de rumo da minha vida. Fui para o Canadá com o propósito principal de finalizar o último ano do ensino médio, e voltava para o Brasil como um empresário da internet.

Deus, como me senti grato naquele momento. Eu devia tudo àquela família maravilhosa.

Paramos no Tim Hortons menos de uma hora depois. Para não me deixar cair em lamúrias e tristeza, o papo foi limitado ao que cada um comeria.

— Somos uma família de gordos em potencial – eu disse assim que saí do carro. — Mal terminamos o café da manhã e nosso assunto é comida.

O sacana do Trevor aceitou a provocação.

— Você não precisa comer nada, Martin.

Respondi na lata:

— Você também não, Trevor. O pai parou aqui por minha causa.

— Fique sabendo que na volta, depois de deixarmos você no aeroporto, vamos parar aqui de novo – ele disse rindo, em tom provocativo.

— Não me sacaneia! Você vai ter uma indigestão e uma puta dor de barriga.

Entramos e tiramos as jaquetas. O ambiente interno estava quente e agradável.

Tomei o *hot chocolate* lá dentro e levei a *frozen lemonade* para tomar no carro. O Bill sugeriu que seria ótimo tomá-la durante a viagem, aproveitando a temperatura quente do carro. Foi fácil aceitar a ideia.

Meu pai esperou mais de quinze minutos por uma vaga no estacionamento coberto do aeroporto de Toronto. Uma neve fina começou a cair e ele achou melhor fazer isso do que ter problemas na hora de ir embora. Chegamos tão cedo a Toronto que pegamos um ônibus e fomos passear num shopping subterrâneo. Zanzamos por ali e voltamos ao aeroporto no final da tarde.

Para minha surpresa, mais de quinze dos meus amigos e amigas de classe me aguardavam no saguão. Que turma legal! Adorei a surpresa.

Naquele momento, me dei conta de que nenhum dos meus amigos brasileiros sequer cogitou em fazer uma despedida quando saí do Brasil, enquanto os ditos "frios" canadenses saíram de suas casas naquele tempo do cão, e viajaram por duas horas só para me dar um último abraço. Mais do que um abraço e um beijo de despedida, Glenda cochichou no meu ouvido que eu era o amante que a deixou mais feliz e satisfeita. Disse que achava melhor que eu fosse embora mesmo, senão seria capaz de me fazer uma proposta de casamento.

— Não te esquecerei, Glenda – eu disse com profunda sinceridade.

— Duvido, mas desejo que não me esqueça.

Acariciei o rosto dela com as costas da mão e disse:

— Pena que somos jovens demais para falarmos em casamento.

— Foi muito gostoso tudo o que vivemos. Você realizou uma boa parte das minhas fantasias. – Glenda deu então um beijo molhado nos lábios e disse, apenas para eu ouvir: — Boa viagem meu delicioso *latin lover*.

Assim que a voz metálica da mulher ao alto falante anunciou a última chamada para o embarque do meu voo, o resto da turma começou a zoar com a demora da despedida com Glenda.

A presença deles dividiu a emoção da despedida com a da minha família. Mesmo assim, todos choramos muito.

Um tipo de alambrado baixo dividia o caminho para o embarque, do público que acenava as últimas despedidas. Quando passei em direção ao portão de embarque, meus amigos gritaram meu nome. Virei. Foi muito fácil identificá-los. Eles haviam abaixado as calças e mostrado, para quem quisesse ver, bundas brancas pintadas com letras que na sequência formavam a frase: *come back* Martin. Parei para acenar, profundamente emocionado pelo gesto. Os passageiros que vinham atrás, apesar de rirem muito com a cena, praticamente me empurraram pelo estreito corredor. Poucos segundos depois eu já não conseguia mais ver nenhum dos meus amigos e nem minha família.

Aquela despedida foi sensacional e inesquecível.

Avancei pela esteira rolante, passei pela inspeção de passaportes e entrei no saguão onde ficava o portão de embarque do meu voo.

Ao me ajeitar numa das cadeiras, senti-me num vácuo, numa ponte entre dois mundos diametralmente distintos. Minhas pernas tremeram, não de medo, mas de ansiedade. No fundo eu sabia que as pessoas que eu tinha deixado em Ilhabela estariam com vidas muito parecidas, senão idênticas àquelas que tinham quando saí, meses atrás. Mas eu...

eu tinha crescido, aberto os olhos para a grandiosidade da vida e me tornado um cara completamente diferente. Fiquei curioso em saber como seria o primeiro encontro com a turma do Brasil.

Uma voz feminina gostosa me tirou dos devaneios.

— Você é muito querido por seus amigos. Vai passear no Brasil?

Virei de costas e vi uma loira linda, com uma boca carnuda que me lembrou Gisele, olhando para mim com curiosidade.

Loira no avião, pensei. A viagem de volta estava começando bem. Abandonei os conflitos da alma e entrei na conversa:

— Adoro meus amigos. Eles são muito queridos e muito loucos também, não é...? – Li o nome no crachá, preso por um alfinete na blusa, sobre o seio esquerdo, e disse: — Beth.

Pelo logotipo no crachá, assumi que era da empresa onde ela trabalhava e que deveria ter esquecido de tirar.

— Pelos beijos que vi, percebi que sua namorada estava muito triste com sua partida. Um grande amor?

Beth era rápida. Gostei disso.

— Glenda, meu grande amor? Não! Ela é apenas uma amiga muito especial, não minha namorada.

Beth sorriu e nos apresentamos formalmente. Conferimos os números dos assentos e planejamos solicitar que alguém trocasse de lugar com um de nós de forma que pudéssemos viajar juntos. Ela disse que se o passageiro fosse homem, proporia a troca, afinal, ninguém nega um pedido delicado feito por uma mulher bonita.

Esperamos um pouco e fomos para a fila de embarque. Entramos juntos no avião e, para demarcar o território, sentei-me ao lado dela enquanto o dono do lugar não aparecia.

Assim que sentei, ela disse com um sorriso:

— Que bom que vou viajar em sua companhia, Martin.

Coloquei o cinto de segurança só para fazer um mistério, virei-me para ela e perguntei:

— Você deixou seu grande amor no Canadá?

— Meu amor sempre me acompanha.

Deduzi que o namorado deveria estar atrasado e chegaria a qualquer momento. Porém, logo percebi que estava sendo muito ingênuo. Se ela quis ficar ao meu lado é porque o cara não viajaria no mesmo voo, ou talvez já estivesse em São Paulo esperando por ela, o que, na verdade, não tinha a menor importância, já que ela demonstrou estar a fim de curtir a viagem. E ao meu lado. Fiquei animado.

Embalado pela companhia, minha imaginação voou longe, mais rápido que um avião ao ganhar o céu. E se ela tivesse fantasias parecidas com as de Gisele...? Oh! Como seria maravilhoso realizá-las também! Muito sexo e fantasias nos voos de ida e de volta. Eu não podia mesmo reclamar da minha vida sexual e nem das aventuras com todas as mulheres incríveis que cruzaram meu caminho.

Com boa parte dos passageiros já acomodados e as comissárias de voo fazendo a checagem de cintos afivelados, assumi que faltava pouco para fecharem as portas do avião. Qual não foi minha tristeza quando um cara alto e descabelado, atrás de óculos de lentes grossas e enxugando o suor da testa com a mão esquerda veio firme em nossa direção. Ele mantinha um olho no cartão de embarque e outro em nós. Sem dar tempo para eu ou Beth propormos uma troca, ele olhou para mim e fez um gesto ríspido com a mão, uma espécie de "fora daí", e disse com determinação:

— Esse assento é meu.

— Tudo bem. – Desfivelei o cinto de segurança, levantei e disse quase gaguejando: — Desculpe, mas você se incomodaria em trocar de lugar comigo? Estou apenas três fileiras atrás.

Ele não deu brecha.

— Agora não é hora pra isso, garoto. O avião está de saída. Vá para o seu lugar.

Olhei desapontado para a Beth, desejei-lhe boa viagem e saí.

Quinze minutos depois da decolagem, o tiozinho levantou-se, caminhou na minha direção, plantou-se em pé na minha frente, e fez com a mão o mesmo sinal para eu levantar.

— O lugar é seu – ele disse gravemente.

Agradeci sem entender o que tinha acontecido, levantei e fui sentar ao lado de Beth. Ela me recebeu com um sorriso esplendoroso. Perguntei como ela tinha conseguido aquela proeza.

— Eu te disse que homem não resiste ao pedido de uma mulher!

— Jogou seu charme pra ele, né?

— Se eu falasse com muito charme é provável que ele não concordasse – ela respondeu e deu uma risadinha maliciosa para mim.

— Se não usou charme o que você fez? Chorou?

— Não. Eu o persuadi.

Palavra sofisticada, pensei e elogiei:

— Parabéns! Ele chegou decidido a trocar de lugar comigo. E aí, conta o milagre. O que disse a ele?

— Não acredito em milagres.

— Não é religiosa? – Perguntei contendo a alegria de pensar que além de linda, a loira era moderna e liberada, até mesmo dos freios da religião.

— Pelo contrário. Ele trocou porque sou muito religiosa.

— Mas você acabou de me dizer que não acredita em milagres! Qual o santo da sua devoção?

— São poucas as religiões que adoram santos e pregam milagres.

— Mas então conta logo! Como conseguiu convencer o sujeito? – Insisti.

— Falei a verdade. Contei que sou Testemunha de Jeová e que estou em missão para o Brasil com um desafio: conquistar a fé de um brasileiro ainda durante a viagem.

— Boa! Você usou o velho truque de espantar a pessoa com essa bobagem de evangelização e tal. – Dei uma risada sarcástica.

— Não, Martin. Expliquei pra ele que você é meu objetivo.

Gelei. Meus sonhos eróticos foram jogados do avião e sem paraquedas. Eu ainda tive de encontrar um monte de desculpas para contornar a obstinação religiosa dela. Que merda, uma puta loira viajando comigo, e eu acreditando no milagre de que iria comê-la aqui mesmo, assim como fiz com Gisele na ida. Mas de que adiantava acreditar em milagres a essa altura dos acontecimentos? Com certeza ela passaria a viagem toda tentando me convencer de que eles não existem. Mas não me dei por vencido e contei com uma forcinha de Deus. Do contrário, nada ia rolar mesmo.

Talvez por inspiração divina, resolvi entrar na dela e disse que aceitava ir a um culto. Foi um primeiro passo, uma tentativa apenas, para que ela cedesse às minhas cantadas. Olhei para ela com cara de cachorro abandonado e disse:

— Beth, não me importa se ao chegar no Brasil o seu namorado esteja te esperando. Encoste a cabeça no meu ombro que aqui você vai dormir bem melhor.

— Que namorado, Martin?

— Você disse que seu amor sempre te acompanha! Achei que ele estaria te esperando no aeroporto.

— Ele está aqui.

Arregalei os olhos, destravei o cinto de segurança e levantei a cabeça por sobre o encosto da poltrona e estudei os rostos de boa parte dos passageiros. Se ele estava ali, quem seria? Acomodei-me de novo no assento e perguntei, com um frio na barriga:

— Ele é da sua religião e também está tentando conquistar alguma pessoa durante o voo?

— Ele é que foi conquistado.

Eu não estava entendendo mais nada.

— Sei. Você viu que ele está sentado com algum bagulho, e por isso você não tem ciúmes!

— Ele está sentado com todos nós, junto de nós. Jesus sempre me acompanha.

Fiquei pasmo com a revelação. Beth era uma freira devota e obstinada. Meu Deus, onde fui cair?

— Melhor tentarmos dormir, Beth.

Fechei os olhos e decidi rezar para que a viagem terminasse o mais rápido possível. Nem o jantar aceitei. A razão era para não dar chance da Beth querer me converter seja lá ao que fosse. Ela bem que tentou, mais de uma vez. Não dei trela e o assunto morreu. Que pena! E que puta desperdício. Uma loira linda daquela comprometida apenas com Jesus.

Resolvi esquecer que ela estava ao meu lado e pensei no Brasil.

Minha cabeça estava fundindo. Eu estava voltando para casa mudado, maduro e renovado, para uma nova vida num lugar que se manteve igual, não sofreu mudança alguma enquanto estive fora e junto de pessoas que se mantiveram nas mesmas vidas de antes. Mas eu era um cara completamente diferente. Em poucos meses eu havia ficado fluente em inglês e me transformado em um empresário do mundo digital com alguns milhões de dólares na conta bancária.

Não sei a que horas dormi. Sei apenas que foi como uma pedra porque acordei com o anúncio do comandante de que estávamos prestes a pousar em Cumbica. Eu estava doido para reencontrar minha mãe. Nossos telefonemas prolongados não foram suficientes para substituir o calor dos seus braços. Nada como beijos e carinhos maternos! Senti falta dela.

Enfim desembarcado, caminhando pelos corredores do aeroporto, fui invadido pelo habitual turbilhão mental. Eu tinha mais dúvidas do que certezas. Será que não valeria a pena adiar por um ano a entrada na universidade para que eu colocasse 100% de foco na consolidação da empresa e dos dois sites? Como seria morar sozinho em Sampa? E como encarar Manu e Arnold juntos? Eu pensava em tantas coisas que não lembro como cheguei até a esteira de bagagens.

A primeira mala a chegar foi a de presentes para minha mãe. Peguei as outras e fui ao *Duty Free* comprar o *whisky* preferido do meu pai e dois licores que minha mãe adorava. Comprei três bons *champagnes* para comemorar com eles a minha volta e três potes de *peanut butter*, que nunca encontrei à venda em Ilhabela. Um para eles e dois para mim. Afinal eu queria manter o hábito canadense. Era uma forma de não me deixar desligar daquele lugar e da vida deliciosa que tive.

"Daqui pra frente, vista-se de esporte fino", foi uma das recomendações que Trevor me deu antes de eu embarcar. Ele insistia que, mesmo sendo o CEO mais jovem de uma empresa de internet no Brasil, eu deveria me vestir como um respeitável empresário, um vencedor. Segundo ele, gravatas deveriam ser nada menos que Hermés. Procurei uma vendedora que pudesse me ajudar nessa tarefa e comprei algumas camisas e gravatas antes de disparar para a porta da saída.

Passei pela alfândega, que não deu a mínima para mim, e cruzei a porta automática; quando vi meus pais de longe, não me contive, gritei o nome de minha mãe e saí correndo para ganhar um delicioso abraço com direito a lágrimas e beijos. Ficamos os três abraçados por imprecisos minutos.

Saímos do aeroporto e eles me levaram para conhecer o apartamento que, a meu pedido, alugaram. Meu pai escolheu um no bairro chamado de Alto de Pinheiros, região arborizada, exatamente como eu queria, e perto da USP e do meu novo escritório. Aquele era um marco na minha vida, eu teria minha própria casa, independência financeira e grandes responsabilidades.

Eu estava encantado e parecia um bobo matando as saudades da minha família. Tudo me fez falta de alguma forma, sobretudo ela e as praias e Ilhabela.

Voltamos para a ilha naquele mesmo dia. E como não podia deixar de ser, comemos o delicioso churrasquinho no Fazendão. Aproveitei a viagem e contei para eles tudo o que me aconteceu no Canadá. Quase tudo, pois deixei a mulherada de fora. Meus pais, talvez por pensarem que me poupariam de algum sofrimento, ou de reviver a separação de Manu, não perguntaram nada sobre esse tema.

Mas eu me perguntei: será que sofri mesmo? A falta de comunicação com ela no dia da ida e o fato de não ter recebido as prometidas cartas diárias, serviram como uma poderosa vacina. Lembro-me de ter entrado no aeroporto preparado para o pior. E depois veio Gisele na fila de embarque; as transas malucas seguidas de tanta novidade e de tantas outras transas malucas que fiquei imune à ausência e às saudades da Manu.

Durante a viagem de volta para Ilhabela, me senti várias vezes absorto. Muita coisa passava pela minha cabeça num constante *flashback*, inclusive a necessidade de logo voltar para o Canadá.

— Dentro de poucas semanas preciso voltar para o Canadá. Vocês vão comigo para conhecer a família que me acolheu e um pouco da experiência que vivi – quebrei o silêncio e eles ficaram bastante animados.

Chegamos quase três da tarde na balsa que liga São Sebastião à Ilhabela. A travessia com a balsa, a aproximação da ilha, e os caminhos para chegar à nossa casa mexeram comigo. Tudo estava muito bucólico.

— Amo demais esta ilha! Quando eu mostrava as fotos que levei, os canadenses falavam que era o lugar mais bonito do mundo.

— Pois é... – disse meu pai. — E nós, filho, de tão acostumados, esquecemos de admirar e de valorizar o que temos.

Minha mãe completou:

— As praias cheias de palmeiras, banhadas por águas sempre calmas, agradam aos olhos mais exigentes. Cada praia tem sua particularidade. Fica até difícil escolher a mais linda.

Passamos pelos *flamboyants*, que com certeza ainda tinham as marcas da minha grande paixão por Manu. Eles não ativaram em mim sentimentos de perda, tristeza ou mágoa. Os entalhes com nossos nomes nas árvores estiveram presentes nos meus olhos por muitos meses. Nas primeiras semanas em Waterloo eu não sofria, mas deitava ouvindo a voz da Manu. Seu sorriso muitas vezes atrasou deliciosamente meu sono. Em certas ocasiões, e principalmente durante os banhos, seu corpo esteve presente. Mesmo depois de conhecer e transar com várias mulheres, era Manu que motivava muitas das minhas masturbações. Demorou, mas sinto agora que o tempo apagou as tatuagens no meu coração. Mas eu só saberia com certeza quando a reencontrasse.

— Esqueci de falar que seus amigos estão em São Paulo concluindo o cursinho para o vestibular de engenharia. Nesta fase, têm aulas até nos finais de semana – informou minha mãe, me tirando da reflexão.

— O Dalton me disse, mãe. Não estou nem aí. Hoje e amanhã quero curtir vocês e o que for possível da ilha. Estudei muito no Canadá, estou preparado para o vestibular. Garanto um dez em inglês.

Rimos todos juntos. Minha mãe aproveitou o momento feliz e disse com muita cautela:

— Se eles estão em São Paulo, significa que a Manu está sozinha aqui.

— Não tenho a menor vontade de encontrá-la – rebati, enfático. — Prefiro até não cruzar com ela.

— É bem possível que você não a encontre amanhã de manhã na praia. As aulas ainda não acabaram.

— Ótimo. Estou seco por um banho de sol e de mar. Quero tirar o frio dos ossos e recuperar um pouco do bronzeado. Foram onze meses sem praia, e nas últimas semanas, vivendo abaixo de zero.

Ao entrar na minha casa tive vontade de beijar o chão, igual fez o Papa João Paulo II ao pousar no Brasil. Aquela casa tinha o cheiro da minha vida e das minhas emoções. Estava mais linda do que nunca. Minha mãe interrompeu minhas abstrações.

— Deixei o almoço pronto, Martin. Se o sanduíche matou sua fome, posso servir só a sobremesa.

— O almoço é o que estou imaginando?

— Fiz o feijão do jeito que você gosta e deixei para fritar o ovo e o bife na hora de te servir.

— Eu quero esse banquete! Gostei muito da comida canadense, mas seu arroz e feijão são únicos.

Vinte e cinco

Depois do merecido banho e do banquete, entreguei os presentes e curtimos o momento juntos. O *champagne* foi para a geladeira para comemorarmos as vitórias, mas, sobretudo, a reunião da família. Estávamos juntos novamente.

Eram quase seis da tarde. Fui dar uma volta na praia esperando me refrescar um pouco com a brisa do mar, já que o calor insistia em não dar folga. A bermuda azul marinho destacou ainda mais o branco das minhas pernas.

No caminho até a praia do Engenho D'água, cumprimentei algumas pessoas. Pelas respostas automáticas, e pouco efusivas, nem notaram meus onze meses de ausência. Eu só não queria cruzar com a Manu.

Mas e se cruzasse?

Deus caprichou na criação da Ilhabela e das suas praias. O mar estava tão calmo e brilhante que refletia todos os tons alaranjados e vermelhos do sol, anunciando o breve crepúsculo. Trevor tinha me dito que um grupo de amigos programou uma viagem a Santorini, na Grécia, contando como maior atração o pôr do sol de uma praia chamada Oia. Eles sonhavam acordados ao falar em assistir ao sol se pôr dentro do mar Egeu. Falavam que era o pôr do sol mais lindo do mundo. Devia ser, mas duvidei que fosse muito diferente do espetáculo que o sol nos oferece em Ilhabela. Já vi várias pessoas chorarem de emoção. Enquanto viajava em meus pensamentos o sol dava seu *show*.

O tempo para o sol se pôr tem a precisão calculada pelos astrônomos. Mas ele se põe no ritmo irreverente dos poetas. Cada espetáculo tem cores, tons e sons únicos e diferentes. Coitados dos que têm olhos apenas para cronometrar um espetáculo que deve ser visto com o coração. O pôr do sol anoitece as imperfeições escancaradas da vida e do mundo, enquanto as noites enluaradas dão um brilho frio e difuso às coisas, às pessoas, aos lugares, realçando novas faces da beleza.

De repente, lembrei que em menos de 24 horas eu estaria em Sampa. Era chegado o momento de entrar de cabeça na minha nova realidade.

Ao viajar para o Canadá, quase um ano atrás, minha vida na Ilhabela entrou na escuridão da noite. Desde então, dia após dia, um novo homem surgia em mim a cada manhã.

Estabeleci, por conta própria, a importância de saber anoitecer os problemas e acordar as soluções. Essa era a força do movimento. Os primeiros raios de cada dia davam a certeza de que a vida estava sempre recomeçando, e com ela, as oportunidades.

O anoitecer da minha vida com a Manu demorou quase um ano. Quando aquele sol se pôs, por um tempo foi também meu ocaso. Ali, de volta a Ilhabela, eu ainda estava curtindo muito o dia que nasceu em Waterloo.

∫

Entrei pela primeira vez na minha empresa em Sampa. Não tinha a minha cara. Não era o padrão do escritório que fazia parte dos meus sonhos, mas naquela altura eu estava mais preocupado com o desenvolvimento do trabalho, do que com apresentação do local. Uma coisa era certa: em pouco tempo precisaríamos de mais espaço. Seria a oportunidade de caprichar nas novas instalações. Alex estava lá e havia cuidado muito bem de tudo enquanto estive no Canadá.

Combinei com ele de que eu iria me isolar parte do tempo para estudar para o exame da Fuvest. Enfim, aquele era um mais um grande desafio na minha vida, um desafio que encarei de frente, de peito aberto.

— Deixe os assuntos da empresa comigo, *boss*. Manterei você informado e a par de tudo – foi o que ele disse. — Pode enfiar a cara nos estudos. Se não passar na primeira fase, vai ter tempo de sobra para se dedicar integralmente à empresa.

Alex foi irônico. Mas não deixei passar.

— Você ainda me conhece pouco, Alex. Uma vez que vou prestar apenas para uma faculdade, vou passar nesse exame e vou entrar na USP. Não existe alternativa.

Alex viu que eu não estava para brincadeira e quis remendar o assunto:

— Eu disse isso porque a Escola Politécnica é a faculdade mais difícil do Brasil. Entrar nela é tão difícil quanto ganhar na loteria.

Não me encolhi diante do desafio e disse:

— Vencer na vida é uma questão de escolha, determinação e competência, Alex. Do mesmo jeito que nossa empresa exigirá muita criatividade, inovação constante, eficácia gerencial e um planejamento estratégico capaz de orientar o presente e o futuro, passar no exame e obter classificação para entrar na USP depende apenas do meu preparo. Os desafios não me assustam. Eles me excitam e me estimulam.

Caramba. Em apenas uma frase dei ao Alex a linha de pensamento e de ação que orientaria a empresa e os negócios para os próximos anos. Isso significava também que eu tinha acabado de assumir um compromisso de entrar ou entrar na USP. Descartei a possibilidade do insucesso. Não havia chance sequer de considerar a hipótese de não passar, até para não deixar dúvidas quanto a minha obstinação por vencer.

— Mas tem outra coisa que me preocupa, Alex. Preciso contratar um executivo para tocar o Aquinet. Não quero deixar os dois sites sob sua responsabilidade. Não que você não possa dar conta do trabalho, mas sim que a coisa pode crescer tanto que eu não terei como te cobrar os resultados de nenhum deles.

Alex sentiu-se desafiado e estufou o peito.

— Consigo tocar os dois, Martin. Não se preocupe.

Não era tão simples assim. Com muito jeito, procurei explicar para ele que eu queria todo seu esforço concentrado em apenas um site. O desafio em apenas um já seria extraordinário. Quanto mais dois. Depois de um pouco mais de papo, ele acabou se convencendo da importância de um novo executivo e demonstrou estar mais motivado ainda para realizar o trabalho planejado. Deixei claro que eu jamais iria estabelecer uma competição direta entre ele e o novo executivo. Eu queria cooperação e não competição entre eles. Contratei um *headhunter* para me ajudar a escolher o homem certo. Fernando foi o escolhido para gerir a área comercial do Aquinet, que com muita dedicação e tenacidade já era líder disparado na internet brasileira.

O Pontos Certos, por sua vez, tinha atingido faturamento três vezes maior que a expectativa. Convoquei uma reunião de planejamento e avaliação de resultados com Alex e Fernando.

— A meu ver – eu disse para ambos na sala de reuniões —, subestimamos as possibilidades de vendas do Pontos Certos. Os clientes acreditaram mais na força do comércio eletrônico do que nós.

Alex se adiantou em completar meu raciocínio:

— Você tem razão, em parte, *boss*. A meu ver, o mérito é também da nossa comunicação, que foi muito eficaz, e dos nossos parceiros, que entraram pra valer. Muitos lojistas fizeram promoções espetaculares de lançamento com ofertas imperdíveis.

Eu não tinha pensado sob essa ótica, mas tive que concordar com Alex. Gostei de ouvir o ponto de vista dele. Uma vez li numa revista sobre negócios que, se você quer que sua empresa cresça, contrate sempre pessoas melhores que você e que possam fazer análises melhores que as suas. Naquele momento tive a certeza de que tínhamos contratado a pessoa certa para o trabalho.

Concordei com ele, mas não completamente com os resultados do nosso primeiro final de ano de operações, ainda que representado por pouco mais de trinta dias de vendas. Resolvi dar uma injeção de ânimo na equipe e elogiei todo mundo. Achei que era a hora, pois tínhamos pela frente uma quinzena antes do Natal e a perspectiva de muitas vendas realizadas nesse período. Não foi gratuito. Eles estavam trabalhando bem, muito bem, aliás. Nossos clientes não se cansavam de nos parabenizar pelo que estávamos fazendo. O elogio foi bem-vindo. Isso certamente se refletiria nos negócios, uma vez que eu preferia muito mais ter de analisar as razões de vendermos muito do que o inverso.

∫

Deleguei a operação ao Alex e mergulhei nos estudos. Pouco antes do Natal, entrei na sala dele e perguntei, só pra sacanear:

— Que dia é hoje, Alex?

Ele me olhou intrigado e respondeu:

— Dia 22, *boss*.

— Quase certo. A resposta correta é: o dia que Martin soube que passou na primeira fase da Fuvest.

Alex levantou da mesa e me deu um aperto firme de mão.

— A entrada na USP está ficando mais próxima, cara – eu disse e gargalhei de felicidade. — A primeira fase está superada, Alex. Passei fácil.

Contive um sorriso prepotente por saber que o grande desafio seria no começo de janeiro. Meus amigos também tinham passado na primeira fase do Mackenzie, mas nenhum deles estava na lista dos aprovados na Fuvest. Isso significava que nunca mais estudaríamos juntos. A separação dos mosqueteiros estava selada.

Telefonei à minha mãe para dar a boa notícia. Ela disse que precisaríamos comemorar, para dar sorte na segunda fase do exame.

— Tem gente que vence a primeira batalha e em vez de curtir e se encher de confiança, fica com medo do que vem pela frente – ela disse cheia de orgulho. — Mas você não, meu filho.

— Isso mesmo, mãe. Estou preparado, até por isso não tenho medo.

Ela mudou de assunto.

— Quais são seus planos para o Natal? Quando você vem pra cá?

— Ainda não sei. As vendas nos surpreenderam. Estamos trabalhando muito.

— Você não vai deixar de vir para o Natal por causa de trabalho, vai?

Ela tinha razão. Eu estava tão envolvido com o trabalho que acabei dando menos importância ao Natal, ao jantar com a família. No fundo, senti uma ponta de culpa por ter pensado isso e respondi:

— Fique tranquila. Vou sair daqui no próprio dia 24 antes do almoço.

Minha mãe ficou animada, e prosseguiu:

— Um dia desses assisti àquela reportagem na TV sobre as novidades do comércio eletrônico e da explosão de vendas aqui no Brasil. Adorei quando te chamaram de "gênio da internet brasileira"!

— Ficou legal, não ficou?

— Espetacular, meu filho! Seu pai também adorou. Sabe que logo que terminou o programa, o telefone de casa não parou de tocar. Quem não sabia que você tinha ido para o Canadá desconfiou da notícia. Teve gente que conferiu seu nome e confessou que telefonou só para tirar a dúvida. Achavam meio impossível que você fosse o tal gênio. Entre os nossos amigos, esse é o assunto preferido. Teve gente que te chamou de Bill Gates tupiniquim. Quem é esse cara, filho?

Contei um pouco da história da Microsoft e disse que foi graças ao Bill Gates e ao sócio dele, Paul Allen, que eu estava podendo trabalhar. Expliquei a importância do programa Internet Explorer para o funcionamento e acesso do nosso site.

— Não sei se consigo explicar tudo isso aos nossos amigos! A maioria das pessoas aqui na Ilhabela nem tem computador. Tem gente dizendo que só loucos compram pela internet. Eles acham que isso tudo é muito arriscado, e que é fogo de palha.

Dei uma risada tão alta que deve ter afetado os tímpanos da minha mãe.

— O que foi, filho?

— Isso é normal, mãe. A coisa ainda é muito nova, especialmente para muitos dos manés da Ilhabela. Mas essa realidade vai mudar em menos de dois anos. O mundo nunca mais será o mesmo sem a informática e a internet. Pode escrever isso.

Minha mãe ficou ressabiada, mandou um beijo dela e um abraço do meu pai e desligou.

Retomei o trabalho.

∫

Fizemos um almoço de Natal com os funcionários no dia 23. Dessa forma, pudemos comemorar os resultados alcançados até ali, que foram excelentes, além de permitir que cada um estivesse liberado para curtir a festa com suas respectivas famílias.

Ao despedir-me do Alex pedi para que no dia 26 de janeiro ele me apresentasse o planejamento para o ano seguinte. Ele concordou, mas achou por bem ponderar alguns números:

— Considere, Martin, que apenas 20% dos lojistas estão bombando, e mesmo assim ultrapassamos em muito nossos objetivos.

Para simplificar minha linha de raciocínio, nosso trabalho para o ano que vem será fazer com que 100% dos lojistas aprendam a vender no nosso shopping e tenham bons resultados com isso. Eles ganham, nós ganhamos. Essa é minha filosofia. Não está difícil prever que venderemos pelo menos dez vezes mais que neste final de ano.

Gostei das linhas gerais do que ele estava pensando mas, se ele pensou em dez vezes já na primeira tacada, por que não aumentar um pouco mais o desafio?

— Também cogitei num crescimento de vendas de dez vezes, mas sugiro pensarmos em trinta.

Alex levantou as sobrancelhas e rebateu:

— Você não acha muito?

— De modo algum. Temos que pensar grande. Temos que nos fixar como o grande shopping de vendas na internet o mais rapidamente possível. Se não fizermos isso logo, abriremos espaço a concorrentes para encherem o nosso saco.

Fiz uma breve pausa e percebi que Alex olhava para mim com devoção. Assumi que ele incorporaria a diretriz do que eu tinha acabado de dizer no planejamento que ficou de apresentar. Olhei o relógio, dei um tapinha na mesa e arrematei:

— Mas agora vou para Ilhabela. Vou ficar por lá até o dia do exame.

— Cuidado na viagem, Martin. Lembre-se de que está dirigindo o carro que irá dar de presente para seus pais. Nessa época tem muita gente inexperiente e bêbada nas estradas.

— Vira essa boca pra lá, Alex. Na pior das hipóteses eu confio no seguro que fiz. – Eu tinha comprado um Passat alemão. Além de ser um carro lindo e muito seguro, daria aos meus pais o conforto do ar condicionado. Eu estava feliz por poder dar aquele presente.

$$\int$$

Passei a noite de Natal com meus pais e telefonei para minha família canadense. O carinho deles por mim era surpreendente. Disseram que prestaram uma homenagem a mim colocando um presente no meu lugar na mesa do jantar. O gesto me emocionou e fez aumentar as saudades que eu tinha deles. Meus pais "de cá" também se emocionaram. Brindamos às famílias, o que incluía a canadense.

Pela primeira vez bebi com meus pais. Enchi a cara de ponche.

No dia seguinte, batizamos o presente deles com *champagne*. O batizado foi breve e contido porque, como disse minha mãe, meu pai estava tão apaixonado pelo carro novo que tinha medo que a pintura estragasse, mesmo com *champagne* da melhor qualidade.

Os meus dias seguintes foram inteiramente dedicados aos estudos. Não telefonei para os amigos porque precisava evitar a tentação de cair na noite com eles.

Nos negócios, tudo ia muito bem. Alex informou que mesmo após o Natal as vendas continuaram aquecidas. Trevor, no entanto, não vivia a mesma experiência. A concorrência tornava os negócios mais difíceis no Canadá e ele não estava muito feliz com os resultados alcançados.

$$\int$$

A última noite do ano estava um forno e ameaçando chuva. Decidimos fazer a ceia do réveillon em casa.

Fazia mais de ano que eu não via meus amigos. Convidei alguns deles para um *drink* após o jantar, e depois ver a queima de fogos na praia, pular sete ondas e fazer tudo que pudesse para dar sorte e ajudar a vencer a batalha do vestibular. Não falei com Arnold, porém soube que ele estava numa festinha privada na casa da Manu.

Era um pouco mais de onze horas quando Dalton e Gian chegaram.

Eu sabia que eles queriam ouvir as histórias canadenses, sobretudo as que envolviam minha vida social e sexual.

— Você é um preguiçoso, Dalton. Só o Gian respondia as minhas cartas — Gargalhei com os dois. — Ele sabe de quase tudo que aconteceu por lá.

— O que você contou nas cartas, todos nós sabemos. Lemos suas cartas várias vezes. Algumas das histórias são melhores que os contos eróticos das revistas daqui. Fala sério, Martin, aquilo tudo aconteceu mesmo, e daquele jeito? A mulher canadense é louca por sexo pra valer?

— Não dá para generalizar! - respondi com um gesto amplo dos braços no ar e um certo convencimento. — Mas vamos levar em conta que sou de um país que elas conhecem pouco. Sou um espécime meio diferente, um bicho raro naquela terra. Cheguei ao Canadá com o bronzeado de Ilhabela. Por causa do frio, só tem branquelos por lá. E branquelas. E como a mulherada sabia que eu ficaria pouco tempo, tornei-me o macho ideal para que elas realizassem as fantasias mais malucas. Por isso, elas abusaram de mim! – gargalhei saudoso daquela vida.

Meus amigos me olhavam boquiabertos de tanta devoção.

— Não tenho nenhum dó de você, Martin – disse Dalton. — Queria eu ter sido abusado como você foi.

Eu estava na crista da onda com eles.

— Todas as mulheres têm fantasias, Dalton. Dei sorte de conhecer as mulheres certas na hora certa e num momento em que eu podia curtir muito tudo aquilo.

— Preciso ir pro Canadá! – disse Gian, contrariado.

— Que nada! Não me referi apenas às canadenses. Contei numa das cartas que a Gisele, aquela brasileirinha deliciosa, inaugurou a minha vida de realizador de fantasias sexuais. Transamos quase que durante todo o voo até Toronto. Foram várias horas de loucura total, dentro do avião. Assumi para mim, e realizei com muita eficiência, as fantasias dela.

Gian me olhava estupefato.

— O que mais eu podia querer?

Dalton levantou e disse:

— A temperatura está aumentando, Martin. Esses assuntos me tiram do sério. Sempre que eu lia suas cartas, não ficava feliz apenas por você estar se dando bem na escola, ou por ter encontrado a mina de dinheiro que são os seus sites. Eu me realizava com a vida sexual que você estava tendo. A mulherada da Ilhabela é fraquinha...

— Esquentou por causa do *champagne* e por tudo que já tomaram – provoquei os dois.

— Porra, Martin. Meus pais nem vão acreditar quando eu contar que tomei *champagne* francês na sua casa – disse Gian e entornou quase meia taça num gole só.

Depois de Gian, foi a vez de Dalton elogiar a bebida e a ocasião. A atualização do nosso papo durou várias horas. Contei tudo, sobre tudo. Ao final, eles ainda disseram que nenhum dos outros amigos da ilha conseguiu passar na primeira fase da FUVEST.

Assim que o réveillon passou e o movimento na Ilhabela esfriou um pouco, voltei para São Paulo para prestar a segunda fase da FUVEST. Eu tinha estudado muito e estava para lá de confiante de que iria passar.

Cheguei ao meu apartamento dois dias antes da prova. Dei uma passada geral de olho nas matérias mais importantes e naquelas que eu tinha algum receio e encarei o exame de frente, como sempre fiz com tudo na vida.

Saí da prova e fui direto para o escritório. Alex entrou de rompante na minha sala assim que me viu. Na mão, ele trazia uma página de jornal.

— O comércio eletrônico já é uma realidade no Brasil, Martin. Veja isso.

Alex jogou o jornal sobre a mesa. Peguei-o e dei uma olhada breve. Eu ainda estava com a prova da FUVEST na cabeça e sem vontade de ler uma página inteira de jornal. Ao ver meu desinteresse, Alex resolveu me contar do que se tratava:

— Uma grande rede de lojas de produtos eletroeletrônicos informou que vendeu mais na loja que inaugurou há 60 dias no site Pontos Certos do que na melhor loja física da rede. E por aí vai a matéria. A grande imprensa está falando da gente. Nossos clientes estão super satisfeitos – disse ele com entusiasmo.

Gostei do que ouvi, mas aprendi no Canadá que uma das sabedorias nos negócios é a cautela. Eu não queria jogar um balde de água fria nele, muito menos entrar numa mega viagem do ego. Por isso, disse com moderação:

— Vão falar muito mais. Nosso foco é fazer todos os clientes valorizarem as lojas virtuais e atingirem os compromissos de volume de vendas que assumiram conosco. Quem não chegar lá, não estará no shopping no próximo final de ano.

Acho que captei o que Alex pensava, porque ele resolveu sentar na cadeira de visitas diante da minha mesa e argumentar:

— Desse jeito vamos atingir nossa meta de multiplicar as vendas por trinta, como você queria.

— Queria não, Alex. Queremos. Assim como queremos que acreditem e se dediquem mais ao *e-commerce*, temos de exigir que eles cumpram as metas estabelecidas no contrato. Pode ter certeza de que eles farão o mesmo conosco. É um toma-lá-dá-cá, meu chapa. Se você somar as metas estabelecidas em todos os contratos constatará que as vendas poderiam crescer sessenta vezes, e não apenas trinta.

— Eu mesmo ri ao pronunciar "apenas trinta".

— E nós vamos sempre fazer a nossa parte e surpreender os lojistas, Martin.

Eu, que estava largado na cadeira, avancei e pus os dois cotovelos sobre a mesa e disse, olhos nos olhos de Alex:

— Capriche nas ações. Analise os segmentos mais rentáveis e promissores até agora. Vamos decidir pela ampliação ou não do número de lojas. Não quero tirar leite de pedra. Vamos comer o creme do mercado.

Alex sorriu com um entusiasmo renovado.

— Estou aprendendo muito com você, Martin. Vamos ajustar o foco e alcançar os objetivos. Nem precisa me cobrar. No fechamento do próximo trimestre já perceberá a otimização dos resultados.

— E agora vou precisar contar ainda mais com você, viu Alex!

— Mais, Martin? – ele estremeceu na cadeira e deixou transparecer uma risada nervosa.

— Muito mais. Tenho certeza de que passei na segunda fase do vestibular, o que significa que vai exigir que eu me divida entre a faculdade e a empresa.

— Conte comigo sempre.

Achei que eu não deveria me estender mais naquele papo. Levantei da cadeira e estendi o braço por sobre a mesa. Alex levantou e devolveu o aperto de mão com vigor.

— Obrigado – eu disse. — Conto mesmo.

Alex saiu e foi para sua mesa. Uma vez que havia muita coisa a ser feita, enfiei-me no trabalho, porém com as questões do vestibular da FUVEST ainda orbitando na mente.

$$\int$$

Algumas semanas depois, contei para ele aquilo que eu tinha certeza de que aconteceria. Alex me deu os parabéns. Eu estava obviamente contente por ter atingido meu objetivo de passar na segunda fase da FUVEST e entrar na faculdade que tinha escolhido. Mas uma coisa ainda me preocupava.

— Ainda não sei em que dia de março começam as aulas. Preciso urgente receber a documentação que virá do Canadá. Sem ela não posso fazer a matrícula.

Alex tentou me tranquilizar:

— Agora que passou, não será por falta de documentos que você vai deixar de fazer a matrícula, Martin.

Fiz um meneio com a cabeça, uma reação automática e disse:

— A USP é rigorosa. Preciso dos documentos. Trevor está dando uma força lá, mas vou precisar cobrá-lo todos os dias. Tenho de fazer a matrícula até o dia oito de fevereiro, ou seja, em menos de um mês.

$$\int$$

Passei alguns dias conectado com Trevor no ICQ. Juntos, tentávamos encontrar uma solução imediata para o problema dos documentos escolares. O diploma demoraria até seis meses para ser entregue. A matrícula terminava em menos de um mês.

Cogitei ir a Waterloo e pedir os documentos pessoalmente. Mas como Trevor argumentou, não se tratava de sensibilidade dos funcionários da escola, mas sim de rotina de trabalho – rígida, ao que parecia.

Tentei negociar com a USP, também não deu certo. Aliás, eles exigiram mais do que eu esperava: queriam documentos traduzidos e por um tradutor juramentado.

Procurei um advogado que me sugeriu reunir os documentos que eu conseguisse levar à universidade, e caso me negassem o direito à matrícula, entraríamos com um processo. O único problema dessa opção era que dependeríamos de um juiz.

Eu precisava conseguir esses documentos.

A todo custo.

Insisti com Trevor e pedi para que apelasse para a ajuda do nosso pai. Lembrei que ele interferiu junto ao conselho de diretores da escola, quando não passei na prova de inglês. Neste caso a situação não era simples, uma vez que não existia um "jeitinho canadense" de solucionar as sinucas em que a vida nos colocava. Lá era tudo *by the book*. As regras mandavam. E ponto final.

Mas eu nunca fui de desistir fácil.

Faltavam três dias para o encerramento das matrículas e Trevor somente tinha a promessa de que os documentos estariam prontos nos próximos dias. Mas "próximos" era algo muito vago e eu precisava de uma data definida. O advogado entrou com o processo e conseguimos que meu nome fosse inserido numa lista de espera, ainda que na última posição.

Quando finalmente a escola liberou o diploma, meu irmão providenciou o envio para São Paulo. Um passageiro do voo seria o portador.

Mas isso, em tempos de nevasca, poderia ser muito complicado.

A previsão era de que o voo estivesse em solo brasileiro às três da tarde. A regra da USP era: as matrículas se encerram às 17h.

Como nada me impedia de ficar plantado na secretaria, lá fiquei. Eu tinha levado comigo todos os documentos nacionais e estrangeiros exigidos. No voo, chegaria o diploma, já com o reconhecimento da embaixada brasileira. Fernando, o executivo da minha empresa, acumulou a função de interceptador de diploma no aeroporto e de motoqueiro. Tinha de disparar pela cidade em direção à USP assim que o tivesse em mãos.

Meu estômago parecia estar sendo devorado pela ansiedade. A sensação piorou quando alguns funcionários começaram a desligar os computadores e candidatos também de fila de espera manifestaram desaprovação quanto ao meu direito garantido pelo juiz.

Como numa grande final de Copa do Mundo, eu esperava pelo gol. Queria ver o Fernando na área antes dos quarenta e cinco minutos do segundo tempo.

E foi o que aconteceu.

Depois do sufoco, o estado de graça e um telefona para comemorar.

— Mãe, estou matriculado!

Vinte e seis

Seis anos depois, um e-mail.

Para: Martin
De: Arnold
Olá meu querido amigo, Martin.
Vou me casar com Emanuella daqui a seis meses. Estou convidando as pessoas mais importantes da minha vida para serem meus padrinhos. É lógico que adoraria ter os "mosqueteiros" ao meu lado.
Você topa? (Diga que sim, por favor.)
Abraço de mosqueteiro,
Arnold.

Escrevi a resposta e mandei minutos depois:

Para: Arnold
De: Martin
Arnold,
Parabéns pelo casamento.

Eu topo. Mas sou o único mosqueteiro solteiro, lembra? Posso convidar minha mãe para me acompanhar?

Abraço de mosqueteiro,
Martin

Terminei de responder e liguei para o Dalton.

— Fala, cara. Tudo bem?

— Fala, Martin. Você é uma das únicas pessoas do Brasil para quem está tudo bem.

Dalton riu muito. Emendei uma reprimenda:

— Pare de reclamar da vida! – Dalton ficou quieto do outro lado da linha. — Está ocupado ou pode falar um pouco?

— Claro que posso falar. Que frescura é essa agora? Sempre posso falar com você!

— Recebi um e-mail do Arnold me convidando para ser padrinho de casamento dele.

Dalton gargalhou dessa vez.

— Ele me disse que convidou todos os melhores amigos. Só não sabia que isso incluiria você!

Forcei uma risada.

— Ele é o traidor mais amigo que tenho.

— Mas é nosso amigo de infância. Vai ser legal curtirmos a festa dele juntos.

— Mas quem é essa tal de Emanuella?

— Como assim quem é Emanuella? Acorda, Mané! – ele disse em tom de bronca. — A mãe da Manu, quer dizer, Emanuella, insiste que ninguém a chame mais pelo apelido de infância e o Arnold tem que obedecer a sogra.

Tive um lampejo, o que me deixou contente.

— Caramba, eu tinha esquecido o nome dela. Achei que o Arnold tivesse engravidado a tal de Emanuella, e por isso estava sendo obrigado a casar rapidinho.

— E aí, ficou feliz, Martin? Pensou que a Manu estivesse livre pra você!

Nada disso. Eu havia pensado que Manu tinha morrido para nascer essa tal de Emanuella, uma linda virgem que se casaria com Arnold. Resolvi declarar:

— Nem em sonho. Essa mina é passado na minha vida.

Falamos mais algumas bobagens e desligamos.

Para: Martin
De: Arnold
Querido amigo, Martin,
Agradeço por ter aceito meu convite. Estou honrado em tê-lo como padrinho. Seus pais serão meus convidados. Caso não se incomode, em vez da sua mãe, gostaria que aceitasse a companhia da Ursulla. Ela também é solteira e queremos que seja uma das madrinhas. Quando ela soube da possibilidade de você ser o par, ficou toda feliz.
Posso confirmar para a família que você entrará na igreja com Ursulla?
Abraços,
Arnold.
PS. Você só é dono do site Pontos Certos ou também tem alguma loja? Emanuella quer fazer lista de presentes em alguma loja de Sampa, para maior conforto dos convidados que moram aí. Você pode nos ajudar com isso?

Fiquei incomodado com o pedido. Afinal de contas, ele e a família da Manu estavam passando por cima do passado que tive com ela e me envolvendo no dia a dia do casamento. Não fiquei nem um pouco confortável com o arranjo. Seria alguma forma de provocação? Será que eles estavam me testando? Li a mensagem diversas vezes com a vontade de descobrir quem foi o cara de pau que sugeriu aquilo, mas o pior de tudo foi a coragem do Arnold de pedir a minha ajuda.

Pensei bem numa resposta profissional. Se era para estar envolvido, por que não ganhar dinheiro com isso? Pensei um pouco, depois escrevi e enviei:

Para: Arnold
De: Martin
Arnold,
Serei o par da Ursulla com muito prazer.
Quanto à lista de presentes, criei no meu shopping um serviço que é único na internet mundial. Basta entrar no site www.shoppingpontoscertos.com.br e cadastrar a lista de vocês na área "lista de casamento". Seus convidados

poderão comprar em qualquer das quase mil lojas disponíveis. O pagamento é feito através do site e a compra é enviada para onde o cliente determinar.

Abraços,
Martin

∫

Alguns meses depois, durante a cerimônia do casamento, flagrei várias vezes os olhos de Manu focados em mim. Ou seriam os de Emanuella? Quando o padre disse que a fidelidade era o amálgama do casamento, e benzeu as alianças, os olhos fugidios de Manu cruzaram novamente com os meus. Fiquei na minha todas as vezes.

Mesmo depois de tantos anos, os seios da Ursulla continuavam a me perturbar. Absolutamente empinados. Dessa vez, dentro de um vestido tomara que caía vermelho com decote nas costas, até a cintura. Ela não usava sutiã e não tinha marcas de biquíni. Não deu para resistir.

— Você é a mulher mais linda deste altar – sussurrei no ouvido dela.

Ursulla conteve um sorriso.

— E a noiva? – ela sussurrou de volta.

Aumentei a intensidade do elogio.

— Você é a mulher mais linda da igreja.

O padre mandava ver na cantilena sobre fidelidade e coisas e tal. Ursulla virou então o lindo rosto para mim e disse:

— Somos então o casal mais lindo?

Não olhei para ela. Mantive o olhar num ponto indefinido da igreja.

— Rápida na resposta! Gostei.

— Mas não gostava. Você nunca me entendeu.

— Será que não?

— Teria me procurado, se me entendesse.

Ursulla estava lindíssima. Naquele momento, me dei conta de que eu tinha perdido muito mesmo por não tê-la procurado. Mas como eu não queria ver a Manu, a coisa passou.

Mas ali, no casamento da irmã, ela chamava a atenção tanto de homens quanto de mulheres. Ainda no altar, confessou aos cochichos que depois que soube que voltei do Canadá, ela se sentava na varanda da casa e desejava que eu aparecesse por lá para repetir com ela o que fiz com Manu. Contou até que nas noites em que eu e a Manu nos divertíamos na escada, ela acompanhava tudo da janela do quarto e se masturbava.

Fiquei pasmo com a confissão e decidi que aquela conversa não terminaria ali no altar. Acompanhamos o fim da cerimônia, calados. Em mente eu estava a mil.

∫

— Você dança bem – eu disse para Ursulla, que estava em meus braços, na pista de dança. — Estou gostando de ver.

— Também sou boa em outras coisas com um homem – ela disse arranhando minhas costas e passando a mão na minha bunda. — Inclusive dançar na horizontal.

Gostei do fogo dela. Me fez lembrar o de Manu, só que turbinado por anos de vontade reprimida.

— Engraçada você.

Ela tirou a mão e perguntou, os olhos firmes nos meus:

— Por quê?

— No passado, você gostava de me provocar porque se excitava com as coisas que eu fazia com sua irmã. Agora deve ter muitos gatos querendo demarcar o território à sua volta.

Num gesto hábil e rápido, Ursulla enterrou as unhas na minha nuca, puxou-me contra seus seios e avançou a púbis, roçando com força aquilo que procurava.

Adorei o gesto, a gana. Mais ainda, gostei de conhecer a Ursulla mais de perto. Quem dera conhecê-la mais fundo.

Aos vinte e um, Ursulla era uma mulher linda e muito sagaz.

∫

Alguns anos depois.

Era cerca de quatro e meia da tarde de uma sexta-feira. Eu estava pronto para deixar o escritório e ir passar o fim de semana na Ilhabela quando Dalton ligou no meu celular para repassar o convite de Arnold para uma bela jogatina de truco na casa dele.

A péssima ligação de celular me forçava a muitas repetições e gritos, mas, enfim confirmei que podiam contar comigo para o jogo daquela noite e perguntei.

— A Manu vai servir o tradicional *capeletti*?

— Ela está meio puta por que queria ir ao cinema. Não só não fará jantar como nem convidou a minha mulher.

— O Arnold está brincando com fogo. Vai deixar duas mulheres insatisfeitas ao mesmo tempo. Isso é um perigo. Eu sou solteiro, mas se estivesse casado não aprontaria uma dessas com a minha mulher.

— Você tem razão. A Paolla também ficou muito puta, ainda mais que eu cheguei de Santos faz uma hora, depois de passar quatro noites fora de casa. — Dalton disse com uma risada debochada.

— Pelo que você está dizendo nós vamos nos divertir, mas vocês terão problemas em casa. Não me incomodo de inventarmos uma desculpa e deixarmos o jogo para outro dia.

— Nem fodendo, Martin. Eu tô precisando desestressar. Só uma noite de jogo e muita breja para esvaziar a cabeça.

— Se quiser uma carona eu posso passar pela sua casa para pegá-lo, Dalton.

— Tá louco? Se eu passar em casa, a Paulinha vai me escalar para cuidar do Luquinha, e não me deixará mais sair. Vida de casado é foda, meu irmão. Tomara que você mantenha o juízo e continue solteiro.

O ruído da ligação de repente piorou. Decidi abreviar o papo:

— Já sei que sem o capeletti pediremos pizza, né?

— A Manu apostou com o Arnold que rico não come pizza.

— Caraca, Dalton. Será que o Arnold me conhece melhor que ela? Adoro pizza. Levarei um *pack* de cerveja gelada.

— Martin — disse Dalton —, leve pelo menos dois. Um eu tomo sozinho.

Dalton gargalhou novamente e desligamos.

Enquanto cada amigo tentava negociar e acalmar as esposas, eu estava descomprometido e com toda disposição para jogar, beber o quanto quisesse e voltar para casa quando bem entendesse sem ter uma mulher para me cobrar. Mas, como não teríamos direito a jantar, e a barra estava pesada para o lado deles, sugeri novamente que remarcássemos o jogo para outro dia.

Opinião rejeitada. Os caras queriam aproveitar a noite para desestressar.

Gostei da ideia.

No fundo, eu também estava feliz porque ia encontrar Manu. Eu sempre gostei de vê-la. Ela continuava bonita e gostosa. Tudo bem que ela era mulher de um amigo meu, mas mulheres de amigos ainda assim são mulheres. Seria injusto com elas se eu não reconhecesse a beleza que têm e a alegria que me dão.

Tomei um banho relaxante. A noite estava quente. Vesti calça de linho cru e camisa branca, tão fina e leve que era quase transparente. Estreei um sapato mocassim, que calcei sem meia. Quando coloquei o perfume que sabia que Manu curtia, percebi que estava me vestindo para ela.

Fui para a casa do Arnold e toquei a campainha. Manu abriu a porta. Meu coração disparou, como sempre.

— Que bom te ver, Manu – ofereci a ela o *bouquet* que levei por educação e com prazer. Aprendi no Canadá que não se entra convidado na casa de ninguém de mãos vazias.

— Flores pra mim, Martin! – ela disse com um largo sorriso.

Avancei para dar um beijo no rosto dela e aproveitei a oportunidade para sussurrar ao pé do ouvido:

— Esses bombons eu trouxe da Suíça. São de chocolate meio-amargo. Comprei pensando em você.

Manu estremeceu no lugar. Percebi ali a antiga conexão que nos uniu no passado.

— Martin, só você mesmo para aliviar um pouco o estresse desta noite. Sempre elegante e muito gentil. Lembrou que curto chocolate. Legal!

Arnold apareceu.

— Fala, Martin. Que bom que chegou. Tava difícil ficar sozinho – ele deu um tapa estalado na bunda da Manu, que não gostou. — Você está dando mau exemplo, cara. Não dou flores para a Manu desde o noivado.

Levantei outro pacote e entreguei a ele.

— Flores pra ela, cerveja especial para você, cara. Estão geladas. Mas é bom colocá-las na geladeira.

— Cerveja pra mim não, pra nós! O jogo só termina quando acabar a cerveja. Deixa eu levar isso pra cozinha.

Arnold tomou o pacote das minhas mãos e foi para a cozinha. Manu aproveitou a ausência de Arnold, permaneceu ali por um instante e disse:

— Desculpe o mau humor, Martin. Vocês poderiam jogar numa boa. Eu convidaria a Paolla pra vir aqui ou pra um cinema. Mas o Arnold avisou na última hora.

Atento ao que Manu falava, Arnold gritou da cozinha:

— Não é nada disso, Martin. Ela contou pra mãe que amanhã vamos chegar um pouco mais tarde na Ilhabela. A sogra subiu nas tamancas quando desconfiou que era por causa da nossa noite de jogo.

Manu olhou para mim e deu um leve toque com a mão no meu ombro e disse:

— Vocês não têm culpa de nada, Martin. Vou assistir TV e depois ler um livro.

— Relaxe, Manu. Chamo você quando formos comer a pizza.

Arnold ainda estava enfiado na geladeira da cozinha quando Manu se despediu de mim com um beijo molhado no rosto e foi assistir TV na sala ao lado. Tive de limpá-lo com a mão assim que ela deu as costas para mim.

E eu que sempre achei que com Arnold e o casamento a minha história com a Manu estaria resolvida de vez. Afinal de contas, ela era esposa de um dos meus melhores amigos.

O problema é que mulher de amigo meu... É mulher. E a presença de Manu mexia comigo, como sempre mexeu. E eu percebia reciprocidade.

Num segundo me vi nos sapatos do Arnold e em vias de fazer com ele o que ele fez comigo antes de eu embarcar para o Canadá: dar em cima da Manu. Contive o que para mim era um impulso natural, ainda mais com ela, que eu conhecia tão bem.

Dalton chegou na sequência, o que foi bom, porque me tirou do aperto. Arnold gritou para Manu abrir a porta e, segundos depois, ele mesmo surgiu com dois copos e uma cerveja na mão, já que Manu não apareceu. Acompanhei-o para recepcionar Dalton.

— Caraca, cheguei atrasado? Vocês já começaram a beber? Estou perdendo alguma coisa? – Dalton estava acelerado.

— Para lá com tanta pergunta, cara! – Arnold deu uma risada. — Acabei de colocar na geladeira a cerveja que o Martin trouxe.

Mas agora que você chegou, aviso aos navegantes: está na hora de iniciarmos os trabalhos. Já querem pedir a pizza?

Dalton estava tão acelerado que se adiantou em responder:

— Pra comer pizza não tem hora, e estou com uma fome do caralho. Melhor pedir agora, assim não precisamos interromper o jogo.

Arnold abriu e serviu a primeira cerveja. Começamos um debate sobre qual era o melhor sabor da pizza. No meio da discussão, ele me pediu para perguntar a Manu o que ela queria.

Achei a manobra arriscada, mas fui. Sobretudo, quando vi aquele corpo maravilhoso estirado no sofá e superficialmente coberto por um *baby-doll* minúsculo. Não deu para conter um elogio sincero:

— Você está linda. Ainda bem que não foi para a sala. Dalton ia soltar rojões se te visse assim. – Achei melhor parar por aí e emendei num tom mais burocrático: — Que sabor de pizza você quer?

Manu estava de lado, folheando casualmente uma revista, as coxas nuas à mostra, as pernas dobradas, uma sobre a outra. Ela abriu bem os olhos de maneira a se mostrar mais frágil e sussurrou:

— Só o Dalton iria gostar de me ver assim?

Meu coração disparou mais uma vez. O momento pedia cautela.

— Todos teríamos muito prazer, Manu.

Ela então fechou a revista e se sentou na beira do sofá, a cabeça bem na altura da minha cintura. Deu então uma olhada para a região do meu pau e disse:

— Vocês homens apreciam o corpo de uma mulher para ver, para tocar, mas poucos têm a habilidade de comer como as mulheres devem ser comidas.

Alerta máximo! Eu não estava acreditando no que estava ouvindo. Preferi não responder, pois aquele cochicho poderia descambar para algo mais complicado.

Como todo *baby-doll* que eu conhecia, aquele era transparente, decotado e minúsculo. Manu levantou-se de modo sensual – sabendo que eu a estudaria por completo – e foi em direção ao móvel da TV pegar o cardápio de uma pizzaria *delivery*. O tecido leve realçava as linhas do corpo. Eu não queria que ela parasse de andar. A visão era espetacular. Manu parecia uma manequim fazendo um desfile exclusivo para mim.

Ela me deu as costas e, de pernas esticadas, debruçou-se para abrir a gaveta do móvel, a de baixo. Aquela bunda perfeitamente delineada e parcamente coberta pela minúscula calcinha, ficou escancarada diante dos meus olhos. Com uma das mãos, agarrou os tornozelos, virou-se para mim e deu uma piscadela. Voltou-se para a gaveta e passou a vasculhar com calma à procura do tal cardápio. Manu não demonstrava nenhum sinal de pressa. Por mim, ela poderia tomar todo o tempo do mundo naquela busca.

Manu sabia o que estava fazendo. E eu sabia onde aquilo poderia nos levar.

Assim que achou o cardápio, levantou lentamente, deu uma breve rebolada, virou-se para mim e sorriu. Não tive como não olhar os seios livres e soltos debaixo do tecido opaco, quase transparente. Pensei no quanto aquele par de seios me encantaram e no tanto de prazer que nos deram. Os bicos estavam durinhos por sob o tecido. Eu, que dominava bem as situações com mulheres, e sempre assumia o controle, fiquei vermelho e até um pouco constrangido. Afinal, o marido dela estava na sala ao lado e a provocação era muito grande.

Manu quebrou o encantamento quando me entregou o cardápio e pediu:

— Escolha uma pizza bem gostosa pra mim. Confio no seu bom gosto. Sou capaz de comer apenas um pedaço, mas com muito prazer, Martin.

Ainda meio atordoado com o inusitado da situação, peguei o cardápio e voltei para a sala. Antes de ultrapassar a porta perguntei:

— Quer um copo de cerveja, Manu?

— Você trouxe a cerveja pensando em mim também?

Ela insistia na provocação. Fiz que sim com a cabeça, dei um sorriso e fui entregar o cardápio para o Arnold.

— Manu recomendou essa pizzaria. Disse que é a que vocês costumam pedir.

Arnold tirou o cardápio da minha mão e perguntou:

— Beleza, cara. Que sabor ela vai querer?

— Qualquer um. Mas eu sugiro você levar um copo de cerveja pra ela, Arnold.

O sujeito disparou:

— Ficou louco? Ela é capaz de jogar a cerveja, com copo e tudo, na minha cara. Quebra essa pra mim, Martin.

Incrível. Quanto mais eu tentava sair do embaraço, mais enrolado eu ficava. Mas se era para fazer um favor para o meu amigo, era óbvio que eu faria esse, e com prazer.

Arnold serviu um copo alto com a cerveja que eu trouxe e me entregou. Assim que entrei na saleta e ganhei o olhar sensual da Manu, dei uma golada refrescante, lambi a beirada do copo bem devagar e o entreguei a ela.

— Prove. Está bem geladinha.

Deu para sentir a vibração do corpo da Manu assim que minha língua circulou pelo copo. Ela mal conseguia se mexer. Estiquei a mão para ela – que pegou o copo de modo mecânico –, dei uma piscadela e voltei ao encontro dos meus amigos.

Assim que a pizza chegou, Manu apareceu na sala vestida num *hobby* de seda vermelho bem curto. Um cordão enlaçado realçava a cintura fina e os seios fartos. Só eu sabia que ela estava quase pelada por baixo.

— Boa noite Dalton, como está Paulinha? – ela perguntou de modo dissimulado e apenas para se fazer notar.

— Tirante o mau humor por eu ter vindo jogar, ótima.

— Então não serei o único a dormir no sofá? – perguntou Arnold, esbanjando ironia. Manu passou timidamente os olhos por mim, sentou ao lado do marido e não demorou em completar:

— Hoje é dia de casados dormirem no sofá.

Dalton soltou uma risada nervosa. Manu prosseguiu:

— Brava eu sei que a Paulinha está, e de resto, como ela vai? E o Luquinha?

— Estão ótimos, Manu. O Luquinha ganhou uma medalha de natação na escolinha esta semana.

Dei um gole na minha cerveja enquanto Arnold abria e cortava uma das pizzas.

— Que legal, Dalton. Você se emocionou ao ver seu filho no pódio?

— Não deu pra ver, Manu. Preciso trabalhar, né.

Manu pegou o prato e esticou o braço na direção do marido, que a serviu de um pedaço de muçarela com *pepperoni*.

— Mas a Paulinha também trabalha. Ela assistiu?

Arnold pôs então um pedaço no prato do Dalton, um no meu e outro no dele.

— Ela se acertou com o chefe e chegou mais tarde na empresa. Essas são as obrigações de mãe, você não acha?

Manu, que já estava com o garfo a caminho da boca, congelou a mão no ar e indagou, surpresa:

— Você concorda com isso, Dalton?

Dalton se aprumou na cadeira antes de responder, pigarreou e disse:

— Bom, Manu, você já me deixou com a consciência pesada. Se continuar falando desse jeito, vou chorar.

Comemos a pizza e começamos o jogo, regado a muita cerveja. Manu voltou para a saleta de TV assim que terminou de comer. Só demos uma pausa quando a cerveja que entrou insistia em sair. Arnold aproveitou o intervalo e falou de uma casa que ele e Manu, Dalton e Paulinha estavam pensando em alugar em Ilhabela.

— Fica na praia da Feiticeira, próximo ao mar. Tem quatro suítes. O proprietário está pedindo R$ 3.000,00 de aluguel, mas acho que dá pra negociar.

— Não sabia que vocês estavam pensando em alugar uma casa na ilha – comentei.

— Faz tempo que queremos isso – disse Arnold. — Não contamos nada para você por que é apenas para os casais.

Não gostei de ser deixado de fora apenas por ser solteiro. Dalton percebeu meu descontentamento e disse:

— Mas se você quiser ratear o aluguel, aceitaremos de bom grado!

— Nada disso, Dalton – gritou Manu, do quarto. — Quando o Martin quiser ficar na casa será nosso convidado. O custo da casa será apenas dos casados.

Resolvi lidar com a situação de modo elegante.

— Meus pais achariam estranho se eu ficasse numa casa alugada e não com eles. Por outro lado, posso participar do rateio do aluguel e ficar com vocês sempre que possível.

Manu apareceu na sala com as mãos na cintura.

— Eles não te convidaram pra ficar na casa, mas para ajudar no aluguel só por que você é rico. Por mim você só entra no rateio quando se casar.

— Casar, eu?

— E por que não, Martin? Você é o único dos amigos que ainda está solteiro.

Não entendi bem para onde aquela conversa estava indo. Por isso, achei por bem ser fiel ao meu momento de vida.

— Nada contra o casamento, Manu, ainda mais na presença de vocês casados mas, por agora, minhas prioridades na vida são outras.

Manu encarou minha resposta como um desafio pessoal.

— Veremos por quanto tempo a mulherada te dará folga – disse ela.

— Os pais de vocês não ficarão chateados se vocês alugarem uma casa na própria cidade em que eles moram? – Retomei o assunto.

— Depois de casados viramos visitantes, Martin, não hóspedes – disse Dalton, em tom de brincadeira.

— Sem chance de passarmos um fim de semana ou um mês inteiro de férias na casa dos pais. A gente quer um refúgio, curtir a liberdade – completou Arnold.

— Entendi! Essa será então a Casa dos Desejos! – exclamei.

Manu, que segurava uma pilha de pratos nas mãos, parou a meio caminho da cozinha e penetrou os olhos em mim. Dei de ombros e mais um gole da cerveja.

Vinte e sete

No dia seguinte, o início da tarde estava escaldante, parei num bar próximo ao escritório e peguei uma mesa.

— Uma limonada suíça com muito gelo, por favor. O calor está insuportável.

— Quer que eu baixe a temperatura do ar condicionado? – retrucou o garçom.

— Só se for para servir café frio e congelar os demais clientes – brinquei.

Ele me deu as costas e resolvi olhar o celular. Havia uma ligação não atendida da Manu. Retornei.

— Que surpresa receber uma ligação sua nesta tarde quente – eu disse assim que ela atendeu.

— Surpresa boa ou ruim?

— Com você é sempre boa, Manu.

— Pare de ser xavequento, Martin. Já pensou que posso estar ligando para falar de coisas ruins?

Fiquei em alerta e resolvi ser diplomático:

— Só espero coisas boas de você.

— A vida não é feita apenas de coisas boas.

— A minha é, Manu. Adoro a vida. Não quero nada de diferente.

— Eu sempre quis falar isso, mas a minha não é assim.

Senti que ela estava envolvida numa aura negativa. Eu estava de bem com a vida e sem disposição de me deixar contaminar pelo estado de espírito dela.

— Deixa disso, Manu? O que de ruim aconteceu com você?

— Coisas passadas – ela disse num lamento. — Especialmente no que envolveu o nosso passado.

— Tudo o que vivemos foi muito bom, Manu. Guardo só boas lembranças.

— Você acha que as pessoas podem apagar as lembranças ruins assim tão facilmente?

Ela insistia nas lamúrias.

— Nada é fácil na vida – ponderei –, mas uma vez que é impossível mudar o passado, aprendi a me esforçar para entendê-lo.

— Se você diz... – ela sussurrou e ficou quieta.

Pensei que a ligação tivesse caído.

— Manu?

Ela ressurgiu sem nem mesmo ter se dado conta da minha pergunta. Senti pesar por ela, pela decisão de ter se casado com Arnold, pelo arrependimento que as palavras dela agora demonstravam.

— Temos nos falado muito pouco, Martin, e sempre com alguém por perto. Quero poder conversar com você com total liberdade. Preciso te conhecer melhor. Você é hoje um homem diferente do meu Martin daquela época.

Nisso ela tinha razão.

— É verdade, Manu. Nosso papo está desatualizado. Também quero te desvendar. Temos um longo passado juntos. Isso não se apaga do dia para a noite. Além do mais, fiquei intrigado com o que aconteceu sexta-feira na sua casa.

Sabia que ela tomaria a iniciativa de um novo contato. Eu nunca iria cantar a mulher de um amigo, ainda que fosse a do amigo traidor que cantou justamente a Manu, como fez Arnold, muitos anos atrás.

Enquanto falava com Manu, meu celular deu sinal de que havia outra ligação entrando. Pedi que Manu me aguardasse um momento e atendi.

Era o diretor comercial da minha empresa informando que a meta de faturamento do mês tinha sido batida com dez dias de antecedência. Fiquei em dúvida se a meta era baixa ou se realmente o trabalho da equipe foi o responsável pelo resultado excepcional. No fundo eu sabia que a segunda alternativa era a correta. Elogiei o trabalho, agradeci pela ótima notícia, informei que estava em outra ligação e que depois comemoraríamos o resultado alcançado. Desliguei e retomei a ligação com a Manu.

— Desculpe-me, Manu.

— As mulheres não te dão sossego, né? – Ela foi sarcástica.

— Era uma ligação da minha empresa, felizmente para dar boas notícias.

— Vou fingir que acredito.

— Para com isso, Manu. Além de eu não precisar mentir, você não tem nenhum motivo para ter ciúmes de mim.

— Não precisa me lembrar que não existe mais nada entre nós, Martin.

— Mas é a verdade!

— Eu sei disso. - Manu fez um breve silêncio que respeitei. — Nós nunca falamos sobre o passado, sobre o que aconteceu quando você foi viajar. Acho que eu te devo explicações, mesmo depois de tanto tempo.

Explicar o quê? Eu já sabia de tudo. Além do mais, eu não queria conversar sobre coisas que aconteceram há tanto tempo e que para mim já estavam digeridas e enterradas. Só eu sei como o que aconteceu ajudou a moldar quem sou hoje, no homem que me tornei, na vida que consegui construir. Não era hora de voltar a discutir o que para mim não fazia mais sentido. Ela, entretanto, parecia interessada em justificar o seu casamento com Arnold. Talvez pensasse que o acontecido em nosso último encontro estava me perturbando, ou se eu estava enganado ao achar que o passado estava plenamente resolvido.

Em linhas gerais, fiquei incomodado com a insistência dela, especialmente com a vontade de querer trazer de volta à vida uma coisa que havia morrido. Aquela vontade de exumar o passado estava completamente fora de sintonia com o meu presente.

— Não se preocupe mais com isso, Manu. Não preciso mais de explicações. Já tive muito tempo para pensar em tudo aquilo.

— Que bom! Acho que poucos homens são como você.

— Como assim?

— Sei lá, que conseguem superar as coisas com tanta facilidade e foco.

Fiquei quieto. Manu prosseguiu:

— Você é muito especial pra mim, Martin. Não quero mais saber do passado. Quero que entre nós só haja presente e futuro. Sobrevivemos ao que passou, estando ou não felizes. Você concorda?

Não entrei na dela, pois percebi várias intenções naquelas palavras. Se eu concordasse, essa seria a senha para ela querer se aproximar ainda mais de mim. A ideia não era de todo ruim, afinal, Manu continuava linda e gostosa. Por outro lado, achei prudente saber de antemão o que ela estava pensando e querendo.

— Que bom que faço parte do seu presente!

— É sério. O passado já era. Quero apenas presente e futuro para nós dois.

Ela estava querendo me colocar nas cordas. Hora de arrumar uma saída.

— Sua família sempre fará parte do meu presente e do meu futuro, Manu.

— Não estou me referindo à família – Manu disse com irritação na voz. — Pelo contrário, nem quero esse assunto nos nossos encontros. Nossos papos serão sobre você e eu, apenas sobre nós.

A limonada chegou a minha mesa. Sobre a espuma densa e branca havia raspas de casca de limão. O odor fresco e ácido invadiu meu nariz. As pedras de gelo amontoadas no copo salpicaram a parte de fora com gotas cintilantes de água. O aroma de limão, acentuado pelo visual das pedras de gelo deslizando umas sobre as outras, e o branco leitoso do suco batido me deixaram com água na boca. Eu precisava muito daquele suco.

Pedi um tempo para a Manu e ouvi do garçom que, apesar de eu ter pedido uma limonada suíça, ele estava me servindo uma canadense.

— Essa eu não conheço – eu disse a ele.

— Quase ninguém no Brasil conhece, senhor.

Dei o primeiro gole e quase fui arrebatado pelo sabor refrescante.

Queria tomar um pouco para liberar o garçom que estava plantado na minha frente esperando o meu julgamento.

— Está diferente e simplesmente deliciosa. Como é feita?

— Isso é um segredo da casa – disse rindo o garçom.

— Ela está doce, mas tem alguns pedacinhos amargos e outros azedos. Essa mistura fica muito gostosa.

— Até esse ponto eu explico. Ela não é filtrada, por isso que alguns dos baguinhos do limão estouram na boca.

— Mas não é só isso. Ela permanece na minha boca. É encorpada.

— Pouca gente conhece a receita, senhor.

— Para as melhores limonadas que tomei no Canadá eu daria nota quatro, mas só darei a nota para esta após contar-me o segredo.

— Como o senhor é um dos meus clientes preferidos vou contar. – Ele fez uma breve pausa, certo de que detinha minha atenção e prosseguiu: — Adicionamos gelatina de limão na água mineral, antes de bater com o limão. Por isso você sente que ela é mais encorpada.

Manu acompanhava o meu papo com o garçom e disse que estava com água na boca.

— Pare de falar sobre essa limonada, Martin. Não aguento mais de vontade, vou fazer uma quando desligar o telefone.

— Se você ouviu o garçom, já tens a receita.

— Martin, limonada bem gelada e encorpada me pareceu meio sexy. Estou certa?

— Faça e me conte depois o que achou.

Ela queria voltar a esquentar o assunto e disse:

— O que achou do tipo do relacionamento que propus, Martin?

Percebendo que eu havia retomado a conversa ao telefone, o garçom mostrou o balde de gelo esperando minha indicação para colocar mais algumas pedras. Olhei para ele e comentei:

— Parece bem gelado. Gosto assim.

Fiz um sinal de ok e ele foi embora.

— Relacionamento gelado? É assim que você gosta, Martin?

Manu ficou sem saber se eu estava falando com ela ou com o garçom. As palavras a intrigaram. Alcancei com sucesso o meu objetivo. Ri muito por dentro.

— Falei de uma coisa e você entendeu outra, Manu? Onde foi parar sua perspicácia?

— Não percebi que você ainda falava com o garçom.

— A primeira coisa que fiz ao fugir do calor da rua e entrar neste café foi pedir o suco de limão com gelo, muito gelo, que o garçom trouxe, bem gelado, como eu gosto.

— Adoraria estar tomando suco com você. Vai responder a pergunta que fiz antes desse pequeno mal-entendido que quase jogou um balde de gelo sobre mim?

Eu não sabia tudo que se passava na cabeça de Manu, ou será que sabia? Lógico que eu me lembrava da pergunta, mas não queria facilitar demais a missão dela.

— Ficou uma pergunta sua no ar, Manu? – Planejei uma resposta em dois tempos com o objetivo de que ela ficasse intrigada mais uma vez. Depois de alguns segundos, que pareceram minutos, complementei: — Acabei de me lembrar da pergunta. Quer saber se quero conviver com você, em um mundo só nosso? De nós dois? Acho boa a ideia, sabia?

— Não falei em um mundo só nosso, Martin. Será um mundo de você comigo, sem nada a ver com a minha família.

Pensei um pouco e ponderei que conviver com Manu como se estivéssemos em um mundo só nosso parecia um sonho. Quer saber, foda-se o Arnold.

— Em quais horários você estará disponível para aprofundarmos essa conversa? – perguntei.

— Trabalho apenas no período da manhã. O ocupado é você, querido.

— Então te encontro amanhã, duas e meia da tarde, no estacionamento do Shopping Morumbi.

— Pela rapidez na resposta, parece que você se excitou com a minha proposta!

— Você não fez proposta nenhuma, apenas manifestou um desejo. Eu é que estou propondo o encontro de amanhã para tratarmos do nosso presente.

— Martin, por que você nunca demonstrou que queria um futuro diferente comigo?

Futuro? Por enquanto, nem com ela e nem com nenhuma outra. Será que ela imaginava que eu estava sozinho e que bastava estalar os dedos para me ter ao seu lado?

— Por enquanto vamos pensar no presente, Manu. Eu não penso em futuro. Vivo um dia depois do outro.

— Quer me encontrar no estacionamento do shopping? Sabe que não posso aparecer em público com você, Martin.

— Iremos para um motel ali perto.

— Para um primeiro papo mais profundo prefiro ficar dentro do seu carro. Nada de motel, por enquanto.

— É você que tem medo de ficar em locais públicos comigo, Manu.

— Seu carro tem vidros escuros?

Essa mulher pensava em tudo.

— Sim – respondi.

— Então ficaremos na privacidade do seu carro. Ou você pensou em ficar com as janelas abertas?

— Ninguém pensa que uma mulher ao entrar no carro de um homem estranho está indo para um papo inocente. No motel temos a privacidade de que precisamos para conversar. Não precisa acontecer nada entre nós.

— Você está muito afoito para me levar para um motel.

— Não. É só que...

Mas ela me interrompeu antes que eu pudesse terminar a frase.

— Primeiro: nunca traí o Arnold. E segundo: temos assuntos de muitos anos para colocar em dia. O motel não seria o melhor lugar.

— Então, que tal jantar?

— Você é bobo, né Martin! Claro que tenho vontade, mas tudo bem, sei que você está brincando.

— Não brinco com coisa séria.

— Onde vamos jantar se não posso aparecer em público com você?

— Pois é... vamos fazer um jantar privado. Garanto o sigilo. Não vou fazer nada que você não queira. – Não consegui segurar uma risada, como diria minha mãe, marota. — Jantamos no motel! O que acha?

— Já te falei, Martin: nunca traí meu marido.

Ela precisava se sentir honesta e demonstrar para mim que era honesta. Queria retomar o relacionamento comigo, mas sob condições bem definidas. Manu precisava estabelecer regras que não afetassem sua família e mantivesse seu verniz social intacto, para que assim tivesse o aval da sua censura interior. Eu entendia bem o que passava pela cabeça dela. Eu conhecia bem a Manu e sabia que ela dava a entender de que não queria, querendo. Entrei na onda e dei vazão a um pensamento que eu sabia que lá no fundo ela nutria.

— Não estou falando em traição. Independentemente do que aconteça entre nós, assumiremos como um "relacionamento extra-conjugal". Nada de traição.

— Mas isso seria traição. Sei que o Arnold já transou com outras mulheres. Isso é traição. Não adianta querer dar outro nome.

— É por isso que você está me ligando? Está querendo dar o troco? Quer se vingar dele?

Pronto. Bem no nervo. Manu bufou antes de dizer:

— Para, Martin. Minha vida é monótona. Só isso. Na parte sexual sei que eu nunca vou me realizar com Arnold. Não sei se é em função de outras mulheres, ou se ele deixou de ter tesão por mim, mas, não raro, passamos várias semanas sem sexo. E quando acontece, é monótono, dentro de uma rotina que nem chega a despertar o tesão.

O papo estava indo para onde eu queria. Fiquei contente comigo mesmo por arrebanhar os sentimentos dela para a área que mais nos unia: o sexo.

— Lembro que antes de me conhecer você já gostava de sexo, e sabia se virar muito bem sozinha.

— Ainda bem que sei me satisfazer sozinha. Quando falta homem em casa de mulher quente, todo mundo conhece as alternativas. Bem dizia Luis Fernando Veríssimo, numa das histórias do analista de Bagé: para segurar mulher em casa e cavalo no pasto, basta um pau firme.

Dei uma gargalhada e mais alguns goles da limonada canadense.

— As pessoas devem saber se satisfazer sexualmente. É uma questão biológica.

— Mais do que isso. O contato, os beijos e os abraços, os elogios, a curtição do meu corpo, tudo isso faz falta. Preciso sentir que desperto tesão. Sei lá! Penso que todo mundo gosta de saber isso.

— Concordo demais com você.

Dei mais um gole na limonada. Estava deliciosa. Manu prosseguiu:

— Esse seria um dos assuntos para o nosso primeiro encontro, embora seja mais fácil por telefone do que olhando nos seus olhos.

Meu medo é de que você não me entenda e julgue que sou uma mulher casada vulgar. Você sabe pouco sobre minha vida atual.

Hora de dar uma tacada certeira, a de abrir os ouvidos para uma mulher desejosa.

— Então me conte.

— Bom. Sinto que a vida está passando e que eu estou num relacionamento que só tende a piorar... Quero realizar fantasias enquanto sou jovem, atraente e cheia de desejos. Ah, Martin! Amanhã a gente conversa sobre isso. Pode ser?

— Temos mesmo muito o que conversar. A gente se encontra amanhã à tarde, duas e meia. Entre pelo acesso da Av. Roque Petroni Jr. e vá até o penúltimo piso. Lá sempre tem lugar para estacionar. Avise em que vaga está e irei ao seu encontro.

Manu me mandou um beijo e desligou.

Segui bebendo a limonado e pensando em tudo aquilo.

Na realidade "as coisas da vida" de que Manu se referia não me interessavam nem um pouco. Óbvio que eu não disse isso a ela ou todo o arranjo ia pelos ares. Percebi que além de imaginar que poderia ter seu primeiro parceiro sexual de volta, ela precisava de um ombro amigo para escutar suas lamúrias. Eu me interessava apenas pela primeira parte. Pouco me importava a vida que ela tinha com o marido.

O melhor de tudo era tê-la enquanto estivesse casada. Uma mulher casada sempre tem algo a perder. E quem tem algo a perder sempre toma muito cuidado com o que faz e com quem faz. Especialmente numa relação extraconjugal.

Da minha parte, eu não sonhava em tentar reconquistá-la para voltar a viver o nosso grande amor. Isso para mim era coisa de romances, novelas, filmes. Do passado, afinal. Na vida real, quando há a traição e o amor acaba, acabou. Não havia chance de voltar a ser o que era. Acabou de vez. Além do mais, eu não pensava em me casar. E se um dia isso acontecesse, não seria com ela. Aprendi com a vida a perdoar o que podia ser perdoado. O resto eu colocava de lado e seguia em frente.

Ela não sabia que depois da minha saída do Brasil, passei a dar pouco valor à fidelidade sexual. Principalmente quando eu não era o traído. Para mim, a fidelidade era mais de alma do que de corpo. Para mim, a mulher que transa apenas pelo prazer da transa, não está traindo. Entretanto, muitas vezes a traição pode acontecer sem a relação sexual.

Eu realmente achava que as pessoas tinham uma vontade natural de variar. E não acreditava na obrigação de que pessoas casadas deveriam se satisfazer somente com quem se casaram. Isso para mim não passava de convenção social. Manu, por exemplo, se seguisse essa ideia, seria mais uma que explodia de tesão e que acabava ficando na mão, literalmente, simplesmente porque tinha um marido que se satisfazia com outras mulheres sem haver descoberto o potencial do mulherão ao seu lado.

E nesse caso eu estava disponível e bastante disposto a ajudar.

∫

O flamboyant do quintal quase invadia a varanda do meu quarto. Os primeiros raios de sol deixavam douradas as gotas de orvalho.

A natureza recompensa quem acorda cedo.

Depois de alguns exercícios respiratórios enchendo os pulmões com o ar puro, fui tomar café da manhã.

— Bom dia, Martin. Está com cara feliz. Dormiu bem? – perguntou Chica, minha fiel escudeira, que tomava conta de mim e da casa.

— Muito bem, como sempre. Esta cara feliz deve ser por causa desse cheirinho gostoso do seu café.

Chica me conhecia desde pequeno em Ilhabela e sabia tudo sobre minha vida, ou melhor, quase tudo. Era astuta e tinha capacidade de me decifrar. Ela me tratava como um filho querido; se preocupava com a minha alimentação, se tinha muito ou pouco carboidrato, vitaminas, proteínas, e acompanhava a programação do meu *personal trainer*. Quanto a isto, nunca soube onde ela aprendeu tanto sobre musculação.

Além do mais, Chica era muito divertida!

Luciano era o *personal*, o homem com quem eu tinha encontros matinais diários e doloridos. Ele pegava pesado para eu não ter problemas com a gravidade que atua no corpo humano quando os anos vão passando. Mais que trabalhar os músculos, as atividades esportivas eram uma forma de meditação para mim. Eu me desligava de tudo e me concentrava nos movimentos e em minha respiração.

Esses eram os dois anjos da guarda que cuidavam de mim.

Eu ainda contava com um motorista. Naquele dia ele já estava avisado de que eu sairia cedo. Faltou apenas eu escolher com que carro sair. Mas funcionário bom consegue prever o que o patrão quer. Como eu ia para o shopping, não dava para ser de helicóptero, eu precisava de um carro grande com espaço disponível para eu curtir as delícias da Manu.

Ele acertou em cheio: preparou a Range Rover.

Depois do banho, segui para o Pontos Certos. Sempre com Manu em mente. Às vezes meu pensamento pescava Arnold em algum canto perdido do cérebro e, no final, eu me perguntava se estava indo encontrar Manu por ela, ou por uma revanche contra o Arnold. Eu gostava de pensar que ele iria beijar a boca da esposa depois de eu ter gozado nela.

Na empresa, fui direto para a primeira reunião marcada com lojistas. Eu previa uma reunião difícil, uma vez que eles seriam cortados por não terem alcançado as metas estipuladas no contrato.

Assim que terminou, entrei na segunda, esta com novos lojistas que haviam assinado contrato conosco para ingressar no sistema Pontos Certos.

Abreviei ao máximo todas as reuniões. Discursar sobre metas de vendas e sobre a importância da empresa no mercado não era nem de longe o que eu queria para aquela manhã. Manu povoava meus pensamentos. Todos eles. Percebi no final da manhã que pensar no encontro com ela, ainda que fosse no estacionamento do shopping, havia me deixado agitado.

No painel do carro, o relógio mostrou 14:12. Três minutos depois tocou o telefone. Foram os três minutos de espera mais longos da minha vida. Mas, cento e oitenta segundos que valeram a pena.

Manu estava linda numa saia azul-marinho curta, larga e com uma blusa justa. Os três primeiros botões fora das casas me fizeram recordar os velhos tempos e as delícias daqueles seios maravilhosos.

Desci do carro para abrir a porta para ela. Ela quase se atirou pelo vão e disse:

— Vamos, Martin! Entre e feche a porta, rápido.

Mal nos sentamos ela segurou minha cabeça com as duas mãos, olhou fixamente nos meus olhos por alguns segundos e me beijou alucinadamente.

— Esse beijo foi pelos últimos dez anos, Martin.

Ela me olhou no fundo dos olhos e me beijou novamente.

— Esse foi pela noite da última sexta-feira.

— Você estava muito brava.

— Estava putíssima com o Arnold, mas quando ele disse que você iria... Quase não acreditei. Mas me vesti pra você. Deu pra notar que eu estava apenas te esperando?

— Se deu. O Arnold também deve ter adorado aquela roupa.

— Acho que ele nem reparou.

Girei o corpo no banco e fiquei quase de frente para ela.

— Não dava para não notar. Você estava linda, Manu.

Ela cruzou os braços e fechou a cara ao dizer:

— Ele foi deitar bêbado.

— Ele é que perdeu – Dei aquele assunto como encerrado. Resolvi criar um vácuo para mudar o tema. — Vou ligar o ar condicionado.

Manu descruzou os braços, virou no banco e colocou a mão em meu joelho.

— Conte um pouco sobre suas empresas. Até agora só sei o que os jornais falam: são milionárias e você um sujeito rico.

— Eles noticiaram muito a venda da Aquinet por ter sido a maior transação da internet brasileira até hoje. Não me preocupo muito com isso.

— Eu usava muito a Aquinet, sem saber que era sua. Vendeu mesmo por duzentos milhões de dólares?

— Se ainda estivesse com ela, hoje eu a venderia pelo dobro. Ainda tenho 20% de participação na empresa.

Manu esfregou a mão no meu joelho de um jeito que gostei.

— Tenho orgulho de você, Martin. Creio que é um dos empresários mais jovens do Brasil, e um dos mais ricos também.

Pus a mão sobre a dela e comecei a acariciá-la de leve.

— Continuo trabalhando muito. Na criação da Aquinet usei muito o que chamamos de *business inteligence*, coisa que pouca gente dominava no Brasil. A empresa cresceu praticamente sozinha depois disso.

Manu ficou calada por um instante. Notei que ela estava me estudando, talvez procurando em meus olhos alguma coisa do Martin que ela havia conhecido na adolescência. Em dado momento, quebrou o silêncio:

— Você não acha que trocou um negócio tranquilo por outro que só te dá trabalho?

— De jeito nenhum. Adoro trabalhar. Vou trabalhar sempre. Mas como faço o que gosto, tenho uma dúvida comum às pessoas que gostam do que fazem: não sei se trabalho me divertindo ou se me divirto trabalhando. Gosto muito das minhas empresas.

— Quais são as empresas atuais?

— São apenas duas, Manu. A Optijoin Corporation é americana. Eu a comprei há pouco mais de dois anos. Ela continua atuando nos Estados Unidos mesmo depois de eu implantá-la em diversos países. E já é forte no Brasil.

— Essa eu nem sabia da existência. Conheço o shopping virtual Pontos Certos. Compro tudo que posso nas lojas dele, pois adoro ganhar pontos.

— A Optijoin é uma empresa que aluga softwares de CRM e de gestão, que nós chamamos de ERP.

Enquanto falava, percebi que estávamos divagando sem direção. Qual era o real interesse da Manu pelas minhas empresas? Minha grana? Pode ser. Assumi então que ela estava fazendo isso, andando em círculos, querendo saber mais a meu respeito, para não se atirar logo em cima de mim e ganhar a pecha de ser uma mulher fácil e com isso perder o respeito. Nós dois nos conhecíamos muito bem e sabíamos onde aquilo ia terminar. O jogo continuou.

— Pelo visto nunca serei cliente dessa empresa. Não sei o que é CRM e nem a outra coisa que você falou. De shopping eu entendo. Sei que você ganha muito dinheiro, né?

— É o meu melhor negócio, Manu. As compras na internet vão continuar crescendo a mais de dois dígitos por ano pelas próximas décadas. Meu desafio é mantê-lo atualizado, competitivo, atraente, líder de mercado e rentável.

A mão dela saiu do meu joelho e, àquela altura, já estava na minha coxa. Comecei a ficar animado, tanto com a carícia como pela perspectiva do que poderia acontecer.

— Você é muito inteligente, Martin. Foi aquele intercâmbio no Canadá que te ajudou a ficar assim?

— Aquilo foi a coisa certa a fazer, na hora certa, com as pessoas certas. A internet já era muito forte lá. Eu me interessei e aprendi muito. Como em terra de cego quem tem olho é rei, ao voltar para o Brasil eu estava na frente da maioria das pessoas.

— Se tivesse aceitado meus apelos, você não teria ido para o Canadá.

— Com certeza não.

— A sua história e a nossa teriam sido muito diferentes.

— Não tenho dúvidas disso. Se eu tivesse ficado, nós não estaríamos aqui hoje.

— Nunca pensei dessa forma. Mas você tem toda razão. Possivelmente estaríamos casados e morando em Ilhabela. E do jeito que nos amávamos, nosso casamento seria diferente do que é o meu com o Arnold hoje.

Ela recolheu a mão assim que mencionou o nome do marido.

— Combinamos de não falar em família nos nossos papos, Manu.

— Só falei uma verdade.

Peguei-a pela mão e comecei a acariciá-la novamente. Quem sabe assim ela retomaria o que tinha começado.

— Não podemos mudar o passado. Mas a gente faz o futuro. O nosso começou agora.

Agarrei firme uma mecha espessa de cabelos da nuca e trouxe sua boca para mais um beijo. Acariciei seu pescoço enquanto desabotoava o que restava da blusa. Pelo modo como começou a gemer e se contorcer, Manu demonstrava estar querendo mais.

Os beijos foram ficando cada vez mais intensos. Ela não demorou para apoiar a mão naquilo que conhecia tão bem. Ao sentir o volume sob a calça, Manu gemeu, não sei dizer se apenas de tesão ou de tesão misturado com saudades.

Sem hesitar, abriu o zíper da calça enquanto matinha um olhar quente em mim. Com rapidez, ela meteu a mão dentro da minha calça e agarrou tudo.

— Eu queria muito sentir você de novo, Martin – ela sussurrou no meu ouvido com voz trêmula. — Que maravilha! Parece que ele cresceu ainda mais com o tempo!

A saia curta e larga deixava quase tudo liberado. Minha mão foi acariciando suas pernas até chegar à calcinha, quente e molhada, que afastei com o dedo. Ela soltou um gemido gutural quando a toquei mais profundamente e no local certo. Não foram precisos muitos movimentos para ela chegar ao primeiro orgasmo e com isso apertar com força meu pau que enchia sua mão.

— Você tem um poder especial sobre mim e meu corpo. Sempre teve.

Manu me beijou de leve na boca e depois deitou a cabeça na minha coxa. Com a mão enfiada na calça, ela olhava para aquela região com visível devoção.

Sem falar mais nada começou a me acariciar mais e mais. Meu pau estava a ponto de estourar o tecido quando Manu desfivelou o cinto, abriu completamente a calça e afastou a cueca, num movimento que ajudei. Ao ver meu pau ereto, ajeitou-se no banco e me chupou. Deu para sentir, pela ânsia dos movimentos que ela fazia com a boca e com as mãos, o quanto ela estava carente e o quanto ela precisava daquilo para se sentir mulher novamente. Descobri que eu adorava sexo com mulheres carentes.

O gozo surpreendente reavivou lembranças. Manu lambeu meu pau, caprichosamente, da mesma forma que fez com a bola de sorvete em Ilhabela, muitos anos atrás. Embora mais de dez anos tenham se passado, a boca quente dela e o furor com que chupava meu pau se mantiveram os mesmos. Deliciosos.

— Até hoje só você gozou na minha boca – ela disse de um jeito sensual e provocante.

O encanto foi quebrado pelo ruído de uma moto se aproximando. Tudo que eu não queria eram problemas com o segurança do shopping. Vesti a calça num instante. Manu limpou a boca com as costas da mão, fechou os botões da blusa e se afundou no banco.

— Tenho medo de um escândalo – Manu começou a tremer apavorada. — Ele pode nos prender?

— Ele é apenas um funcionário do shopping. Fique calma e em silêncio. Vou conversar com ele.

O segurança, deu uma volta completa pelo carro, fez um nó com os dedos e deu dois toques no vidro muito escuro, o que tornava impossível de ele ver o que estava acontecendo dentro do carro. Esse era um recurso de segurança que resolvi usar em razão dos sequestros que aconteciam a torto e direito em São Paulo, além, obviamente, da blindagem do veículo. Baixei o vidro até onde dava, cerca de um palmo, cumprimentei o segurança e expliquei que aguardava pela minha mulher e tinha deixado o motor funcionando por causa do ar condicionado. Depois de lembrar-me que dentro do shopping também havia ar condicionado ele agradeceu, engatou a moto e foi embora.

Fechei a janela. Manu respirou aliviada.

— Nossa, Martin, fiquei desesperada. Deu um frio na barriga. Mas o risco parece que aguçou o meu tesão.

Não perdi tempo com palavras. Pulei para o banco de trás. Manu foi junto. Deslizei o banco de passageiros para a frente, olhei para seus lindos seios e me ajoelhei diante deles. Quando comecei a beijá-los, ela estremeceu dos pés à cabeça. Agarrei-a com força, puxei-a para junto de mim e senti que ela se arrepiou toda. Exalava tesão.

— Adoro você tesuda e gozando de todo jeito comigo – sussurrei.

Ela segurou minha cabeça com as duas mãos e a puxou de volta para os seios. Seu gozo veio acompanhado de um gemido contido. Continuei ajoelhado e com a cabeça em seu colo.

Momentos depois, a ajudei a tirar o que sobrava da roupa.

— Adoro seu corpo, Manu.

— Safado. Por que não fala que me adora pelada?

— Pelada e depilada. Toda peladinha pra mim?

— Há muito tempo eu não fazia...

Calei Manu com um beijo. Beijei sua orelha e pescoço e fui descendo em direção ao que eu mais desejava. Em poucos minutos Manu explodiu de prazer na minha boca.

Momentos depois, meu celular vibrou no bolso da calça. Puxei-o e vi na tela que era José, diretor de operações da empresa. Atendi. Ele queria saber do meu paradeiro. Tratei de dispensá-lo dizendo que não demoraria para voltar e pedi para que avisasse Carol de que eu deixaria o carro no escritório e voltaria para casa de helicóptero.

Desliguei e joguei o aparelho no banco da frente.

— Eu não sabia que você tinha helicóptero – Manu mostrou-se surpresa. — E você tem um piloto particular?

— Não. Eu sou o piloto. Voar é uma das minhas paixões. Quando voo, sinto que estou em plena sintonia comigo mesmo.

— É perigoso, não é?

— Que nada! Até bicicleta é mais perigosa que helicóptero. Mas sabe o que estou doido pra fazer agora?

Manu sabia, lógico, mas esperou que eu dissesse.

— Agarrar você todinha e te comer aqui mesmo.

— Ahhhh... – foi tudo que ela disse aprovando a coincidência dos nossos desejos.

O celular tocou novamente. Intimamente xinguei-o, estiquei o braço e peguei-o de cima do banco.

— Perdão, mas vou ter que atender. É do escritório de Berlin.

As duas ligações juntas não demoraram mais do que dois minutos, mas foi o suficiente para quebrar o clima. Mesmo com tesão de sobra, retomar o sexo não seria nada fácil. Minha mente já havia sido capturada pelas obrigações do trabalho. Manu, nua, de pernas escancaradas e seios esperançosos de mais carícias, conseguiu sentir isso ao me ver divagando e se recompôs, sem ressentimento.

— Vamos ter uma próxima vez? – ela perguntou, segurando meu rosto.

Não respondi. Embora fisicamente eu estivesse ali, em mente estava em Berlin, no escritório, no helicóptero e em algum lugar na internet. Ela então começou a vestir-se.

Fiz o mesmo, e com uma pulga atrás da orelha. Manu já tinha falado de uma fantasia que ainda queria realizar comigo. Uma vez que tínhamos uma longa história juntos, resolvi buscar uma referência do passado.

— Manu, lembra como já fomos livres?

— Se lembro – ela respondeu enquanto abotoava a blusa.

— Pois então, quando falamos ontem por telefone, eu disse que se depender de mim quero realizar todas as suas fantasias.

— Por mim, poderíamos nos encontrar amanhã e começar a realizá-las.

Manu era rápida no gatilho. Mas brinquei com o tempo do verbo.

— Poderíamos?

Manu terminou de abotoar a blusa, vestiu a calcinha e a saia, e enquanto terminava de se arrumar confessou:

— Eu te quero. Tenho tempo, desejos, mas...

— Eu também te quero toda – interrompi Manu e perguntei: — Amanhã a gente se fala?

— Pelo menos isso, né? Eu te ligo, Martin. O contato de hoje mostrou que continuamos afinados, com o mesmo fogo e cheios de desejos.

Demos um beijo molhado de despedida. Ela sorriu e desceu do carro. Enquanto se afastava, minha vontade aumentava. Saudade ou desejo, que importava. Explodiu a fome de possuí-la, como nos velhos tempos de escola.

Vinte e oito

Eu estava saindo com o carro do estacionamento do shopping quando o celular vibrou mais uma vez. Tomei um susto ao ver o nome de Ursulla na tela e senti um alívio pela ligação ter entrado naquele momento. Manu teria ficado louca se soubesse do meu relacionamento com a irmã.

— Onde você está? – ela disparou assim que atendi. — Liguei para o escritório. Carol disse que você tinha saído. Lembrou que dia é hoje, Martin? — Sem me dar tempo para refletir sobre a pergunta ela se adiantou e me ajudou — Hoje faz três anos que transamos pela primeira vez. Quero te ver, comemorar. Estou com muita vontade de você.

Afastei Manu, Berlin, a internet e o helicóptero da mente e disse com entusiasmo:

— Boa tarde, minha delícia. Hoje é um dia importante. Claro que planejei uma coisa especial só pra nós dois. Quero te encontrar assim cheia de vontades.

Na verdade para mim era um dia como qualquer outro. Ursulla era apenas uma transa, gostosa, mas apenas uma transa. Não tínhamos compromisso algum. Cada dia juntos era especial, mas não tinha a intenção de registrar datas e nem de fazer comemorações. Éramos bons amigos e ótimos parceiros sexuais. Pelo menos eu pensava e agia assim.

— Que tal agora? – ela retrucou.

Pedi um minuto para atender uma ligação de trabalho. Coloquei-a em espera e liguei para Carol, minha secretária. Aliás, uma secretária e tanto, e pedi para que ela desse um jeito de fazer Ursulla receber em quinze minutos as mais lindas flores que já viu. Se para que isso acontecesse fosse necessária uma taxa de urgência, que pagasse.

Desliguei de Carol e retomei Ursulla.

— A noite pode ser toda nossa.

— Noite? Não, Martin! Quero você agora. Estou te esperando. Preciso de você e não aceito um não.

Fiquei excitado com tanta determinação, mas naquele momento seria impossível, pois o perfume da irmã ainda estava colado em mim. Não foi difícil sair da saia justa.

— Também te quero, Ursulla. Mas estou com o helicóptero e, como você sabe, não posso pousar depois das seis. Vou pra casa, tomo um banho rápido e te encontro às sete e meia, no máximo.

— Hoje não dá dessa forma. Não posso me atrasar ou faltar na faculdade.

— Então, como você quer usar esse tempo?

— Fácil! Voaremos até sua casa. Abusarei de você durante o banho. Você faz o que quiser comigo na sua cama e depois me leva pra aula. Tenho que estar lá no segundo horário para uma prova.

Eu queria Ursulla, mas não curti a proposta. Eu preferia levar mulheres aos motéis. Primeiro, porque programas assim têm princípio, meio e fim. Segundo, porque minha casa era meu reduto.

— Assim não dá, Ursulla. Não vai dar tempo de chegar no horário da prova.

— Você nunca me leva para sua cama...

— É que moro longe, Ursulla, como você bem sabe.

— Mas eu quero sua cama, deixar meu cheiro nela. Quero um banho juntos, tatuar sua mente com minhas imagens. Quero transar com você nos lugares que mais curte para lembrar sempre de mim.

Perigo. Ursulla estava querendo invadir um território proibido e sagrado para mim.

— Temos a vida toda para isso. Que tal eu te encontrar hoje depois da prova? Nove e meia no lugar de sempre e então vamos jantar.

— Não quero perder tempo com jantar, Martin? Eu quero ser o seu jantar.

Gostei da ideia.

— Então vamos fazer melhor, Ursulla. Pego você na faculdade e comemoraremos no motel mais próximo.

Ela não gostou.

— Você só pensa em me levar para motel, Martin. É só para isso que eu sirvo?

— Ursulla, não propus nada diferente do que você disse que quer. Te pego depois da prova, ok?

— Você está brigando comigo?

Comecei a ficar enfastiado com a conversa e respondi sem pensar:

— Hoje não é dia para briga, Manu.

— Você me chamou de Manu? – ela urrou. — Está falando comigo e pensando nela?

Alerta máximo. Não existe nada pior para uma mulher do que ser confundida com outra, especialmente se a outra é a irmã com quem namorei. Hora de procurar uma saída e contornar a situação com muito tato.

— Nada disso, Ursulla. É que você está agindo como sua irmã. Falou do mesmo jeito que ela.

— Seu malandro! – ela esbravejou.

— Deixa disso. E tem mais: sua irmã é casada com meu amigo de infância. Esqueceu?

— Mas se seu amigo de infância roubou sua namorada, por que não roubá-la de volta, não é? Afinal, ela é casada, mas sempre fala de você com brilho nos olhos.

Incrível como as mulheres são capazes de ler as entrelinhas das relações humanas. Isso me dá a certeza de que irão dominar o mundo. Ursulla, num acesso de raiva, tinha acabado de me dar o incentivo que eu precisava, se é que eu precisava mesmo, especialmente em se tratando de Manu. Decidi desviar o assunto, pois aquela discussão não nos levaria a lugar nenhum, ou melhor, à cama, que era o que eu mais queria.

— Vamos voltar a falar sobre esta noite, Ursulla? Restaurante, motel ou pracinha?

— Nem sei se ainda quero comemorar, perdi um pouco o entusiasmo...

— Mas não perdeu o tesão, espero – tentei quebrar um pouco o gelo.

Um breve silêncio, seguido de um arfar pesado e Ursulla ressurgiu:

— Então aparece na faculdade. A gente resolve na hora o que fazer.
— Beleza. De lá...

Ouvi um zumbido no fundo. Ela me interrompeu. Pediu um minuto e pareceu que saiu caminhando, pois ouvi estalos de sapatos em piso duro. Ouvi Ursulla conversando com alguém e a porta batendo. Ela retomou a ligação:

— Você gosta de me fazer sofrer, né? Lembrou do nosso dia e estava apenas preparando a surpresa!

Respirei aliviado. Palmas para a Carol.

— Espero que goste.
— Nunca vi e nem ganhei flores tão lindas.
— Que bom que gostou, Ursulla. São para alegrar seus olhos e perfumar seu dia.

A frase caiu bem. Fiquei feliz comigo mesmo, apesar de parecer daquelas comuns aos livros de poemas românticos comprados em bancas de jornal.

— Você é um safado. Conseguiu o que queria! Não precisava exagerar assim. Está quase me fazendo chorar de tanta felicidade. Mas não perde por esperar. Vou te surpreender nos agradecimentos.
— Pena que ainda faltam mais de cinco horas para o nosso encontro.
— Nem me fale.
— Guarde essa energia para depois. Não queremos que você receba uma carta de demissão para acompanhar as flores.
— Vira essa boca pra lá.

Na mosca. Ursulla sorria do lado de lá da linha.

— Já estou morrendo de vontade de você. Sinta-se todinha beijada.

Ursulla baixou o tom de voz e disse num sussurro rouco, o que me encheu de tesão.

— Um beijo na sua boca e muitos outros onde mais desejar. Vou acabar com você, seu gostoso.

Desligou.

∫

Cheguei ao escritório, agradeci e elogiei a maravilhosa Carol, que mais uma vez salvou minha pele; cheguei à minha mesa onde encontrei o recado de que Emanuella tinha ligado três vezes e pedia retorno.

Despachei algumas coisas que precisava, respondi alguns e-mails e telefonemas e liguei no celular dela:

— Oi, Manu. Desculpe por não ter ligado antes. Estou enrolado aqui no escritório.

— Não tinha pressa. Só liguei para dizer que adorei o que fizemos hoje no estacionamento do shopping. Você está cada vez mais gentil... Mais gostoso. Queria demais estar com você agora. Pena que ainda vai demorar para te ver de novo...

Manu, Ursulla. Eu estava começando a ter que organizar a vida com as duas numa agenda só para isso.

— Também gostei demais do nosso encontro. Acabei de chegar aqui. Ainda não tive tempo de olhar minha agenda. Sempre vai ter um espaço para você.

— Quando você puder, eu quero! Marca tudo! Enche sua agenda com meu nome – ela riu.

— Você me mata de vontade falando assim.

— Quer me falar mais sobre ela?

— Quero, mas agora não dá. Estão me esperando para uma reunião. Posso te ligar mais tarde?

— Não vou poder conversar...

— Por que não?

— Daqui a pouco Ursulla vai passar aqui. Pediu para tomar banho aqui na minha casa. Quer que eu a ajude a se arrumar.

— Tomar banho aí. Por quê?

— Sei lá. Ela disse que vai ter um encontro depois da faculdade, e não dá tempo de ir pra casa trocar de roupa. Ah! Eu queria tanto contar pra ela do nosso encontro.

O terreno estava ficando perigoso. Era preciso colocar bom senso na cabeça dela ou nosso arranjo ia para os ares.

— Calma, Manu! Não conte nada. Afinal, você é casada. E se ela contar para seus pais?

Um silêncio. Assumi que Manu refletia sobre o que eu havia dito.

— Verdade – retomou a conversa. — "Segredo entre três, só matando dois", não é isso o que dizem?

Respirei aliviado mais uma vez. Lidar com as duas irmãs estava dando trabalho. Mas, era um trabalho prazeroso.

— É por aí. Você tem que considerar que sou solteiro e que, apesar da saia justa com meus amigos, não tenho muito a perder. Mas você... Cuidado pra quem abre a boca.

— Tem razão. Com você eu não preciso de cuidado, porque só abro a boca para receber prazer – concluiu rindo.

— É assim que se fala, safadinha

$\int$

Acelerei o quanto pude a reunião. Estava difícil ficar olhando para aqueles rostos masculinos depois que uma gostosa havia acabado de me chupar e outra me esperava para jantar e curtir uma noite cheia de promessas. Isso tudo tirava minha concentração, mas não atrapalhou em nada o trabalho.

Voei para casa. Literalmente. Tomei um banho a jato e voltei para a cidade.

Em pouco tempo eu estava na porta da faculdade de Ursulla. Eram 21h16min. Ela já me esperava agarrada a uma pilha de livros. Assim que me viu, entrou no carro e me atacou com um beijo.

— Que delícia! E as flores, deixou no escritório?

— Deixei na casa da Manu. Não tive tempo de ir pra casa.

— E ela perguntou de onde vieram?

— Quase morreu de curiosidade.

— E? — Eu é que estava quase morrendo de curiosidade.

— Quase contei.

— Acha que ela ficaria putíssima da vida se soubesse do nosso "caso"?

— Acho que não. Somos solteiros. Mas hoje ela falou demais sobre você. Essa coisa de primeiro amor...

Fiquei intrigado. Será que ela estava jogando verde para colher maduro? Não entrei na dela, mas achei prudente investigar mais.

— Ela falou o quê? Te contou alguma coisa?

Ursulla me olhou com uma expressão interrogativa:

— Ela tem alguma coisa pra contar?

Pergunta errada, pensei. Mas fiz cara de paisagem e deixei a fisgada passar. Ao ver que fiquei quieto, Ursulla prosseguiu:

— Ela falou da noite da jogatina na casa dela, que tinha ficado puta com Arnold... Mas depois disse que não melou o jogo por sua causa.

— Não sei porque. Não fiz nada.

— Sei lá. No fundo acho que ela ainda gosta de você.

— Pode ser – eu disse me fazendo de desentendido.

Dei a partida no carro e saí. Ursulla virou-se no banco e disse:

— Sabe que nunca entendi porque ela se casou com o Arnold e não com você?

Eu não queria entrar naquele assunto. Só atrapalharia ainda mais as coisas. Respondi:

— Simples. Porque ela ama mais o Arnold do que a mim.

Ursulla me lançou um olhar desconfiado. Hora de mudar o rumo da conversa.

— Quero te levar num restaurante especial hoje.

Ela entrou na minha.

— Estou faminta...

— Então vamos que a comida de lá é boa demais.

— Está difícil saber se estou com mais vontade de comida ou de sexo.

Eu sabia. Arrematei:

— Comida você vai ser, antes ou depois do jantar.

Ela passou a mão no meu braço, uma carícia sensual. O primeiro semáforo do caminho deu sinal vermelho. Foi quando pude olhar bem para ela.

Ursulla escolheu bem as roupas emprestadas da irmã. A noite a permitiu vestir uma minissaia jeans muito provocante. Duvido que Manu ainda usasse aquele tipo de saia. Não com o Arnold, pelo menos. A blusa branca cheia de pregas na vertical envolvia caprichosamente os seios. Notei que ela não estava usando sutiã, porque vez por outra um bico do seio se enfiava entre uma prega e outra e levantava o tecido, como um olho curioso vistoriando o ambiente. Com aquela roupa deve ter arrasado na escola. Qualquer professor daria nota dez. Minha vontade era parar o carro e comê-la todinha ali mesmo, na rua.

Ursulla começou acariciar meus cabelos enquanto eu dirigia. Encostou a boca em mim, beijou e mordiscou deliciosamente o lóbulo da minha orelha enquanto sua mão desceu para conferir o estado da minha ereção. Não satisfeita, abriu o botão da minha calça, depois baixou o zíper, deslizou a mão para dentro da cueca e passou a acariciar meu pau com delicadeza e vigor, uma mistura interessante.

— Ele é presença importante na celebração dos nossos três anos de relacionamento, Martin.

Três anos de relacionamento ocasional, pensei, porque aquilo era apenas sexo para mim. Não havia nada além disso, mas aquela não era uma noite para esclarecimentos, mas sim para curtir muito.

— Cuidado, Ursulla. Sabe que ele é festeiro.

— Ele está latejando na minha mão. Acho que está me pedindo alguma coisa.

Sem sequer perguntar, tirou-o para fora. Para mim, foi o mesmo que abrir uma caixa das surpresas, pois os olhos dela brilharam ao vê-lo todo duro e disponível. O ambiente estava ficando cada vez mais quente. Liguei o ar-condicionado.

Ursulla avançou a boca na minha orelha, mordiscou e lambeu o lóbulo umas três vezes e sussurrou:

— Ele sabe que é lindo e gostoso, não sabe?

— Ele tem certeza – respondi sorrindo.

— É por isso então que fica todo exibido?

— Arrã.

— Acho que ele merece um beijo quando fica grande e duro assim, Ursulla abaixou e realizou nossos desejos com extremo tesão.

No semáforo, o verde. Saí devagar, sem saber direito se o restaurante era mesmo o destino correto.

Eu dirigia com a mão esquerda. Com a outra acariciava sua nuca e sua face. Dei algumas arranhadas em suas costas, por cima da blusa. Ela se contorceu. Uma explosão de excitação tomou conta de nós. Avancei a mão costas abaixo e enfiei-a por dentro da saia. Ela gemia e se oferecia para mim como uma gata no cio. Pelo modo que se mexia no banco, a saia subiu e ficou enrolada na cintura, liberando o acesso à calcinha vermelha. Pensei em Manu e em como ela escolheu a roupa certa para a irmã. Ainda bem que não sabia que era para mim.

Segui avançando.

Entrei na saia e depois deslizei os dedos para dentro da calcinha. Ela virou seu corpo o quanto pode, e quando finalmente cheguei onde mais desejava, ela teve um choque, seu corpo todo tremeu e reagiu pressionando mais meu pau com a mão e com a boca. Sua vontade era tanta que ela demonstrava dificuldade até para respirar.

Numa das mamadas, Ursulla esforçou-se para virar o rosto e olhar para mim. Quando nossos olhares se cruzaram ela piscou para mim num sinal de feliz curtição. Ela nunca tinha me chupado com tanta maestria e tesão.

Segurei sua nuca com um pouco mais de força. Entrelacei meus dedos nos seus cabelos e projetei meu quadril um pouco mais para frente.

O prazer estava tão intenso que preferi estacionar pois, sem perceber, eu já havia passado do limite de velocidade. O trânsito estava movimentado e eu tinha medo de fazer uma besteira se ela me fizesse gozar a 90km por hora.

— Não estou aguentando mais, Ursulla.

Mantendo a boca nele, agarrou-o com as duas mãos e acelerou os movimentos. Deixei escapar um urro junto com meu orgasmo.

Ursulla parecia possuída pelo tesão. Depois de um tempo e percebendo que eu já estava saciado levantou-se, olhou para mim e disse:

— Lamento não ter curtido isso até hoje. É muito louco ter você gozando assim na minha boca.

— Foi incrível, Ursulla.

Ela então virou um pouco mais, deitou a cabeça no meu colo e abriu as pernas. Foi quando percebi que a calcinha tinha uma abertura na frente.

— Você é muito esperta, sua safadinha. Eu quero essa exibida.

Recomposto, engatei o carro e voltei para o trânsito. Tirei a mão livre dos seios e deslizei-a para a abertura da calcinha.

O tecido era muito fino. Ao toque, parecia pele de pêssego. A abertura deixava exposta a melhor área.

Pressionei os grandes lábios entre os dedos e passei a espremê-los com muito cuidado, para cima e para baixo. Ao primeiro ataque do meu dedo no clitóris, ela tremeu o corpo todo e projetou o púbis para cima. Ursulla agarrou os seios com as mãos e, pelo decote generoso, trouxe um dos bicos para a boca e passou a chupá-lo.

— Eu fico alucinado ao te sentir toda molhadinha assim.

Ela começou a rebolar no meu dedo.

— Passei o dia todo te querendo – ela falou numa mistura de sussurro e gemido. — Desde ontem... na depilação... venho pensando nisso... em como me entregar pra você.

O ritmo do meu dedo interferiu nas frases, que ficaram entrecortadas por gemidos.

— Quero gozar com seu pau na minha boca.

Ficamos nisso uns bons minutos. Ursulla seguiu rebolando com movimentos alternados e gozou ruidosamente.

— Essa calcinha aberta na frente é uma delícia.

— Quem disse que ela é aberta só na frente? — Ursulla falou com uma voz super sexy e olhando fundo em meus olhos.

O ambiente ficou mais quente, apesar de o ar-condicionado do carro estar no máximo.

— Assim eu perco o controle e você o jantar. Lembra que adoro correr riscos? Neste carro todo blindado, escuro, com você dando mole pra mim...

— E você conseguiria jantar pensando em minha calcinha aberta só para você?

— Só para mim?

— Eu quero te dar tudinho.

Quase perdi a direção do carro. Se bem entendi o que ela planejou, pensei, seria a maior loucura já cometida com um carro em movimento. Arrisquei falar:

— Então vou comer tudo enquanto está quente.

Ursulla desfez a pose e se aprumou no banco num instante; e aguardou que eu parasse o carro no próximo semáforo. Ela estava ansiosa, ofegante. Assim que freei, ela pulou e sentou no meu colo, de frente para o volante; apoiou um pé no bolsão da porta e outro no console, ao lado do câmbio. Ela tremeu ao sentir a cabeça do meu pau encostada naquele rabinho sedento. O semáforo deu verde e eu, em primeiro lugar na fila, pisei fundo no acelerador. O tranco jogou Ursulla para cima de mim, o que forçou a penetração. Ursulla gemeu, deu uma parada, se ajeitou e começou a rebolar sem parar. Segui dirigindo com a cabeça enfiada debaixo de um dos braços dela e com uma mão no volante. Usei a outra mão para acariciar o grelinho lambuzado. Eu queria fazê-la sentir ainda mais prazer.

Como estava muito gostoso e eu não tinha pressa que acabasse, resolvi seguir para a avenida marginal. Eu não queria parar em nenhum semáforo e, àquela hora da noite, o trânsito já devia ter esmaecido.

Entrei na pista da direita e segui devagarinho atrás de um caminhão de mudanças. Ursulla seguia subindo e descendo, e dava a impressão que ainda conseguia controlar o toque dos meus dedos no seu grelinho. Não sei dizer quantas vezes ela gozou. Lembro apenas dos gemidos guturais, dela se agarrando ao painel do carro, vez por outra ao volante, o que quase nos enfiou em algumas roubadas.

Acabada a farra dentro do carro, nos recompusemos e fomos ao restaurante que eu havia planejado. Um jantar de rei com direito a champagne e rosas vermelhas. Deixei-a em casa depois disso. A viagem até minha casa nunca foi tão longa. Deitei na cama exausto. Afinal de contas, eu havia transado com as duas irmãs e participado de algumas reuniões intermináveis de trabalho.

Não lembro a que horas consegui pregar os olhos. Lembro apenas de pensar que Ursulla era espetacular...

$$\int$$

Li em algum livro que o orgasmo é a manifestação suprema da felicidade. Concordo, em termos, com essa assertiva. Um orgasmo, mesmo quando não é dos melhores, é muito bom. Mas quando há muito amor ou muito tesão, conseguimos orgasmos perfeitos que nos levam a ver estrelas. Esses nos fazem conhecer a suprema felicidade.

Essas reflexões estavam mais presentes quando eu comparava a intensidade do que sentia com Manu. Eram orgasmos extraordinários. Afinidade perfeita. Ela desejava tudo e curtia tudo. A sede de emoções sexuais, segundo ela, devia-se a nunca mais ter praticado sexo de boa qualidade, incluindo anal e oral completo. E para mim não era nenhum sacrifício satisfazer todas as fantasias e desejos dela.

Manu possuía o dom de mexer comigo. Ela estava sempre presente na minha vida, mesmo ausente. Eu me esforçava para não estabelecer comparações com outras mulheres, mas o padrão era díspar, e isso a colocava muito à frente de qualquer outra. Mas com a Manu casada com Arnold, eu precisava e queria outras parceiras. Depender da infidelidade de uma mulher casada? Definitivamente, não.

Ursulla continuava fazendo grandes progressos como amante. Mesmo assim, pensando como engenheiro, ela ainda não tinha atingido nem 70% da performance da irmã, embora tudo o que fazíamos era muito bom. Quando eu beijava seus seios e o corpo ficava arrepiado, eu sabia que teríamos momentos de intensa excitação e felicidade. Ela só abalava meu entusiasmo quando dava indiretas de que poderíamos fortalecer cada vez mais o relacionamento.

Ursulla chegou a sugerir várias vezes que visitássemos seus pais. Ela achava que eles perceberiam a profundidade do nosso relacionamento, se é que existia alguma, e nos aceitariam como um casal. Mas eu ainda pensava que Manu ficaria putíssima da vida se soubesse que eu e a irmã transávamos havia mais de três anos. Todavia, ela não estava mais aguentando a pressão dos pais para que namorasse alguém e se preocupasse em casar algum dia.

A pressão aumentou, mas por outros motivos. E a corda arrebentou.

Vinte e nove

Para: Martin
De: Ursulla
"Você é um canalha. Por acaso não consegui te satisfazer como mulher? Fez tudo o que quis comigo. Só não fez mais porque não quis. Cuidado com o descarte do bagaço. Ass. Ursulla."

Fiquei sem entender a razão da explosão. Entretanto, poucos minutos depois de ler o e-mail, Manu me telefonou. Assim que atendi, ela foi logo dizendo:

— Você tem se encontrado com Ursulla?

Gelei e procurei adotar uma postura diplomática:

— Sua irmã é uma garota adorável. Por onde ela tem andado?

— Ufa! Fiquei aliviada – disse Manu em tom irônico. — Não quero roubar o namorado da minha irmã.

Ponto para mim.

— E que bobagem é essa agora? Você vai contar pra ela sobre nós?

— Na última vez que mencionei seu nome, os olhos dela brilharam de uma forma diferente. Soltaram faíscas. Ela ficou alucinada quando contei que estávamos transando.

Melou. Eis a razão do e-mail da Ursulla, pensei.

— Você disse que nunca contaria pra ninguém, Manu!

— Eu precisava aliviar a pressão, Martin. Manter o segredo ficou insuportável. O pessoal começou a pressionar Ursulla pra ela arrumar namorado e se casar logo. E em uma de nossas conversas a sós, ela acabou confessando que a vida sexual dela era satisfatória e jogou na minha cara que eu deixei você escapar e comentou muito mais sobre isso. Foi aí que revelei nosso caso. Disse que eu ainda tenho você. Sei lá se exagerei, mas falei que tenho a qualquer hora. Ela ficou uma arara comigo.

— Ficará muito puta comigo também – externei minha opinião para Manu, sem me importar com as consequências. A merda estava espalhada. Agora restava esperar pelo tamanho da encrenca.

A voz de Manu subiu uma oitava e adotou um aspecto desconfiado.

— Se você não está comendo minha irmã, ela não terá motivos para ficar mais brava do que ficou e nem irá espalhar a notícia, principalmente para o Arnold.

— Tenho a firme convicção de que não se pode mudar o passado, Manu. Agora que você já contou, resta saber com que tintas será pintado o nosso futuro.

— Não minta pra mim, Martin. Você está ou não comendo minha irmã?

— Posso me relacionar com quem eu quiser.

— Agora entendi a reação alucinada da Ursulla. Mas também estou pouco me importando. Você sempre será mais meu do que de outras.

Manu bateu o telefone. Permaneci agarrado ao meu no ar enquanto pensava que a resposta dela foi até melhor do que eu esperava. Pus o telefone no gancho e aguardei. Naquele momento eu não tinha muito mais a fazer.

∫

Eu adorava fazer minhas caminhadas pela praia aos sábados de manhã. Adorava andar sozinho. Naqueles momentos, organizava os pensamentos e encontrava solução para vários problemas e questões. Às vezes andava e meditava procurando não deixar que meus pensamentos fossem envenenados com nada. Era muito bom, pois sentia como se estivesse pisando em nuvens.

— Fiquei transparente? – uma voz conhecida soou ao meu lado. Dei ainda alguns passos antes de me virar na direção dela.

— Não fico reparando nas pessoas deitadas na praia. No máximo, tomo cuidado para não pisar nelas. – Sorri e me aproximei.

Ursulla estava estirada numa esteira, a bunda linda e torneada virada para o sol com apenas o fio dental do biquíni enfiado entre uma nádega e outra. A parte de cima estava desamarrada. Uma loucura!

— Sei. Você só tem olhos para sua Manu? – ela perguntou, tirando os óculos escuros do rosto para dar uma devassada criteriosa em mim. — Sua e dos outros.

Ajoelhei ao lado dela e disse:

— Biquíni pequeno esse seu, heim!

— Eu não conhecia a versão do Martin ciumento.

— Não sou ciumento. Eu seria se estivéssemos namorando.

Ursulla recolocou os óculos no rosto, levou as mãos às costas e amarrou a parte de cima do biquíni e disse, com desdém:

— O biquíni mostra o que você desprezou. E por falar em desprezo, o que faz aqui sozinho?

— Resolvi dar uma caminhada para arejar um pouco as ideias.

Ursulla não se fez de rogada:

— Sua amada está na casa que ela e o Arnold alugaram com todas as amigas. Abandonaram você?

— Eles não têm motivo para isso. Nem sabia que estavam por aqui. Saí para caminhar, refletir um pouco, sabe?

— Quem muito quer, nada tem – ela disse. — Conhece a frase?

— Ela vale para todas as pessoas, Ursulla.

Ursulla girou o corpaço na esteira e sentou com os joelhos dobrados, apoiou os braços para trás, o que deixou os seios em evidência e disse:

— Você é um safado, sabia?

— Bobagem – retruquei. — Se estão aqui, é bem provável que ela venha à praia com eles amanhã. E você, por que não foi convidada para se hospedar na casa?

— Bem que eu queria, mas a engraçadinha da minha irmã disse que as outras mulheres têm ciúmes de mim. Acham que sou muito novinha e gostosa e que isso poderia virar a cabeça dos maridos.

— Acho que elas têm toda razão.

Ursulla abriu um sorriso sincero, o primeiro do dia.

— Você vai continuar sua caminhada pela praia ou prefere sentar aqui e fazer companhia para uma mulher linda e gostosa? — Minha vez de abrir um sorriso. Ela prosseguiu: — Ou você não concorda com a opinião dos seus amigos e prefere deixar um mulherão como eu passar batido?

A resposta saiu fácil, naturalmente:

— Não preciso achar, Ursulla. Você é linda. E no grupo, creio que só eu sei o quanto é gostosa.

— Não diga o que você não sente, Martin. Faz 103 dias que você não me vê. E o volume na sua sunga até agora não se alterou.

— Armistício?

—Ah! Vou pensar.

Ursulla arrastou o corpo para o lado. Foi o convite que eu queria para sentar juntinho dela. Não perdi a oportunidade e me deitei de lado, finquei um cotovelo no chão e apoiei a cabeça na mão. Eu queria olhar bem para ela. Na manobra, nossas pernas se encostaram e ela não reagiu, mas eu sim.

— Olha aí – ela disse com o foco da visão no meu pau. — Até que enfim ele reagiu.

— Quero te beijar.

Ela sorriu para mim, despenteou meus cabelos com as mãos, agarrou firme um chumaço deles e me puxou para si.

— Minha vontade foi saltar no seu colo quando te vi.

Somadas as saudades, os hormônios e o desejo, o beijo foi arrebatador. Colamos nossos corpos num abraço de corpo inteiro.

— Adoro seu beijo e seu corpo grudado no meu – eu disse assim que tomamos um fôlego.

— Você teve 102 dias para me procurar – ela voltou a olhar fixamente para mim com ar inquisidor. — Você fez muita falta na minha vida, mas depois da traição, decidi que nunca mais iria te procurar. Eu não queria me rebaixar a tanto.

—Bobinha.
—Por quê?
—Porque perdemos 102 dias de muito tesão.

Ursulla ficou intrigada. Na certa fisguei o nervo da questão.

— Proponho o seguinte: em vez de remoermos o passado, que tal namorarmos e curtirmos o agora? – perguntei.

— Namorar significa me foder?

— Você sabe que adoro sexo ao ar livre, mas aqui na areia é meio arriscado, não acha?

— Não foi isso que eu quis dizer.

— Então, o que você quis dizer?

— Você vai continuar me comendo enquanto come outras mulheres ou vou ser a única e oficial?

Eu não disse nada. Não tinha o que dizer. A ideia saiu da minha boca sem reflexão alguma. Eu não sabia direito se queria mesmo fechar a programação com apenas uma mulher, mesmo que fosse uma deliciosa como a Ursulla. O silêncio deixou-a com tesão, porque disse:

— Sei que você é louquinho mesmo. Se a canga fosse maior até que eu toparia me enrolar nela com você dentro de mim.

—Adoraria ter você agora, Ursulla.

— Quer me levar pra a água e encher minha mão de porra, como fez com Manu?

Minhas sobrancelhas levantaram como que por um impulso natural.

— Caramba, Ursulla! Isso aconteceu há mais de dez anos.

— Vem! – ela se levantou, deu a mão para mim e me puxou. — Vamos discutir a relação outro dia. Faz tempo que quero transar na água com você.

∫

Algumas das mais atribuladas semanas se passaram e em meio a tantas reuniões e visitas de clientes, Manu se manifestou dizendo que precisava conversar comigo. Era urgente. Sempre desconfiei de que essas histórias de assunto sério que não podem ser tratados por telefone fossem desculpas esfarrapadas para forçar um encontro. Afinal, o que poderia ser de tão sério? Marcamos um café da manhã para o dia seguinte. O lugar não podia ser melhor: iríamos a um motel. Se o assunto não brochasse, ainda podia rolar um sexo gostoso.

Estratégia é tudo nessa vida.

Eu a encontrei no estacionamento do shopping. Jogamos conversa fora até chegar ao motel. Uma vez que ela não mencionou sobre o que queria conversar, resolvi não perguntar. Quem sabe tudo não passava de um pretexto para ela me ver.

Ao entrarmos no quarto, nosso tesão natural resultou na transa inevitável. Eu estava ainda meio desfalecido na cama quando ela começou a falar:

— Martin, e se eu te disser que as fantasias sexuais das mulheres não têm limites?

— Não me surpreenderia – respondi, olhando para ela, que estava deitada ao meu lado, pelo espelho do teto.

— E você acha que conhece todas?

— Já li sobre isso, Manu. Conheço muitas.

— Muitas não quer dizer todas.

Virei o rosto para ela e indaguei:

— Isso é algum tipo de desafio ou você só quer saber até onde conheço as mulheres?

Manu girou o corpo e deitou de lado, olhando diretamente para mim.

— Temos pressa em começar a realizar as preferidas. E você é indispensável.

De espanto, tirei a cabeça do travesseiro e encarei-a.

— Temos? Como assim?

Manu encolheu o corpo ao meu lado, cobriu os seios com um travesseiro e desviou os olhos para o teto. Captei como um sinal de alerta de que ela ia revelar algo confidencial. Sua voz ficou trêmula de repente.

— Estou me preparando praticamente desde o nosso primeiro encontro para falar sobre nossas fantasias sexuais.

— Por que o plural? Essa fantasia eu não conheço, Manu.

Ela agarrou firme o travesseiro e prosseguiu:

— Quase um ano antes de retomarmos nosso relacionamento, fomos a uma festa muito reservada em que só havia mulheres. Desculpe-me, Martin, nós, significa Anabella, Paolla e eu.

Sentei na cama e segurei o queixo.

— Nossa! As esposas dos meus melhores amigos. As três na tal festa... Era uma orgia?

— Infelizmente não era orgia – ela riu. — Fomos a tal festa, nos excitamos demais e saímos chupando o dedo, depois de chuparmos outras coisas.

Minha curiosidade foi aguçada.

— Conte mais, Manu. Essa história está ficando gostosa e eu super interessado no que tenho para aprender.

— Você precisa prometer que vai manter o mais absoluto segredo.

— Tem minha palavra, sabe disso. Pode se abrir comigo agora.

— A festa era num salão. Tinha lá umas vinte mulheres. Algumas sentadas em sofás. Nós três ficamos em uma mesa. Três gatos fizeram *strip-tease* e depois ficaram apenas de cueca dançando com quem quisesse. Algumas dançavam, e enfiavam a mão dentro da sunga dos caras . Mas até aí nada era muito chocante. Lá pelo meio da festa, um casal fez sexo ao vivo no palco. A dupla ficou pelo menos meia hora transando em todas as posições, a menos de quatro metros de nós. Dava para sentir o cheiro do sexo deles.

— Deve ser excitante ver isso tão de perto. Para quem está carente a situação fica mais grave, né?

— E qual mulher não é carente, Martin? Muitas fazem sexo regularmente com seus parceiros, mas, acredite em mim, sou mulher e sei o que vou falar: poucas se satisfazem plenamente com seus parceiros. E com a gente não é diferente. Daí o assunto das fantasias explodiu na nossa mesa quando os caras que dançaram com a mulherada tiraram a cueca e ofereceram o pau pra quem quisesse chupar. Não vi uma que não tivesse chupado antes de nós. Quando a Paolla viu aquele pau duro e balançando na frente da boca, não hesitou. Depois de chupar com sede, disse que nunca tinha visto um pau tão grande e gostoso.

— Você teve a mesma opinião?

Manu soltou o travesseiro e abriu os braços no ar numa espécie de confissão dissimulada.

— Pois é. Aí a minha excitação me traiu. Fiz a bobagem de falar que o seu era igual ou maior. As meninas ficaram ouriçadas. Não pararam de fazer perguntas e de dizer que sonham com seu pau grande dentro delas.

— Não vejo problemas nisso. Todas sabem que namoramos antes de eu ir para o Canadá. Não entendi onde é que você se complicou.

— É... sabem sobre antes mas, na excitação, acabei contando sobre nós. Hoje.

— E?

— Você virou nossa fantasia.

— Virar fantasia de vocês significa que todas querem transar comigo?

— Você é o único homem para quem temos confiança de revelar nossas fantasias.

Passei a curtir mais e mais a conversa.

— Mas pelo que entendi não querem só revelar, né? Querem realizá-las comigo, ou que eu as realize? Vocês devem estar mesmo muito insatisfeitas com o sexo que praticam no casamento. As três têm os mesmos desejos?

Manu fez cara de santa e disse:

— Eu já me realizo com você. Não tenho nenhuma queixa. As coitadas é que muitas vezes têm de fazer justiça com as próprias mãos.

Fiquei mudo e comecei a refletir. A proposta me pegou completamente de surpresa. Deixei a coisa decantar um pouco na mente. A princípio, parecia maravilhosa, mas assim que comecei a ver aquilo se tornando realidade, não fiquei com tanta certeza. Manu não aguentou o suspense e logo perguntou:

— Você vai topar, não vai? Eu disse a elas que todos os homens sonham com esse tipo de relação, de transar com duas, três mulheres e que, com certeza, você toparia.

Quebrei o silêncio depois de um tempo:

— Essa é a coisa mais absurda que ouvi até hoje na minha vida. Não me condeno por transar com a mulher do Arnold...

Manu não gostou do comentário.

— Tenho nome, e sou mulher. Casei com ele, mas não sou da propriedade de ninguém.

— Para com isso, Manu. Você sabe o que quis dizer. Acho a proposta muito legal, não fosse ter que transar com as esposas dos meus melhores amigos. Se uma traição dessa dimensão for descoberta, eles podem fazer o que quiserem para se vingar de mim. E, confesso, o pior seria perder a amizade deles.

— Quer dizer que você transa comigo só para se vingar do Arnold? Achei que também da sua parte houvesse amor.

Minha vontade naquele momento era de abraçá-la e tranquilizá-la quanto aos meus sentimentos. Mas eu jamais usaria a palavra amor. A existência ou não desse sentimento me inquietava e eu o negava sumariamente sem grandes análises. Para mim, o que houve entre nós estava morto e enterrado. Só havia tesão. Se Manu alimentava alguma coisa além disso, problema dela. As regras foram deixadas claras desde o primeiro dia.

Por outro lado, aquela não era hora de discutir minha relação com ela. Eu adorava sexo. Mas até eu tinha limites para correr riscos. Ela afirmava que a proposta era exatamente sobre sexo e riscos com três mulheres sedentas, com fantasias individuais e outras em comum, e que duvidavam e queriam experimentar o tamanho do meu pau.

Manu queria mexer comigo de um jeito novo, diferente. Ela queria me desafiar. Aliás, todas aquelas mulheres queriam...

A grande questão é que eram as esposas dos meus amigos de infância, apesar de eles terem se afastado um pouco de mim durante os anos de faculdade. A verdade é que a velha e inabalável amizade não voltou a ser como era.

Trinta

Durante nossos últimos encontros, Manu não mencionou mais sobre suas fantasias sexuais nem sobre a tal proposta, que mesmo para mim, era indecente. Achei que ela tivesse esquecido.

A coisa correu solta até o dia que ela ligou, pela manhã, para confessar: a ideia de realizar as fantasias estava mais viva que nunca. E ela, mais excitada do que jamais ficou. Sugeriu que, de helicóptero, eu levasse as três para Ilhabela no dia seguinte, com o argumento de que daria uma carona. Nada mau. Eu teria tempo de ficar com elas e voltar para a reunião marcada para as 15h.

— Pensa, Martin – ela disse, quase que implorando. — Elas te conhecem e te desejam. Estão alucinadas pra ter essa primeira oportunidade. Você virou nosso assunto preferido. Nos nossos papos já te possuímos e fomos possuídas em todas as posições. Elas só falam em engolir seu pau grande de todos os jeitos e em todos os buracos.

Hora da verdade. Não tinha mais jeito. Era sim ou não.

— Converse com elas sobre o voo amanhã – acabei por aceitar os argumentos de Manu –, e ligue no meu celular o mais rápido possível. Preciso tomar providências relativas à viagem e solicitar autorização para voar.

Em menos de quinze minutos ela me telefonou mais entusiasmada ainda. Nenhuma delas havia voado de helicóptero. Disse que uma das safadinhas perguntou se voar aumentava o tesão. E precisa, pensei eu? Adiantou que Paolla ia levar um uniforme de empregada doméstica, daqueles bem criativos, e que ela faria de tudo para excitar e descontrolar o patrão. Disse para eu não deixar de me mostrar surpreso e de elogiar a performance dela. Ressaltou que Paolla não podia saber que ela, Manu, havia me contado o segredo. No mais, ela ainda alertou que eu teria muitas surpresas. Pelo tom de voz efusivo ao telefone ela estava curtindo me dividir com as outras. Com o tempo, descobri que aquela primeira aventura era apenas o início de um período de realização de muitas fantasias da Manu. Eu estava curioso para saber qual era a fantasia, tão secreta, com que Manu sonhava e perguntei:

— Vamos realizar "aquela" sua fantasia também?

— Parece que você está mais interessado nela do que eu!

— Só quero me preparar para te dar o máximo de prazer.

— Não vai ser amanhã, mas acho que conseguirei realizá-la qualquer dia desses.

$$\int$$

Será que alguém já pensou em ter um tripé amoroso? Três deliciosas mulheres que só queriam sexo e prazer, sem cobranças e em total sigilo? Era tudo bom demais para ser desejado.

Mesmo com todos borbulhando de expectativas, o voo foi tranquilo.

Ao entrarmos na casa, só eu estava inibido. Elas estavam confiantes, pois haviam preparado tudo com bastante cuidado. Era chegada a hora de descobrir e realizar as fantasias daquelas mulheres.

Sentamos nos sofás da sala. Manu permaneceu de pé. Uma vez que ela foi quem fez tudo isso acontecer, ficou combinado que ela assumiria o controle e estabeleceria as regras principais. Afinal de contas, concluí ali mesmo, até uma suruba precisa de regras.

— Martin, estabelecemos uma sequência inicial – Ela abriu as mãos no ar. — Eu disse a elas que seu beijo é perfeito. Por isso, primeiro vamos começar com os beijos cinematográficos com que toda mulher sonha, principalmente antes do sexo.

Fiz que sim com a cabeça. Não havia do que discordar. Manu foi em frente:

— Serei a última, e depois dos beijos tudo poderá acontecer.

Todas olhavam para mim com olhares nervosos, interrogativos e desejosos, tudo ao mesmo tempo. Fiquei com um tesão enorme só de pensar onde eu estava me enfiando. Fiz então questão de olhar para cada uma delas. Tomei o tempo que achei necessário para estudar cada mulher e fazê-la se sentir desejada por mim, o que de fato era verdade. Eu queria comer cada uma de um jeito. Mulheres diferentes devem ser comidas de maneiras diferentes. O encanto e a expectativa foram quebrados por Manu, que retomou o discurso olhando firme para mim:

— Esta é a nossa Casa dos Desejos, Martin. Você a batizou, lembra?

— Isso foi quando me disseram que desejavam alugá-la. Mas minha mente não me permitiria pensar em tantos desejos — falei rindo e com sinceridade.

— Venha conhecê-la enquanto as meninas levam as malas para os quartos.

Manu me pegou pela mão e me conduziu por um *tour* pela casa, com direito a beijos e amassos pelo caminho. Ela estava contente, solta, e parecia querer me mostrar o quanto curtia aquela experiência. Assim que chegamos à porta de um dos quartos, ela estabeleceu uma regra tácita entre nós: eu não poderia transar com as amigas dela separadamente, principalmente em São Paulo.

— Deixe de ser ciumenta, Manu. Depois de conhecê-las mais profundamente, vou pensar na sua solicitação. — Ela percebeu que eu brincava. Será que era brincadeira?

Voltamos para a sala. As mulheres estavam lá, já em trajes sumários. Da minha parte, e mesmo com toda a experiência acumulada, eu sentia que ainda precisava me livrar de alguns preconceitos. Eu olhava para elas e continuava vendo as esposas dos meus amigos e não as fêmeas sedentas por sexo e eu no papel de macho *alpha*, que era o que deveria ser. Respirei fundo e deixei a coisa fluir, sem grandes encanações.

Não demorou para uma conclusão definitiva surgir em minha mente: transar com todas, ou com cada uma isoladamente, era uma fantasia que estava se expandindo em minhas cabeças. Meu pau estava ficando duro como sempre ficava ao ver de perto uma mulher nua, e ali estava eu a ponto de ver não apenas uma, mas três.

Eu não sabia bem com quem começar. Manu captou minha hesitação, me puxou pela mão e sentou no tampo da mesa da sala de jantar; abraçou minha cintura com as pernas, puxou meu rosto para perto de sua boca e começou a me beijar.

Paolla deu uma leve tossida, na verdade um alerta. Afinal de contas, Manu havia estabelecido a regra de que na fila do beijo cinematográfico ela ficaria para o final. Gostei, sinal de que elas estavam quentes de tesão e já disputavam entre si quem me pegaria primeiro.

Paolla, que chamávamos de Paulinha, era a mais nova das amigas casadas. Casou grávida aos dezenove anos. Ela dizia que amava Gianluca, mas detestava seus hábitos e vícios. O que mais a incomodava é que ele trabalhava muito e a deixava muito só, e consequentemente sem sexo. Manu comentou comigo que ela queria viver algumas experiências de BDSM. Queria ser submissa, mas não do marido. Disse também que era a que mais gostava de sexo com outras mulheres.

Paulinha tinha uma beleza exótica: cabelos pretos e longos, pele alva, rosto alongado e olhos negros que mais pareciam duas ameixas num pudim de coco. Ela tinha mais de metro e setenta distribuídos num belo corpo longilíneo que atraía todos os homens, sem exceção.

Desvencilhei-me de Manu e andei na direção dela. Tirei a camiseta no caminho e peguei-a pela mão. Paolla levantou do sofá e expôs o que para mim era um espetáculo em movimento. Ela sorriu, certamente por ver o efeito que causou em mim. Comecei a analisar o tal uniforme de empregada doméstica, que não passava de um avental preto rodeado por rendas que cobria muito pouco da parte da frente. Assim que ela girou sobre os calcanhares – se exibindo por completo – notei que ela estava com a bunda inteira de fora. Via-se apenas uma calcinha fio dental vermelha. Subi os olhos por aquele corpo sinuoso e cheguei à parte de cima do traje: dois trapos de tecido que deixavam escapar boa parte dos seios fartos.

Paolla estava linda, lindíssima para ser mais preciso. Ela trazia no rosto um sorriso encantador, meigo e muito provocante, especialmente quando disse:

— Lugar de empregada é na cozinha. – Ela olhou para a porta de acesso da sala para a cozinha e disse: — O patrão pode vir se quiser ver como dou conta do serviço.

Manu entrou no jogo e disse:

— Vou para o andar de cima conferir se você guardou direitinho minhas roupas. – E saiu.

Paulinha me pegou pela mão e me conduziu. Assim que cruzou a soleira deixou propositalmente cair um pano de prato no chão e abaixou-se para pegar. A bunda, toda virada para mim, era um oceano de gostosura separado por um filete vermelho de calcinha. Ela então pegou o pano do chão e levantou lentamente; e ao virar-se de frente para mim, notei que um dos seios tinha escapado dos farrapos do avental. Paulinha fez cara de pudica, e como se estivesse envergonhada, encobriu-o sem pressa.

— Será que o patrão comprou este avental tão pequeno com segundas intenções? – ela perguntou e roçou de leve a mão no volume da minha calça.

— Esse corpo lindo e gostoso foi feito para ser visto e apreciado, moça.

Ela colocou uma das mãos na cintura, deu um balanço no corpo, enfiou o dedo médio na boca e o chupou.

— Como sabe que é gostoso se ainda não experimentou?

Fiquei com a certeza de que desde o início da viagem ela foi a que mais me atraiu. Seu corpo mal coberto redobrou meu tesão. Eu não sabia quais brincadeiras ainda aconteceriam, mas desejei demais aquela mulher. Entrei no jogo. O primeiro beijo foi cinematográfico, como a regra havia determinado. Paulinha beijava muito bem e, talvez pela carência de sexo, com muito tesão. Depois de vários amassos, beijos e lambidas por todo o corpo, mandei que ela se ajoelhasse numa cadeira, de costas para mim. Segurei seus cabelos com uma das mãos e disse, agressivo:

— Agora vou saber se você é gostosa ou não.

Arranhei as unhas de leve, para não deixar marcas, da nuca até a cintura. Ela estremeceu com o toque e me desafiou:

— Vai me arranhar com força? Vai arranhar até tirar sangue? – ela falou quase em súplica enquanto eu forçava um pouco mais as unhas nas suas costas. Depois disse, desdenhosa: — Aquele corno nem olha para o meu corpo. Pode arranhar.

Cravei as unhas até aparecerem vergões vermelhos. Eu não queria ir além. Preferi, como forma de substituição, dar-lhe uma palmada estalada na bunda. Paulinha gostou e gemeu. Escutei até uma das mulheres gemendo na sala. O que estariam fazendo? Será que estariam se pegando? O pensamento me deixou com ainda mais tesão. Estapeei a bunda da Paulinha com mais força até uma marca vermelha surgir impressa naquela nádega exuberante.

Com os cabelos emaranhados na minha mão, Paulinha virou o rosto para mim e disse, os dentes trincando de tesão:

— Quer me bater, né, seu safado. Quer maltratar sua empregada, né? Pode bater que eu mereço. Sua empregada não tem feito o serviço direito. Bate, patrão. Bate mais, com mais força. Gostoso, tesudo!

Dei mais uns dois ou três tapas bem dados naquele traseiro. Paulinha rebolava na cadeira a cada estalada. E como trilha de fundo eu ouvia as mulheres na sala gemendo quase em coro. Caramba, que experiência maravilhosa aquela.

Puxei então Paulinha pelos cabelos ordenando que ela descesse da cadeira e se ajoelhasse no chão. Paulinha fez o que mandei, levantou os olhos para mim e disse:

— Pode deixar que eu chupo seu pau, patrão. Não precisa bater no meu rosto. Deixa que eu chupo direitinho.

— Chupa, vadia.

Paulinha abriu o botão e o zíper da minha calça e a baixou até o pé. Eu estava sem cueca. Ela lançou um olhar guloso e disparou, com a mão diante da boca:

— É bem maior do que eu pensava, patrão.

Dei vários tapas no rosto dela. A cada tapa ela sorria e chupava com mais tesão. Segurei a cabeça com as duas mãos, fodi muito aquela boca e continuei a seviciando.

— Coloque a camisinha no meu pau, mas coloque com a boca – ordenei. — Agora vou te foder.

Ela fez que sim com a cabeça. Mandei que pegasse o preservativo num dos bolsos da frente da minha calça. Ela o fez, desembrulhou-o, emoldurou-o na boca e, com a ajuda das mãos, colocou-o rapidamente.

Joguei então o pano de prato sobre o assento da cadeira e mandei que o pegasse com a boca. Ela ficou praticamente de quatro. Gozou ruidosamente em várias posições. Em dado momento, enquanto Paulinha suspirava satisfeita com o rosto no assento da cadeira, Anabella entrou de rompante na cozinha. Vestia calcinha e sutiã pretos minúsculos e um sapato de salto alto também preto.

Com os olhos semicerrados, Paulinha virou o rosto para Anabella e sussurrou, entre a respiração ofegante:

— A culpa foi minha patroa. Eu provoquei o patrão. Mas hoje descobri porque a senhora é feliz. Se eu tivesse um macho com o fogo que ele tem, e um pau desses me fodendo todos os dias, eu também seria muito feliz.

Anabella pegou a deixa e disse:

— Não saia daqui, sua safada. Venha me chupar enquanto meu macho me fode.

Belinha, como era apelidada, orgulhava-se de revelar seus 37 anos. Era uma mulher linda e vistosa. Teve um primeiro casamento que durou apenas dez meses e de onde saiu o primeiro filho. Depois teve outro filho com Dalton, num casamento que entrava no sétimo ano. Belinha era advogada especializada em direito de família. Pelo que vim saber mais tarde, as histórias das clientes contaminavam sua relação com meu amigo. Quase todas tinham sido traídas pelos maridos. Era comum ela expressar sua certeza de que todos os homens traem, inclusive o seu. E contra a ética do Direito, ela recomendava que suas clientes deveriam fazer o mesmo.

— Você está linda e incendiária nessa roupa, Belinha.

— Muito obrigada. Faz tempo que não recebo um elogio desses. E olha que já me vesti assim várias vezes.

Eu fazia de tudo para não lembrar que ela também era mulher de um grande amigo meu. Por outro lado, ele também era outro grande idiota, pois estava bem servido de mulher e não dava o devido valor para a que tinha em casa.

— Vou te excitar muito, gostosa. Quero te deixar cheia de tesão – sussurrei no ouvido dela.

Belinha foi objetiva:

— Nada de preliminares. Estou te curtindo desde que Manu confirmou que você viria. Passei a noite e todas as horas desta manha nas preliminares mentais. Agora quero seu pau.

Ela me agarrou pelo pau e me puxou para a sala de jantar. Ali arranquei os pequenos tecidos que mal cobriam seu corpo e a forcei a deitar na mesa. Era uma visão e tanto. Estava toda depilada, aberta para mim. Se ela não tivesse dito que queria muito o meu pau, eu bem que começaria com sexo oral. Os seios, pequenos e duros, apontavam para o teto e já estavam sendo sugados pela Paulinha, que tinha voltado da cozinha e se atirado sobre o corpo nu da amiga. Agarrei-a pelos quadris, apoiei as pernas nos meus ombros e puxei-a na minha direção.

— Sabe por que te puxei para fora da mesa? – perguntei olhando para aquele par de olhos que me interrogavam com tesão. — É pra enterrar tudo em você. Quero te tocar lá no fundo.

— Mete tudo, Martin. Me come do jeito que quiser, seu tarado – ela mordeu o lábio inferior e cerrou os olhos.

Esfreguei só a pontinha e fiquei nisso por um tempo, num movimento comedido de entra e sai. Ela gemeu e reclamou:

— Você disse que ia enterrar tudo! Eu quero! Mete. Fode. Fode tudo.

Fiquei quieto. Aprendi com o tempo que a melhor forma de dar prazer a uma mulher é negar esse prazer no começo, só para deixá-la ainda mais louca de tesão. Paulinha sugava os seios da amiga quando Belinha olhou para mim e resmungou:

— Você não é louco de me negar esse pauzão. Não percebeu que estou alucinada para senti-lo?

Eu tirava o pau, esperava alguns segundos e voltava a enfiar, de leve.

Era muito excitante ver Paulinha acariciando e chupando alternadamente os seios e tocando o grelinho de Anabella.

— Isso está muito gostoso de ver – disse Manu, encostada no batente da porta.

Virei na direção da voz. Ela vestia apenas uma calcinha vermelha e apertava com força os dois seios. Paulinha desocupou a boca por instantes e disse, olhando para mim:

— Você mentiu, Manu.

— Por quê? – retrucou a amiga.

— Porque o Martin é muito mais gostoso do que você falou.

Belinha voltou a reclamar:

— Só eu ainda não senti esse pauzão todo. Não estou aguentando mais de tanto tesão, Martin. Vai, me rasga toda!

— Também não estou aguentando. Quero você gozando juntinho comigo – sussurrei quando percebi como ela estava quente e realmente no ponto de gozar.

Paulinha intensificou as chupadas nos seios. Mexi mais um pouco. Belinha contraiu o rosto, mordeu o lábio inferior e apertou a cabeça da Paulinha contra os seios. Ela estava tomada por um tesão incontrolável. Segurei mais firme nos seus quadris, como que avisando que iria gozar, e enfiei tudo de uma vez.

Belinha gritou, gemeu, fincou as unhas na mesa de madeira, agarrou a cabeça de Paulinha, que lambia e chupava cada um dos seios, e gritou escancarando as pernas e projetando o púbis para frente:

— Isso, enterra tudo. Me rasga toda. Goza comigo, Martin.

Pela forma como ela largou as pernas, percebi que gozamos juntinhos. Ela gozou, mas não relaxou de vez. Anabella mexeu mais um pouco, rebolou e pediu para eu ficar mais um pouco dentro dela. Lembrei de Lisa, no Canadá, que gostava de fazer a mesma coisa, rebolar no meu pau depois que gozava.

— Maldito o cara que inventou a camisinha. Eu queria todas as sensações.

Manu não aguentou, se aproximou de mim e me beijou. Ao desvencilhar-se, disse:

— Vocês vão me agradecer pelo prazer que estão tendo? Eu não disse que ele é o suprassumo dos amantes?

— Só agradecer? – disse Paulinha — Se mandar eu rastejar, vou rastejar. Pela primeira vez na vida estou me realizando como mulher.

— Tivemos só uma foda até agora – exclamou Belinha –, mas nunca imaginei que poderia gozar com apenas uma penetração. Quase desmaiei antes, durante, e depois do orgasmo. Falar que foi maravilhoso é pouco.

— Estou feliz por vocês – disse Manu –, mas depois que o Martin se recuperar, será a minha vez.

O celular dela tocou. Manu foi buscá-lo na bolsa, olhou o nome no visor, enrugou a testa, ficou vermelha, pediu silêncio e atendeu, com voz de dona de casa prestativa:

— Olá marido, tudo bem? – Segundos depois perguntou: — Jura? Como você veio?

Ela tampou o bocal do telefone e disse em voz baixa que o Arnold estava a caminho da casa, na balsa. O susto foi geral. Belinha saltou da mesa e buscou as minúsculas peças de roupa no chão. Paulinha correu para a cozinha e pegou o pano de prato sobre a cadeira, o que restou da calcinha no chão e ajeitou a parte de cima da fantasia. Ao voltar para a sala, ainda segurava a camisinha numa das mãos. Olhou alternadamente para ela e para o meu pau.

Manu, por sua vez, ouvia calada o que Arnold dizia. De repente, a ligação caiu e ela ficou roxa e depois pálida. Deu alguns gritos dizendo que Arnold chegaria a qualquer momento. Ficamos todos atarantados. Nus ou seminus, trocamos olhares sem conseguir falar alguma coisa e sem saber o que fazer. Paulinha quebrou o silêncio:

— Manu, se ele ainda não entrou na balsa, significa que ainda temos meia hora de tranquilidade. Dá tempo de você transar. Eu te chupo um pouco, e se o Martin quiser pode gozar na minha boca e ir embora feliz.

— Ficou louca, Paulinha! Broxei depois dessa ligação. É melhor a gente se vestir e se preparar para fazer festa quando o corno chegar.

— Mas justo você que convidou o Martin vai ficar em jejum? – Anabella estava inconformada. — Se você não quiser, mas o Martin concordar, eu bem que toparia mais uma rapidinha.

Eu não tinha broxado, ao contrário, o risco me deu ainda mais tesão. Mas transar com uma das duas, e deixar Manu na mão, não me pareceu justo.

O telefone da Manu tocou de novo. Ela atendeu, nervosa:

— Você já entrou na balsa, Arnold? Não? – Manu ouviu mais um pouco, sorriu, levantou a mão para nós, fez sinal de positivo e começou a dançar. — Pena que só estava brincando, Arnold. Amaria se estivesse vindo para ficar comigo. A casa está uma delícia. As meninas estão adorando. Vamos curtir muito ficar aqui, sozinhas, só as três mulheres.

Depois de se despedir com um beijo, Manu respirou fundo e ameaçou uma risada.

— Nossa! O filho da puta blefou e me deu o maior susto! Já pensaram se ele estivesse realmente a caminho daqui? – Desabafou.

— Você acha que ele desconfiou de alguma coisa? – Paulinha perguntou.

— Não esquentem a cabeça – Anabella exclamou. — Homem não tem a mesma intuição que nós. Além do mais, Manu não disse que Martin estava aqui.

Trocamos olhares novamente e as três amigas se juntaram num abraço fraternal. Nu, no meio da sala, olhei a cena. Que mulheres lindas, pensei.

Passado o sufoco, e terminada a comemoração, Manu comentou com as amigas, os olhos faiscando de curiosidade:

— Nunca dei o rabo com uma mulher me chupando. Espero que o Martin fique feliz em voltar a comer meu cuzinho depois de tantos anos.

Paulinha e Anabella livraram-se de vez das peças de roupa, as que ainda restavam, e partiram para cima de nós. Encostei Manu na mesa, de pé, por trás. Paulinha sentou-se no chão, debaixo de Manu, e chupou a amiga. Manu gemia, se contorcia até gritar de prazer e dizer que aquele tipo de orgasmo foi diferente de todos já experimentados.

Transamos de todas as formas por mais de quatro horas. Mesmo depois de uma breve hesitação inicial, em nenhum outro momento me incomodei com o fato de que as três eram mulheres de amigos meus. A partir daquele dia, tornaram-se minhas amantes.

Deixei-as na Casa dos Desejos e voltei para as outras realidades da minha vida. Esforcei-me ao máximo para manter a concentração no voo. Revisei o aperto do cinto de segurança, fiz o *check* de todos os instrumentos e a reserva de combustível, que estava ótima, e decolei. Lembrei-me das recomendações e alertas dos meus instrutores de voo. Um deles repetia incansavelmente que qualquer distração poderia ser fatal. Não foi fácil, porque eu estava fisicamente cansado e mentalmente desorientado.

Segui para São Paulo com o desejo de viver muito para continuar a realizar as fantasias daquelas mulheres. O filme de tudo o que aconteceu passava sem interrupção em minha mente. Curti demais todas as posições e experiências inéditas.

O tempo estava bom. O voo foi agradável.

Deixei o helicóptero no hangar e entrei no carro com a mente e o corpo marcados por tudo que eu havia vivido. Eu ainda sentia as pernas trêmulas de tanto prazer.

Trinta e um

Ao entrar na Marginal, meu celular tocou. Olhei a tela e vi que era a quinta vez que Manu tentava falar comigo. Ao atender ela se adiantou em dizer:

— Queremos repetir a dose amanhã. A que horas você pode chegar?

— Boa tarde, minha querida Manu. Diga para as meninas que adorei tudo, e que vamos repetir a dose muitas e muitas vezes, mas infelizmente não posso amanhã – respondi pensando que uma escapada do escritório até que seria possível, mas, como sempre, mantive o controle das situações. Por uma questão de compromisso comigo mesmo, eu não estava disposto a inverter o jogo, mesmo que fosse por três lindas mulheres.

— Que pena, Martin!

— Sinto muito, mas amanhã vai ser um dia intenso no escritório.

Manu nem sequer deu atenção a essa parte.

— Conheço tão bem você que quando me chama de minha querida é porque sei que vai me contrariar – falou rindo, porém bem sarcástica. Deixei passar. Ao notar que não dei trela, ela emendou:

— A Paolla falou que aquela ligação do Arnold deixou-a tímida na arte de chupar pau com porra. Disse que você deveria voltar para ela poder satisfizer a curiosidade de uma vez. Anabella ficou com inveja do anal que fizemos e escalou a Paulinha para a próxima etapa. Ela disse que quer matar a curiosidade. Entendeu?

Fiquei contente, não apenas pelo fato de a experiência ter sido legal para mim como para elas. E também porque eu estava conhecendo uma nova face da Manu. A safadinha falava de sacanagem com tanta descontração que me alegrava, mas me surpreendia. De certa forma aquilo criava uma espécie de cumplicidade entre nós, e que eu sabia que ela não tinha com o marido. Será que se tivéssemos nos casado ela teria mudado tanto de comportamento? E estaria com as amigas realizando fantasias com outro homem senão comigo? Retomei a conversa sem deixar que meus questionamentos íntimos atrapalhassem o papo.

— Vocês sabem como me provocar. A vontade que tenho é sair daqui agora e voltar para aí. É uma pena mesmo que não posso repetir a dose amanhã. Planejem uma próxima data e me avisem com antecedência, por favor.

— Planejamento é coisa de empresário, Martin.

— Perdão, Manu, mas é assim que a minha cabeça funciona. A de cima, pelo menos.

— Safado – ela gracejou. — O que nós queremos é sexo e muito prazer. Isso deve acontecer sempre que pudermos. Concorda?

Como discordar? A cabeça dela funcionava como as dos homens, que pensam em sexo vinte e quatro horas por dia. Em matéria de sexo, Manu era de uma objetividade absoluta, a ponto de me deixar encabulado e quase constrangido. E olha que eu não era nenhum iniciante nessa arte. Apesar de ela ter me traído e casado com Arnold, a imagem da doce Manu que sempre me acompanhou, meu primeiro e grande amor, era muito forte. Será que era chegado o momento de desconstrução?

— Combinado, Manu. Com planejamento ou sem, fico no aguardo do convite para a próxima vez.

— Já que gosta de planejamento, programe-se, engenheiro Martin. Viremos para cá daqui duas semanas, e programamos um luau para sexta-feira à noite. Vai trazer sua gaita?

Eu curtia a forma como a cabeça dela funcionava, e como eu estava cheio de vontade aceitei o convite no ato.

∫

O clima frio das cidades montanhosas me fazia lembrar do Canadá. Todas ótimas para namorar. Uma vez que eu já havia levado Ursulla para Campos do Jordão, no Estado de São Paulo, naquela sexta-feira à tarde viajei com Ursulla para Monte Verde, no sul de Minas Gerais.

Ursulla ficou sabendo pela irmã da viagem que havia feito para a Ilhabela com as meninas. Meu nome foi mencionado apenas por ter dado uma carona para elas. Em nenhum momento, durante todo o fim de semana, Ursulla demonstrou que sabia qualquer coisa do que havia acontecido em Ilhabela.

Entretanto, logo no início da manhã da segunda-feira recebi um telefonema de Manu.

— Bom dia, meu sonho. Sei que comeu muito minha irmã nesse final de semana. Sobrou um pouco para mim?

Sempre direta, pensei. E respondi, sorrindo:

— Bom dia, Manu. Como foi seu final de semana?

— Nada comparável com o da Ursulla.

— Arnold não te deu folga?

— Quem dera! – Manu bufou e mudou de assunto: — Mas voltando à Ursulla, ela me encheu de perguntas sobre o que fizemos na Casa dos Desejos.

Um breve silêncio, o que para mim foi a confirmação de que Manu tinha aberto o bico para a irmã.

— O que você contou para ela? – perguntei.

— Tá louco, Martin. Combinamos de manter segredo, mas como ela já sabe que eu e você transamos, me senti no direito de revelar alguma coisa.

— O quê?

— Quase nada.

— Com relação às meninas, o que você contou?

— Apenas que elas estão loucas pra transar com você.

— Duvido de que você tenha dito apenas isso, Manu.

— Eu sabia que você não acreditaria, Martin, mas não fui louca de descrever todos os detalhes.

— Conheço você, Manu. Pelo seu tom de voz, posso dizer que você contou mais do que está dizendo.

— Bom, eu disse que sem querer, e sem que percebêssemos, elas espiaram a nossa transa, e que a Paulinha entrou no quarto e se convidou para me chupar.

— Não acredito que Ursulla tenha comprado essa bobagem. Sua irmã é muito esperta.

— E não acreditou mesmo.

— Eu tinha certeza disso.

Manu disse então em tom de desafio:

— Mas você não sabe do melhor!

Dei uma olhada no relógio do computador e na agenda cheia. O papo girava em círculos, o que estava começando a me incomodar. Por isso, eu disse, já enfastiado:

— Então me conte.

— Ela disse que também quer participar das nossas diversões.

Fui tomado por um sopro de ânimo e me endireitei na cadeira.

— E?

— Eu disse negativo! Sem chance!

— E? – insisti.

— Você acredita que ela nos ameaçou?

— Ameaçou como?

— Pois é, Martin. Disse que se não fosse convidada para participar dos nossos banquetes, daria um jeito de todos os maridos saberem do que rola na nossa Casa dos Desejos.

— E?

— Pare com essas perguntas, Martin! Eu disse que dependeria mais de você do que das meninas. E disse também que talvez ela não se sentisse à vontade, pois seria obrigada a ver seu amado transando com outras mulheres.

A conversa estava me deixando cada vez mais animado. Cheguei a ficar com o pau ligeiramente duro com a ideia.

— E?

— Meu amado é o pau dele, ela disse.

Gostei da revelação e refleti por um instante. Se eu era apenas um pau e nosso relacionamento reduzia-se a sexo, sem outros compromissos, melhor para mim. Fiquei ainda mais animado.

Manu prosseguiu:

— Ursulla sabe que você nunca vai se casar com ela. Por isso decidiu viver o máximo possível ao seu lado e curtir a vida. Não sei se falou para me deixar com ciúmes, mas disse também que vocês se dão muito bem na cama e que gostam das mesmas loucuras.

Não resisti à tentação de dar uma provocada nela:

— É, nossa sintonia é muito boa mesmo.

Manu se sentiu desafiada, pois perguntou:

— Ela faz coisas que eu não faço, Martin? Ursulla é melhor do que eu na cama?

Fiquei quieto. Ela insistiu:

— Diga que ela é melhor que eu que prometo fazer com você muito mais do que ela faz.

Adorei o fato de ela estar me disputando com a irmã. Foi uma carícia e tanto para o ego. Decidi não entregar o segredo e desviar do assunto. Ela que ficasse com a pulga atrás da orelha, o que a deixaria ainda com mais tesão por mim.

— Acho que você deve dizer às meninas tudo o que contou para Ursulla, e consultar se elas aceitam a inclusão da sua irmã no grupo.

— Já disse que não contei quase nada, Martin. Com certeza ela deduziu muita coisa e se interessou.

— Não estou te acusando, Manu. Sugeri que consultasse suas amigas. Afinal, a decisão tem que ser de todos nós, não?

Manu aumentou o tom de voz:

— A decisão não é plural. Você é o dono do pau. Antes de conversar com as meninas, quero saber se você topa ou não.

— Calma, Manu. Nenhum de nós dois tem de sair vencedor desta discussão. Diga para as meninas, por favor, que não me oponho. Além do mais, a última coisa que qualquer um de nós quer é que os maridos de vocês saibam o que fazemos.

— Pensando assim, as safadas vão topar no ato.

Fiquei mais calmo por tê-la conduzido para onde eu queria.

— Pelo que conheço da Ursulla, ela não agregará nenhuma novidade. Ela apenas gosta muito de transar.

— É mesmo, Martin. Assim como eu.

— Por outro lado, somos todos iniciantes em sexo grupal, né, Manu?

Manu não respondeu, pois ficou intrigada com um ponto da conversa.

— Não sabia que ela gostava tanto de transar assim. Deve ser uma característica de família.

— Seu pai e sua mãe capricharam no molde, porque fizeram duas filhas sedentas por sexo.

Manu não deu bola ao que eu disse e ponderou:

— Ursulla vai ter que aprender a somar e a dividir. E como temos apenas um engenheiro participando do grupo, por enquanto...

— Eita!!! O que você quer dizer com esse "por enquanto", Manu?

— Apenas que tem muita mulher pra pouco pau. E algumas delas também podem ter a fantasia de transar com dois homens ao mesmo tempo, você não acha?

Aquela era uma possibilidade que eu não havia considerado. Eu realmente teria dificuldade em satisfazer quatro mulheres lindas e gulosas. Por outro lado, não estava nem um pouco disposto a dividir meu harém com homem nenhum. No entanto, em outro canto da mente a leitura das palavras dela trouxe uma tremenda de uma confissão.

— Saquei. Então essa é a sua fantasia inconfessável?

— Não é justo você acertar dessa forma!

Dei uma longa e deliciosa gargalhada. Manu riu também do outro lado da linha e disse:

— Eu nunca teria coragem de contar assim na lata, mas com o grupo aumentando e novas alternativas surgindo, adianto que não sou a única que tem essa fantasia.

Eu precisava de tempo para pensar em como resolver aquele problema.

— Bem, Manu. O grupo ainda não aumentou. Fale com as meninas e me ligue informando como elas receberam a notícia do interesse da Ursulla. Tenho de entrar em uma reunião agora.

Ela concordou. Desligamos quase que ao mesmo tempo.

∫

Uma hora depois, era Ursulla ao telefone. Eu estava super atarefado e sem tempo para os assuntos que não diziam respeito ao escritório, mas achei que deveria atender mesmo assim.

— Oi, Ursulla. Como você está?

— Estaria ótima não fossem as saudades de você.

A calma e a voz insinuante me tranquilizaram, o que significava que ela não havia ligado para cobrar nada ou reclamar de nada.

— Delícia, Ursulla. Também pensei muito em você nesta manhã – eu disse aquela mentirinha, como se estivesse fazendo um afago no ego. Ela merecia. A verdade é que o sufoco do escritório não tinha me dado tempo de pensar nem em mim.

— Delicia é você, Martin. Pensou bem gostoso?

— Bem gostoso, mas estou meio ocupado agora. Posso te ligar mais tarde?

— Pode sim, Martin. Enquanto isso, pense em como e quando vai querer me comer de novo. Estou com saudades e muito carente também. Tenha um ótimo dia, meu querido. – Mandou alguns beijos e desligou.

Achei ótimo pois, como sempre, ela não pegou no meu pé e entendeu que eu não podia me estender no papo.

Assumi que ela ainda não sabia que eu e a Manu havíamos conversado há pouco sobre o pedido de ela participar do grupo. Entrei de cabeça no trabalho e, conforme prometido, telefonei de volta no final da tarde para combinarmos uma rapidinha para logo depois das aulas da faculdade, naquela mesma noite.

∫

A transa, como sempre, foi ótima. Ursulla estava explodindo de tesão. Mas o papo com a Manu continuava me incomodando. Eu queria botá-lo para fora.

Assim que fui deixá-la em casa resolvi entrar no assunto sobre a conversa com Manu naquela manhã. Para meu espanto, ela recebeu a notícia super bem e ainda disse:

— Martin, não quero que isso faça parte do nosso dia a dia.

— Como assim?

— Sei lá – ela disse. — Aquela casa serve apenas para realizar fantasias sexuais que existem na cabeça de todas as mulheres. Nada mais. Nada do que acontecer ali deve fazer parte do que vivemos juntos.

— Não vai ser fácil viver essa dupla personalidade, Ursulla. Até agora tenho conseguido até que bem esquecer o fato de que transo com as esposas dos meus amigos. Mas com você é diferente.

Pela resposta que ela deu, assumi que ignorou meu elogio.

— Para as meninas, e para mim, essas fantasias poderiam ser realizadas com você ou com qualquer outro homem de confiança. Confesso que me candidatei apenas por saber que era você o catalizador dos desejos.

— Você ainda não sabe o que rola naquela casa.

— Nem quero saber. Quero viver.

— Estou aqui pra isso, Ursulla – eu disse, transbordando em orgulho.

Mas em seguida veio o alerta:

— Eu até deixo que você use seu pau com outras mulheres, mas com algumas condições.

— Quais?

— Que eu esteja presente e que você realize as minhas fantasias também.

— Ou...?

— Ou todos os seus amiguinhos vão saber em primeira mão o que você anda fazendo.

— Farei de conta que não ouvi uma ameaça desse nível partindo de você. Sei que falou impensadamente.

Ela fez uma cara de envergonhada.

Despedi-me convicto de que ela estava com mais curiosidade e desejos de participar da Casa dos Desejos do que havia demonstrado. Mas uma coisa era certa: Ursulla, a única solteira, era um perigo iminente.

$$\int$$

A farra rolou solta entre nós por quase um ano até que, num belo dia, atendi uma ligação da Manu, no escritório.

— Não é justo, Martin. Você se diverte com quatro mulheres há muito tempo. Esqueceu que nosso grupo só existe para realizar desejos?

Percebi pela pergunta que ela estava voltando com a assunto de muita mulher para apenas um pau. Uma vez que a coisa rolou bem durante todo esse tempo e a cobrança nunca veio, retruquei com firmeza:

— Não estamos discutindo justiça, Manu. Você ou alguma das meninas tem um novo e adequado membro para sugerir?

Pelo tom de voz notei que ela entendeu a piada.

— Somos mulheres sérias, Martin.

— Não tenho dúvidas disso.

— Desejamos um membro novo, desde que seja grande e adequado.

— Sua resposta tem duplo sentido.

— E você está fugindo do assunto!

— Como assim?

— Como? Queremos mais um homem, mais um pau.

— Vocês não gostam mais do meu?

— Você é um membro perfeito. Adoramos, Martin.

— E?

— Um membro é pouco para o grupo de quatro mulheres. Dois é bom, e três nem pensar. – Ela riu com a metáfora que acabara de criar.

O jogo de palavras estava até que bem divertido.

— Vamos deixar essa conversa longa pra quando estivermos juntos?

— Você me conhece, Martin. Só tenho coragem de tocar nessas coisas por telefone.

— Mentira.

— Como assim? – retrucou ela, indignada.

— Você não gosta só de tocar nessas coisas. Você gosta de pegar, e de sentir profundamente.

— Chega. Você está fugindo do assunto mais uma vez.

— Tudo bem. – O melhor era admitir. — Vou pensar em alguém de confiança para fazer o convite.

Ela não sabia, mas eu já havia passado e repassado a lista dos meus amigos e conhecidos e estava prestes a receber uma ligação que poderia mudar o futuro da Casa dos Desejos.

Alguns minutos depois de Manu desligar, meu celular tocou. Era Dimitri querendo almoçar comigo naquele dia. Ele era o diretor da corretora de valores que cuidava de parte dos meus investimentos. Ele não era um amigo, muito menos íntimo. Nosso papo se limitava aos negócios. Mas eu sempre o achei um cara legal com quem eu poderia estreitar uma relação de amizade.

Durante o almoço, ele falou rapidamente sobre a situação e sugeriu trocar algumas posições na Bolsa de Valores. Aproveitei a frase sugestiva.

— Por falar nisso, Dimitri, como você está indo com aquela namoradinha por fora?

Ele me lançou um olhar desconfiado e cedeu. Afinal de contas, meu dinheiro respondia por boa parte do ativo da empresa em que ele trabalhava.

— Tá foda, ou melhor, não tem foda. Os hormônios a fazem querer se atirar nos meus braços mas, apesar dos dezoito aninhos, é virgem, e diz na minha cara que não quer transar com homem casado.

— Falta apenas a transa, então. É isso?

Uma vez que estávamos almoçando num restaurante cheio, Dimitri baixou a cabeça e disse em tom confecional:

— Quase. Ela já pegou no pau, deu uns beijos sensacionais e a coisa parou por aí. Tá sendo um desafio, cara.

Fiquei contente que ele abriu a porta e revelou uma parte íntima da vida. Era hora de dar alguma coisa em troca.

Expus então como tudo começou na Casa dos Desejos; e me estendi um pouco sobre as fantasias de algumas, ou melhor, de todas as mulheres. Elas queriam muito transar com dois homens e eu era o único homem na roda. Por mais que eu não quisesse abrir mão da exclusividade, era melhor que eu escolhesse o outro gladiador que comeria aquelas mulheres ou corria o risco de ter que dividir meu rebanho com um completo desconhecido.

— Nem precisa justificar tanto, eu topo, mas estou a fim de levar minha gatinha. Quem sabe assim ela quebra uns tabus e eu consigo comer a moça.

Não gostei da ideia. Quanto mais abrirmos o assunto e colocarmos gente estranha na roda, maior o risco de alguém dar com a língua nos dentes e botar tudo a perder. Mas o estrago estava feito. Dimitri já sabia e eu não tinha mais como retirar o convite.

— Eu transo com quatro.

As sobrancelhas dele chegaram quase no teto. Prossegui:

— Agora, com você e ela no cenário, a média vai ser de dois homens para cada duas mulheres e meia.

Percebi que ele ficou ligeiramente nervoso. Concluí, pela forma com que ele apertou o guardanapo entre os dedos, que ficou em dúvida se dava mesmo conta do recado. Argumentarei que elas é que sairiam ganhando. E que não existia jeito de falhar com tanta mulher gostosa. Confessei que eu mesmo cheguei a ficar intimidado da primeira vez e, mesmo assim, entreguei a mercadoria.

Dimitri interrompeu minha risada ao propor o uso de uma chácara que ela tinha na serra da Cantareira, a poucos minutos do centro de São Paulo.

— Cara, com esse tanto de gente, acho bom ter um lugar mais perto de São Paulo – ele completou.

— A ideia é boa.

Dimitri então disse:

— Quero vender o lugar, mas enquanto ainda é meu, podemos instalar ali a Casa dos Desejos 2.

— Sensacional, cara! – Espalmei a mão no ar e ele espalmou a dele contra a minha. — Acho que vai rolar legal usar a sua chácara de vez em quando.

$\int$

No meio da tarde liguei para Manu e contei a novidade.

— Demais, Martin! Muito legal!

Fiquei contente por tê-la deixado tão feliz.

— Quando vamos conhecer o novo membro?

Lá estava Manu com o jogo de palavras mais uma vez.

— Vocês são as casadas. Arrumem a agenda.

— Vou consultar as agendas de todas. Respondo pra você amanhã, Martin.

Desligamos.

Mas o amanhã de Manu chegou no mesmo dia, duas horas depois, noutra ligação.

— A Paulinha lembrou que no sábado e no domingo acontecerá o campeonato de futebol entre alunos e ex-alunos do Mackenzie. Arnold, Gian e Dalton vão ficar focados nisso. Avise seu amigo que vamos transar nos dois dias.

— Calma, Manu. Um passo de cada vez.

— Como assim, Martin? Acha que seu amigo não vai dar conta?

— Não é isso. Você me disse que ligaria amanhã.

— Mas liguei hoje. Tem algo errado nisso?

Manu estava acelerada. Eu precisava colocá-la nos eixos novamente.

— Nem tive tempo de falar com meu amigo que vocês toparam a entrada dele.

— Então fale logo – ela disparou.

— Ok. Ligo pra você assim que conseguir falar com ele.

— Estou torcendo muito aqui.

∫

O novo membro da Casa dos Desejos gostou dos planos, da data, de tudo. Faltava confirmar com a gatinha: Chantal.

Só de pensar na participação dela, fiquei doido de tesão. Ter uma virgem de dezoito aninhos era estimulante demais. Fazia muito tempo que eu não comia uma virgem. Para quem nunca comeu, comer uma virgem é uma experiência indescritível, meio como tentar explicar o sabor de pratos exóticos.

Meu telefone tocou dez minutos depois. Dimitri foi logo dizendo, cheio de dedos, que Chantal tinha topado ir, mas que não garantiu participar de nada. Segundo ele, a moça queria ver como era e, se desse liga e vontade, ali na hora, entraria no jogo. Aceitei pois, para mim, a notícia já era meio caminho andado.

Marcamos então um encontro no final da Av. Braz Leme. De lá seguiríamos o carro de Dimitri.

Desliguei pensando: que virgem de dezoito anos vê seis pessoas transando e sequer cogita em ficar de fora?

Trinta e dois

Manhã de sábado, faltavam quinze minutos para as nove. O sol mostrava que o dia seria quente. O carro prata de Dimitri estava estacionado no ponto de encontro quando chegamos. Ele estava em pé, encostado na traseira. Veio ao nosso encontro assim que me viu. Chantal permaneceu dentro do carro e deu um alô pela janela. Com o objetivo de quebrar o gelo, Manu se ofereceu para acompanhá-los.

Durante o percurso no meu carro, Paulinha, Anabella e Ursulla discutiram que revelar uma fantasia não significava necessariamente uma obrigação de realizá-la. Paulinha comentou que não nutria interesse por dupla penetração, no máximo chuparia um enquanto outro a possuísse. Anabella criticou o tom rebuscado da amiga e disse que quem está na chuva é para foder. Caímos nas gargalhadas.

Alertei que o mais importante era deixar o prazer reger nossos encontros e não o constrangimento. Ressaltei que todos nós teríamos sempre liberdade para fazer o que tivéssemos vontade. Ou não.

— Tenho vontade de uma coisa só: foder – Anabella disse, sentada no banco de trás com Paulinha. — Na verdade não é só isso minha amiga. Tenho vontade de foder muito.

Paulinha relaxou porque puxou a mão de Anabella para sua boca e chupou um dedo de cada vez.

— Isso Paulinha, quero sentir você lamber meu corpo inteiro depois.

— Adoro você gostosa e tesuda assim, Anabella. Mas não quero te beijar e te lamber hoje.

— Como assim? Justo hoje que eu disse que quero todas as emoções com você?

— Calma, gostosa. Quero te chupar todinha enquanto o Martin me comer... e quando ele te comer também.

As duas se atracaram num beijo molhado.

Dimitri estacionou em poucos minutos diante de um imenso portão fechado. Parei meu carro atrás do dele e descemos todos de uma vez. Dimitri, que desceu para abrir o portão, mudou de ideia assim que nos viu e veio ao nosso encontro.

Manu desceu do carro de mãos dadas com Chantal. Assim que vi as mãos entrelaçadas, imaginei que Manu deveria ter usado de toda sua persuasão para convencer a gatinha de que não haveria risco de ser currada ou forçada a fazer qualquer coisa que não quisesse. Pelo jeito, funcionou.

Mal terminei o raciocínio e fui tomado pela visão daquela morena longilínea. Ela tinha quase um palmo a mais que Manu, e vestia short branco muito curto e pouco mais alvo que sua pele. A peça valorizou suas curvas. E que curvas! O camisão branco listrado de azul dava contorno aos seios grandes, mas não fartos. Enquanto as duas caminhavam na minha direção, meu coração disparou e as mãos ficaram suadas e frias.

Lembrei-me da sensação. Era a mesma de quando comecei meu namoro com Manu, há muito tempo atrás. Quando chegaram até mim, Manu bateu palmas diante do meu rosto e me apresentou oficialmente a Chantal. Com certeza todos observaram meu encantamento pela nova, inibida e discreta convidada. Era impossível disfarçar. Demos beijos comportados no rosto. Dimitri abriu o portão. Eu e ele voltamos para os respectivos carros e entramos por uma via de brita compactada. As cinco mulheres vieram atrás, de mãos dadas. Uma visão e tanto.

Dimitri deu então alguns passos para dentro de um terraço amplo de piso ladrilhado, destrancou a porta de entrada e estendeu a mão convidando todos a entrar no nosso novo parque de diversões.

— Nunca transei com ninfeta tão linda — Paulinha sussurrou no meu ouvido assim que cruzamos a soleira.

— Ela é virgem, mais fácil pra você do que pra mim.

— Bom demais! Nunca chupei uma virgem, deve ter a xoxota perfumada.

Pelo rabo de olho, vi que Dimitri fechou e trancou a porta atrás de si e atracou-se com Chantal. Do pouco que deu para ver, rolaram algumas palavras no pé do ouvido e um primeiro beijo. Fiquei surpreso ao notar que embora beijasse o namorado, ela mantinha um olho fechado e outro aberto, um mar cor de esmeralda, focado em mim.

Em dado momento, Dimitri afastou-se dela e disse em voz alta, para todo mundo ouvir:

— Tá difícil negociar a descontração da menina. Alguém pode me ajudar?

Manu adiantou-se em responder:

— Sabe por que Dimitri não pode te levar embora, Chantal?

A morena nada disse, apenas esperou Manu responder à própria pergunta:

— Porque ele é a realização dos nossos desejos. Se você nunca experimentou um pau, nós queremos dois.

Surpreendentemente, Ursulla foi até Chantal e disse:

— Isso é missão para o super Martin.

Ursulla pegou-a pela mão livre e a trouxe até mim dizendo:

— Seu desafio, meu macho, é convencê-la a ficar, participar e curtir. – Ursulla virou-se então para Chantal e disse: — Entendeu a mensagem, minha linda? Mesmo virgem você pode curtir a festa de outras formas.

Ousei envolver Chantal num abraço. Ela não resistiu. Pelo contrário, aninhou-se em meus braços e encostou a cabeça em meu peito. Sussurrei em seu ouvido:

— Relaxe. Vamos sentar naquele sofá?

Quase desmoronei quando ela concordou com um simples olhar.

Não sei mais o que aconteceu na casa a partir daquele ponto. Chantal passou a ser minha única e completa fonte de interesse. Sei apenas que todos pararam o que estavam fazendo e nos acompanharam com os olhos num misto de desejo e devoção.

Puxei-a pela mão a caminho do sofá mais próximo. Ao terceiro passo, Chantal parou, segurou mais forte a minha mão e pediu um beijo. Após um longo abraço, o beijo que começou tímido nos descontrolou. Beijei-a com um prazer que não sabia se já havia sentido antes. Fomos interrompidos pelos aplausos e o vociferar de Manu.

— Esse é o mágico Martin. Chantal já faz parte do time.

Paulinha e Anabella também aplaudiram. Dimitri, de mãos vazias, não demonstrou ciúmes. Ele sabia que algo assim poderia acontecer, o que não significava, até aquele momento, que perderia a amante.

— Adorei o beijo – sussurrei para Chantal quando nos sentamos no sofá. — Achei muito bom que você ficou.

— Beijei o Dimitri desejando você – ela disse no tom mais doce que podia.

Mergulhei fundo naqueles olhos verdes e murmurei:

— Então você entendeu o que viemos fazer aqui?

— Sempre entendi. Gosto do Dimitri mesmo que às vezes eu não consiga controlar totalmente o meu tesão quando estamos juntos.

— Sorte dele – comentei.

— Azar o dele – ela respondeu, desdenhosa – que não entende quando digo que não quero dar minha virgindade para um homem casado, malandro e mulherengo como ele. Só vim por curiosidade.

— De quê?

— De você, de constatar se você era mesmo solteiro ou não.

— Sou. Você veio pensando em acabar com a minha solteirice? – perguntei sorrindo e acariciando sua nuca.

A voz de Chantal ficou aguda com as carícias e ela meio que miou a frase:

— Não aguento arranhões na nuca por muito tempo, gato. Cuidado que posso te atacar.

Descobri cedo um dos seus pontos fracos. Os beijos rolaram com muito mais tesão a partir daí. Mais uma vez, Manu interrompeu a ação com um novo discurso:

— Pessoal. Ainda não estamos afinados com essa nova composição do grupo. E isso é tudo que não pode acontecer. Sugiro que fiquemos nus, assim o gelo quebra de uma vez. Eu, por exemplo, não resisto ver um pau morto, ao vivo, na minha frente.

— Eu topo – disse Anabella, tirando apressadamente a blusa para liberar um lindo par de seios pequenos e firmes. — Não teremos nada morto por aqui. Afinal, viemos aqui para foder ou para conversar?

Chantal sussurrou para mim:

— Dimitri nunca me viu totalmente nua. Se eu ficar, será por você.

Entusiasmada pela aparente receptividade à sua proposta, Manu lançou uma competição:

— Quem tirar a última peça vai ter de começar o dia dando o cu para o caralhudo do Martin.

— Estou fora dessa – disse Dimitri, o dedo em riste no ar. Todas riram.

Chantal então se levantou e exclamou deliberadamente:

— Sem prêmios ou penalidades.

Olhando apenas para mim, ela tirou calmamente cada peça de roupa num alucinante strip-tease particular. Ao colocar os braços para trás das costas, vi que ia livrar-se do sutiã e o fez com um leve sorriso. Aquela perfeição em carne e osso estava a menos de um metro de mim, ao alcance das mãos, e ao meu inteiro dispor. Fiquei feliz por estar vivo.

Tirei os olhos dela por um instante e vi Dimitri observando a cena, confuso e corado. Nem a crescente nudez das meninas o entusiasmou. Mas assim que Manu, Ursulla, Paulinha e Anabella ficaram completamente em pelo, ele não foi capaz de manter o mau humor e foi logo tirando a roupa e dizendo:

— Nossa! Nunca vi tanta mulher linda e gostosa ao mesmo tempo. Como dizia o poeta "beleza é fundamental". Não gostaria de ser jurado de um concurso de beleza tendo vocês como participantes. Uma é mais linda que a outra.

Todas as mulheres sorriram, enquanto, nuas, colocavam suas roupas sobre os móveis da sala. Chantal, ainda de calcinha vermelha, sussurrou para mim:

— Ele é especialista em falsos elogios.

— Ele não achou as meninas bonitas?

— Elas são lindas, mas ele é o mestre dos elogios fáceis.

— Se forem para você, saiba que é merecido.

Ela abaixou, deu um beijo de leve no meu rosto e finalmente tirou a calcinha. Seu corpo era todo alvo. Tão imaculado que titubeei.

Meus olhos não se dirigiram para a xoxota inexplorada, mas foram arrebatados pelos seios firmes, lindos, que, como dois faróis altos, apontavam para cima. Os bicos rosados, durinhos, delatavam que ela estava a mil. Ao final do estudo, olhei bem para a xoxota e fiquei em dúvida se ela havia depilado a virilha ou se não tinha pelos na região.

Eu tinha dúvidas sobre o que representava a calcinha vermelha: fim da virgindade ou sinal vermelho? E a depilação total? Fiquei sem saber, mas como ela disse que veio por minha causa, assumi que teria arrumado a *pussy* para mim. Será mesmo que foi por eu ser solteiro? Será que as outras meninas estavam incomodadas pelo tempo que eu estava dedicando exclusivamente a ela? Será que se enciumaram com o strip-tease que ela fez para mim? E Dimitri, o que estava achando de tudo aquilo? Como sempre, as perguntas pululavam na minha mente. Manu bateu palmas e falou em voz alta.

— A primeira parte está vencida. E, como bem disse Anabella, viemos aqui pra foder ou pra conversar? Dimitri vai dar início aos trabalhos abusando da virgem?

A safada queria me separar da novata.

— Vou começar – Chantal surpreendeu todo mundo.

Ajoelhou-se, segurou meu pau com as duas mãos e o esfregou pelo rosto e pela boca. Chupou, lambeu, engoliu, enfim, fez comigo tudo o que Dimitri sempre sonhou que ela fizesse com ele. Momentos depois, e antes que eu gozasse, aceitamos a sugestão de Paulinha de irmos todos para a cama.

A caminho do quarto, Chantal aproximou-se de Paulinha e disse que adoraria gozar naquela boca carnuda. Essa frase acendeu o fogo no estopim de Paulinha.

Manu, ao meu lado, falou para Dimitri, com voz suficientemente alta para ser ouvida por todos:

— Sua amiguinha já está liberada. Chegou minha vez de te iniciar no jogo. Cuidado, Dimitri. Vou te chupar bem gostoso, mas não é para gozar já na minha boca. Tá? Quando chupo o Martin, ele se controla e retarda o quanto quer o gozo.

Chegamos no quarto e não ouvimos mais nada.

Paulinha, excitada, disse que queria cavalgar em mim. Montou em mim, e ofereceu os seios para Chantal chupar.

Chantal, demonstrando pouca familiaridade por atracar-se a mulher, lambeu-os delicadamente.

— Chupe e morda forte, virgenzinha – disse Paulinha, oferecendo o seio todo com uma das mãos. — Bem forte.

— Aprenda agora a sentar num pau. – Paulinha largou de leve o corpo e rebolou no ritmo que escolheu. — É você que fica no controle. Dê uma olhada e veja como está entrando só a pontinha.

Chantal abaixou, analisou a situação e substituiu a mão de Paulinha.

— Você controla até onde ele pode entrar. No seu caso, deixe só até tocar o selinho. Eu gozo muito assim, sabia? Sabe o único risco virgenzinha? Afaste-se um pouco agora. – Chantal afastou a cabeça e Paulinha, numa descida só, engoliu todo o meu pau. — Esse é o único risco. É você ter sede e engolir o pau todo numa enfiada. Mas sua virgindade agradecerá e sucumbirá a um pau delicioso como este.

Os olhos cor de esmeralda de Chantal brilhavam de tesão e curiosidade, tanto que ela sussurrou:

— Acho que sou como você. Não sei se aguentaria engolir só a pontinha.

Com Paulinha cavalgando em mim, olhei no fundo daqueles olhos verdes, imaginei a cena e disse para ela:

— Deixo você tentar quando quiser.

Chantal gemeu de tesão, avançou com a boca para mim e mordeu minha orelha. Beijou, mordiscou e lambeu descontroladamente minha nuca e meu pescoço. Pela primeira vez, depois de muitos anos, me permiti voltar a sentir prazer na região que tinha sido tatuada por Manu. Acariciei a cabeça de Chantal e a mantive ali por um instante. Ela não sabia por que fiz aquilo. Mas eu estava contente, pois aquilo me libertou do juramento.

Meu devaneio foi interrompido pela voz da Manu.

— E aí Chantal, está se lamentando pelo tempo que perdeu na vida?

— Não acho que perdi tempo algum. Acho apenas que certas coisas têm que acontecer na hora certa e com a pessoa certa.

— Tolinha. Você teve tempo de perder a virgindade com um pau menor. Isso a permitiria curtir esse pauzão com mais prazer.

O sarcasmo era um nítido ataque de ciúmes.

— Calma, Manu. Ela continua virgem e não atrapalhou em nada o nosso prazer.

Mas Manu não se deu por vencida.

— Estou com dó de você, Chantal. Achei que inauguraria os dois buraquinhos hoje. Você é uma tolinha, não sabe o que está perdendo.

Aparentando estar satisfeito, e em razão do ambiente ter ficado meio pesado, Dimitri juntou-se a Chantal e a abraçou. Ursulla, com quem eu não havia nem trocado beijos, veio sentar ao meu lado.

Mas Manu não desistia e novamente se dirigiu a Chantal:

— Mesmo virgem, espero que você esteja gostando mais da coisa.

— Nunca deixei de gostar – retrucou Chantal, sem se deixar abater pelas críticas. — Pode apostar que um dia ainda foderei como você!

Manu não entrou na dela e adotou uma postura ainda mais arrogante:

— Saiba que adoramos o Dimitri. Ele é um ótimo macho e vai saber te fazer muito feliz, como o Martin me fez.

A experiente Anabella entrou na conversa e quebrou o clima que estava ficando pesado.

— Concordo com o que a Manu disse sobre Dimitri: ele é um ótimo macho. Por isso, acredito que chegou a hora mais esperada: a mulherada quer se saciar com dois paus.

Transamos por várias horas. Fizemos de tudo e em todas as posições.

É obvio que eram quase três da tarde e ninguém havia sequer pensado em almoçar. A outra fome, de uma forma ou de todas, foi saciada. E como o fim da tarde estava chegando, era hora de irmos embora.

Ficou decidido que era melhor que as três casadas saíssem juntas, com Dimitri. Eu levaria Ursulla e Chantal.

Marcamos uma nova sessão de prazer para o dia seguinte, no mesmo horário e lugar. Dimitri traria as casadas e eu as solteiras. E como eu já sabia o caminho, ficou marcado de nos encontrarmos na casa.

Trinta e três

Duas horas depois, enquanto fazíamos um lanche numa charmosa padaria próxima à casa de Chantal recebi um torpedo de Manu.
"Merda. pqp. O time dos maridos perdeu e foi eliminado. Eles ficarão em casa amanhã. Melou tudo. Conseguiu deixar as gulosas em casa ou está fodendo até agora?"

Passei o celular pelas mãos de Chantal e de Ursulla, que leram a mensagem, riram da postura de Manu, mas não demonstraram muita decepção ao saberem do cancelamento.

Deixei o sanduíche no prato e digitei a resposta:

"Estamos lanchando. Vou deixá-las em casa. Por hoje, chega."

Manu mandou outra mensagem logo em seguida.

"Não conte já para elas sobre a merda que deu. Pensando que terão mais amanhã, elas deixarão você ir embora hoje."

Como nunca deixei ninguém decidir nada por mim, enviei outra mensagem apenas me despedindo dela e desejando bom final de semana.

Manu rebateu:
"ESTÁ ME DISPENSANDO, MARTIN? Você se encantou com a virgem ou minha irmã tomou meu lugar?"

Dei um tempo – apenas para sacaneá-la um pouco com a expectativa –, uma mordida no sanduíche e digitei a resposta, bem devagar:

"Falamos na segunda-feira. Bom fim de semana, again."

A réplica veio em seguida:

"Prepare-se para me atender. Será o primeiro telefonema do seu dia. Beijos e juízo."

Lamentei, mas tive de deixar Chantal primeiro. Ela me deu um beijo no rosto e saiu do carro. Ursulla, que ocupava o banco de trás, saiu também e veio sentar ao meu lado. Acompanhei Chantal com os olhos até a porta da casa; e quando ela estava prestes a destrancá-la, voltou sorrindo. Abri o vidro no que ela disse para eu e Ursulla ouvirmos:
— A gente precisa depender sempre do grupo de casados ou podemos nos encontrar quando quisermos?

Abri um sorriso de satisfação com a abertura que ela oferecia:
— Falamos sobre isso semana que vem – respondi. — Eu ou Ursulla te telefonaremos.

Ela deu uma piscada, um sorriso, despediu-se novamente com um beijo no meu rosto e um aceno para Ursulla, caminhou em direção à porta da casa e desta vez entrou.

— O caso é com você, galã, e não comigo – disse Ursulla. — Ela vai ser a segunda virgem na sua vida ou você teve outras que eu não soube?

Qual a vantagem de responder a uma pergunta dessas a não ser massagear o próprio ego? Por não precisar mais disso, não respondi, mas apenas liguei o carro e a levei para casa.

∫

Dez horas da manhã de domingo. Eu estava na sala de TV pensando em como Chantal era linda, pensando naquele corpo que a natureza privilegiou com tudo de mais belo e perfeito, e em tudo o que fizemos no dia anterior.

Recebi um SMS.

"Miss you. Não sei se ainda dorme. Preferiria estar com você. Com ou sem sexo. Beijos em você todinho, Chantal."

Fiquei arrepiado com a transmissão de pensamento.

— *"Bom dia!!! Acordamos em sintonia! Estou assistindo à Fórmula 1 e pensando em você. Quer um pouco de salada de frutas?"*

Meu domingo começou bem. A coelhinha assustada de ontem estava saltando no meu colo como uma gatinha carente e manhosa.

— *"Tem chantili na salada?"*

Só faltava ela me dizer que tinha resistência à lactose ou que o creme de leite engordava.

— *"Não. Isso faz alguma diferença para você?"*
"— Muita. Eu comeria as frutas e lamberia o chantili de várias formas."

Não contive um suspiro e respondi:

— *"Que delícia! Você me pegou. Por um momento achei que não gostasse de chantili."*

Ela não deixou a peteca cair.

— *"Ainda não te peguei. E com chantili seria uma variação realmente deliciosa. Ontem te chupei ao natural, hoje..."*

Não aguentei. A troca de mensagens estava gostosa e me excitando, mas decidi telefonar. Ela atendeu no primeiro toque:

— Bom dia de novo.

— Deu uma vontade de ouvir sua voz!

— Deu?

— Muita. Fiquei surpreso com sua primeira mensagem.

— Acho que sinto mais liberdade para escrever do que falar. Não sei se conseguiria ter dito aquelas sacanagens na sua frente.

— Fiquei feliz que você teve vontade de ouvir minha voz. A sua é muito gostosa por telefone.

Por um instante, fiquei confuso. No dia anterior nos conhecemos pela primeira vez e logo nos vimos nus e quase transamos. Naquele momento, por telefone, tudo pareceu diferente. Resolvi externar minha aflição:

— É meio estranho, Chantal. Nosso primeiro contato foi tão profundo, mas agora parece que somos outras pessoas, né?

— Não foi tão profundo quanto você gostaria, né, Martin!?

O jogo de palavras matou pela raiz o meu conflito interno. Entrei nele de cabeça.

— Foi profundo o quanto deu. Você não conseguiu engolir tudo, né?

— Tentei. Alguma mulher já realizou essa façanha?

Uma pegadinha. Homem que se preza não responde a esse tipo de pergunta. Mulher experiente não a faz. Para não deixá-la no vazio, respondi de forma sucinta:

— Você foi ótima...

— Nossa! Sabe que até agora não acredito que ontem tive coragem de ser a primeira a começar o baile. Acho que foi a atração que senti por você, e a forma de ficar fora do alcance do Dimitri.

— Ele deve ter saído com saudades das suas chupadas.

— Para com isso, Martin. Até hoje só segurei no pau dele duas vezes. E ainda porque ele me encurralou. E na última ele gozou na minha mão e sujou minha roupa. Eu disse que nunca mais repetiria qualquer tipo de cena de sexo com ele.

A culpa não foi do Dimitri. Ela era tão linda que aposto que qualquer homem menos experimentado que encostasse as mãos nela gozaria ao primeiro toque. Será que ela era meio fria ou difícil de esquentar? Será que era virgem porque não tinha tanto tesão pela coisa? Por que será que chegou quase nos finalmentes com Dimitri e nunca avançou o sinal? Abortei a sequência de perguntas.

— Ele te deseja, Chantal. Pôs você no grupo para ver se você ficava excitada a ponto de perder o controle e transar com ele.

— Dimitri é muito mulherengo. Eu não o deixaria avançar o sinal. Não que você seja santo. Longe disso, né? – ela riu.

— Que bom que o sinal ficou verde para mim.

— Quem disse que ficou?

— Você.

— Eu não disse isso.

— Disse sim.

Chantal deu-se por vencida.

— Tá bom, mas apesar de mulherengo, você é solteiro. Não quero encrenca pro meu lado.

— Ele não te contou que era casado?

— Se não tivesse mentido durante dois meses, alguma coisa até poderia ter rolado entre nós. Gosto de homens mais velhos. Têm mais conteúdo. No começo gostei muito dele, que sempre foi um ótimo amigo.

— Você tem alguma tara por homem casado? – perguntei envolto por uma nuvem de curiosidade. Se eu queria ter alguma coisa com ela, era bom saber de antemão o que lhe passava pela cabeça.

— Você não entendeu nada, Martin.

— Então me explique.

— Nunca desejei me relacionar com um cara casado, mas se ele não tivesse mentido, quem sabe teria rolado algumas coisas.

— Entendi. Ele soube te envolver.

— Dimitri só se aproximou de mim porque mentiu. Deixei de aceitar presentes dele quando soube a verdade.

— E como ele reagiu?

— Mal – Chantal retrucou. — Até hoje ele não aceita que nunca transarei com ele. Mas no fundo é um bom amigo e gosta muito de mim. Não preciso romper a amizade. Sei me defender de mulherengos.

Tema encerrado. Eu tinha coisas mais importantes para falar com ela.

— E quanto ao sinal verde? Vamos encarar tudo?

Chantal sorriu e disse, entre os risos:

— Encaramos quase tudo ontem. Não sou fresca e nem quero me fazer de difícil, Martin. Mas sempre quis transar com um cara com quem tivesse afinidade. Quero ter prazer antes do sexo, entende isso? Quero gostar a ponto de desejar algo mais. Você acha que cabeça de mulher é muito complicada?

— Só um pouco.

Chantal riu novamente. Senti que era hora de ir direto ao ponto.

— Mas cabe a você decidir o que quer fazer comigo. Diga o que você quer baseado no que viu e sentiu ontem.

— Você sabia que virgindade não é uma doença, e que eu saiba não é defeito também?

— Não me entenda mal, Chantal. Sou capaz de esperar o seu tempo.

— Tá pensando em me envolver, me conquistar, me seduzir, só para me levar para a cama? Acha que seduzida, ganhará o troféu?

Eu estava com dificuldade de demonstrar que não tinha tara pela sua virgindade. Preferia conhecê-la melhor. Sexo por sexo não cabia mais na minha vida. Eu queria mais e tinha dificuldade de arrumar tempo para atender às exigências das parceiras existentes. Pós Manu, Chantal foi a primeira mulher na minha vida que desafiou minha capacidade de namorar, e de avançar passo a passo em um relacionamento maduro. Era uma questão de pegar ou largar.

— Vamos diminuir o ritmo, Chantal.

— Como assim? - ela retrucou, talvez por ter gostado do que ouviu.

— Tivemos um primeiro contato bem fora do normal.

— Disso você tem razão.

— Há vinte e seis horas eu só te conhecia pelas histórias que Dimitri contava.

— Se não mentiu, ele não tinha muita coisa pra contar.

— Ele não disse muito além de imaginar que você gosta muito de sexo, mas que estava faltando a oportunidade para as coisas acontecerem, se é que me entende.

— Gosto demais e você nem imagina o quanto. Me masturbo quase todos os dias. Tenho um daqueles massageadores que vibram e que é meu companheiro inseparável. Engana-se quem pensa que sou virgem porque não gosto de sexo.

— Isso ficou claro ontem.

— Ainda bem. Não sei de onde veio minha coragem...

— Adorei o que você fez.

— Meu medo era que você gozasse rápido demais e deixasse a mim e as outras na mão.

— Imagina! Não caio nessa. Tenho controle total sobre meus orgasmos.

— Que bom!

A conversa estava evoluindo bem.

— Mas me conte sobre o que você mais gostou. Ou tem vergonha de comentar o que aconteceu?

— Por telefone é sempre mais fácil falar, e depois de te chupar muito ontem posso me liberar um pouco mais pra você.

— Então se libere, Chantal, mesmo que seja só por telefone. Precisamos de mais intimidade, não acha?

— Se tivéssemos mais intimidade, eu confessaria que adorei gozar chupando seu pau. E se tivéssemos ainda mais intimidade, eu diria que numa próxima oportunidade quero gozar juntinho com você. Entendeu, Martin?

— Que delícia. Se é juntinho mesmo, entendi.

— Sim, Martin. Quero gozar com você enchendo minha boca com seu néctar. Ou talvez eu devesse dizer... com sua porra.

Ela avançou no sinal verde bem além do que eu esperava. Senti que era chegada a hora de atravessar a faixa de uma vez por todas.

— Você tem compromisso para o almoço?

— Você está mudando de assunto.

— De jeito nenhum! Qualquer dia desses vou atender seu pedido com muito prazer. Neste momento só estou te convidando para almoçar. Podemos ir ao cinema depois. O que acha?

— Você tinha reservado o domingo para o grupo. Esqueceu?

— Ninguém pode hoje. Esqueceu?

— Isso quer dizer que agora sou exclusividade sua?

— Se você quiser...

— Vamos entrar no cinema de mãos dadas? – ela perguntou, tateando no escuro.

— Temos intimidade até para um pouco mais que isso.

— Este será um domingo com prazeres muito diferentes do planejado, mas com certeza muito, muito agradável.

— O que aconteceu ontem te deixou saciada?

— Por ontem, sim. Acordei pensando em você e não resisti. Te curti durante o banho e depois na minha cama.

— Que delícia, Chantal. Quero te conhecer melhor. Passo para te pegar à uma?

— Estarei pronta.

— Você vai conseguir conter a fome?

— Como assim? Que fome?

$$\int$$

A segundona começou agitada e com a agenda cheia. O telefone tocou enquanto eu tomava o café da manhã, ainda em casa. Certo de que era Manu com suas cobranças, não atendi. Para falar a verdade, nem sequer olhei quem ligou.

Cheguei ao escritório e conversei com Carol sobre a agenda. Pedi para ela que avisasse Alex que eu não queria atrasos na reunião das dez. De lá, fui direto para minha sala. Eu estava bem focado no trabalho. Pelo menos até pegar o celular para retornar a ligação de Manu antes que ela atrapalhasse o andar das negociações daquele dia.

Para minha surpresa, vi no celular que as ligações que ignorei foram de Chantal. Fiquei contente. Aquela menina mexia comigo.

Respirei fundo. Olhei pela janela. Resolvi retornar.

Cada toque no teclado do aparelho era uma batucada do meu coração. A ligação tocou até cair. Desliguei. Dei uma volta sem rumo pela sala. Coloquei um copo de água no vaso com folhas que exibiam todos os matizes de verdes. Minutos depois atendi sua nova ligação cheio de entusiasmo.

— Bom dia, Chantal! Que delícia começar o dia falando com você.

— Hoje é o dia internacional das surpresas. Dimitri acabou de me ligar. Ficou mais de meia hora me enchendo a cabeça e me alertando sobre muitas coisas.

Não gostei do tom de voz. Ela parecia preocupada.

— O que ele andou dizendo?

— Que você é o Martin Ferretti, o bam-bam-bam do *e-commerce*. Eu te conhecia de nome. Sei dos seus negócios na internet. E sei que é muito rico.

Fiquei surpreso e sem saber sobre o impacto das minhas credenciais na cabeça dela.

— E tem alguma coisa de errado nisso? Achei que o Dimitri havia contado tudo a meu respeito, gatinha.

— Não me chame assim, Martin. Não quero acumular decepções na minha vida. E não quero ser um brinquedinho na sua mão. Pedi ao Dimitri para nunca mais me procurar e peço o mesmo pra você. Nunca serei usada por ninguém.

— Calma, Chantal.

— Calma, por quê?

— Porque acho que você está agindo sem pensar. Será que podemos conversar pessoalmente?

— Não. Eu disse que não quero mais falar com você. Se não entendeu é porque não quis, Martin.

Chantal estava fora de controle e eu não sabia a razão. Eu precisava dar um jeito de lidar com aquele comportamento. Eu não queria perder aquela mulher.

— Calma, Chantal. Nós dois até temos uma pequena história de vida. Nosso almoço ontem, o cineminha. Poxa... foi tudo tão gostoso. Por que não quer repetir a dose? Quero estar com você, numa boa...

Mas ela não deu espaço.

— Nossa história acabou antes de começar.

— Espere um pouco, Chantal. Pelo menos me conta um pouco o que te deixou assim tão descontrolada. Não tenho nada a esconder.

— Estou controlada, senhor Martin Ferretti, e chateada e triste também. Ontem te contei quase tudo sobre mim e você não disse quem é, nem disse seu sobrenome.

— Eu também ainda não sei seu sobrenome – cortei-a antes que terminasse a frase.

— Não sabe porque não se interessou em perguntar. — Não retruquei, pois eu não tinha o que dizer. Aguardei. Ela completou meio a contragosto: — É Bruni, Chantal Bruni.

Respirei fundo e tentei controlar as emoções.

— Em algum momento menti sobre alguma coisa? A Chantal Bruni chegou a perguntar o meu sobrenome?

Chantal bufou, mas não desligou. Ela estava com raiva, mas senti que não queria se entregar totalmente a esse sentimento. Acho que no fundo nutria uma ponta de esperança que eu pudesse resgatá-la do inferno psicológico em que havia se metido.

— Tá, Martin. Essa você venceu. Mas não me contou quem você é. Por quê?

— Contei o que deu sobre quem sou, mas não sobre o que faço. Sou o Martin que você conheceu, e que foi embora ontem à noite querendo ficar mais com você.

— É... Eu também – disse Chantal em tom mais ameno. — Senti um vazio depois que você foi embora.

Fiquei levemente satisfeito. Percebi que a havia tirado do precipício.

— Agora, para não empurrarmos nada para debaixo do tapete conte em detalhes, por favor, e com calma, o que o Dimitri falou que te deixou tão abalada.

— Bom, ele não disse isso, mas sei que ficou revoltado porque ficamos juntos no sábado.

— Eu suspeitava disso – eu disse e logo me arrependi por ter cortado o raciocínio dela.

— Pois é. Depois ele disse que não entendeu porque eu fiz o que fiz com você e nem cheguei a tocar nele. E não acreditou que passamos o domingo juntos e não transamos. Duvidou de mim. Foi grosseiro.

Uma raiva pelo Dimitri começou a brotar dentro de mim.

— Grosseiro em que sentido?

— Ele duvidou quando eu disse que eu e você fomos ao cinema e não rolou mais nada. Na cabeça dele demos uns amassos no cinema e eu até cheguei a segurar o seu pau. Falou isso usando aquelas palavras que vocês usam e que não preciso repetir.

— Ele está enciumado, Chantal.

— É, talvez você tenha razão.

— Tenho certeza disso. Mas você ainda não disse o que te tirou do sério.

— Tenho até vergonha de dizer.

Entendi a deixa. Ela precisava ser acariciada para abrir a verdade. Eu precisava puxá-la para o meu lado.

— Se queremos a verdade entre nós, a vergonha só atrapalha.

Escutei-a respirar fundo do outro lado da linha. Aguardei pacientemente até que ela ressurgiu na linha:

— Dimitri disse que ele não tinha dinheiro para comprar minha virgindade, mas que tinha certeza de que em menos de um mês você já teria comprado.

Minha raiva por Dimitri chegou à estratosfera. Deu vontade de desligar de Chantal e ligar para ele avisando que não queria mais contato com ele e que iria tirar todo o dinheiro que ainda mantinha aplicado na corretora em que trabalhava.

— Sabe o que eu acho disso tudo, Chantal? Ele não merece nem saber que você chegou a gostar dele.

— Você acha?

— Tenho certeza. Esse cara não merece sua amizade.

— E você, merece?

Pegadinha, pensei. Era preciso ter muito cuidado com a resposta.

— Nunca sequer pensei em misturar dinheiro com o que existe entre nós. Quero que você goste de mim pelo homem que sou e não pelo dinheiro que tenho.

Ela ficou em silêncio. Refletia. Voltei à carga:

— Então? Aceita meu convite para almoçar hoje? A gente se encontra ao meio dia e meia. Vai ser um almoço rápido, porque tenho reunião às duas da tarde.

Chantal ponderou e respondeu:

— Eu topo essa rapidinha, Martin. Topo a conversa rapidinha antes que você entenda errado e se anime todo! – ela riu.

Combinamos de nos encontrar no restaurante para eu não perder tempo no trânsito e com isso correr o risco de me atrasar para a reunião.

Desliguei e a mente passou, como sempre, a formular pensamentos aos borbotões. Será que ela abordaria o assunto dos novos encontros do grupo? E se Dimitri, nos próximos encontros, tentasse se aproximar dela e forçasse a barra? Será que havia chegado a hora de formalizarmos nosso namoro? E se namorássemos, como ficaria o grupo? Continuaríamos participando da Casa dos Desejos 2?

Minha tempestade mental foi interrompida pela ligação de Carol de que eu era aguardado na sala de reuniões.

∫

— O que você vai querer de sobremesa, minha linda namorada? – perguntei para Chantal assim que o garçom tirou os pratos e tive espaço para pegá-la pela mão.

— Frutas da estação. Tenho de me cuidar. Quero continuar recebendo seus elogios – respondeu ela com um sorriso insinuante.

— Preciso agradecer o Dimitri pelo presente que me deu.

— Não gosto nem de ouvir esse nome.

— Mas é verdade – completei.

— Bom, você me conquistou de verdade. Se dependesse dele, você estaria muito longe de mim.

— Conquista recíproca – falei olhando nos seus olhos e dando uma piscadinha. — Fiquei contente que você me ligou para conversar hoje.

— Cheguei a pensar em não ligar, mas como gostei de você, quis dar uma última chance.

— E funcionou.

— Do mesmo jeito que eu disse que nunca mais participaria daqueles encontros se o tal estivesse presente. Por isso proponho eliminá-lo dos nossos papos.

— Ele quis te conquistar com o telefonema desta manhã e te afastou de vez.

— Para mim, aquele cara não existe mais.

Chantal colocou um ponto final na história. Da minha parte, eu ainda teria de administrar a crise com Dimitri.

Demos o primeiro beijo como namorados quando saímos do restaurante. Ela deu gorjeta ao manobrista e entrou no seu carro. Colocou o rosto na janela como se quisesse mais um beijo. Quando me aproximei, ela disse:

— Gostei de você pelo que é, e não pelo que faz ou possui. Não quero vida de rica com você, e prometa que nunca me dará presentes caros.

— Nunca é muito tempo, Chantal.

Acariciei seus cabelos e a puxei de leve para um beijinho na boca. Ela subiu então o vidro e foi embora lentamente. Pensei, durante o caminho de volta, em como seria a vida dali pra frente. Tudo estava mudando.

Trinta e quatro

Ao entrar no escritório fui logo falar com Carol. Minha secretária estava de cara fechada, de saco cheio. Perguntei o que tinha acontecido. Ela informou que Manu havia ligado seis vezes e reclamado que eu não atendia o celular.

— Ligo depois da reunião.

— Até lá ela já vai ter ligado mais seis vezes.

Era preciso cuidar um pouco da minha fiel escudeira. Carol valia ouro na minha vida.

— Na próxima, diga que me deu o recado e que retornarei assim que possível.

Terminada a reunião, tomei um copo d'água e retornei a ligação para Manu.

— Já sei de tudo, Martin – Manu atendeu aos berros.

— Tudo o que, Manu?

— Que você está namorando Chantal. Você não é louco de acabar com nosso grupo, é?

Como ela tinha descoberto se eu tinha começado a namorar Chantal não fazia nem três horas?

— Alguém blefou, Manu – resolvi dizer.

— Vai começar a mentir pra mim?

Manu falava com aspereza, em tom alto, com muita energia. Assumi que era mais do óbvio que ela não tinha como ter certeza do que estava falando. Eu nunca cheguei a mentir para Manu, mas também não me sentia na obrigação de ficar dando explicações sobre minha vida.

— Nosso grupo não precisa acabar, Manu. Principalmente se houver clima e tesão para novos encontros.

— Minhas curiosidades e fantasias ainda não estão totalmente satisfeitas, Martin. O Dimitri me ligou antes do almoço. Disse que você roubou a namorada dele, e que com ela no grupo ele não participaria mais.

— E ele quer continuar no grupo?

— Então é verdade, Martin?

— Uma coisa de cada vez, Manu. Ele quer novos encontros?

— Disse que sim, que pode ser o mais rápido possível.

— Vou ter de gerenciar a crise entre ele e Chantal. Os dois estão como óleo e água.

— Ela só se mistura com você?

Fiquei quieto e não caí na provocação de Manu.

— Bom, já que você está tão amiguinha do Dimitri, marque o próximo encontro e me avise. Farei de tudo para participar.

Manu retrucou de bate-pronto:

— O grupo só tem sentido com a sua participação, Martin. Pau por pau, prefiro o seu. O singelo Dimitri satisfaz apenas as iniciantes do sexo anal.

Eu entendia que os encontros e assuntos entre eu e a Manu ensejavam liberdade. Mesmo assim, ela continuava me surpreendendo com tanta objetividade.

— Pode marcar o próximo, Manu.

— Paolla vai sentir falta da ninfeta.

— É provável que ela vá numa outra vez.

— Ursulla já sabe que você e Chantal estão namorando?

— Apenas almoçamos juntos há três horas. Não tivemos tempo para namorar, ainda.

— Prepare-se para a reação da Ursulla. Já ouvi falar que mulher traída se vinga?

— Uma crise de cada vez, Manu. Aguardo a informação do que combinar com Dimitri, tá? Preciso desligar agora.

— Está com pressa? Tenho mais duas horas para ficar com você. Ou já está me trocando pela ninfeta?

— Nunca ficamos duas horas ao telefone, Manu. Minha agenda está lotada. Por agora, o que você queria, já teve.

— Vou combinar com o Dimitri. Nos falamos depois. Beijos em você todinho.

Esse assunto ainda vai render, pensei, mas apenas disse:

— Beijos em você também.

∫

Faltava falar com Ursulla. O telefone tocou. Era Dimitri.

— Tenho uma boa e uma má notícia, Martin. A boa é que a bolsa subiu e a carteira que montei pra você valorizou em mais de 2%.

— Só me preocupo com as más notícias, Dimitri. Não me deixe tenso, por favor.

— Acho que vamos ser ameaçados de chantagem, Martin. Recebi um e-mail estranho. Posso ler para você?

Dobrei a atenção.

— Ameaça? Leia.

— Não tem remetente e diz apenas: "Estão se divertindo com as casadinhas?"

— Só isso?

— Acha pouco?

— Não vi nada de chantagem. Por que você deduziu isso?

— Porra, Martin! Por que alguém enviaria um e-mail assim? O cara sabe o que estamos aprontando.

— Por que você acha que é um cara? E se for uma mulher?

— Não acho nada, Martin. Fiquei muito perturbado, mas você não, né?

— Você é casado. É por isso que está com medo?

— Acho que vem chantagem pesada para cima de nós. Mas é só um *feeling*.

— A Manu te ligou antes ou depois de você receber o e-mail?

— Antes. Eu disse que poderíamos marcar para sábado. Depois desse e-mail, estou fora.

— Não seja louco de desmarcar. A mulherada ainda quer matar muitas vontades com dois paus.

— Louco é você. Já pensou se foi algum dos maridos que enviou o e-mail? E se o cara prepara uma tocaia e atira na gente?

— Você anda vendo muito filme policial, Dimitri. Um marido traído não escreveria apenas isso.

— Nunca se sabe como uma pessoa traída agiria.

— Sugiro não esquentar muito a cabeça com esse e-mail. Manda pra mim? Quero analisar.

— Não tem mais nada para analisar. Só tem escrito o que eu li.

— Estou curioso e quero analisar os códigos. E se quiser escorregar do sábado, mande uma cópia para a Manu e dê seus motivos para não participar.

— Não quero mais desmarcar. E acho melhor não tocarmos no assunto com nenhuma delas. Quem sabe alguém dá com a língua nos dentes.

— Não vou ficar pensando nas alternativas. Isso dá hemorroida cerebral.

Dimitri poderia estar tenso, mas não conseguiu evitar a gargalhada.

— Ok, Martin. Vamos aguardar os próximos passos.

— Quem disse que haverá próximos passos?

— Quanto você quer apostar?

$$\int$$

Quase tudo já tinha acontecido naquela segunda-feira agitada. Pouco antes das seis, Ursulla completou a lista me ligando.

— Já estou sabendo de tudo, Martin.

— De tudo, o quê? – decidi sondar.

— Do grupo. Vamos continuar? E com você fora, vai sobrar alguma coisa pra mim?

Fiquei meio sem ação e sem saber até onde ela sabia ou estava apenas especulando. A impressão aumentou com o fato de ela não demonstrar raiva nem desejo de vingança, como supôs Manu.

— Boa tarde, Ursulla. Os boatos avuam, né? – perguntei entre os risos, na tentativa de quebrar o gelo.

— Me contaram como verdade e não como boato.

— Parte das respostas você já tem. E pelo que sei, Dimitri deve ter confirmado com a Manu o encontro do grupo para sábado.

— E a namoradinha vai deixar você ir?

As notícias também correm rápido, pensei. Ela sabia mais do que eu pensava.

— Ainda não falei com ela, mas você me conhece bem e sabe a resposta.

— Então me dê a outra resposta.

Ela estava preparada para conversar comigo. Era rápida nas cobranças.

— Nosso grupo terá duas formações daqui pra frente, mas sempre com dois homens. Acha suficiente?

— Suficiente? Há quanto tempo você me conhece? Quando você era o único macho do grupo multiplicava-se para dar conta de quatro.

— Atendi as outras três, e você nunca reclamou – ponderei.

— Mas agora tem mais uma. Ou esqueceu a namoradinha, Martin?

— Você é que esqueceu que ela é virgem.

— Só é virgem em um buraco, e manda bem no oral.

— Não precisamos entrar nos detalhes, Ursulla. Tudo que você precisa saber é que terá um sábado com dois paus. Espero que se satisfaça.

— Nossa, Martin. Não precisa baixar o nível – ela retrucou demonstrando estar falsamente ofendida. Eu conhecia bem Ursulla para sacar com ela funcionava. — Você está numa enrascada. As casadinhas se acostumaram com a diversão e o nível de exigência é alto. Elas aceitam o pau do Dimitri como o segundo na linha de sucessão. O seu é que está presente em todos os sonhos. Não tenha dúvidas disso.

Caramba. Ursulla usou as mesmas palavras que estavam no e-mail que Dimitri recebeu. Meu pensamento foi longe e voltou. Eu não podia, e não queria acreditar que ela pudesse fazer ameaças.

— Só as casadinhas, Ursulla? – joguei verde.

— Sou solteira e posso me virar. Elas dependem do grupo. Exceto Manu.

— Não entendi. Por que exceto ela?

— Eu é que não entendo como vai dar conta dela, de mim, da ninfeta e dos dois grupos. Já pensou nisso?

— Ursulla, uma coisa de cada vez. Começaremos com a reunião do grupo no sábado, tá?

— Está me mandando calar a boca, Martin?

— Não precisamos chegar a esse nível de estresse. Faremos uma coisa de cada vez. A bola da vez se chama sábado. Concorda?

— Se eu tiver opção de discordar quero te lembrar que hoje ainda é segunda. Está me dizendo que nesta semana só me comerá no sábado? E em sociedade com as outras?

A agressividade da Ursulla estava me incomodando. Ela estava sendo enfática demais e objetiva demais.

— Como você disse, ainda é segunda-feira. Ainda não sei muita coisa desta minha semana.

— Conta outra! Você vai trair a namoradinha já na primeira semana?

Ursulla estava avançando rapidamente o sinal e começando a se mostrar como um problema, para mim e para o grupo.

— Por enquanto estamos falando de relações sexuais, e não de traição, Ursulla.

— Vocês homens – ela disse com desdém. — Você vai contar pra ela que além do sexo grupal tem Manu e eu?

Fiquei quieto, pois eu não estava curtindo o interrogatório. Percebendo meu silêncio, e quem sabe minha irritação, emendou, em tom mais moderado e quase doce:

— Estou desconfortável com essa situação, Martin. Meus pais também não entenderão.

— Você não precisa comentar nada com eles.

— Quer dizer que eles podem ter esperanças? – ela rebateu, rindo.

— Me preocupo mais com as nossas expectativas do que com as dos outros.

— Ok, *mister*, Martin. Sem pressão. Nada como um dia depois do outro.

— Relaxa. Até mais!

— Vai sair com a namoradinha esta noite?

— Tchau, Ursulla.

— Caso acabe com a virgindade dela, cuidado para não engravidá-la na primeira transa. Já ouviu falar no golpe da barriga?

— Boa noite, Ursulla.

Bati o telefone, irritado.

∫

Entre telefonemas e despachos rápidos com meus colaboradores recebi o e-mail de Dimitri. Encaminhei-o de imediato para um detetive particular, especialista em segurança na internet. Meus amigos diziam que ele atacava e derrubava sites de empresas só para vender seus serviços de proteção. Se o Dimitri recebesse outros e-mails, eu indicaria aquele *hacker* para ajudá-lo.

Fui até a mesa de Carol para pedir que me servisse um cafezinho. Ela contou que Trevor havia ligado do Canadá. Estava exultante e pediu para me avisar que havia acabado de assinar o contrato nº 300 e que queria que eu fosse o primeiro a saber.

— Vamos convidá-lo para a festa do nosso contrato nº 1.000? – Carol perguntou.

Voltei para minha mesa e disse, pelo vão da porta:

— Quero ser o primeiro convidado!

— Sabe que essa ideia não é ruim? – Alex, que me aguardava na cadeira de visitas, se manifestou.

— *Low profile*, Alex. Nada de festas. Quem quiser que entre no site do shopping e conte quantas lojas filiadas temos. Não daremos essa informação de mão beijada para a concorrência – sentei-me na minha cadeira.

Enquanto tomávamos café, li os e-mails que acabavam de chegar.

Um deles pregou meus olhos na tela, o que fez quase que congelar o sangue.

— Viu alguma assombração, *boss*? – perguntou Alex ao ver minha reação.

— É só uma brincadeira de mau gosto.

Terminamos a conversa e liguei para a corretora em que o Dimitri trabalhava. Fui informado de que ele havia saído meia hora mais cedo. Liguei no celular.

— Acho que você tinha razão, cara – eu disse assim que escutei sua voz do outro lado da linha.

— Foi premiado também? – retrucou Dimitri.

— Acabei de receber um daqueles e-mails.

— Falei que seríamos chantageados.

— Hoje aconteceu uma coincidência muito interessante, Dimitri. Ursulla telefonou pra confirmar minha presença na próxima reunião do grupo e usou as mesmas palavras que estão no e-mail que você recebeu.

— Ela não leva jeito de que faria uma chantagem dessas. Até por que ela gosta do grupo, e de você, Martin.

Refleti por um instante.

— Não há dúvidas que um dos dois homens ou uma das quatro mulheres está por trás disso.

— Concordo, Martin. As quatro mulheres são suspeitas. Afinal, nós dois é que estamos sendo chantageados. E eu, como casado, é que tenho mais a perder.

— Preciso desligar, Dimitri. Chantal está na outra linha.

— Você me deve essa, Martin. Levei um prato especial para nosso banquete e você o está comendo sozinho.

Não gostei do que ele disse. Mas como eu não tinha tempo para esclarecer as coisas, ou estabelecer um debate, desliguei intrigado e irritado. Ele levou um prato difícil de comer e estava lambendo os beiços com os quatro que servi. Um dia eu precisaria deixar isso muito claro para ele.

Atendi Chantal. Eu precisava ouvir a voz dela.

— Trabalhando muito ainda, Martin?

— Que delicia receber sua ligação, Chantal. Como você está?

— Com saudades. Eu precisava ouvir sua voz.

Os pelos do meu corpo se ouriçaram com a ideia de sintonia entre a gente.

— Adorei que ligou, pois deu fim a uma sequência de problemas.

— No que depender de mim, nunca serei um problema na sua vida.

Aquelas palavras acalmaram minha mente. Foi o suficiente para excluí-la da lista de suspeitas do envio dos e-mails. Ela era muito inocente e não tinha motivos para fazer ameaças. Pelo menos não contra mim.

Combinamos de jantar.

Mais que isso: combinamos de jantar num motel.
Fiquei de buscá-la o mais cedo possível.

∫

Chantal entrou no meu carro antes das oito da noite. Saí em disparada para o motel. Assim que ela se ajeitou no banco, virou para mim e perguntou, na lata:

— Já gozou na boca de alguém enquanto dirigia? Diga a verdade.
— Ainda não. Você vai tirar minha virgindade, Chantal?
— Quero a melhor vida sexual possível com meu namorado. Quero te satisfazer e me saciar também. Pena que você já teve uma virgem na vida.

Senti na hora a alteração no peito. Eu estava em vias de cuspir o coração. Ela me induziu a avançar num sinal que até então insistia em se manter no vermelho.

Fomos devagar, como eu havia prometido. Queria um dia e local diferente para receber a demonstração de amor que eu sentia que ela estava próxima de me dar. Embora a noite não tenha sido marcada por sexo completo, tudo que fizemos foi maravilhoso.

No fim da noite, pouco antes de sair do carro, ela comentou:

— Nunca me senti tão bem e tão livre com um homem. E estou perdendo o medo de me apaixonar.
— Por que ter medo de ser feliz?

∫

Sexta-feira à tarde. Dimitri ligou no meu celular em meio a um expediente sufocante.

— Quer que eu leia o e-mail que acabei de receber? – ele disparou antes mesmo de ouvir minha voz.

Depois de quatro dias sem assombrações, achei que as ameaças tinham acabado.

— Diga.
— Esta é a mais grave, Martin. Lá vai: "Sei que duvida que sei de tudo. Quero receber uma grana para não botar a boca no trombone.

Os maridos com certeza gostariam de saber o que as mulheres deles farão amanhã cedo. A imprensa agradeceria a notícia de que o rei do *e-commerce* brasileiro está envolvido em uma rede de sexo e traições. Semana que vem darei instruções sobre valor e forma de pagamento para eu calar a boca." – Dimitri esperou minha reação. Eu estava atônito. Ele então, disse: — E agora Martin?

Procurei organizar os pensamentos.

— Vamos por partes, Dimitri. Encaminhe-me o e-mail, por favor. Decida-se com relação à amanhã. Você vai participar ou contará essa história para as meninas?

Dimitri não precisou de tempo para pensar numa resposta sensata:

— Contar seria estabelecer o pânico e fechar o parque de diversões.

— Porra, Dimitri. Achei que você broxaria com isso. Nosso risco é alto demais, cara.

— Deixar as meninas sem dois machos? Nem pensar. O futuro não vai mudar a história. Por outro lado, mais provas vão se acumular com o que fizermos. – A pergunta seguinte me deixou confuso. — Está com medo, Martin, ou Chantal te proibiu de participar?

— Eu apenas faço parte do rolo, Dimitri. Por enquanto, só você foi chantageado.

— Mas a ninfeta vai amanhã?

— Você bem sabe que não – respondi com sinceridade. Não havia motivos para esconder o que já era um fato consumado.

— Caralho, Martin. Então está na cara que é ela. Encontrou um jeito de acabar com o grupo e ainda vai ganhar dinheiro com isso. Por essa razão está ameaçando mais a mim do que a você.

Dimitri poderia ter sacaneado Chantal, mas eu não podia ignorar que o que ele dizia fazia muito sentido. O raciocínio ficou estocado num canto da mente para futura análise. Naquele momento, limitei-me a dizer:

— Ela é muito pura para engendrar esse tipo de crime.

— Que crime, Martin? Ela quer você só pra ela, e não quer transar comigo. A gata encontrou a fórmula perfeita.

— Pode ser.

— Mas se não é ela, quem pode ser?

— Ainda não sei. Com certeza é uma das cinco mulheres, mas da minha lista já eliminei Manu e Chantal.

— Considerando que alguém descobriu um jeito de ganhar dinheiro, desconfio das cinco. Desconfio mais das duas solteiras. No primeiro e-mail foi usada a palavra "casadinhas", lembra?

— Vamos manter o controle aqui, Dimitri. Sugiro amanhã observarmos as quatro meninas e ver qual delas está mais tensa.

Dimitri, cético, disse:

— Não descobriremos nada, Martin. A responsável pelo crime, como diz você, não participará.

Assim que ele terminou a frase, Carol, minha secretária, entrou na sala e me entregou um bilhete em que se lia: "Manu o espera ao telefone há cinco minutos e disse que não desligará enquanto não for atendida".

— Vou desligar, Dimitri, uma das meninas está pendurada no telefone querendo falar comigo.

— A Chantal não está largando do seu pé?

— Errou o tiro. É a Manu.

— Vocês ainda se casarão. São almas gêmeas. Até amanhã, Martin.

Na hora caiu a ficha de que ele adoraria que eu me casasse com Manu. Com isso, ele poderia ter uma nova chance de conquistar Chantal. Comigo no páreo, ele estava definitivamente fora da corrida. Desliguei pensando se não seria ele mesmo o autor da chantagem, mas logo abandonei essa linha de raciocínio. Afinal de contas, ele não precisava de dinheiro e a Chantal, pelo que me disse ao telefone, havia riscado o nome dele da própria vida de uma vez.

Manu iniciou nossa conversa com ironia e sarcasmo e me chamando de ex-futuro grande amor da vida dela. Seu maior interesse era saber se eu a comeria no dia seguinte. A insistência me mostrou que ela estava com ciúme de Chantal, pois chegou até a perguntar se minha namorada se juntaria a nós novamente. Intimamente dei boas risadas da vontade de Manu de querer me monopolizar. E como eu estava sem tempo para aquele drama e precisava voltar ao trabalho e encerrar o expediente, dei um passar bem e desliguei.

Li na agenda a minha lista de coisas a fazer; e vi que a próxima era reservar mesa no restaurante Brooklin. E é para essas coisas também que a gente tem secretária. A minha era bastante eficiente e já havia deixado minha noite com Chantal inteirinha alinhavada.

Liguei para confirmar o jantar. Pelo tom de voz percebi que ela estava com ciúmes, o que fez papo não ser tão bom assim. Chantal estava encanada e colocou na cabeça que eu me limitaria a levá-la ao restaurante para me preservar e não ficar cansado, e com isso precisar cancelar o programa na Casa dos Desejos 2.

Enganou-se, pois com ela eu queria tudo. Mas como eu estava cada vez mais ligado nela, resolvi traçar um caminho com calma para chegar aos finalmentes. O excesso de zelo tinha como objetivo chegar a algo grandioso para que nós dois ficássemos satisfeitos e felizes com o tipo de relação que estávamos começando a construir.

No fim da ligação, Chantal anunciou que estava feliz com a relação e que durante o jantar faria uma revelação.

Fiquei animado com isso, porque tudo entre nós estava eivado de deliciosas revelações. Será que ela estaria pronta para transar comigo? Eu deveria aceitar sua virgindade antes que ela tivesse plena confiança em mim? Será que ela estava apaixonada de verdade por mim ou apenas enciumada com a minha participação no grupo? Fiquei torcendo para que a revelação não tivesse nada a ver com a participação dela no grupo. Eu a queria longe do Dimitri.

Cheguei a minha casa com a cabeça cheia de perguntas.

Trinta e cinco

Não acredito que você não pode me encontrar e nem dar uma carona até a faculdade, Martin. — Ursulla parecia indignada ao telefone.

A ligação entrou assim que bati a porta da frente.

— Estou em casa, Ursulla. Se demorasse mais não poderia ter vindo com o helicóptero. E você sabe que gosto dele perto de mim nos finais de semana.

Ursulla fez então a voz mais dengosa que podia:

— Amanhã vai completar uma semana que não nos encontramos. Faz tempo que isso não acontece. A namoradinha ocupa todo o seu tempo?

Lá vinha Ursulla com uma ponta de ciúme também. Complicado ter que administrar essas ondas de ciúmes dela e da irmã. Mas eu estava ficando bom naquilo. Aliás, bom é pouco, eu já era um mestre naquela arte.

— Mas nos encontraremos amanhã. Você vai?

— Não perderia por nada. Pelo jeito, enquanto estiver com a virgem, você só vai poder me comer em grupo.

— Satisfação garantida, Ursulla.

— Sei disso, meu macho. Assim como você sabe o quanto desejo sexo com você todos os dias. Mas, se bem te conheço, fora do grupo você não vai ter olhos para nenhuma outra além da virgenzinha.

— Deixe disso, Ursulla. Esse não precisa ser nosso assunto principal. Temos tanta coisa gostosa pra falar!

— Sei lá, Martin. Tudo bem... Sei que você nem quer falar sobre isso, mas se eu fosse a virgenzinha, não gostaria que meu namorado participasse de um grupo como o nosso, e muito menos que transasse comigo e com a Manu, fora dele. Se é que não há outras além de nós.

Fiquei intrigado com o que ela disse. Fui capaz de ver uma ponta de ameaça em cada palavra. Fiquei em silêncio, refletindo sobre isso.

Ursulla deu uma risada forçada para quebrar o silêncio e finalizou a conversa com um pedido de desculpas, dizendo que não queria que eu me sentisse ofendido com a observação. Entendi um pouco melhor como a cabeça dela funcionava e assumi que poderia estender aquela conclusão a todas as mulheres: ela não queria que eu fizesse com Chantal o que não gostaria que fizessem com ela. Isso mostrava que, diferente de Manu, ela não se relacionava comigo apenas pelo sexo. Ursulla fez quase uma declaração de amor. Fiquei emocionado e feliz com aquela postura.

— Eu te admiro, Ursulla.

— Pena que fique apenas na admiração, Martin. Há anos desejo ser a Chantal da vez.

— A Manu sempre esteve entre nós. Acho que isso atrapalhou muito.

— Eu sei. Ela não nos perdoaria. Fui covarde e nunca confessei o quanto te amei.

— Ursulla, é melhor parar com tantas confissões para não atrapalhar os trabalhos de amanhã. Concorda?

— Concordo, mas não é só por isso. Participarei amanhã pela última vez. E só vou porque sua namorada não vai.

Muitas fichas caíram durante aquele papo. Ela disse que não participaria mais por uma questão de amor. Mas e se ela quisesse melar tudo? Se ela não pudesse me ter, e a Manu também não. Seria uma forma de atingir Chantal? No fundo fiquei um pouco assustado com a decisão. Será que Ursulla teria outros objetivos ou realmente não gostaria de me ver com Chantal e com as outras meninas? Aliviei o papo e estimulei sua participação. Mas num lugar obscuro da mente, não me perdoei por pensar que ela poderia ser a chantagista, como supunha Dimitri.

— Ursulla, te espero amanhã. E sem velas de enterro, tá? As casadinhas estão sedentas e excitadas com a presença do Dimitri. Amanha será sua vez de transar com dois homens?

— Quero curtir muito, Martin. A fantasia com dois homens está na lista das que já imaginei, mas não faço questão de realizar.

— Que aconteça o que tiver de acontecer, né?

Ursulla ainda me segurou na linha para dizer que muita coisa podia acontecer. Ela defendeu a ideia de que um grupo desse tipo não podia durar muito tempo e que sabíamos que a probabilidade de dar merda era enorme, sobretudo para as casadas.

Da minha parte, eu era solteiro e não havia risco algum. Se meus amigos descobrissem, que se danassem. Eles que tratassem de cuidar melhor das suas mulheres. Eu não me sentia nem um pouco culpado por satisfazer as fantasias delas uma vez que eles não eram capazes disso.

Mesmo assim, Ursulla chamou minha atenção para o fato de que não tínhamos como saber o que os maridos traídos seriam capazes de fazer comigo caso descobrissem.

Então, pensei, havia chegado mesmo a hora de permitir que Chantal desse uns pulos de alegria e acabar de vez com essas brincadeiras na Casa dos Desejos 2, e fechar o parque de diversões, como Dimitri chamava a casa.

Em vez de seguir no papo, me despedi e fui para o banho.

Conclui que seria difícil convencer as meninas, ou pelo menos Manu, desse "encerramento das atividades".

Ou talvez eu só precisasse dar a elas mais uma dose completa e excessiva de sexo para que ficassem satisfeitas de uma vez por todas.

∫

Saí para buscar Chantal com o objetivo de juntar pistas para identificar quem poderia ser o, ou a chantagista. Tanto ela quanto Ursulla tinham razões de sobra para tentar acabar com o grupo. Mas duvidar da integridade delas era muito difícil. Por que a chantagem? Por que pedir dinheiro? Seria para despistar? Pensei tanto em tudo aquilo e nos alertas de Ursulla que até esqueci da revelação que Chantal faria naquela noite.

Meu carro andava no piloto automático, pois eu nem sabia a que velocidade estava dirigindo e nem para onde estava indo. De repente, me vi estacionando em frente à casa dela. Dei um toque na buzina e Chantal apareceu na rua. Foi tão rápido que ela bem que poderia estar me esperando atrás da porta, quem sabe fazendo tocaia numa janela.

Desci para abrir a porta e fiquei quase paralisado diante de tanta beleza e graça no andar. Parecia que uma das estrelas do céu tinha ajustado o foco sobre ela. Seu corpo todo tinha uma luz única. Quase dei um murro no meu coração para que se acalmasse. Aquele corpo, aquele mulherão, me deixou com a respiração ofegante e a mente descontrolada. Os cabelos soltos se movimentavam no sentido inverso ao do corpo. Cabelos para um lado e o balanço do corpo para o outro numa fluidez sem igual. Um lindo colar de pérolas brancas ornava o decote generoso. O vestido vermelho muito justo cobria apenas da metade para baixo dos seios e até um palmo acima dos joelhos.

Não sei se foi por falta de atenção ou por alguma outra confluência do destino, mas nos encontros anteriores eu não havia percebido que suas coxas eram tão bem torneadas.

— Boa noite, meu namorado. Vim pronta para nosso jantar romântico – ela disse ao entrar no carro com a voz doce e segura de uma fêmea madura.

Demos um beijo discreto, sob os olhares das janelas da casa. Bati a porta com cuidado e dei a volta no carro para ver que a minha tinha sido aberta. Entrei e agradeci. Ela disse que tinha visto isso em um filme, que o protagonista fazia o teste da porta com as mulheres com quem saía pela primeira vez.

Assim que fechei a minha, demos um segundo beijo – esse um pouco mais longo – antes de partirmos para o restaurante.

— Agora me conte sobre a tal revelação, Chantal? Estou curioso.

Ela não respondeu de imediato. Assumi que estava se resguardando para dizer algo especial. Depois do suspense, disse de modo muito meigo:

— Estou apaixonada por você.

Parei o carro de qualquer maneira, com duas rodas sobre a calçada para não atrapalhar o trânsito e olhei bem para ela.

— Valeu a pena esperar, Chantal. É muito gostoso ouvir isso. Nossos sentimentos estão bem parecidos.

— Jura? – ela perguntou visivelmente animada.

Tem horas que um beijo fala com mais força que palavras.

— Vou pedir o melhor champagne assim que chegarmos ao restaurante.

— Essa comemoração pode ser perigosa, Martin.

— Você pode beber perigosamente. Eu voltarei dirigindo.

— Aí é que mora o perigo. Apaixonada e bêbada. Isso aguça minhas vontades e diminui a resistência.

— Não se preocupe, Chantal. Não vou abusar de você.

— Que pena – ela murmurou, segurando com força minha nuca e cravando de leve as unhas nos meus cabelos.

— Esta é a noite das revelações?

— Não, Martin, tudo faz parte da mesma revelação. Eu sabia que a paixão libertaria meu desejo de ser uma mulher completa. Quero ser sua.

A confissão exigia mais um beijo. Notei que minha ereção estava camuflada pelo escurinho do interior do carro. Ainda bem. Eu parecia um adolescente descontrolado e estimulado com as declarações que ela fazia. Mas algo me dizia que aquela não era a noite para eu avançar o sinal. Será que ela desejava que aquela fosse a nossa primeira noite de sexo pleno? Será que ela tinha se revelado só para pedir para eu não participar mais do grupo? Seria aquela uma forma de chantagem? Eu não queria essa palavra fazendo parte do nosso dicionário. Ela me amava e isso me impedia de aceitar que ela poderia ser a chantagista. Lembrei que a primeira transa com Manu foi planejada e muito curtida antes, durante e depois dos preparativos. Não deveria ser diferente com Chantal, por mais que eu estivesse alucinado por ela.

O beijo foi recompensador. Ela se agarrou nos meus cabelos e me beijou com impaciência. Desceu a mão até minha cintura e levantou a camisa. Acariciou e arranhou meu peito. Afastou um pouco a boca, e entre os dentes e os lábios, gemeu e sussurrou:

— Eu te amo, Martin. Quero que seja meu homem.

Ela tremeu o corpo ao tocar minha ereção. Fez um pouco de esforço para abrir o zíper da calça até que alcançou meu pau e disse gemendo que queria beijá-lo. Eu sabia que ela não resistiria ficar apenas naquilo.

Ela então o tirou da cueca e o enfiou na boca com determinação.

— Está gostoso demais, sua louquinha – eu disse acariciando seus cabelos. — Assim não vou conseguir aguentar por muito tempo.

Ela livrou um pouco a boca e olhou para mim.

— Quem disse que você tem de aguentar? – e o engoliu mais uma vez até meu completo prazer.

Gemi e me contorci no banco, ofegante de tanto tesão. Me percebendo saciado, ela levantou a cabeça e olhou para mim. Eu disse, olhos nos olhos com ela:

— Você quer me deixar loucamente apaixonado por você?

— Nada disso, Martin. Quero viver um grande amor, sem barreiras, sem restrições, ficar plenamente realizada, e te satisfazer como homem.

Agradeci aos céus pela disposição dela. Era muito mais do que eu poderia esperar. Pensei numa forma de retribuir o que ela estava me dando e notei que o carro não permitia que eu tentasse lhe dar prazer ali. Sugeri irmos logo para o restaurante. Eu estava pensando num jeito louco de fazê-la gozar.

— Com seu pau, Martin? – ela perguntou espantada assim que contei minha intenção.

— Pensei em outra coisa, Chantal. Com meu pau, só se fôssemos ao banheiro.

Pelo brilho nos olhos dela, vi que a mente rodopiava de expectativa.

— Você conhece o restaurante. Dá para usar o banheiro?

— Danadinha. Você vai gozar com meu pau, mas em um local e dia especial. Não hoje. Para a loucura desta noite quero que você entre no restaurante sem calcinha.

— Só se o ambiente for muito escuro. Reparou no comprimento do meu vestido. Como você está pensando em me fazer gozar?

— Isso é por minha conta. Apenas tire a calcinha e a guarde na bolsa.

Estacionei o carro longe da entrada. Desci rapidamente, dei a volta no veículo e a ajudei a sair. Quando o manobrista chegou, ela já estava com o vestido esticado pouco acima dos joelhos.

Escolhi a mesa no andar de cima, no canto mais discreto e escuro do ambiente. Ela se sentou no sofá e eu à sua frente. Fiquei descalço. Já estava sem meia. Uma vez que a mesa era coberta com uma toalha de bordas longas, meu pé começou a alisar sua panturrilha no mesmo instante em que o garçom anotou o pedido do champagne.

Ao vê-la revirar os olhos pela primeira vez, Chantal pegou o celular, digitou uma mensagem. Nem dez segundos foram necessários para o texto aparecer no visor do meu aparelho. Estava escrito: *"Você está pensando em fazer o que estou pensando?"*

Fiz que sim com a cabeça e esperei meio temeroso pela reação. Se tivesse tentado, nunca adivinharia o que ela escreveu na outra mensagem:

"Que delícia! Vou colocar a oferecida ao seu alcance."

Apontei-lhe o dedo e disse em voz baixa: Você é uma delícia.

O champagne chegou. Brindamos mais de uma vez. Bebemos em pequenos goles. Secamos a primeira taça rapidamente. Completei a dela e a minha. Falamos da decoração do local, da casa cheia e de outras amenidades. Ela pegou novamente o celular e digitou mais uma mensagem:

"Por que está demorando? Estou molhadinha faz tempo."

— Não estou demorando. Só queria que ficasse com fome – respondi num tom normal de voz.

Ela perguntou de imediato:

— Mais fome do que já estou?

Enviei uma mensagem:

"Vou te excitar, deixe para gozar durante o show. A música é alta e se você gritar o povo vai achar que está adorando."

Ela olhou para mim, deu um sorriso e disse:

— Se eu gostar, dançarei no sofá e gritarei mesmo.

Nosso riso foi interrompido quando lambuzei o dedão do pé naquele grelo melado. Ela se mexeu, subiu e desceu no sofá, e se ajustou no meu pé. Durante o primeiro *show* gritou e aplaudiu muito.

— O jantar está delicioso, Martin. E o champagne maravilhoso.

— Quando terminarmos o primeiro prato, mudarei de lugar. Quero assistir o resto do espetáculo ao seu lado. Já pensou o que posso fazer com as mãos livres?

— Por mim pode mudar já de lugar. Não preciso nem de sobremesa.

O restaurante estava lotado. Havia mesas com casais e outras com grupos de pessoas. Dois aniversariantes receberam o reforço dos cantores da casa na hora dos parabéns. Todos felizes e interessados no que acontecia em seus próprios lugares.

— Escolhemos a mesa certa – eu disse. — A coisa está ficando mais romântica do que imaginei.

— Deixe de ser safado. Quando me pediu para vir sem calcinha é porque já sabia tudo que poderia fazer. E agora, por que está demorando para mudar de lado?

Chamei o garçom, pedi mais uma garrafa de champagne e fui sentar ao lado dela. Demos um beijo e anunciei que iria ao banheiro lavar as mãos.

— Se o ambiente permitisse, pediria para você lavar tudo, Martin. Vi o tamanho desse carente quando atravessou a minha frente.

— Percebi que você olhou. A noite está apenas começando, Chantal.

Fui obrigado a manter as mãos nos bolsos no caminho de ida e de volta do banheiro. Fiquei preocupado que as pessoas pudessem reparar o volume indisfarçável nas minhas calças. Sentei-me ao lado dela. O garçom tinha completado as taças com o espumante. Nossos olhos falaram de amor e tesão quando fizemos mais um brinde. Ela deu um pequeno gole e comentou:

— Se eu beber mais uma taça, dançarei em cima da mesa.

— Que delícia. – Dei um beijo perto de seu ouvido e uma mordiscada na orelha. — Então já está no ponto em que posso abusar de você?

— E por falar nisso, já que sei das suas intenções, faça-me o favor de baixar o zíper da calça. Quero segurar nele durante o abuso.

O *show* dos cantores rolava solto. O ambiente estava escuro à nossa volta e a toalha da mesa nos encobria da cintura para baixo. Não tínhamos com o que nos preocupar. Nos dois *shows*, que aconteceram a cada vinte minutos, ela voltou a gritar e a aplaudir muito.

Quando deixamos o restaurante e entramos no carro, ela disse que o Brooklin passou a ser seu restaurante preferido.

— Eu te amo, e quero ter total liberdade com você. – Agarrou-se ao meu pescoço e começou a chorar e dizer: — O efeito do álcool passou há muito tempo, Martin, mas estou bêbada de amor por você. Nunca me senti tão feliz.

No caminho para a casa dela falamos muito sobre nossas vidas e sobre a explosão do nosso amor. As revelações mútuas, desde o início do nosso relacionamento, nos tornaram transparentes. Já conhecíamos o interior um do outro e nossos pensamentos voavam na mesma direção.

Ao estacionar o carro em frente de sua casa ela olhou para mim com uma expressão muito triste.

— Não se preocupe demais com a reunião – eu disse ao perceber que ela se lembrou do encontro com as meninas. — Você sabe que é apenas sexo.

— Para Manu e Ursulla, que são apaixonadas por você, é muito mais do que sexo.

— Mas amor é o que nós dois estamos vivendo. Tudo com elas é muito diferente.

— Tudo mesmo. Elas transam com você de cabo a rabo. Elas dão a você o prazer que uma virgem apaixonada ainda não deu.

As palavras saíram com uma mistura de tristeza e ressentimento. Sobrou para mim ter que abordar o tema com a maior clareza possível. Não me restava alternativa.

— É gostoso e você sabe que não posso mentir sobre isso. Mas o prazer que tenho com você é diferente. Sexo com paixão é muito melhor.

— Quero ser sua, meu amor. Assim não precisará transar com elas.

— Mas você ainda não é completamente minha. E por sua própria opção, que respeito. Quanto à Casa, elas precisam transar comigo mais do que eu com elas. Essa foi a razão de termos criado esse grupo.

— Mas...

Cortei-a antes que terminasse a frase.

— Não quero que você seja minha apenas para eu não transar com elas.

Ela balançou a cabeça em sinal positivo e disse:

— Quero ser sua porque te amo. Lógico que imagino que quanto mais eu te satisfizer sexualmente, menos você desejará ter outras mulheres.

Meus pensamentos foram ainda mais adiante.

— Nosso relacionamento sexual já é maravilhoso com o que fizemos até aqui. Eu já não preciso mais de outras – eu disse, convicto.

Ela abriu um sorriso delicioso.

— Jura, meu amor? É verdade, ou você está dizendo isso apenas para me agradar? Você se satisfaz mesmo sem penetração?

— Você me satisfaz plenamente, Chantal.

— Acho o mesmo que você. Mas só posso ter certeza quando você me penetrar. Quero muito sentir você todo dentro de mim.

Nossa sintonia me deixava muito feliz, mas ainda faltava deixar um ponto claro para evitar dúvidas no futuro.

— E você está conseguindo o que quer.

— Como assim? – ela retrucou numa expressão de dúvida.

— Você queria transar só quando estivesse amando.

Chantal avançou por cima do freio de mão, envolveu meu rosto com as duas mãos e deu um beijo apaixonado na minha boca.

— Desejo de transar eu sempre tive. Só que agora, com você, o desejo beira o incontrolável. Quero me entregar de corpo e alma pra você, Martin. Que tal agora?

Minha resposta foi um sorriso. Aceitei o beijo e dei outros em troca. Eu estava muito feliz com tudo aquilo e com o rumo que nossas vidas estavam tomando.

— Vou te receber de corpo e alma, meu amor.

— Quando, Martin. Quando? – ela perguntou olhando para mim com cara de quem só aceita um tipo de resposta.

— Quando você estiver pronta. Quando chegar a hora certa.

Chantal recolheu-se em pensamentos. Aguardei, ansioso. Na certa ela estava matutando sobre o que eu havia acabado de dizer.

— Que tal passarmos o domingo juntos? – ela perguntou, os olhinhos explodindo de curiosidade.

— Por mim, fechado – respondi.

— Num motel, né? – ela rebateu.

— Lógico que não!

— Como não? – ela perguntou com indignação. — Agora que eu quero tudo com você, meu amor!

Fiz um carinho no rosto dela, dei um beijo de leve na sua boca e disse:

— Merecemos mais que um motel. Faz dias que venho pensando no grande evento.

— E como vai ser?

Não achei que deveria contar tudo para não acabar com a surpresa.

— A única coisa que vou adiantar é que iremos de helicóptero para uma ilha.

— E o que mais?

— É só o que vou dizer, por agora.

Chantal esfregou as mãos de curiosidade. Os olhos rodopiavam nas órbitas à procura de alguma pista. Ela sabia que eu não contaria mais do que aquilo. Não adiantava insistir. Além do mais, eu sabia que ela confiava em mim. Eu não iria decepcioná-la e o que havia planejado tornaria o dia nada mais do que inesquecível.

— Tenho o maior tesão em voar de helicóptero. A notícia de que andou pensando no nosso grande dia me deixa ainda mais apaixonada por você.

— Aprovou a sugestão?

— Se aprovei? Eu estava disposta a transar no banco de trás do seu carro, meu amor.

— Que bom! Acertaremos os detalhes amanhã à tarde, Chantal.

— Depois de você transar com toda aquela mulherada, né?

Uma nuvem negra baixou sobre a luz de seus olhos.

— Risque essa parte do dia. Acorde após o meio-dia. A partir daí serei só seu.

— Jura que ficará só até o meio dia, Martin?

A coitadinha já tinha aceitado me dividir. Ela crescia cada vez mais no meu conceito.

— Irei embora ao meio-dia. Se elas quiserem, poderão continuar se divertindo com Dimitri. Amo você, Chantal.

Avancei no banco e dei mais um beijo apaixonado nela.

— Eu é que te amo.

Com um sorriso doce ela me respondeu:

— Só quem tem muito amor e compressão é capaz de se despedir do namorado com um beijo, sabendo que em poucas horas ele estará transando com outras mulheres. Queria ver se fosse o inverso.

— Concordo com você. Não sei como seria. A única vantagem é de que você não está sendo enganada. Não há mentira e traição entre nós.

O beijo de despedida ficou longe do aceitável. Sob ótica e razões diferentes, nenhum de nós estava feliz com o que aconteceria na manhã seguinte.

Trinta e seis

Ursulla entrou no meu carro falando dos seus desejos antes mesmo de me cumprimentar.

— Decidi que quero dar muito para você hoje.

— Bom dia, Ursulla. Pelo jeito acordou bem disposta.

Ela esticou a mão, agarrou minha nuca e me deu um beijo sedento.

— Não sei de onde veio tanto tesão, Martin. Pena que ainda terei de esperar alguns minutos para ter você dentro de mim.

— Pelo que vejo, você veio com a sede de uma primeira vez.

Ursulla estava a mil por hora, e, o mais importante, com muito tesão. Mas deixou claro que queria transar comigo, só comigo e queria distância de Dimitri. Se a atitude dela se repetisse em todas elas, eu tinha que arrumar uma forma de me preparar para atender à mulherada.

— Vocês pensam que só os homens têm malandragem, fogo e sabem falar sacanagem? Vocês ficariam vermelhos se ouvissem os papos que rolam entre as mulheres. Basta dar liberdade e fazer a coisa direitinho. E eu estou doida pra fazer tudo bem direitinho.

— Nem todas são assim, né, Ursulla?

— Como diria Nelson Rodrigues, apenas as normais, ou seja, as liberadas. A santinha da sua namoradinha deve ser diferente.

Eu não queria que o nome de Chantal fosse citado o tempo todo naquela manhã. Com certeza Manu e Dimitri também a incluiriam nas conversas. Para não dar margem a especulações, decidi, ao acordar, que eu não responderia a nenhum comentário ou provocação.

Eu amava Chantal e se pensasse na sua candura e no amor que nutríamos um pelo outro, eu perderia a disposição de satisfazer as mulheres da Casa.

Não foi difícil. Assim que entrei, percebi que estávamos todos prontos e dispostos a fazer muito sexo.

Durante algumas horas fizemos todas as variações que a criatividade permitiu. Algumas posições faziam parte dos sonhos ou das exigências delas. Ao redor do meio-dia anunciei minha partida. Enquanto Manu, Paulinha e Anabella protestaram, Ursulla disse que sairia comigo. Manu, que nos últimos tempos andava muito desbocada, dirigiu-se ao Dimitri:

— Faz quase uma hora que você está funcionando a meia bomba. Acha que aguenta ficar um pouco mais?

Meio desconcertado, ele respondeu:

— Sexo não é feito só com o pau. Podemos continuar a farra, enquanto tento recuperar as energias.

Eu não sabia se Manu estava revoltada com a minha saída ou com o fato do Dimitri estar com pouco gás. Por mim, não fazia a menor diferença. Eu estava de saída mesmo e destinado a curtir Chantal pelo resto do final de semana.

— Para fazer sexo sem pau, não precisamos de homem – Manu disse, desdenhosa. — Pouco pau as casadinhas têm em casa. Nossa diversão aqui é outra, né, Martin?

Fiquei em alerta, pois ela usou duas palavras que constavam no primeiro e-mail que Dimitri recebeu. Analisei o resto do que ela disse, mas não encontrei ali nada que indicasse que ela estivesse por trás das ameaças. Justo ela, a idealizadora do grupo, seria a responsável pela chantagem? Matutei um pouco e tive que aceitar outra possibilidade: a de que ela tenha sugerido a formação do grupo justamente com essa finalidade. A princípio achei absurda a ideia, mas conhecendo a Manu como eu conhecia e sabendo do ciúme que ela nutria por Chantal, não descartei de todo a ideia. Paolla, que era meio inibida, entrou na dela e disse:

— Se não tivermos pau, eu mesma dou prazer para as meninas.

Anabella, desconfortável com a pressão sobre Dimitri, ficou do lado do novo amigo:

— Você foi ótimo, Dimitri. E cumpriu muito bem o seu papel. As meninas estão mal acostumadas. Poucos homens conseguem se controlar e foder como o Martin.

— É verdade, Dimitri – disse Manu. — A Belinha tem razão. Você foi perfeito. O Martin é que nos viciou a muitas horas de pau. Nos viciou e agora vai embora. – Manu se voltou para mim, que já estava praticamente vestido, e arrematou: — Por que tanta pressa? Está nos trocando pela namoradinha?

Namoradinha, Chantal, tanto fazia. Eu não me rebaixaria àquele tipo de provocação. Por isso, apenas respondi:

— Você não tem motivos para reclamação, Manu.

— Motivos eu tenho, Martin – disse ela, nua e raivosa. — E de sobra. Mas é melhor não começarmos outra discussão.

Não entrei na dela. Não valia a pena. Na verdade, ignorei-a por completo. Sugeri então que Ursulla se vestisse e falei para as meninas que elas poderiam decidir com calma se continuariam ou não. Manu voltou à carga:

— Reclamo que na dupla penetração só o Dimitri comeu o meu rabinho. E você se esquivou de fazer as outras posições que sabe que gosto. É disso que estou falando, Martin.

— Será? – rebati assim que afivelei o cinto.

— Sim. Só por isso. Não é ciúmes e nem acho que você está se preservando. Pelo que vimos, a virgenzinha não gosta muito de pau.

Manu olhou para as meninas à procura de apoio ou aprovação. O tiro saiu pela culatra. Anabella entrou na conversa e pôs fim à discussão e à reunião.

— Você ainda não resolveu sua paixão pelo Martin, né Manu? A história de vocês ainda não acabou. Dá pra ver isso. – Manu olhou para Anabella visivelmente indignada. Anabella não se intimidou, deu-lhe as costas para recolher as roupas do chão e ainda disse: — Mas esse papo todo acabou com o meu tesão. Não tem mais clima para sexo. Pode me dar carona também, Martin?

— Fique – vociferou Manu. — Pelo visto hoje será a última reunião deste grupo. Vamos aproveitar o quanto pudermos. Deixe o Martin levar Ursulla.

A história deles é que não está resolvida, e ele ainda tem de dar conta da virgenzinha. Deixe que saiam curiosos sem saber o que estão perdendo.

O ambiente tinha ficado pesado.

Anabella, numa clara demonstração de resiliência e compaixão, me liberou com elegância:

— Vá tranquilo, Martin. Eu vim com elas, volto com elas.

Ursulla ficou pronta e me pegou pela mão. Dei um tchau geral e caminhamos até a porta.

— Vão embora sem nem uma despedida? – gritou Manu. — Você comeu a gente até agora e vai embora sem nem mesmo um último beijo?

Parei a meio caminho da saída. Ursulla insistia em me puxar pela mão. Analisei minha posição por um instante: uma irmã gritando comigo de um lado e a outra me puxando pela mão do outro. Liberei a mão da de Ursulla, me virei e disse:

— Foi bom enquanto durou. Bom fim de sábado a todos.

A consternação foi geral. Olhei para todos aqueles corpos nus e tive a impressão de ter dado pausa num filme pornô de baixa qualidade. Dei as costas para todos, abri a porta, peguei Ursulla pela mão e bati a porta assim que passamos.

Ao sairmos com o carro pelo portão, Ursulla fez uma constatação óbvia:

— Minha irmã nunca te esqueceu, Martin. E eu sempre gostei de você. Agora, nós duas te perdemos. Todas perderam.

Ali mesmo me dei conta de que Ursulla ainda era um rabicho do grupo que precisava ser cortado.

— O grupo se extinguiu como uma chama que se apaga por falta de oxigênio. Um dia isso aconteceria. Era uma questão de tempo apenas.

Ela demorou alguns segundos para assimilar o golpe. Enfim, pegou a minha mão e deu seu parecer:

— Mais ou menos. Neste caso o oxigênio tem o nome – ela disse e apertou minha mão.

— Mas você concorda que não poderia durar por muito mais tempo?

— Para mim, já tinha acabado. Mas a Manu não tem limites. E as outras são muito influenciadas por ela.

Ainda bem que já estávamos próximos da casa dela. Havia muita cobrança embutida nas suas palavras. Eu estava meio aliviado com o desfecho de tudo, mas chateado pelo sentimento de perda manifestado por Ursulla. A duzentos metros de casa ela pediu para eu parar o carro. Queria um beijo de despedida.

— Só estamos nos afastando sexualmente, Ursulla. Continuaremos bons amigos, como sempre fomos.

Ela baixou o quebra sol e se olhou no espelho. Arrumou os cabelos, a gola da blusa e com o dedo limpou disfarçadamente uma lágrima dos olhos e disse:

— Afastar-me sexualmente de você significa o enterro de muitos desejos e esperanças. Só a perspectiva da separação me deu a dimensão do meu amor por você. Se eu tivesse confessado há mais tempo o quanto te amo, talvez tudo seria diferente, não é, meu amor? – ela fez um breve silêncio. Outra lágrima escorreu. Ursulla a deixou cair e disse: — Eu sempre quis te chamar de "meu amor".

A cena me deixou comovido. Percebi que eu também gostava muito dela e que deixá-la ir não seria tão fácil como a abertura da porta do carro e um aceno de mão.

Por isso, pensei bem no que dizer e disse assim que me senti preparado para isso:

— Não sei se o que vou falar ajuda ou prejudica, mas muitas vezes senti que te amava muito, Ursulla. Mas a sombra da Manu impedia que nosso relacionamento brilhasse como poderia.

Ao terminar, notei o quanto eu estava emocionado e com a voz embargada.

— Concordo, Martin – ela disse, com os olhos baixos. — Tive medo da reação dela. Todas as vezes que pensei em expor meus sentimentos pra você, pensei mais nela do que em mim. Sei que agora é tarde, mas estou confortada por saber que em alguns momentos fui amada por você.

— Continuaremos amigos, Ursulla.

Em silêncio, ela abriu a porta, desceu do carro e caminhou sem sequer olhar para trás. Meu coração afundou. Assim que ela sumiu, dei a partida no carro e segui meu caminho.

∫

A primeira mensagem de SMS chegou assim que entrei na minha casa.

"*Te amo. Em menos de vinte e quatro horas você tatuará sua entrada em minha vida. Te receberei com muito amor. Beijos apaixonados, Chantal.*"

Respondi

"*Oi, Chantal. Eu também estou contando as horas. Quero todos os seus beijos apaixonados.*"

Em seguida

"*Oieeee. Que delícia que já está comigo, meu amor (adoro te chamar de meu amor, sabia?). Permaneça comigo e eu sempre te farei plenamente feliz. Nunca mais precisará de outras mulheres. Beijos muito apaixonados.*"

Resolvi ligar. As mensagens por SMS têm um limite do que pode ser dito e compartilhado.

— Boa tarde, meu amor. Adoro trocar SMS com você, mas estava doido para ouvir sua voz.

— Jurei que não perguntaria como foi sua manhã – ela disse de modo tímido. Pelo que pude sentir, Chantal estava nervosa e ressabiada.

— Não precisa quebrar seu juramento, eu mesmo te conto, sem você pedir – disse com muita calma. — Você vai gostar de ouvir tudo que tenho para contar.

Relatei as cobranças da Manu, as reações das meninas e, principalmente, da Ursulla. Ela ficou feliz com a falta de clima para o grupo continuar se relacionando. Omiti todo o resto, mas ela perguntou se a mulheres conseguiram atingir os objetivos da transa. Contei a verdade: elas curtiram, mas eu, nem tanto; eu estava lá só para satisfazê-las sexualmente, o que me pareceu, pela primeira vez na vida, um trabalho forçado.

Insisti para que mudássemos de assunto, já que aquele havia morrido com o término do grupo. Sugeri falarmos sobre o domingo por vir e sobre minha ideia de fazer uma viagem. Em vão. Chantal achava que jamais esqueceríamos o grupo, tanto pelos bons quanto pelos maus momentos. Ela não sabia das ameaças, nem de todas as grosserias de Manu. A única coisa boa que saiu daquele grupo foi o fato de termos nos conhecido ali. Não tínhamos como esquecer que a Casa dos Desejos 2 foi a raiz do nosso futuro.

E como no dia seguinte faríamos uma viagem especial, resolvi mudar a pauta.

— Apesar da viagem de amanhã ser curta, sugiro que você leve biquíni.

— Para onde vamos mesmo? – ela jogou verde para ver se eu estava desligado e iria entregar maduro.

— Surpresa. Mas posso contar que a piscina do bangalô é só nossa e tão reservada que dá até para tomarmos banho nus, se você quiser.

A oportunidade da privacidade total não mexeu muito com ela, mas outra ideia que eu não havia considerado sim.

— Não me conte com quem já fez isso, Martin.

Caí na gargalhada.

— Participei de uma convenção naquele hotel. Você ainda me conhece pouco, Chantal. Realizaremos nosso sonho em um lugar puro como você, meu amor.

— Desculpe-me, meu amor. Não sou de ferro. Tudo está acontecendo tão rapidamente entre nós. Não consigo afastar da minha mente o que você fez hoje de manhã.

Estranho, mas fiquei contente que ela estava tensa. Eu ficaria preocupado se não estivesse. Sem eu querer, ela retomou o assunto sobre o grupo. Assegurei que era mesmo o fim dele, até que ela se acalmou.

Marcamos de ir ao cinema. Chantal topou, mas disse que queria voltar cedo. Alegou que tinha dormido mal a noite anterior em razão da expectativa na Casa dos Desejos 2 e queria estar recuperada para o grande dia.

∫

Um tapete vermelho de 15 metros se antepunha à escada do helicóptero. Estava forrado com pétalas de rosas brancas. Chantal ficou radiante, como eu esperava. Deu-me um abraço forte e falou no meu ouvido:

— Se você queria me emocionar, conseguiu.

— Desejo que apenas pétalas lindas e perfumadas cubram nossos caminhos. Sem espinhos.

Ela olhou para mim e deu um sorriso meigo. Enxugou delicadamente com o dedo algumas lágrimas e se desculpou. Sem avisar, tirei o mocassim e depois os sapatos dela. Peguei-a pela mão e a convidei para caminharmos juntos, descalços e lentamente, sobre as pétalas, até a escada diante da porta do helicóptero. Ao chegarmos ali, peguei-a no colo e a coloquei de pé no primeiro degrau. Ela se apoiou com cuidado e murmurou em meu ouvido:

— Eu não esperava por isso, Martin.

Chantal então jogou o corpo sobre o meu e me apertou com força.

Eu estava sonhando com o que ela ia me dar, e apesar da pressa para chegar ao nosso destino, não queria perder por nada aquele momento, nem o que pudesse acontecer pelo caminho. Sentados, mas ainda sem os cintos afivelados, solicitei autorização de decolagem para o controlador de voo. Para minha decepção, recebi a informação de que o céu em Angra dos Reis não estava propício para voo, e que eu deveria retornar com novo pedido uma hora mais tarde.

Inconformado, liguei para o hotel pelo celular e confirmei nossa reserva.

Senti muito pelo atraso, mas Chantal soube me tranquilizar e tirar dos meus ombros a culpa que veio a reboque. Ela tinha razão: como eu poderia prever que a entrada de uma frente fria impediria o tráfego aéreo naquele exato momento?

E para matar a fome e o tempo, enquanto esperávamos, tirou da bolsa e me surpreendeu com sanduíches de *peanut butter* com geleia de morango. Ela estava mesmo disposta a me conquistar e estava conseguindo. O cuidado que tinha comigo eu só havia experimentado com Manu. Notei ali que todas as outras mulheres com quem me relacionei ao longo dos anos não queriam de mim nada além de sexo. Eu não tinha do que reclamar. Muitas vezes tive mais prazer do que jamais pude imaginar. Sexo era bom, claro, mas ser mimado, e, sobretudo, amado de verdade, era o céu.

Decidimos voltar para o carro. Segundo a previsão dos controladores teríamos aproximadamente quarenta e cinco minutos de espera.

Aproveitamos bem o tempo fechado. Namoramos bastante e fizemos mais do que todas as preliminares que seriam possíveis durante o voo, além das previstas para o hotel.

Vencido o prazo previsto, voltei ao helicóptero e fiz uma nova solicitação de decolagem. A notícia foi péssima. Estabeleceram mais uma hora de prazo. E pior, sem garantia alguma de que o tempo permitiria decolagem. Voltei para o carro e expliquei a situação para Chantal. Liguei para o hotel e mais uma vez confirmaram a intempérie e perguntaram se eu deseja cancelar a reserva. Fiquei na dúvida se deveria abortar de vez a missão. Deixei a decisão para a próxima hora.

Mesmo com esse contratempo, na verdade a hipótese de adiarmos tudo, Chantal estava de bom humor. Demos um beijo nervoso. Estávamos tensos, talvez pelas preliminares, que nos deixaram em ponto de bala enquanto o mau tempo insistia em jogar água fria na nossa fervura.

Saímos do carro de mãos dadas e andando até a primeira padaria que encontramos. A última vez que andei de mãos dadas com uma mulher foi com Manu, muitos anos antes. E eu adorava o ritual. Anos depois, percebi o quanto era bom curtir esse tipo simples de manifestação de amor. Alguns desses toques inocentes davam nós no meu coração e o faziam bater ainda mais forte por ela, por mim, pela vida.

— Eu tinha planejado um café da manhã bem diferente, Chantal.

Ela deu um aperto na minha mão, virou-se para mim e disse sorrindo:

— Mesmo andando em solo firme, sinto-me nas nuvens, meu amor. Qualquer comidinha vira banquete ao seu lado. Já que eles não servem sanduíche de *peanut butter* aqui, será que autorizariam trazer o nosso para comer com chá?

— Calma Chantal. Eles serão comidos durante a viagem, conforme você planejou.

— Você tem o otimismo dos vencedores. Não desiste. Tenho muito a aprender, e não perderei nenhuma das lições. Principalmente as que me derem muito prazer.

A conversa para preencher o tempo foi ficando mais suave, sem estresse, e com mais amor. Chantal era uma companhia deliciosa. Fiz questão de que soubesse disso e do quanto me agradava seu bom humor e sua delicadeza. Sem saber, me vi fazendo planos com ela. Eu estava feliz como nunca e queria viver muitas coisas boas ao lado dela, a começar por levá-la o quanto antes para o Canadá.

Voltamos para o heliporto. Ela queria acompanhar as informações que viriam dos controladores de voo.

Recebi outra ligação do hotel. O vento forte havia dissipado o nevoeiro, e o céu estava praticamente limpo. Chantal gritou de alegria, os braços altos no ar.

Informei ao gerente que se o voo fosse autorizado, chegaríamos dentro de uma hora. Cancelei o café da manhã, mas pedi que mantivesse os outros arranjos.

Isso manteve acesa a curiosidade de Chantal; ela parecia muito animada com nosso passeio e me agradeceu pela persistência. Disse que se a viagem fosse cancelada, certamente voltaria para casa carregando nas costas uma grande frustração.

Enquanto aguardamos em nossos assentos, conversamos.

— Não consigo definir meus sentimentos. Não estou com medo do amor que vamos fazer. Acho que o que estou sim é apreensiva. Há vários dias esse sonho não sai da minha mente. E eu te desejo demais. A proximidade da realização me deixa excitada de um lado, mas um pouco tensa de outro.

Analisei alguns dados no painel e me virei para ela:

— Estamos tensos, meu amor. Isso é bom, pois significa que somos normais, humanos. Hoje é um dia especial. A própria expectativa nos deixa como você bem definiu: apreensivos.

Ela então adotou um ar mais compenetrado e até preocupado antes de perguntar:

— Você acha que vai doer muito, meu amor?

— Farei tudo com calma, Chantal. Vou cuidar muito bem de você.

— Não sei se quero calma. Se for doer, talvez seja melhor você enfiar de uma vez, rápido. Sempre tive boa resistência a dor.

— Cada coisa no seu tempo, Chantal. Vou te esquentar muito, e na hora escolheremos como fazer. O que acha?

Ela aquiesceu com um leve movimento dos olhos, mas em seguida disse:

— Se você soubesse o quanto te amo saberia que não duvido de que tudo será maravilhoso. E se soubesse o quanto te desejo saberia que não preciso que me excite mais do que já estou. Aliás, se você pousasse na primeira praia deserta no caminho, na areia mesmo, eu me entregaria toda a você ali mesmo.

— Calma... Faltam apenas alguns minutos. E uma cama maravilhosa nos espera. Mas a ideia de um dia pararmos em uma praia não é para ser desprezada. Ela sorriu.

ƒ

A autorização chegou rápido.

O voo foi tranquilo. O pouso também.

Um carrinho nos levou do heliporto ao prédio principal do hotel. Fomos recebidos com duas taças de champagne. Ao terminarmos de preencher as fichas de entrada recomendei ao gerente, com voz baixa, que atrasasse a programação em duas horas. Chantal estava atenta a tudo e queria saber o que eu havia cochichado. Continuou curiosa.

O mesmo carrinho nos levou ao bangalô e fez uma volta dentro da nossa reserva. O terreno todo era circundado por plantas explodindo em flores. No centro do jardim privado havia uma piscina. Anexa ao quarto, uma área com sauna, salão de *fitness* e massagem. Podíamos também usar o *jet ski* e solicitar um barco para passear pelas ilhas ou esquiar ou, se preferíssemos, andar a cavalo.

Chantal estava encantada. Seus olhos brilhavam e ela não parava de dizer o quanto estava feliz com a surpresa que eu havia lhe preparado.

Ela merecia tudo aquilo, nós merecíamos.

Fomos recebidos no bangalô com duas taças de champagne. Em um aparador havia um balde com gelo e outra garrafa de champagne, frutas, castanhas e *petit fours* salgados e doces. Havia também um chocolate com recheio de morango que combinava bem com o espumante. O frigobar, embutido na parede, ficava escondido por uma porta disfarçada em uma pintura de flores silvestres.

O mordomo informou que além de mais duas garrafas de champagne, tínhamos água e várias bebidas à disposição. Demonstrou o funcionamento de todos os equipamentos e disponibilidades do quarto e do banheiro, o funcionamento do chuveiro e a localização das toalhas de banho e de piscina. Dirigiu-se à porta de saída e comunicou que estaria às ordens através de uma linha direta com ele. O aparelho para isso ficava numa mesa lateral.

Dei a habitual gorjeta e o liberei. Chantal se agarrou ao meu pescoço assim que ele foi embora.

— Não sei nem o que falar de tudo isto, meu amor. Nunca imaginei que existisse um hotel maravilhoso como este, nesta ilha paradisíaca e com um serviço desses – Chantal disse enxugando as lágrimas e sussurrou gemendo: — Vamos para a cama?

Envolvi-a em meus braços, a beijei e disse:

— Antes quero te dar um banho bem gostoso.

Tiramos as roupas um do outro mais rápido do que eu imaginava. A pele de Chantal se arrepiava com o simples toque dos meus dedos. Livrei-a da calcinha branca com delicadeza. Ela me livrou da cueca com muita pressa.

Nus, peguei-a no colo e pedi que fechasse os olhos. Coloquei-a deitada numa poltrona alongada que havia no centro do imenso banheiro. Eu não conseguia afastar meus olhos daquele corpo claro que se destacava sobre o estofado azul marinho. Também, afastar para quê?

O nome de Chantal e a minha declaração de amor estavam escritas com pétalas de rosas grudadas no espelho sobre a pia.

Cheguei mais perto para beijá-la. Ela abriu os olhos e se fixou no espelho, chorou de leve novamente, e fui agarrado pelo pescoço.

— Você é maravilhoso. Onde se escondeu esse tempo todo? Adoraria estar te amando há mais tempo.

Afastei-me o suficiente para pegar uma taça de champagne. Aquele momento também merecia um brinde

Ainda deitada, depois do primeiro gole, ela molhou o dedo no espumante gelado, molhou os biquinhos duros dos seios que apontavam para o teto e os apertou com as mãos. Ela franzia a testa e mordia o lábio inferior a cada esfregada. Não fazia questão de disfarçar o tesão.

Estendi a mão para que se levantasse. Levei-a ao chuveiro. Ensaboei cada parte daquele corpo maravilhoso me deliciando com a sensação de um tesão que talvez fosse o mais intenso que já vivi. Abracei-a por trás e com as mãos escorregadias massageei seus seios com carinho, Chantal reagiu com gemidos e contorções do corpo contra o meu. Envolvida pelas carícias, pelo hotel e pelo momento, ela girou sobre os calcanhares e devorou meus lábios num beijo longo e molhado.

— Eu te quero na cama, Martin. Quero ser tua. Quero muito isso – ela murmurou.

O beijo evoluiu para lambidas e chupadas no meu pescoço e mamilos. Chantal então se ajoelhou e agarrou minhas pernas; levantou a cabeça e me olhou direto nos olhos, deslizou uma das mãos pelo meu peito e virilha; manteve os olhos grudados nos meus enquanto aproximava a boca; sem desviar o olhar, ela fez de mim o que quis.

— Estou tendo orgasmos ao te chupar e pensar em tudo que ainda vai fazer comigo.

Eu a impedi de seguir adiante antes que eu gozasse. Não queria dispender a energia antes da melhor parte acontecer.

Sentei no chão e invertemos as ações. A visão do corpo molhado e daquele caminho da felicidade a poucos centímetros dos meus olhos, alterou de novo meus batimentos cardíacos.

Ela agarrou meus cabelos, gemeu alto e não parou de rebolar e de gozar na minha boca. Derrotada e satisfeita, Chantal encostou o corpo na parede, escorregou lentamente até sentar-se ao meu lado e me perguntou se aquele paraíso havia sido preparado para matá-la de prazer.

Parcialmente saciada, sequei-a com a toalha antes de voltamos para o quarto. Chantal correu e se atirou toda sensual na cama; levantou os braços sobre a cabeça, olhou bem para mim e suspirou.

E então abriu as pernas num convite irrecusável.

O tempo parou. O silêncio preencheu o momento.

Se eu pudesse, e tivesse a calma de prestar atenção, acho que seria capaz de ouvir o coração dela pulando dentro do peito.

Coloquei o preservativo com extremo cuidado. Depois deitei ao lado dela e trouxe seu corpo todo para junto do meu. O beijo foi movimentado e entrecortado por gemidos de prazer e expectativa.

Chantal estremeceu ao sentir o toque do meu pau.

Ajeitei o corpo sobre o dela e mantive o movimento suave de entrar e sair apenas na portinha. Ela me acompanhava, sussurrava palavras de amor e desejo e gemia de prazer.

Assim que penetrei um pouco mais fundo, ela cravou de leve as unhas nas minhas costas, deu um gemido forte de prazer e relaxou.

Com as resistências derrubadas, penetrei um pouco mais e parei por um instante.

— Já colocou tudo, Martin?

— Quase, meu amor. Está doendo?

Ela me puxou pela cintura.

— Quero tudo, meu amor – sussurrou e começou a se movimentar timidamente.

Insisti para saber se doía. A resposta veio por um aumento de ritmo. Ela rebolava deliciosa no meu pau e dizia que era minha. Chantal finalmente me pertencia.

Ela fechou os olhos. Sua boca se abriu num demorado suspiro de plena satisfação. Senti sua pele se arrepiar.

Naquele momento fui tomado por uma certeza: eu estava irremediavelmente apaixonado por ela.

Ela tocou meu peito e levantou a cabeça com os olhos fixos na minha boca. Durante o beijo, fiquei curtindo a maciez interna e externa do seu corpo.

— Não acredito! Você está todo dentro de mim? – ela disse entre gemidos e levantou a cabeça para acompanhar o movimento da penetração. Ao tocá-la no fundo, Chantal tremeu e me agarrou com ainda mais força.

— Conseguiremos gozar juntos meu amor? – Ela perguntou e intensificou os movimentos. Ficou com o rosto vermelho. As veias do pescoço incharam. Ela então cerrou os olhos, cravou as unhas na minha cintura, gritou e gemeu de uma forma descontrolada. Segui com os movimentos até que ela relaxou o corpo e largou os braços sobre a cama.

— Solte seu corpo sobre o meu, Martin – ela disse de olhos semicerrados. — Quero seu corpo todo unido ao meu.

Fiz o que ela pediu, entreguei-me em seus braços. Não havia outro lugar do mundo em que eu preferisse estar naquele instante.

Momentos depois, ela passou a sussurrar que me amava, que era minha e que era a mulher mais feliz do mundo.

∫

Ouvi o barulho de um helicóptero e a convidei para sair do quarto. Vestimos roupões de banho e a levei para a beira da piscina. O helicóptero sobrevoou a área do nosso bangalô e parou no ar; a porta de trás se abriu e de lá fez chover sobre nós pétalas de rosas brancas e vermelhas.

— Você quer me matar, Martin? – ela perguntou engasgando e segurando o rosto com as mãos trêmulas.

Eu também estava muito emocionado com o efeito da chuva e com a reação de Chantal, que assimilava a cena com olhos vidrados.

Vez por outra acompanhava a queda de um bloco de pétalas que se espatifavam suavemente na piscina.

— Nunca imaginei tomar banho com pétalas de rosas, meu amor. Que delícia! Você é o louco que mais amo – ela ria e chorava ao mesmo tempo.

— Eu queria que nosso dia fosse marcante, Chantal.

— Você conseguiu, meu amor. Correu o risco de que eu morresse de tanta emoção! – Olhou para mim, segurou carinhosamente meu rosto com as duas mãos e me beijou.

Após a quarta chuva de pétalas, o helicóptero tocou a buzina, chegou mais perto do chão e aspergiu um suave perfume de rosas, que foi impulsionado para baixo pelo sopro das pás. Ela acenou aos tripulantes. O helicóptero foi embora.

Eu havia solicitado ao hotel o sobrevoo do helicóptero. Pedi também que avisassem os demais hóspedes do incômodo, pois o barulho e o vento tirariam a calma do ambiente por alguns minutos. Fiquei contente que tudo deu certo e que nenhum outro hóspede reclamou. Pelo que fiquei sabendo depois, algumas mulheres chegaram a reclamar com os respectivos maridos ou namorados por nunca terem feito algo similar.

Ficamos um bom tempo observando os desenhos das pétalas sobre a grama e a piscina. As pétalas brancas e vermelhas se compunham em figuras harmônicas.

Sem aviso, Chantal livrou-se do roupão e pulou nua na piscina. Seu corpo compôs o que para mim era um quadro deslumbrante de beleza e amor.

Não resisti. Tirei o roupão e mergulhei também.

Com uma mão, Chantal tirou algumas pétalas que haviam grudado no meu rosto, e com a outra acariciou meu corpo. Ao boiar na piscina seu corpo ficou quase todo coberto por pétalas. Na minha vez de boiar ela segurou minhas costas com um dos braços e com a outra mão tirou as pétalas que insistiam em ficar grudadas no meu pênis.

— Não quero nenhuma pétala atrapalhando nossa transa. – ela comentou e deu uma piscada.

Depois de transarmos por quase duas horas, eu não havia pensado na possibilidade de possuí-la na piscina. Mas não resisti à provocação.

Saciados, relaxamos ainda dentro da água. Quando deu coragem fomos nos vestir para o almoço.

∫

Mal coloquei o fone no gancho e o mordomo surgiu com um carrinho na porta do quarto para nos levar ao restaurante.

Abri a porta e lá estava ele com duas taças de champagne.

No restaurante quase vazio, solicitei que servissem champagne aos outros dois casais. Foi a forma que encontrei de me desculpar pelo barulho do helicóptero. Segundo Chantal, de encantá-la ainda mais. Ambos agradeceram pela cortesia.

Ficamos em silêncio por alguns momentos até que levantei, dei um beijo no seu rosto e sussurrei o quanto ela era linda e maravilhosa, como companhia e como mulher.

Fomos interrompidos pela chegada do *sommelier*. Era um sujeito alto, de voz grave e aspecto formal. Assim que se postou ao lado da mesa, perguntou se gostaríamos de uma sugestão de harmonização de vinho com o primeiro prato que já estava sendo preparado. Chantal estava visivelmente perdida. A intenção era essa mesmo. Afinal de contas, o show era meu e o menu de atrações, além das que já haviam sido apresentadas, incluía vários pratos com frutos do mar. Respondi ao *sommelier* que continuaríamos no champagne até segunda ordem. Olhei para Chantal esperando um sinal de aprovação. Ela concordou com um movimento tímido da cabeça. Olhei fundo em seus olhos e tive a certeza do encanto que aquela garota de dezoito anos me proporcionava, certamente por sua segurança e beleza. Olhos nos olhos, e com voz embargada e mão trêmula, ela levantou a taça no ar e disse:

— Ao meu primeiro almoço como mulher, e que a nossa vida seja sempre um sonho. Eu te amo, Martin Ferretti.

Trinta e sete

O pesadelo voltou na segunda-feira cedo, no escritório. O primeiro telefonema do dia foi de Dimitri.
— O que você vai fazer?
— Bom dia pra você também, Dimitri.
— Bom dia, por quê? Estou desde ontem ligando no seu celular. O que está pensando em fazer? O cara não está brincando. A coisa pode ficar muito feia.

Depois do domingo que tive com Chantal, a última coisa que eu queria era começar a semana com o veneno de Dimitri sobre a chantagem. Respirei fundo e disse:

— Calma, Dimitri. Meu dia mal começou.
— Calma o caralho. O cara vai jogar merda no ventilador. Não leu o e-mail?
— Ainda não. A única coisa que fiz até agora foi atender o seu telefonema.
— Então leia e me ligue. Você me colocou nessa e é você que vai me tirar.

Ele bateu o telefone na minha cara. Não gostei. Tive vontade de ligar de volta e dar uma bronca nele, mas desisti. De novo, eu não queria envenenar a minha semana com aquela intriga.

Mas uma coisa era certa: o cara conseguiu agitar o início do meu dia. O e-mail, além do texto principal, continha a mesma advertência que Dimitri fez por telefone.

"Bom dia, Martin (ou mau?). Veja no e-mail abaixo o último lance do cara. Como você sabe, não tenho a mínima condição de pagar nem 1% do que ele está exigindo. Foi você que me colocou nessa. Faça o favor de me tirar. Concordo com a exigência do cara de deixar a polícia de fora. Dimitri."

Abaixo do alerta dele havia a mensagem original do ou da chantagista.

"Dei um tempo para vocês pensarem. Sei de tudo que as casadinhas fizeram com vocês na manhã desse sábado. Sei que a virgem não foi. E já que o grupo entrou em crise, não vou perder mais tempo monitorando relacionamentos individuais. O que eu sei, e as provas que tenho, são suficientes para provocar um escândalo e a ira dos cornos. Quero resolver isso já. Quero um milhão de reais para calar a boca. Como vocês não têm como se comunicar comigo, saibam que não há negociação. Não vou baixar o valor. Quero o dinheiro em notas fora de sequência e de R$ 50,00 ou de valor menor. Deixem a polícia longe disso. Se anotar os números das notas, ou marcá-las, o drama não acabará. Se rastrearem o dinheiro e eu for preso(a), nunca mais terão paz na vida. Vocês não sabem de quanta maldade sou capaz de levar às suas vidas. Se avisarem a polícia nunca mais vocês, e todos os participantes do grupo, terão paz. Será melhor planejar um suicídio coletivo. Providencie o dinheiro imediatamente. Enviarei instruções para a entrega. Isso significa também: sem adiamentos, sem negociações e sem polícia."

Enviei o e-mail para o *hacker* e pedi que me ligasse assim que o recebesse. Minha mão tremia enquanto digitava. As deliciosas emoções com Chantal tiveram o dom de me fazer esquecer as ameaças anteriores e desarmar minha resistência. Enquanto minha mente vagava por coisas boas e ruins que haviam acontecido desde o último e-mail ameaçador, meu celular tocou.

— Que merda é essa, cara? Vou cobrar agora do servidor de e-mails uma posição sobre todas as mensagens – o *hacker* esbravejou.

— Vá até lá, por favor, e não saia sem o rastreamento dessa merda. Vou chamar a polícia e quero passar a informação completa do que está acontecendo antes do meio-dia. Acompanhe com eles a análise e o rastreamento, não deixe que eles façam outra coisa enquanto você estiver lá. Preciso de foco absoluto. Isso não vai demorar mais de meia hora para rastrear. Descubra tudo e me chame. Faça com que eles entendam a gravidade da coisa.

— Deixe comigo. A informação chega até você antes do meio-dia.

O *hacker* desligou. Carol entrou na sala com uma xícara de café o que, no meio daquela crise, era quase um calmante para mim.

— Viu alguma assombração? – ela perguntou assim que abriu a porta e olhou para mim.

— Era o café que estava me fazendo falta. – Arrisquei um sorriso. — Ligue imediatamente para o Sandro, aquele meu amigo delegado de polícia. Transfira a ligação assim que conseguir encontrá-lo.

Quando ouvi Sandro na linha, anunciei o tamanho da história. Ele se dispôs a me ouvir.

Comecei então a relatar com detalhes o que estava ocorrendo e disse que o relatório sobre o rastreamento dos e-mails chegaria dentro de poucas horas.

— Vou fazer de conta que não sei que você realizou esse rastreamento de e-mails. Isso é ilegal e só poderia ser feito com autorização judicial, Martin.

— Sou da área, Sandro. Sei rastrear essas ações sem ser notado. Foda-se a legalidade. É o meu que está na reta.

— Não é bem assim. Já pensou se todo mundo resolvesse fazer justiça com as próprias mãos? Voltaríamos aos tempos das barbáries.

— Porra, Sandro. Se você estivesse no meu lugar o que faria?

Ele respondeu calmamente:

— Exatamente o que você está fazendo, porém falando com a polícia antes de tudo. O mais importante agora é colocar as pessoas certas para ajudá-lo a resolver o problema. Há uma delegacia especializada em crimes desse tipo. Por acaso, o delegado atual se formou comigo e é muito meu amigo. Vou localizá-lo e pedirei para ele lhe telefonar. Aguarde o contato dele. E mesmo tendo colocado o carro na frente dos bois, conte tudo a ele. Você não está na posição de omitir informações.

A hora que esperei pelo telefonema do outro delegado demorou a passar. Nesse ínterim, o *hacker* ligou e informou que os quatro e-mails foram enviados de duas *lan houses* diferentes.

Perguntei se ele tinha como identificar quem usou as máquinas e ele respondeu que não, que nas *lan houses* o controle de acesso é muito frouxo e que qualquer um, com uma identidade falsa, pode entrar e navegar em paz. Completou dizendo que por dinheiro as *lan houses* fazem o que for preciso para proteger a identidade dos seus clientes. Além do mais, não adiantava um processo judicial, uma vez que isso é lento e o tempo seria usado pelos donos das *lan houses* para sumir com a máquina ou mesmo apagar os vestígios do usuário.

Reportei tudo ao delegado. Ele pediu que Dimitri e eu fôssemos imediatamente à delegacia. Todos os procedimentos de rotina teriam de ser cumpridos, começando com o registro da queixa que o Dimitri deveria fazer, uma vez que ele é que estava sendo diretamente ameaçado.

Dimitri ficou revoltado por eu ter envolvido a polícia. Ressaltou que só ele estava correndo risco, uma vez que o chantagista exigiu que a polícia não fosse envolvida. Refutei dizendo que nas mensagens o chantagista se referia sempre a nós no plural e que, por isso, eu fazia parte da história. Tivemos uma longa discussão depois disso, onde pontuei que a polícia já estava informalmente comunicada, e que eu não o ajudaria em nada se não concordasse em prestar queixa.

Ele perguntou para qual advogado eu passaria o caso. Antes de responder, solicitei que me aguardasse na linha. Ele disse ter ouvido o toque do telefone e que aguardaria eu me desocupar. Minha secretária passou a ligação de Chantal e avisou que o *hacker* estava na outra linha. Cumprimentei Chantal e disse que retornaria a ligação em breve. Como sempre, ela foi compreensiva e disse que me aguardaria com muito amor. Atendi a ligação do *hacker*, pedi que viesse ao meu escritório de imediato e retomei a conversa com Dimitri.

— Não tive como não ouvir que falou com Chantal. Minhas suspeitas voltaram a recair sobre ela. Vou contar isso para o delegado.

— Conte o que quiser – retruquei. — Desde quando você suspeita dela?

— Eu disse desde o início de que suspeitava dela. É uma das solteiras e no primeiro e-mail havia referência às casadinhas, lembra?

— Se tem realmente essa suspeita, por que nesta manhã referiu-se o tempo todo ao criminoso na forma masculina?

— Está brincando de policial, Martin? — Pelo tom de voz, vi que ele estava nervoso. — Não me lembro como falei, e no fundo ficaria feliz que não fosse ela, ainda mais agora que vocês estão namorando. De quem você suspeita?

— Isso é trabalho para a polícia, Dimitri. Você pode, por favor, imprimir todos os e-mails, e me encontrar o mais rápido possível na delegacia?

— Estarei lá em uma hora – ele respondeu e desligou.

Telefonei para Chantal e em menos de quinze minutos resumi tudo que estava acontecendo. Só não disse que Dimitri insistia em colocá-la como principal suspeita. Ela apoiou minha decisão de envolver a polícia e se colocou à minha disposição para o que fosse necessário.

— Liguei para te namorar um pouco – ela disse, cheia de dengo —, para dizer que não distingo mais os sonhos que tenho dormindo, daqueles acordada. Para dizer que te amo cada vez mais e que já estou com saudade e muita vontade de você. Mas não vou tomar seu tempo, porque esse drama aí é mais urgente.

— Também te amo.

— Que delícia ouvir isso, Martin.

— Adoraria te namorar mais um pouco, e te contar que passei a noite toda pensando em você. Mas agora estou enrolado.

— Inclusive sexualmente, meu amor? – ela perguntou timidamente.

— Claro! E também já estou com saudade. Voltarei depois com mais informações. Beijos em você todinha.

Minha secretária anunciou a presença do *hacker*.

— O que mais você conseguiu descobrir?

— Tudo, Martin. Até o endereço das *lan houses*.

— Cara, sigilo absoluto. Tomei uma bronca do delegado porque estou agindo fora da lei.

— Tranquilo. Entendo. Até a justiça dar autorização, e um perito partir para rastrear, o crime já estará consumado.

A opinião dele era a mesma que a minha, mas lembrei que vivíamos em uma sociedade e que deveríamos respeitar as regras. Ele deu de ombros, entregou-me o papel com os endereços e me deu as costas. Antes de sair da sala recebeu o elogio merecido pelo trabalho bem feito e dei-lhe um abraço.

♪

Enquanto Dimitri não chegava à delegacia, contei ao delegado tudo que eu sabia e que tinha acontecido até então. Dimitri acrescentou pouca coisa quando deu as caras. O delegado rabiscou algumas coisas no bloco de notas e pediu os nomes completos de todas as meninas do grupo. Dimitri levantou da cadeira. Estava visivelmente nervoso.

— Não sei os nomes completos, mas gostaria de deixá-las fora disso. Eu te perguntei, Martin, se viríamos acompanhado de advogado. Você não se preocupou com isso.

— Por ora, vamos apenas fazer um Boletim de Ocorrência – o delegado interrompeu. — Com advogado ou não, terei de incluir o nome de todos os envolvidos. Vamos ter de trazer todos para depor. Como o assunto é urgente, vamos começar analisando o que vocês têm para contar.

Fiz que sim com a cabeça. O delegado então tirou o telefone do gancho e disse:

— Ótimo. Deixe eu chamar o escrivão para registrar os depoimentos de vocês dois imediatamente.

Pedi um minuto, saí da sala e liguei para o outro delegado, o meu amigo.

— Seu colega quer trabalhar *by the book*. Ele quer começar pelo B.O. – eu disse esperando pelo apoio dele. — Não dá para ele trabalhar em cima de uma denúncia, fazer o trabalho de investigação e depois registrar, envolvendo o menor número possível de pessoas? As meninas são casadas, Sandro. Isso vai acabar com o casamento delas.

— Desculpe-me, Martin. O certo seria pensar nas consequências antes de partir para o crime.

— Qual crime, Sandro? Pare com isso, amigo. O único interesse em jogo era o de realizar algumas fantasias. Vai dizer que as fantasias que com certeza já realizou foram criminosas?

— Calma – ele disse em tom tranquilizador –, usei simbolicamente aquela expressão. Mas sem dúvidas elas tinham consciência que daria merda se os maridos descobrissem.

— É, disso você tem razão. – Fui obrigado a aceitar. — Mas todos os maridos são amigos meus. E de longa data.

Sandro ficou calado. Na certa entendia a extensão do problema mas não emitiu comentário, apenas comentou:

— Cada delegado tem seu método de trabalho. É contra a ética, mas vou telefonar e ver como ele recebe a ideia de seguir com a investigação sem o B.O.

Agradeci, desliguei e aguardei uns bons e tensos 15 minutos.

Após terem conversado, o delegado mudou a forma de conduzir a conversa conosco, pois apenas pediu as cópias dos e-mails e os endereços das *lan houses*.

— Você precisa de mais alguma informação da nossa parte, doutor? – perguntei.

— Por que está tão preocupado Sr. Martin? – respondeu o delegado. — Pelo que vi as ameaças se limitam ao Sr. Dimitri.

Não gostei da forma como a pergunta foi formulada. Será que ele estava me colocando como suspeito? Mas respondi com tranquilidade e firmeza que minha pressa derivava do fato de uma agenda lotada. Disse ainda que pensei que o que tínhamos fornecido já era informação suficiente para que ele prosseguisse com a investigação.

O delegado se transfigurou, chegou a ficar vermelho.

— Quem decide quantas e quais informações são suficientes sou eu – ele vociferou. — Quero voltar a ouvir, e isoladamente, cada um de vocês. Aguarde lá fora, Sr. Dimitri.

Dimitri levantou e saiu de fininho como um cão que acabou de apanhar do dono. Pela extensa mancha de suor nas costas da camisa, assumi que ele estava muito nervoso. E o mais impressionante era que ele não tinha dado sinal algum disso.

— Aproveite para se acalmar. Esse suor o condena. – O delegado não deixou por menos assim que Dimitri deu-lhe as costas.

Procurei esclarecer ao delegado que só Dimitri havia recebido as ameaças e que ele as estendeu a mim, desde o primeiro e-mail, dizendo que não teria dinheiro para arcar com o que o chantagista pedia.

Após dezenas de perguntas, ele me liberou.

Nem esperei pelo interrogatório do Dimitri. Eu tinha mais o que fazer no escritório e nada mais a fazer ali, a não ser ficar ainda mais irritado com tudo.

No final da tarde, Dimitri ligou no meu celular para reportar as quase três horas de interrogatório. Duas horas mais tarde ele voltou a ligar. Estava com a voz alterada.

— Chegou novo e-mail. O cara tá puto. Disse que desrespeitamos a ordem de não avisar a polícia e que agora tem mais pressa para cobrar pelo silêncio.

— Envie o e-mail para mim, por favor.

Imediatamente localizei o *hacker* e pedi que aguardasse diante do computador. Poucos minutos depois ele voltou com uma análise inicial do e-mail: a nova mensagem não tinha vindo das mesmas *lan houses*. Mas era preciso um estudo mais aprofundado. O relatório completo eu receberia no dia seguinte.

∫

Apesar da noite mal dormida, acordei muito antes do despertador. Enviei um SMS dispensando o *personal trainer*. Tomei banho e um rápido café da manhã e logo saí para o escritório.

Comecei o dia namorando um pouco.

— Estava acordada, Chantal?

— Estou na cama ainda – respondeu a namorada com voz pastosa. — Você nunca liga tão cedo assim...

— Acordei mais cedo e vim direto para a empresa. Tive uma noite de cão depois daquela loucura de chantagem e de horas na delegacia.

— Já sei. Me ligou cedo porque teve um ataque agudo de MCC.

— MCC? É grave? – perguntei rindo e desconfiado de que era uma pegadinha.

— MCC é mais grave do que você imagina, e significa Muita Carência de Chantal – ela riu muito.

Eu a segui e disse:

— Tem razão! Um dia sem te ver já está causando uma carência enorme. Você está bem? Como estão... as coisas? Está com dores ou sangramento, meu amor?

— O que é dor? – ela perguntou sorrindo e completou: Dependendo do seu dia, e das suas vontades, a gente mata a saudade à noite.

Uma ligação no celular interrompeu nossos chamegos. Li o nome no visor.

— É o Dimitri. Não vou atender agora. Os assuntos que tenho com ele são sempre ruins.

— É o Dimitri mesmo? – ela perguntou, desconfiada.

— Para quê mentir para você, Chantal?

— Sei lá.

— Se ele ligar de novo, vou atender e deixar você ouvir a conversa inteira. Que tal?

A pergunta soou como uma bronca, que ela acatou:

— Tudo bem.

Era hora de deixar uma coisa muito clara para ela.

— Você promete que nunca mais desconfiará daquilo que eu te falar?

— Desculpe-me, meu amor. Só tive um pequeno ataque de ciúme. Pensei que poderia ser uma das meninas.

O celular voltou a tocar. Chantal ouviu e disse:

— Está tocando de novo.

Pedi um minuto para ela e atendi:

— Estou em outra ligação, Dimitri. Podemos conversar daqui a pouco?

— Não vamos brincar com coisa séria, Martin – ele disse aos berros. — Acabei de te enviar o e-mail fatídico. Agora o cara mostrou os dentes e o tamanho da fome.

Não gostei dos gritos e respirei fundo.

— Primeira coisa: abaixe esse tom de voz. Segunda, ainda não abri o e-mail. Tão logo eu leia, te ligo de volta.

— É porque não é você que está recebendo essas ameaças – ele continuava a gritar.

Dimitri gritava tão alto que até Chantal, na outra linha, era capaz de ouvir. Não evitei que isso acontecesse.

— Mais uma vez: abaixe o tom de voz ou desligo na sua cara – eu disse de modo firme.

Ele silenciou e retomou depois de alguns segundos.

— Tudo bem.

— Está mais calmo agora?

— Acho que sim.

— Ótimo. Então vou ter que dizer que apenas você está sofrendo ameaças, Dimitri. Eu não.

— Porra, Martin.

— Não terminei.

— Ok, então diga.

— Muito bem. Você está sofrendo chantagem e eu, Martin, estou dando todo o apoio a você, Dimitri, com a polícia. Se for preciso advogado, pode contar comigo.

— Já falamos sobre isso, Martin. Nós dois estamos sendo ameaçados, seja que tipo de escândalo surtir disso, o foco e a repercussão será sobre você. Eu sou um pé rapado. Em caso de indenização, você é o único que pode pagar uma bolada dessas sem se abalar.

— Não se trata de indenização, Dimitri. O criminoso está fazendo chantagem. A polícia vai dar um jeito nisso.

— Não vai dar tempo, Martin. As investigações da polícia demoram demais. O cara deu 24 horas pra receber um milhão de reais. E eu tenho uma família pra criar.

— Por esse valor eu enfrento qualquer escândalo. Não vou dar um milhão na mão de um vigarista filho da puta. O cara não verá a cor de um centavo meu. E se descobrirmos quem é, ainda coloco esse merda atrás das grades.

— Não é só isso, Martin. Você está ignorando a fúria dos maridos traídos. Não está considerando a situação das meninas. Elas ainda nem imaginam o risco que estão correndo. A própria Chantal, se não for a chantagista, vai ter de se explicar com os pais e amigos. Esse ventilador vai espalhar muita merda, cara.

Refleti por um instante e voltei à carga:

— Então negocie com ele, ou ela, sei lá. Mas vá logo avisando que não vou pagar um milhão de reais.

— Não tem como negociar, Martin. Ele não respondeu aos outros e-mails. Está usando e-mail frio.

— Aguarde um retorno meu, Dimitri. Vou ler o e-mail e te chamo aí.

Ele quis se alongar no papo e eu não. Ao ver que eu não daria trela, pediu para que eu me apressasse.

Retomei a ligação com Chantal, que ouviu toda a conversa.

— Viu por que eu disse que te chamaria depois de falar com Dimitri? Esse foi o motivo da minha insônia. Algo me dizia que o chantagista daria um novo lance.

— E o Dimitri quer que você empreste o dinheiro para ele?

— Ele acha que por eu tê-lo incluído no grupo, sou o responsável por isso e tenho que arcar com o valor. Você sabe como ele está de dinheiro?

— Não muito. Sei apenas que ele está vendendo o imóvel onde funcionava a Casa dos Desejos 2.

— É, eu sabia disso também. – Fiz uma pausa reflexiva e voltei com Chantal. – Vou ler o e-mail e tomar algumas providências. Acho que só consigo te ligar por volta da hora do almoço.

— Não se preocupe comigo, meu amor.

O clima estava pesado do meu lado. Nos despedimos sem muito romantismo. Encaminhei o e-mail para o *hacker* e para o delegado, que me ligou assim que recebeu.

— Estamos num jogo de xadrez – disse ele ao telefone. — Alguns lances são previsíveis. Sugiro dizer ao Dimitri que você concorda em pagar R$ 200.000,00. O vigaristinha vai responder a ele que não aceitará menos de R$ 500.000,00. E você vai entregar esse valor.

A informação foi processada no meu cérebro como um banho de água gelada em dia frio.

— Porra, doutor! É muito dinheiro para jogar no ralo desse jeito.

— Você não perderá um centavo, Sr. Martin. Prenderemos o vigaristinha. Pela forma com que está tratando o jogo, o tonto é primário e está caindo feito um patinho. Anote o que estou falando, Sr. Martin. O senhor não perderá um centavo do seu dinheiro.

Ele falou com muita segurança, mas era o meu dinheiro que estava em jogo e não o dele. E era muito dinheiro. Liguei para o Dimitri e falei com firmeza:

— Responda a todos os e-mails do cara informando que não pagarei mais que R$ 200.000,00. O cara deve saber que em crimes desse tipo sempre há negociação. Ele vai ler seu e-mail, com certeza.

Dimitri ponderou e disse:

— Acho que estamos brincando com fogo, Martin. Mas vou fazer o que está me pedindo. Tomara que ele leia o e-mail. Se eu tivesse vendido a casa te ajudaria. Quem sabe poderíamos aumentar a proposta.

Deliguei e liguei para o delegado para dizer que eu tinha seguido sua orientação. Ele antecipou os próximos lances do vigaristinha, como insistia em qualificar o chantagista.

Foi difícil dar conta do expediente, do namoro, ainda que por telefone, e esperar o próximo lance do jogo. A coitada da Chantal estava solidária com a minha angústia e também não conseguiu almoçar. As horas não passavam e o novo e-mail não chegava. Eu estava falando pelo Skype com Trevor, no Canadá, quando Dimitri me ligou no celular.

— Você estava certo, Martin. O cara leu o e-mail. Acabei de enviar a resposta dele e as demais instruções. Me liga depois pra falar como pretende agir.

Encaminhei o e-mail do chantagista para o delegado e telefonei em seguida.

— Um a zero para você, doutor. O lance final está no seu computador. O que faremos?

— Prepare-se, Sr. Martin. Vamos ler juntos as instruções várias vezes para entender o comportamento do delinquente.

Dimitri

"Não gostei da negociação. Só aceitei reduzir o valor, porque estou reduzindo o tempo. Quero R$ 500.000,00 dentro de 24 horas. Nenhum real a menos. Preste atenção. Não responderei a outro e-mail e não quero enrolação. Deixei um e-mail programado para ser enviado para a redação dos principais jornais e emissoras de rádio e de televisão. Qualquer esperteza de sua parte e o e-mail será disparado, com fotos de todos os participantes do grupo. Por isso, sugiro que não avisem à polícia. Seguem abaixo algumas instruções de como entregar o dinheiro:

A — Alugue Fiat Palio cor prata.
B — Coloque o dinheiro numa mala no porta-malas em notas de R$ 50,00 fora de sequência. As notas não deverão ser marcadas. O porta-malas não deverá ser trancado a chave.

 C — *O carro deve ser estacionado às 15h em ponto em frente ao número 200 da rua Barão de Limeira, sentido bairro.*
 D — *Deixe o pisca alerta ligado, abandone o veículo e deixe a chave no contato.*
 Qualquer coisa fora disso, você sabe as consequências: assista nos telejornais da noite as reportagens sobre o grupo de adultério coletivo que realizava grandes orgias em sua casa de campo. Assista ao lado da sua esposa e do seu filho. Eles vão adorar saber que têm um pai famoso que saiu nu em todos os jornais. Seus patrões e clientes também se sentirão importantes."

 O delegado lia pausadamente cada palavra. Depois era a minha vez. Fizemos isso por quase quinze minutos. Não consegui identificar nenhum indício de nada. O delegado disse que cumpriríamos as instruções e que montaria barreiras com policiais à paisana duzentos metros à frente do carro e no início da rua. Não haveria como o carro furar o bloqueio. Ele pediu que eu não contasse para mais ninguém que o pagamento seria realizado e nem que havia aceitado as condições do vigaristinha. "Ninguém é ninguém", ele frisou.

 Eu havia decorado cada linha do e-mail. As palavras eram como marteladas na minha mente. Dei instruções ao gerente do banco para que providenciasse o dinheiro para o meio dia do dia seguinte. Ele reclamou, criou uma série de entraves, mas quando disse que era isso ou eu tiraria todo o resto de lá e entregaria para outro banco, ele cedeu.

 — Você não achou o plano do cara meio primário? – Dimitri me ligou e de imediato perguntou. — Ele não vai ter tempo de conferir se há dinheiro ou não no porta-malas, e com certeza saberá que a polícia interceptará o carro. Continuo achando que é uma das meninas que está fazendo isso tudo. É muito primário e a pessoa aceitou com muita facilidade reduzir o valor.

 — Ainda não tenho opinião formada, Dimitri. Li e reli o e-mail e não achei uma pista. Você achou?

 — Quem tem que achar é o delegado.

 Uma hora depois o delegado me telefonou e soltou uma pérola:

 — Dimitri desconfia de Chantal, sua namorada.

— Ponho minha mão no fogo por ela, doutor. Não precisamos perder tempo colocando-a na lista de suspeitos.

— Você talvez tenha razão. Mas preciso manter essa possibilidade sobre a mesa.

— Sem problemas – eu disse. — Mais alguém?

— Suspeito? – ele rebateu.

— Sim.

— Nenhum. Mas convicção, certeza, uma só.

Dei um salto na cadeira e apertei o telefone na mão.

— Quem?

— Calma, Sr. Martin – disse o delegado. — Temos de prender o criminoso em flagrante, com o dinheiro na mão.

Não aguentei.

— Mas, doutor... Vamos correr riscos com meu dinheiro, dentro de um carro estacionado, e com a chave no contato. Outra pessoa pode roubar o carro!

Escutei uma voz ao fundo, alguém conversando com ele. O delegado então retornou à linha e apenas disse:

— Falamos em breve, Sr. Martin. – E desligou.

Fiquei atônito, com o telefone na mão, suspenso no ar, por um bom tempo até colocá-lo de volta no gancho. Não gostei nada da atitude do delegado, mas fui forçado a confiar no que ele sabia e não quis me contar. Tive que aceitar que ele estava fazendo seu trabalho e devia ter razões muito fortes para não abrir o que tinha descoberto.

Deixei o assunto de lado e cuidei da locação do carro em nome de um dos investigadores de polícia. Embora eu tenha me prontificado a deixar o carro no local marcado – afinal de contas o dinheiro era meu – ele seria o responsável pela instalação de uma câmera oculta dentro do porta-malas. A pessoa que abrisse o compartimento para pegar o dinheiro seria filmada, o que confirmava o delito. Segundo esse mesmo investigador, o juiz que cuidava do caso tinha acatado o pedido do delegado de obter a prova em flagrante por meio desse equipamento.

Enquanto o relógio corria, reli o e-mail mais umas trinta vezes, uma delas ao telefone com Chantal.

— Num momento desses, Chantal, em que vivo uma crise inusitada, chega ser incrível como você me acalma e ajuda no meu equilíbrio.

— Vá se preparando, meu amor. Todos invejam a parte glamourosa e o dinheiro das pessoas ricas, mas pouca gente sabe o nível de tensão e de apreensões que vocês têm.

— Sou *low profile*. Por isso levo a vida com mais tranquilidade.

— Você já se acostumou com muita coisa, Martin, e toma com naturalidade os devidos cuidados. Seus carros são blindados têm abertura interna dos porta-malas e têm GPS e rastreadores. Você avisa à empresa de rastreamento quando vai se deslocar e usa muito o helicóptero. Ainda não conheço seu quarto, mas você me disse que nem com explosão de dinamite dá para entrar nele. Preciso falar mais alguma coisa ou você já se convenceu de que vive sob pressão?

Até então eu não tinha me dado conta da extensão que os cuidados com a minha segurança tinham tomado na minha vida. Chantal fez uma leitura tão breve e clara que cheguei a ficar assustado.

— Não se preocupe demais quando estiver comigo. Não sofra e não fique sob tensão, por favor.

— Você é meu super-herói. Tenho segurança total ao seu lado. Não estou com o homem rico, mas com o meu namorado.

— Fico feliz em ouvir isso, Chantal. Em menos de vinte e três horas a tensão passará, e nossa vida voltará ao normal.

Trinta e oito

Depois de mais uma noite lutando contra a tensão, acordei cedo e fui rápido para o escritório.

Telefonei para o delegado para atualizarmos o assunto e as providências. Ele disse que não houve como instalar a câmera no porta-malas do carro, mas que eu não precisava me preocupar. Continuava garantindo que sabia quem era o chantagista e que o esquema que tinham montado não permitiria que o carro passasse sem ser interceptado.

Liguei para o banco e conversei com meu gerente. Estava tudo em ordem. Informaram que uma mala grande seria suficiente para acomodar todo o dinheiro.

Solicitei à minha secretária que providenciasse a mala e não me passasse ligações telefônicas, a não ser de Chantal. Toquei o expediente com o pessoal da empresa até ser interrompido por um telefonema.

— Martin, Manu já ligou umas dez vezes e disse que não desligaria o telefone enquanto você não a atendesse.

— É bem a cara dela. Dê trinta segundos e passe na minha sala.

Pedi licença à equipe e saí. Entrei na minha sala, fechei a porta, larguei-me na cadeira e cocei os olhos com os dedos. O telefone tocou. Respirei fundo, tirei-o do gancho e ouvi, aos gritos:

— Por que não falou comigo, Martin? Por que não me contou tudo? Está protegendo sua namoradinha? E se ela for a chantagista? Avise que se abrir a boca acabarei com ela, Martin.

— Bom dia, Manu. Não contava que o Dimitri fosse tão linguarudo. Muito menos que estivessem se falando fora do grupo.

— Bom dia o caralho. Este é o pior dia da minha vida. Se nossos maridos descobrirem, acabarei com sua namoradinha. Está com ciúme porque o Dimitri me ligou para contar tudo?

— Calma, Manu. Não sei a razão de ele ter te contado uma vez que o delegado pediu sigilo absoluto. Mas daqui quatro horas tudo estará desvendado.

— Você acha? - ela perguntou mais calma.

— Tenho certeza. E lamento dizer que assim como eu, você terá uma grande decepção.

— Qual?

— Chantal não é a chantagista, mas com certeza é alguma pessoa que conhecemos, ou que está a mando de alguém que tratamos como amigo.

— Como pode ter tanta certeza de que não é ela?

— Confio nela. Por outro lado, pode muito bem ser o seu marido. Ele já me sacaneou uma vez. Pode muito bem me sacanear de novo.

— Você está ficando louco – desdenhou Manu sem convicção alguma. E para desviar do assunto, emendou: — Agora sua namoradinha quer é ficar rica às suas custas. Dimitri falou isso e eu concordo com ele.

O papo estava derivando de uma investigação policial para uma mera conversa de comadres. Melhor assim.

— Ela já é rica, Manu – eu disse por puro divertimento.

— Como assim?

— Ela é a mulher da minha vida. Com o tempo, vai, de um jeito ou de outro, desfrutar do que é meu.

— Seu sacana.

Caí na gargalhada. Eu precisava disso.

— Não esquente, Manu. Confio nela da mesma forma que confio em você. Tenho certeza de que você não faria uma coisa dessas.

— Não me compare a ela, Martin. Eu e você temos uma longa história juntos. Você a conheceu faz poucos meses. Por que não me contou o que está acontecendo? Eu poderia ter te apoiado.

Comecei a ficar enfastiado com a intriga. O tempo corria e eu queria retomar o trabalho. Ao ver que eu não respondia, Manu resolveu insistir no assunto:

— Dimitri acha que ela é suspeita.

— Você me conhece há muitos anos, Manu. E conheceu o Dimitri há poucos meses. Confia mais nele do que em mim?

Ela vociferou de novo:

— Você está distorcendo o que eu disse. Isso é jogo sujo. O que ele falou faz sentido, que no primeiro e-mail ela cometeu o erro de se referir às casadinhas. Ela e a Ursulla são as únicas solteiras.

— Olhe, como disse, o mistério acaba ainda hoje. Preciso sair.

— Você me avisa assim que souber?

— Prometo. E fique tranquila. Confio em você. Beijos.

Desliguei às pressas. Eu precisava passar no banco para sacar o dinheiro.

∫

Passava um pouco da uma e meia e o dinheiro já estava na mala do carro, conforme as instruções. Fui à delegacia. Eu e o delegado ficamos esperando os minutos passarem. Ele sugeriu que eu desse ao Dimitri a possibilidade de levar o carro ao local marcado. Resisti. Afinal de contas, trabalhei duro por aquela grana e não queria colocá-la na mão de ninguém assim de graça, mesmo de Dimitri, que já aplicava parte dos meus ganhos.

Liguei na empresa em que ele trabalhava e informaram que ele ainda não havia voltado do almoço. O celular caiu direto na caixa postal.

O tempo não passava e a contagem regressiva era torturante. Liguei para Chantal. O carinho daquela garota era tudo que eu precisava para lidar com o estresse. Conversamos por alguns minutos enquanto o delegado repassava com sua equipe a estratégia adotada. Achei que merecia me afastar um pouco do estresse e deixar a bomba nas mãos das autoridades.

Depois de trocarmos algumas declarações de amor, desliguei o telefone.

— Ficou falando com a gatinha para ter certeza de que continuava em casa e que não era a chantagista? – o delegado perguntou assim que guardei o celular no bolso.

— Não – respondi secamente. — Falei com ela para que me ajudasse a lidar com esse estresse. Além do mais, sei que o senhor também nunca desconfiou dela.

— Nunca desconfiei porque sempre soube quem fez isso – ele me deu um tapinha nas costas e disse: — Outra coisa: um policial levará o carro. Você é um cidadão sob ameaça. Nossa obrigação é a de te proteger. Dificilmente nós o colocaríamos em risco. Espere na minha sala. Se tudo terminar rapidamente como previsto, voltarei com o criminoso algemado e o seu dinheiro de volta. Se algo der errado, eu ligo.

Tentei novo contato com Dimitri para informar que o policial é que levaria o carro, mas ele continuava incomunicável.

Eram 14h45min quando o investigador à paisana saiu com o carro. Sozinho na sala liguei para Chantal.

— O tempo não vai passar enquanto essa história não acabar, Chantal. Se eu estivesse lá, no meio da ação, ficaria menos tenso.

— Relaxe. Não tem o que você possa fazer agora a não ser esperar.

Desligamos sob juras de amor. Larguei-me no sofá de corvim da sala do delegado. Passei a refletir sobre toda a situação e concluí que o dinheiro não era o mais importante, que o que tinha me levado àquela situação era o grupo de sexo. Ali, deitado, olhando para o teto da sala do delegado, fiquei sem saber se eu tinha entrado naquele grupo para satisfazer as fantasias sexuais das meninas ou as minhas. A nossa mente é uma inesgotável casa dos desejos, concluí.

Ao pensar em Chantal, notei que, no fundo, o que eu queria mesmo era o que o relacionamento com minha namorada me proporcionava: amor e muito sexo com apenas uma mulher.

Uma ligação no celular me tirou da reflexão. Era Carol.

— Boa tarde, Martin. Desculpe interromper, mas é importante.

— Diga.

— Primeiro, sua mãe telefonou e disse que seu pai teve um mal súbito. Passou a noite no hospital, mas está bem.

Fiquei assustado e pensando porque minha mãe não me ligou diretamente. Deixei a pergunta de lado. Não iria ajudar em nada naquele momento. Eu poderia muito bem resolver isso com ela depois. Carol prosseguiu:

— A segunda é que a Manu já ligou três vezes e pediu para você retornar. — E notando que eu havia ficado mudo ao telefone, atenciosamente perguntou: — Está tudo bem com você, Martin?

A pergunta me tirou do torpor.

— Perdão, Carol. Estou bem. Obrigado pelas notícias. Vou ligar para minha mãe imediatamente.

Agradeci e desliguei. Olhei o relógio: 15h25min. A essa altura o delegado já deveria ter dado notícias. Minha vontade era a de ligar no celular e sondar sobre o andamento da operação. Contive o impulso. Minha ligação poderia denunciar sua presença e atrapalhar os trabalhos.

Naquele momento entrou a chamada do delegado.

— Estou à beira de um enfarte, doutor.

— Vai demorar mais do que imaginávamos, Sr. Martin. O espertinho, em algum momento, encostou um táxi atrás do carro, tirou a mala com o dinheiro e se mandou. Ficamos na campana e logicamente o Fiat Palio não passou por nós.

Dei um salto no sofá e fiquei em pé como que acionado por uma mola.

— Como assim?

— Ele só deu uma de esperto. Estávamos preparados para variações na execução – o delegado disse com segurança dissimulada e uma ponta de arrogância.

— Mas, falando em bom português, doutor, o cara está com o dinheiro. O meu dinheiro.

— Por poucas horas, Sr. Martin. Um dos nossos policiais filmou tudo do terceiro andar de um prédio em frente. Nossa equipe já encontrou o táxi e em poucas horas, como disse, prenderemos o vigaristinha. Ele não terá tempo de gastar um centavo do seu dinheiro.

— Acho bom.

Arrependi-me do comentário assim que as palavras saíram da boca. O delegado não se intimidou e disse:

— Sei que o senhor está desconfiando do nosso trabalho e da nossa inteligência. Mas fica a pergunta: o Sr. Dimitri é uma pessoa brilhante?

— Considero uma pessoa inteligente, doutor – Ponderei. — Mas, por que a pergunta? O senhor desconfia do Dimitri?

— Não desconfio. Tenho convicção de que é ele, desde o primeiro depoimento. A única coisa inteligente que ele fez até agora foi mandar alguém de táxi coletar o dinheiro e nos deixar esperando pelo carro prata. Foi inteligente também em trocar de táxi cinco minutos após a coleta. Quando prendemos o primeiro táxi este já não estava mais com o dinheiro.

— Merda!

— Perdão por desapontá-lo com a notícia, Sr. Martin. Tudo que ele fez até agora foi tentar demonstrar que o senhor não podia confiar na polícia.

Eu é que não podia acreditar no que estava ouvindo. O absurdo era muito grande. Intimamente eu nutria a esperança de que fosse um dos maridos traídos, Arnold o mais provável. Talvez eu alimentasse essa possibilidade porque via nele o sacana que ele sempre foi. Mas, agora, vi o quanto eu estava cego sobre a situação toda. O delegado prosseguiu:

— Monitoramos as últimas vinte e quatro horas do Dimitri e montamos tocaia em frente à casa onde ele mora com a família, na casa em que vocês se divertiam e na oficina em que ele deixou o carro nesta tarde. Em poucas horas ele estará preso.

— Então o senhor tem mais provas contra ele!

— Resolvi juntar desde o dia em que vocês foram à delegacia.

Tive que aceitar que esse delegado era bom mesmo, embora tenha falhado na prisão em flagrante. O que fazer? A polícia não é infalível.

— Como o senhor assumiu isso?

— Simples. Como que duas horas depois de vocês terem prestado depoimento um novo e-mail surgiu dizendo que o cara estava puto porque vocês haviam envolvido a polícia? Apenas o senhor, Dimitri e Chantal sabiam da chantagem. Não é mesmo?

— É verdade.

— Além do mais, o suor na roupa demonstrou que ele estava nervoso demais, apesar da sala estar relativamente fria. Há mais um monte de evidências ligadas aos e-mails, mas agora não é hora de eu ficar explicando tudo. Estamos indo em busca do seu dinheiro. Ligo mais tarde, Sr. Martin.

Desligou. Liguei para Chantal para contar as novidades.

Ela não se espantou como eu, e disse:

— Eu desconfiava dele. Não falei antes para evitar que você o tratasse de forma diferente e ele ficasse ressabiado. Há algum tempo ele me disse que estava quebrado e desesperado. Mesmo com a venda da casa não conseguiria cobrir o rombo que tinha causado na corretora. Não entendo de bolsa de valores, Martin, mas sei que ele fez operações pessoais com ações de alguns clientes. Ganhou muito dinheiro com isso até o momento em que começou a perder.

Meu sangue gelou com a notícia.

— Eu não sou um desses clientes. Minhas ações estão custodiadas e temos um sistema que acompanha minhas carteiras de ações e todos os meus investimentos.

— Sorte a sua!

— Sabe o que mais me chateia em tudo isso, Chantal?

— A traição, não é? Para mim seria o mesmo. Valorizamos coisas semelhantes, Martin. Não sei se vai se lembrar, mas eu te contei que não confiava mais nele e que era um homem cheio de mentiras. Eu o conheci como solteiro. Fez um teatrinho por dois meses e me conquistou. Mas eu saquei e por isso não quis me entregar pra ele.

— Esse cara nos traiu. De formas diferentes, mas nós dois caímos na teia dele, não é?

— Ele não presta, Martin. Nunca poderia trair dessa forma a sua amizade. Por mais desesperado que ele estivesse não poderia fazer a chantagem que fez. Sinto que, de certa forma, traiu a mim mais uma vez.

Havia tanta indignação na voz de Chantal que preferi não comentar que ele a apontou como suspeita. Passei a admirá-la ainda mais depois daquele telefonema, pois ali ela demonstrou ter caráter forte de quem não flexibilizava valores e muito menos qualidades pessoais. Mesmo frágil por fora, Chantal era mais dura que eu por dentro. Afinal, cedi às propostas e apelos da Manu e transei com as esposas dos meus amigos. Uma vergonha. Aquela menina estava me dando uma tremenda lição que eu queria muito aprender para nunca mais esquecer.

— Chantal, não adianta eu continuar aqui na delegacia. Vou para o escritório. Quando tiver mais notícias te ligo, ok?

— Acalme-se um pouco agora, meu amor. É provável que o pior já tenha passado.

$$\int$$

Sete da noite e nada de notícias do delegado. O tempo parecia ter parado no relógio. No meu escritório restavam apenas os funcionários que trabalhavam com as nossas empresas em outros países. Em razão do fuso, alguns setores tinham expediente noturno. Coloquei meu telefone no "siga-me" e fui bater um papo com eles.

Alguns eu só havia conhecido no dia da admissão. Cumprimentei um a um na sala que era conhecida como a Torre de Babel, uma vez que em nossa rede de voz falavam-se seis diferentes idiomas. Aproveitei algumas das ligações em curso para cumprimentar e conversar em inglês com as pessoas que estavam na outra ponta da linha. Os sotaques em inglês chegavam a ser engraçados. O espanhol, em vez de *yes*, falava "*jéz*". O alemão, quando não entendia alguma coisa, perguntava "*vat*". Os japoneses e chineses falavam algumas coisas parecidas com inglês. Perguntei ao chinês como estava o projeto do nosso novo site. Deduzi que ele falou que a receptividade entre os fornecedores estava sendo ótima, mas que poucos comerciantes se mostraram entusiasmados.

Só o pessoal da Torre de Babel é que conseguia entender sem dificuldades aqueles verdadeiros dialetos.

O ritmo de trabalho era intenso e percebi que começaria a atrapalhar se permanecesse por mais tempo ali. Antes de sair, todos se levantaram e gritaram em uníssono "Força e Sucesso". Era uma ovação que fazíamos quando algum objetivo extraordinário era alcançado por quaisquer das empresas ou equipes. Dobrei o braço e bati no peito três vezes simbolizando um abraço a todos.

Voltei feliz para minha sala. Foi muito bom o contato com a equipe que trabalha à noite. Decidi que iria repetir a visita mais vezes.

O humor mudou quando as últimas palavras de Chantal retornaram à mente e fiquei intrigado com a falta de informação do delegado. Será que não haviam conseguido prender Dimitri? Ou será que não era ele o chantagista? Quando sabemos que uma situação atingiu seu limite a ponto de concluirmos que o pior já passou? Lembrei-me do ditado que diz que "nada está tão ruim que não possa piorar". Acredito na força das palavras negativas e dos pensamentos ruins. Abomino tudo. Acredito que podemos escolher o tipo de vida que queremos ter, independentemente da situação financeira. Supondo que Dimitri fosse o chantagista, por mais que eu me esforçasse em não julgá-lo, nada justificava o crime cometido. Um dos exercícios que eu tentava sempre me lembrar de praticar era o de não julgar as pessoas. No entanto, o mais difícil para mim era perdoar. Eu conseguia perdoar o que achava que podia ser perdoado, e me esforçava para esquecer aquilo que não podia. Tomei a decisão de apagar a existência de Dimitri da minha vida.

— Ainda não tenho notícias, meu amor – liguei para Chantal.

— Nossa, Martin. Faz mais de cinco horas. O delegado estimou que prenderia Dimitri e recuperaria o dinheiro em poucos minutos. Você não acha estranho?

— O pior é a falta de notícias.

— É angustiante. Se eu estou aflita por uma notícia, imagino como você deve estar.

— Vou ligar para o delegado.

Não me surpreendi com a informação de que abordaram Dimitri quando ele chegou de táxi em casa. O delegado disse que ele encenou bem. Deu uma de revoltado com a suspeita e disse que a acusação era absurda. Que era meu amigo e que nunca faria nada contra mim.

— E se ele estiver falando a verdade, doutor? E se não foi ele?

— Ninguém admite o crime, Sr. Martin. Não pudemos prendê-lo, pois não estava com o dinheiro, mas nesta noite resolveremos. Alguém está com o carro dele e com o dinheiro.

— Então, qual é o próximo passo?

— Não posso dizer por enquanto. Isso é trabalho da polícia.

— Tudo bem. O trabalho segue durante a noite?

— E, por que não? Crimes não se cometem apenas à luz do dia. E criminosos não ficam soltos só porque a noite chegou. Vamos até o fim, Sr. Martin. Se não fecharmos o cerco o dinheiro poderá virar pó.

Fiquei bem nervoso com essa última frase. Desliguei e liguei para Chantal e contei tudo o que o delegado relatou.

— Isso e nada é quase a mesma coisa, Martin. Regredimos, pois o Dimitri negou tudo. Você ficou em dúvida? Eu não. Foi ele que cometeu o crime. Tomara que o dinheiro não suma. Mas agora, por que não vai jantar enquanto aguarda a próxima informação?

— Estou sem apetite. Você já jantou?

— Estou sem fome. Passei o dia à base de limonada.

— Um dia vou te levar em um bar que faz a melhor limonada do Brasil.

— Não pode ser hoje, meu amor? Pode ser agora?

— Claro! Tô sentindo sua falta.

∫

Passava de uma hora da manhã quando deixamos o bar. Nenhum novo contado do delegado.

Levei Chantal até onde seu carro estava estacionado e a acompanhei até sua casa. Nosso último abraço estava eivado de energia positiva.

— Fica mais fácil e mais leve encarar essa situação com você e com o seu amor, Chantal.

Demos um beijo de despedida e voltei para a empresa. Passava das 2h30min da madrugada quando o delegado ligou.

— Acordei-o, Sr. Martin?

— Alguém conseguiria dormir vivendo um drama desses, doutor?

— O senhor poderá dormir agora. Recuperamos o dinheiro.

— Que ótimo. Onde o senhor encontrou a mala?

— O coitado do mecânico da oficina em que o Dimitri havia deixado o carro pensou que se tratava de papéis de arquivo morto numa mala de viagem. Está intacta.

— O mecânico fez a retirada da mala do Fiat Palio?

— Dimitri fez a coleta. O mecânico foi com o segundo táxi ao encontro dele, levou a mala para a oficina e a colocou no porta-malas do carro do Dimitri. Nós monitoramos tudo.

— Desculpe-me pela pergunta, doutor. Imagino que não gostem de sofrer e nem de passar noites em claro, mas não poderiam ter apreendido o carro antes da oficina fechar?

— Boa pergunta. Existe um motivo para termos agido dessa forma. Qualquer advogado do Sr. Dimitri poderia alegar que o dinheiro foi colocado no carro sem o conhecimento dele. Demoramos um pouco mais porque o mecânico foi a um culto evangélico e só depois foi buscar o carro na oficina. Levou para a casa dele, onde o Sr. Dimitri retiraria no início da manhã.

— E vocês seguiram o mecânico até a casa dele?

— Brincar de polícia é mais simples! Não é fácil seguir um carro à noite sem ser notado. Já tínhamos o endereço da casa do mecânico, mas fizemos um plantão na empresa de segurança que o Sr. Dimitri contratou para fazer rastreamento e bloquear o veículo em caso de roubo. Quando nosso pessoal em tocaia na oficina informou a saída do veículo, acompanhamos o movimento pelo GPS e constatamos que estava se dirigindo para a casa do mecânico.

— Estão na casa do mecânico agora, doutor?

— Estamos na delegacia pegando o depoimento dele. Já vamos liberar o coitado.

— E o Dimitri?

— Outra equipe já o prendeu. Em pouco tempo estará aqui.

— O dia amanhecerá daqui a pouco, doutor. Que horas deverei estar aí?

— Pode vir já, Sr. Martin. Vamos elaborar um termo de devolução do dinheiro. Não quero esse monte de dinheiro aqui na delegacia. E não quero nem saber onde irá guardá-lo até o banco abrir.

Arrisquei enviar um SMS para Chantal, perguntando se estava acordada.

Ela respondeu que ninguém conseguiria dormir passando por uma situação como essa. Dentro do meu carro, a caminho da delegacia, liguei para ela. Contei tudo e disse que poderia dormir, pois em razão da burocracia não saberia a que horas deixaria a delegacia com o dinheiro.

— Recuperar o dinheiro é importante, Martin. Vou dormir mais tranquila agora que sei que prenderam Dimitri.

∫

"Os cornos ainda não sabem tudo que fizemos com as mulheres deles. Não sabem os cus virgens que você comeu. Não vou para o inferno sozinho, Martin. Exijo que você retire a queixa de chantagem e que diga que aquele dinheiro tinha sido emprestado para mim. Não tenho dinheiro para contratar um bom advogado e sei que desse jeito vou mofar na cadeia. Dou o prazo de cinco dias para você retirar a queixa e colocar um bom advogado à minha disposição. Caso contrário, minha santa mulher, que não sabe de quase nada, a não ser que estou sendo injustiçado por tentar te ajudar a esconder meio milhão de reais em dinheiro vivo, entregará cartas para todos os maridos. Entregará também cartas, com muitas provas e comentários sórdidos, para os principais órgãos de imprensa do Brasil, e dos países onde você tem empresas. Quero que você compre aquela casa. Ela vale trezentos mil reais, mas você me pagará quinhentos mil. E finalmente, minha última exigência: quero uma

transa com a Chantal. Eu a coloquei no seu colo, agora quero de volta, por apenas uma vez.

Lembre-se, Martin. Tem apenas cinco dias para evitar que sua vida se transforme num inferno.

E se você revelar o conteúdo desta carta para alguém, principalmente para minha esposa, direi que você é louco e que me forçou a escrevê-la."

Assim que li a carta de Dimitri, telefonei para a mulher dele e perguntei se ela poderia levar uma outra para ele.

— Você vai livrar o meu marido, não vai, Sr Martin? Vai contar a verdade sobre o dinheiro para a polícia?

O telefone quase caiu da minha mão ao ouvir aquilo.

— Primeiro, gostaria que me respondesse se pode levar uma carta minha para Dimitri?

— Enquanto ele está preso na delegacia há mais flexibilidade para visitas. Se sua carta tem boas notícias para nós, posso levar hoje mesmo.

— Não há tanta pressa. Mandarei entregar hoje na sua casa.

Desliguei com uma desculpa. A carta era curta e grossa.

"*Dimitri,*
Você está com a mente doente. Acredite nisso.
Sem que você soubesse, o delegado te tratava de "vigaristinha", pois desde a primeira conversa que tiveram ele concluiu que você era o criminoso.
Por todos os motivos óbvios farei de conta que nem recebi sua carta. Ela é a prova de que está voltando a me chantagear. Sua esposa, seu patrão, o delegado e o mercado financeiro ficarão impressionados com seu comportamento.
Você precisa de tratamento, mas não é burro. Se tem medo de chumbo trocado, não volte a me ameaçar."

Ao retornar da delegacia, a mulher dele me telefonou chorando.

— Agradeço muito pela ajuda que prometeu dar ao meu marido. Ele ficou meio perturbado com a situação toda, mas jurou que não vai lhe colocar em situação delicada. Como ele não sabia a origem daquele dinheiro, ele está evitando falar que o senhor estava pagando antecipadamente pela compra da nossa casa. Aquele dinheiro tinha origem legal, Sr. Martin?

— Eu só trabalho de forma legal, minha senhora.

— Então, por que não declara isso à polícia e livra meu marido?

A situação para mim estava sendo muito constrangedora. Aquela mulher tinha uma inocência praticamente infantil. Eu não queria esticar a conversa com ela.

— Prefiro que a senhora fale com seu marido. Ele lhe dará as explicações. Desculpe-me, mas há outra ligação que preciso atender.

— Tudo bem, Sr. Martin. Como o senhor sabe que ele está preso injustamente, espero que o ajude. Dimitri é um amigo leal ao senhor e insiste em guardar segredo. Disse que nunca irá te prejudicar.

— Quanta ingenuidade – disse Chantal quando comentei sobre essa última conversa.

$$\int$$

— Pode falar, Manu? Telefonei para dar uma explicação geral sobre o desfecho de tudo.

— Posso. Sempre quero falar com você, Martin.

Ela usou a forma mais sedutora que conhecia. Ela sabia o conteúdo que lhe seria revelado e não demonstrou pavor com o provável escândalo.

Não contei tudo, mas apenas o que julguei importante para ela e para as demais mulheres. Ela reagiu de uma forma que eu não esperava: com a mesma voz sedutora.

— Desculpe-me, Martin. A culpa foi minha. Você foi maravilhoso introduzindo um amigo no grupo para satisfazer minha maior fantasia. Você pensou em mim e quase se envolveu em uma grande encrenca.

— Como assim quase? Deu uma puta encrenca, Manu. O caso foi parar na polícia e o Dimitri está preso.

— Melhor que esteja preso, Martin. Ele tinha um pau pequeno.

De tão absurda, dei risada da conclusão que ela havia chegado.

— Pelo jeito, você superou o susto e não está mais esquentando com a situação.

— Não é bem isso, Martin. Vivendo e aprendendo. A partir de agora nosso grupo se reunirá com a formação inicial. Nem a Ursulla eu quero que participe. Não sei se você vai querer levar sua namoradinha. A Paolla gostou dela, mas só você pode decidir se vai querer levá-la ou não.

— Passei a noite em claro, Manu. O Dimitri foi preso nesta madrugada. Estávamos usando mais a casa dele do que a da Ilhabela. A merda toda continua no ar. Você não acha meio fora de propósito falar em nova reunião do grupo?

— Se não deu merda até agora, não vai ser com ele preso que dará.

— Vamos falar sobre isso numa outra hora? Por enquanto estou fazendo de tudo para que o delegado não intime vocês todas para prestar depoimento.

— Quer me matar do coração, Martin? Já pensou se chega uma intimação da polícia aqui em casa? Agora você pegou pesado.

— É a verdade, Manu. Entendeu agora a real situação? Se o delegado não aceitar o envolvimento apenas do Dimitri e de mim no processo, poderá muito bem chamar todas para prestar depoimento.

— Eu me mato antes de ir para a delegacia. Não resistiria olhar para meus familiares, nem para os amigos de Sampa e da Ilhabela. Mas você acha que todos saberiam do meu envolvimento e que transei com dois homens?

O tom de voz dela estava começando a se alterar, subia uma oitava.

— Calma, Manu. Esses detalhes nunca seriam motivo de investigação da polícia. No máximo eles desejariam que vocês comprovassem que a chantagem do Dimitri tinha fundamento.

— Você pode me arrumar um bom advogado, Martin?

A conversa estava ficando repetitiva e eu não estava com ânimo para ficar conjecturando sobre decisões da polícia e da justiça. Fiquei indignado com a leviandade dela em falar em novas reuniões do grupo. Quando caiu a ficha, ela falou até em se matar. Era exagero nos dois extremos.

— Volto a te pedir calma. Creio que o delegado não exigirá o depoimento de vocês.

— Se escaparmos dessa, Martin, acho melhor não reunirmos mais o grupo.

— Ufa! Ainda bem que você entendeu o alto risco que esse grupo representa.

— Quem tudo quer nada tem, né, Martin. Chega de grupo e de realizar fantasias coletivas.

— Todas as pessoas têm fantasias sexuais, mas não se frustram por não realizá-las. E creio que você realizou todas, ou quase todas.

— Não tenho nada a reclamar, Martin. Você me realizou como mulher. Sempre. E confesso que você me satisfez plenamente. Qualquer desejo de coisas diferentes, realizaremos apenas entre nós dois, daqui pra frente.

Ela dava impressão de ter se apavorado com os riscos da vida dupla. Mesmo assim tinha recaídas com a maior rapidez. Safada essa Manu.

— Manu, você é casada e eu estou namorando. Vamos esperar toda essa poeira baixar. Não quero trair a amizade e a confiança da Chantal.

— Muito engraçado você – ela vociferou. — Eu posso trair o Arnold, mas sua namoradinha terá de ser respeitada?

— Estabelecemos os parâmetros de nosso relacionamento, Manu. Nada de novos encontros enquanto a poeira não baixar. Agora se me der licença, vou cuidar de um caminhão de pendências. Desde o início da manhã de ontem só trabalhei para a solução do "caso Dimitri" – falei brincando, para facilitar o fim da conversa.

— Temos a vida toda pela frente, Martin. Agora vou deixar você dirigir seu caminhão de problemas. Ligarei amanhã. Beijos "apauxonados".

Ela riu e desligou.

Trinta e nove

Viajei para o Canadá com Chantal algumas semanas depois. Em vez de criar uma base de tecnologia no Brasil, negociei a compra de 50% da empresa do Trevor.

— Quero que o site sediado na China tenha alcance mundial, Trevor.

— Acho que você está certo, irmão. Vou te ajudar a liderar o comércio eletrônico. Desculpe-me – disse ele rindo –, você está comprando o meu serviço e não precisa de ajuda.

— Conto sempre com a sua ajuda, irmão. Sem ela, como eu estaria aqui, hoje, agora?

Trevor abriu os braços no ar e disse:

— O site já está em 28 idiomas. Falta pouco para chegar aos 40 que você determinou. Já tomou consciência que atingirá os países que representam 88% do PIB mundial?

Fiz um meneio com a cabeça e disse:

— Só não estaremos presentes em países sem internet.

— Você está conquistando o mundo, Martin!

— Graças a você, irmão.

Trevor avançou na mesa e resolveu tratar de assuntos mais práticos:

— Está difícil trabalhar com os dois técnicos chineses que você contratou. O inglês que eles falam é, digamos, complicado. Tomara que o do CEO seja melhor.

— Relaxe, Trevor. O inglês dele é ótimo, e em caso de necessidade a Chantal fala bem mandarim. E não se engane porque o CEO sou eu. Teremos no mínimo cinco mil lojistas no mercado mundial e não permitirei que a empresa não atinja suas metas. O cara que contratamos tem uma grande habilidade de negociação. Além do mais, precisamos de um nativo se queremos atingir os melhores resultados.

— Eu já havia apoiado sua decisão de tocar os negócios a partir da China. Cinco mil lojistas pagando a taxa inicial de cinquenta mil dólares resulta em duzentos e cinquenta milhões de dólares. Por essa grana você precisa morar lá mesmo.

A ideia de morar na China não me agradava, mas como assumi que era para o bem da empresa, não havia alternativa.

— Vamos ter de ajustar os horários para falar com você e sua equipe.

— Minha não, Martin, nossa equipe. Agora você é meu sócio. Se é que algum dia você não venha a comprar toda a operação do Canadá e me botar pra fora daqui.

Trevor riu e olhou para mim e para Chantal. Ri com ele da ideia.

— Não brinque com isso, meu irmão. Quero você para sócio a vida toda. Preciso muito da sua amizade e da sua parceria.

A tela do me celular se acendeu. Era uma mensagem da Lisa:

"Sua garota gosta de sexo a três? Adoraria transar de novo com você e dar um malho nela."

Não deixei que Chantal visse e disfarçadamente respondi

"Nossa experiência com sexo grupal não foi das melhores."

Ela não tinha a menor ideia do drama que Chantal e eu já vivemos.

"Mas comigo tudo pode ser diferente. Ou não sou boa de cama?"

Pensando bem, até que a experiência sexual foi muito boa com os grupos nas duas versões da Casa dos Desejos. E conhecer a Chantal foi a melhor parte. Respondi, afinal:

"Você foi muito importante na minha vida, mas muita coisa mudou."

Lisa disparou:

"Entendi. Agora você é meu patrão, ficou rico e mudou de hábitos. Que metamorfose!!!"

Estava difícil tocar os assuntos da reunião e pensar como responder para Lisa sem magoá-la e sem alimentar grandes expectativas.
"Estou me preparando para novas transformações, Lisa. Morar na China, com a mulher que eu amo será uma grande mudança de hábitos."

Ela insistia

"Quero conhecer a China e reencontrar o meu Martin. Devo levar meu marido? Sexo entre nós quatro pode ser uma experiência surpreendente."

Eu continuava tentando explicar o que entendia como realidade para uma vida feliz.

"Nada é melhor que sexo entre duas pessoas apaixonadas. Você já percebeu essa diferença?"

Não surgiu mais nenhuma mensagem depois disso. Apaguei as mensagens, guardei o celular no bolso e segui o papo com Trevor e Chantal. Depois de alguns minutos, ouvimos toques na porta e Lisa entrou, olhou para Chantal e disse:

— Estou de saída. Vim beijar vocês dois e prometer que irei visitá-los na China. Com muito prazer...

Impressão e acabamento
Rotermund
Fone (51) 3589 5111
comercial@rotermund.com.br

A Casa dos Desejos

um romance de

Maurício Sita

Copyright© 2016 by Editora Ser Mais Ltda.
Todos os direitos desta edição são reservados à Editora Ser Mais Ltda.

Presidente:
Mauricio Sita

Capa
Estúdio Mulata

Projeto Gráfico e Diagramação
Candido Ferreira Jr.

Revisão
Paulo Levy e Ana Luiza Libânio

Gerente de Projeto:
Gleide Santos

Diretora de Operações:
Alessandra Ksenhuck

Diretora Executiva:
Julyana Rosa

Relacionamento com o cliente:
Claudia Pires

Impressão:
Rotermund

Dados Internacionais de Catalogação na Publicação (CIP)
(Câmara Brasileira do Livro, SP, Brasil)

Sita, Mauricio
    A casa dos desejos / um romance de Mauricio
Sita. -- São Paulo : Editora Ser Mais, 2016.

    ISBN 978-85-9455-004-0

    1. Ficção erótica 2. Romance brasileiro
I. Título.

16-03738   CDD-869.303538

Índices para catálogo sistemático:

    1. Ficção erótica : Literatura brasileira
       869.303538

Editora Ser Mais Ltda
Rua Antônio Augusto Covello, 472 – Vila Mariana – São Paulo, SP – CEP 01550-060
Fone/fax: (0**11) 2659-0968
Site: www.editorasermais.com.br   e-mail: contato@revistasermais.com.br